黎明の坂（二）

増田祐美

黎明の坂㈡　目次

鞍馬　5
奥州下向　59
平泉　104
鹿の谷　156
頼政蜂起　188
再会　281
木曾殿　333
鎌倉軍入京　414
一の谷　477
春宵　532

カバー写真・装丁　増田桂子

鞍馬

一

応保《おうほ》二年三月半ば——。

「やっと内示が出たわ」

清盛《きよもり》は相好を崩して、酒をあおった。翌月七日に、晴れて皇太后宮権《こうたいごうぐうごん》大夫《のだいぶ》に補任されることが決まったのである。

「ようもこの清盛にお決めくだされたものよ。常磐《ときわ》殿のおかげだ」

「右衛門督《うえもんのかみ》（清盛）殿のお力ですわ。わたくしはほんの少し口添え致したに過ぎませぬ」

「何の、常磐殿なくばこの職は手に入らなかった。まことにありがたい」

「ようございました」

長成《ながなり》が瓶子《へいじ》を取り上げ、清盛の杯を満たした。

「いや、長いことお待たせいたしました。ようやく大蔵卿（長成）殿に宝を託せます」

「責任重大にございますな」

清盛が皇太后宮権大夫に決まれば、常磐は長成の屋敷へ移る約束であった。

それまでに常磐とより心を通わせようと、長成は去年の春以来屡《しばしば》ここ夕霞亭《せきかてい》を訪れていた。常磐とふたりだけで語りあう日あり、今日のように清盛も交えて酒を酌み交わす日あり、休みを合わせて帰って来た今若《いまわか》、乙若《おとわか》と歌を詠みあったり、牛若《うしわか》の相手になったりして、団欒《だんらん》の時を過ごしてきた。常磐もますます打ち解けるようになっている。

「婚礼の日取りは？」

清盛が尋ねた。

「下官はいつでも構いませぬ。常磐殿に合わせます」

「では明後日に」

常磐が長成に微笑みかけた。

「いや常磐殿、それはいくら何でも無理であろう。大蔵卿殿のほうでも準備というものがある」

あまりにも急に胡蝶が飛び立つことに、清盛は慌てた。

「御案じ召されるな。大げさな宴《うたげ》は不要、と常磐殿と決めておりますゆえ、一日もあれば十分です」

長成も常磐に微笑み返した。清盛はひとり取り残されたような気がして面白くない。

「左様に急がずとも……」

「右衛門督殿の御為《おんため》にも早いほうがよろしゅうございましょう」

常磐にきっぱりと言われてしまってはどうしようもない。傍《かたわ》らに控える菖蒲《あやめ》までが、大げさにうなずいた。

ここへ来て長成の存在が知れはじめている。再婚相手が決まっていながら、常磐をいつまで六波羅《ろくはら》泉殿《いずみどの》に置いておくのか、という声がそろそろ聞こえて来るだろう。殊に正室時子《ときこ》の周りから非難されると厄介だ、と清盛は思う。常磐もそれを恐れている。

「身も宴に招いてもらえるのだろうか」

「勿論《もちろん》ですわ。これからも大いに語らうために、右衛門督殿には大蔵卿殿の屋敷へ何度もお運び願わねばなりませぬ」

飛び立つ女《ひと》が極上の笑顔を見せた。

長成もにこにこしている。

(この花容を拝めるだけでも幸せではないか)

我ながらよい奴を見つけたのだ、と清盛は自身に言い聞かせた。義平《よしひら》との約束に適《かな》う男でありながら、清盛の望みも理解している。

(そもそも、おのれが縁づけておきながら嫉妬《しっと》もなかろう)

清盛は少し照れたように額に手をやった。

言葉どおり、常磐は二日後に一条鷹司《たかつかさ》小路《こうじ》にある長成の屋敷に入った。

久方振りに北の方を迎え、長成邸は華やいだ。常磐はなよやかな見かけによらず、自ら動きまわって、部屋の調度品の配置から薫物《たきもの》選び、庭木の剪定《せんてい》まできぱきと指示し、また台所や随身所にやって来て下人たちとも言葉を交わすなど、積極的に家人に接した。その横にはいつも菖蒲がいて、こちらも笑顔を欠かさない。そんなふたりの姿に、屋敷中が活気づいた。

ほどなく、常磐は宮仕えを正式に再開した。出仕先は言わずもがな、常磐の再婚がうまく整ったことを喜ぶ皇太后(呈子《しめこ》)の御所。しかも今の常磐は、忻子《よしこ》皇后宮《こうごうぐう》亮《のすけ》を兼任する長成の妻としても、その活動範囲や人脈を以前と比べて大きく拡げつつある。

有名人である妻の存在は、夫長成の周りも賑やかにした。屋敷は文化人の社交場となり、多くの趣味人が出入りするようになったが、そのなかに兵庫頭《ひょうごのかみ》頼政《よりまさ》の姿もあった。

頼政はおのが名を冠《かん》した歌集を編み、勅撰集《ちょくせんしゅう》にも数十首入集されるほどの歌の名手であるから、彼がそこに現れても怪しむ者はない。

平氏も、頼政が長成邸へ出入りするのを見咎《みとが》めることはなかった。常磐を匿《かくま》って以来、頼政は六波羅に招かれることが多い。王家の信頼も厚く、冷静で温厚な人柄に加え、今や清盛と昵懇《じっこん》の仲だと聞けば、誰もが頼政を安全視するのは無理なからぬことであった。

(邸に政《まつりごと》の色のない者のみが集うように仕向けたのは、紛れもなく常磐殿であろう)

見事な隠れ蓑《みの》だ、と頼政は感心した。お陰で今日も、堂堂と常磐を訪ねられる。

「先日、郎党を醍醐《だいご》と寺(園城寺)にやりましてな。菓子など少しばかり届けさせました。今若も乙若も元気なようです」

「まあ、お気遣いありがとうございます」

常磐が頭を下げようとするのを、「いやいや、大したことはしておらぬ」と手を振って頼政は遮った。

「それより、乙若も経《きょう》を読みはじめたらしいですぞ」

「いよいよ……」

常磐は目を伏せた。

「とかく覚えが早くて、師僧も驚いておいでだそうだ」

頼政は明るく言ったが、それが常磐の慰めにならないことはよくわかっていた。

今若、乙若ふたりを取り戻す方法はないか――常磐の言葉にしない悲しみは見るも辛く、頼政は清盛にふたりの帰洛をずばりと願い出てみたことがある。だがさすがに清盛も、出家を条件に幼子の命を助けるのだと一門を説得した以上は、これを覆《くつがえ》すわけにはいかないらしかった。

「せめて牛若は手許に置いておきとうございますわ」

常盤は微かなため息をついた。

「牛若が寺へ入る年頃になれば、状況は変わっていましょう。平氏に余裕が出てくれば、頭《こう》の殿《との》の忘れ形見など気にも留めぬ筈」

「平氏が栄えることで源氏の子らが生き延びるとは、なんと皮肉なことでしょう。なれど子供たちが生き延びねば、源氏の世を興すことは成りませぬ」

「そのとおり。そのためには今しばらく、清盛を応援せねばならぬ。我らが世のためと思えば、心も弾むというもの……ところで牛若は」

「ええ……」

「如何なされた。もしや、何ぞ病でも？」

声を潜めた頼政に、常盤は首を横に振った。

「いいえ、風邪を引くこともめったにありませんけれど、生傷は絶えませんわ。もう、悪いことの限りを尽していると言ったらよろしいかしら」

常盤は諦《あきら》め顔で笑った。

「元気でよいではありませぬか」

「夫もそう言ってくれるのですが、まったくどうしようもないんですの。御近所に何度お詫《わ》びに伺ったことか……」

「八幡太郎の血を継ぐ者はそれくらいでなければなりませぬわい。いやいや、頼もしいことだ。ただ、世はどうなるやらわかりませぬ。よって、まずは大蔵卿殿のお子として、公家の教養を身につけさせることですな」

「ええ。わたくしもそう思いまして、物語などを読み聞かせはじめましたらすぐ夢中になりまして。

片端から本を引き出しては読めとせがむので、閉口してしまいますわ」

「ほう、よろしいですな」

　頼政は顔を輝かせた。

「筆も持ちたくて持ちたくて。墨がうまく磨《す》れる齢になってから、と言い聞かせていましたのに、とうとう夫の出仕中に部屋へ入り込んで、お道具を触ってしまいましたの。帰って来た夫は、散らかった部屋を見て卒倒しそうになりましたのよ」

「わっはっは。大蔵卿殿の驚きようが目に見えるようですな」

「牛若はお灸を据えられて泣いておりましたけれど、その日から筆の稽古を許されることになりまして」

「これは大蔵卿殿もお心が寛い」

「机上に文でもあったのでしょう、薄墨で真似られた長成という字が、四歳がはじめて書いたとは思えぬ伸びと均整を持っておる、これは末楽しみぞ、と夫は喜んで教えることにしたようですわ」

　うーむ、と感心の唸《うな》りを発した頼政に、「いいえ、伸びはのびでも、わたくしには間延びにしか見えませんけれど」と常盤は眉を顰《ひそ》め、「もっとも、悪さばかりして救いがないので、夫はわたくしを慰めようとしたのでしょう」と笑った。

「それに笛。夫も吹きますが、達者なお方が多くお見えになりますでしょう？　牛若もやりたい、と泣くわ喚くわ、これも先々月から稽古をつけてもらって得意満面なんですの。上達が早い、と夫は嬉しそうにしておりますけれど」

　何でも興味を持つ、呑み込みも上達も早い。これはおもしろいぞ、と頼政は思った。

公家に必要な教養は長成に任せておけば心配なかろう。

「武家としての教養はこの頼政が預かりましょう。実技は若い者に相手させることになりましょうが、武士《もののふ》の心、兵法などは身が直々《じきじき》にお教え致そう」

お願い申し上げます、と常磐は笑みを消して頼政の双眸《そうぼう》を見詰めた。

二

西の空いっぱいに、珊瑚色《さんごいろ》に染まったうろこ雲が広がった。

雲は山の端《は》に近づくほどに明るく金色《こんじき》に輝き、ところどころに空の薄い水色が覗《のぞ》いている。

早い夕食《ゆうけ》を済ませた牛若は、自室に戻って書を開いた。食後はいつも弟の松若《まつわか》と双六《すごろく》などで遊ぶのだが、松若はどこかへ出かけるらしい。装束を調えるために、菖蒲に連れられて衣裳部屋へと向かった。

嘉応《かおう》元年（一一六九）の秋半ばである。

この年、牛若は数えの十一歳になった。

松若は常磐が長成の許へ来た翌年に生まれ、七歳になる。弟は兄が大好きで、そのゆくところどこへでもついてまわった。兄も愛らしく聡明な弟をかわいがったが、やはりまだ子供、距離が近くなり過ぎると喧嘩も起きる。松若は時折泣き声を響かせたが、しゃくり上げながら、目には涙を溜めて、それでも兄のあとを追いかけて簀子《すのこ》といわず庭といわず走り抜けるのだった。

何でも同じことをやりたがるのもこの年頃の弟。二年ほど前からは、牛若が書の読みを教わる時も、筆や笛の稽古の時も、松若はちょこんと横につくようになった。今では兄と声を合わせて読める書もあり、筆を握り笛を構える。当時は十一、二歳が勉学はじめであったので、この兄弟は随分早い。それも熱心に取り組む。

そんなふたりを、長成は分け隔てない愛情で包んだ。

「蹴鞠《けまり》はすぐに飽きるのにな」

長成は常磐に言った。

嫌なことには頑として動かないところも、ふたりは似ている。

「そなたに似たのであろうな」

冷やかす夫を、殿も同じではありませぬか、と妻は即座に切り返して笑った。

そのような、いつも兄にくっつきたい松若だが、数日に一度、それが許されない時があった。

弓の名手として名高い源氏の武将、頼政のおじさまが来る時だ。

おじさまは来るや、兄を伴って閂《かんぬき》のかかる部屋へ閉じ籠ってしまう。いつも、わずか一刻ばかりのことなのだが、幼い松若にとってはやたらと長く感じられた。それが終われば独楽《こま》まわしや毬杖《ぎっちょう》などで遊んでくれるよい人ではある。だが、そもそも自分が除け者にされているのが気に入らず、よって松若ははじめ、あらゆる手段で部屋への侵入を試みたが、ことごとく敗退して諦めた。それでも頼政の影を認めるや、これ見よがしに背を向けることで、今も抗議は続行中だ。

一方、牛若は頼政の来訪が待ち遠しかった。物心ついた時から見知っているおじさまは、父や母とも仲がよいので、信頼もしている。何より話が面白くて仕方なかった。

日本国の歴史や地理、政《まつりごと》を司る藤原氏のことは父も教えてくれるが、源氏と平氏の成り立ち、平《たいらの》将門《まさかど》の乱から、つい十年前に起きたという平治の乱までのいくさ話、勇猛《ゆうもう》果敢《かかん》な武将の活躍など、おじさまが教えてくれるのは主に武家貴族に関することだ。おじさまが手振り身振りを加え、声色を変えて語るのを、牛若は手に汗握り、身を乗り出して聞き入った。なかでも、頼義と八幡太郎義家、義朝と義平、鎮西《ちんぜい》八郎爲朝《ためとも》に強く憧れ、繰り返し話をせがんで飽きることがなかった。

おじさまの話は戦いや英雄譚《えいゆうたん》にとどまらない。武士の習いとは何であるか、それも京と地方ではどう違うか。武士はこれから何のために戦うのか。実戦に必要な兵法とは如何なるものか——。

頼政との勉強の時間は、いつもあっという間に過ぎた。ただその時間を楽しみにしながらも、牛若には不思議であった。なぜ松若が部屋へ入ることを許されないのか、なぜこのようなことを父ではなく頼政が教えてくれるのか。

「松若にはまだ難しい」

頼政は言った。

「武将が活躍する話などは、松若も喜んで聞くと思いますが」

牛若は母に似たまろやかな声を響かせる。

「そうであろう。だが楽しいばかりではいかぬのだ。武将の活躍譚を聞く時は、その武将が戦うこととなった政の背景や、戦う意義、武将の心情をも同時に理解せねばならぬ。それが出来ぬ年歯のうちは、むやみと武将の活躍を聞かせぬほうがよいのだ。松若は頭のよい子だ。なればこそ余計に、きちんと教えてやる必要がある。武士というものを勝手に解釈せぬようにな」

そういうことか、と牛若は即座に合点した。その目の色を見て、頼政は満足げにうなずいた。

(思った以上であったな)

赤子の頃から牛若を見ている。二歳頃すでに、この子は違う、と感じた。源氏のことを語るようになってからは、その覚えの早さと理解力には何度舌を巻かされたかしれなかった。

齢六十六になる頼政は、これまでに幾人か飛び抜けて出来る子供を見ている。清盛と、保元《ほうげん》の乱で艶れた内覧頼長《ないらんよりなが》、そして今や歌壇の雄で、十歳下の藤原俊成《ふじわらのしゅんぜい》などがそうだ。牛若を見ていると、彼らと同等かそれ以上のものを感じる。

特に、切れるような鋭さが清盛に似ている、と頼政は思う。平治の乱が起きず、その官位をさらに上げていれば、義朝は頼朝に代えて牛若を嫡男《ちゃくなん》に据えたに違いない。そう確信するほど、この少年には計り知れない力が宿っているように見えた。

(あと数年で、どのような男に育つか)

考えるだに胸が沸き立つ。

「おじさま」

「ん？」

「父はほとんど武士のことを語ってくれませせぬのに、おじさまがこれほど熱心に牛若にお教えくださるのはなぜです」

「それは……」

「牛若の将来と何か係わりがあるのですか」

「なにゆえそのように？」

「そんな気がしたからです」

(……そろそろ、すべてを伝える時期かもしれぬ)

頼政は息詰まる思いで、牛若の澄んだ双眸を受け止めた。

牛若には貴族のたしなみのひとつ、狩の稽古《けいこ》と称して、渡邊競《わたなべきおう》をはじめ弓に長けた数人を師匠に弓箭《きゅうせん》の実技指導をはじめている。その上達振りは頼政の期待を裏切らなかった。今では的を外すことはめったにない。もともとの器用さに加え、庭の西端に設けられた弓場《ゆみば》で、毎日たっぷりの汗を流している賜物《たまもの》である。

(公家の手慰みなら、これで十分)

動かぬ的を静止した状態で射る。鷹が押さえ込んだ野禽《やきん》にとどめを刺す。それが最終目標なら、これ以上の上達は要らなかった。だがいくさの現場は違う。駆ける馬のうえから、逃げる敵を射ることも出来なければならない。その稽古のためには、洛外の狩場に出る必要があった。

(体も作っていかねばならぬな)

きれいに整った白い顔を乗せている牛若の体は、常磐に似て華奢《きゃしゃ》であった。

時代はすでに集団戦が主流である。勿論、今でも名乗りは上げる。特に所領を持たないか、あっても少ない者は、手柄を周知させてより多くの恩賞を受けるために、絶対に名乗りは欠かせない。気の知れた者と組んで互いに見届け役となり、たとえ一方が戦場に散っても、もう一方が残れば彼の戦功を証言して、恩賞を子や孫に確実に残すようにした。だが名乗りを上げたからといって、昔のような一騎打ちはしない。郎党が手を出さずに主の戦いの成りゆきを最後まで見守るということは、戦場ではもうないと言ってよかった。

軍の集団を如何に動かし、自軍の被害少なく勝利に導くか――大将に強く求められるその課題に、この少年の頭脳は応えるであろう。だが、おのれの身を最後に護るのはおのれでしかない。鎧《よろい》の重さに耐えて太刀を振るえるまでに筋力をつけ、また、身軽な牛若の敏捷《びんしょう》性をさらに高めるには、長成の屋敷内での稽古のみでは不十分であった。

頼政は、かねてより常磐と相談していた内容を実行に移すことに決めたのであった。

簀子《すのこ》に衣擦《きぬず》れの音がする。

（母上だ！）

牛若は急いで書を閉じて、母のための円座《わろうだ》を据えた。松若は出かけたところだから、しばらくは母とふたりきりになれる。

「少しよいかしら？」

淡紅《うすくれない》の袿《うちき》を着た母が、にっこりとした。

「はい」

（松若がゆっくり帰ってくれますように）

牛若は念じた。もう弟のように母に抱きつくことが出来ない歳になった牛若にとって、これほど貴重な時間はない。

母はいつ見ても美しい。孵化《ふか》後間もない雛《ひな》鳥が、はじめて目にした動く物体を親と認識するように、女性は常磐、と刷り込まれたことは、牛若にとって幸か不幸か。

薄暗くなりつつある部屋のなかにあって、日の光に綻《ほころ》ぶ花のように見える母から目が離せない。

（母上は今、牛若だけに笑ってくださっている）

そう思うと嬉しくて、思わず頬《ほお》がゆるんでしまう。ずっと母を独占出来たらどんなによいだろう。

（兄上たちも同じ思いでいられるのだろうな）

牛若は、時折帰って来る兄たちの顔を思い浮かべた。

寺に入っている兄たちは、帰って来ると少しでも母と話そうと懸命だ。ふたりは競争のように次から次へと面白い話題を繰り出し、牛若も引き込まれて聞いているうちに、母を取られていることに気づいて慌てたりする。

母が後妻であることは牛若も知っていた。父長成には先妻との間に長信《ながのぶ》という成人した男子があって、この人が嫡男とされて家督を継ぐこともわかっていた。そのため、母が生んだふたりの兄は、王家でも公家でもよくそうされたように、僧門に入ったのであろう。牛若はつい先日までそう考えていた。

「――松若は」

「たった今、父上と出かけたわ」

「そうですか」

また父と一緒だ、と牛若は思った。二年前から、父は弟を連れて出かけるようになった。牛若にも父と外を歩いた記憶はある。だが本当に小さい時のみで、今日の松若のように、装束を調えてまで出かけるようなことはなかった。

「母上。父上はなぜ、屢《しばしば》に松若を連れてお出かけになるのですか」

牛若は少し怒気を含んだ声で母に問うた。日頃から不思議に感じながらも、羨んでいるように思われるのが嫌で口に出来なかった疑問だ。

「松若は従五位下《じゅごいげ》に叙されているの。二年前にね。それゆえ、父上が然《しか》るべき方からお招きを受けた時に、御挨拶《ごあいさつ》も兼ねて連れていらっしゃるのよ」

「牛若は？　牛若はなぜ御挨拶に伺えないのです？　牛若はいつ従五位下に叙されたのですか。兄上たちは？」

「慌《あわ》てないの」

急《せ》き込む牛若を、常磐はまろやかな声で制した。

「母は今日、そのことを話そうと思っているのです」

切れの長い母の目に、今まで見たこともない強い光が宿っているのを認めて、牛若は思わず息を呑《の》んだ。

「兄上たちもあなたも、官位は叙《じょ》されておりませぬ」

「松若だけ？」

「そう。松若だけが父上の実の子ですから」

「では……」

常磐はうなずいた。

「あなたたち三人を連れて、母は父上に嫁いだのです」

「そうだったのですか」

けろり、と返した牛若は、実はそれほど落ち込んではいなかった。

父の子でない、と母の口からはっきりと告げられた打撃は、勿論、大きい。だが今は、父は長成、と信じて疑わなかった先日までの牛若ではなかった。

というのもその先日、弓の稽古を終えて部屋へ戻る途中で、牛若は下人たちが話しているのを聞いてしまったからであった。

彼らは常磐の美しさや優しさを絶賛していた。母が誉《ほ》められるのを聞くのは心地よい。そっと柱の陰に立ち止まって、牛若は微笑みながら耳を傾けていた。するとそのうち、

「相国《しょうこく》（太政大臣及び左右大臣の唐名《からな》）入道が愛《め》でられたのも当然だわな」

「なんでも北の方が十四、五の頃に見初《みそ》められたそうだ」

と言うのが聞こえたのだ。

（相国入道？）

頼政おじさまの話からすると、平氏の現総帥《そうすい》ではないか。

（母上が清盛殿に愛された？）

牛若は激しく動悸する胸を押さえて、その場を離れた。泳ぐように部屋へ戻り、うしろ手に妻戸《つまど》を閉めると、その場に座り込んだ。

（ということは）

我ら兄弟のうちに清盛の血を受けている者があるのかもしれない。ともかく落ち着こう、と牛若は深い呼吸を繰り返した。

——そうなのだ。どう考えても、我ら兄弟は変であった。なぜ松若だけが父に連れられて出かけるのか。なぜ兄がふたりとも僧門に入っているのか。そしておのれのみが、頼政に武士《もののふ》の習《なら》いというようなものを教えられているのはなぜか——自分なりに理由をつけて納得しようとしてきたのだが、どうもしっくりとしないのだ。

（もし、松若以外が清盛殿の子だとしたら）

と、牛若は考えた。

何らかの事情で、母は清盛の側室でいられなくなったのかもしれない。だとしても、武家が男児を手放すというのは解《げ》せないが、恐らく自分たち兄弟には平氏姓を名乗ることが許されない何某かの理由があったのであろう。そして母が清盛の許を去った時、この身はまだ母の胎内にあったのだ。だから、兄ふたりは清盛の子として僧門に入れられ、母が再婚してのちに生まれたおのれは長成の子としてこの家にあるのだ。身籠《みごも》った女性が再婚した場合、生まれたのが男ならば再婚先の子となり、女ならば実の父の家に引き取られるのが慣習となっている。

本来ならば、この身も長成の子として官位を授けられ、公家の道を歩んだ筈である。だが、実は武家の子。しかも一昨年、武士としてはじめて太政大臣《だいじょうだいじん》にまで昇り詰めた、今を時めく平氏棟梁の子なのだ。頼政のおじさまは自身のことを語ろうとしないが、氏《うじ》は源《みなもと》ながら平氏の重臣なのだろう。僧門に入らずに済んだ牛若を公家にせず、武士として育てるように、との清盛の密命を帯びているのだ。

(きっとそうだ。我ら兄弟は清盛の子に違いない)

その日から、牛若はそう思い込んでいたのであった。

「――――母上、牛若たちは相国入道の子なのでしょう?」

「何ですって?」

常磐は目を丸くした。

(やっぱりそうだ。先まわりして言われたから、母上は驚いておいでなのだ)

牛若は自信を持って、なぜそのように思うに至ったかを説明した。

常磐は黙ってうなずきながら聞いていたが、牛若が話し終えてもしばらく何も言わなかった。

「違いますか、母上」

牛若は焦《じ》れた。

ほっ、と常磐は微笑んだ。

「頼政のおじさまから、いくさの歴史を教わっていますね?」

「はい」

「もっとも近いいくさは何でしたか」

「平治の乱です」

「総大将は誰と誰でしたか」

「播磨守平清盛と左馬《さ》頭《まのかみ》源義朝です」

「その左馬頭源義朝が、そなた方の実の父上です」

「ええっ！」

牛若は口をあんぐりと開けたまま、母を凝視した。

（左馬頭の子だった……？）

長成の実子ではない、と聞かされて受けた打撃など吹っ飛ぶ大打撃である。

敗将の子、とわかったからではない。逆であった。おのれに平氏でなく、憧れつづけた源氏の血が流れていることの感激に頭の芯《しん》が痺《しび》れた。

常磐が義朝との馴《な》れ初めから長成の許へ来るまでのことを掻《か》い摘《つま》んで話すのを、牛若は夢見心地で聞いた。幼《おさな》心《ごころ》に抱いた疑問は、牛若が考えたよりずっとよいほうに解決してゆく。

（頼政のおじさまが平治の乱を特に熱く語られたのには、このようなゆえがあったのか）

牛若の脳裏に、源氏の武将たちの活躍が絵巻物を見るようによみがえる。あの義朝が父上、あの義平が兄上であったとは……。

飛び上がって喜びたかった。だが牛若はその衝動をぐっと怺《こら》えた。

この聡しい少年は、おのれに何が求められているかをすでに悟ってしまったのだ。

——源氏再興。

母はまだ口にしないが、頼政の、競の、また父長成の別荘だとばかり思っていた船岡邸、そこにいる郎党の、優しい菖蒲の、皆の悲願なのだ。

（そして兄上たちの……）

ふたりの笑顔が浮かんだ。おのが父は義朝、と知っていながら、僧門に入ることを余儀なくされた兄たちの悲願でなくて何であろう。

ふたりはすでに出家していて、長兄今若は全成《ぜんせい》、次兄乙若は圓成《えんせい》と名乗っている。

源氏が起つ時が来れば還俗《げんぞく》することもあるかもしれない。だが、武士の習いを説かれ、兵法を教授される牛若に、兄ふたりが大きな期待を寄せているのは間違いないと思われた。

(兄上らの思い、この牛若が引き受け申す!)

そう胸の内に吼《ほ》えた途端、牛若の小さな体の頭の先から足の先までを、今までにない感覚が通り抜けた。

(これが武者《むしゃ》振《ぶるい》か!)

腹の底から震えが湧き上がる。

牛若は膝に置いた拳《こぶし》をぎゅっと握り締め、しばらく目を瞑《つむ》った。そうでもしないと、叫んでしまいそうであった。

震えを大きな息に溜め、ようやく吐き出して目を開くと、母が笑っていた。

「牛若。そなたにはしなければならないことがあります。それは頭《こう》の殿の……」

「父上の無念を晴らすこと、にございますね」

低い声で牛若は言った。

「そうです。ただし、平氏に復讐するというのではありませぬ」

「どういうことです?」

「平治のいくさは、もともと源氏と平氏が起こしたものではないことは学んでおりましょう」

「はい。院近臣や主上側近の、政権争いが原因だと習っております」

常磐はうなずいた。

「頭の殿は、この争いに乗じて、日本国を一気に御自分の思う姿に近づけようとなさったのです。それが主上側近たちの裏切りに遭い、無念の死を遂げられた。頭の殿が望んで果たせなかった国創りを成し遂げることこそが、頭の殿の無念を晴らすことになるのです。牛若、あなたになら頭の殿、父上の遺志を継ぐことが出来ると母は信じています」

いつしかうろこ雲は消え、空は西の端にわずかな光を残してあらかた群青色《ぐんじょういろ》に塗り込められている。たった今昇った月は、おのが影を大きく主張するばかりで庭を照らす力はまだなく、かなり暗くなっている部屋のなかでは、母の白い顔すら見えにくい。だがそれだけに、ゆったりと語る母の言葉は、牛若の心の深いところまでずんと滲《し》み込んだ。

（父上を死に追いやった者共に復讐した、というので満足してはいかぬのだ）

父の後を受け継ぐ。国創りをする。

牛若は燃えた。学問でも弓の稽古でも、高い課題を与えられるほど張り切るほうであった。しかし、おのれに与えられた使命の何と大きなことか――。先ほど、義朝が父、と聞いて小躍りしたくなったことがまったく子供じみて、恥ずかしくさえ感じられる。

「ところで、父上の思われた国の姿とは、如何なるものなのですか」

頼政のおじさまからは何も伺《うかが》っておりませぬが、と牛若は首を傾げた。

「これをそなたに教えるのは母の役目ですから。明日からじっくり話していきましょう」

常磐はにっこりとした。

「それからもうひとつ大切なこと。牛若には近いうちに鞍馬《くらま》に上がってもらいます」

「ま、待ってください。それでは今しがた母上が仰せになったことと矛盾するではありませぬか。牛若は僧門に入らぬからこそ、父上の無念を晴らす準備をなせるのでしょう？　なのに何ゆえ牛若までが鞍馬で頭を剃《そ》らねばならぬのですか！」

「落ち着きなさい。誰が僧門に入れと言いました？」

「えっ、違うのですか」

常盤は、ほほ、と笑った。

「早合点して、しょうがない子ね。ともかく燈《ひ》を点しましょう。火打ちは……」

「牛若がやります」

部屋の隅に立てた高燈台《たかとうだい》に火を点《つ》けた牛若は、常盤の傍らの文机《ふづくえ》に載せた腰の低い燈台にも火を移した。暖かな明りを横から受けた母の顔が、柔らかに輝く。

「鞍馬に上がるのは僧になるためではない。ここでは出来ぬ武芸を磨くためです」

「武芸を？」

「そう。武士《もののふ》ならば太刀を振るわねばならぬ、馬を自在に操れねばならぬ」

「はい」

「そのためにはここを出て修行しなければなりませぬ。鞍馬は我が清和源氏と代代縁の深いところゆえ、しかとそなたを護ってくださいましょう。それにお山は、王家であってもおいそれとお手を出せぬところ。つまり平氏の目も遠ざけられるのです」

牛若は大きくうなずいた。

「東光坊《とうこうぼう》の阿闍梨《あじゃり》蓮忍《れんにん》さまがそなたを預かってくださいます。阿闍梨は頭の殿の祈りの師であらせられたの。そなたが生まれる時も祈禱《きとう》してくださったのよ」

へぇ、と牛若は顔を輝かせた。自分のなかに、父と深く繋《つな》がる人がまたひとり増えるのが嬉しかった。

「そなたは鞍馬へ修行に通うのです。当然ながら、修行は厳しいものと覚悟なさい。武芸のほかにお山ならではの学問もせねばなりませぬ。ひと月、ふた月はお山を下りられないこともありましょう。

なれどそれに耐えられぬようでは、父上のような勇と知に長《た》けた武将にはなれませぬぞ」

「はい。必ずや、さすがは頭の殿の子、といわれる武士に相成って見せます」

眉間に力を込め、口を一本に引き結ぶ我が子に、常磐は目を細めた。

「で、お山へはいつ上がるのですか」

武芸の鍛錬《たんれん》とわかって、牛若はすでにうずうずしている。

「今月末になりましょう」

「まだ十日以上も先ですか。明日でも構わないのに」

牛若はつまらなそうに頰を膨《ふく》らませた。

「我慢しなさい。これは相国殿と話し合うて決めたのですよ」

「えっ、では相国殿は牛若が僧門に入らぬことを御承知なされたのですか」

ええそうよ、と常磐はうなずいた。

「それどころか、僧にするなと仰せになったらしいわ――」


五日前――。

牛若のことを話し合うために、清盛と頼政は長成邸を訪れた。

「二年近く会うてないか」

「もうそんなになりますかしら」

「うむ、まだ頭を丸める前であった。しかし常磐殿は歳を重ねるごとに美しゅうなられるな」

「相変わらずお口が過ぎます」

常磐は清盛を優しく睨《にら》んだ。

「思うたままを言うておる。美女は歳を取らぬ、というは偽りではないな。のう、頼政殿」

「まこと、大蔵卿殿が羨ましい」

「いやいやこの長成、日本一の果報者にございますな。おふたりほどのお方に羨ましがられるとは」

「言うてくれるわ。わっはっは」

「やってられませぬな」

頼政も笑った。がすぐに、さっそくですが、と容《かたち》を改めた。

「牛若を預ける寺を決めさせていただきたく」

長成と常磐も頭を下げる。

「おお、そうだ。で、どこへやるか、決めているのか」

「は、出来得れば京の近くに置いてやっていただきたいと思いまして……」

「うむ。我もそう思うていたところだ」

「では、鞍馬で如何でしょう?」

間を置かず、頼政が言った。

清盛はうつむいている常磐を見やった。

「鞍馬か……そうだな……」

清盛は腕組みして目を瞑った。

(京に近い寺、か)

叡山《えいざん》は難しい。というのも、後白河院が延暦寺を激しく嫌っているからだ。この六月も、園城寺の長吏《ちょうり》(別当《べっとう》・首長)覚忠《かくちゅう》を戒師として出家したほどである。もとより義朝と近しい後白河院が、その義朝の子を延暦寺に入れたと聞けば黙ってはいまい。

といって園城寺は京から遠いうえ、すでに乙若改め圓成がいる。兄弟をひとつところに置くのは、平氏一門の理解を得られない。同じ理由で醍醐寺も駄目だ。

また洛北に大覚寺《だいかくじ》や仁和寺《にんなじ》、洛西に善峰寺《よしみねでら》などがあるが、それぞれが王家や摂関家と強い係わりがあるため、これらには清盛が入れたくない。洛南の観修寺《かんしゅうじ》は醍醐に近すぎる。

(で、鞍馬か)

鞍馬寺は延暦寺の末寺だが、源氏とは縁が深い。規模もそう大きくなく、強訴《ごうそ》もまず起こさない。ここなら院も納得するであろう。

「……よいところを見つけたな」

「恐れ入ります」

頼政は頭を下げた。

(よかった！)

常盤はうつむいたまま、ほっ、と小さな息をついた。清盛はそれを、ついに牛若の寺まで決まってしまったことに対する、常磐の嘆きと取った。

「常磐殿の心中、察するに辛うてならぬ」

常磐が顔を上げると、清盛が心配そうに見詰めている。

(ここでひと押し……)

常磐は清盛と視線を絡《から》め、寂しげに微笑んで見せた。

「いえ、決まっていることですから。僧になることであの子は命を助けられるのですもの。致し方ありませんわ」

常磐はすっと視線を廻《めぐ》らせた。

その視線を追った清盛の目に、見覚えのある腰刀が映った。

（義平！）

清盛の背に、言い知れぬものが流れた。


――先月のことだ。

清盛は一門を連れて摂津国の布引《ぬのびき》の滝を見に出かけた。だがひとり、供するのを嫌がった者がいた。難波《なんば》三郎經房《つねふさ》、義平の首を落とした男である。

「悪《あ》しき夢見たり」

というのが、その理由であったが、

「弓矢取る身が、夢を見たくらいで何を怖気《おじけ》づくことやある」

と、同僚に散散《さんざん》に嗤《わら》われたため、それもそうだ、と經房は皆のあとを追いかけて、一緒に滝見を楽しんでいた。

と、その時である。天が俄《にわか》に掻き曇り、雷が激しく鳴りはじめた。

「これぞ、我が夢に見た図は！」

人々が声のほうを振り返ると、頰も唇も色をなくした經房が、凄《すさま》じく歪んだ顔で空を見上げている。

「何だ、どうした」

「たった今、手鞠《てまり》ほどの青白く光る玉が、ほれ、あの杉の大木の梢《こずえ》から飛び上がったのを方々は御覧にならなかったか。あれはまさしく義平の霊魂ぞ！」

經房の歯が、がちがちと鳴り出した。足の力は抜け、膝が笑っている。

「まさか、そんなことがあるものか」

「い、いやあ、そうだ。あ、あ、悪源太め、身が首を斬る直前に言いおったのだ。汝が石山へやって来たために、人生が狂うたわ。いつか雷《いかづち》となって蹴殺《けころ》してやるから覚えておけ、とな」

「左様な話は聞いておらぬぞ」

「あ、あ、あやつの目が、そ、そう言っておったのだ！」

經房がおろおろと太刀を抜き放った瞬間、目も眩む光が閃《ひらめ》き、轟音《ごうおん》が鳴り響いた。

二度、三度――。やがて雷が遠のく気配に、地に伏していた人々が恐る恐る起き上がって目にしたのは、あちらこちらが焼け焦げ、白目を剥《む》いて倒れている經房であった。手に握り締められた太刀は鍔元《つばもと》まで反り返っている。

「哀れな奴よ」

そばへやって来た清盛も、そう言うのが精一杯であった。

霊魂などは信じないが、雷は実に恐ろしい。清盛は福原の屋敷に帰り着くまで、お守りとしていた弘法大師の筆を手から離せなかったのだった。


(……義平は見ている)

この清盛が常磐と子供たちの身をどう処するのか、義平は闇の向こうからじっと見届けるつもりなのだ。

黒漆塗《くろうるし》りの鞘《さや》に、切れ長の目が光ったように見えた。

(今ならやれそうだ、義平)

変な汗が出るのを感じながら、清盛は鞘に小さくうなずきかけた。

平治の乱から十年。時代は二條帝から六條帝を経て、昨年の仁安《にんあん》三年（一一六八）三月からは高倉帝の御代となっている。高倉帝の母は平滋子、女院宣下されて今は建春門院とよばれる、清盛の義妹だ。つまり清盛は、当今《とうぎん》（今上帝）の外戚という立場にあった。

官位においては一昨年に従一位に昇り、太政大臣という名誉職も経験した。ただ、昨年二月に大病を患って出家、翌月の高倉帝即位を見届けると清盛は政界から引退した。隠居先は摂津国福原。かねてより日宋貿易の拠点として整備してきた輪田の泊から、北へ五里ほどいった場所である。

また経済的には、三女盛子の婿関白基實《もとざね》が遺した莫大な摂関家領を管理することになり、その基盤を確立して何ら不安はなかった。

平氏一門の官位も軒並み上がり、その栄華はまさに花開こうとしている。

眼前に開ける、輝かしき光に満ち満ちた我が世の春に酔い痴《し》れる一門の意識のなかに、義朝の遺児たちの姿はない。

「小童《こわっぱ》を……牛若をお山へ預けっぱなしにせずともよいぞ」

「まことにございますか！」

頼政が吼えるように言い、長成は蝙蝠《かわほり》扇を落としそうになった。

清盛を見詰める常磐の黒々とした瞳が、うっすらと濡れて瞬《また》きを忘れている。

「だが一応は、牛若を鞍馬に上げるというかたちは取ってもらうぞ。そうでなければ、我が一門に示しがつかぬ」

「しかと心得ました」

頼政が答える。

「だが、文字どおりかたちのみでよい。そののちは必要ならばお山で学問するもよし、嫌なら里におればよい」

「あの、それでよろしいのでしょうか」

不安げな常盤に清盛は微笑んだ。

「頼政殿を前に言いにくいがな、今の源氏は我らの敵ではない。義朝の末子《ばっし》のことを覚えておる者などおらぬ」

ああ、と常盤は安堵の吐息を漏らした。

「夢ではありませんのね。あの子を手許に置いておけますのね……」

「うむ、どのように育てるかは常盤殿次第だ」

「まことにありがたき幸せにございます」

喉許に手をやって目を瞑っている常盤に代わって、長成が礼を述べた。

「身も牛若がいとおしゅうございましてな。僻事《ひがごと》を起こした人の子ゆえ、昇進を重ねるのは難しかろうが、あれほどの学才を放っておくのはもったいない。たとえ官位は低くとも、学者として世に出てくれれば、と何度思ったやもしれませぬ。もし僧にならずに済むならば、義父《ちち》としてもこれほど嬉しいことはございませぬ」

長成は平伏した。

「この長成の夢も懸かっております。どうか、牛若をどのように育てるかは常盤次第と仰せられたこと、お忘れくださいますな」

「殿……」

横に座る夫を振り向いた常盤の頬を、つーっ、と涙が伝った。

(これよ。我が常盤の夫となる男に求めたものは)

清盛の胸にも熱いものがこみ上げて来た。

――常磐を愛し、子を愛し、母子のために頭を下げられる男。

長成の夢、と言ったことなど、本当かどうかわからない。だが長成が、牛若だけは常磐に自由に育てさせてやりたい、と考えていることは間違いない。清盛は満足であった。

「武士《もののふ》に二言はない。おふたりに任せよう」

牛若を鞍馬に上げるのは月の末、と決まり、清盛は席を立った。

中門まで見送りに出た常磐に、今日も清盛について来た景綱《かげつな》が笑いかけた。

老将はもうとうに七十を越しているが、清盛のお忍びのお供ばかりは誰にも譲ろうとしなかった。今ではいざという時、むしろ清盛が護ってやらねばならないようなありさまだが、景綱の足腰の立つ間は、と、清盛もほかの者を指名しようとしなかった。

「ようございましたな」

おのが主が今日ここを訪れた理由を、景綱は知っている。常磐の穏やかな顔を見れば、話し合いの結果は聞かずともわかった。

「ありがとうございます」

景綱殿のお力も大きゅうございますわ――おのれに向けられた佳人のとろけるような笑顔はそう言ってくれているように思えて、老将の心は、青年がはじめての恋に昂《こう》するように高鳴った。

(常磐殿はよいお方に巡り会えた。末の若君はお手許に残る)

平氏は栄え、源氏の代表たる頼政一族が平氏を助ける。この体制がつづく限り、常磐たちの身は安泰である。

世のなかよ、平穏なれ――胸に唱えた景綱は、目が潤むのを隠すように常磐に深く頭を下げるや、くるりと背を向け、馬繋ぎへと向かっていった。

それからほどなく、清盛は長成邸をあとにした。

長成邸のある鷹司小路の一本南が近衛大路《このえおおじ》。これを東に進み、洛外に出る手前に頼政の屋敷がある。

「帰るがよいぞ」

清盛が言うのに頼政は笑って取り合わず、六波羅へ帰る主従につき添った。

東京極大路《ひがしきょうごくおおじ》を過ぎれば、すぐに賀茂川だ。一行は河原を南に向かって、ゆっくりと馬を進ませた。

水面を渡る冷たい夕風が頬を撫でてゆく。

岸には薄《すすき》や女郎花《おみなえし》がそよぎ、白鷺《しらさぎ》が小首を傾げて獲物を狙っている。

馬の背に揺られながら——先ほどから清盛は黙りこくっていた。頭から長成の言葉が離れないのだ。

——あれほどの学才を放っておくのはもったいない。

牛若を襁褓《むつき》のうちにある頃から見て来た清盛も、そう思う。近頃は長成邸を訪れる回数が減っているだけに、会って話すと、そのあまりの成長ぶりに驚かされる。

今日などは誰が教えたか、

「律令の制を刷新なされた桓武帝より二百七十年、政《まつりごと》の場においてこれほど詭弁《きべん》が弄《ろう》され、詭道を恥じぬ輩が多くては、如何にして民の暮らしがよくなりましょうや。そもそも詭弁も詭道も、いくさの場においてのみ許されるものではないのですか」

と問われて、腰が抜けそうになった。

(これが義朝と常磐の血か)

おのれは義朝に負けるものではないと思うほどに、常磐を妻と成し得なかったことへの悔いは大きい。

（牛若だけは何としてもおのが許で使いたい）

その時、清盛は閃いた。

（あれをやらせよう）

牛若でなくては出来ない仕事である。そしてその仕事は平氏の命運を握っていると言ってよかった。

「あの小童のことだが」

清盛は横をゆく頼政に切り出した。

「は」

「あのふたり、牛若を僧にすることはよもやないと思われるが……」

「はい、恐らく」

「我も僧にしたくないのだ」

「は？」

「何があっても牛若を仏門に入れぬよう、計らってくれぬか」

「はあ」

頼政の面に怪訝《けげん》の色が浮かんでいる。

「案ずることはない」

清盛は、ふっ、と笑みを漏らし、顔を正面に戻してつづけた。

「御辺には悪いが、これからも武門は平氏が握るであろう。牛若は我らが許で生きてゆかねばならぬのだ。よって牛若が成人した時、我が一門の誰ひとりとて、牛若を排せぬようにしておきたいと思うておる」

「一体、如何にして」

「それは改めて話すとしよう」

「ありがたきこと……相国殿にそこまでお考えいただけるとは、牛若めは何と幸せな……」

頼政は声を詰まらせ、清盛の横顔を食い入るように見ている。

「はは、そう言うと聞こえはよいがな、実は我ら一門のためにもなる。恩に着ることはない」

「忝《かたじけ》のうございます」

深く頭を下げる頼政に、清盛は、やめろやめろ、と笑って手を左右に振った。

「正直に言おう。我は牛若が怖いのだ」

「これはこれは、お戯《たわむ》れを仰せにならんでください」

「斯様に情けないこと、戯れに言えると思うてか。あ奴はまだ齢《よわい》十一ぞ。なれど末恐ろしい男よ」

清盛は遠くを眺めやるように目を細めた。

「あれを我が目の届かぬところにやることは、虎を野に放つと同じことだ。その虎の許に各地に散らばる虎共が結集せぬとも限らぬ。ひとつになって攻めて来られては堪《たま》らぬわ」

頼政の背が、ひやり、とした。まさしくそれは、頼政が密かに狙っている筋書きであったのだ。

少年は徐徐に大器の片鱗を露《あら》わにしはじめている。それにまだまだあどけないが、接する者を虜《とりこ》にし、思わず跪《ひざまず》いて顔を仰ぎたくなる魅力を持っている。頼政はその小さな姿に八幡太郎義家や義朝、おのが祖の頼光を重ね合わせ、源氏の求心力となることを期待せずにはいられなかった。

「いや、どう考えてもそれはあり得ませぬでしょう、ははは」

覚えず声が震えそうになって、頼政は言葉の最後を笑いに紛らした。

「そうだな。だが万一にもそうならぬように、牛若には然るべき席を用意するつもりでおる。だが、まだ先の話だ。ともかく今は、牛若を僧にせぬよう協力してくれ」

「承知仕りました」

清盛が何を考えているのか、頼政にはわからない。ただ平氏の世がつづくなら清盛の保護の下《もと》で力を蓄えられるように、また源氏が蜂起する際には大将として指揮を執れるように、牛若を育てねばならない。

(慎重にやらねばならぬ)

夕づく日に茜に染まる街の屋根屋根を見霽《みはる》かしながら、頼政は気を引き締め直したのだった。


「――とまれ、相国(清盛)殿が牛若の出家をお望みでないのは確かだ、そう頼政のおじさまは仰せになったの。相国殿の意図はこの母にもわかりませぬ。なれどそれは、まだまだ先の話。今は何より、気兼ねなくこことお山をゆき来出来ることになってよかったわ。勿論、たとえ許されずとも、母たちはそなたをお山にゆかせたままにするつもりはなかったのだけれど……ただ、相国殿も頼政のおじさまも、今の父上もこの母も、そなたに望むのは武家の子である前に公家の子であることです。これからも父上をよく見習うよう」

「わかりました」

常磐はにっこりとうなずき、立ち上がった。

「さ、そろそろ松若が帰って来るわ。今宵はこれぐらいにしましょう」

袿の裾を引きまわして母が簀子に出ようとした時、牛若は大事なことを聞き忘れたのに気づいた。

「母上」

「なあに?」

月影を背に、母が振り返った。

「あの……」

そう言ったきり、牛若は口を噤《つぐ》んでしまった。

虫の音が庭も狭《せ》に集《すだ》いている。

「何なの？」

常磐は優しく促した。

「あの……先ほど牛若は、わたくしたち兄弟が清盛の子であると思った理由に、下人の言葉を耳に挟んだからだと申し上げました。その……あれはまことなのですか！」

怒鳴るように言って、牛若は面を紅に染めた。

常磐は円座に戻った。

「相国入道殿がこの母を愛でたという話ですか」

動いたかどうかわからないほど小さく、牛若はうなずいた。

「そなたはその噂を信じているのですか」

「い、いいえ」

「ならば気にせずともよろしい」

「ただ……」

「噂は噂です」

「ではなぜ入道殿は、これほど敵将の妻と子にお優しくなさるのですか」

「牛若、そなたはとても賢明な子です。なれど、世の仕組みや政の裏側、人と人の係わりなど、そなたにはまだわからぬことのほうが多いのですよ」

母の瞳が先ほどと同じように強い光を湛えている。

「そなたが心配するようなことはありませぬ。母ははじめから頭《こう》の殿の妻であり、母が相国殿のおそばにあったからそなたたちが助命されたのではない。ことはそのように平易ではありませぬ」

「は、はい……」

「母がお仕え申し上げる女院さまも、いろいろとお力添え下さったのですよ」

「女院さままでが？」

そうですよ、と常磐はうなずいた。

皇太后呈子《しめこ》は仁安《にんあん》三年に女院宣下されて九條院となっていた。

「女院さまがいらっしゃらなければ、わたくしたちの運命は如何になっていたことやら……そうそう、先日正衡《まさひら》殿がおいでになったでしょう？」

「はい、御出家なされて清空《せいくう》殿となられたとか」

ほほほっ、と常磐は笑った。

「そのお方が、相国入道殿です」

「ええっ？」

一体、今日という日は幾度驚けば済むのだろう。

「正衡というのは入道殿の曾祖父の御名《おんな》。相国殿の法名も、正しくは清空ではなく、清蓮《せいれん》（のち淨海《じょうかい》と改名）殿。そなたに事実を伝えるまで、名を偽るおつもりでいらしたのよ」

牛若にとっては、頼政のおじさまと同じく、物心ついた時にはすでに近くにいたおじさまである。双六や独楽、相撲などの遊びの相手となってくれるし、優しくてよい人だ、と牛若は思っている。

（あのおじさまが清盛……）

話も面白い。ただ思い返してみれば、得意とするのは確かに西国、それも海賊の話が多い気がする。

「もし入道殿がこの母を我がものとしたのがまことならば、母の新しい夫の屋敷に顔を出せる道理がありませぬ」

「はい……」

「なぜそなたたちの命が助けられたのか。頭の殿の国創りの話と一緒に、いずれきちんと教えてあげます」

「はい！」

母が言うのだから間違いなかった。そうなるともう、明日からでも聞かせてもらえるであろう亡き父の国創りが気になって仕方がない。

つと、常盤は牛若のそばへ寄ってその肩を抱き寄せた。

久しぶりに母に抱き締められて、牛若はどぎまぎした。照れくさいのと嬉しいのが綯《な》い交《ま》ぜになって、拾われてきた子犬のようにじっとしている。

「覚えておいてちょうだい。母のなかで武家はひとつ、ただ源氏あるのみ」

懐かしい母の甘い匂いに全身が染まった。

牛若は、こくっ、とうなずくと、柔らかな母の胸に鼻を押しつけた。

三

長成邸のある通りより一本西の東洞院大路《ひがしのとういんおおじ》を北上して京の街を離れ、深泥池《みどろがいけ》を東に見て狭い谷間を抜けると、岩倉《いわくら》盆地に出る。さらに北へ進んで北山の山間部に入り、市原野《いちはらの》を過ぎて、貴船《きぶね》川と鞍馬川の合流する地点が貴船口である。ここから道を左に取れば貴船《きふね》神社へとつづく道、右へ二里ばかり進むと鞍馬寺に着く。

この道を、牛若はどれほど往復したかしれない。

鞍馬へ通うようになって四年、華奢だった牛若の体は随分逞《たくま》しくなった。ただ太い首も、肩や腕の強い張りも、常磐の血を濃く引いた色白のきれいな童顔と不釣合いで、何だかおかしい。

時は承安《しょうあん》三年（一一七三）の、秋も深まる夕刻――。

牛若は先ほどから、東光坊の庭に面した一室で写経していた。東光坊は、牛若が鞍馬寺にやって来た時に預かってくれる、義朝の祈りの師であった阿闍梨蓮忍のお坊である。

鞍馬寺の大門をくぐってすぐ、鞍馬寺が御所から鎮守社として勧進した由岐《ゆき》神社がある。祀《まつ》られているのは、矢を入れて背に負う靫《ゆき》で、世の平穏を願う。この由岐神社から先が、清少納言《せいしょうなごん》が『枕草子《まくらのそうし》』に近うて遠きものとして書いた、鞍馬の九十九折《つづらおり》である。参道はうっそうとした杉木立のなかを幾重にも折れ曲がって本堂まで登ってゆくが、牛若のいる東光坊は由岐神社からほど近いところにあった。

牛若は鞍馬へ来ると、明るいうちは経や書物を読んだり、文字をさらって過ごした。武芸の修行は日が落ちてからである。鞍馬寺別当（首長）を務める蓮忍が了承しているとはいえ、どこにどのような目があるかわからない。義朝の遺児が武芸を磨いていると知られれば最後、平氏一門の人々が牛若斬首を叫べば、清盛と雖もこれを押しとどめられないのは明らかであった。

修行に使う場所も、本堂からさらに山奥へ入り、貴船神社へと抜ける途中の僧正《そうじょう》が谷であった。杉の巨木が生い茂って昼なお暗く、夕日西に傾けば物《もの》の怪《け》喚《おめ》き叫び、天狗《てんぐ》が飛ぶと恐れられたところである。

牛若は徹底的に鍛えられた。師を務めたのは頼政の郎党たち。それに義朝の乳母子鎌田政家の遺児で、平治の乱の折に都落ちする義朝一行とはぐれ、洛北に身を潜めていた盛政《もりまさ》・光政《みつまさ》兄弟も加わった。懸命に励んでいたつもりだった長成邸での弓箭の稽古。が、あれはお遊びだったのか、と思えてしまうほど、師たちはこれまでとは別人のように厳しくなった。

「何をやっておるか！　最後におのれの命を護れるのはおのれのみぞ！」

「おのれに余裕なくば、軍配は振るえぬぞ。配下を皆殺しにするつもりか！」

師たちの怒号が飛び、木太刀が容赦なく牛若を襲った。

だが、涙が流れることはあっても、牛若は辛いと思ったことはない。むしろ、それだけ期待されているのだ、と心躍った。

生まれ持った身体能力の高さと勘のよさ、一を聞いて十を悟る賢さに、倒されても倒されても必死に食らいついてゆく粘り強さ。そして優れた師。そのどれひとつが欠けても、芸というものはものにならない。

太刀打、早業、追物射《おものい》も、牛若は凄まじい勢いで上達していった。師たちは期待をはるかにうわまわる少年がいとおしくてならず、修行にはますます熱が入った。そして気づけば、師たちが教えられることは、もう残り少なくなっていた。

今回の修行期間は二十日。今夜がその最後で、明日は朝の勤行《ごんぎょう》が終われば家へ帰ることになっている。

先刻、光政がやって来て、「今日は久しぶりに蓮忍さまも御覧になりますぞ」と牛若に告げた。阿闍梨が僧正が谷へ来てくれるのは半年振りである。

（今の牛若の最高の技をお見せするぞ！）

張り切る牛若には、日の沈むのがいつもより遅く思えて仕方がなかった。だが何度も空を見上げたからといってすぐに日は沈まない。逸《はや》る心を落ち着かせようと、写経をすることにしたのだった。

集中して内なる時の流れに身を委《ゆだ》ねれば、時辰《じしん》の過ぎゆくは早い。気づけば、柔らかに庭に注いでいた小春日が朱《しゅ》を帯びはじめていた。寄り添うように枝を広げた桜や楓の、黄や赤に染まった葉がはらりはらりと舞い散り、時折、文机にも載る。

今また、小さな楓の一葉が硯《すずり》の際へ落ちて来た。これは鳥がちぎったのだろうか、先端が紅くなっているばかりで、まだ青い部分がきれいに残った葉である。

牛若は墨を含ませていた筆を置き、葉の軸をつまんでくるくるとまわした。

「母上、なぜ花は散ってしまうのでしょう。ずっと咲いていればきれいなのに」

かつて牛若は、萩の花が散り敷く庭で母に問うたことがある。

「そうね。なれど花は散ることで実を残し、命を次に繋いでいるのよ」

「ふうん」

「木は葉を落として雪の季を乗り切る。花も葉も、散るべき時を知っているのですよ」

そう言いながら萩の枝に触れた、母の細く白い手が今も脳裏によみがえる。

「人も同じこと」

「牛若には散るべき時がわかりませぬが」

「そうね、そなたにはまだ早いわ」

母は微笑んだ。

「では父上や兄上は御存知だったのですか。目指す新しき国がまだ成ってはおらぬのに逝かれたではありませぬか。父上も兄上も、死ぬべき時はもっとのちではなかったのですか」

「そこが大事なところです。散るべき時とは、死ぬべき時ではない」

母の切れの長い目が、牛若をぐっと見据えた。

「散る、とは死ぬことではなく、引き際、と考えなさい。おのれを花の一輪、葉の一枚に譬《たと》えるのではなく、花や葉をつける木そのものをおのれだと思うのです。花や葉を散らす時を間違えなければ木は生き残り、また新しい芽を吹かせ、花を咲かせ得る。地位や名誉、財産を切り捨てても、引き際を間違えなければ、つまりおのれが生き残りさえすれば、その意志をのちの者に引き継げましょう。引き継ぐ者を育てることも出来るのです」

母はふわりとかがむと、落ち葉を拾い上げた。

「父上や兄上は、心ならずも道半ばでお斃《たお》れになった。ちょうどこの葉のようにね」

薄紅葉《うすもみじ》の藤の葉の碧《あお》が、母の手のなかで鮮やかだった。

「世を変えるというのがどれほど困難なことか、そなたはすでによく承知している筈。新しいものを創り上げるには、壊さねばならぬ古いものがある。しかも犠牲になるのは物ばかりではない。古い体制を守りたい者たち、新しき世を夢見る者たち双方の、尊い命も多く失われましょう。それにとどまりませぬ。否応なくいくさに駆りだされ、あるいは兵火に家を焼かれる地下《じげ》の民たちも、どれほど犠牲になるやわかりませぬ。物も人も犠牲を最小に抑えるには、何よりも周到な準備が必要です。準備には十二分に時を使い、戦いは一気に決めねばならぬのです」

「父上はお動きになるのが早かった……」

「結果としてはね。無論、あの時の父上のお気持ちはわからなくはないわ。新院や女院、主上とその側近の望むところが一致していたのですから。それでも甘かった。院も主上も完全に手のうちにして、なおかつ平氏と確実な和議を結ばねばならなかった」

「はい」

「それでも、もし父上や兄上が本拠である東国に帰り着いていられたなら、勢を立て直された筈。負けを考えてはいくさにならぬ、というお方もありましょうが、退路も確実にしてこそ、戦いの準備は成った、と思わねばなりませぬ」

再びかがんだ母が、今度は見事に色づいた葉を拾った。

「そなたが父上の遺志を継いで新しき国を創り上げようと思うなら、花を散らし、葉を落としても、生き残りなさい。たとえそなたの姿は世の人々から見えぬところにあっても、人を動かし、世を創れるのです」

「わかりました」

「父上たちが身を以てお教えくださったのです。そなたは何があっても、碧い色を残したまま斃《たお》れてはなりませぬぞ」

大きくうなずく牛若に、母は二枚の葉を握らせた。

その二枚は、押葉《おしば》にして今も大切に持っている。

母の言葉を思い出しながら、牛若にはいつしか、阿闍梨蓮忍に最高の技を見せよう、という気負いはなくなっていた。勿論、技を行う時は持てる力をすべて出し切るから、必然的に最高の技を披露することになろう。だがそれは、最高のものを見せよう、ということとは似て非であった。

引き際を知る、とはおのれの限界を知ることである。命を繋ぐために、引き返す余力がどれほど残っているかを常に計算することである。

つまり、五感のすべてを集中させながら、のめり込んではならない。常に頭のなかに冷静な第三者を置いておく必要があるのだ。どれほど優位に展開している戦いでも、戦いそのものに陶酔した時点で負けが決まる。

見せよう、という気持ちは、おのれの技、あるいはおのれ自身への陶酔にほかならぬ、と牛若は思った。

(今の自然な姿、平時に出せる力を見ていただくことが尊師に対する礼ではないのか)

齢七十を数える蓮忍の、口許に半ば笑みを浮かべた柔和な顔が浮かぶ。

何があっても表情を変えず、声を荒らげることのない師の心はどうなっているのであろうか、と牛若は時折考える。

怒りや憎しみ、苦しみを、瞬時に強い力で心の底に沈めてしまうのであろうか。その時、師の心のなかでは一体どのような葛藤が起きているのであろう。それとも、好ましくない感情は、そもそも師の心に湧くことはないのであろうか。

牛若にはわからない。恐らく生涯わからぬ、と思っている。

ただお山へ通ううちに、一心に経を読み、あるいは経を写すことで、どれほど怒りや憎しみで尖《とが》った心も静められることを覚えた。不思議、ではある。これが太刀を振りまわせば怒りは倍増、大好きな揚《あ》げ餅を食べていても、憎いものは憎い、と顔が歪んだままなのだから。

牛若は手にした楓の葉を紙に挟んで懐へ仕舞うと、また筆を取った。


「そろそろ御用意なされませ」

日が暮れてから一刻が経った頃、光政が牛若の部屋を覗いて、小さく声をかけた。

「うむ」

牛若はゆっくりと筆を置いた。

「競殿はどうなされた」

競は修行の最終日に必ず成果を見に来てくれる。いつもは日が落ちる前に東光坊へやって来るのだが、今日はまだ姿が見えなかった。

「何でも、所用で京を出るのが遅くなるゆえ、直接僧正が谷へ向かわれるとのこと」

「そうか。で、盛政が尊師をお連れ申し上げるのだな」

「は、左様でございます」

会話を交わすわずかな間に、牛若は襷《たすき》をかけ、股立《ももだ》ちを取った。

「ゆくぞ」

木太刀を摑むと、簀子から庭にひらりと飛び降り、駆けだした。

「まったく、いつもお速い」

苦笑した光政は、燈火を吹き消し、急ぎあとを追った。


月が出て、空は明るい。

叢《むら》がる巨杉《きょさん》の梢が、くっきりとした陰になって沈み込んでいる。

ふたりは九十九坂を本堂まで駆け登って一息ついた。眼下には、月影を受けて燻銀色《いぶしぎんいろ》に輝く樹冠が拡がっている。さーっ、と吹く風に枝葉が揺れる様は、大海のさざ波のようだ。

呼吸を整えたふたりは再び走り出した。道は本堂の伽藍《がらん》をぐるりと左に巻いてもう少し登りがつづいたあと、貴船神社に向かって一気に下ってゆく。地上を這う木の根が絡み合う岨道《そばみち》である。その途中、不動堂のあたりが牛若の修行場であった。

やがて前方に燈火の揺らめきが見えた。

「いつもより燈《ひ》が多くないか」

牛若は光政を振り返った。

「まことにございますな。恐らく蓮忍さまのお目を気遣ってのことでしょう」

「一《ひい》、二《ふう》、三《みい》、……十《とお》近くもあるぞ。これでは失敗したら丸見えだな。あははは」

燈は不動堂の前の少し開けたあたりを照らすように、高低をつけて点されている。牛若が明かりのなかに姿を現すと、競がすぐにそばへ寄って来た。

「お待たせしました」

一揖《いちゆう》する牛若に、いいえ、とにこやかに返すと、競はすぐに表情を引き締めた。

「では早速はじめますぞ」

「尊師は？」

「不動堂に。挨拶は抜きでよい、と仰せです。……参れ」

ここから競たちと牛若は、師と弟子である。

「わかりました」

そう言うや、牛若は飛び退《すさ》ってさっと木太刀を構えた。

敵は五人——牛若の目は、瞬時にその数と正確な位置を捉えた。

（一度に五人も相手にするのか？）

はじめてのかたちであった。

（さてどうするか……）

幸い、いつもよりずっと明るいので、敵の細かい動きがよく見える。が、同じようにこちらの動きも敵に読まれる。

（競殿も酷いな。小敵の堅《けん》は大敵の擒《とりこ》なり、と教えておきながら、なぜ一対五なのだ。逃げろと言うことか？）

その時、脳裏に言葉が浮かんだ。

――兵とは、詭道なり。

（そうか！）

五人に対して動くべき図が見えた。しかも時を置いては敵に有利になる。

鋭い気合とともに、牛若は動いた。木太刀を振りかぶり、だっ、と一歩を競に向かって踏み出した。すかさず、競が受けの姿勢に入る。が、牛若はそこにいない。その姿は二間ほども右にあり、すでにひとりの木太刀を跳ね上げ、その横であっけに取られて木太刀を構え直し遅れたもうひとりの手許を叩いていた。

「やあ！」

（何ということだ！）

このような戦い方は教えていない筈だ、と競は息を呑んだ。五人で囲んだものの、ひとりずつが相手をしてゆく段取りだったのである。

師として選ばれるだけの腕を持つ競たちである。いくら牛若が腕を上げたとはいえ、齢十五の少年にまだ負けはしなかった。今宵は蓮忍が見ている。五人が囲むかたちを取ったほうが、半年前と比べて格段に太刀さばきがよくなったことをより華やかに見せられるだろう、と考えた結果の演出だ。だが牛若の動きはよい意味で競を裏切った。

「おりゃ！」

ふたりの郎党を落とした牛若は、間髪入れず左へ飛んだ。

そこには、申し合わせとは違う、しかも恐ろしく速い展開に混乱する盛政がいた。盛政は、ここぞ、と牛若が着地するであろう場所を狙って水平に払ったが、木太刀はむなしく空を斬った。牛若は勢いよく飛ぶと見せかけて、盛政の木太刀の先端すれすれで着地し、改めて地を蹴《け》っていたのである。

勢いあまってうしろ向きになった盛政の背中を打ちつけると、牛若は振り向きざまに再び左に横飛びした。

〈うしろにも目があるのか〉

競は舌を巻いた。もし飛んでいなければ、光政の木太刀の下だったのである。

「や？」

盛政以上に混乱している光政には、もう牛若の動きが見えない。

(どこだ？)

腰を低くして辺りを窺《うかが》う光政の頭を、牛若はうしろから、ぽん、と叩いた。

「こちらですぞ」

「わっ！」

「これが真剣なら、御辺はもうこの世におわしませぬ」

木太刀を構え直した光政に、牛若は静かに言い放った。牛若の物言いが丁寧なのは、この場では光政も師であるからだ。

「お下がりあれ」

「は、はっ」

牛若は、くるり、と残る競を振り返った。

(何という鮮やかさだ。しかも息ひとつ上がっていないではないか)

この四年間、時には心を鬼にして扱《しご》いてきたことの集大成を、牛若は今ここに示している。実技ばかりでなく、机上で教えた兵法のすべてをきちんと消化し、おのれのものとして使いこなせることも見せたのだ。

どうすれば勝てるのか。

敵はひとつのところ、ひとつのかたちにとどまることはない。千変万化する敵に勝つためになすべきことを、頭のなかにぎっしり詰め込まれた兵法の知識から、刹那刹那に間違いなく選び出さねばならない。これは、実技や学としての兵法と違って、もっとも教えたくて教えられない部分、つまり才能である。そしてその才能は、どのような状況にも対応し、無駄なく確実に勝利をもぎ取った時、天才とよび変えられる。

ここで大事なのは、戦う敵もまた、武芸に優れ、兵法を研究し尽くしているということである。敵も生きるか死ぬか、なのである。いくさにおいて偶然で勝つことはない。すべての勝ちいくさは勝因の解析が可能だ。それは自軍を勝ちに導いた指揮官の才能が、血と汗と涙によっておのがものとしたいくさの基本＝兵法に裏打ちされているからにほかならない。

(今日のこの日に)

牛若が天分の才を現してくれたことが、競には何より嬉しい。

峰を渡る風が、ざわざわっ、と老杉《ろうさん》の梢を揺らした。

「えい！」

牛若が地を蹴って競に打ち込んだ。それを競は軽く受け止め、ぐいっ、と一歩踏み込んで牛若を突き放しざま、木太刀を振り下ろした。三尺ほど退いた牛若に、競はさらに踏み込んで、今度は突き出す。牛若はひらりと横にかわし、木太刀を構え直した。

「よし、そこまで」

師競は静かに木太刀を下げた。

牛若も構えを解き、一礼した。

「今宵は素直にお褒めいたしましょう。素晴らしゅうございました」

「ありがとうございます！」

牛若にとっても思った以上によい出来だったのだろう。頬を上気させ、昂奮しているのがわかる。

牛若がそのまま突っ立っているので、競が促した。

「さ、蓮忍さまがお待ちです」

あっ、と声を上げて、牛若は不動堂へ走った。そのうしろ姿に、競は満足げにうなずいた。尊師のこと忘れるほどに、手合わせに集中していた牛若が頼もしかった。

「見事であったぞ」

深く皺《しわ》の刻まれた顔がにこにこと笑っている。

「忝のうございます」

牛若は丁寧に頭を下げた。

「いや、美しかった。舞を舞うが如く、優雅であった」

蓮忍は笑顔のまま、集まって来た競たちをぐるりと見まわした。

「拙僧は武芸に詳しくはないが、今の牛若の技は、実際素晴らしかったのでありましょう？」

「仰せのとおりにございます」

競たちはそれぞれ深くうなずいた。

「無駄なく理に適った動きが美しく見えるというのは、何ごとにも通じるものですな。能書家が書をしたためる手の動き、箏の名手の腕の動き」

蓮忍は牛若に視線を戻した。

「ここまでよう頑張った。是非、母君にも見ていただきたいものだな」

「は、はい」

牛若はうつむいた。

父義朝の話をしてくれた翌日から、母は弓の稽古につき合ってくれるようになった。

足の位置がおかしくないかだの、肘の位置はそれでよいのかだの、顎《あご》が上がりはじめているだの、
母は結構口うるさい。それも的を外しつづけて、その原因を見失っている時に限ってうるさくなる。

自らは弓を引きもしないのに、と牛若ははじめ少し腹を立てていたが、的が決まらないのは格好悪い。

そこでだまされたと思って母の言うとおりにしてみると、これがなかなかどうして、いつもそれこそ的を射た助言なのだ。

なぜ母は弓がわかるのだろう、と競に問えば、

「源氏の大将に七年も連れ添われたのですよ。見事な芸を間近で御覧になっていたのですから。あるいは大将を師に弓をお引きになったこともあるやもしれませぬ」

と端整な顔を綻ばせた。

「太刀も馬も上達しているのかしら」

母は常に言う。太刀の打ち込みは里でも欠かさずやっており、母もそばで見ているのだが、いくら何でも庭で競たちと手合わせして見せるわけにはいかず、庭木の枝を打ち落とすわけにもいかず、母には今ひとつ成果がわからないらしかった。

(今宵のような手合わせを母上に見せられたら)

だがそれは無理な話だ。母上がここへ来てくれない限り、無理だ――――。

ふと、ものの気配を感じて顔を上げた牛若は、わわっ、とのけ反った。

不動堂の横から、耳まで裂けた大口に牙を覗かせ、巨眼を剥《む》いた鬼がこちらを睨んでいるではないか。

牛若は競たちを振り返った。皆、平気な顔をしている。

(見えてないのか?)

牛若は慌てた。

「競殿!」

「どうかされましたか?」

「どう、って、そこに……」

牛若が鬼を指差そうと再び正面を向くと、そこに鬼はおらず、代わりに鬼と雖《いえど》もこれほどまでには化けられぬであろうと思われるような佳人が立っていた。

「母上!」

少年はその女《ひと》に駆け寄った。

「まことに母上なのですか! 鬼ではなく?」

ほほほ、と柔らかく笑いながら、母は鬼の面を振って見せた。

「そなたの太刀が見たくて、阿闍梨さまにも競殿にも無理をお願い申し上げました」

「では……では見てくださったのですね!」

「ええ、しっかりと。皆様にお褒めいただいて、母も嬉しく思いますわ」

常盤は競たちのほうへ歩み寄り、「師匠方には何と御礼申し上げてよいやら」と深く頭を下げた。

師たちは恐縮し、「若君の才と努力の賜物です」と牛若を改めて褒め讃えた。

「師がお褒めくださったということは、やっと真《しん》の出発点に立てたということ。忘れてはなりませぬぞ」

振り返って諭《さと》す母に、「心得ております」と、牛若は力いっぱい答えた。

「師匠方おひとりおひとりには、まだまだ敵《かな》いませぬゆえ」

「ははは、それはそうです。我らは若君の何倍もの時を修行に費やし、実戦も経験しております。一対一ではまだまだ若君に負けるわけには参りませぬ」

競は笑った。

「我らが若君に望むのは大将であって、我らひとりひとりを倒すことではない。策を自在に操り、的確に軍《いくさ》の集団を動かせるようになっていただきたい。たとえば、漢の軍師張良《ちょうりょう》のような……」

牛若の顔が、ぱあっ、と輝いた。

「なれましょうか！」

母常磐の書棚の前に座り込んで、夢中になって読んだ唐《から》の国の歴史書。策を運《めぐ》らせて国を創ってゆく男たちの話の、何と面白いことか。なかでも漢の三傑の一である張良が牛若のお気に入りで、その冴えた戦略に酔っている。頼政も張良が好きと見えて、その戦法を特に詳しく教えてくれた。

戦略ばかりではない。頼政が話してくれた逸話によると、張良が清廉《せいれん》の士であったらしいことも、牛若がこの軍師を慕う理由のひとつであった。

その張良のようになれ、と競が言う。

「今宵、その片鱗は見せていただきました。あとは若君次第」

「精進します」

張り切る牛若に、競はうなずいた。

「のちのち、いくさが起きるか否かはわかりませぬが、起きた時には、源氏の運命は若君の手に委ねられることになると御覚悟なされよ」

「この牛若に？」

「そうです」

　競は、燈を映し込んで深く輝く少年の双眸を見据えた。

「我が殿（頼政）は常日頃、これからの源氏を率いて立つは牛若殿措《お》いてほかになし、と仰せです。若君は最も若年ゆえ、棟梁となるのは難しいかもしれませぬ。父君頭《こう》の殿がおわしますれば、必ずや若君を棟梁にお就《つ》けになったであろうと思うほどに、悔しゅうてなりませぬが……」

　競は辛そうに歪めた顔を横に向け、ふっ、と小さく息をつくと、顔を戻した。

「源氏を率いるとは、源氏累代の弓矢の芸を次代に繋ぐということ。若君ならすべてを承知したうえで、このことの大切さをわかってくれよう。我が殿も、我らもそう思っております。棟梁の地位に拘《こう》泥《でい》せず、源氏を散らさぬという大事を成し遂げられるのは、若君しかありませぬ」

「はい」

「我らはそう信じたればこそ、若君にここまで厳しい修行を課してきたのです」

「ありがたく思っております。牛若は棟梁になりたいと考えたことはありませぬ。勿論、なれと言われればなりますが」

　にこっ、として牛若はつづけた。

「棟梁は、兄上の誰かが務めればよい。皆、父上の血を引いているのです。誰が務め得る、務め得ぬ、ということはありませぬ。なれど、牛若にはやらねばならぬことがあります。棟梁はほかの者でも務まろうが、牛若がやろうとしていることは誰にでも成せるというものではありませぬ」

「亡き殿の国創りにございますな」

盛政が声を弾ませる。

「そうだ。そのためにも、まずは源氏累代の芸を次代に繋ぐことに全力を尽くす」

我が子の頼もしい言葉に、常盤も微笑んでいる。

「去る平治の乱の折、頼政のおじさま方は平氏方に立たれ、我が父と戦われました。二条帝に伺候《しこう》なさる身としては当然のこと、と周りからは思われ、平静を装って源を同じくする人々に矢を向けねばならなかったことを、如何ほど苦しく悲しく思われたことか。そうまでしておじさま方が守り抜かれた我が源氏の芸、決して絶やしは致しませぬ」

「若君……」

競が搾《しぼ》り出すように言ったきり、そこにいた誰もがじんとしたものを感じて口を開き得ない。

「……若君は我らが希望にございます」

ようやく、盛政が嚙み締めるように言った。

「どうか、今のお気持ちをお忘れくださいますな」

「うむ。父上がどれほど政清殿を頼りにされていたかは、母上からよく聞いておる。その政清殿が忘れ形見のそなたらは、この牛若にとっても特別な存在ぞ。これからもよろしく頼む」

政清——政家と改名する前の、懐かしい父の名を耳にして鎌田兄弟は胸を詰まらせ、跪《ひざまず》いた。

(やはり殿のお子であられる……)

平治の乱当時、すでに戦いに参加し得る年齢であったふたりには、義朝その人が脳裏に焼きついている。義朝が備えていた、男をも惚れ込ませる魅力——おのれは意図せず、人の心を惹《ひ》きつけて放さない力が、牛若にもあった。

しかもこの物言いである。早くも源氏の長の風格を纏《まと》っておいでだ、と兄弟は同時に感じ、若き主《あるじ》牛若を見上げた。ただ、その母似の白面がまだあどけなさを色濃く残しているのに目を細めながら……。

「我らはどこまでもお支え申し上げますぞ。必ずや大将軍におなりくだされ」

感激屋の光政は、涙まで浮かべている。

「そう、見詰めるな」

少し気恥ずかしくなって、眉間に皺を寄せた牛若の両肩を、ぽんぽん、と蓮忍が叩いた。

「もう、貫禄十分ですな」

柔和な笑みを浮かべた老僧が晴れ晴れと言って、しんみりとしていた気が明るくなった。

「この分なら、父君に負けぬよい大将になられましょうわい」

「まだまだ、青うございますわ。まったく言うことばかり偉そうなんですから……」

ため息混じりの常磐に皆は頬をゆるめ、牛若は、ちら、と母を横目で見て、照れくさそうに木太刀を小さく振っている。

呆れたように言った常磐だが、息子に向けた眼差しはこのうえなく優しく、眩しそうだった。

翌朝――。

晨朝《じんじょう》の勤行が終わるや、牛若は盛政光政兄弟と鞍馬寺を飛び出した。昨夜、門前の宿坊に泊まった母は、競に伴われて一足早く出立している。

一陣の風が吹き抜けた。

道の脇を流れる鞍馬川は、冷たいせせらぎを響かせている。

見上げれば、高く澄んだ秋空に木々の色づいた葉が日を受けて輝き、目が覚めるように明るい。

（母上がお山へ上がって来てくださった）

それが単純に嬉しくて、牛若の心は昨晩から浮き立ったままだ。

競たちの言葉も、牛若ならやれる、と蓮忍が太鼓判を押してくれたことも、一晩明けた今は、母が手合わせを見てくれたという感激を超えはしない。

早く、うららかな山路を母と歩きたい――小走りだった牛若は、いつしか全速力で母を追っていた。

奥州下向

一

「慌ただしい年の瀬によび立てして申し訳ない」

清盛は自ら酌をして頼政に勧めた。

政界を引退して福原へ居を移して以来、清盛はめったに帰洛しなくなっていた。

当今《とうぎん》（今上帝）は義妹建春門院所生の高倉帝である。二年前の承安《しょうあん》元年（一一七一）末には清盛の次女徳子《とくこ》が入内、昨年二月に中宮となった。王権が平氏と密であるうちは、京での政治活動は息子たちに任せておけばよかった。

「実は来春の御幸《ごこう》（上皇や法皇、女院の外出）を手伝うてもらえぬかと思うてな」

明けて三月に、清盛は後白河院と建春門院の安芸国嚴島《いつくしま》神社参詣を計画していて、その警護を頼政に頼みたいというのである。

嚴島神社は、清盛が安芸守に任じられてより平氏一門が信仰しており、安芸国の一宮となっているのだが、瀬戸内海の西口にあるかの神社を清盛がとりわけ尊崇したのには大きな理由があった。

貿易である。

通常、大陸からの船は博多湾に着き、交易品はそこで小船に積み替えられて都へ運ばれる。この手間を省き、且つ貿易の利権を独占するために清盛が考えたのが、大陸からの船を直接都近くへ持ってくることであった。

可能ならばすぐ淀川に入れる難波津《なにわづ》がよかったのだが、この津は遠浅がつづく。そこで清盛は摂津国の輪田《わだ》の泊《とまり》に目をつけた。ここは水深が深いうえに潮の干満の差も少なく、大型船が停泊するにはちょうどよい。ただ難点は強い東風《こち》が吹くことであった。そのため清盛は、別荘を置いた福原あたりの山を崩して海岸を埋め立て、防波堤となる島を造るという大事業に数年をかけた。

この輪田の泊へ入るのに、宋船は壇《だん》の浦《うら》から瀬戸内海に入り、東進する。潮流や地形が複雑なこの海を無事に航行させるため、清盛がその水先案内人に任じたのが家人として組織した元海賊たちであった。彼らの心を完全に掌握するためにも、航海安全の神嚴島を平氏の手で美しく立派にする必要があったのである。

仁安《にんあん》三年（一一六八）に清盛は嚴島神社の社殿を造営した。

朱塗りの柱に桧皮葺《ひわだぶき》の屋根、回廊が廻らされたそれは海中に建ち、潮満ち来れば海に浮かぶかに見える。その荘厳かつ幻想的な光景に、訪れた者は誰もが感嘆の声を上げた。京の公卿の大邸宅にも劣らぬ、気品ある大建築物をかの地に出現させたことは、元海賊たちを統率するにとどまらず、西国一円に平氏の威光を見せつけることにもなった。

その嚴島神社に王家の人間が参詣する。

これは前代未聞のことであった。前例にないことを嫌う公家たちは、目を剥き声を掠《かす》らせて非難するであろう。だが、当の後白河院は大はしゃぎだ。帝王学はないが新しいもの好きな院は、福原へはすでに毎年のように出向いている。

〈法皇、入道相国の福原山荘に向かわしめたまう。これ宋人の来着を叡覧するためと云々。わが朝、延喜《えんぎ》以来未曾有なり。天魔の所為か〉

日記『玉葉《ぎょくよう》』に、右大臣藤原兼實《かねざね》は記している。

当時の日本人は、異国人を強く嫌った。穢《けが》れである、というが、その実は恐れである。それは、大陸で強大な勢力を誇った唐《とう》が滅んだことによって周辺諸国に動乱が広がることへの恐れであり、異国人と接触することによってその動乱に巻き込まれることへの恐れであった。

だが後白河院は貿易を面白がり、宋人と会うのを楽しんだ。そもそも、遣唐使廃止以来正常な国交がなかった大陸の国の船が瀬戸内海を進んで都近くまで入ることが出来たのも、後白河院の貿易に対する理解があったればこそであった。

(王家の嚴島参詣が定着すれば)

白河院からはじまった熊野詣のように、公家たちの間で嚴島詣が流行るかもしれぬ、と清盛は思う。公家たちに嚴島神社に対する免疫をつける。

公家たちの視線を西に向ける。

何ゆえか。

実は清盛、都を福原へ移そうと考えていたのである。その最大の理由は、寺社権門の存在であった。

「我が意のままにならぬものは、加茂の水、賽《さい》の目、叡山の法師」

いわゆる天下三不如意を白河院は嘆いたが、まさに院政期から寺社勢力の強訴《ごうそ》が本格化する。その武力基盤を担ったのが、寺の悪僧であり神社の神人《じんにん》であった。

なかでも延暦寺と興福寺が激しかった。強訴は宗教的権威をちらつかせて要求を通すことが目的であり、何も、殺戮《さつりく》や破壊を望んでいるのではない。だが折からさかんとなった神仏習合の影響もあって、延暦寺は日吉《ひえ》社の神輿《みこし》を担ぎ出して主《おも》に荘園を巡る紛争の解決を求め、かたや興福寺は春日社の神木《しんぼく》を担いで寺の人事権に介入されることへの不服を申し立てた。神輿も神木も神様がお移りになっている。両寺は「神の祟《たた》りを恐れぬか」と声高に叫び、要求を拡大していったのである。

この両寺の、延暦寺を賀茂川で、興福寺を宇治川で押しとどめる役割を担ったのが武士であった。川で食い止められれば朝廷側の勝利、川を越えて内裏にまで迫られれば、寺の要求が通った。

興福寺はまだしも、清盛にとっては延暦寺が厄介だった。

平氏寄りだから、である。そのため、延暦寺が起こした強訴に対して、平氏は強い防御に出られないのだ。それをよいことに、悪僧たちは屢《しばしば》神輿を担いで山を下りて来た。強訴の内容が後白河院や院近臣に係わりがあれば、一気に院との関係悪化を招くことになる。これは堪《たま》ったものではなかった。

この問題を解決するには、在京の寺社権門に負けない新たな寺社勢力を平氏の手で創り上げ、宗教儀礼をそちらで行うようにしてしまえばよい――清盛のなかでは、嚴島神社を中心とした勢力図がすでに出来上がっていた。そしてその勢力を機能させるために、都を寺社権門に囲まれた京から瀬戸内沿岸の地へ移そう、というわけである。

「……警護の任、喜んでお受けいたしましょう」

「おお、ありがたい。で、ついでと言っては何だが、都の息らのことも頼みたい」

清盛は少し眉尻を下げ、情けなさそうな顔を作った。

「一門の外で斯様なことを頼めるのは御辺を措《お》いてないものでな」

「御子息をお支えするに吝《やぶさ》かではありませぬが、何ゆえまた改めて」

「この頃、息らはちと院に近づき過ぎだ。そのうち、自《おの》ずから院の親衛隊を名乗るではないかと思うほどにな……」

後白河院と対立した二條帝が亡くなり、憲仁《のりひと》親王（高倉帝）の皇太子擁立で清盛と後白河院の距離が縮まると、嫡男重盛《しげもり》や弟の頼盛《よりもり》なども進んで院に近づいた。気づいた時には院にうまく手懐《てなず》けられ、院の権威をこのうえなくありがたいものと思うようになってしまっていて、我ながら何と無防備に、息子たちに院との接近を許したことかと清盛は悔いていたのであった。

清盛の目指すところは、王家を平氏のうちに取り込んで政権を担うことである。決して王家に取り込まれてはならない。

——実力ある者の世、実力なき朝廷に依らぬ世。

これを実現するには、義朝や義平のように王権を相対視することが必要である。彼らがそう思考するに至ったのは、都から離れた東国に基盤を持ったからだ、と言った常磐の声がいつも頭の片隅にある。

自ら坂東を駆け巡って、懐柔あるいは蹂躙《じゅうりん》して所領を増やす。また、降参した者には所領を安堵し、土地の経営を任せて、家人として構築してゆく。まさに生死をかけた自力救済の世界であり、おのれの力のみが頼りであり、勝利が正義となる。ここに、実力ある者こそが実権を握る、言い換えれば実力なき者が実権を握るべきではないという思考が興る。そしてその思考は、朝廷に実力がないなら、実力ある我らがそれに替わればよいではないか、と展開してゆくのだ。

その思考を支えるのは、何といっても家人だ、と常磐は言っていた。

主従関係にある家人は、主《あるじ》のために命を賭《と》して戦う。それは結果的に、主に所領を安堵されているおのれのためでもある。勝利すれば、恩賞でさらに土地が増えるという期待もあり、戦った相手の持つ利権が手に入る可能性もあるのだ。戦うに当たっては相手の官位に遠慮などしない。中央を否定するほどの強固な意志は持たぬまでも、目の前の官人の特権がおのが利益を侵害するならば、これを倒すに何を躊躇《ためら》うことやある、と考える。

主からすれば、このような、勝利に向かって一丸となっている家人ばかりで構成された集団を率いて戦うことが理想であり、なればこそ、義朝、義平は坂東一帯に家人を組織しようとしたのだ。

それに引き換え、平氏の家人は相変わらず伊勢と伊賀、西国の海賊などが中心で、父忠盛の頃からほとんど変わっていない。義朝が斃れて以来敵対する武家もなく、家人を増やす必要を感じなかったのも事実だ。もし平氏のみでは手に負えない事態が起きた場合は、院や帝に働きかけ、勅命で諸国の武士たちを動かし得るという安心感もある。

ただそれも、平氏と王家の仲がつづく間の話だ。

王家と決裂すればたちまちに賊徒、清盛を倒せという勅命が諸国の武士に出されることになるのであり、その万一のために備えておかねばならぬとはわかっていても、京に基盤を置いて公卿の仲間入りをし、日々を詩歌管弦に過ごす平氏一族、今さら各地を走りまわって家人を構築することなど不可能に近い。この我にすら成せぬ、と清盛は思う。

だがその代わり、平氏には貿易がある。貿易を基盤とし、桁外れの財を成せる実力の向こうに王家を眺めた時、平氏に頼らねば権勢を保てない治天の君の空ろな実像が立ち上がるではないか。

「……ことあるごとに息子らを福原によぶのだが」

頼政の杯を満たしながら、清盛はゆっくりと首を横に振った。

京から物理的に離れることで、朝廷の権威は今やかろうじて輪郭を保っているに過ぎないほどに脆《もろ》く、そして平氏はこれを改変し得る力を持っていることに気づいて欲しい。いや、気づくばかりでなく、実際改変していかなければ、栄華を極める平氏と雖《いえど》も勅命で動かされる武士でありつづけることになる。

だが重盛はまだしも、三男宗盛《むねもり》以下にはそこのところがわからないらしい、と清盛は愁悶を苦笑に滲《にじ》ませた。

「勅命に従い、官軍として戦う以上の名誉があろうか、と宗盛らは言うのだ」

武家の第一の任務は王家をお護り申し上げることである、という信条を捨てるなど、彼らには考えられないのだ。

「この晩秋に帰洛した折、長成殿の屋敷を覗《のぞ》いたのだが、その時常磐殿に言われたわ……」

――御義弟時忠《ときただ》殿は、此の一門にあらざらむ人は皆人非人なるべし、と仰せとか。おのれを脅《おびや》かす武家はなく、時の最高権威からはかわいがられる。何もかもがおのれの前に平伏すを見れば、世は平氏を中心にまわっていると御子息方がお考えになるのも致し方ありませぬ。痛い目に遭うてすら、時の流れるにつれてその記憶は薄れゆくもの。ましてや負けることを知らず、我が世の春を謳歌される御子息方に、危機の感をお持たせになるのは難しゅうございますわ――。

どうすればよい、と問えば、「今からでも遅くはありませぬ。真の後継ぎをお育てになることに全力を傾けられませ」と、常磐は硬い声で答えたのだ――清盛はそう頼政に語った。

「やはり頼りは重盛だ」

「左様にございますな」

頼政はうなずきながら返した。

嫡男重盛は先妻の子で三十六歳、正二位権大納言を務める。清盛ほどの魅力はないが、武勇に優れ、情に厚いところは一門のなかでもっとも清盛に似ている、と頼政は思っていた。

「平治の乱の折、義平と比べて、武士《もののふ》としての心魂《こころだましい》にあまりの差があって打ちのめされる思いであったがな。あ奴も感じるところがあったのだろう、あれから随分と書を読み、身にもいろいろと突っ込んで問うてくるようになった」

「今はもう、立派な棟梁にお成りです」

うむ、と清盛は薄く口許をゆるませたが、再び眉のあたりに憂いを漂わせた。

「何か気がかりでも？」

「室にとっては継子になる。仲がよいともいえぬ」

清盛は先妻を亡くしてのち、高棟流《たかむね》で文官の道を歩んだ平氏時信の娘時子を後室に迎えた。重盛と母を同じくする次男基盛《もともり》は早世し、三男宗盛、四男知盛《とももり》、五男重衡《しげひら》が時子を母としている。

「常磐殿は心配ないと言う」

時子は、平氏棟梁の妻の立場で保元、平治とふたつのいくさを経験している。何より、池禅尼というよい手本があるではないか。平氏一門のためにどう動くべきか、北の方はよくわかっている筈だ
――常磐はそう微笑んだのだが、と清盛は言った。

「禅尼や常磐殿には出来ようが、時子は……」

「弟君がやり手であられますからなあ」

違いますか、と頼政は清盛の顔を窺《うかが》った。齢七十を数え、冷静な分析力を持つ源氏の老将には、平氏棟梁の抱える悩みが見えている。

「そのとおりだ。もし我がいなくなれば、時子は時忠の言いなりになってしまうだろう」

正三位権中納言時忠は時信の嫡男、時子の同腹の弟で、後白河院の妻となった妹建春門院とは母を異にする。時信の代まで諸大夫級の公家であった高棟流平氏は、時子が清盛の妻になり、滋子が高倉帝の母となって、一気に家格が上昇した。

調子づいたのが時忠である。武家である伊勢平氏の今日の栄えも、我が高棟流平氏のお陰だと言って憚らず、滋子が憲仁親王を生むや、二條帝の嗣子順仁《よりひと》親王（六條帝）を差し置いて東宮に立てようとしたり、延暦寺が強訴を起こせば、すぐさま延暦寺側の先頭に立って後白河院を挑発したりと、傲《ごう》

慢《まん》無礼に振る舞った。そのため一度ならず配流の憂き目に遭っているが、公家は誅されることはないと、言動を改める気配もない。この男にとって清盛の武力と財力は、まさしく公家平氏の繁栄のためにあった。

検非違使別当に何度も任じられ、捕縛した強盗共の右腕を躊躇《ちゅうちょ》なく切り落とす義弟。この強面が朝廷に睨みを効かせたことも、平氏繁栄に拍車をかけた一因ではある。

(だが、あ奴の暴走を止められなくなった時)

平氏は栄華へ駆け上ったと同じ速さで没落へと転がり落ちるだろう、と清盛は見ている。

武家平氏を護るのは武家平氏でしかない。公家平氏時忠の言が、武家平氏の動向を左右するようなことになってはならないのだ。

王家に取り込まれようが、また極端な話、源氏と組もうが、高棟流が栄えればよい――そう考えているに違いない時忠に掣肘《せいちゅう》を加えるには、時子を母としない、つまり時忠と血の繋がらない重盛を、同じく時忠と繋がらず、かつ高位にある教盛《のりもり》や頼盛など清盛の弟たちが支える構図が必要であった。

「重盛を中心とする体制をしかと整えてゆかねばならぬ」

「まことに。急がねばなりませぬな」

「一門を操つる方法も、政界での処世の術も、重盛に相伝すべきことはまだ山のようにあるわ」

おのれに言い聞かせるように言って、清盛は大きく息をついた。

「まあ、まだしばらく間はあろうが、な」

「確か、牛若と同じお歳にございますれば」

ふたりの脳裏に浮かんだのは、重盛の嫡男維盛《これもり》の姿である。

公家でも武家でも、嫡流の座は一旦ほかの兄弟に流れてしまうとおのれの筋に戻すのはなかなか難しい。よって望む体制を整えた先にそれを揺るぎなきものとするには、平氏嫡流の座は時子所生の子供たち譲ることなく、維盛に引き継がねばならなかった。

「権大夫《ごんのだいぶ》（頼政）殿、どうかあの父子を清盛と思うて支えてやってはくれぬか」

「は、及ばずながら尽力致します」

頼政は一揖《いちゆう》した。源氏にとっても、今は世が安定しているに越したことはなかった。

「御幸の警護よりこちらのほうが世話をかけるな。済まぬ」

「いえ、御一門の栄えこそ、我が氏の安泰に繋がりますれば」

「そう言うてもらえればありがたい……さて、では本題に入るとするか」

「や、今からが本題にございますか」

「そうよ。実は御辺にもっとも頼みたいのは牛若がことだ。こたび、福原まで御足労願った真《まこと》のゆえをお話いたそう。もう少し近う寄られよ」

頼政が一尺ほどの間ばかりを残して清盛の前に座り直すと、清盛は脇息から身を起こし、前かがみに身を乗り出した。

「先月、鞍馬の阿闍梨に文を送ったところ、五日ほど前に返書が届いてな」

「文は一体どなたが？　景綱殿はもうお歳ゆえ……」

頼政は顔を強張《こわば》らせた。

「案ずるな。今は景綱の息景家が父の代わりを務めておる」

父同様、信頼に足る男だ、と清盛は笑った。

「で、牛若は仏門に魅力を感じておるか、と阿闍梨に尋ねたのだ。ははは、あ奴め、僧になるつもりはまったくないらしいな」

「はい。ま、うまくいっていると申しましょうか、元気がよ過ぎると申しましょうか。先だっても面白いことがありました。そろそろ頭を剃られよ、と阿闍梨が仰せになったのですが……」

これは今夏、牛若の決意のほどを確かめようと蓮忍が打った芝居であった。だが、清盛は蓮忍がおのれの考え——牛若を僧にしたくない——を知っていようとは夢にも思わぬであろう、と頼政は芝居だとは明かさず、つづけた。

「されば牛若、兄ふたりが出家したことすら無念なのだ、我は決して僧にはならぬ、無理にも頭を剃ると言われるなら、たとえ尊師とて躊躇《ためら》わぬ、突き殺してくれようぞ、と刀の柄に手をかける始末。危のうて近寄れませぬでな、と阿闍梨は苦笑なさっておいででした」

「あっははは、これはよい。それでこそ頭の殿と常磐殿の子よ。いや、頼政殿がそばについていられるからか。だが、ちと猛々《たけだけ》しいな」

「はあ、昔から悪うございまして」

「そうであったな。常磐殿の困った顔が今も浮かぶわ」

清盛は目を細め、坊主頭をつるりと撫でた。

「ところで、近頃都では奇妙なことが起きておるらしいな」

「と、仰せになりますと?」

「ほれ、盗賊のことよ。何でも、夜盗に限って、役人が現場に着く前に成敗されるという……」

「ああ、『あれ』ですか」

京の治安を担当するのは検非違使庁《けびいしちょう》。盗賊の通報を受ければすぐさま現場へ向かう。ただ、盗賊も二、三人のものから数十人規模のものまであり、単に物を盗むばかりでなく家の者を皆殺しにすることも多かったから、屈強の者を揃えた検非違使庁と雖《いえど》も迂闊《うかつ》に飛び出すわけにはいかず、まずは盗賊の規模に合わせて人数や物の具を整える必要があった。それでも職業集団、ほとんど時を移さず現場へ到着する。それがこの頃は、そのわずかな間に盗賊は大方が斬られて絶命するか手負となっているのであった。

誰の仕業なのか。逃げ果《おお》せても顔を覚えられていて、他日斬られた者も少なくないとの噂が立っている。

「『あれ』が来るから止《や》めておこう、とお頭《かしら》には言ったんですがね」

運よく息の根を止《と》められずに済んで検非違使に捕まった誰もが、捕まってむしろ命拾い、と安堵の笑みを浮かべた。

盗賊仲間で有名な『あれ』は、鬼の面や天狗の面、裹頭《かとう》などで顔を隠した十人余り。声を聞いた者はいない。盗みに入った家の下人ひとりでも逃がしたら最後、『あれ』は必ずやって来るという。そうとわかっているならすぐに逃げればよいのだが、危険を冒して盗みに入った以上、いただくものは出来る限り多く、の盗人根性。例外なく『あれ』の餌食と相成った。

音もなく現れて、こちらの動きに合わせて陣形を次々と変え、驚く速さで斬りつけると風のように去ってゆく、と生き残りは口を揃えた。皆若く、まだ下《さ》げ髪の者もいる、とも言った。

「かなり腕が立ちますぞ」

斃された賊の傷跡を見たところ、その太刀筋は尋常でない、と時忠は清盛に告げた。また、射られた矢は一本の無駄もなく賊の喉許や右腕を貫いていた、と興奮気味につけ加えた。

今は検非違使別当の職を離れている時忠だが、検非違使庁には入り浸っている。平氏でなければ人でない、と豪語するこの公卿は、蹴鞠《けまり》や詩歌管弦より弓馬を好み、人を捕まえること自体が快感らしい。禿頭《かむろあたま》の諜報員を多数街に放ち、平氏を批判する者を六波羅へ引き立てさせたのもこの男であった。

「奴ら、賊の太刀を残らず持ち去っているとか。それほど集めてどうするつもりなのか解せませぬが……ともかく、検非違使の邪魔をするのは許せぬ。必ず奴らを引っ捕らえて見せますぞ」

息巻く時忠は、酒が入っていようが寝ていようが、盗賊、と聞けば郎党を率いて駆けつけた。だが、現場ではいつも無惨にのた打ちまわる賊を発見するのみ。『あれ』の存在を知ってからふた月、三月《みつき》経っても、その姿はちらと見ることも叶わなかった。

街の人々は『あれ』に好意的だ。何せ疾風《はやて》のように現れて賊を懲《こ》らしめてくれるのだから、人的被害は極端に減った。なのに、時忠が捕まえようとしているらしい、と知って、平氏の悪口を言えない人々は、『あれ』をさんざんに誉めそやした。

「『あれ』が逃げるか、時忠捕《と》るか、『あれ』が捕《つか》まる筈もなし」

京童もぎりぎりの歌で抗議する。

『あれ』が民の味方であるのは確かで、検非違使庁に彼らのような働きが出来ない以上、彼らを捕まえては平氏の信用が落ちる。といって、連中をのさばらせておいては平氏の沽券《こけん》に係わる。

(どうすればよい)

清盛は悩んだ。放っておけばいずれ時忠が捕まえるだろうが、あの荒っぽい時忠だ、どのような手段に出るつもりか――。

「どうだ、成果は?」

しばらく経ってから清盛は義弟に尋ねた。

「いやあ、すばしこい奴らです。この時忠の手を逃れるんですからな」

感心しているようだった。

「何度か囮《おとり》を仕かけてもみたのですが、その時はなぜか現れぬのです。鮮やかな立ちまわりとは裏腹に、かなり慎重な連中と見えますな」

あっぱれ、とでも言いたげに時忠は一瞬口許をゆるめたが、すぐに眉を顰《しか》めた。

「このままでは埒《らち》が明きませぬゆえ、明日からでも然るべき家を片端から洗ってゆこうと考えております」

「心当たりはあるのか」

「実は連中のうち、下げ髪のひとりは衣からしてかなりの家の者に見える、というのです。賊らの話を摺《す》り合わせると、どうもそ奴が纏め役らしい。恐らくあの太刀筋から考えても武家の子倅《こせがれ》でしょう。背格好はわかっておりますし、まだ元服しておらぬ小童、となれば、すぐ正体を突き止められましょうぞ」

時忠は小鼻を膨らませた。

「武家というて、どこを当たるつもりだ」

「源氏に決まっておりましょう」

「それで、見つからねば平氏を探るのか」

「はは、御心配には及びませぬ。我が一門であろう筈がない」

「それはわからぬぞ」

「この時忠が捕縛に向かっておるのですぞ」

「なればこそ、よ。そなたの言動を不快に思う者は、我が一門にも少なからずおるからな」

ぎろり、と清盛は底光りする目を義弟に向けた。

「それに源氏を疑った以上は、平氏も疑わねばならぬぞ。さすがに頼政らは黙ってはおらぬであろうからな。で、平氏のなかにも見つけられずば公家を探るのか？　探索を打ち切れば、平氏はやはり公家には手を出せぬな、と揶揄《やゆ》されるぞ」

「公家というて何を恐れることやある」

「清華《せいが》（摂家と大臣家の間に位する家）の家のお子、いや、親王かもしれぬ。それでもやるか」

時忠は黙り込んでしまった。

よい方法を考えてみる、今しばらく待て――そう言い置いてあるのだ、と清盛は頼政に言った。

「思うに権大夫殿、『あれ』は牛若ではないか」

「えっ、なぜそのように？」

「そうとしか考えられぬ」

時忠には、誰やらわからぬぞ、と言ったが、平氏一門を思い浮かべてみるに、元服前でありながらここまで鮮やかに立ちまわれる者はいない。公家も然り、である。長じてこそ、おのが身の処遇や政権に不満を抱いて反乱を起こしたり、あるいはもっと小粒に、盗賊になることで満足する者もいることはいる。だがまだ親許にある年頃で、少人数とはいえ凄腕《すごうで》を持つ男たちを纏め、一糸乱れず陣形を整えるまでに訓練し得るとは思えない。

時忠が捕縛に躍起となっていることが周知の事実となってからも、挑発するかのように現れる。しかも斬るのは賊。間違っても罪なき人を手にかけることはないから討伐令は出されず、民には感謝されて勇士として崇められながら、おのれは実戦を経験出来る。このようなことを思いつくとは感心な奴め、一体誰が――？

「ああ、あ奴だ、と最近気づいたのだ。御辺が気づかれたのも最近ではないのか。でなければとっくに止《や》めさせておろう。遊びにしては危う過ぎる」

「さあ、下官は……」

「知らぬ、と言われるか」

「牛若がまさかそのようなことを……」

「水臭いぞ、権大夫殿。我は御辺に、牛若を僧にしてくれるな、と頼んだ。ずっと寺にあってさえ、義朝殿の子と知れれば狙われるやもしれぬに、ほとんど街にいるとなれば武芸を鍛錬させるのは当然のこと、牛若もさぞ鍛えられておろうと思うておったのだ。隠すことはないぞ。我はそれでよいと思うておる」

（本気で言っているのか）

頼政は耳を疑ったが、じっと見詰める清盛の双眸のどこにも、偽りの色は見えなかった。

「恐れ入りました」

頼政は頭を下げた。

「我らがこのことを知ったのはつい数日前でして――」


その夜も散散《さんざん》に賊を蹴散らし、意気揚揚と引き上げて来た牛若は、自室の妻戸を開いて飛び上がった。

母が座っていた。

「どこへいっていたのです」

「その……あの……」

「それに何ですか、その衣は」

「はい？」

見ると、水干は返り血で紅く染まっている。太刀を拭《ぬぐ》った袖にも、べっとりと血糊がついていた。

「怪我はないのですね？」

牛若は、こくり、と小さくうなずいた。

「で、どこへいっていたのです」

再び静かに問い質された牛若、本を読むのに疲れたし、寝るには早いし、少し太刀を振ろうと思って郎党らと河原へ向かったところ、強盗だという声が聞こえたので駆けつけたのだ、とぼそぼそと答えた。

「これは、賊めが家の主を殺そうとしていたので、止めに入って斬り合いになったもの。いつもは浅く斬り込むのみですから……」

言ってしまって、牛若は、あっ、と口を手で塞《ふさ》いだが、母は聞き逃さなかった。

「いつもは、とはどういうことです？　そなた、母に隠れて毎夜このように危ないことをしているのですか」

「いいえ、毎夜、というのではありませぬ。わ、違う違う」

「毎夜ならねど、しょっちゅうやっているというのね。では、近ごろ巷《ちまた》を賑わしている『あれ』はそなただというのは、まことなのですか」

「は、はい。あ、いえいえ。なれど、なぜ牛若が『あれ』と？」

「頼政のおじさまが仰せになったのよ。『あれ』は牛若に違いない、様子を確かめたほうがよい、と。それでここしばらく、見張っていたのです」

(何だ、おじさまに見抜かれていたのか……)

母の美しい目が吊り上っている。牛若はしょげた。

「皆が喜んでくれているから、よいと思って……」

「罪のない人を残忍な賊から護るのはよいことです。なれど、そなたの命はひとつしかないのですよ。二度としてはなりませぬ。よろしいですね？」

牛若はうつむいたまま、黙っている。

「もう十分やったでしょ？　権中納言（時忠）殿を甘く見てはなりませんよ」

「ふんっ、あんな奴、屁でもない」

ふんっ、ともう一度牛若は鼻を鳴らした。

そもそも時忠が検非違使別当を務めていた、ということが気に入らなかった。公家としては豪腕なのかもしれないが、泣きながら武芸を修養した身からすれば公家のそれなどお遊びの域を出ていない。捕縛した盗賊の数を誇っているというが、あんな男に捕まるのがへぼなのだ。

現に今宵の賊は、『あれ』が到着した時すでに逃走態勢に入っていた。家財に若い娘も載せて今まさに動き出さんとする荷車に、家主が泣きながら取りついているところへうまく間に合ったからよかったが、賊らを片づけて引き上げる段になっても、検非違使はまだひとりの影だになかったではないか。

（結局、強い賊は逃がしてしまっているのだ。威張《いば》れる話でもないわ）

頼政のおじさまのほうがよほど別当にふさわしい、と牛若は憤慨していた。時忠めが、別当の時でもどうせあの程度の仕事しか出来ておらぬに違いないのに、多くの禄をもらって優雅な生活を送っているというのは、まったく尸素《しそ》の権化ではないか――。

「大丈夫ですよ、捕まるような下手《へた》はしませぬ。今宵だって、仲間と八方に別れて煙に巻いてやりました」

反省しているのかいないのか、肩を聳《そび》やかす息子に母は笑いながらため息をついた。

「牛若、そなたは父上はじめ多くの方々に護られて今日の日を生きているのです。特に相国（清盛）殿の御配慮あって、仏門にも入らずに済んだのよ。その相国殿が、平氏勢力の下でそなたを生かす道を考えてくださっているそうです。よいですか、万一そなたの正体が暴かれれば、その計画も水の泡になってしまいます。それどころか、義朝の子ということで暗殺されるかもしれぬのです。さすれば、皆に何と言って詫《わ》びるのですか……」


「――母は相国殿に顔向け出来ませぬ。常磐はそう諭したようでして」

「ほう、常磐殿がそのように」

清盛は嬉しそうに口を窄《すぼ》めた。

「だが、牛若はなぜ盗賊が出たことを知り得たのであろうか」

「それですが、何でも放免《ほうめん》らを買収していたらしいのです」

「放免を？　これは参った。時忠のうえをゆくな。はっはっは」

放免とは、検非違使庁で使われた下司である。軽罪の者で徒刑・流刑を受けず、放免された者を使ったのでこうよばれた。闇の世界に詳しく、追捕に便利だから置かれているのである。その一癖も二癖もある者共を齢十五で抱き込むとは――。

（いやさすがは、我が目をつけし子よ）

放免が裏切れば、牛若は即捕まるのだ。なのに、誰ひとりそうしない。牛若の確実な交渉力に清盛は大満足した。

「報酬は主に賊の得物だそうです」

「ああ、それで」

賊の太刀や長刀などが持ち去られているのか、と清盛は合点した。

放免が走れば、どこからともなく『あれ』の構成員が集まった。牛若に従うのは、昔からの遊び仲間の悪童たち。息もぴったりの筈である。貧しい商売人の子もいれば、諸大夫級の公家だったものの父が死んで、荒れ屋で母と細々《ほそぼそ》と暮らしている者もあった。牛若は彼らに造りのよい刀を惜しげもなく分け与え、彼らはそれを金に換えて口に糊した。

「身分ではなく、人そのものを見てつき合うか否か決めなさい」

下下《げげ》の民と交わっては奢《おご》ることなく、月卿雲客《げっけいうんかく》に囲まれては威風堂堂と振舞えるようにという常磐の教育方針が、牛若にしっかりと受け入れられていたのは確かなようであった。

「ただ今回のことが収まってもあれのことです、また何をやらかすやらわかりませぬ」

頼政はため息をついた。

「うむ。あ奴、まさに袋の錐《きり》だからな」

ふふっ、と清盛は鼻を鳴らし、声を低めた。

「そこで、だ。こうしようと思うのだが、どうかな……」

二

寒月が冴え返っている。

その影を受けて濡れたように光る透廊から見る、師走二十日過ぎの船岡邸の庭の佇まいは、静かに趣深く、さながら一幅の絵のようである。

「ほう……」

長成に伴われて寝殿へ向かう途中のこの透廊で、しばし立ち止まったのは頼政。先ほど福原の清盛邸から戻ったばかりだが、疲れが一瞬にして吹き飛ぶようであった。

「さ、どうぞ」

長成が妻戸を開いた。ここにも旅の疲れを忘れさせてくれる美があった。

匂やかに平伏して迎える常盤に、「遅くに申し訳ない」と頼政は謝った。

常盤は、清盛の夕霞亭に置かれていた時にも、正月は船岡邸で迎えていた。それは長成に嫁いでからもつづいており、今年も残すところ十日足らずとなって、船岡へ来ていたのであった。

「とにかく早く話し合いたいと思いましてな」

「お疲れでしょうに、かえって申し訳なく存じます」

「何の、大事な源氏の子らのことを考えると、まだまだくたばってはおれませぬわい。お、牛若もおったか」

「某《それがし》のために御足労いただき、忝のうございます」

「気にせぬでよい。そなたのためは、すなわち我らが源氏のためでもある」

頼政は、にこ、と笑って、長成の隣に用意された円座に腰を下ろした。

「いや一昨日、急に相国殿によび出されましてな……」

頼政は、清盛から聞かされた牛若の処遇について語った。

「――えっ、奥州に?」

常盤は頬に手を当て、言葉を失くしている。

そうです、と頼政はうなずいた。

「牛若を平泉の藤原氏に預けてくれ、と相国殿は言うのです」

「確かに牛若をしばらく京から離したほうがよいとは思いますな。だが、何ゆえそのような遠い地に？」

常磐の様子を気にしながら、長成が問うた。

「まあ、執拗な時忠からなるべく遠ざけたほうがよいということもありましょう。だが真の理由は、奥州を繋ぎ止めるため、ですよ」

「どういうことです？」

「つまり、ゆくゆくは平氏と藤原氏の交渉に当たらせようというのです」

「では、基成《もとなり》と同じ役を担わせる、と？」

「左様。これは重責ですぞ。平氏の将来がかかっていると言っても過言ではない」

奥州が武家にとって重要なのは言うまでもないが、かの地は平氏にとって特別であった。

その理由が黄金であることは、すでに何度か書いた。宋から日本へは宋銭のほか、陶磁器、絹織物、書籍、薬品、香料、絵画などが輸入され、日本からは金、銀、銅、硫黄などの鉱物のほか、日本刀、蒔絵、螺鈿《らでん》、屏風などの工芸品が海を渡った。なかでも金や砂金は決済にも使われる重要輸出品であったから、平氏は奥州を繋ぎ止めることに力を注いだ。三年前の嘉応《かおう》二年に、後白河院を動かして三代目の現御館秀衡《みたちひでひら》を鎮守府将軍に任じたのもその一例である。

〈奥州夷狄《いてき》秀平（原文ママ）を鎮守府将軍に任ず、乱世の基なり〉

右大臣兼實は『玉葉』に記している。都人にとって、千里の外の奥州の住人は、たとえ藤原秀郷公の血を引こうとも、莫大な財を成していようとも、野蛮人であることに変わりはない。そんな者に都のありがたい官職を与えるとは、と兼實たちは憤慨したのであった。

だが清盛は因習に囚われず、実を取った。麾下《きか》となる郎党が増えれば、それだけ分け与える土地が入用になる。それも耕作可能な土地でなければならない。だが国土狭き日本の、それが可能な割合はまことに少ない。

　では、どうするか。と、じっと考えていても、海外進出でもしない限り土地は簡単に増えない。だが、その労は避けたい。そこで交易によって「財」を増やし、土地に代えて分け与えよう、というのである。

　ちなみに、大陸との交易は清盛の時代には平氏一門を潤し、いくつかの寺社を建築する益にとどまったが、これを公に財政策に取り入れる政治家が我が朝に現れるまでには、二百年余りの歳月を要した。その人、日明貿易を起こした足利義満《あしかがよしみつ》である。

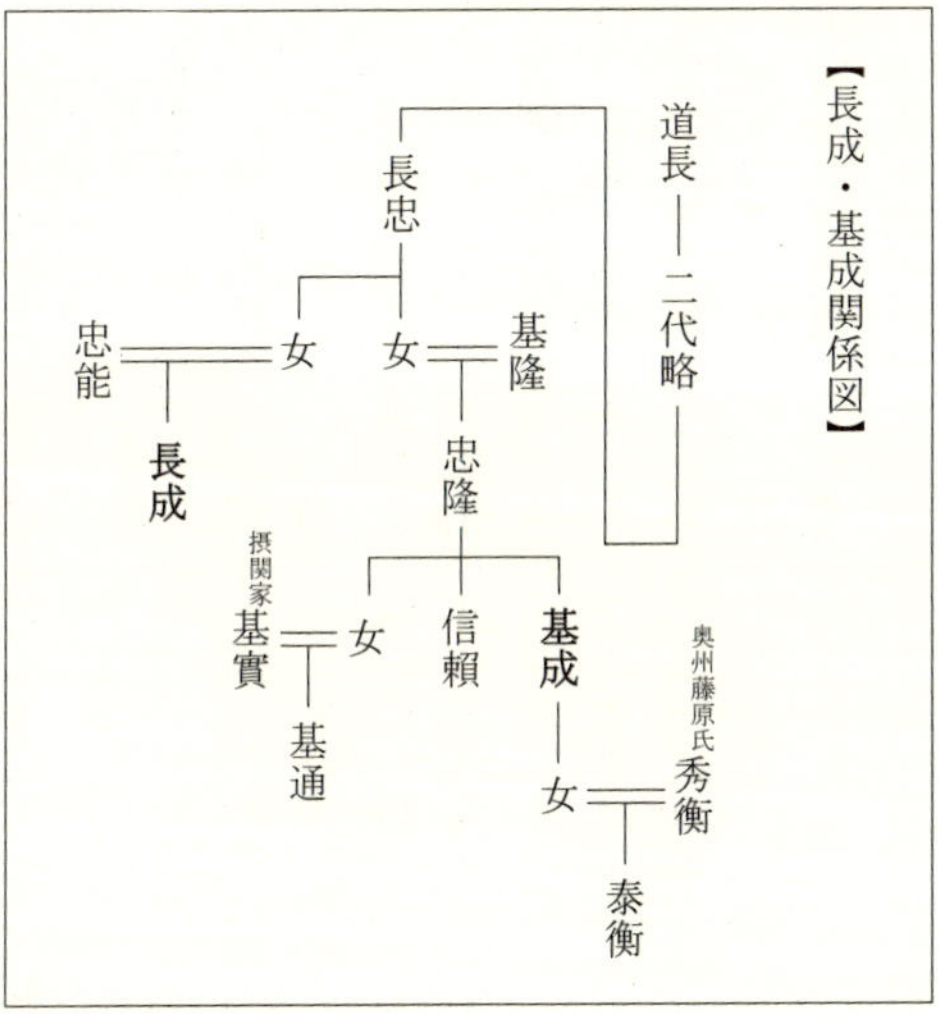

「牛若なればこそ、任せられる、と。相国殿がそこまで牛若を買っているとは思いませんでしたわい。ただ、奥州に赴《おもむ》かせたいと考えたのは身も同じでしてな。何より基成殿がおいでになるというのが心強い」

「基成殿とは、故右衛門督《うえもんのかみ》（信頼）殿の兄君のことでございますか」

　牛若が口を挟んだ。

「そうだ。この父の従兄の子でもあるぞ」

　頼政に代わって長成が答えた。

　藤原基成は、康治《こうじ》二年（一一四三）従五位上陸奥

守兼鎮守府将軍となって奥州に下向、そののち十一年間陸奥守に在任した。二代目基衡《もとひら》が御館の時代である。

後継者争いに勝利した基衡は、対中央政策を強気に推し進めるためにも基成を厚遇した。というのも、基成は平治の乱で義朝と組んだあの信頼の兄であり、妹のひとりは先の関白基實に嫁いでいたのである。基衡が死んだのは平治の乱の二年前、信頼が絶頂の時であったから、この処遇は当然であった。そののちも基成は平泉政権の中枢としてかの地に留まり、また娘は三代目秀衡の妻となって男児を生んだため、今や秀衡の舅としても勢威があった。

義朝は信頼を通じて奥州と手を結んでいた。信頼の意向を受けて、義朝と基衡との仲介に入ったのは、勿論、基成であった。この義朝との近さ、加えて頼政が心強く思うのは、長成が言ったとおり、基成の父で大蔵卿を務めた忠隆が、長成の従兄弟であったからだった。

「基成殿は平泉に骨を埋めるおつもりでありましょう。しかも娘御が生んだ泰衡殿が嫡男となれば、平泉の安定を第一にお考えになる筈」

奥州藤原氏が早くから強く結んでいる摂関家は、平治の乱後、その絶大な政治的影響力を失った。それから十年余り、藤原氏は摂関家に替えて後白河院や平氏と緊密な関係を築きつつあるが、今一歩、距離を縮めておきたいと考えている筈である。

「恐らく基成殿は、平氏に繋がる者を喉から手が出るほどに欲しておいででしょう。今の院の権威も平氏あってのものとおわかりでしょうから。一方、相国殿としては、朝廷を通さず、奥州と直《じか》に繋がる手蔓《てづる》を置きたい」

一門の誰かを送ってもよい。奥州側も歓迎しよう。だが、摂関家や源氏と余りに長く係わってきたかの地に、いきなり平氏の者を持ってゆくのは如何なものか。まずは基成と近しい者を送ったほうが、安心して協力してくれよう。

「なればこそ、牛若が最適だ、と相国殿は言うのです。相国殿直々の推薦、しかも義朝殿の子となれば後白河院との結びも期待出来よう。基成殿にとって、牛若ほどおのが後任にふさわしい者はない」

「なるほど、利が一致しているなら話は簡単ですな」

長成は安堵の笑みを浮かべた。

牛若は丁重に扱われるであろうよ――思いを込めて横に座る妻を見やったが、妻は相変わらず頬に手を当て、さながら弥勒菩薩のようにしなやかに小首を傾げたままだ。

「あの、平泉とはどのようなところでありましょう」

牛若が尋ねた。

「京にも劣らぬ栄え、と聞いてはおりますが、まことでしょうか」

牛若には信じられない。五百年からの歴史ある大宰府ですら、見て来た者によれば、

「遠《とお》の朝廷《みかど》、とはいうても、やはり京には劣るものよ」

と言うのだ。それがみちのくの、しかも建設以来八十年ほどしか経っていない平泉が、京と変わらぬ繁栄を誇っているなど考えられなかった。

「とかく、見事だそうだ」

長成が答えた。

「まずは二代基衡殿造営の毛越寺《もうつうじ》。これは平泉の南玄関となる。堂塔は四十、僧房は五百を数える。なかでも金堂は金銀や紫檀など万宝を尽して造られ、これひとつで円隆寺《えんりゅうじ》とよばれる大伽藍だそうだ。この寺、もとは初代清衡殿が建てたのだが、どうも跡目を争って基衡殿と惟常《これつね》殿が戦った折に焼けてしまい、基衡殿としては建て直さざるを得なかったらしいということだがね」

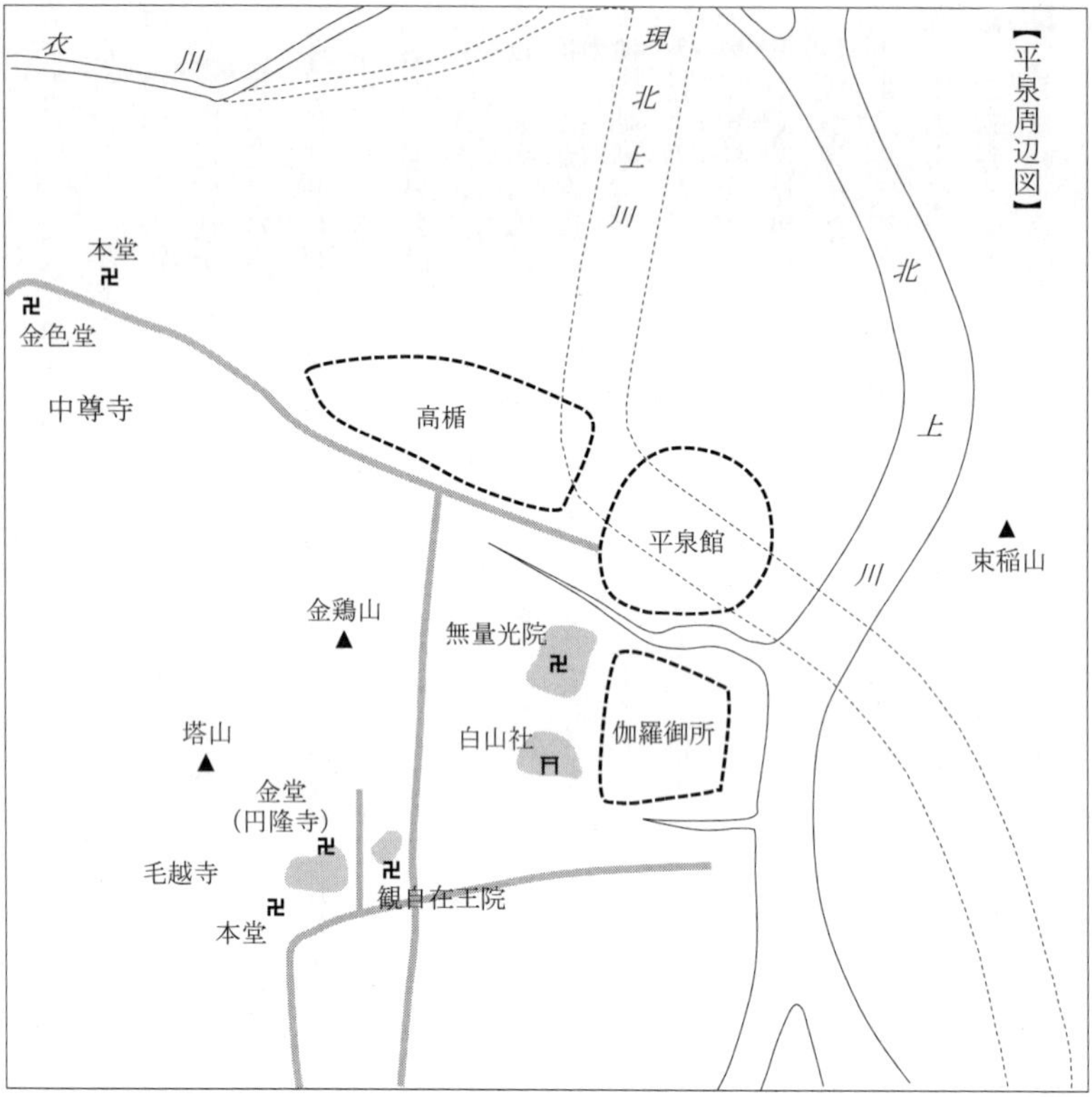

岩手県教育委員会:「平泉の文化遺産」ガイドブック　記憶の眠る景観
帝国書院：地図で訪ねる歴史の舞台―日本―　他参照

結構な話だ、と笑って長成はつづけた。

「毛越寺の南東には数十町に及ぶ倉町があり、さらにその内には数十宇の高屋が建つという。寺の東の大路に沿っては、これまた数十宇の車宿があり、牛車がひっきりなしにゆき交うているらしい。そして北の玄関は関山中尊寺《かんざんちゅうそんじ》、これは清衡殿の手になるもの。山頂に建つ二階大堂は高さが五丈もあるという。杉木立に囲まれて建つのは上下四壁に金箔を張りつけた金色堂。なかの須弥檀や柱などはことごとく螺鈿や蒔絵で荘厳に飾られ、見る者の魂を奪うと言われておる」

牛若は目を輝かせて聞き入っている。

「中尊寺から北上川に向かって東に延びる道を下れば、秀衡殿が政務を執る平泉館《ひらいずみのたち》、その南には秀衡殿の常の居所である伽羅御所《きゃらのごしょ》、御所の西には秀衡殿が建てた無量光院《むりょうこういん》がある。宇治の平等院を模し、鳥羽法皇の勝光明院に倣《なら》ったもの、という。堂前に広がる池のなかに拝所が設けられ、人々はそこから御仏を拝むのだが、夕刻になると堂の背後に位置する金鶏山《きんけいざん》に入る陽がまっすぐに拝所に届き、さながら阿弥陀如来が来迎なされたかの如き光景だそうだ」

「どれほど素晴らしい光景なのでしょう」

目をとろりとさせ、牛若はため息混じりに言った。

「清衡殿は前九年の合戦で父を、御三年の合戦では妻子眷族《けんぞく》を亡くしておる。よって、平泉の建設に当たって非戦を誓い、平泉を大寺院に守護される楽土とすることを目指した。その志を基衡殿も秀衡殿も引き継ぎ、寺院や仏像、経典などに惜しみなく財を注ぎ込んだ結果、現世の浄土とも言える平泉が出来上がったのだ」

「左様」

頼政がうなずいた。

「だが面白いことに、平泉館は北上川を望む高台に建てられておってな。しかも周りに豪壮な壕《ほり》が廻らされておる。つまり、外に対してはいつでも合戦の備えが出来ているということだ。外に対する緊張があるがゆえに、一族も平泉館の周りに集まって住んでおる」

「おじさまは平泉にいらしたことがおありなのですか」

「いや、見ておらぬことをさも見てきたように話すのは得意でな。あっはっは……ただ、国を創り護るというは難しきことよ。平泉は仏教を根幹に統治する浄土国家、なれど藤原氏は武力を捨てたのではない。その平和を護るために、本意かどうかはともかく、武家でありつづけているのだ。その証拠に、秀衡殿に従う奥州の郎党は十数万騎を数える」

「そんなにいるのですか！」

牛若の声がひっくり返った。

「うむ。それは我も聞いておる」

長成が眉ひとつ動かさず言った。

「それに平泉あたりに暮らす人々は十万余り。その多くは商いの盛んな衣川《ころもがわ》近辺に住んでいるそうだ」

「十万……！」

「牛若、衣の関は知っておろう」

教えた筈だぞ、と頼政の目が試す。

「はい。みちのくの安倍氏が設けたもので、前九年の合戦は、安倍氏がこの関以南に勢力を拡げようとしたのを恐れた朝廷が、源頼義、義家父子をして討伐に向かわせたことにはじまります」

「よう言うた」

頼政は目尻を下げた。

「そのとおり。衣川は古くから蝦夷と大和を分けてきた。なればこそ、この衣川を越えて本拠を構えることが北の民の悲願であり、清衡殿がついにそれを成し遂げたのだ」

はい、と牛若はうなずいた。

「蝦夷と大和を分けた衣川は、言い換えれば蝦夷と大和の接点でもある。異なる文化がぶつかれば、自然、交易がさかんとなり、街が出来上がる。よって清衡殿は、民の営みはそのまま衣川に残したのだ」

「では政庁のある平泉のほうは、いうなれば朝廷に向けた表の顔ですか」

「そういうことだ」

牛若の言葉に被《かぶ》せて言い、頼政は大きく首を縦に振った。

「みちのくに花咲いた仏国土、だ。京人《みやこびと》も多いから、ほかの東の国々のように言葉が通じぬ心配もなかろう」

平泉建設に当たって、清衡たちは都から国守や鎮守府将軍などとして赴任してきた官人たちの知識を積極的に利用し、その見返りとして余禄を与えるなどして厚遇したため、任期が終わっても都に帰らない者が多く出た。よい話はすぐに伝わる。平泉には続続と人材が集まって来た。有能でありながら家柄により高位を望めない官人のほか、公家の走狗に甘んじられない武士、自らの創造性を追及したい仏師や楽人、建築師など、反俗の芸術家たちもいたのである。

「まあ、一度は行ってみてもよいですね」

牛若は物見遊山の暢気さだ。

「何を偉そうなことを言うておる。そなたの意志は考慮せぬぞ。散散に暴れおってからに、時忠めの手が及ばぬうちに奥州へ送ってくれるわ。わっはっは」

「まことに他人《ひと》ごとですな」と長成も笑ったが、牛若を奥州へ、と聞いた時から声のなかった常磐は小さくため息をついた。

「都にはまだ青葉にて見しかども紅葉散り敷く白河の関――」

「おやおや、これは光栄ですな。常磐殿の美声のおかげで、愚作も映えますわい」

頼政は照れくさそうに額に手をやった。

「おじさまが詠まれたのですか」

牛若が尋ねるのに、長成が答えた。

「三年前の建春門院北面歌合《うたあわせ》でお詠みになったものだ。確かお題が『関路落葉』……」

左様左様、と頼政は笑っている。

「都をば霞とともに立ちしかど秋風ぞ吹く白河の関。この能因《のういん》法師の歌を本歌とされながら、法師とは違う美しさを立ち上げられた。見事な出来栄えよ、とお歌は勝ちを収められたのだよ」

「やはりおじさまはいみじき歌の上手でいらっしゃるのですね。お踏みになったことのない白河の関を、さも御存知のようにお詠みになる……」

「悪かったな。能因法師も都で詠まれたわ」

口では怒っている頼政だが、笑顔のままだ。

「時の移ろいを、色の対比の鮮やかさで現す。右京権大夫（頼政）殿は法師を超えられた、と某は思っております」

「まあまあ、その辺で」

長成の言葉に、頼政はくしゃくしゃと顔をなくした。

「まことにそれほど遠いのでしょうか、陸奥《おく》は」

匂やかに吐息した常磐の表情はまだ浮かない。

「京から白河までが約ひと月。白河から平泉まではさらに十日余りかかるようですな」

御機嫌な頼政の答に、常磐はもう一度ため息をついた。

「唐《から》の国へ渡るというのでもなし……如月の望月の頃に京を発っても、五月雨のさなかには帰って来られる距離ではないか。思うほど遠いものではないぞ」

うつむいている妻を、長成は努めて明るく励ました。

「一條殿の仰せのとおりです。藤原氏は、おのが使節を山道海道のさまざまな経路を使わせ、平泉と京の間を驚くほど頻繁に往来させております。その使節らから牛若の様子を聞くことも出来ましょうし、文を預けることも出来ますぞ」

頼政も佳人を慰める。

「牛若を送ってくださるのも、藤原殿の使節でしょうか」

常磐は頼政に目を向けた。

「そうです。奥州育ちの屈強の武士共が護衛について、安全に届けてくれましょう」

「……食べ物が合わないことはないかしら」

「ははあ、やはり母君ですな。なれどそのようなことまで心配なさっていたら、育つものも育ちませぬぞ。北の山海の幸は美味という。御案じなさるな」

ええ、とは言うものの、常磐は眉を顰《ひそ》めたままだ。

「よい機会ではないか。我らとて、いつまで牛若を護ってやれるかわからぬ。いずれひとりで現世の荒海へ漕ぎ出でねばならぬのだ。確かに陸奥は少し遠いが、伊豆の頼朝殿のように周りに支える者がほとんどなく、日々を怯《おび》えながら過ごさねばならぬ地ではない。それどころか、相国殿の請合《うけあい》つきで受け入れてもらえるのだ。平氏の目を気にすることなく、みちのくの山野で存分に馬を駆れる。荒戎《あらえびす》相手に模擬戦もやれようぞ」

「ゆきます！」

牛若が飛びついた。それへ、「うむ」と力強く答えておいて、長成は再び妻に顔を向けた。

「牛若にはよい条件だと思うがね。今生の別れでもなかろうし……牛若のことだ。年に一度、二年に一度も帰ってこよう」

夫のまなざしに暖かく包み込まれ、常磐の胸底にあった冷たい不安が少しゆるんだ。頼政は大きくうなずいているし、牛若はまだ見ぬ地を駿馬で駆けるおのれの姿を思い浮かべているのであろう、口を引き結びすすどい目つきで空《くう》を睨んでいる。

「……そうですわね。恐らくどこへやるよりも安心ですわ。それに何より牛若がゆきたがっているのですから」

そう言ってしまうと、もやもやしたものが吹っ切れた。もとより、長く悩む性質《たち》ではない。先ほどまでの憂いなどなかったかのように、常磐は晴れ晴れと夫と頼政に笑みを返した。

「よかったな、牛若。やはり母君には笑顔で送り出していただかねばな」

頼政は満足げに母子を見詰めていたが、「おお、そうだ」と容《かたち》を改めた。

「大事なことを言い忘れるところであった。相国殿は牛若を平泉に留めるつもりはないようですぞ。時期を見て京へよび戻し、おのが子息らの強力な補佐にしようとの魂胆」

これは虫がよい、と長成は少し呆れ顔だ。

「そのためにも、交易の実際を学ばせておきたいらしい。嫡流の件のみではない、貿易も時忠の好きにはさせぬ、と相国殿は語気を強めましてな」

頼政の血色よい顔に力が入った。

今や、貿易なくして平氏は成り立たないと時忠もわかっている。それほど儲かる仕事と聞けば首を突っ込みたくなるもの、時忠は日を変え場所を変え、貿易の中枢に携わることをねだったが、清盛は頑として受けつけなかった。貿易で巨利を生み出すには、父の代から積み上げた知識とこつが要る。これを公家平氏に教えてなるものか。この貿易に時忠の入り込む余地をなくしてやるのだ――そう清盛は息巻いた、と頼政は言った。

「そういうことですか」

長成は合点したが、花貌《かぼう》はすでに議する色である。

「ただその貿易、時忠殿よりも頼盛殿に掌握されることを、相国殿はより危惧されている筈ですわ」

「や、常磐殿はそう思われるか。相国殿と弟御との仲は良好と聞いておる。こたびも時忠殿のことばかりで、頼盛殿のことは一言も持ち出されませんでしたぞ」

頼政は目を丸くした。

「弟御のことを懸念しているなど、特に権大夫殿には知られとうはないのでしょう。時忠殿は所詮、建春門院や北の方を介しての関係でしかありませぬ。いざとなれば切り離しても、相国殿にしてみれば痛くも痒くもない。なれど、頼盛殿は違います。離反されれば、平氏分裂の憂き目を見るやもしれませぬ。さすがに相国殿も、そのような一門の弱みを源氏棟梁ともいうべきお方にはお見せになりませんわ」

五弟頼盛の母池禅尼の家格は、清盛の生母のそれより高い。本来は頼盛が嫡男となって然るべきであったが、母子はその地位を清盛に譲った経緯があった。また、禅尼が保元の乱で崇徳院を裏切ってまで清盛側に立ち、一族結束に貢献したことは繰り返すまでもない。

ゆえに、清盛は頼盛に十分な気遣いをしてきた。太宰大弐として現地に赴かせ、貿易の中軸を担わせるとともに北九州の勢力取り纏めを一任した。また王家に繋がる大事な後宮の職、皇太后宮権大夫を、三弟經盛や四弟教盛《のりもり》を差し置いて譲っている。平氏一門の安泰と繁栄を願って、共同写経も行った。

だが、権限を持たせ過ぎては危うい。頼盛とその子息は必ず棟梁の指揮下にあって、棟梁を支えるというかたちを崩してはならないのだ。

「そのためにも、平氏の財源、唐《から》の国との貿易を頼盛殿の一手に握らせてはならぬ、と相国殿はお考えなのでしょう」

「そこで牛若を使う、というか」

頼政は、ぽん、と膝を打った。

「時忠殿を遠ざけるぐらいのことなら、何も牛若に交易を学ばせる必要もなかろうに、と思うていたが、頼盛殿が相手となればこれは手強《てごわ》い。こちらも専《もっぱ》らの知識を以て臨まねばならぬというのですな」

そういうことだ、と常磐はうなずいた。

それでなくても頼盛は一門に溶け込んでいない。唯一親しいのが重盛、というので少しは安心だが、いつ誰が悪魔の囁《ささや》きをしないとも限らなかった。

「頼盛殿に平氏棟梁を狙う隙を与えてはならぬ——相国殿がこの子にどれほど期待なさっているのかわかりませぬが……」

常磐は、大人たちの言葉を一言も聞き漏らすまい、と大きく目を見開いている牛若を見やって微笑んだ。

「交易ばかりでなく、平泉で学ぶであろうことの一切が、頼盛殿の野望を砕くに役立つやも知れぬ、とお思いなのでしょう。ただ、交易そのものは牛若の性分に合いませんわね」

「そうですかな。案外、したたかな商人《あきんど》になって戻って来るやもしれませぬぞ。あははは」

とても考えられない、と言いたげに常盤が首を捻る。

「確かに似合わぬ」

妻に同意を見せた長成は、だが、と言葉を継いだ。

「交易は学んで損はないと思いますな。弓矢取らぬ者を相手に駆け引きを訓練することは、政《まつりごと》の場においても大いに役立つでありましょう。源氏の御家系はなべてそういうことがお上手ではないゆえ」

遠慮がちに言う長成に、「いや、まったく以て」と頼政は声を太くした。

「某《それがし》も人のことは言えぬが、まあ、如何なる場においても真正直に当たる者が多すぎますな。相手を武力で倒せるうちはよいが……」

「武力を使えぬ時は、あらゆる方面に手まわししておのれの有利に持っていかねばならぬ。よって交渉力に勝るほうの勝ちとなる、というのですね」

「おう、ようわかっておるではないか牛若」

頼政は莞爾《かんじ》として笑った。

「なれど、人をおのれに振り向かせることならこの牛若、今でも十分に自信があります。わざわざ交易で駆け引きを学ぶまでもありませぬ」

「これですからな」

長成は、くしゃ、と目許に皺を作った。

「相国殿の思惑《おもわく》は外れましょうて。この負けず嫌いが、人の下に立つことに耐えられるとは思えませぬからな」

「言えてますわい」

頼政が肩を揺すれば、常磐も華やかに笑いながら言った。

「これでもう、すっかり覚悟が決まりました。平泉には必ずやゆかせますわ。他人《ひと》さまのなかで暮してみれば、この変な自信が如何に脆《もろ》く、危ういものかに気づく筈ですから」

「少しは謙虚になるとよいがな」

頼政がめくわせするのを、牛若は涼しく流した。

「おじさま、それは無理というものです。人はそう変わりはしませぬ」

「言うわ」

頼政の豪快な笑いに、残る三人の笑い声が重なった。

二

牛若の奥州下向作戦は、年明けを待たずに開始された。

実際に動いたのは、奥州藤原氏の関係者である。

藤原氏は、初代清衡が摂関家と結びはじめてすぐ、洛北の地に出先機関を設けた。平泉邸《ひらいずみてい》とよばれ、大内裏の北にある三門のうち、東の達智門《たっちもん》を少し北へいったところにあった。

ここには奥州からの特産品――金をはじめ、海豹《あざらし》の皮や鷲の羽、練絹《ねりぎぬ》、忍《しのぶ》（信夫）綟摺《もぢず》り、糠部《ぬかのぶ》の駿馬などが運び込まれ、また藤原氏が購入した仏像や経文、什器、調度などが奥州への出立を待っていた。これら貨物の保管のための高屋や、運搬に当たる者たちの宿泊所、車宿などが数多く建てられ、交易立国平泉の物流拠点としていつも賑やかであった。

この奥州出先機関平泉邸は、交易関係以外にもいくつか大事な仕事を担っていた。都から遠く離れ、つい八十年前までは征夷の対象であった藤原氏である。朝廷によるおのが国政への干渉及び軍事介入を遮断するために、情報の伝達は一時《いっとき》の滞《とどこお》りも許されないものであった。よって、かなりの数の諜報員が京と平泉の間を頻繁にゆき来し、情報は迅速に届けられていたのである。

牛若の場合も早かった。長成から連絡を受けるや、即福原に郎党を遣わして清盛より正式に要請を受け、平泉に走らせた。秀衡受諾の返事を持って、平泉邸の総代橘《たちばなのじ》次郎末春《ろうすえはる》が長成邸を訪れたのは明けて二月上旬。余りの早さに長成は驚いたが、橘次《きちじ》は平然としたもので、「情報は人より早く届けねば意味がありませんから」と言ってのけた。

「言われてみればそのとおりだ。だが、まだ雪も深かろうに」

「いえ、雪ゆえにこの日数がかかってしまいました。雪のない時期なら、あと十日は早く着きましょう」

「大したものだ……で、出立はいつになろうか」

「は、来月のはじめ頃になります」

ちょうど奥州へ向かう一団があるので、それに牛若を混ぜてしまえば人目を気にせずに済む、という。

「安濃津《あのつ》からは船で参りますが、それまでは相国殿の御郎従が十人ほどつき添うてくださるとのこと」

「おお、それは心強い。伊勢は平氏の地、相国殿の命による一行となれば怪しむ者はないわ」

京の粟田口《あわたぐち》を出発、勢多の唐橋を渡り、草津を過ぎたあたりで東山道と離れて南東に延びる東海道に入り、鈴鹿峠を越えて、鈴鹿の関から約三十七里（二十二キロ）南下して伊勢湾まで進んだところが安濃の津、今の三重県津市である。

東山道をそのまま進んで不破《ふわ》の関を越え、墨俣《すのまた》を南下して陸路をゆけば四十日ほどで平泉に着くが、海道を使えばその倍はかかる。理由は前にも書いたが、海道は基本的に風任せの日和航行で、食料や飲料を補給するために各湊に停泊しなければならず、また時には風待ちのため、ひとつところに四、五日逗留しなければならないこともあるからだ。

それでも多くの物を長距離運ぶには何といっても船。また春になって水が微温《ぬる》めば、牡鹿湊《おしかみなと》で海船から川船に荷を移し替えて、北上川を平泉まで遡ることが出来た。急がないならばゆっくり日和を待てばよい。盗賊に狙われることもなく、安全に且つ足を労せず北の王国に辿り着くのに、船は大変有効であった。

「牛若は船を知らぬゆえ、さぞ喜ぶであろう。ただ、何でも知りたがる奴でな、いろいろうるさく尋ねおろうが、ま、我慢してつき合ってやってくれ」

「若君のことは、相国殿より詳しくお伺いいたしております。その才を我らが潰したと思われては堪《たま》りませぬ」

橘次は笑った。

「お尋ねにお答えするのみならず、船というもののすべてを、この旅でお教え出来ればと考えております」

「おお、そこまでお考えくだされてか。礼を言いますぞ」

長成は目を細めた。

牛若が旅立つまで、あとひと月。旅に必要なものはすべて橘次が整えてくれるので心配なかったが、長成夫婦にはやっておかなければならないことがあった。

牛若の元服である。

通常、男児は十二、三歳で元服する。僧にならないとわかっているなら、一刻も早く男にしてやりたいのが親心。ほかならぬ清盛が僧にするなと言っているのだから堂堂と元服すればよいのだが、表向きは出家を条件に助けられた命、常磐でさえも何やら言い出しにくく、牛若は今年すでに数えの十六歳になっていた。

それでも牛若の処遇が決まった暁には、源義朝の最後の男児として、また武家の権門たる清盛に格別の扱いを受ける男児として、何としても無事に元服させ、新しい門出を祝ってやりたい――常々そう話し合っていた長成と常磐は、頼政や競たちが今後を頼む意味でもこの儀は秀衡に任せてはどうかと意見したのに対し、こればかりは自分たちの許で行いたい、と強く言い張ったのであった。

武家の子として元服するには、烏帽子《えぼし》親が欠かせない。この大事な役は、牛若にはおのが手で烏帽子を着けてやりたい、と頼政が引き受けることになった。髻《もとどり》を上げる役は、義朝の義従兄仲經《なかつね》に頼んだ。義朝亡きあとも常磐を積極的に支援してきた仲經は、呈子にその中宮時代から近侍し、九條院となった今も引きつづき蔵人を務めているので、院御所では常磐とよく顔を合わせている。仲經は喜んで引き受けた。

二月の半ば過ぎに行われた元服式は、もとより内密のため簡素ではあったが、競や鎌田盛政・光政の兄弟、さらに兄の全成《ぜんせい》も醍醐寺から駆けつけて、心温まるものとなった。

微《かす》かに吹く風が甘い香を運んで来た。庭に転じた牛若の目に梅が枝《え》が映る。

父と母が結ばれたのは梅の季節、父と兄義平が斃れたのも梅が盛りの頃。

「白梅《しらうめ》には父上と義平の兄上の姿が重なるのだけれど、牛若は紅《くれない》の梅ね」

いつだったか、母がこの庭――船岡邸のこの庭で言ったことがあった。

義朝一家の思い出詰まる屋敷、おのれの生まれた地。牛若は、船岡邸で元服を執り行ってくれるよう強くせがんだ。何より、父も兄も愛でたという船岡の梅に見守られて大人になりたかった。

紅梅の襲《かさね》に白色で竜胆唐草《りんどうからくさ》の丸紋を浮き出した狩衣《かりぎぬ》に、紫に八藤丸文《やつふじのまるもん》の指貫《さしぬき》。きれいに髪を結い上げて烏帽子を着けてもらった牛若は、十六という年齢もあってか、初々《ういうい》しいというよりも、若竹が涼風《すずかぜ》にそよぐかのような爽やかな青年である。

「何と凛々《りり》しゅう……」

「御立派にお成り遊ばされました」

競と盛政がほとんど同時に感嘆の声を上げた。光政は何も言えず、手の甲で涙を拭っている。松若は肩に力を入れて兄の烏帽子姿に見惚《みと》れた。長成は頬をゆるませ、何度も大きくうなずいた。菖蒲は袖を顔に当て、溢れる涙に牛若を見つづけることが出来ない。庭に膝を折った郎党たちの目も潤んだ。

常磐もそっと目頭を押さえた。勇将義朝の男児三人を生しながら、はじめて子を武士《もののふ》として元服させたのである。息子の晴れの姿に見入るその顔は何ともいえぬ優しい輝きを放ち、慈愛あふれる母のそれになっていた。

ややあって、烏帽子名をお願いしたい、と長成が頼政に頭を下げるのに合わせて、常磐と牛若も平伏した。

「源九郎義經《くろうよしつね》――如何にございましょう？」

頼政は、にこやかに皆を見まわした。

「義朝殿の九番目の男《お》の子ゆえ、九郎。義は、源氏歴代武勇を謳《うた》われし者がその名に持った一字、經は髻をお上げくださった蔵人殿から頂きました」

仲經は驚いた。

「それは……それはもったいない。我が名からなど……」

「經の字は、我らが清和源氏の祖である經基王《つねもとおう》にも通じます。牛若のためにも、どうか快く許してやってくださいませぬか」

「は……」

「是非授けてやってくださいませ」

常磐も真剣な顔を仲經に向けた。

「今ではわたくしも何かにつけお支えいただいておりますが、亡き夫の相談にもよく乗ってくださった由」

「いや、大して役に立っておりませぬぞ」

仲經は困ったように首に手をやった。

「蔵人殿なくばそなたを妻に出来ぬであったろう、と、どれほど聞かされましたことか」

「まこと、蔵人殿がお力添えくださらなかったら、牛若も某もいなかったかもしれませぬ」

全成もにこやかに母に合わせた。

「それに、父の前妻たる由良殿に近しいお方の一字を頂くことは、牛若にとっても大きな意味を持つことになりましょう」

「全成の言うとおりですわ。どうかお願い申し上げます」

「牛若も、是非頂戴いたしとう存じます」

「皆様がこれほどにお望み下さるとは……。お使い頂けるなら、まことに名誉なことにございます」

仲經は声を震わせた。

「源九郎義經――」

牛若は、新しいおのが名を声に出して言ってみた。

「そうだ。只今からは九郎とよぶぞ」

そう言うと、頼政は郎党が運んで来た杯を取り上げて牛若に持たせ、なみなみと酒を注いだ。

「方々《かたがた》も杯を持たれい。祝杯をあげますぞ」

「さ、そなたたちもここで祝ってやってくださいな」

膳を運び終えて、庭へ降りようとする郎党たちを常磐は引き止めた。義朝に選ばれ、常磐母子を護ってきた忠義の者たちである。彼らは恐縮したが、長成にも、そうしてやってくれれば頭《こう》の殿もお喜びであろう、と言われ、再び溢れた熱いもので頬を濡らしつつ簀子に平伏した。

皆が杯を手にしたのを見て、頼政は声を響かせた。

「次代の源氏はそなた、九郎義經に任せる。そして我らは、今後も変わらず九郎を護ってゆこうぞ!」

「おう!」

男たちの太い声に部屋が揺れ、牛若の胸は嫌でも滾《たぎ》る。

(父上、兄上。牛若が、いや、九郎義經が源氏を背負って立ちますぞ!)

庭の梅を見、全成と視線を絡《から》ませてうなずき、ぐっ、と酒をあおった。

「やあ若君、よい飲みっぷりにございますな」

愉快そうに競が笑った。

「まあ、かたちばかりの乾杯かと思ったら、何ということかしら、甘酒しか飲ませたことがない筈ですのに……そなたたちですか、教えたのは」

我らが若君の美しい母に睨《にら》まれて、鎌田兄弟は「まさか」「滅相《めっそう》もない」と、慌てて首を振る。

一体いつの間に、と眉を嚬《ひそ》める常磐に、「どこでも覚えよりますわい」と頼政は笑った。

「母君にはいつまでも可愛い牛若でありましょうが、あの頭《こう》の殿のお子ですからな」

左様左様、と長成が大げさにうなずく。常磐の目を隠れてすでに父子で杯を交わしているなど、決して知られてはならない。

「九郎。父君は強かったぞ。人を酔わせても自らは酔わぬお人でな。父君に似れば、ほれ、兄君のように」

頼政に言われて全成を振り返れば、ゆうゆうと杯を空けている。

「あ、兄上よろしいのですか。御仏にお仕えになる身でいらしゃるのに」

「ははは、御仏も驚きなさるってか？　だが胸の内はそなたと同じ、亡き父上の目指された国を創ることだからな。さすがに山では飲《や》らぬが」

常磐が黙したまま、柳葉のように細くなった目を再び鎌田兄弟に向けた。慌てた兄弟、こちらは本当に濡れ衣だ、と言わんばかりに目を剥《む》いて口を窄《すぼ》め、思い切り手を左右に振っている。

それを見ながら、全成は笑って墨染めの袖をたくし上げた。

「武芸でもそなたを支えることがあるやも知れぬ、と修行を欠かさぬわ」

力こぶを作って見せる。

「これは逞《たくま》しい」

競が目を丸くした。

「圓成殿も鍛えておいでですぞ」

常磐の心証をよくせねば、と光政、おのれのことを自慢するような口ぶりで言う。

「乙若の兄上も？」

牛若が目を輝かせるのに、光政は、そうですとも、とうなずいた。

「いずれ三人が力を合わせて源氏のために立つ時が来よう、全成の兄上にも牛若にも負けてはおれぬ、と仰せでした。今日は、お仕えなされている圓惠法親王のお伴でいずこへか向かわねばならぬとかで、お越しになれぬのを大変残念がっておいででしたが」

「頼もしい若者ばかりで、心強いわ」

頼政は目を細めた。

頼政が救済した源氏の遺児は、今若、乙若、牛若の三人のほかにもいた。

池田の遊女所生で、今若より十月《とつき》早く生まれた子もそのひとりである。頼政は、平氏に存在を知られていなかったその男児を密かに引き取り、従弟の藤原範季《のりすえ》に養育を任せた。頼政が烏帽子親となって数年前に元服を済ませ、今は範頼《のりより》と名乗っている。

大蔵合戦で斃れた義賢《よしかた》（義朝の次弟）の子で、義平に命を救われた駒王《こまおう》は、畠山重能から齋藤別当實盛の手を経て信濃の仲原兼遠《かねとお》に預けられていたが、頼政嫡男の仲綱を烏帽子親として元服し、義仲《よしなか》と名乗ることになった。

また義仲の腹違いの兄は頼政自身が養子とし、こちらも仲綱を烏帽子親に元服、仲家《なかいえ》と名乗っている。

伊豆には義朝の三男頼朝がいる。頼政は平治元年末にはじめて伊豆守を務めてより、頼朝を陰から支えてきた。一昨年からは仲綱が守として現地に赴いている。頼朝と親しく話す機会を持った仲綱の報告によると、頼朝は九郎や仲家たちと比べてかなりおとなしいようだが、河内源氏嫡流の誇りは失っていないという。

また頼政が扶持しているのではないが、常陸国には義朝と父子の契りを結び、平治の乱を戦わずに命を長らえた爲義の三男義憲《よしのり》がおり、爲義の十男義盛は、平治の乱ののち母の故郷である熊野新宮《くまのしんぐう》に戻っていた。

さらに息子の九條院非蔵人頼兼《よりかね》を中心に、美濃源氏の勢力も纏《まと》まりつつある。

(源氏再興も、そう遠からぬ日に成るか……)

義朝亡きあと、棟梁として源氏の結束に心血を注いできた老将の目には、九郎たちのはちきれんばかりの若さが眩しい。

平治の乱から十五年。

源氏一掃という雷雨をもたらした黒雲は、頭上では未だ低く垂れ込めているが、望む彼方は確かに明るい。

ほどなく、この場所も煌《きらめ》く日の光で満たされようぞ——頼政は胸の高鳴りに酔いつつ、杯を干した。

平泉

一

ほどなく日が出た。

辺りは一気に明るさを増し、本来の色を取り戻していく。

野は浅緑、北上の流れの向こう、山一面に桜が植えられた束稲山《たばしねやま》は淡紅《うすくれない》に包まれている。

この景色を、火照《ほて》る体から湯気を立ち昇らせつつ眺めているのは九郎と三郎、今しがた朝駆けを終えて高楯《たかだて》の櫓《やぐら》に登ったところだ。

三郎――藤原秀衡の三男、三郎忠衡《ただひら》は齢十五である。（巻末【奥州藤原氏・佐藤氏関係系図】）

今年十七になる九郎が二年前に来奥した時は、次兄泰衡《やすひら》の袖に隠れるようにして、人懐こそうな大きな目を覗かせていた。京から来たばかりの、おのれとさして年の違わぬ若者が少しおっかなかったのだ。何しろ若者は声も大きく、堂堂と振舞った。祖父基成や父秀衡、長兄國衡《くにひら》など、元服したての忠衡にとってはまだまだ対等に渡り合うのが難しい存在をものともしない。それどころか言葉遣いや所作は丁寧ながら、むしろ若者のほうがここ平泉の主《あるじ》なのではないかと錯覚するほどの、圧倒的な存在感があった。

この威風、だがそこに決して嫌なものを感じないのは、震いつきたくなるような爽やかな笑顔があるからだ。加えて都会的に洗練された身のこなし。出会って間もない若者に忠衡は憧れ、たちまち虜になってしまった。であるから、九郎が固くなっている忠衡を見つけてにっこりと笑いかけてくれた時には、余りの嬉しさに呼吸の仕方を忘れそうになったほどであった。

それからの忠衡は毎日のように九郎の許へやって来て、実の兄のように慕っている。

「三郎は幸せだな。この地を故郷《ふるさと》とよべるのが羨《うらや》ましい」

眼前に広がる景色を見渡す九郎の顔を、忠衡は怪訝そうに窺《うかが》った。

「九郎殿が故郷となされているのは日本国の都ではありませぬか。なぜこの辺境の地を羨まれます？」

九郎はそれに答えず、「清衡殿は京を手本に街づくりされたらしいな」と問い返した。

「はい、上洛の折に目にした街並みに驚嘆し、京に負けない街を創る決意をしたと聞いております」

区画整備された京の街に建ち並ぶ、上流貴族の立派な屋敷や荘厳な堂宇を持つ大伽藍、みちのくのものとは違った、流行の先端をゆく優雅で繊細な仏像の数々、歓待の席で催される管弦の調べやたおやかな舞。目にしたもののすべてに酔い痴れた奥州藤原氏の祖清衡は、京の景観のみならず、生活様式や祭り、社寺の信仰など、その文化をも平泉の地に開こうとした――ふたりの若者はそれを知っている。

「京はさぞかし素晴らしいところでしょうね」

忠衡はうっとりと言ったが、いや、と九郎は頭《かぶり》を振った。

「ここには都を凌《しの》ぐものがたくさんあるぞ」

「何でしょう……？」

首を傾げて真剣に考え込む忠衡を見て、くくっ、と九郎は笑った。

「とにかく、食べ物が美味《おい》しい」

「何だ、そう来ましたか」

忠衡は頬をゆるめた。

「そういえば、九郎殿はここへお越しになった当初、料理の皿ごとに目を丸くされていましたからね」

「言ってくれるわ。ははは」

食べ盛りにとっては腹の満ちることが最も重要であって、美味であるかどうかは二の次。だが九郎はもともと小食のうえ、味にうるさい。財に恵まれた公家でも食せない北の美味、とりわけ海の幸を堪能出来ることを、九郎は喜んだ。

「昨夜も、蝦《え》が島（北海道）から届いた、燻《いぶ》した鮭《さけ》の固いのを美味しそうに噛んでおいででした」

「うむ、気に入っておる」

「なれど、あれは父や祖父の酒の肴《さかな》にちょうどよいのであって、あれを噛んでいる間があれば鮭の塩焼きをふた切れはいけますぞ。九郎殿も物好きな……」

笑う忠衡に、にこっ、として、九郎は再び束稲山のほうを向いた。切れ長の目が茜に輝く日に細くなる。

「食べ物ばかりではない。この風景も美しい。寺院も見事だ。だが何より羨まれるのは、この国のありようなのだ」

忠衡はきょとんとした。

「はは、何のことだ、という顔だな。そなたは生まれてこのかたずっとここにいるから、ありがたさがわからぬのだ。京は酷《ひど》いぞ」

ふうっ、と小さく九郎はため息をついた。

「強盗や群盗は少なからず横行し、家が壊され人は殺される。山門（延暦寺）の衆徒はことあるごとに強訴し、街中の伽藍にまで火をかけおる。逬《とばち》りを受けて焼け出された人々がどれほど泣こうがお構いないしだ」

「御仏に仕える方々でありましょうに」

「残念ながら、世の平穏を願い、民に幸あれかし、とおのが身を削って修行に励まれるお方ばかりではないのが現実だ。殺されたり、餓えや病で死んだ民の多くは、河原に打ち捨てられておるしな。それらを犬や烏が食い漁《あさ》っておる」

うっ、と忠衡は顔を顰めた。

「墓地へ運ばぬのですか」

「都の民はほとんどが貧しいのだ。野辺送りにかける金も時もありはせぬ。道端や、大内裏の門前にすら屍体《したい》はあるわ」

もっとも、公家は死を穢れとして忌むため、高位の者が住まう四条大路より北側の東の京では、屍体はすぐ片づけられた。ただ貴族の邸宅の床下を住処《すみか》としていた犬が、屢《しばしば》屍体の一部を邸内に運び込み、彼らを慌てさせるのだ、と九郎は嘲《あざけ》った。

「これはまだ新しき頭《こうべ》ゆえ七箇日の穢れ、こちらはすでに色白く、時久しきによりて穢れなし……おのれらに穢れが及ぶか否かは真剣に考えるが、打ち捨てられ食い荒らされる者の境遇には思いを致さぬ。それが今の京の為政者よ」

吐き捨てるように言って、九郎はつづけた。

「だが、仮初《かりそめ》にも京は日本国の都ぞ。それがこのざまでは、地方は如何に無残なことになっておろうか、と思っておったのだ。ところがどうだ、ここは。街にも河原にも屍体を見ることはない。皆が豊かに、平和に暮らせておるのだ。もともとこの地に住まう者も、都から来た者も、蝦が島から来た者も、皆が、だ」

忠衡は息を呑んで九郎の線の細い横顔を見詰めた。九郎が忠衡相手にこのようなことを語るのははじめてである。

「清衡殿が平和な国を望まれたことは、街のつくり方にも現れているのだな。武で以て打ち立てた政権ながら、城を築くことなく、政庁を主殿舎とされることもなかった」

「如何にも、中尊寺こそ我らが中心にございます」

忠衡は関山《かんざん》を振り返って合掌した。九郎も一緒に手を合わせる。

「……その中尊寺の建立供養願文には、古来のいくさで命を落とした者共の御霊《みたま》を、敵味方の区別なく極楽へ導かんことが願われていると聞く。人のみではない、いくさに巻き込まれた鳥獣の霊の救済をも願われているとか」

「はい、有縁無縁の無数の犠牲者のうえに、今日の我々があることを自覚するよう、教えられております」

「それだ」

九郎は大きくうなずいた。

「為政者にその自覚があれば、京も平泉のような街になるであろうに……連中に、そなたらの今あるは無数の犠牲者のおかげぞ、などと言うてみよ。口に扇を当てて、へぇえ、と腰を抜かしおるわ」

鼻に皺を寄せ、九郎は悪《わる》戯そうな顔つきで笑った。

京と平泉、為政者の意識が違えば、こうも国が変わるのか――九郎は呆れる一方、こうまで変えられるのだ、と大いに期待を抱かずにはいられない。

中尊寺金色堂の須弥檀の内には、中央に清衡、向かって左に基衡の遺体が安置されている。忠衡たちが金色堂に向かって手を合わせ頭《こうべ》を垂れれば、自然に先祖を拝んでいる格好になる。

（このかたちだ）

と、九郎は思った。

都では死を穢れとして厭《いと》う。それは王家の人間であっても変わらない。崩御すれば洛外の陵《みささぎ》へ葬られるのだ。生前如何に善政を敷こうとも、死してなお人々の生活の中心、信仰の中心に座しつづけることはない。

だが奥州藤原氏は先祖を中尊寺に置いた。南は白河の関から北は外が濱《はま》（津軽半島沿岸）に至る、広い奥州のちょうどまんなかに位置する中尊寺、我らが中心、と忠衡が言った中尊寺に、みちのく楽土の礎を築いた先祖が眠る――この地の人々はそれを疑問に感じたこともなければ、遺体となった先祖を穢れと感じたこともないに違いない。むしろ、遺体になったからといって排するように平泉の外へ葬ることにこそ、違和感を覚えるのではないか。

（死を穢れとして遠ざけると、それだけ先祖の存在が希薄になる）

九郎はそう考える。

穢れの真の姿は怖れである。人の死や異国人などは単純に怖いものであるし、命を左右する血も怖ければ、生命の誕生には不可思議の畏れもあり、女体におきる月経までもが怖れとなる。怖いものからは逃げたい。そこで、それらの怖れを穢れとよび変えることで怖さを紛らわせると同時に、遠くへ追いやったり、接触を避ける言い訳としてきたのだ。

王家が大和に朝廷を置いて日本国の統一を目指した頃、王家一族は自ら剣を抜いて戦った。

公家の大半を占める藤原氏の祖中臣《なかとみのかまたり》鎌足は、中《なかのおお》大兄《えのおうじ》皇子を助けて律令の朝廷を開くために、おのが手を血で染めた。

悲壮な決意で武器を手にした先祖があったからこそ今の朝廷の繁栄があることを、連中はどれほど実感しているのか。九郎は首を傾《かし》げざるを得ない。

血の穢れと死の穢れを伴うとして、とうの昔に自ら鎧うを放棄した連中だ。それで完全に戦うことも止《や》めたのなら文句はない。だが実際は、おのれの代わりに武家を戦わせてきた。おのれは安全な場に身を置きながら、武家を使って各地の所領を治め、政敵を倒し、おのが気の済むままに国を経営することに邁進《まいしん》してきたのだ。

（奴らに何がわかる）

いざとなれば死と隣り合わせの戦場に鎧を纏って立つ覚悟があってはじめて、先祖が流した血と汗と涙に思いを致すことが出来る。あるいは先祖のために犠牲となった多くの者たちの辛苦がわかる。それによってまた、おのれが多くの人々に生かされている、現世の人々の営みのうえにおのれの生活が成り立っていることに気づき得る。違うか――。

九郎は平泉の街を見下ろした。ほぼ中央に、秀衡が宇治平等院の阿弥陀堂を模して建立した無量光院がある。翼廊を左右に長く伸ばし、池に浮かぶように建てられた壮大な寺院だ。

宇治平等院は、源融《とおる》の別荘であったものを藤原道長が買い取り、道長の遺言によってその嫡男頼通《よりみち》が寺として創建したものである。以来、摂関家の人間はことあるごとにここを訪れ、おのれの加護と国家鎮護を祈ってきたが、この寺に摂関家の氏長者はひとりも葬られていなかった。

古来藤原氏の墓は宇治木幡《こばた》にあり、いくつもの陵墓が築かれている。道長の代に一族一門の供養のために浄妙寺が建てられ、墓参の慣習も生まれたが、そこはあくまで先祖を供養する場所であり、来世の御利益と国家安泰を祈る宗教儀式は、地上の極楽たる平等院や、東大寺を凌《しの》ぐかといわれた壮麗な大寺院法成寺《ほうじょうじ》などで行われたのである。そこには、変わり果てた姿となった先祖はいない。美しい御姿の阿弥陀如来が神々しく輝いていられるばかりである。

過去に足枷《あしかせ》されて国政を推し進められないのは困るが、過去を顧みることなく立てられた政権ほど、民に冷たくまた危ういものはない。為政者たるもの、今の繁栄も、阿弥陀如来に来世を祈り得るのも、過去があったればこそ――そう常に思い起こすが肝要だ、と九郎は思う。

(その点、平泉は見事だ)

ここを治める者は、金色堂に向かって頭を垂れるたびに清衡を思い、その志に思いを致す。そうすることで、犠牲になった者たちに思いが及ぶ。彼らの死を無駄にしてはならぬ、と奥州をさらに平安に経営することを誓う。清衡はおのが遺体を彼らの中心に据えさせて、為政者の心を常に過去に通わせることに成功したのだ。

「多くの犠牲のうえに今日の我々がある」

九郎は忠衡の言葉をゆっくりと繰り返した。

「だがそれと同じく、いやそれ以上に大事なことは、為政者は今生きている人々によって生かされているというを噛み締めることだ。みちのくの藤原氏も、みちのくの民あってもの」

忠衡は大きな目を九郎にひたと当てている。

「金色堂はそなたらを平泉建国のはじめに立ち返らせる。と同時に、支配域の民に向けては藤原氏の権威を誇示する」

「い、いえ、我らにはそのようなつもりはありませぬ」

忠衡が首を横に振るのにも構わず、九郎はつづけた。

「土地土地には、その地で育まれた仕様というものがある。建物であれ、仏像であれ、暮らしぶりであれ、何でもそうだ。この地でこれほど京の色濃い街を創り上げるには、建築師から僧侶、奥仕えの女共まで、京から必要な人材をよび寄せねばならぬ。あるいは京において平泉のためにさまざまな物を製作させる。その財と人脈を見せつけることで、藤原氏はみちのくの長たることを民に示しているのだ」

「父祖はそのようなことを考えて、金色堂を建てたり、平泉の街を創ったのではないと思います。仏の教えで奥州を浄土し、俘囚《ふしゅう》とよばれ蔑《さげす》まれてきたこの地を京と対等に扱われるようにと……」

「勿論、それはある。だが、ならばなぜ、京風の仏像や伽藍を平泉に集中させるのだ。ここへ来て二年、みちのくのあちらこちらを見せてもらったが、ここ平泉以外で都風のものを見ることはほぼなかったぞ。みちのく全域に京風のものを広めてこそ、この国はいわれなき侮蔑《ぶべつ》から脱し得るのではないのか」

「ですが……」

「交易にしてもそうだ。なぜ利権を一手に握り、藤原氏のみが莫大な富を蓄えるのだ」

「それは……」

「答えられぬか。では代わりに言ってやろう。藤原氏がこの奥州を纏めたのだ。財や権力を手にして、何が悪い！」

「いえ、そのようなことは決して……」

忠衡は慌てて九郎を遮った。

「思っておらぬ、か。ははは。若いな、そなた」

九郎は忠衡に向き直った。

「藤原氏がおのが実力でもぎ取ったものではないか。何を非難されることがある。大いに結構だ」

白面に似合わぬ太い声の底が鳴った。

「財や権力を手にすることが悪いのではない。だが、政を司る立場に立つことを選んだのなら、おのれの一族一門の利のみを追うのではなく、世の人々があってこそおのれがあると肝に命じ、如何にすれば民が幸せになれるかを考えるべきなのだ。国を為《おさ》むるの大務は、民を愛するのみ。六韜《りくとう》にもある」

「りくとう？」

「うむ。いにしえの唐《から》の国の兵書だ。中臣鎌足も大化の改新を成し遂げるに、これを暗記するほどに読んだという」

九郎の切れ長の目が、少し高くなってきた日の光を受けて深く輝いた。

「民を失業させず、租税は軽く、労役で疲れさせてはならぬ。使う官吏は清廉潔白にして民に過酷にならぬようにする。民の喜びや悲しみを、おのれの身に起きたこととして喜び悲しむ。租税を取り立てるにも、おのれの懐《ふところ》から取り立てられるように思う。此《こ》れ民を愛するの道なり、とある。民が満たされ幸せになってこそ、彼らを束ねる者も真の幸せを手にし得るのではないのか」

忠衡は合点して大きくうなずいた。瞳に尊敬の色を滲ませ、瞬きを忘れて九郎を食い入るように見ている。

ふっ、と九郎は顔を和らげた。

「三郎は今年十五だな」

「はい」

「この奥州をどのように導いてゆくつもりだ」

「あ、いや、未だそこまでは……」

「考えておらぬ、か。まあ、兄君がおふたりもおいでだからな」

忠衡の長兄は安倍氏出身の女性が生んだ國衡で、三十二歳になる。次兄は二十三歳になる泰衡、母は忠衡と同じ民部少輔藤原基成の娘である。ここ平泉でも母親の家柄が重視され、次男泰衡が嫡男とされていた。

「幸い、父君も祖父御《おおじご》も御健在だ。政《まつりごと》などまだ三郎には係わりない、と思うのも無理はない……だが十五といえば、我が長兄義平《よしひら》が大蔵《おおくら》で叔父を討ち取った年齢。兄はすでに関東の経営を任されておったのだ。そう聞くと、負けてはおれぬ、と思うであろう？」

「は、はい」

「三郎もいずれは人のうえに立つ身だ。国の経営を考えるに早すぎるということはないぞ。まずは兄君方のお考えを聞いてみるとよい」

では、そろそろゆくか、と櫓を下りかけた九郎に、忠衡は問うた。

「九郎殿は……九郎殿はどう考えておいでなのです？」

「何を？」

九郎は階に下ろした足をそのままに振り返った。

「国の経営についてです」

「これはおかしなことを尋ねる。九郎には治める国などないぞ」

「ならばなぜ、このようなことをお話しになれるのです？　もしや、いずれこの奥州を兄らに代わって治める密約でもあるとか……」

「誰と約するのだ、左様なこと」

「相国（清盛）殿ならあり得るか、と」

あはははは、と九郎は大声を上げて笑った。

「驚いた、よう考えたな。奥州乗っ取り、か。確かに相国殿ならやり兼ねぬ」

九郎は忠衡のそばに戻った。

「三郎は奥州が好きか」

「はい」

「一族が斃れ、おのれひとりになったとしても、国を纏めてゆく覚悟があるか」

「あります！」

「ならば、九郎の思いもわかる筈。話してやろう――三郎も知ってのとおり、九郎は先のいくさで、父と長兄次兄を殺された。生き残った兄らとは離れ離れだ」

はい、と忠衡はうなずいた。

「源氏再興は我らの悲願であるが、たとえ源氏の血を引くものがおのれひとりになろうとも、九郎にはやりたいことがある」

忠衡の眉間に力が入る。

「ははは、心配するな。奥州乗っ取りではないぞ。むしろ、奥州を日本全土に拡げたいのだ」

「我らに南へ打って出させるというのですか」

「いや、そうではない。ここのやり方で全国を治めたいのだ」

「我らのやり方？」

「そうだ。我が父は、平泉の統治策を真似たい、と常々話していたそうだ。この平泉、国の外に対しては十七万騎にも及ぶ軍を備え、国内においては、能ある者は家柄に因らずその才を買って重用し、朝廷の出先機関とは別に独自に政所《まんどころ》を立ち上げて、国の経営に当たらしめておる。まさしく、武家が建てた国だ。清衡殿は京を手本にされたが、父は平泉を手本に日本国を改革しようとしたのだ。藤原氏の奥州、源氏の東国、平氏の西国――三武家が日本全土の軍事を握り、各国の経営をその下に

置いた時、父の勢いを恐れた相国殿に阻まれてし
「武士の、世……」

「そうだ」

九郎は忠衡をぐっと見据えた。

「父は先のいくさを端緒に武士の世を開こうとした。だが、父の勢いを恐れた相国殿に阻まれてしまった……いくさののち、相国殿は我が兄義平から父の国家構想を聞いて父と敵対したことを悔やんだそうだが、遅いわ。父と信頼殿は、後白河院を幽閉し、時の帝（二條帝）を手の内にして、王家の押さえ込みに成功したのだ。それを相国殿、わざわざお救い申し上げて父と信頼殿を討ってしまった。武家が実権を握る好機を打《ぶ》ち壊したのだ」

ふん、と九郎は鼻を鳴らした。

「結句、相国殿は平氏を繁栄させるに、かえって王家と強く結びつかざるを得なくなってしまった」

しかも仲の悪かった後白河院と二條帝父子の間をあなたこなたして機嫌を取りつづけてきたために、王家は今以て強気なのだ、と九郎は言った。

「王家と言うても当今（高倉帝）は相国殿の姻戚。よって、問題は後白河院だ。相国殿は今は京を離れて福原にあるゆえ、いざことが起きても冷静に対せよう。だが、実の伴わぬ権威を振りまわしつづけられては、相国殿とていずれ我慢の限界がくる。その時、我が父義朝が思い描いていた日本国に出来るか否か」

「……出来なければ？」

「どうするかな」

九郎は片頬を持ち上げた。

「その時の日本国の情勢にもよるな……や、あれは太郎殿ではないか」

ふたりは勾欄《こうらん》から身を乗り出した。

「うしろは光政だ」

「まことに」

忠衡は北へ向かう一行に、おーい、と手を振った。

気づいた一行は馬を止めた。と、郎党たちは元来たほうへ帰り、國衡と光政のふたりだけがこちらへ向かい、丘裾《おかすそ》の少し手前で鞭を上げた。

巨漢の國衡を乗せているのは九寸《くき》の黒馬。美髯《びぜん》を靡《なび》かせて一気に駆け上がる姿は勇壮で、蜀《しょく》の関羽《かんう》もかくや、と九郎は見惚れた。國衡のうしろから来る光政も決して小さくはないのだが、ぺらぺらの小冠者に見えてしまう。

「兄上方も朝駆けですか」

忠衡が櫓の下に声をかける。

「何を暢気な」

上がって来た國衡は、にこにこしている弟の背を、ぽん、と叩いた。

「そなたらの帰りが遅いゆえ、様子を見に来たのではないか」

「左様にございますぞ」

光政が目を釣り上げた。光政は兄盛政と共に、九郎を護って奥州へやって来ている。

「黙ってお出かけなさいますな、と口うるさく申し上げておりますのに、まったくお聞き届けいただけませぬな」

「今朝はそなたが余りに気持ちよさそうに眠っておったゆえ、夢を途切れさせても悪かろうと思うたのだ」

「要らぬ気遣いにございます。一の郎党として、主の居場所を知らぬが如何ほど恥か！」

まあまあ、と笑いながら國衡は光政を宥《なだ》めた。

「お優しい殿をお持ちで、羨ましい」

「はぐらかさんでください。ここはひとつ、しかと言い聞かせておかねば……」

「野は、ここ高楯の物見がしかと見張っております。それに、九郎殿もおひとりでお出になられたのではない。この三郎は小さいながらなかなかのしっかり者でしてな。どうかこれに免じて、お気を静めてくだされい」

國衡は忠衡の両肩に手をかけて軽く頭を下げた。

「あ、いえ、三郎殿には殿のことでどれほどお世話になっておりますことか。某《それがし》こそ礼を申し上げねばなりませぬ」

光政も慌てて頭を下げる間に、九郎は、済まぬ、と國衡にめくわせで礼を言った。

「我が父も、九郎殿の朝駆けにはしきりと感心しております。何でもこの頃、泰衡も時折参加するようになったことが嬉しいようで。あれが余り武を好まぬのが父の不満でしてな。嫡男が馬をやるようになると郎党らの士気が上がる、とまこと機嫌がよい。仏の教えを根幹に据えておっても、我らは武家に変わりはありませぬからなあ。ただ、剣は放すことなく、涅槃を目指すという仏教で国を統《す》べるというも、またなかなかに難しゅうございますな」

「まさしくそのようなことを、今、九郎殿と話し合っていたところです」

忠衡は兄を振り返って声を弾ませた。

「そなた、九郎殿とそのようなことを話し合えるのか」

「はい、その、お話しいただいておりました」

「わはは、そうであろう。そのような時は、お教えいただいておりました、と言え」

「当たり前のことしか話しておりませぬ。為政者たるもの、民の幸せを考えねばならぬ、と言ったまで」


九郎は照れくさそうに顔を顰めた。

「いにしえの唐の国の兵書、六韜にそうあるのです」

忠衡は覚えたての知識で肩を聳やかした。

「ほう、三郎に為政者の心構えをお説きくだされたか」

國衡はくっきりとした二重の大きな目を細めた。

「これは是非、その六韜とやらを國衡にも御講義いただきたいですな。民のために何をすればよいか
……我が曽祖父清衡が陸奥《むつ》の長となってからほぼ百年、この国は安泰です。海路は西側の津軽から越後、また東側は北上川河口から下総まで開き、陸路は白河の関から外が濱に至る奥大道《おくおおみち》を整備して物資や人の往来も極めて安全。それに一万有余の村ごとに伽藍を建て、仏聖《ぶっしょう》灯油田（仏前に供える灯油料を得るための田）も寄進しておる」

「米が不作の折には免税もし、備蓄米も惜しまず出しておいでなのも承知しております。よそ者が申し上げることは何もありませぬ。ただし、国内の政策については、ですが」

満足してうなずきかけた國衡は、太い眉を、ぴくり、と動かした。

「外へ向けては、この国は少し安泰に慣れてしまっているように見えます」

「どういうことですかな」

國衡は明らかに不機嫌になっている。光政が、何を言い出すのだ、と言わんばかりの顔をするのに

も構わず、九郎はゆっくりとつづけた。

「清衡殿は慎重に国創りを進められた。中尊寺の落慶法要には都から多くの公家や僧侶を招き、みちのくを仏国土と成すことを示された。みちのくはいくさを厭《いと》い、軍事統治せぬ、と宣言されたのです」

左様、と國衡が声を響かせるのに九郎はうなずき、言葉を継ぐ。

「宣言どおり、清衡殿はほとんど兵をお動かしにならなかった。国内の小さな反乱を鎮めるために兵を動かすぐらいのことであれば、摂関家への貢金や献馬を怠らなければ、揉《も》み消してもらえる。二代目基衡殿が跡目争いを起こされた際にも、かなりの金が都へ運ばれ、朝廷の干渉を退けることに成功したと聞きます。つまり、中央への貢物をはずんでおけば、大規模ないくさを起こしたり、国衙《こくが》を襲うなどせぬ限り、朝廷に介入されることはない——平泉の方々はそうお考えではありませぬか」

「そのとおりではないですか。我らから兵を動かさぬ限り、この国は平安ですぞ」

「まことにそう思われますか。では、相手が朝廷でない場合は？　たとえば平氏や源氏なら？」

「同じことでしょう」

「こちらから動かねば、攻撃されることはないとお思いなのですか」

「戦わぬ、という者をどうして討てようか」

「太郎殿は幻想に酔うておいでだ」

静かに言って、九郎は微笑んだ。

「いくさは奇麗ごとではない。まことこの地を狙う者ならば、藤原軍に戦う気がないと知るや、むしろ雪崩を打って攻め入りましょうぞ。戦わぬ、と血を厭う者は、血を厭わぬ者の敵ではない」

わずかに語気が強まった。國衡は口を動かしたが、言葉は発しなかった。忠衡は、ぎゅっ、と口を噤んで、九郎と兄の顔を交互に見ている。

「国を護るために兵法があるのです。六韜が完全な勝利として説くのも、戦わずして勝つこと。陸奥《むつの》国《くに》がこれからも安泰であるためには、朝廷のみならず各国の内外、つまりそれぞれの国の内政と外交を見極める必要がありましょう。夫《そ》れ存は存するに非ず、亡を慮《おもんぱか》るに在り、という言葉があります。こうしておけば安泰であろう、ではなく、常に国が滅びるかもしれぬとの緊張を抱きながら、政《まつりごと》は執るべきなのです」

うーむ、と國衡は唸った。

「この国の兵《つわもの》を、血を厭わぬ者共の餌食となさるのですか。いや、兵のみを相手にする、という敵であればまだよいが、そうでなければ御館の許で平和に暮らしている民の命、幸せをも、その手で奪うことになりますぞ」

九郎の声音はより低まり、國衡は鼻息を荒くした。

「ではひとつお聞かせ願おう。この陸奥国の外交、九郎殿ならどうなされる？　安泰に慣れておる、と我らを批判されるからには、さぞやしかとした策をお持ちであろう」

「みちのくは我が殿の国ではありませぬゆえ、策など、はは、左様に差し出がましい……」

慌てて割って入った光政はそう國衡に向かって眉を下げ、九郎に向き直ると、余計なことを言って怒らせるな、と目で訴えた。

「いや、構いませぬ。耳に心地よいことを言う者の意ばかりを聞いていてはいかぬことぐらい、この國衡もわかっておりますわい。大いに語っていただこう」

「では申し上げましょう。ちょうど三郎にも言いたいと思っておったところでしたからな」

九郎が忠衡を横目に見て大きくうなずく。光政は諦めてため息をついた。

「その前にお尋ねいたしましょう。平泉は今、院や平氏と結んでおいでだが、清衡殿はなぜ院ではなく摂関家と結ばれた？」

「それは、院と結ぶと国守らに従わざるを得なくなるゆえ」

「左様。中央の権力は長らく院にあり、知行主も国の守も院の叡慮が反映される」

つまり、院と結べば国守に逆らいにくくなり、独自の政を行いにくくなる。よって奥州藤原氏としては、当初は支配権を守るに院と覇権を争う摂関家と結ぶほうがよかった。

だが今や、その力は赴任してきた国守を靡かせ得るほどに高まっている。こうなれば何を恐れることやある、しかも摂関家は長らく逼塞しているとくれば、奥州藤原氏がその力の安定維持のために、今度は最高権力者の院やその近臣平氏との関係を強めるのは当然であった。

「では、平氏が力を失い、さらに院や摂関家を超える権力が現れた場合はどうなさる？」

「何を仰せある。よもや平氏が、いや、院を超える権力が……」

「そのようなことはない、と思いか。何が起こるかわからぬのが世の常ですぞ」

「ならば、新たな権勢と一から関係を築いていくほかありませぬ。平泉が存続していくためには時の権力に認められねば……」

そう言ったきり、國衡は黙り込んでしまった。

「我らはどうすればよいのです？」

兄に代わって、忠衡が問うた。

「三郎はどう考える」

「某にはわかりませぬ」

眉に力を入れる忠衡に、九郎は、にこっ、とした。

「そろそろ、日本国からの独立を考えぬか」

「独立!!」

藤原兄弟が上げた声に、光政の声も重なった。

「ははは、少し話が飛びすぎましたか。だが独立はならぬとも、朝廷に依らぬ国は創れましょう」

「朝廷との関係を絶て、と言われるか？」

國衡が目を剥いた。

「いや、絶ってしまうのはまずい。ともかくも数百年つづいてきた今の朝廷が、そう簡単に崩れるとは思えませぬ。それに、陸つづきで完璧な独立というのは難しいでしょうから、中央と関係は持っておいたほうが得策です」

「ではどうすればよい、と？」

「つまり、時の権力との関係を見直すのです。太郎殿は、平泉存続のためにはそれに認められねば、と仰せられたが、わざわざ認めてもらう必要がどこにありましょう。たとえ朝廷が認めずとも、この奥州を支配しているのは藤原氏です。鎮守府将軍という朝廷による権威づけなどただの紙切れに過ぎぬ、そう言い切れるほどに藤原氏は力をお持ちではありませぬか。朝廷に他国と対等に扱われることを願う時期は終わった。今や、如何にすれば朝廷そのものと力を釣り合えるかを考える時が来ているのではありませぬか。それは時の権力が源氏あるいは平氏に変わっても同じこと」

「武士の世……先ほどお話くだされた武士の世を開くために、ですね」

瞳を輝かせる忠衡に、おう、と九郎は笑った。

「三郎殿、よう仰せられました。大殿《おおとの》（義朝）この世に在らせられれば、日本国はすでに新しき世《よ》を迎えていた筈。そう思うにつけ、まことに無念で……」

光政は目を瞬かせると、くるり、と東稲山のほうへ体を向けた。その背へ九郎は手を伸ばし、子をあやすように叩いて摩《さす》る。

「だが、まことに成せましょうか、この日本国を武士の世になど……」

顔を顰《しか》める國衡に、九郎は切れ長の目を涼やかに当てた。

「相国殿もすでに動いていられますぞ。京にあって王家と強く結びながらも、朝廷に依らぬ世を目指しているのです。ましてや京から遠いみちのく、ここなりの攻め方を考えてもよいのではありませぬか」

おお、と何かを確信したように國衡が愁眉を開くのにうなずいて、九郎はつづけた。

「御一族のなかには攻めることを嫌う方もいられましょう。これまではそれでよかった。だが、世は刻刻と変わっております。そして為政は世の動きに合わせて変わってゆかねばならぬもの。長年、最善と考えてきたやり方が明日も最善か否かはわからぬ。明日の最善のために今はやむを得ず民に犠牲を強いることもありましょう。それでも政《まつりごと》を行う者がまことに民のためを思うてやったことなら、民はわかってくれる。政《まつりごと》を行う者が全身全霊をかけて民の利を追うた結果なら、民は犠牲も受け入れてくれる筈です」

「いやあ、参りました」

國衡はほとんど怒鳴るように言った。

「相国殿が、九郎殿を敵将の子ながらこれほどの扱いをなさるゆえがようわかり申した。九郎殿、伏してお願い申しあげます。この國衡に国の経営を御教授くだされ」

「三郎もお教えいただきたく存じます」

忠衡も慌てて頭を下げた。

「九郎にもまだまだわからぬことが多い。共に学びましょうぞ……ただ、真っ先にやらねばならぬのは、軍兵を鍛え直すことですな。兵《つわもの》は国の大事、平和に慣れた全土を引き締め直さねばなりませぬ。実戦を戦える軍隊あってこそ、戦わず勝つ、すなわち策を戦わせ得るのです。軍は動かすべき時に動くようにしておかねば、国は滅びる。いや、滅びずとも敵を強大にしてしまいます。そうなれば、交渉もままならなくなりましょう。百年の長きに亘《わた》って敵に対することのなかった軍兵を、如何に怖れることなく敵の矢面に立てるようにするか。十七万騎を生かすも殺すも、國衡将軍の腕にかかっておりますぞ」

「やりますぞ！　のう、忠衡」

「はい！」

にこりとする九郎に、光政は先ほどまでの困り顔はどこへやら、さすが我が殿、と得意満面だ。

日がかなり高くなって来た。野の若草の露は煌《きらめ》き、川面には光の粒が踊っている。

ところで、と九郎は光政に向き直った。

「わざわざ我らを迎えに来て、何か急用でもあるのか？」

「や、そうでした！」

光政が頓狂声《とんきょうごえ》を上げた。

「早うお戻りくださいませ。急遽《きゅうきょ》、野がけすることになりました由」

「夜明けの空の美しい匂いに、誰からともなく衣川を遡《さかのぼ》ろうという話になりましてな」

國衡が説明した。

「むさ苦しい面ばかりで野がけはごめんだ、とはじめは思うておったのですが、実は継母《はは》もゆくことになりまして……まあ、我らは供する楽しみが出来ました。継母のゆくところ、若い女房らがついて来ますからなあ」

「まこと、それならば喜んで参りますぞ」

「殿！」

たしなめる光政の肩を、そなたも楽しみであろうが、と叩き、國衡と声を合わせて笑いながら、九郎の心は早くもここになかった。

秀衡の室がお出かけとなれば、あの女《ひと》も必ず出てくる筈である。

二

瓊壽《けいじゅ》、という名であった。

忍綟摺《しのぶもじず》りで有名な信夫郡の荘司を務める佐藤元治《さとうもとはる》の次女で、今年十六になる。

佐藤家は藤原秀郷を祖に持ち、代代奥州藤原氏の後見、つまり政治の補佐役を務めている家である。

瓊壽の同腹の兄には元治三男繼信《つぐのぶ》と四男忠信《ただのぶ》があり、兄弟は数年前より信夫荘を離れて秀衡に仕えているが、瓊壽が秀衡の室に仕えるようになったのは昨秋のこと、八月十五日に行われた放生会《ほうじょうえ》ではじめて皆に姿を見せた。

放生会では流鏑馬《やぶさめ》や相撲などが奉納され、人々はそれを桟敷から見物する。

九郎も可愛い娘たちを周りに置いて相撲を楽しもうとしていた、その時であった。

まだ勝負がはじまらぬのに、人々がざわめきはじめた。何なのだ、と彼らの視線を追った先に、瓊壽がいたのである。相撲好きの御方につき従ってやって来たらしかった。

真正面の桟敷、御方は御簾《みす》のうちだが、瓊壽は明るい日の下に惜しげもなく美貌を晒している。

「お綺麗な方ですな」

光政が言った。

「そうですか。我が妹ですが……」

九郎は声の主を振り返った。

「ほう、佐藤殿の妹御か」

「はい。瓊壽と申しまして、今月から御方にお仕えすることになりました。どうぞお見知りおきを」

嬉しそうに言って、繼信は九郎に一礼した。妹が皆の視線を集め、誉められるのが嬉しいらしい。

「でもまあ、気のきついやりにくい奴でしてな」

忠信が口を挟んだ。

「ならば四郎殿の妹御にしかと間違いないわ」

悪戯《わる》そうに九郎は笑った。

「これはお言葉。某ほど使いやすい郎党はありませぬぞ」

「言うわ。だが、顔は似ぬで幸いであった」

「殿もきつうございますな。真実を言わぬでもよろしゅうございましょうに」

盛政の言葉に、皆はどっと笑った。

「……どうも殿の様子がおかしい」

放生会のあと、夜の宴まで若馬を責める、という九郎につき合った光政は、戻って兄の盛政にそう告げた。

「如何なされた」

「いや、わかりませぬ。病ではなさそうなのですが……」

光政によると、九郎は出がけから気負い立っていて、馬の腱が切れるのではないか、と思われるほどに駆けさせたという。ようやく北上川の畔に馬を止めた九郎に光政は汗だくになって追いつき、なぜ斯くまで馬を苦しめます、と問うても、うむ、と言ったきりなのである。

「何も話されぬのか」

「ええ。この分なら如何な荒馬でも乗りこなせますな、とお褒めしても、近いうちに栗駒山《くりこまやま》まで駆けましょうぞ、とお誘いしても、ふむ、と生返事で空見されるばかりで」

「うーむ、どうしたことか」

盛政は腕組みした。

「放生会を一緒に楽しまれた娘御を気に入っておいでだったようなので、もしやその娘御のことをお考えなのかと思って、今宵お部屋へお連れしましょうか、と申し上げたのですが」

「違うのか」

「要らぬわ、と怒られました」

わからぬな、と盛政は首を捻った。

「まったく何がいかぬのやら……お加減がお悪いようでしたら今宵の宴は遠慮なされては、と申し上げると、熱を出そうが腹を壊そうがゆくわ、とえらい剣幕で。はは」

光政は泣き笑いのような顔をした。

「あとは何か仰せではないのか」

「ええ……あ、宴の席位置をすぐに確認せい、と言われました。御館や御方と向かい合う席にしてくれるよう頼んでおけ、と」

「いつもは当然のように御館の横にお座わりになるのにな」

「はい」

「どうなされた……」

娘御は要らぬ、宴には必ずゆく、御館の向かい。御館の向かいに座って何が楽しい？　御館、御館、御館の横には御方……いや待てよ、御館の向かいではなく御方の向かいと考えると……。

「おい、殿は病にかかっておいでだぞ」

盛政は低く言った。

「それはいけませぬ。早う、薬師《くすし》を」

「薬師では治らぬ。恋の病ぞ」

「はっ？」

「瓊壽殿だ。そなた、気づかなかったか。あの女性《にょしょう》は、かの京の御方によう似ている」

盛政は遠くを見やるような目をした。

「それは確かに、一目見た時から左様に感じておりましたが」

「恐らく瓊壽殿、宴でも御方の隣に座されよう。殿が御館や御方と並んで座ってしまっては、お顔が見えぬわ」

「はあ、そういうことですか！」

合点した光政も、目を細めた。


（母上に似ている！）

瓊壽を見た九郎は息が止まるかと思った。

秀郷流藤原氏の京人の血が濃く出たのであろう、縦長の輪郭、筋の通った細い鼻梁《びりょう》に切れの長い目——よく見れば、瓜ふたつ、というわけではない。だが、美しさの度合い、小柄な体型、花が咲き零《こぼ》れるような笑い方、何気ないしぐさ、そして何より意志の強そうな瞳の輝きが、愛する母常磐とそっくりであった。

この時九郎は十七歳、気になる娘のひとりやふたりいないでもなかった。そうとわかると主に忠実な光政、頼みもしないのに娘をうまくよび出して来ては、九郎にめくわせし、ふたりを置き去りにして姿を消すというおせっかいを焼いてくれるのだが、今一歩、九郎は踏み込めないでいた。

母の笑顔はもっと優しい、とか、母ならこう言ってくれる筈だ、とか、目の前の女性は母ではないとわかっていても比べてしまうのだ。

娘を扱いかねて堪《たま》らず光政を探す九郎を、うぶなお方、と見たか、積極的に出る娘もいた。手を握られ、しなやかな体を寄せられれば、若く健やかな体に蠢《うごめ》く欲情が迸《ほとばし》りそうになる。だが、いざ襟合わせから手を差し入れられたりすると、火照《ほて》った感情は一気に冷めて、いつも飛んで逃げ出してしまうのだった。

（瓊壽殿……）

放生会の日から、もうその女《ひと》以外は目に入らない。といって、佐藤兄弟の妹と知ってしまったうえは、あの娘《こ》はよいな、などと光政に軽々しく言いも得ず、言ったところで光政も、おいそれとよび出せる女性ではなかった。

（瓊壽殿は今頃何をしているのだろう）

いとしい面影は、一時たりとも消えることなく、瞼に張りついたままだ。

艶《つや》やかに背に流れる髪、白い繊手、黒々とした瞳。いつ何をしていても、その女《ひと》のいろいろな部分が鮮やかによみがえった。

今すぐにも顔を見たいのに、声を聞きたいのに、それが許されない。次に会えるのはいつのことかわからない。息苦しくて、ふいに涙が零れそうになるたび、九郎は庭に出た。

九郎が部屋をもらっているのは平泉館《ひらいずみのたち》。御方に仕える瓊壽は、南隣の伽羅御所《きゃらのごしょ》にいる。南隣とはいってもどちらの建物も広大なうえ、間には北上川に通じる淵が横たわっている。

たとえ瓊壽が庭に出ていたとしても、その姿を確かめられはしない。それでも、もしかしたら瓊壽も同じように庭に出て、冷たい秋の風をそのふくよかな頬に受けているかもしれぬ、と考えるだけで、切なさが少し和らいだ。

胸の内を打ち明ければ済むことであろうが、想いが深くなるほどに臆病になる。如何にして想いを伝えようか、と悩む一方、瓊壽に拒絶されるくらいなら死んだほうがましだ、とも思う。

――拒絶されずにあるためには、忘れるに如《し》かず。

そうか！　何とよい方法を思いついたものだ、と九郎は自分を褒めた。そしてそれからというもの、麗しい面影が脳裏から消えることを信じて、ひたすら勉学にいそしんだ。

「我が孫らもこれくらい熱心にやってくれればよいがの」

平泉での九郎の師である基成は、はじめは目を細めたが、そのうち、

「あれは体を壊すぞ」

と心配するほどの根の詰めようであった。

斯《か》くまで勉学に熱中すれば忘れられる――筈であったが、そううまくゆけば誰も苦労はしない。いにしえより、遂げられぬ恋のために身を焼き、病立ち、儚《はかな》く身罷《みまか》る者は数知れず、なのだ。

ふっ、と書から目を上げた空間に浮かぶ、いとしい顔。小さな白い顔が、とろけるような笑みを浮かべる……ほんわりと幸せな思いに九郎自身の顔までとろけそうになり、はっ、と気づくと、瓊壽の顔があったところに髭面の光政が皓い歯を見せて笑っていたりして、思わず身震いすることも一度や

二度ではなかった。

頭が疲れても体が疲れぬのがいかぬのだ、と連日遠出もしてみた。が、臥所《ふしど》に入ると、頭という奴は勝手にその日訪れた場所に瓊壽を置く。たとえば渓谷ならば、瓊壽を蔓草《つるくさ》の這《は》う巨岩に腰をかけさせる。あるいは清らなせせらぎに素足を浸した瓊壽に、にっこり笑わせるのだ。

眠れたものではなかった。

それでも九郎は、瓊壽に働きかけようとしなった。

ひと月経ち、ふた月が過ぎて……師走に入る頃、九郎はめっきりしゃべらなくなってしまった。

「そろそろ動かねばならぬぞ」

盛政に促され、光政はついに九郎に切り出した。

「殿、繼信殿に仲立ちをお頼みになったら如何ですか」

何を、と九郎はぶっきらぼうに問い返した。

「かの女性《にょしょう》のことです」

光政は、にっ、と皓い歯を見せた。

「だ、誰のことだ?」

「皆まで言わせなさいますか。お顔いっぱいにお名前を浮かべておいでですぞ」

光政を睨みつけていた九郎は、ふっ、と苦笑した。

「何だ、知っていたのか。だが繼信殿に頼むのは照れくさいな」

「ならば、艶文《つやぶみ》をお届けなさいませ」

「歌は余り得意ではない」

「御方も大蔵卿も、よくお詠みになっていらしたではありませぬか。頼政殿からも少しは手ほどきを受けておいでてでしょう。何なりとお詠みなさいませ」

「簡単に言ってくれるが……」

九郎は腕を組み、しばらく口のなかで何やらぶつぶつ呟いていたが、おもむろに文机に向かうと墨を磨りはじめた。

「出来ましたか！」

光政が慌てて身を乗り出す。

「離れていろ。書き辛いわ」

九郎はしばし短冊を眺めたのち、一気に筆を走らせた。

「どうかな？」

若殿のおよびに、はいはい、と光政は飛んで来る。

「え……

夕暮れは山のはたてに物ぞ思ふ
はつかに見えし人を恋ふとて

……ええ、夕暮れになると、山の果てに向かってもの思いをすることだ、わずかにそのお姿が見えた女性を恋い慕うというので……でよろしゅうございますか」

「いちいち解釈せぬでもよいわ」

「殿の歌なのですね！」

「好きな歌を少し替えてみたに過ぎぬ」

九郎は照れ臭そうに鼻に皺を寄せた。

藍や紫の小さな飛雲文様に金銀の砂子を散らした短冊に、強弱の効いた流麗な文字が並んでいる。

「あのお小さかった殿が恋心を詠われるとは……」

光政は目を瞬《しばたた》かせた。

「歌ぐらいで感激するな。これをあの女性《にょしょう》に渡してしまったあとが大変だぞ」

九郎は顔を顰めたが、本当にそのとおりになった。

恋の歌も一度詠んでしまえば恥ずかしさが薄らぐ。そののちは毎日のように恋文を贈ったが、瓊壽からの返書はどことなくつれない。脈はないのか、と悩む九郎に、「返書は必ずくださっているのですから、御心配には及びませぬ」と光政は励ました。

「父から聞きましたが、亡き大殿も御方からのつれなき返書にそのお気持ちを量りかねて、随分お悩みになったそうです。気位が高くていらっしゃるところも、瓊壽殿は御方に似ておいでなのですな」

呵呵、と光政は笑った。

「だがもう、年も明けたぞ」

ぼそっ、と九郎は言った。

「あと一息ではありませぬか。そもそも女性というものは押しに弱いものですからな。もう少し強うお攻めになられて……」

光政は恋の先輩らしく鼻息を荒くして進言したが、九郎はついに艶文を贈るのを止めてしまった。

睦月、如月、弥生……九郎の顔が晴れることはない。庭に出ることもなくなって、忠衡までが、体の調子がよくないのか、と心配しはじめた頃、九郎は光政をよんだ。

「瓊壽殿の部屋はわかるか」

「は、歌乃《うたの》に聞けばすぐにわかりましょう」

「ほう、まだ嫌われていなかったか。ははは」

はあ、何とか、と光政は照れた。歌乃は、光政が奥州へ来て間もなく妻とした女性である。

「今日中に調べてくれ。明晩、そちらへ向かう」

「承知仕りました。ついに御覚悟を決められましたな」

顔を崩す光政に、うむ、と九郎は曖昧《あいまい》にうなずいた。

「いや、ようございました。実は瓊壽殿に艶文を届ける者が結構な数あるらしゅうて」

「まことか！　聞いておらぬぞ」

「いや、もう文を贈るをお止めになったのを、要らぬことを申し上げてまたお心を煩わせてもいかぬと思いましたもので」

「そういうことは早う言え」

「左様に御自分の都合で叱られましてもな……ま、なればこそ、必ずや明晩のうちに瓊壽殿のお心をものになさいませ。それにしても男共の想いがひとつところに集まるのは、いずこもいつの世も、同じにございますな……」

翌晩、十三夜の月が空に高くなるのを待って、九郎と光政は部屋を抜け出した。

前をゆく光政は、平然と平泉館の南門へ向かう。門には守兵がいる。

(咎《とが》められれやしないか)

九郎の心配をよそに光政はずんずん歩いてゆき、こちらを振り返った守兵に、よっ、と手を上げて笑った。すると守兵も、にやっ、と笑みを浮かべて門を開けてくれ、光政はあっさりと外に出てしまった。

(へえ、通い慣れたものだな)

九郎も光政を真似て手を上げ、慌ててあとにつづいた。

平泉館のすぐ南には細長い淵があり、橋が架けられている。これを渡ればもう伽羅御所の築地塀がはじまる。伽羅御所は御館《みたち》秀衡が住まう所であるから、さすがにこちらは易々と入れぬであろう、どこから忍び入るのか、と思っていたら、光政はこちらの守兵にも、ちょい、と手を上げて門を開けさせてしまった。

「おい、これでよいのか」

九郎は光政に舌を巻くより、平泉の警護の軽さが気になった。

「某も如何なものかと思いますがね。ま、今はありがたいもので」

へへっ、と光政は髭面を崩した。

こ奴はここの飼い猫か、と思わず笑ってしまうほど、光政は広い庭を右へ左へ、しかもうまく陰を拾いながら音なく滑るように進む。かなり奥へ入ったな、と九郎が周りをぐるりと見まわした時、光政が足を止めた。

どこからともなく、琵琶の音や人々の笑い声が流れてくる。

「その角のお部屋です。戸口は左手にまわったところにあります」

光政はささやいた。

「よう迷わずに来れるものだな」

胸の高鳴りを押さえつつ、九郎も声を低める。

「は、実はひとつ置いた右側の部屋に歌乃がおりまして」

「まことか。何だかやりにくいな」

「それはこちらも同じで……」

光政は頭を掻いたが、九郎は急に緊張の面持ちで妻戸のある側の庭へ歩み出した。その背へ、もうゆかれますか、と光政が声をかける。

「いや」

九郎は首を横に振った。

「瓊壽殿からは未だ、九郎を受け入れてもよい、という言葉はもらっておらぬのだ。このまま押し入って、心のなかに土足で踏み込むような真似はしたくないからな」

「何ですか。それはこの光政への当てつけでございますか」

「そなた、そのようなことをしたのか」

「はい、いや、その……」

一の郎党と声を忍ばせて笑い合えば、程よく力が抜けてゆく。九郎は光政にしばし待つよう命じて、再び歩を進めた。

庭は南面に開けていた。朧月の淡い光が、大振りの松ヶ枝に受け止められ、その下に陰を作っている。

九郎はその暗がりに体を入れて立った。

春半ば。

京ならば今頃の刻はまだ多くの戸や蔀が開いているものだが、さすがに奥州は寒い。戸の隙間からわずかに漏れ来る燭《ともしび》の明りも心細げである。

九郎は腰に差した笛を取り上げ、静かに吹きはじめた。義父長成譲りの色彩溢れる音は嫋《じょう》嫋《じょう》として、春の夜のときめきを歌う。

妻戸がそろりと開き、白い顔が覗いた。

（わっ……）

九郎は思わず目を瞑った。笛の音がわずかに震える。

いや、我が驚いてどうする。想定では驚くのはむしろ、いきなり部屋の前で笛を吹かれた瓊壽なのだ。まあ、いったいどなたが、と出て来て九郎と知り、二度驚く。うむ、望みどおりの展開ではないか。

そう、かの女《ひと》は目を見張っている筈――――が、九郎が心を決めてそっとそちらを見やった時には、戸がわずかに開いているばかりですでに顔はなかった。

(どうしよう?)

考えてどうなるものでもない。だが実はこれも想定どおり、こちらはすでに、想いを笛の音に乗せて届けている。あとは瓊壽次第だ。

今宵、九郎が笛を持ち出したのには理由があった。

年のはじめ、伽羅御所で行われた宴の席で、九郎は所望されて笛を吹いた。その時、誰ぞほかの楽器を合わせられるものはおらぬか、と秀衡が問いかけたのへ、すっと立ち上がって箏に向かったのが瓊壽であった。九郎は飛び上がって喜びたい気持ちを双眸に込めて頭を下げたが、瓊壽は文のやり取りをしているとは思えぬほど、つんと澄まして礼を返した。

それでも――――。

演奏がはじまると、どうであろう、とてもはじめてとは思えないほど、ふたりの息はぴたりと合った。

音量の加減、旋律の主従が入れ替わる時の滑らかさ。楽器は違えども音が解け合う瞬間の、鳥肌立つ快感は、演奏する者たちのみに与えられる喜びである。しかもその瞬間は何度も訪れた。

(ああ、やっと我が心を受け入れてくれた)

そう確信した九郎であったが、そののちも瓊壽は相変わらずつれなかった。

落ち込んだ。

文を書く気力もなくしたまま、空しく時が過ぎる。光政の言うように押しが弱いのかもしれない。

いや、もしかしたら次なる行動が取れるか試されているのかもしれぬ、と思った。

(ならば)

瓊壽にとって、あの至極の瞬間を共有したことの意味は何だったのかを問うてみよう。あの瞬間が、九郎の心にその優しい心を沿わせてくれた結果として生まれたのでないのなら、きっぱり諦めがつくではないか。

言葉は要らぬ。もう一度、かの女《ひと》の前で笛を吹いてみればわかる。瓊壽が歌うか否か――。

白い顔が消えてから、やけに時が過ぎた気がする。鼻息荒くやって来たくせに、九郎はもう弱気になっていた。

笛の音も湿り気を帯び、霞んでくる。

(やはり無理か)

九郎が固く目を瞑った時、ついに待ち焦がれた音が流れて来た。

生気を取り戻して清らに澄む九郎の笛に、瓊壽の華やかな箏が絡む。九郎の笛が狂おしく恋うれば、瓊壽の箏は優しく受け止め、九郎の笛が両の腕《かいな》を広げるところに、瓊壽の箏は飛び込んだ。笛と箏は互いに引き寄せあい、音はひとつに重なって朧月夜に立ち昇ってゆく。

……曲は終わった。

ぼうっ、と九郎は余韻に浸っている。光政が、早くゆけ、とばかりにばさばさと手を振っているが、全身が痺《しび》れたように動かない。

と、妻戸から漏れていた細い光の筋が、ふっ、と陰った。

(閉められる！)

途端に九郎は弾かれたように地を蹴って走り、簀子に飛び上がった。

(えっ？)

何か柔らかいものにぶつかった――と思うや、それは、きゃっ、と小さな叫びを上げた。光が陰ったのは、外に出ようとした瓊壽の体がそれを遮ったのであった。

「や、済みませぬ」

九郎は驚いて、よろめいた小さな女《ひと》を抱えた。

爽やかに甘い香気が顔を打つ。

(母上の……)

九郎には懐かしい沈香《じんこう》の香であった。それに、若い瓊壽の肌の甘酸っぱいような匂いが混じっている。

図らずも九郎の腕のなかとなった瓊壽の黒い瞳が、月影を映して濡れている。ごくり、と九郎の喉が鳴った。

「あの……お会いする手立てを思いつきませず、このようなかたちで……」

「遅うございますわ……もっと早くお越しになればよろしかったのに」

あるかなきかに言って笑みを零した女《ひと》を、九郎はそっと引き寄せた。素直に預けられた体は華奢に見えてはいても、しっとりとした重みがある。

腕に力を込めれば、切なげな吐息が九郎の耳に熱くかかった。この時の来るのをどれほど願ったろうか。

九郎は瓊壽を軽く抱き上げて部屋へ入り、几帳の奥の茵《しとね》にそっと下ろした。

いとしい顔が間近にある。

「閨《ねや》では気の利いた言葉をかけておあげになるのですぞ」

恋の先輩光政が要らぬ助言をしてくれたが、そんなものはどこかに吹っ飛んでいる。ふっくらとした頰に触れ、両の手で小さな顔を包めば胸がはちきれそうで、ただただ、九郎はその女《ひと》を見詰めた。

余りに遠慮のない視線に瓊壽は恥ずかしそうに目を伏せたが、すぐにそれを見開いて九郎を見詰め返し、にっこりとした。

「笛は父君に教わられたとか」

「ええ」

「いつお聞きしても美しい音《ね》ですこと」

「瓊壽殿にそう言っていただけるほど嬉しいことはありませぬ」

「沁み入ると言えばよいかしら、胸の内の最も深いところを摑まれるようで、ふいに涙が零れそうになりますの」

「まったく同じものを、九郎も瓊壽殿の箏に聞いておりました。たちまちに妙境《みょうきょう》に誘われて、何かこう、どうしようもない情感に絡め取られるような」

「まあ、嬉しいお言葉」

もう十分だった。言いたいことも言うべきことも、笛の音箏の音が伝え合ってくれている。

何と満ち足りて、暖かなのだろう。今ここで時が止まってしまっても構わない――そう思いながら黒髪を掻きやりつづける九郎の手を、つと、瓊壽が摑んで微笑んだ。そしてそのままそれを胸のふくらみに導くと、九郎の首に腕をまわし、抱いて、と頰を染めた。

時が止まっても構わない――筈がない。一気に九郎は熱した。薔薇の蕾の唇を吸い、滑らかな首筋から喉許へ、おのれの火のような唇を這わせた。瓊壽に導かれた手は次第に大胆になってゆき、やがて夢とも現ともつかぬ甘やかな世界に、九郎は身を沈めていった。

早くも暁の光を感じた鳥が鳴き、ふと九郎は目を覚ました。とろとろと心地よい気だるさのなかで、体のあちらこちらに昨夜知り初《そ》めた愛の感覚がよみがえる。

いとしい女《ひと》を求めて腕を伸ばしたが、それが空を掻いて九郎は飛び起きた。

（瓊壽殿……？）

その気配に、几帳の向こうから愛くるしい顔が覗いて笑う。

「お目覚めですか」

「う、うむ」

九郎も、にこ、としたが、なんとなく照れくさい。くすっ、と瓊壽は肩を窄め、早くお支度なさいませ、と言って顔を引っ込めた。

衣を整えて几帳の外に出ると、瓊壽は鏡の前に座っていた。白の小袖に紅の打袴《うちばかま》を着けたばかりの姿で、小首を傾げて髪を梳《くしけず》るさまが何とも艶《なまめ》かしい。九郎は再び体の芯を熱くし、うしろから細い肩を抱き竦《すく》めた。

「ずっと……ずっと九郎のそばに居てくれますね？」

九郎の太い腕に、瓊壽は繊手を重ねた。

「九郎殿がお放しにならない限り」

「放すものか。何があろうと、瓊壽殿とは添い遂げてみせる」

「瓊壽、とおよびになって」

「……瓊壽——」

腕に力を込め、九郎はおのが頬をその女《ひと》のそれに押しつけた。冷たく柔らかな感触に全身の肌を逆撫でされるように感じ、堪らず女体を抱き上げて再び臥所へ運ぼうとした。

「あら、なりませんわ」

瓊壽が柔らかに身を捩《よ》じった時、妻戸の向こうで、殿、とよぶ低い声がした。

「おう、今ゆく」

九郎も低い声で答えると、何かしら救われた気分で小さく息を吐き、そっとその女《ひと》を下ろした。

瓊壽の顔に怯《おび》えに似た色が走る。

「御心配には及びませぬ。我が郎党です」

「ずっと庭にいらしたのかしら」

「いや、あ奴も目覚めたところでありましょう」

九郎は悪戯《いらずら》っぽく笑うと、安堵の微笑《ほほえみ》を浮かべる瓊壽を今一度強く抱き締めた。

「今宵、また」

その耳に囁き、小さくうなずく女《ひと》との飽かぬ別れを惜しみつつ、九郎は部屋をあとにした。

「……殿の御寝所をひとりで警護するというのは、なかなか気を遣うものですな」

伽羅御所と平泉館とを結ぶ橋まで帰って来て、光政は心置きなく普段の音声に戻して言った。

「夜通し外におったのか。瓊壽も気にしていたぞ」

「いや、それは暖も取りましたが……」

九郎は光政を振り返って、ぷっ、と吹き出した。

「暖を取ったのではなく、そなた自身が燃えてしもうたのであろう」

「殿に言われとうはありませぬな」

光政は眉を吊り上げたが、すぐに頬をゆるめた。

（大人になられた……）

母常盤に似た顔立ちは、十八になった今もとかく若く見えるが、その物言いや態度は幼少時から大人びていた。それへ、新しい世界を知った男の、何とも言い得ぬ落ち着きを纏《まと》わせて、彼の若い主は悠然と歩いてゆく。

と、急に足を止めた主に、あわや光政はぶつかりかけた。

「如何なさいました」

「うむ」

向き直った主は真顔である。

「しかと言っておきたかったのだ……そなたのおかげぞ。礼を言う」

「殿……」

にこ、とするや、また足早に歩き出した九郎を、光政は慌てて追った。

群青の空の下で、薄色《うすいろ》の衣の九郎がほんのりと浮かび上がる。そのうしろ姿が、光政の目のなかで揺れてぼやけた。

「まことにようございました。これで兄に顔向け出来ます」

「盛政にも心配させたか」

「はい」

溢れるものを拭いながら、光政は微笑んだ。

「まことと、げっそりなさっておいででしたから……なれど、ほっといたしました。ま、しばらくは光政が瓊壽殿の許へ御案内いたしますゆえ」

「いや、その心配は要らぬ。ゆき方は覚えた」

「もう、でございますか？」

うむ、と九郎はうなずいた。

「もっとも、光政も来たくば来るがよい」

「そうまで言われてついてゆくのも癪ですが……警護はしっかりせねばなりませぬからなあ」

「暖かい部屋で、か！」

ふたりは、はじけるように笑った。

こうして九郎が想い女《びと》の許へ通うようになって、十日余りが経っている。

三

野がけの一行が衣川を遡ってゆく。

先頭は秀衡と息子たち、それに女性陣がつづき、九郎と鎌田や佐藤の兄弟たちは殿《しんがり》を受け持った。

今日は女性たちも括《くく》り袴《ばかま》で馬上にあった。街を過ぎてからは被衣《かづき》も脱ぎ、久しぶりの遠出に浮き立っている。

勿論、瓊壽もいた。

色白の小柄な女《ひと》は、唐花《からはなのまる》丸を織り出した薄《うすくれない》紅の衣を纏い、これまた雪のように白く、薄桃色の鼻先をした華奢な馬に乗って、御方のすぐ横についている。御方と言葉を交わす折などに、線の柔らかな横顔がこちらに向き、そのたび九郎の胸は高鳴った。

衣川は途中で北股川と南股川に分かれるが、分岐点のほど近くに、北へ抜ける坂がある。

一首坂《いっしゅざか》、とよばれていた。

前九年の合戦の折、安倍貞任を追い詰めた八幡太郎義家が、

「衣《ころも》の館《たて》は綻びにけり」

と詠みかけたところ、貞任が即座に、

「年を経し糸の乱れの苦しさに」

と返したことに感心して、その場を逃がしてやったという逸話は、九郎も知っている。

坂の名はこの和歌問答に由る、と聞いて以来、ここを通るたびに九郎の胸は熱くなる。

本当に歌のかけ合いがあったかどうかは、九郎にもわからない。ただ、ふたりの勇将が確かにここで戦い、何らかの事情で義家が貞任を逃がしたのは事実なのだろう、と思う。

刀を操《と》れば必ず割《さ》き、斧を執《と》れば必ず伐《う》て、と兵法は教える。

いくさに情けは無用。わかっている。そうとわかっていても、すでに矢をきりきりと引き絞っていても、敵将の最後まで冷静を失わぬを見、あるいは逆に、素直な生への未練を見ると、人としての情が動く。当たり前ではないか。だが、その心の動きを如何に抑えるか、が総大将を望まれる我が身に与えられた課題なのだ――ここを通るたび、張良のようになれ、と言った競の声が聞こえ、九郎は更なる精進を誓わずにはいられなかった。

一行は進路を北股川に取った。

九郎が瓊壽を戸外で見るのは放生会《ほうじょうえ》以来であった。色とりどりの衣で装いを凝らし、のどかな日差しの下《もと》で花競《はなくらべ》のように美しいうら若き女性たちのなかにあって、そこだけ光の当たり方が違うのではないか、と思われるほどに瓊壽は輝いている。

（この女《ひと》を……）

多くの求愛者を退けて我が妻としたのだ、と九郎は誇らしかった。

「あの躑躅《つつじ》を御覧になって。一段と色が美しゅうございますわ」

「まことに、目が覚めるよう」

「二輪草《にりんそう》も咲いていますわね」

「何と愛らしい」

女性たちの囀《さえず》りが賑やかだ。

うきうきしているのは男たちも同じだ。前のほうからは國衡の豪快な笑い声が聞こえて来る。うしろでは鎌田と佐藤の兄弟が、敵軍に包囲され、進路、退路、食糧輸送のすべてを絶たれたらどう戦うか、などと舌鋒《ぜっぽう》するどく論じている。

（そのような状態に陥らぬようにするのが真《まこと》の知将ぞ）

九郎は胸の内で苦笑したが、彼らには加わらず、女性たちのおしゃべりに耳を傾けていた。

「あら、あれは藤ではないかしら。早いわね」

御方の声だ。いつものおっとりと優しい声がはしゃいでいる。

「よくお見つけなさいましたこと」

「吉兆にございましょう」

女性たちがいっせいに女主を持ち上げた。と、

「近頃、暖かな日がつづいておりましたゆえ、初咲きも早まったのでございましょう」

ひときわまろやかな声が言った。瓊壽であった。

わたくしたちがせっかく御方をお褒め申し上げているのに、何を言い出すのかしら、という顔、顔、

顔が、瓊壽を振り返った。

思ったままを口にしただけだったのだろう、瓊壽はほんの一瞬、戸惑ったようであったが、すぐに変わらぬ声音《こわね》で話すのが聞こえて来た。

「先日、御方にお教えいただいた藤のお話を見るようですわ。大伴家持《おおとものやかもち》が詠んだ、時じき藤の歌のお話です――我が屋前の時じき藤のめづらしく今も見てしか妹《いも》が咲容《わらい》を――御方は仰せになりました。家持が詠んだこの歌の藤は秋に咲いたものであるが、季《とき》を外れて咲く花のように希《まれ》にしか逢えぬ恋人には、家持ほど女性《にょしょう》にもてる男でも燃えるもの。なれば、殿御の浮気心をちくりとやるには、時じき藤になればよろしい……」

「まあ、御方たら」

「わたくしも試してみますわ！」

女性たちはまた賑やかに囀りだした。

御方がそっと、かわいくてならないふうに瓊壽を見詰めるのを、九郎は見た。

(うーむ)

その感心の色も含んだ眼差しからすると、時じき藤の話は御方が教えたのではないらしい。とすると瓊壽は、同僚との摩擦をうまくおのれの知識で切り抜けたばかりでなく、その知識を御方から得たとしたことで、女主の教養を高く見せることに成功したのだ。

逢瀬を重ねるようになって、瓊壽の聡明さには何度も舌を巻かされている。今のやりとりも、母常磐を髣髴《ほうふつ》とさせる見事なものであった。

(時じき藤、か)

日の光を浴びて立つ恋人の姿こそ、九郎にとってはまさしくそうであった。はやく婚礼を済ませて、

昼夜を問わず愛くるしい顔を眺められるようにしたくてならなかったが、

「兄たちにもまだ話していませんの。郷《さと》の両親には、兄たちに話したあとで文を出そうと思って……」

だから少し待ってほしい、と瓊壽は頰を桜色に染めた。血を分けた兄であっても、こういうことは女性の口からなかなか言いにくいのだろう、と九郎は微笑んだが、実は九郎とて、いつも近くにいる繼信たちに、面と向かって瓊壽とのことを報告するのは気恥ずかしかった。

だが瓊壽が動くのを待っていては、いつのことかわからない。

何とかふたりが仲よいことを示せれば、あとは鎌田兄弟がうまく取り計らってくれよう、それには今日ほどよい機会はない――眩しいうしろ姿に見惚れながら、九郎はそう考えている。野がけは祭りの日などと並んで、男女がへだてなく楽しめる日なのだ。

やがて激しい水音が聞こえ、大岩を右にぐるりと巻いた先に滝が現われた。

滝は、三丈ほどの高みからふた筋に分かれて落ちている。飛沫《ひまつ》を上げる豪壮な流れに、新緑と、やや紫がかった鮮やかな濃紅《こいくれない》の三葉躑躅が彩りを添えるさまは、えも言われぬほど美しい。

一行はここで馬を止めた。

人々は思い思いに春の一日を楽しむ。さっそく料理に舌鼓を打つ者、冷たい水に入って沢蟹《さわがに》捕りに熱中する者、滝横の岩を攀《よ》じる者……。

女性たちは川縁《かわべり》へは下りず、御方の周りに腰を下ろしている。九郎はそこから少し離れて、鎌田や佐藤の兄弟と酒を酌み交わしていた。

しばらくおしゃべりを楽しんでいた女性たちだが、そのうち花を摘みに立ちはじめた。女性たちを追って、待っていましたとばかり、種々《くさぐさ》の遊びに興じていた男性たちも移動する。

瓊壽も歌乃と連れ立って歩き出すのを認めて、九郎は杯を置いた。

よし、いよいよだ――さりげなく立ち上がったつもりだったが、光政も当然のように立ち上がったため、つられて佐藤兄弟も立ってしまった。

「どこへゆかれます？」

忠信が問うのに、歩いてみたくなっただけだ、と九郎は答えた。

「はっはっは、それはそなた同様、九郎殿も女性《にょしょう》の近くへおゆきになりたいわ」

繼信が、当たり前だろう、とばかりに肩を揺すった。

「左様左様、女性は遠くから鑑賞しておっても、真の美しさはわかりませぬからな。さ、参りましょう」

光政は歌乃を目で追いながら、九郎を促した。そういうことなら、と忠信が言ったので、佐藤兄弟は席へ戻るのかと思いきや、何と一緒に歩きはじめたではないか。

真横に忠信がいる。

(こ奴め)

瓊壽との仲は知らしめたいが、はじめから忠信が横にいる図は考えてもいなかった。

(一旦、戻るか)

いやその間に、大事な女《ひと》にほかの男が近づいてはつまらない。

(盛政――)

歩をゆるめて振り返り、縋《すが》るようなまなざしを送る九郎に、仕方ありませぬな、と忠臣は目の端で笑って答え、立ち上がった。

九郎の横に光政と忠信、盛政と繼信はうしろから来る。

向かう先の女性は、ふたり同時に、ちら、とこちらを振り向いた。九郎と光政はそれぞれの想い女《びと》に微笑みかけたが、女性ふたりは顔を見合わせるとこちらに背を向け、ひそひそと言葉を交わしている。それはそうであろう、厳《いか》つい武将が五人も向かって来るのだ。

九郎と光政は顔を合わせて、どうしたものか、と目で語り合うが、事情を知らない忠信は瓊壽たちが振り向いたのにも気づかず、九郎殿は如何な女性《にょしょう》をお好みですか、某《それがし》は肉置《ししお》き豊かな女性がよろしいですな、などと陽気に喋っている。

と、ふたりの女性は互いにすうっと離れた。九郎と瓊壽がふたりだけになれるよう、歌乃が気を利かせてくれたのであろう。勿論、光政は歌乃を追って九郎と忠信から離れる。

九郎はうしろを振り返った。繼信と盛政は何やら真剣な面持ちで話し合っていて、こちらとの距離が開いている。

(あとはこ奴だ)

だが忠信はまったく離れそうにない。おい、あの女性はどうだ、と片端から豊満な体の持ち主に目を向けさせるのだが、九郎殿のゆくところへ、と笑って歩調までぴったり合わせてついて来る。花を摘みながらゆるやかに歩を進めている瓊壽との間は、もう二間ほどしかない。

突然、九郎は忠信の袖を引いた。

「ついて来るな」

「はっ？」

「気を遣え、と言うておる」

「……えっ？」

忠信は面食らった。おのれを残して九郎が足早に近づいていったのは、何と我が妹瓊壽ではないか。

しかも九郎は、我ら兄弟にも見せたことのないような、親愛の情のこもった優しい眼差しを妹に向けた。

九郎を見詰める瓊壽の瞳も、兄ながら思わず、どきり、とするほど、艶《つや》やかな情感に濡れている。

(どうなっておるのだ)

口をあんぐりと開けたままふたりを凝視する忠信の肩を、追いついて来た繼信が、ぽん、と叩いた。

「あ、兄上」

「そういうことらしいな。今、盛政殿から伺うた」

繼信は、にこにこしている。

「そういうこと、とは」

「わかっておろうが。九郎殿は我らが妹と他人ではない仲になられた、ということだ」

わからぬ、と言って、忠信は顔を顰《しか》めた。

「あのように気のきつい女のどこがよいのでしょうな。あれが十《とお》を過ぎた頃から、口喧嘩で勝てた例《ためし》がないわ」

「それはそれは瓊壽殿、かなりのお方にございますな。口達者な忠信殿がお勝ちになれぬとは」

盛政が大笑いした。忠信は顰めっ面を盛政に向けた。

「それに、今でこそ少しは女らしゅう見えておりますが、つい二、三年前までは枯れ枝なんぞのように痩《や》せておったうえ、我らと一緒に馬を駆るものですから、年中真っ黒でしたぞ」

「ほう、あのなよやかなお方がそのように闊達《かったつ》とは……女性《にょしょう》はわかりませぬな。毛虫が美しい胡蝶になるが如く、急に変わりますからな」

変わったかな、と忠信は首を傾げた。

「何だ、忠信は妹を九郎殿に取られて怒っておるのかと思うていたら」

繼信はにやりとした。

「どうも逆だな。九郎殿のお心を瓊壽が独り占めしたのが気に入らぬのであろう」

「そのようなことは思うておらぬ！」

そう言い捨てた忠信の顔が、ぱっ、と赤くなり、ますます顰んだ。

いや、兄の言うとおりかもしれぬ、と忠信は思った。九郎が妹に向けた眼差しに、確かに嫉妬のようなものを感じた。だが、だからといって、九郎をないにしたいのではない。それどころか、九郎が愛しているのがほかの誰でもない、本当はかわいくてならない妹だとわかって、飛び上がるほど嬉しいのだ。

「某は何も……」

「よいではないか。我らは皆九郎殿が好きだ。我も話を伺うて、瓊壽に取られた、と思うたわ」

繼信は、からから、と喉を鳴らした。

「九郎殿には、男女を問わずその心を摑んでしまう魅力がおありになる。つまり我らは、九郎殿に惚れ込んでしまっておるのだ。惚れた相手には、おのれのことを第一に想うてもらいたいもの。そこへ、惚れた相手を虜にするものが現れれば嫉妬する。男も女もない。聞いた話だが、おのれではなく笛を懐《ふところ》に寝る夫に腹を立て、笛を投げ折ってしまった女性《にょしょう》もおるそうだ。命なき物にすら、嫉妬することはあり得るらしい」

（……そうか、我は九郎殿に惚れておるのか）

認めてしまえばどうと言うことはない。妬《や》けもするわ、と忠信は苦笑した。

花が溢れんばかりになった籠を持った瓊壽が、川縁のほうを心配そうに覗いている。

その視線の先、斜面を少し下りたところに九郎の背中が見える。

「もっとも、我が殿も笛はお放しにならぬが――」

盛政は笑った。

「あのおふたりは、よい夫婦《めおと》になられましょうぞ」

九郎が上がって来た。手には山吹の枝が数本握られている。

「やあ、これは瓊壽が喜ぶぞ。あれ《い》は山吹が大好きでしてな」

繼信が言うのに、忠信も、こくこく、と相槌を打った。

「おやおや、そこまで似ておいでとは……」

盛政は驚嘆した。

「では、京の御方も山吹がお好きなのですか？」

繼信が確かめるのに、そうです、と盛政はにっこりした。

「亡き大殿が御方にはじめて贈られた花が、八重の山吹であったと聞いております」

「京の御方、とは九郎殿のお母君常磐殿ですか？」

確かめる忠信に、そうよ、と繼信がうなずいた。

「ではその、似ている、とは？」

「我も信じられぬが、瓊壽は京の御方にそっくりだそうだ」

「何と、では我らの妹が、天下第一の美女、常磐殿に似ておるというのですか。あはは、これは信じられぬな」

「それが似ておるらしい。九郎殿が言われるには、性格もだそうだ」

「それでは、常磐殿はよほど気の強いお方ということになりましょうぞ」

「ははは、仰せのとおりです。先ほど、忠信殿は瓊壽殿に口では勝てぬと言われたが、大殿も御方にはお勝ちになれなかったようで……それも御方の仰せになるのがいちいちもっともであったらしく、まったくやりにくいわ、と苦笑しておいでだったお顔が懐かしゅうございます」

盛政は目を細めた。

山吹の枝に見入る瓊壽は実に嬉しそう。

九郎はそんな瓊壽をいとしげに見守っている。

「いや、そうでありましょう。常磐殿がもし、外見が麗しいばかりのお女《ひと》であられたなら、源平の両棟梁からあれほどの扱いはお受けにならぬ筈……」

繼信は自ら納得して、首を二、三度縦にゆっくり振った。

「その常磐殿に瓊壽が似ていると言っていただけるとは……そして九郎殿が瓊壽をお選びになり、佐藤家の婿になられる。我らは前世より、九郎殿とは浅からぬ縁で結ばれておるのやもしれぬな」

仲むつまじいふたりを、繼信は眩しそうに眺めた。

(宿世の契り――)

忠信の脳天から足先までが痺れた。

(そうだ。なればこそ、兄上もおのれも瓊壽も、九郎殿にこれほど惹かれるのだ)

秀衡に仕える忠信である。だが、

(この身が果てるまでそばにあるは、九郎の殿、ただひとりぞ!)

身を震わせながら胸に叫んだ、そのまさしく同じ言葉を――兄繼信もまた、じっくりと胸に刻んでいたのであった。

鹿《しし》の谷

一

安元《あんげん》二年（一一七六）七月、加賀国で騒動が起きた。

国守藤原師高《もろたか》の目代《もくだい》を務める弟の師經《もろつね》が、白山《はくさん》の末寺鵜川《うかわ》の僧と揉めて、僧房を全て焼き払ってしまったのである。白山社は神仏習合により延暦寺に属していたので、大衆《だいしゅ》は神輿を飾り奉って比叡山へ向かい、本寺に訴えた。

その結果、翌年二月に師經は備後へ配流となったが、延暦寺はさらに兄師高の配流も要求、猛烈に強訴した。

「平氏は何をやっておる！」

後白河院が怒鳴った。師高は院近臣西光《さいこう》（俗名：藤原師光《もろみつ》）の子息。これをみすみす配流されては、院の面子にかかわる。

僧兵の入京を押しとどめるのは武士の役目、指揮を執るのは平氏である。だが、兵は出ているもののその数少なく、衆徒が暴れるのを何もせず見守るばかり、との報告に後白河院は切歯《せっし》した。

京第一の武者がこの調子では、ほかの武家も動こう筈がない。結局四月に、師高は尾張へ配流となってしまった。

「どいつもこいつも、逆らいおって！」

朝廷での仏教儀式が重要視されるようになって、その一切を担っているのが山門延暦寺である。歴代の権力者は延暦寺に帰依《きえ》しながらも、とかく絶大な勢力を誇る同寺を意のままにならぬものとして煙たく思ってきた。殊、後白河院の嫌悪振りは徹底していて、おのが出家の戒師を寺門園城寺の長吏《ちょうり》（別当）覚忠《かくちゅう》に求めたほどであった。

五月、後白河院は報復として、天台座主《てんだいざす》明雲《みょううん》の伊豆配流を命じた。ところがその明雲を、何と悪僧たちが近江で奪回してしまう。

後白河院は怒り狂った。ならば、と、延暦寺領荘園を没収、さらに近江、美濃、越前の三国の武士の動員を準備させ、清盛にも延暦寺攻撃を命じたのである。

困ったのは清盛。平氏に友好的な延暦寺は攻めたくない、といって延暦寺側にも立つわけにもゆかなかった。三国の武士と戦うこと自体御免だが、院の命に従って動く武士と戦った時点で朝敵となる。

（どうしようもないか……）

五月二十八日、後白河院との謁見《えっけん》を終えた清盛はため息をついた。

寺社最大の権門と敵対せぬよう立ちまわってきたが、今度ばかりは攻めざるを得ぬ、と覚悟を決めた、その翌日の夜更け――。

「法皇、平氏打倒を企てらる！」

院の北面、多田蔵人行綱《ただくろうどゆきつな》の密告に、清盛が滞在する西八条第は揺れた。

後白河院近臣たちが、鹿の谷にある法勝寺執行《ほっしょうじのしゅうぎょう》俊寛《しゅんかん》僧都の山荘に院を招いて、たびたび謀議をこらしていたというのである。

怒り心頭に発した清盛は、六月一日の夜が明けるや、陰謀に与した者たちを捕縛した。

【鹿の谷事件関係図】

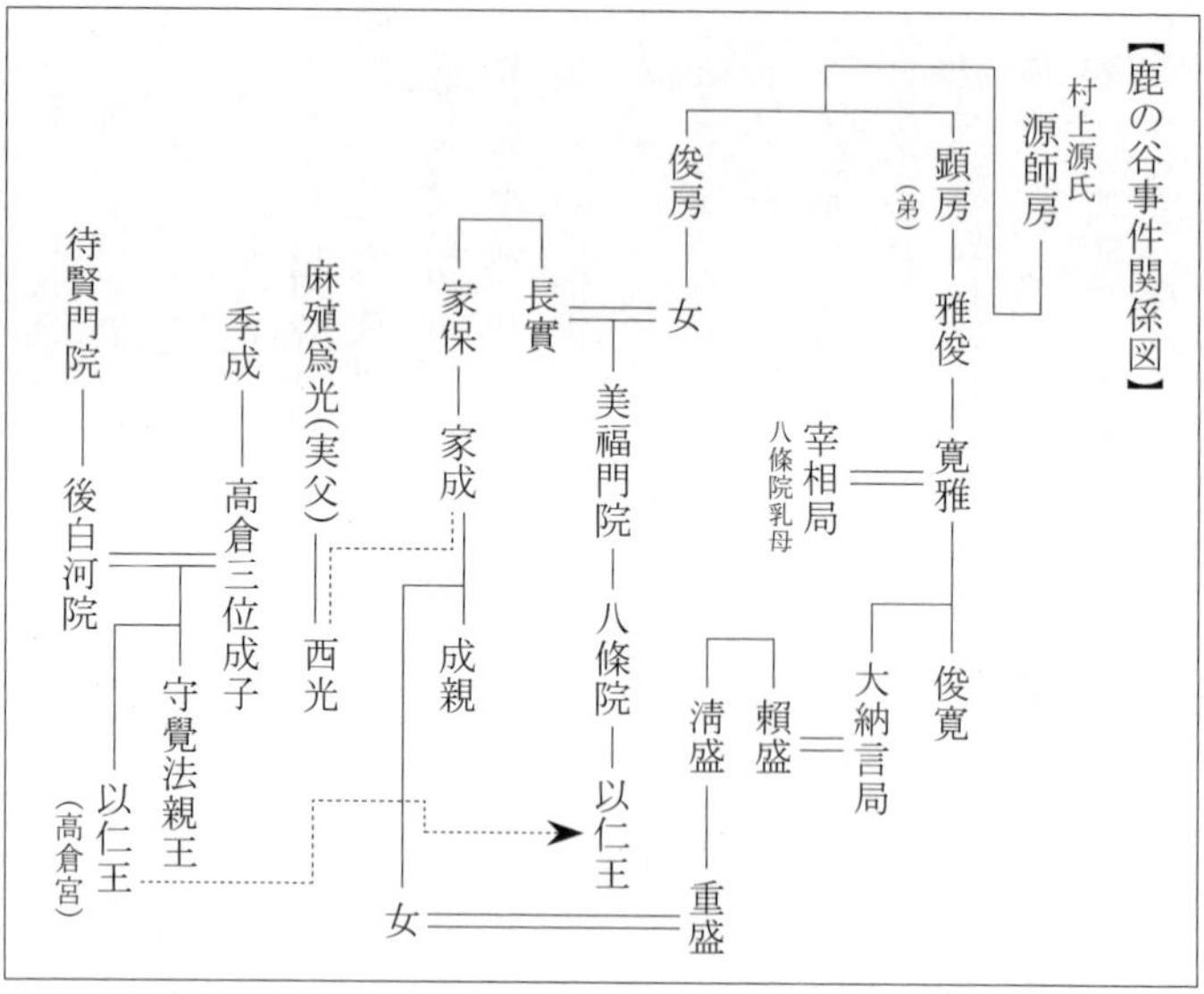

首謀者とされた西光は即日斬首、その子師高と師經も斬られた。

新大納言善勝寺《ぜんしょうじ》成親《なりちか》は妹が重盛の妻であったため、京での死罪を免ぜられたが配流先の備前で殺された。俊寛や平判官康頼《はんがんやすより》は鬼界が島へ流され、山城守中原基兼《なかはらもとかね》や多田行綱などの面面もあちらこちらへ流された。

清盛は後白河院も幽閉するか遠流《おんる》にしようとしたが、重盛の諫言《かんげん》により思いとどまったという。

事件は七月のはじめには、平泉に伝えられた。

「新大納言（成親）殿が、のう」

基成が首を捻った。

「右大将の位を、権中納言（宗盛）殿に奪われた恨みがあったというが……諸大夫の家の出では、大将は望み得ぬ位であることをようわかっておろうに」

「最高権力のそばに長くあると、不可能はないように思えてくるのでありましょう」

秀衡は薄く嗤《わら》った。

「しかも新大納言殿は、あの平治の乱の折、解官されたのみで流罪すら免れておいでだ。こたびとて、うまくゆけば政権の中枢を担える、たとえこと敗れても命は助かる、と踏まれたに違いない。西光殿とて、同じ思いの筈」

「西光殿は、もと信西殿の腹心であったとか。その草木も靡《なび》く権勢を目にしていれば、平氏の専横を制し、院近臣の繁栄を取り戻したいと思うは当然にございましょうな」

國衡が言った。

だが、と基成はもう一度首を捻った。

「西光殿にしても成親殿にしても、それこそあの平治のいくさを肌で知っておる者らぞ。しかも平氏軍は当時よりその勢を増しておる。これに対するには、九郎殿の父君頭殿《こうどの》ほどの知将が、万に上る武士を率いて当たってちょうどよいくらいだ。それは武家の者でのうてもわかること。それが多田蔵人殿を頼りにしたというのが、ちと解せぬ。蔵人は源氏とはいえ棟梁でもなく、摂津の多田荘を持つに過ぎぬではないか……西光殿らは、まこと多田殿を恃《たの》んだのか？」

基成は下座に控えている丸顔の男に、顎《あご》をしゃくって確かめた。

「はい。成親殿は、そなたを一方の大将と恃みおるぞ、と多田殿の肩を叩き、まずは弓袋の料に、と白布五十反を贈られたらしゅうございます」

答えたのは九郎の奥州入り準備に奔走した、洛北平泉邸の総代橘《たちばなのじ》次郎末春《ろうすえはる》である。

「で、その多田殿が、こたびの件を平氏方に漏らされたと言うのであろう？」

秀衡がおかしそうに言った。

「まったく、身も蓋もないのう」

橘次《きちじ》はほとんど京にいて、郎党を巧みに動かして収集した情報を平泉へ送っているのだが、今回は自らやって来た。これから院と清盛の争いが激しくなろう。それに対して京の平泉邸はどう対応してゆくのか、秀衡たちと十二分に確認しておく必要があったからだ。

「会合はひと月ほど前からたびたび開かれていたようです」

買収している平氏家人から仕入れた話では、と断って橘次は言った。

はじめのうちは延暦寺の処分について話し合われていたという。それがそのうち、延暦寺に消極的な平氏の陰口を楽しむようになり、清盛は危うい、覆滅せん、と拡大していったらしい。内儀や準備はさまざまになされたが、この謀議成り難し、と見た行綱が、ついに密告を決意したということだった。

「それで、そなたは信じておるのか」

目尻の上瞼《うわまぶた》が落ちて三角になった目で、基成は橘次を見据えた。

「は？」

「多田殿の武力で平氏を倒せる――左様に成親殿が本気で考えていた、とそなたは思うのか、と訊《き》いておる」

いえ、と言って、橘次は部屋のなかの顔を見まわした。居るのは藤原一族の男たち、佐藤兄弟、それに九郎。橘次の視線は九郎の顔のうえにしばしとどまったあと、基成に戻った。

「実は事件の前日、多田殿が前右京権大夫《さきのうきょうごんのだいぶ》殿のお屋敷に入られるのを、郎党が確認しております」

「前右京権大夫というと、頼政殿か」

橘次はうなずいた。

「恐らく、成親殿は前右京権大夫殿を味方に引き入れようとなされたもの、と某は思います」

「つまり、多田殿はその交渉を頼まれたというのだな」

「はい。なれどうまくゆかず……」

「密告した、というのか」

「ことが露見すれば、武士たるおのれの首が真っ先に飛ぶのを怖れたのでしょう」

「うむ、それならわからぬでもない」

基成は小刻みに首を縦に振った。

「成親殿も、多田殿が交渉に失敗したその足で相国入道（清盛）殿の屋敷に向かわれるとは思われなかったであろうな。お気の毒なことだ」

苦笑する國衡を見て、秀衡も片頬を持ち上げた。

「まったくの。だがそもそも、平氏打倒を語らうこと自体が誤っておるわ。相国殿、もしくは内大臣（重盛）殿が存命のうちは、何人たりとも平氏を倒せぬ。わかりきったことだ」

吐き捨てるように秀衡は言った。

「成親殿の位は正二位、官は大納言、大国の受領をいくつも兼任し、これ以上何を望むことやある。父君の家成卿が中納言止まりであったことを考えれば大出世ではないか。愚かなお人よ」

泰衡がすこしかんの高い声で、「仰せのとおりですな」と父に応じた。

「人は多く、分相応を超えた地位や財を手にした時から、欲望の沼を彷徨《さまよ》うもの。こたびの謀議、張本は子息らを流された西光殿でありましょうが、新大納言（成親）殿が昇進に目を眩《くら》ませたのも事実でありましょう」

「これからしばらく、都は面白うなるぞ。王が勝つか、武が勝つか」

基成が三角の目に力を入れた。

「というて、法皇と相国殿では勝敗は目に見えておるな」

「どちらが勝つ、と?」

忠衡が問うのに、「相国殿に決まっておろうわい」と、基成は掠《かす》れた声を二重にした。

「そして平泉は平氏の味方。そう相国殿も信じておいでだ。大事なお方も預かっておるしな……」

三角の目が九郎をちらと見た。

「……だが、相国殿に万一のことがあればどうなるやらわからぬ。そのための工作は京の平泉邸の仕事よ。橘次、近う参れ……」


ほどなく、九郎は部屋をあとにした。佐藤兄弟も九郎について部屋を出た。忠衡もついて来たそうな素振りを見せたが、止《や》めておけ、と九郎は目で制した。一族の男たちが揃っているのである。我らよりも九郎が大事なのか、などと思われては忠衡のためにならない。

「もうお帰りにございますか」

簀子《すのこ》に控えていた盛政が尋ねながら、部屋のなかを窺《うかが》った。まだ何やら話し合いがつづいているのが気になるらしい。

「うむ。あとは九郎には関係のない話だ」

九郎は盛政を振り返りもせず歩き出した。

「殿!」

光政が慌ててあとを追う。

「何かあったのか」

盛政が声を潜めて継信に問うのに、「いや」と彼は首を横に振り、足早にゆく九郎を追いながら、会議の内容を早口で伝えた。

「……それにしても、多田殿はうまくやりましたな」

言ったのは忠信だ。

「それはいくら北面が多く加わっておるとはいっても、おのれの勢を越える者がおらぬようでは、とっとと抜けるに如《し》かず、よ」

継信が答える。

「だが橘次が言うておったように、新大納言（成親）殿が頼政殿を恃もうとなされていたのは、事実であろうな……殿、殿もそうお思いですか」

問われた九郎は、む、と言ったきり何も答えない。

「殿、如何なされました？」

忠信がもどかしがった。

佐藤兄弟は、妹が九郎の妻となって以来、九郎を、「殿」とよぶ。また秀衡にたって願い出て、九郎の近侍《きんじ》としてもらった。今では鎌田兄弟と並んで、九郎のゆくところどこにでもその姿があると言ってよく、人はこの四人をして四天王とよんでいる。

「そういえば、殿は皆の前でも一切口を開かれませんでしたな。何か違うお考えがおありなのですか。お聞かせください、殿」

継信がいささか語気を強めたのにも答えず、九郎は自室に入ると、奥を向いて腰を下ろした。

こうなるといつも、九郎はおのれの思考に深く入り込む。声かけも無駄、と知っている四天王は、廂《ひさし》の間のそれぞれの定位置について、主がこちらを向くのを待った。

昼下がり。

元気なのは蟬ばかりで、炎天に草木も生気をなくしている。先ほどまで弱く吹いていた風も止《や》んで、座っているだけでも汗が噴出す。

「……忠信」

「はっ！」

まあ、少なくとも半刻はお声がかかることはなかろうと九郎に背を向け、火照《ほて》った顔を蝙蝠《かわほり》扇で扇ぎはじめた矢先に名をよばれた忠信は、飛び上がって主に向き直った。

「今日はまた、お早いですな」

抗議の眼差しの忠信に九郎は、ははは、と笑い、「近う寄れ」と皆を手招いた。

「盛政、光政は、我が父義朝の代よりの縁。そしてそなたらは」

九郎は佐藤兄弟に膝を向けた。

「瓊壽を妻としてからの縁だ。累代藤原氏の後見を務める家に生まれ、御館に仕える身でありながら、この九郎を第一の主と思うてくれておること、嬉しく思う」

兄弟はさっと平伏した。

「そなたらはまた、この九郎が盛政らと目指しおる新しき国についてもようわかってくれておる」

「はっ、殿の新しき国にかける熱き思い、我ら全身全霊で受け止めております。その国創りに加えていただけることは、このうえなき幸せにございます」

繼信が答えた。

「よう言うてくれた。だがひとつ確かめておきたい」

何なりと、と兄弟は拳《こぶし》を膝の前に突いて、主の白面を見詰めた。

「我は望まぬし、極力避けたいとは思うておるが……新しき国のために、御館《みたち》と対立することがあるやもしれぬ。平泉を裏切り、奥州を犠牲にすることがあるやもしれぬ。それでもこの九郎の新しき国に賭けるか」

「勿論にございます」

忠信が吼《ほ》えた。そしてひと呼吸置くと、声を沈めてつづけた。

「この命、とうに殿に捧げたものにございますぞ。九郎の殿あってこその忠信――殿が瓊壽をかわいがってくださっていると知った時、そのように天の声が聞こえ申した。そののちにお話いただいた、殿が望まれる国の話。新しきことをはじめるのに、犠牲にせねばならぬものが出で来るのはもとより承知にございます。たとえそれが親しき者の死であったとて、致し方なきこと。我ら武士《もののふ》が先導する世とするに迷いはありませぬぞ」

同じく、と繼信が大きくうなずいた。

九郎は、その胸の内を覗き込むように兄弟の顔に双眸を当てていたが、やがて、よし、と微笑んだ。

「そなたらの心、改めてこの九郎がしかと預かった。ところで」

四人は身を乗り出す。

「近いうちに信夫荘《しのぶのしょう》へ向かう」

「……は？」

一体、佐藤の実家に何の用があるのか――主の意図がまったくわからず、四人は顔を見合わせた。

「ゆえは」

盛政が問う。

「瓊壽が、暑さ疲れで里帰りしたい、と言うておる」

「まさか。今朝会いましたが、暑さとは何ぞ、というような顔をしておりましたぞ」

忠信が笑った。

「まこと、あれで疲れておるというなら、我らはとっくに倒れておりましょう」

継信も顔を崩す。

「確かに驚くほど元気だな」

九郎も笑った。

「だが理由は何でもよい。南へ向かう口実とするに過ぎぬ。こたびの件、範季《のりすえ》殿に会って真相を確かめたいのだ」

「おお、では多賀城《たがじょう》に」

盛政が納得した。

多賀城は、平泉と信夫荘のほぼ中間にある。奈良時代に蝦夷に備えて築かれたもので、鎮守府が置かれてみちのくの経営に当たってきた。

昨春、その多賀城に陸奥守兼鎮守府将軍として下向して来たのが、頼政の従弟で、九郎の腹違いの兄範頼《のりより》を養育していたあの範季である。後白河院近臣でもあるこの男と、九郎は京にいる時から面識があった。

「真相、と仰せられますと?」

継信が問うた。

「継信、そなた先ほど、九郎は皆の前で何も話さなかった、と言うたな」

「は」

「話さなかったのではない。話せなかったのだ。話すと皆が混乱する」

「どういうことですか」

忠信が怪訝な顔をした。

「九郎の許に入っておる報は、橘次が持ち帰ったものと違うからだ」

「殿の許に都の報が？」

忠信が目を丸くした。継信も不思議そうに主を見詰める。

「何を驚いておるのだ。当たり前であろう、九郎は相国殿から平泉へ遣わされたのだぞ。その九郎の許へ、都の報が届けられずしてどうする」

「あっ、それは確かに……」

継信が唸《うな》った。

「そればかりではない。いくら相国殿が九郎の身の保全を考えておいでとはいえ、相国殿は平氏、九郎はあくまで源氏ぞ。九郎には独自に報を手に入れる経路があるわ」

九郎は悪戯《わる》そうに鼻に皺を寄せた。

「さて、そなたらに新しき国を思う心の丈を確かめたのも、そなたらがまこと国創りの核となれるかを知りたかったからだ。よいか、継信、忠信。我らの思う国を創るために、今後は入る報のすべてをそなたらにも示し、ここにおる鎌田の兄弟と共に語り尽す。我が胸の内も隠さず打ち明けてゆくほどに、その責を覚悟せい」

「殿！」

「我らをそこまで……」

ふたりは声を詰まらせ、目を潤ませた。

「いやあ、我らと同じ立場で殿をお支えくださる方が増えたことは心強い」

つられて涙を滲《にじ》ませた光政が、膝を進めてふたりの手を取った。

「殿の許には、これからも優れた勇士が多くお集まりになろう。だが、何と言っても弓矢取る身は明日の命がしれぬ。よろしく頼みますぞ」

盛政も目を細めて大きくうなずいたが、すぐ真顔に戻り、「して、殿」と、九郎に向き直った。

「こたびの件、我ら兄弟もまだ詳しいところは伺っておりませぬゆえ」

「おう、今朝報せが届いたところであったからな。我が偵諜《ていちょう》らと同じ日数で平泉に着くとは、さすがは橘次だ。いや、逆に我が偵諜らを褒めるべきか」

「はは、そうかもしれませぬな……で、先ほどの話では、俊寛僧都の鹿の谷の山荘で新大納言（成親）殿らが平氏打倒の陰謀を企て、多田行綱殿が密告、関係者が処罰された、ということでしたな」

「うむ、そう片づけられたようだな。だが真相はどうも違うぞ。それに橘次は、新大納言殿が多田殿に頼政殿を引き入れるよう要請したのだろう、と言うておったが、それも違う。ま、橘次がどこまで正確に内情を摑んでおるかは、あとで確かめる必要はあるが」

そこで九郎はぐっと声を低めた。

「偵諜らによると、実はこういうことらしい――」


「何か方策はないか」

後白河院に延暦寺攻めを命じられて困った清盛は、頼政に持ちかけた。すると、頼政も延暦寺攻めに反対だという。

理由は、後白河院が命じた近江・美濃・越前の三国の武士の動員準備であった。それらの地方には、源氏の輩が多い。特に美濃は頼政の息頼兼が纏めており、世人は彼をして美濃源氏と称すほどである。

「もとはといえば院近臣の不始末ではありませぬか」

おのれのかわいがっている臣下が配流されたからといって、後白河院の個人的な復讐のために大事な一族を戦いに駆り出されるのは御免蒙りたい、と頼政は言った。

「猶予はないぞ。何かよい手はあるか」

焦《じ》れる清盛に、あれを使いましょう、と頼政は鹿の谷で行われている会合の存在を明かしたというのだ。

「其はまことか！」

「去る夜半《よわ》に、法皇がこっそりお出かけになるのを我が郎党が気づき、跡をつけてわかったことにございます」

謀議の内容は橘次が話したとおり。ただ、平氏覆滅《ふくめつ》までは語られず、山門に対して強く出られない清盛を嘲弄《ちょうろう》していただけであった。

「で、どうする」

「実は我が一族の者が会合に加わっておりまして」

それが多田行綱であった。

後白河院のお供で鹿の谷へ向かった行綱は、そこで西光たちが臆面もなく平氏を罵《ののし》り嘲《あざけ》るのを見て驚いた。

このような連中と仲間だと思われては堪らない、どうすればよいか――。

「そう相談を受けまして、これは成りゆきを見守るのにちょうどよい、そのまま会合に参加しておれ、と命じてあるのです。如何でしょう、鹿の谷で平氏打倒の陰謀あり、と行綱に密告させては？」

それでゆこう、と清盛は目の底を光らせた。

「山にとって最も憎き西光を張本に仕立てるのがよろしいでしょうな」

「おう、連中を一気に引っ捕らえておいて、西光を即日斬ってくれるわ。ほかの奴らには、陰謀を認めれば流罪にとどめてやる、と言ってやる」

「法皇のお取り扱いは、くれぐれも御慎重に」

「案ずるな。院には手を出さぬ」

王権を改変するのは難しい。朝廷内を十二分に工作したうえで、強い武力を背景に有無を言わせず実行し、改変成ったのちも、安定するまでは相当な圧力を以て臨まねばならないのだ。

王家の権力が確固たるものとなった平安時代以降、短期間ながらもはじめてそれに成功したのが、平治の乱を起こした義朝と信頼であった。

だが言わずもがな、彼らの轍《てつ》は踏めない。そもそも、今の清盛には朝廷内を工作している暇はないのだ。いやその前に、長らく天皇と院の二元で成り立ってきている王権の、その構成まで変える勇気もなかった。

かくして延暦寺攻めは、院と院近臣たちの謀反発覚によって立ち消えとなった。

延暦寺の大衆は清盛に使者を送り、敵を伐《う》ってくれたことに喜悦を示し、もし必要とあらば、一方をお支えいたす、と申し入れたという。

行綱は他の会合参加者の手前、安芸に流されたが、すぐに召還の予定らしい。


「――なるほど」

盛政たちは膝を打った。

「それで、相国殿と殿、双方の間者の報告に齟齬はないのですね?」

繼信が問うのに、うむ、と九郎はうなずいた。

「ならば、殿が陸奥守にお確かめになりたいこととは、一体何でございますか」

九郎は音声を一段と下げた。

「こたび九郎方の間者を務めたのは喜三太《きさんた》だったのだが、興味深いことを言いおった」

鹿の谷に集まった面面の重《おも》だった者に相通ずるものがある、という。

「八條院に特に近しい、というのだ」

八條院は鳥羽院と美福門院の間に生まれた娘である。近衛帝の次に女帝として立つ話が出たほど両親に溺愛され、膨大な遺領を譲り受けた。その計り知れない家産で多くの有力者を抱え込み、政界に少なからず影響を及ぼしている独身の女院である。

「八條院、と聞いた時、なるほどと思うた。これは院と院近臣の戯《たわむ》れごとで片づけられる話ではない」

今回の事件の首謀者たちは、確かにこの女院と親密であった。

新大納言成親は女院とは又従兄弟であり、妻も女院に仕える女房である。また西光は成親の父家成の猶子となったので、成親とは兄弟であった。

俊寛は村上源氏の出であるが、村上源氏は美福門院の母方の祖父の氏である。そして俊寛と共に流された康頼は、成親が尾張守の時に目代を務めた男であった。

「こたびは政権転覆を狙わぬまでも、成親殿らが八條院の命を受けて、あるいは八條院の意に沿うて動いたのは確かであろう」

「なれど、何ゆえ八條院が？」

問うた繼信に、「意趣返しよ」と九郎は答えた。

「後白河憎し、と怒り震えながら逝った母院の遺恨を晴らすべく、八條院によって企てられた――これがこたびの事件の真相と九郎は考える」

「女院の陰謀ですか、あな、恐ろしや」

光政が顔を振る。

「おう、女性《にょしょう》は怖いぞ。そなたもせいぜい気をつけることだな」

九郎は声を出さずに笑ってつづけた。

「相国殿も感づいていよう。それが証に、八條院の影が薄い者らの刑は軽く、成親殿らの刑は重い。まさしく女院の野望を砕いた格好だ。だが考えてもみよ、よしや彼らが平氏覆滅を企てていたとしても、まことに弓矢を取って攻めたのではないぞ。であるのに相国殿が女院に繋がる者を排したのはなぜか。女院の何を恐れる？」

九郎は四人の顔を見まわした。

「やはり、女院が御猶子となされている皇子《みこ》にございましょうな」

「そのとおりだ、盛政。あの皇子を担ぎ出されては、さすがの相国殿もお手上げよ」

その皇子、以仁王《もちひとおう》。

またの名を高倉宮《たかくらのみや》という。三条高倉に住まいしたのでこうよばれた。

兄に仁和寺に入った守覚法親王《しゅかくほっしんのう》があり、以仁王自身は比叡山に上がっていたが、師の最雲《さいうん》が早くに亡くなったために出家せず、八條院の猶子となった。

「勝気な皇子であられますからな」

盛政が言うのに、「そうなのですか」と忠信が聞き返した。

「奥州ではほとんど知られておらぬお方ですが」

「いや、都でもお噂は聞きませぬ。御手跡麗しゅう、また笛の名手でもあられ、春に秋に詩歌管弦の日々を送られているという。立太子（正式に皇太子を立てること）で敗れなさったあとは、まったく忘れら

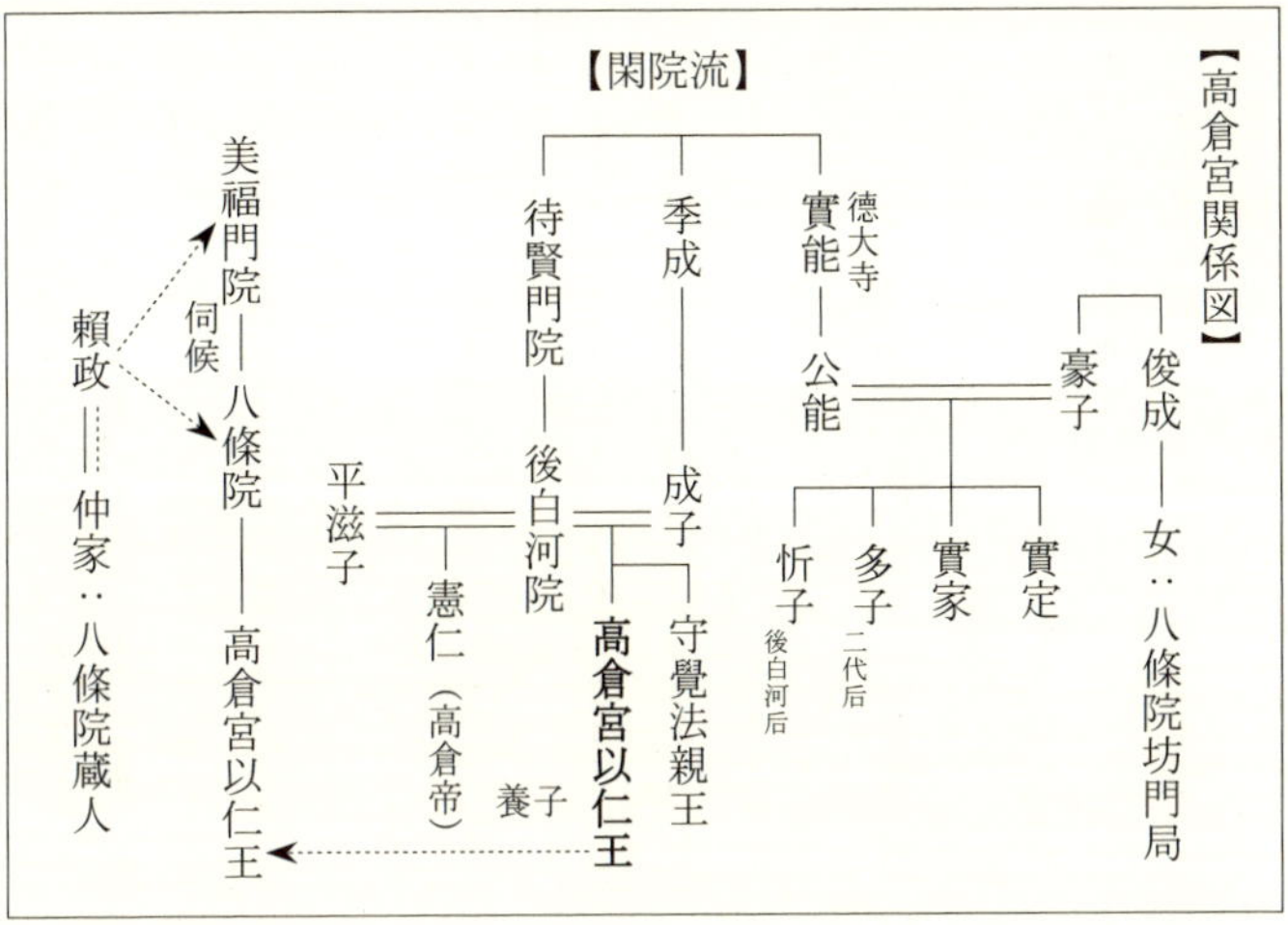

れた御存在になられましたな」

「で、勝気であられると言うのは？　その立太子と関係があるのですか」

「左様、十年ほど前になりますかな」

仁安元年（一一六八）十月、以仁王は憲仁《のりひと》親王（高倉帝）と立太子を争った。当時、以仁王は十五歳、憲仁親王は五歳。年長のうえ生母の家格も高かったので、世間は当然ながら以仁王が皇太子になるものと見ていたのだが、選ばれたのは憲仁親王であった。

「宮（以仁王）が元服なされたのはその前年の末のこと、場所は、太皇太后（多子《まさるこ》）の近衛河原御所。これが何を意味するか」

多子も、王の母高倉三位《たかくらさんみ》（成子《なりこ》）も祖母待賢門院も閑院流。

そして自身は八條院の猶子。

「つまり高倉宮は、閑院流と八條院という二大勢力を後ろ楯にし、元服によって成年男子であることを顕示なされて、我こそが王位継承者なり、を表明されたのです」

「それが敗れなさった」

「親王の御母（平滋子）が嫉《そね》まれたのだと囁かれたが、勿論、相国殿も工作なされた筈」

「それは疑うまでもありませぬな」

忠信は大きくうなずくと、九郎に向き直った。

「それで、先ほど仰せられた、宮を担ぎ出されては相国殿もお手上げ、とは？」

「中宮が皇子を生していられぬからな」

五年前、清盛は娘徳子を高倉帝の中宮に上げたのだが、未だ子がなかった。

――徳子の生した男子を皇太子と成し、帝と成して、平氏の繁栄を揺るぎなきものとせん。

そう清盛は将来図を描いているのだが、高倉帝はこの年ようやく十六歳、焦っても出来ないものは出来ない。

実は高倉帝、徳子以外の女性との間に女子は生しているので、男児が生まれる可能性は十分にある。そこで清盛は、誰かが帝の男児を生むや即刻その子を中宮の猶子とする体制を取っている。それによって、たとえ徳子が子を生せぬともその地位は猶子の准母《じゅんぼ》として安泰、ひいては平氏の繁栄もつづくという計算だ。

だがそういう余裕を噛ましている場合ではないのが、高倉宮以仁王の存在にある、と九郎は皮肉な笑みを頰に走らせた。

「なれど、宮はもう、お年もお年ではありませぬか」

繼信が解せぬ顔で問う。

「二十路《ふたそじ》も半ば、しかもすでに皇位継承から外れたお方なれば、何の用心が要りましょう」

「後白河院の例もある」

「確かに。ただ、そう例外をつづけるのも……」

「いやいや、あの例外たるお方は、御自身がそういったことをまるで気になさらぬ。あるいは齢の長幼も気にかけず、宮を皇太子に、と言い出されるやもしれぬわ」

九郎は笑ったが、「だが真面目なところ」と、すぐに笑みを消した。

「宮にはすでに男のお子がある。このお子を高倉帝の猶子にという話が出れば、相国殿も断れぬぞ。お子の御養母には必ず八條院が立たれようからな。あの女院相手では、相国殿ならずとも大概の者は吹っ飛ぶわ」

帝と宮それぞれの、後ろ楯の格を比すれば清盛より八條院のほうが上位。それなのに、高倉帝が優位を保てたのは、後白河院が寵愛する滋子の息子であるというのがほとんど唯一の理由といってもよい。

だが、その滋子は昨年九月に亡くなっている。寵姫《ちょうき》が死んだ以上、後白河院としては高倉帝を立てつづける必要はどこにもないのだ。

「今、院がお隠れになっては帝位が混乱する。だがお隠れにならずとも、あのお方ならば高倉帝を退位させなさるやもしれぬぞ……まあ、いずれにせよ、高倉帝に男児が出来ねばそれまでよ。王家から平氏の血は消えるということだ」

「これは相国殿が焦られるのも然りですな」

眉を顰めつつ、忠信が苦く笑う。

「つまり相国殿は、平氏を嘲弄しおった院をどうしてくれよう、と憤っている場合ではないのだ」

憎き院を温存しても、以仁王が再び名乗り上げようとするのを阻止しなければならない。重盛の諫《かん》言《げん》により院の処分を思いとどまったと見せかけてはいるが、今の清盛には院政を停止出来ないどころか、院の御機嫌取りをしなければ、折角手繰り寄せた王権が遠のくのを手を振って見送らざるを得なくなるのだ、と九郎は言った。

「とまれ、八條院と閑院流の本来の目論見は、以仁王を二條帝の猶子にして次帝に立てることにあった。帝はお体がお弱くて、皇子もなかなかお出来にならなかったからな。事実、女院らは帝に話を持ちかけたとも言われておる。だが、帝は宮を拒否なされた。そのゆえ、宮は父院の子なれば、と仰せになったという」

「よほど父院をお憎みでいられたのですな」

光政が首を振り振りため息をつくのに、「おう、凄まじいぞ」と、盛政が弟の言葉に被せた。

「憲仁《のりひと》親王（高倉帝）も父院の子、よって王位は渡さじと、まだ赤子でいられた御実子の順仁《よりひと》親王（六條帝）に譲位されたのだからな。それもお隠れになるひと月前に」

「天に日のふたつ無きが如く、最高権力も世にふたつあってはならぬ。そうお思いであったのだろう」

九郎は袖を捲《まく》り上げ、太い腕を組んだ。

「これはまた、美福門院にも劣らぬ御執念……」

言いつつ、忠信が首を傾げた。

「ただそれにしてもわからないのが、八條院と二條帝、結局はおふた方とも後白河院を憎まれていたということでありましょう？　ならば、両者が何とかうまく組むことは出来なかったのでしょうか」

「うまくゆけば苦労はないわ。うまくゆかぬから、我らが代理で戦わされる破目になる。なればこそ」

九郎の目が柳葉のように細くなった。

「武家が実力で世を動かしてやろう、と言うておるのだ」

「御意のとおりにございます」

うなずいた忠信は、「で、つまるところ」と眉を顰めた。

「治天の君はここしばらく法皇で変わらず、ということですか」

「それはわからぬな」

九郎は首を捻った。

「こたび、法皇は罪を問われなさらずに済んだが、それを法皇御自身がどうお受け止めになるか。結局は相国も朕《ちん》に手を出せぬ、と侮って図に乗っていられると、痛い目にお遭いになろうぞ。相国殿の本心は、間違いなく法皇を政の場から除くことにあると九郎は見ておる」

「はよう除いてくだされればよろしいのにな」

光政が嚙みつくように言った。

「ははは、それが難しいところだ。院近臣の本音は知らぬが、多くの公家が愚昧の法皇が蟄居《ちっきょ》なさることを願うておる。ならば左様に迫ればよい、引き摺り下ろせばよい、とわかっていても、あるいは裏で如何に工作しようとも、どうにもならぬということは多々あるものよ……まあ、それはともかく、まずはこたびの件がまことに八條院に意をうけて起きたものか否か、それを範季殿に確かめたい。範季殿のお見立ては如何なものか……」

二

「では陸奥守も？」

九郎は身を乗り出した。

「左様。身も八條院が絡んでおいでと推測しておった」

二藍《ふたあい》に染めた三重襷《みえだすき》の袍《ほう》をゆるやかに着こなした範季は、脇息から身を起こした。

「いや、推測ではない。一昨日、京より当家の郎党が下《くだ》って参ってな、その者の話によると、山門（延暦寺）を攻める話の裏で、新大納言（成親）らは宮（以仁王）あるいはそのお子を当今の猶子として立太子させるよう、法皇（後白河）に迫っていたという……だが、よう気づいたな」

範季はにやりとした。

九郎も皓い歯を零す。

「我が思う世を創ろうとすれば、公家の方々と搗《か》ち合うは必定。律令の制が敷かれてから、数百年もの長きに亘ってその地位を保ちつづけてきた勢力と戦わねばならぬというに、これくらいのこと気づかぬで、如何いたしましょうぞ」

「ほう、さすが頼政殿に鍛えられただけのことはある。頼もしい物言いよ」

「は、同時に母にもみっちり仕込まれましたゆえ」

「おお、そうであった。頼もしいのはあのお方であったな。わっはっはっは」

範季の笑い声が、がらんとした部屋から庭に流れた。

多賀城は政庁である。

軍事拠点を兼ねるため、南庭には池や遣り水といった風流なものはない。

西に傾いたばかりの日が、白砂の敷き詰められた広い庭に眩《まぶ》しく照りつけているが、聞こえてくるのは早や秋の蟬の声、部屋を通り抜ける風も幾分涼しく感じられる。

盛政たちも一緒にここへやって来ているが、今この部屋で向かい合っているのは九郎と範季のふたりのみであった。

「八條院におかれては、こたびはお思いどおりとはなりませんでしたが、宮（以仁王）を皇太子にとの御希望をお捨てではございますまい」

九郎が言う。

「うむ、あくまでそのおつもりでいられよう。後白河院の独走を阻むためにな」

「なれど女院はもともと、法皇憎し、というので宮擁立に動かれた筈。であるのに、当の法皇に宮の立太子を迫られたのは何ゆえにございましょう」

「過程はどうあれ、宮が皇太子に成りさえすればあとはこちらのもの、宮にはすでに男子もあるものなれば、きっと法皇を縛ることが出来よう。さすれば女院の勝ちではないか」

「それはそうですが」

「あのお女《ひと》は母院に似て情より計算が勝つ。院は敵なれども、宮擁立に協力するというならむしろ取り込めばよい。こちらから語らうのが口惜しかろうが、顔を見るも悍《おぞ》ましかろうが、望むところを達せられるならやる――――そういう意味では、院と女院のおふたりは案外似ておいでであるがな」

「それは確かに」

九郎は笑い、「で、頼政殿が相国殿の側に立たれた真意は？」と問うた。範季の見立てのなかでも、もっとも知りたいところである。

「うむ、それだが、頼政殿は相国殿にも話されたとおり、源氏の輩を戦いに使いとうはなかったのであろう」

範季は再び脇息に体を預けた。

「山との戦いばかりではないからな」

「と、言われますと？」

「そなたもようわかっておるとおり、保元、平治と、王権改変は武家の力を恃んで行われた。それゆえ今ではもう誰もが、朝廷内の権謀術数《けんぼうじゅつすう》のみでは王家を変えられぬ、武を伴わねばそれは成らぬ、と思うておる」

「まさしく」

「であるのに、宮がお出ましになれば」

考えてもみよ、と範季は顎をしゃくった。

「面倒なことになるは必至であろうが」

何が起こるか。

いわんや清盛は王権の離れゆくを指をくわえて見ているような男ではない。もしも宮が皇太子になったらば、早晩、その奪取を企てよう。舅たるおのれの意を重んじるように仕向け育ててきた高倉帝を前面に押し出し、以仁王の子に王位が流れるのを阻止するであろう、と範季は言った。

「相国殿は、宮の廃太子にまで踏み込むやもしれぬな」

そうなれば、八條院は当然、抱える武士を使って抵抗する。

「女院は平氏ばかりでなく、源氏方の多くの有力者を抱えておいでになる。その筆頭が……」

「頼政殿、にございますね」

「そのとおりだ」

二十年以上も前になるが、頼政は美福門院御所に昇殿を許された。その縁で、今は八條院に奉仕する立場にある。

本職は大内守護《おおうちしゅご》(皇居の守護)で、後白河院、六條帝、高倉帝にもそれぞれ昇殿を許されたが、何といっても莫大な鳥羽院の荘園を受け継いだ八條院の家産に頼政一門が負うところは大きかった。

「そして平氏、これは今や怖れるものなき第一の武家」

「つまり高倉帝――と言うても実体は相国殿ですが、その高倉帝と宮、つまり表向きは王家の我意のために、また武士が戦わされるというのですね」

「ふざけた話であろうが。いくさをなさぬこの身ですら、怒りに震えるわ」

へっ、と喉を鳴らした範季を、いささか大げさかな、と九郎は胸の内で頬をゆるめた。

だが、頼政の従兄弟であり、保元や平治の乱を間近に見てきたこの人であるから、その身の理不尽な扱いに切歯する武士の思いを、ほかの公家連中よりは数段強く感じられるのも事実なのであろう。

「ただ、頼政殿は徳大寺殿とも大変仲がおよろしい」

「ああ、歌の御縁で」

歌の名手である頼政は公家社会にも広い人脈を持っていたが、とりわけ公能《きんよし》の子息の實定《さねさだ》、實家《さねいえ》の兄弟と親しく、互いの家集に歌を収め合うほどであった。

また公能の妻豪子《かつこ》――實定、太皇太后多子、實家の実母である――の兄はかの俊成《しゅんぜい》であり、頼政はこの歌聖とも極めて仲がよかった。しかも俊成は娘たちを八條院に奉仕させていたから、徳大寺家と八條院の両方に係わりがあるという点でも、頼政と俊成は似た境遇にあったのである。

「つまり頼政殿は、八條院と閑院流のどちらにも強い繋がりがあるのだ。そしてその八條院と閑院流も強く結んでおるとなれば、頼政殿が今ここで女院の意に沿うて宮を応援申し上げようが、上げまいが、直ちに両勢と関係が切れる恐れはない。ならば無駄な戦いを避けるために、宮にもう一度涙を呑んでいただこう、というのであろう。ただし、女院に出兵を要請されるような事態となってはちとまずい。要請されようとも起たずば戦わずに済もうが、それによって女院との関係にひびが入っては敵わぬ。一門の生活がかかっておるのだからな。よって女院に先んじて相国殿を動かそう……頼政殿は左様に考えられたに違いないわ」

範季がうなずきかけるのに、九郎もうなずきで同意を見せた。

（さすがは頼政のおじさまの従弟、見立てに狂いはない）

国を創るために王家を利用することがあっても、王家の私的な権力争いのために利用されてはならない。戦いになれば、源氏平氏のどちらにも犠牲者が出てしまう。源平のためにではなく、王家のためにである。

清盛としては、西光たちを訴えることで当面山門と戦わずに済めばありがたい、くらいに考えていたかもしれない。それを頼政は、八條院の陰謀も明かすことで清盛を焚きつけ、女院と親密な院近臣を一掃させて、王家の勢力を弱めると同時に源平両武家の郎党たちの犬死を避けたのだ。

（頼政のおじさまは武家を第一に考えておいでだ）

範季の化粧気のない顔を見ながら、九郎はほっとした。

京で会う範季は大概化粧をしていた。公卿にあらぬ者がそれをすることは余りなかったが、それが好きなのか何か意図があるのか、とかく範季は白粉をはたき眉を引いていた。が、この男、汗かきらしい。いつも化粧が浮いており、ほとんど落ちかかっている白粉が、皺のところにだけはしっかり残っていたりして、しかも笑うたびに白い線が増えたり伸びたりするのを、面白く観察していたことを思い出した。まだ牛若だった頃だ。

（美しくない男は化粧するものではないな。老けて見える）

思わず、ふふっ、と声を漏らして笑ってしまった。

「何かおかしいかな」

「いえ、策を読み解かれる陸奥守が、まるで青年のようにお若く見えまして。陸奥守は四十の賀を迎えられて……」

「うむ、すでに八年になる」

「左様にございました。して頼政殿は確か七十四におなりでしたな、人更《ひとかさ》ねて少《わか》きことなし、と言いますが、熱き心を持って国のゆく末を語る方々は歳を取ることをお知りにならぬのですね」

「嬉しいことを言うてくれるわ。世辞がうまいのも母君仕込みかな。はっはっは」

開けた大口から零れる歯は皓い。

「や、今気づきましたが、鉄漿《かね》（お歯黒）もお止《や》めになりましたか。これはますますお若い。皓い歯は黒髪と並んで若さを表しますゆえ、若さがひとつの武器となる戦場に身を置く我ら武士は、白髪を黒く染めることがあっても、歯を染めることはありませぬ」

「それで、か。仲家殿や競殿と比べて、重盛殿や宗盛殿が爺《じじ》むそう見えるのは。おう、もう二度と鉄漿はせぬぞ」

範季は一段と大きな口をあけて、わっはっは、とやった。


一年半後――。

中宮徳子に男子が誕生した。言仁《ことひと》親王である。後白河院は翌月には親王を皇太子と成し、皇位継承者であることを認めた。

八條院方は鹿の谷の事件直後から鳴りを潜めている。法皇も近いうちに退かれるらしい、と皆は噂し合った。

何しろ、平氏覆滅を狙ったのに見逃してもらったのである。借りを作ってなお、治天の君の座に踏ん反り返るなど出来る筈もなかろう、と誰もが思った。

【摂関家・平氏関係図】

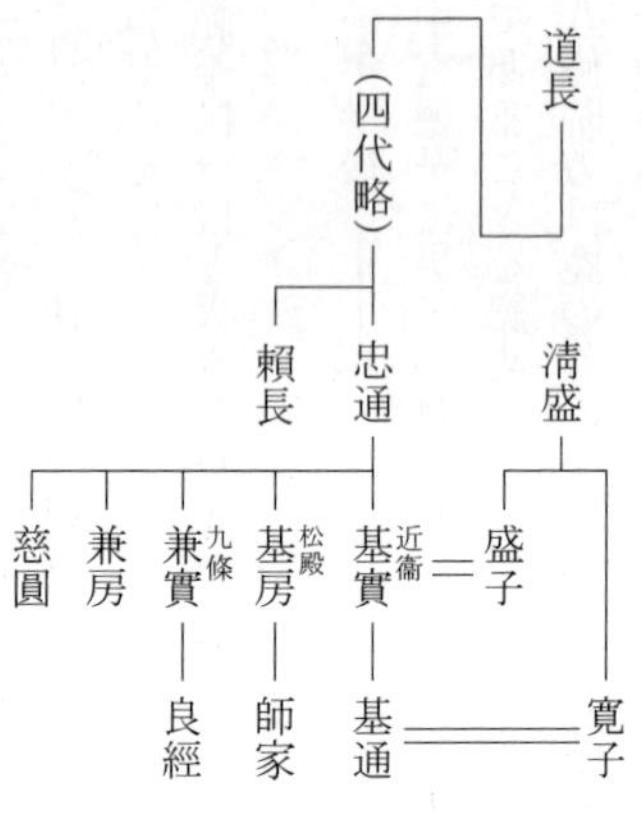

ところが、である。

この愚昧の暗主――院の乳母夫信西の言によれば――は、鹿の谷の事件での罪を不問とされた理由を、おのれに都合のよいように解釈した。清盛が院政を止め得なかったことが院を突け上がらせたのには違いないが、その清盛の想像もはるかに超えて、院の傲慢は膨らみ転がり出したのである。

（そうよ、臣下の身で法皇に手を出すなど恐れ多い、と相国は思うておろうぞ）

院政を支える近臣は複数いる。だが実際のところ、摂関家や閑院流を向こうにまわして院政をつづけられるのは平氏の力あってのものである。しかもその平氏が政治的にのみならず、経済的にも安定しているからこそ、治天の君をやっていられるのだ、ということが後白河院にはわかっていなかった。いや、わかっていたが、考え違いをしていた。

（あ奴らは度外《どはず》れた富を持っておる）

院は眼眩《めくら》む。

交易で築いた財は如何ほどか。しかもそれは、間違いなく増えつづけているのだ。にも拘《かかわ》らず、清盛は摂関家領の経営を欲しいままにしている、と院は歯ぎしりした。

（宋から得た財に比べたら、土地から上がるものなど添え物のようなものではないか）

摂関家領は、言うまでもなく摂関家の所領だ。それを清盛が握ったのは、前の摂政基實《もとざね》が亡くなった時のことであった。

基實は、かの信頼の妹と結婚して嫡男基通《もとみち》を儲けた。だが保元の乱後に離別し、清盛の三女盛子《もりこ》を後室として間もなく、まだ二十四の若さで亡くなった。

この時、基通はようやく七歳。そのため、基通が執務を行える年齢になるまでの繋ぎとして、基實の弟基房《もとふさ》が摂政とされたのだが、清盛は「遺領は基實の妻が預かるべき」と主張、摂関家領の大半を盛子の管轄として、経済基盤確保に成功したのである。

(あ奴め)

我は父鳥羽院が遺した莫大な荘園のほぼすべてを八條院に取られ、今のところ、治天の君の名が泣くほどの財しかないのだ。

いずれ平氏から土地を奪ってやる、と後白河院は息巻いた。

(八條院を越える所領を築いてやるわ)

巨万の富を持つ平氏、土地を取られたぐらいで何の困ることやある。今朝も、恐ろしく美しい荊州の珠を献上して参ったではないか。あのような宝が、六波羅にも八条第にも福原にも、それこそ山と積まれているのだ——。

だが人は宝石で生きるのではない。平氏が貿易で財を成せるのも、米の実る所領があってこそである。食糧を確実に押さえてこそ、新しいことに挑める。所領から米が間違いなく上がってくるからこそ、郎党を養い、所領の安定と拡大に努められるのであり、国創りを語れるのである。

米実る所領なくして平氏はない。貿易でいくら財を成そうとも、地方武士と同じく、平氏にとっても土地が命なのだ。その所領に手をつけると平氏は揺らぎ、ひいてはおのれの存在までが危うくなると後白河院が理解していれば、あるいは歴史は違う方向へ進んだかもしれない。

だが、おのが内なる声に忠実な院は、翌年の治承《じしょう》三年（一一七九）六月の盛子の急死、七月末の重盛の病死を受けて、大きく打って出た。

まず、摂関家領をおのれの預かりとした。盛子が死んでわずか三日目に、である。

後白河院が急いだのには理由があった。

実は清盛、すでに五女寛子《ひろこ》を基通に嫁がせ、男子も生まれてあとは基通の摂政・氏長者拝命を待つばかりまでに準備を整えていたのみならず、盛子を現摂政基房の妻にという話も進めようとしていたからである。

基通については任命しなければ済む。だが、清盛が現摂政基房と組むとなれば、摂関家領は清盛の手からそのまま基房に戻されてしまうであろう。正当な移管ゆえに、院と雖も手出しは出来ない。

どうすればよい――よい策が浮かばず、いらいらしていた後白河院にとって、盛子が急死したことは実に幸運であった。三日では、さすがの清盛も何ら手を打つ暇はない。

つづいて後白河院は、重盛の喪中に平然と天王寺参詣に出かけた。上西・八条両女院や皇太后を引き連れての派手やかな行列は、さすがに人々をして、何と嫌味ったらしいこと、と陰口を叩かせた。

そして十月九日の除目で、院は清盛にとどめを刺そうとした。

まず、摂政基房の子で、まだ八歳の師家《もろいえ》を権中納言兼近衛中将に据えた。この職は摂関家嫡流の証であり、つまり、すでに二十歳になる清盛の婿基通の嫡流復帰を否定したことになる。

また、重盛の知行国で嫡男維盛《これもり》が譲り受けた越前国を収公し、近臣の藤原季能《すえよし》を国司とした。知行国は一族に引き継がれるという、当時の慣例を破っての補任である。

さらに藤原光能《みつよし》も昇任させた。

光能は院の男色の相手を務めるほどの寵臣であるが、それが、院が彼を厚遇する最大の理由ではなかった。本人はかの俊成の甥であるが徳大寺公能の猶子となっており、また妹が以仁王の妻であったため、八條院とも結びついていた。言い換えれば、院にとって光能は、おのれと八條院、そして閑院流を結んでくれる要であったのだ。

光能は三年前の除目では清盛の四男知盛を押さえて蔵人の頭、そして今回は兵衛督《ひょうえのかみ》兼皇太后宮大夫となった。

「ようもここまで侮《あなど》り腐ったものよ！」

茹蛸《ゆでだこ》のようになって怒りまくった清盛は、十一月十四日、数千騎を率いて福原を発った。

皇太子の外戚となった今、恐れるものは何もない。

清盛は入洛するや、真っ先に基房と師家を解官、基通を関白・氏長者兼内大臣としたうえで、光能以下多くの院近臣を解官した。この時、範季も院近臣として解官されている。

また、後白河院がその座を追った明雲《みょううん》を天台座主に戻し、後白河院その人は鳥羽殿《とばどの》に閉じ込めた。

『百錬抄』には、

〈法皇鳥羽殿に渡御。尋常の議にあらず。入道大相国押してこれを申し行ふ。成範《しげのり》・脩範《ながのり》等の公卿、法印静賢《じょうけん》、女房両三の外、参入せず。門戸を閉し、人を通さず。武士守護し奉る〉

とあり、後白河院が厳しい状況に置かれたことがわかる。

清盛は念願の院政停止を果たすと、政務を基通に任せて、二十日には福原に引き上げていった。

鹿の谷の事件から二年半後のことである。

頼政蜂起

一

明けて治承《じしょう》四年（一一八〇）三月——。

九郎は、頼政の近衛河原の屋敷にいた。鎌田、佐藤両兄弟の四天王も一緒である。

十日余《とおかあまり》の月は、すでに西の空に移っている。

簀子《すのこ》から手が届きそうなほど近くに、一本の桜の木の枝が伸びていた。淡い月影を背に黒く沈んでいるその枝には、明日にも咲こうかと膨らんだ莟が連なっている。

「待たせたな」

ゆったりと簀子を踏む音が聞こえて、剃り上げた頭の頼政が渡邊競を伴って姿を現した。

「お久しぶりでございます。三位殿にはお変わりなく」

九郎は頼政に頭を下げ、廂《ひさし》の間に四天王と並んで座った競に顔を向けて、にこ、とした。競もにこやかに頭を下げた。

頼政は去る十一月二十七日に出家、眞蓮《しんれん》と名乗るようになった。一昨年の十二月に清盛の進言を得て従三位となったので、人々は彼を源三位入道《げんさんみにゅうどう》とよんでいる。

「今日は昼から向かいで密密の宴《うたげ》をやっておってな。釈阿《しゃくあ》（俊成）殿や西行《さいぎょう》殿も来られると聞いては顔を出さずにはいられぬ」

「左大将（徳大寺實定《さねさだ》）殿らもお見えでしょうし」

「そうよ、眞蓮は老いぼれて歌に自信をなくしたかと言われては癪だからな」

笑って九郎に答えながら、頼政は円座《わろうだ》に腰を下ろした。

「三年半、になるか」

「はい。十八の秋に帰洛した折、妻と共にお目にかかって以来ですので」

「殊に紅葉の鮮やかな秋であったな」

脇息に身を預けた頼政は、ふっ、と目を細めた。

「そなたとくれば、立田姫も妬むほどに美しい嫁御を自慢げに披露しおってからに、まったく仲のよいのにあてられて、こちらは散散であったわ」

あ、いえそのようなつもりは、と珍しく口ごもる九郎に、皆は頬をゆるめた。

「で、美女はお元気かな」

「ええ、変わりなく」

「それは何より。ま、そなたの話はまたあとでゆるりと聞かせてもらうとして」

頼政は細めた目を簀子に向けた。

「そこにお控えのおふた方は、はじめて見るお顔であるな」

「はじめてお目にかけます、我が郎党にございます」

佐藤兄弟が、さっと容《かたち》を改めた。

九郎も、今照れていたのが嘘のように顔を引き締める。

「これらはみちのくの信夫《しのぶ》荘司佐藤元治が息、我が妻瓊壽の兄らにて、鎌田の兄弟に劣らぬ武芸の腕を誇ります」

九郎はふたりを振り返ってうなずきかけた。

「佐藤三郎繼信、生年二十五にございます」

「同じく四郎忠信、二十三にございます。どうかよろしくお見知りおきのほどを」

兄弟は揃って平伏した。

「おお、ということは基衡《もとひら》殿の乳母子、佐藤季春《すえはる》殿の御子孫に当たられるお方々であるな」

頼政はうなずきながらふたりを見やった。

「季春殿の基衡殿への忠義、この眞蓮の胸には深く、深く、染み入っておるぞ」

「ありがたき幸せにございます」

佐藤兄弟は再び頭を下げた。

奥州藤原氏初代清衡は、とにもかくにも摂関家の機嫌を取っていたが、藤原氏による奥州経営を安定させて自信をつけた二代基衡は、摂関家に対して強気に出た。

相手はあの保元の乱で斃れた悪左府《あくさふ》（猛々しい左大臣）頼長《よりなが》。年貢を大幅に値切るなど、どこか駆け引きを楽しんでいるような間はよかったが、調子に乗って、下向して来た陸奥守藤原師綱《もろつな》の公田立ち入り検査を、軍を指し向けて拒否してしまったから堪《たま》らない。

権威を傷つけられ、弓まで向けられた師綱は、泣き泣き朝廷に訴えた。朝廷としては、公務執行妨害を許すわけにはいかない。年貢を値切られた頼長も、積極的に基衡を擁護しなかったらしい。基衡はこの一件の落とし前をつけることを求められた。

「某《それがし》がすべての責を負いましょう」

静かに言ったのは、軍を率いた季春であった。

ただでは済まぬぞ、と声を上ずらせる基衡を、

「わかっております。なれど御館《みたち》が罰せられたとあっては、この地は揺らぎましょう。みちのくの平和は、我らの父祖の多大の犠牲と引き換えたもの。これを守り伝えるのが、御館に課せられた使命にございますぞ。必ずや、先代に負けぬ国経営をなさいませ」

と、季春はむしろ主《あるじ》を励まして、縛《ばく》についた。基衡は一万両の金ほか、さまざまな財宝を師綱の前に積んで、乳母子の命を乞うた。

調査妨害は基衡の命で成されたことだ、と師綱にはわかっていた。それを、おのれの一存、と我が命も顧みず主を庇《かば》う季春、またひとりの郎党のために一万両もの金を積む基衡。公家師綱には考えられない行為であり、その主従の絆の強さに感動すら覚えた。

(家司《けいし》のひとりでも、ここまで思ってくれる者がこの身にあろうか)

あまりの羨《うらや》ましさは、激しい嫉妬と化した。師綱はもう、この主従の思いをずたずたにしてやらねば気が済まず、季春一族五人を斬首としたのである。

「……人の世のある限り、祖父御《おおじご》のことは語り継がれようぞ」

声の底を太くして頼政が言うと、佐藤兄弟の頭は一層低くなった。

「よい郎党を持ったのう」

頼政は視線を九郎に戻した。

「はい。九郎は恵まれております」

「うむ、大事にせい……さ、ではそろそろ、京へ来たゆえを聞こうか」

「はい。三位殿の軍に加えていただきたく」

「……どういうことかな」

「この前お会いした時、三位殿はこう仰せになりました。我ら源氏があるうちは、たとえ相国（清盛）殿があと三人あろうとも、平氏が思いどおりとなるは京より西のみ」

む、と短く頼政は唸った。

「法皇は平氏の命綱たる土地に手を出された。御自身の存在が平氏に支えられているにも拘らず、です。御自身の欲のみを追い、世を乱された法皇を幽閉なさったことについては、九郎は相国殿に賛同したします。だがそのあとがいけませぬ」

九郎は語気を強めた。

清盛は廟堂粛清《びょうどうしゅくせい》に伴い三十九人もの院近臣を解官したが、そのなかには美濃、三河、相模、甲斐、佐渡、上総、常陸、陸奥、出羽といった東国の国司である者も少なくなかった。そののちの除目《じもく》で、これらの国は平氏が知行するところとなり、それぞれの国の守《かみ》（長官）や介《すけ》（次官）も平氏一門とその協力者が任じることになって、平氏の勢力は一気に東国へと拡がったのである。

結果、何が起きたか。

この時代、ほとんどの国守は現地へ赴かず、目代《もくだい》（代官）を派遣した。その目代の下で、実際に税の徴収や紛争の調停に当たったのは在庁官人《ざいちょうかんじん》（おおむねその地の豪族が担った）であった。

知行国主が替わり、国守が替われば、国守に任命される目代も替わる。平氏が国主となった東国各国には平氏の目代がやって来て、この目代の権威を後ろ楯に、現地の平氏家人の勢力は俄然強まることになった。

さあ、面白くないのは非平氏家人、院や院近臣知行の下で働いていた在庁官人たちである。いや、面白くない、という段階の話ではなかった。平氏家人の権力強化の早さは凄まじく、旧在庁官人たちはさまざまな特権も奪われて、一族の存続が危ぶまれるほどになったのである。

彼らの不満が、わずかなきっかけで爆発しかねない状況となっている――そのような東国の情勢を、九郎は自身が放った物見から詳しく聞いていた。

「このまま平氏家人の力が増すようなら、東国は争乱状態となりましょう」

九郎は低い声を響かせた。

「しかも、畿内でも平氏への反発がはじまっているというではありませぬか」

たとえば、以仁王が師から譲り受けて知行する常興寺（洛中九条）とその寺領を没収されて憤慨していること、また、園城寺は庇護者たる後白河院を幽閉されたことに恨みを抱き、興福寺は治天の君でもない清盛に人事介入されて怒り心頭であることなども刻刻と伝わっている、と九郎は言った。

「鹿の谷の折ならまだしも、言仁《ことひと》親王が皇太子となられたうえは、何じょう宮（以仁王）をお苦しめせねばならぬことがありましょうや。しかも旅の途上で知りましたが、先月皇太子は受禅なされ、安徳帝となられた由。今、わざわざ宮の恨みを買うような真似をなさるのは相国殿らしゅうない、と思われますが……そうまでして、王権の正統は安徳帝にあり、と世に示そうとなさるのは何ゆえでございましょう。こたびの除目によって、思いのほか平氏の勢が東へ拡がり、おのれの処せる限度を超えたことを懸念されたのでしょうか。それとも一族内部の亀裂を憂い、相国殿という世に並ぶものなき権力を顕示することで、一族の結束を図られたのでしょうか」

「確かに、平氏の内にも相当の鬱憤が溜まっておる」

「殊に池（頼盛）殿」

「うむ」

頼政は腕を組んだまま、目を瞑《つむ》った。

実は今回の廟堂粛清で、平氏一門にも解官の憂き目にあった者が何人かいたのだが、なかでも大物は清盛の異腹の弟頼盛であった。

池禅尼を母とするこの弟については、清盛はこれまで、ほかの弟に比して重要な職に就けるなどして、腫れ物に触るように扱ってきた。頼盛も、太宰大弐の時には実際に現地へ赴いたり、共同写経に応じたりと、平氏一門の安定と繁栄に向けて兄と協調姿勢を取ってきた。

だが、頼盛の心の底にはいつも冷めた感情があった。正室の子でありながら嫡流になれなかったことを今さら恨んだり妬《ねた》んだりするのではないが、おのれが兄に協調して平氏安泰がつづく限り、おのれの一族もまた、兄一族に対して従でありつづけるであろうことに、頼盛はいつもやり切れない思いを抱いているのだ。

それに何度、苦い思いを押し殺してきたことだろう。もっとも近いところではあの鹿の谷の事件である。

頼盛は俊寛の減刑を乞うた。妻の兄である。

去る平治の折、かの成親は義弟（妹の夫）重盛の取り成しで刑を減ぜられている。公家ながら鎧を纏い、信頼たちと戦場に立ったにも拘らず、配流もされずに解官だけで許されたのだ。

このことが頭にあった頼盛は、はじめての罪、しかも剣すら帯びていない俊寛であるから、清盛はおのれの顔を立てて減刑に応じてくれるもの、と信じていた。

それが、であった。遠い南の島へ流された挙句、一緒に流された平康頼や成親の子成經が大赦によって二年足らずで帰京したのに、俊寛は許されなかったのである。

それでも、頼盛が一門に背を向けてしまわなかったのは、仲のよい重盛が何かと不満を吸収してくれていたからであった。

だがその重盛が亡くなって頼盛はいよいよ一門と距離を置くようになり、その一方で、後白河院や八條院との距離を縮めていった。

そしてそのような弟を、清盛は何としてもおのが手の内に留め置かねばならなかった。

そのゆえ――頼盛は太宰府にあった時、貿易の中軸を担うと同時に、北九州の勢力を取り纏めている。もし頼盛と共にこの勢力を失えば、平氏は大事な西の拠点を失うことになり、存亡の危機を招くと言っても過言ではなかったからだ。

ただ今回、院政停止にまで踏み込んだ清盛としては、院に近しい弟をいつものように特別扱いすることは、一門の手前もあって出来なかった。よってすぐのちに昇任させることを織り込んで、一旦解官・領地没収という厳しい処分を下したのである。

「相国殿にとって、池殿はほかの誰にも代えられませぬ。なれど如何に優遇なさろうが、池殿が一門と行動を一にされるのは、せいぜい相国殿がこの世におわす間のことでありましょう。相国殿亡きあと、棟梁を継ぐのは恐らく宗盛殿。世を捨てず、武家平氏として生きつづける限り、十六も歳下の戦いも知らぬ男を棟梁と仰がねばならぬ。池殿がこれに耐えられるか。ま、宗盛殿を棟梁に戴きたくないのは池殿のみとは思えませせぬが」

九郎は片頬に冷たい笑みを走らせた。

「東国に住まう平氏家人にあらぬ者の不満、高倉宮（以仁王）のお怒り、寺門（園城寺）や南都（興福寺）の反発、平氏一門内の亀裂――三位（頼政）殿は、今こそ源氏再興の好機、とお考えになった。違いましょうか」

頼政は瞼《まぶた》を開いた。

「平氏の軍兵は万に上る。去る十一月に、相国（清盛）殿が引き連れて来たのでも数千騎あったわ。それに引き換え、我がほうは直属で百五十、近江などの援軍をいれてもせいぜい三百騎ぞ。衆寡《しゅうか》敵せず、などいう以前の問題だ。どうやって兵を集める？」

「近年、鎮西でも平氏に反旗を翻す者が出はじめたやに聞いております。なれど、西の多くは未だ親平氏。よって、それらに蜂起を促す手間を考えれば、やはり兵は東国で集めるべきでありましょう。ただし東国は、平氏家人にあらずとも血は平氏である者が多い」

「おう、そうよ。なればどうする、と？」

「九郎ならばこういたします」

黒々と澄んだ瞳が輝いた。

「まずは、旗印《はたじるし》。反平氏を謳《うた》うならば源氏を立てるが最適ではありますが、それでは平氏の血を引く者を動かせぬ。しかも実力がものをいう東国を纏めなければならないとなれば、今の源氏はいささか権威不足。そこで、源氏の下《もと》に集まれ、とやるのではなく、高倉宮（以仁王）の下に集結せよ、とやるのです」

「なるほど」

「本来なら、帝にお成りになる筈であった宮です。宮を立て、幽閉された法皇をお救い申し上げて、平氏の国主を追い出せ、と唱える。宮にも直々に触れを出していただくのです。法皇の幽閉を解くのはまことに癪ですが、ここは我慢です」

「ほう。で、宮を表に立てるのはなぜだ？」

「はい、こたびの法皇の幽閉、実際に手を下したは相国殿。なれど、新院（高倉院。高倉帝が安徳帝に譲位して高倉院に）の了承なくば出来ないことです。好むと好まざるとによらず、新院はそれをお許しになった、と世はみなしております。ゆえに、高倉宮がその御名を以て法皇をお救い申し上げるということは、宮による新院否定の宣言となり、また法皇救出なった暁には、新院破れたり、を世に知らしめることになり、ひいては当今（安徳）の正統なるをも否定することになります。さすれば、晴れて高倉宮が王家の正統、宮を支えた我らは平氏に替わる京第一の武家。すなわち、法皇と宮のお身柄が手に入れれば、我ら源氏は平氏を倒せずともその勢は互角となる――」

「わっはっはっは。よいわ、九郎。あっぱれぞ」

頼政は顔をくしゃくしゃにした。

「年を拾うて七十六、この老人の考えると同じことを、齢二十二の九郎が考えおったとはな。頼もしいを通り越して、少し恐ろしくもあるわ。襁褓《むつき》に包まれ、常磐殿に抱かれておったのがつい先頃のように覚ゆるというに……」

頼政は細めた目を競に向けた。

「ええ、平治の折、殿の宇治の山荘に若君をお預かりしたのが昨日のことのようでございます」

競も懐かしそうな目をした。

「まだお生まれになって四月《よつき》ほどで……まあ、それよりも何よりも、頭《こう》の殿と鎌倉の御曹司（義平）をつづけて亡くされた御方のお心が気がかりでしたが」

「それは言わずもがな、誰もが常磐殿のほうを心配したわ」

頼政は大げさにうなずいた。競が笑ってつづける。

「何としてもお慰めせねば、と気負っておったのですが、その必要はありませんでしたな。元気いっぱいの三人のお子たちに囲まれて、御方は涙を流される暇《いとま》などおありにならなかった――」

九郎が競の口許を見詰めている。

「――ほかでもない殿の山荘ゆえ安心なさっていられたでしょうが、逃避行中の御身にお変わりはない。そのうえお子たちの探索令が出されてお辛かろう、少しでもお気が紛れれば、とお部屋に伺う某《それがし》を御方は笑顔で迎えてくださり、いろいろお話くださいました。庭に咲く花から万葉の歌、後宮のしきたり、故頭殿《こうどの》と御曹司が過ごされた東国――。なかでももっとも面白うございましたのが政《まつりごと》の話。これはちっとやそっとでは太刀打ち出来ませんでした。

「そういえば、何度も打ち死にした、と申しておったな」

呵呵、と頼政は笑った。

「はい、故殿がしっぽを巻いて逃げとうなるお気持ちがようわかりました……若君が話されるのを聞いておりますと、抑揚《よくよう》も、間の取り方も、御方とそっくりにございます。若君はあの御方のお子、と改めて思えば、今お述べになった策も驚くべきことではないのかもしれませぬが」

九郎に向けられた競の顔が、優しく歪《ゆが》んだ。

「いや、嬉しゅうございますな。殿をして、恐ろしい、と言わしめるほどに御成長なされたとは。もうこれで、若君は殿に代わる大将にお成り遊ばされますぞ」

「競殿。その、若君、はもうお止《や》めください」

「それに、殿に代わる、というのも余分だな。身がくたばりかけておるようではないか」

頼政は口を尖らせたが、つと頬をゆるめ、九郎に向き直った。

「で、そなた、この眞蓮が打って出ると見て、そこなる四人を連れて参ったか」

「四人のみではありませぬ。こたび参ったるは二十騎」

「おお、二十騎か」

満足げにうなずく頼政に九郎も微笑み、声音《こわね》も穏やかにつづけた。

「加えて、三位殿の御指示を仰いでのち、三百騎をよび寄せる手筈にて――」

「何と！」

頼政は勢いよく身を起こした。

「三百も持って来るというか」

「はい。我が舅佐藤荘司が出してくれます。勿論、奥州に数年もおるのですから、九郎にも鎌田の兄弟にも郎党は増えつつありますが、まだまだ軍と言えるほどには……」

「いや、それは無理ない。それより、かの地でおのれ独自の軍をつくろうとしているとは見上げたものよ」

再び脇息に身を預けて、頼政は嘆息した。

競も信じられぬといった顔で、ゆっくりと首を左右に振っている。

「で、二十騎の先発隊はどこに?」

頼政が問うた。

「船岡邸に入っております」

「ふむ」

「次の三百騎は、平泉邸に入れるつもりです」

「平泉邸に?」

「はい、あそこなら常に多くの人や物が出入りしておりますし、食糧にも困らぬうえ、馬の断《いな》きが漏れても不思議がられずに済みます」

「確かに……だが九郎、平泉邸に兵を入れるということは、そなたの動きを秀衡殿は承知しておるのか。まさか、源氏が兵を挙げるやも知れぬ、など言うたのではなかろうな?」

九郎は首を横に振り、「あり得ませぬ」と笑った。

「うしろに相国殿があり、また父母を通じて閑院流があるからこそ、九郎は客人扱いを受けておること、よう心得ております。相国殿相手にいくさを起こすと言うては、平泉は混乱しましょう。奥州から出してもらえぬやもしれませぬ」

「はは、それはそうだな。だが、ではなぜ平泉邸を使えるのだ」

「橘次郎末春です」

「ああ、あの平泉邸の総代か」

「そうです。橘次《きちじ》が万事うまくやってくれます」

ふん、と頼政は愉快そうに鼻を鳴らした。

というのも、橘次は六年前の九郎の奥州入りに係わって以来、頼政の屋敷を屢《しばしば》に訪れて奥州の情勢をいろいろと伝えてくれるのだが、なかでも九郎について話す時が実に嬉しそうなので、これはよほど気に入っておるな、と微笑ましく思っていたからだ。

「ふん、あ奴が、な——」


事実——。

橘次は奥州入りに同行した当時から九郎に好意的であった。いや、惚《ほ》れた、と言ったほうがよいかもしれなかった。

橘次が秀衡から任された仕事のひとつに、平泉で使える人材を探して推薦する、というものがある。そのためもあってか、初対面の人に対して、果たしてこの人の価値は如何ほどか、と値踏《ねぶ》みする癖が橘次にはついているのだが、はじめて値をつけられなかったのが九郎であった。

人にはそれぞれ色がある、と橘次は思っている。それも文字どおりの色彩が、だ。これは橘次の特質なのかもしれなかったが、人を見ると、そこに色が重なって見えるのだ。同じような色でも微妙に違い、ふたつと同じ色を見ることはない。その橘次が九郎を見た時、思わず声を上げそうになった。九郎そのものに色はなく、露が日の光を反射するような輝きを持った、透明な気の層が、その体を包んでいたのである。

この先、どのような男になるのか――今まで出会った誰にもないものを纏った、それもまだ十六歳という若さが、橘次の想像を掻き立てた。

しかも奥州への道中で見せた、誰に対するにも爽やかな態度、旅慣れた商人たちも驚く疲れ知らずの体。船について教えればたちまち理解して覚え、操縦技術までものにして立派に船人として役立つ――橘次は九郎にすっかり魅せられ、平泉の川泊《かわどまり》に船が着く頃には、その計り知れない成長を支え、かつ見届けたいと切に願うようになっていたのだった。

橘次は京にいることが多いため、九郎となかなか会えないのだが、平泉に戻っている間、また九郎が上洛した折には毎日のように訪ね、絆《きずな》を深めようと努めてきた。

御館《みたち》（秀衡）のためでも奥州のためでもない。どのようなかたちでもよいから、惚れた若者の力添えとなりたい、その思いが通じたか、九郎が随分心を許すようになってくれたのが橘次には嬉しくてならなかった。

（特にあの日からだ）

御館たちを前に鹿の谷の事件を報告したその日の夜、橘次は九郎のおとないを受けた。九郎のほうから会いに来たのは、これがはじめてであった。

「こたびの件について、橘次殿の考えを伺いたい」

九郎の言葉に橘次は驚き、狂喜した。

我が考えを聞くために、九郎殿は来てくだされた。ついに、九郎殿と政《まつりごと》の話が出来るのか――。

橘次は九郎に、御館には報告しなかった話――多田行綱が事件前日のみならず、幾度か頼政邸を訪れていることなども含めて、事件について仕入れた情報の洗いざらいを話した。そのうえで、この事件はあらかじめ頼政と通じた清盛が行綱をして密告させ、院近臣を処罰することで後白河院を叩き、かつ山門延暦寺に恩を売ろうとしたものだと思う、と橘次は語った。

「なぜ御館にそう話さなかったのか」

九郎に問われた橘次は、今ひとつ自信がなかったからだ、と答えた。

「すぐに前右京権大夫（頼政）殿を訪ねしたのですが、事件に係わっておいでの御様子は微塵も感じられませず……」

「それを、この九郎には語るのか」

「自身でも不思議なのですが、九郎殿の御前にて、ことの真相はこれ以外にないという確信が湧いて参りました」

「ふむ。で、確信なった以上は御館に告げるか。それが平泉に雇われておるそなたの務めであろうからな」

いいえ、と橘次は頭《かぶり》を振った。

「確かに平泉邸総代の職をいただき、御館に雇われた格好になっておりますが、その前に橘次は商人《あきうど》にございます」

我《われ》は確かに藤原氏に保護され、税などで優遇され、京ではおのが裁量で交易品を流用することが許されている。それは我がみちのくの特産物、特に黄金《こがね》を扱う商人だからであり、我が商いによってその値《ね》は何倍にも膨らみ、藤原氏は莫大な富を築き得るからである。

「某《それがし》も稼がせていただく以上、みちのく安定に協力するのは当然のことでして……」

だが、我と藤原氏との真の関係は決して主従ではなく、あくまで対等なのだ、と橘次は声を強めた。

「よしや藤原氏が北の覇者でなくなる時が来ようとも、我らは藤原氏と共に姿を消すものではありませぬ。我らは変わらず商いをつづけてゆくために、新しき覇者と新たに関係を結び直すばかりにて」

「特定の主は持たぬ、というのだな」

「決まった土地でのみ商うなら、むしろその地の主《あるじ》と主従の関係となり、強い保護を受けたほうがよいでしょう。なれど某はいずれ、この日本秋津島の津々浦々まで手を広げたいと考えております。そのためには日本国の覇者を主とするか、でなければどなたにも属さぬがよい、と……」

なるほど、と九郎は薄い笑みを浮かべた。

(や、余計なことを言ってしまった)

秀衡に従属するものではないと強調したいがために、主は持たぬ、と言ってしまった。それどころか、持つなら日本国の覇者だ、などと嘯《うそぶ》いては、この平泉で基成の後任を務める予定の九郎に、あなたの器量では我が主として不十分、と見下げたことになる。

何ということだ。九郎殿に嫌われてしまうではないか――。

橘次は舌を嚙み切ってしまいたいほどに後悔した。

(何ぞ言わねば)

おろおろ考える耳に、若者の信じられない言葉が流れ込んだ。

「この九郎を主とせぬか」

「は?」

「ははは、そう目を剝《む》くな。九郎はいずれ、国の軍事をひとつに束ねたいと思うておる」

「日本国の、ですか」

「そうだ。お、勿論、御館らには話しておらぬぞ。何しろ九郎は、平泉と京の穏やかなる交渉役となるを望まれておるのだからな」

若者はあどけなさをたっぷり残した顔を崩した。

「藤原一族で知っておるのは忠衡のみだ。それも、この平和な平泉のやり方を全国に広めたい、と言うたまで……そなたに明かしたは、そなたが、主とするなら日本国の覇者、と言うたのが気に入ったからだ。今や、王家や朝廷が振りかざす権力は、厳物《いかもの》作りと見えて実は刀身《とうしん》が木の贋《にせ》太刀のようなもの。これからの世、実権を握るのは第一の武力を持つ者、あるいはその者を味方につけた者らよ……どうだ、日本国を纏めると言うこの九郎に賭《か》けて、日本一の商人を目指さぬか」

夢を見ているのか、と橘次は思った。共に組んで全国を制覇しよう、と九郎は誘ってくれているのだ。

器量なしと見下げたことになりはしないか、と一瞬でも思ったことを、橘次は恥じた。商いを全国に展開する、などというのはまだ雲を掴むような話である。なのに、勢いに乗って日本国の覇者を主とすると言ったことが九郎の心を捉《とら》えた。輝きを纏う男は、すでに我が思考の遥《はる》か先を歩んでいるのだ――。

（すべてを賭けよう）

たとえ成功ならずとも構わない。

（九郎殿と……）

惚れ込んだ若者の傍らにあって、若者の成長を橘次なりに支え、見届けられればよい、と願ってきた。それなのに若者は、共に世を創ろう、と言う。腹の底から突き上げる喜びが、熱い雫《しずく》となって頰を伝った。

「どうした、涙するほど嫌なら、無理強いはせぬぞ」

「いえ、嬉しゅうて……九郎殿が、いえ、殿とよばせてくださいませ、殿がこのように壮大な将来図を描いておいでとは……」

「まあ、普通は思わぬわな。平氏全盛の世、しかもこたびの件でますますその勢は強まった」

「平氏を倒すことになりましょうか」

「それが難しいところだ。この九郎が日本国を纏める、と言うたのに矛盾するが、大事なのは国を纏めること。纏める者は別に九郎でなくとも構わぬのだ。ゆえに平氏がそれをやると言うなら助けてやってもよいのだが、ま、無理だろうな、ははは……これは公利に貪欲《どんよく》ながら私利を捨てられる者でなければ出来ぬことだ。日本国中の有勢を思い浮かべるに、恐らくこの九郎しかいまい」

まったく傲慢《ごうまん》だが、何ら衒《てら》うことなく爽やかに言われては、笑ってうなずくしかない。

ただ、九郎は普段から、これは、と思ったこと以外には結構無頓着で、傍目《はため》には明らかに九郎の得になることでも、気づかず通り過ぎてしまう性質《たち》だ。しかもあとで気づいたからといって、悔やむでもない。そんな欲のない九郎の口から出る言葉なれば、「傲慢」は「威《い》ありて猛《たけ》からず」となるのだ、と橘次は納得した。

「ではもし、平氏の指揮では纏まらぬと明らかになってなお、平氏が退《ひ》かぬ事態となりますれば」

すっ、と九郎の目が細くなった。

「――討つ」

低い声が、闇に光る利剣の如き冷たさを放った。

（あぁ……）

激動の時に生き合わせるかもしれないという思いが、橘次のなかの男を否応なく昂奮させる。

九郎が起ち上がる時、つまり、あの平氏を向こうにまわす時、日本国では恐らくこれまでに経験したことのない規模のいくさが繰り広げられるだろう。橘次は九郎の横にあって、その勝利を応援する。勝利なった暁には、日本国をおのが思う国に創り変えられるのだ。これが心震わさずにいられれようか

――財も知識も、生命すらも九郎に捧げることを、橘次はもう迷わなかった。

そして九郎にとっても、橘次は大事な人材であった。

奥州から京は勿論、大宰府にまで足を伸ばす橘次は、何と言っても地理に明るい。そのうえ、物流の拠点をあちらこちらに築いており、これらはすべて橘次の号令でのみ動くようになっている。また橘次を横に置くことは、九郎が属する世界、公家のものとも武家のものとも異なる商人の思考回路を手に入れることになり、策を多角的に謀《はか》る裨《たす》けとなることを期待していたのであった。

「――あ奴め、ついに秀衡と離れて動く決意をしおったか」

ふん、と頼政は三度《みたび》鼻を鳴らした。

「そのお言葉、橘次の前で仰せなさいますな。本人は、御館と一蓮托生となるつもりなどもとよりない、と語気を強めておりますれば」

からからと笑った九郎は、だがすぐに真顔に戻り、鹿の谷の時と同様、今回の清盛による政変も自らの口で伝えるべく平泉に戻った橘次と、我が上洛について夜を徹して話し合って来たのだ、と言った。

――もしも頼政のおじさまが兵を挙げるなら、その主力部隊となりたい。

強く言う九郎に、橘次は大きくうなずき、

――源三位殿がお起ちになるようでしたら、必ずや殿はおそばにおいでになるべき、と某も思い

ます。ただし、殿におかれましては、まず少人数で上洛なさいませ。急に何百騎も動かしては道筋の国々が警戒しましょう。また、御館の耳に入っては元も子もありませぬ。旗揚げの詳細が決まってのち、東海、東山、北陸の三道に分けて、軍兵をよび寄せなさるがよろしゅうございます。源氏が兵を挙げるとなれば、御館も源氏方に立つか平氏方に立つか、態度をはっきりさせねばなりませぬ。奥州ほどの力と財を持った国が、日本国を二分するであろういくさを中立でやり過ごそう、というのは許されませぬからな……軍兵の受け入れについては、某にお任せくださいますよう……。

「そう申して、我らより一足早く帰洛しておるのです」

「橘次殿は若君と心中する覚悟と見えますな」

競が笑った。

「地獄へも供するつもりだ、と話しておいでしたぞ」

盛政が言い、皆の顔も綻んだ。だが頼政は笑わず、感心な男よ、と橘次を誉めた。

「軍兵は矢合わせの日時に間に合えばよいのだ。橘次の言うとおり、奥州から京まで一度に多くの兵を引き連れては、国主や目代が入れ替わって気が立っている東国武士らを刺激するやもしれぬ。軍兵を確実に上洛させるには、分散して道も違えたほうがよいのだ。しかも、三百と言うたな、それほど連れておっては、いざという時に小まわりが効かぬ。戦う時は九郎の指揮下に置き、それ以外の時は九郎から離しておく」

「なるほど、精鋭のみをそばに置く、と。いや橘次殿、若君の身を如何に護るか、よう考えておりますな」

呑み込み顔の競に、「我らとて殿の御身を第一に思うておりますぞ」と、光政が突っかかった。

いやいや、と競は手を振る。

「何も御辺らの思いが劣るとは申しておりませぬ。御辺らはそれこそ、おのが身を以て若君をお護りし得るが、橘次殿はそうはゆかぬ。そもそも平泉邸の総代である限り、御辺らのように常に若君のおそばにあることすらも叶わぬのです。橘次殿はさぞかし御辺らを羨んでいることでありましょうて」

競は穏やかに言葉を継いだ。

「橘次殿は橘次殿なりに策を考える。若君と離れているうえに戦場にも立たぬとなれば、その策が御辺らとは違ったものになるのは当然のことです。御辺らの策と武勇は若君を護る。橘次殿の策は、若君のみならず御辺らをも護るものとなりましょう。どちらが欠けてもなりませぬ。そして、その双方の策をうまく摺り合わせてゆくのが、若君の仕事なのです」

「さすがは競、我が言いたいことをそっくり言うてくれたわ」

「いや、左様にお褒めいただくと、何やらあとが怖いような……」

額を掻く競を横目に見て声を出さずに笑うと、頼政は廂の間に座る五人に近くに寄るよう手招いた。

「さて、我がなぜ兵を挙げる決意を固めたか。それを、しかと述べておきたい」

男たちは容を改めた。

「御方常磐殿を匿《かくま》って以来、我は相国殿と昵懇の仲となった。九郎らのことに限らず、政《まつりごと》から兵馬、地方の統治のことまで、どれほど幅広く話し合うてきたやわからぬ。しかも鹿の谷の折には八條院に叛《そむ》いてまで平氏の窮地を救い、その翌年には、今度は相国殿が強く奏請してくれて公卿に名を連ねることも出来た。その我が、なぜ相国殿に対しようとするのか」

ひと呼吸置いて、頼政はつづけた。

「先ほど九郎も言うたが、地方では平氏家人のみが優遇されて、非家人は今にも反乱を起こさんとしておる。そのうえ都で圧政が敷かれ、公家も民衆も不満は鬱積する一方だ。さらに嚴島詣がいかぬ。

寺社の憤懣もやるかたなしよ――それら冷遇される者の不満を、一体誰が引き受け得る？」

頼政は男たちをぐるりと見まわした。

「平氏が引き起こした不条理を正せるのは、やはり我ら、源氏ではないのか」

うなずかぬ者は、勿論、ない。

「ならば起つに如かず。武門の本流たる源氏が、世を静謐となせずして何とする！」

声を底鳴りさせる頼政に、男たちも、おう、と強く応える。

「ただ相国殿と我は、突如として矢を引き合う間柄ではないゆえ、相国殿が入洛したその日に会うて諫言《かんげん》したのだが……。聞き入れられなかった」

「聞き入れられぬで、まことによろしゅうございました」

九郎は仏頂面をした。

「はは、そう言うか」

当然にございます、と九郎はさらに剥《む》れた。

「どのようにお諫《いさ》めになったかは存じ上げませぬが、もしも相国殿がそれを容《い》れられていたら、平氏はまたしばらく安泰を保つところだったではありませぬか。三位殿は、我ら源氏が勢を増す好機をみすみす潰すおつもりだったのでございますか」

「源氏再興を願う思いは、そなたよりこの眞蓮のほうが強いわ」

笑って、頼政は組んだ足を体に引き寄せ、片膝に肘を乗せて上体を預けた。

「案じずとも、相国殿には当たり前のことしか言うてはおらぬ。つまり――」

――清盛はふたりいないのだ。しかも、最大の理解者であった重盛はすでに亡く、残る子息たちはすこぶる後白河院に近しい。院を押し籠めるというが、このような状況においてそれをなすは如何なものか。それに高倉院に万一のことが起これば、そしてその時、後白河院が相変わらず健在であるならば、院政は結局その人に頼まざるを得なくなる。力づくで院政を差し止めておきながら、院政再開を乞うて頭《こうべ》を垂れる。もしこれが現実となれば、世は、平氏揺らいだり、とみなすぞ――。

「わかり切ったことでもわざわざ他人《ひと》に言われれば、以前の相国殿なら、あるいは踏みとどまったやもしれぬ。だが、法皇の所業がよほど腹に据えかねて冷静を失うたか、あるいはこの機に何としても法皇を黙らせようと考えたか……いずれにせよ、相国殿はやり過ぎた。が、我らには追い風となった」

頼政は片頬を持ち上げた。

「このまま平氏に協力したとて、我らが昇任は微微たるもの、それも相国殿の息のある間に過ぎぬ。これほどの機を逃してはならぬことは九郎、そなたに言われるまでもないぞ」

「は」

「相国殿に諫言もし、礼は尽した。今こそ起ち上がってくれるわ！」

「して、策は？」

問うた九郎の声が、幾分うわずっている。

む、と頼政は深くうなずくと体を起こし、脇息に手を懸けて背を伸ばした。

「先ほどそなたが言うたとおり、確かに今の源氏は権威を欠く。よって、もったいないことながら、まずは高倉宮（以仁王）の権威をお借りし、宮の名において平氏追討の宣旨を下すつもりだ。このことは、宮はじめ、八條院、前皇太后宮大夫らとすでに話を進めておる」

今、前皇太后宮大夫とよばれるのは、後白河院近臣藤原光能である。光能は先述のとおり、後白河院と八條院、以仁王、そして閑院流を繋ぐ立場にあった。

「三位殿から話を持ちかけられたのですか」

いや違う、と頼政は手を左右に振った。

「女院も徳大寺殿も、相国殿にここまで好きにやられながら沈黙しつづけるのは耐え難きことであったらしい。宮を立てて情勢を覆すことは成らぬか、と女院から直々《じきじき》に御相談があったのは年明けすぐのことだ……我らとしても、こたびことを起こすに当たって、女院と手を結べるのはありがたい。女院が御参加遊ばすとなれば、女院の荘官らその家産に負うておる者らに動員をかけられる」

それも、八條院領から八條院領へと繋いで進めば、隠密裏に決起を促す伝令を廻すことが出来る、と頼政は言った。後宮は王家と繋がっているがゆえに、省庁の統制を受けないからだ。

「宣旨の軸はふたつ。王家と仏法だ。王家については先に九郎が言うたとおり」

高倉院（安徳帝父）によって法皇が幽閉されたことを弾劾し、高倉院と安徳帝の王権は清盛の私物にして公のものに非ず、と否定のうえ、高倉宮を王家の正統と位置づける。

「そして仏法については、相国殿を仏敵に祭り上げるのだ。かのお人は、今や三井寺や南都のみならず、山（延暦寺）までも怒らせようとしておるのでな」

これら寺の強訴や、寺同士の争いは止むことを知らない。これに手を焼く清盛が、朝廷の宗教儀礼の一切を嚴島神社に移そうとしているらしいことは、誰の目にも明らかになっている。

さらにこの月末には新院高倉が安徳帝を伴い、慣習を破って嚴島へ参詣するという噂が流れてより、山門延暦寺でも声高に清盛を批判する者が増え、その数は二百とも三百とも伝わっていた。

「平氏は王位をおし取ったうえに、仏法を破滅させる逆賊なり――――。そう非難することで、寺社を味方につけられよう」

皆が納得顔のなか、盛政が声を上げた。

「ひとつ、お伺いしてよろしゅうございますか。先ほど高倉宮の名において宣旨を下す、と仰せになりましたが、宮のお立場ではそれは難しいのではありませぬか」

宣旨とは本来、当今《とうぎん》(今上帝)もしくは院が直属の役人を通じて出すものであり、皇太子および太皇太后、皇太后、皇后の三后、のちには親王や女院などが出す文書は令旨とよんだ。以仁王は親王宣下すら受けていない。令旨ならまだしも、宣旨は下せないのではないか、と盛政は懸念したのだ。

「おう、それは重重承知しておる」

頼政は太く返した。

「だが、我らの狙いは平氏追討ぞ。安徳帝を戴く平氏党類を反逆者とみなし、諸国の輩を追討に向かわしむるには、最も格式高き文書でなければならぬ。宣旨の形式を以て書かれたものでなければ、誰も納得せぬ」

「なれど宮の名で下せば、偽書と言われはしますまいか」

「気にせぬでよい。いずれ我らが勝てば正規の文書となるわ」

「確かに」

合点した九郎は大きくうなずき、「して、いつ下されるのです」と問うた。

「新院が実際に嚴島へ参詣され、寺社の怒りがもっとも高まる頃にしたい。よって恐らく来月初旬頃になろう。それから宣旨が全国に届くのにひと月、挙兵準備にひと月、軍が上洛するのにひと月……七月はじめには、源平は雌雄を決することになろうぞ」

おう、と応える男たちの顔が笑っている。

「いよいよにございますな」

光政が深く息を吸い込んで、小鼻を膨らました。

「待ちに待った源平対決、ほう、震えが来ますわい」

そう言いながら、盛政は左手で右の肩から肘辺りを揉んでいる。

九郎の体も、背筋を波のように走る昂《たかぶ》りに、ぶるっ、と震えた。

公家化しているとはいえ、日本一の軍事専門集団平氏を相手とする戦いが、間もなくはじまる。

保元や平治の両乱は言うに及ばず、記録に残る数々のいくさをはるかに凌《しの》ぐ規模となるであろう大舞台に、初陣で立つおのれの姿を思い浮かべると頰がゆるむ。

「某《それがし》は如何なる役目を頂けましょうか」

身を乗り出して、九郎は頼政に尋ねた。

「大将だ」

「はっ」

「誰ぞやも、若君は殿に代わる大将にお成り遊ばされます、と申しおったしな。途中でこの身がくたばってもいかぬ」

執拗《しつよう》な仰せで、と競が眉を顰《しか》める。

「はっは。とまれ、そなたにはこの眞蓮の代官として、仲綱と共に指揮を執ってもらう」

「承知仕りました」

「上洛してきた軍を二、三手に分け、京周辺の南都や近江、また福原の西の播磨などで偽装戦を展開し、平氏の警備が散漫になったところで、法皇のお身柄を奪還する。法皇には時を移さず院政を開始いただき、高倉宮の践祚《せんそ》（天皇の位を受け継ぐこと）をお認めのうえ、平氏追討の宣をお下しいただく。これで我がほうの王家が名実ともに正統、平氏は朝敵ぞ」

「奥州の三百騎はすぐによび寄せます！」

九郎は張り切ったが、頼政は静かに笑って首を横に振った。

「いや、その必要はない」

「なぜです？　奥州から京までの道程《みちのり》、いくら佐藤家の軍兵と雖《いえど》も今日発って明日着くは無理な話。状況とて如何に変わるやわかりませぬのに、ゆるりと構えていては取り返しのつかぬことになりましょう」

「わかっておる」

「ならばなぜ……」

「そう、詰め寄るな」

頼政は苦笑しながら、いきり立つ九郎を手で制した。

「状況が如何に変わるやわからぬ、とはまったくそなたの言うとおりよ。なればこそ、しばらく待てと言うておるのだ」

わかりませぬ、と目を吊り上げる九郎に、頼政は真顔になってつづけた。

「九郎が今晩入洛する――夕刻、競が御所へ報せに来てくれた時、我はあやうく声を上げそうになったわ。実は高倉宮の宣旨を下す時期が決まり次第、つまり新院が嚴島へ向けて発たれる日が決まれば、真っ先にそなたをよび寄せるつもりであったのだ。それをそなたは我が心を読み、使者をやる前に遠路はるばる駆けつけてくれた。礼を言うぞ」

「もったいのうございます。武士《もののふ》九郎義經を育ててくださった我が源氏棟梁が、何をお考えになり、何をなさろうとしておいでなのか。それを常に考え行動するという、源氏の血を受けた者として当然のことをしたまで」

頼政が眩《まぶ》しそうな目をした。

「幼少のそなたに大将たり得る素質を見てより、兵法を授け、厳しく鍛えてきた。源氏を率いる男になってくれよと願ってきた。相国殿はそなたに、貿易や武家の政《まつりごと》といったものを学ばせようと奥州へやったのだが、我らもまた、そなたを京から出すことで更なる成長を願うた――どうだ、競。我らが珠《たま》は、我らの期待を大きく越える存在となって戻って来おったわ」

「もう一度申し上げておきましょうか、殿に代わる大将にお成り遊ばす、と」

「わっはっは。競はもうわかっておるな」

声高に笑う頼政の目が少し潤んだ。

微笑みながらうなずく競の瞳も、うっすら濡れている。

「某《それがし》にはわかりませぬ」

九郎は繰り返した。

「よいか、九郎。佐藤家の三百騎を動かすなと言うたは、そなたを一旦奥州に帰さねばならぬからだ」

「えっ、誰が帰るのです？」

「そなたといえば、九郎しかおらぬであろうが」

「何のためにですか？　たった今、仲綱殿と共に三位殿の代官として戦うよう、御指示くださったばかりではありませぬか。奥州に討つべき平氏はおりませぬぞ。それとも東国の平氏家人の反乱を抑えよと仰せですか。もしそうならば、彼らは中央が政権交代すればさっさと勝ったほうと結ぶのですから、捨て置いて構わぬことを三位殿は百も御承知の筈」

「まあ、待て。ようまわる口よの」

言われて、九郎は頬を膨らませた。

「この眞蓮があるうちは、眞蓮の代官となってもらう。だがな、九郎。そなたにはもうひとりの眞蓮、いや、武士《もののふ》頼政になってもらいたいのだ……先ほども言うたとおり、こたび兵を挙げると決意した時、我は誰よりもまずそなたをよび寄せ、軍を預けてそなたの頭脳に賭けようと思うた。つい先ほどまで、そう思うておったわ。だがそなたが、我が考えると同じ策を語り、奥州から三百騎をよぶ手筈を整え、また奥州でそなた独自の勢を築きつつあると言うを聞いて、我はそなたを過小に評価しておったことに気づき、策を変えた。九郎義經は、まさしく頼政に代わる源氏の総大将になっておったのだ。大事の人なれば、わずかでも不安あるところに置くことは許されぬ」

頼政の目に、もう感傷の色はない。

「九郎を斯様に評価してくださること、ありがたく存じますが……一体、不安のないいくさがありましょうか。不安があればこそ、この九郎も役立つことがあるのではありませぬか」

「いや、それが戦場の不安、つまり矢合わせ済んだのちの、生死を天に任さねばならぬといった不安であるなら、そなたを留め置く。いくさには勝利すれども、この身が斃れることはあるのだからな。だが今言うた不安は、そのようなものではない。そも、宣下はこれからであるし、万一にせよ、その内容が諸国へ届く前に漏れる恐れもある。その時、だ」

その時、九郎の影はちらとも見えてはならない。宣旨が諸国へ届く前から、九郎が頼政のそばにあったという事態だけは避けねばならないのだ、と頼政は声を太くした。

「何があっても、相国殿には九郎が宣旨に関与しておったと思われてはならぬ」

「なれど……」

「よいか、よしや我らが討たれることがあろうとも、九郎は追討されることなく何食わぬ顔をして生き延び、策を立て直し、必ず源氏再興を成し遂げよ。それがこの頼政に変わる源氏総大将の責務だ」

「九郎は、三位殿や競殿と源氏再興を成しとうございます。どうかおそばに置いてくださいませ」

「若君。殿は源氏棟梁として、若君を失うことをもっとも怖れておいでなのです」

競が宥《なだ》めた。

「もし若君が亡くなれば、誰が源氏累代の芸を繋ぐのです？　それとも、我らが若君にかけたる思いをさほどに軽くお考えなのですか」

「い、いいえ。なれど、準備が整わぬうちに宣旨が平氏に知られることになれば、三位殿を護る兵は余りに少ない。せめて、宇治か近江辺りに駐屯すること叶いませぬか」

「なりませぬ！」

競に遮《さえぎ》られ、九郎は頼政に向き直った。

即座に頼政は、ぶる、と首を横に振る。

「なれどおじさま、いや三位殿！」

「相変わらず、聞き分けのない奴だな」

突如、うしろから響きのよい声に叱られて、九郎は飛び上がった。

振り返ると、いつからそこにいたのか、廂《ひさし》の間の柱にもたれて、全成が笑っている。誰も驚かないところを見ると、皆はすでに彼が来たことに気づいていたらしい。四天王がいるので安心していたとはいえ、話に熱くなって人の気配を察せなかったとは、武士《もののふ》として失格ではないか、と九郎は唇を噛んだ。

全成は九郎の横に腰を下ろすと、「遅うなりまして」と頼政に一礼した。

「兄上、なぜここに」

決まり悪い九郎の声は低く、怒気を含んでいる。

「兄弟、会える時に会うておいたほうがよいと思うてな。我がよんだのだ」

頼政が全成に代わって答えた。実の孫のようにかわいがってきたふたりを前にして、皺を刻んだ顔がにこやかに崩れる。

「よう来てくれた。共に九郎を説得してくれい。年を取ると気が弱うなってな、とても若い者を抑えきれぬわ」

「よう仰せられます。日本国中探しても、齢七十七にもなって重い鎧を纏おうというお方は三位殿ぐらいにございましょうぞ」

まことに、と皆が笑うのにうなずきながら、全成は弟に膝を向けた。

「おじさまや競殿がそなたに望みを託し、平氏の目が光るなかで如何に大事に育ててくださったか、そなたにはようわかっておろう。だが、そなたを恃むのはおじさま方ばかりではないことを今一度噛み締めてもらいたい。盛政、光政はじめ佐藤の御兄弟、船岡の郎党ら。それに橘次によると、平治ののち東国で逼塞《ひっそく》しておる三浦や土肥、平賀らも、密かにそなたの情報を手に入れて期待しているらしい。その橘次もそなたを全力で支えようとしておるではないか。それに忘れてもらって困るのは、伊豆の頼朝の兄上やこの全成、また圓成の思い。今の義父上も惜しみない応援をくだされている。亡き父上と義平や朝長の兄上らも、天よりそなたを見守っておろう。そして何より、母上の思い」

母、と言われて九郎は目を伏せた。

「源氏の世としたい、父上の望んだ世を創り上げたい——そなたが如何に強く願うておるか、それはこの兄もそなたに負けず強く願うておることゆえ、ようわかっておる。だが決して焦ってはならぬ。母上も、そう仰せであった筈だ」

小さく、九郎はうなずく。

「兵を挙げると決まれば、百騎でも二百騎でも、すぐに手許に置きたい、いや置かねばならぬ。だがおじさまも競殿も、そなたを生かすことを優先してくださったのだ……おじさまは、来るな、と仰せなのではない。宣旨を奥州で受けてから改めて上洛したとて、ほかの源氏一門に後れを取るものではないことは、おじさまがそなたを代官とすると約してくださっていることでも明らかではないか。九郎はまず奥州へ戻って状況を見極めよ。そのうえで、九郎の為すべきことをよう考えて行動せい」

「兄君の仰せのとおりですぞ」

盛政も語気を強めた。

「それに宣旨が届けば、あるいは平泉の御館も軍兵をお出しになるやもしれませぬ」

「おお、まことにございますな」

継信が膝を打った。

「奥州十七万騎の半分でも動けば、源氏はもう勝ったも同然」

忠信もそう言うのを聞いて、九郎はやっと愁眉を開いた。

「わかりました。三位殿の仰せのとおりにいたします」

「よう言うてくれた。これで心置きなく九郎との再会を祝えるわい。のう、競」

頼政は顔をくしゃくしゃにした。

はい、と競は微笑んで一揖したが、頭を元に戻した時、主の横顔を見るその目が一瞬翳ったように、九郎には見えた。


朝の日が、花曇の空にぼんやりと浮かんでいる。

春も半ば、鳴き慣れたうぐいすが美声を聞かせる船岡邸の庭の、昔と何ひとつ変わることのない静かな佇まいに、九郎の心はほっこりとなった。

昨夜、頼政邸での宴が果てたのは子の刻も過ぎた頃。一条の長成邸に帰るのは憚られて、九郎兄弟はここで休むことにしたのであった。

「京の春を過ごすのは六年ぶり、か」

九郎は手を組んで、首のうしろへまわした。

「というと、元服以来か?」

全成が確かめるのに、そうです、と答えて九郎は簀子に立った。

頬を撫でる風が、微かに青葉の匂いを含んでいる。

全成も立って、九郎に並んだ。

「四天王はどうした? 飲み過ぎて伸びておるか」

笑う兄に、何の何の、と九郎は手を振った。

「郎党を引き連れて、朝早うから京見物に出かけました」

「ほう、元気だな」

「かわいそうなのは案内役に駆り出された鎌田の兄弟。それでもさすがは盛政、さっそく案内の道順を練っておりましたが、光政など、起きておるのか寝ておるのか、目が定まっておりませんでしたかな」

「それはまことに気の毒な。あはははは」

広間には、九郎と全成のふたりきりであった。郎党も警固のために時折庭の片隅に現れるだけで、部屋へはやって来ない。兄弟水入らずの時をつくろうとしてくれているらしかった。

考えてみれば、この兄とまったくふたりきりになるのははじめてかもしれない、と九郎は思った。だが、そのような気がしない。物心ついた時には兄は醍醐寺へ上がっていて、年に数えるほどしか会えなかったのだが、会えばそれこそ寝る間も惜しんで父義朝や兄の義平、朝長の在りし日の姿を熱く語ってくれたことが、この兄をして常に我がそばにあるように思わせるのであろう。

「おじさまは宴の席で、圓成の兄上が寺の大衆を密かに纏めはじめていると仰せでしたね」

「うむ、かなり忙しく動いておるようだ。寺社で一番恃みとなるのは、やはり三井寺だからな」

九郎のすぐ上の兄圓成は園城寺に上がった。仕えたのは後白河院の皇子八條宮圓惠法親王であるが、純粋に僧侶となったのではなく、身分は坊官《ぼうかん》であった。坊官とは門跡家における家司《けいし》で、僧衣は纏っているが帯刀し、所帯も持てる。

九郎がこちらの兄と会える時間は、さらに少なかった。だが母の侍女菖蒲から、圓成の顔立やしぐさは父によく似ていると聞いてより、この兄の面影を脳裏に思い浮かべない日はない。

幼い頃、全成よりよほど手荒くかわいがってくれたことや、秋の夕暮れ、廂の柱にもたれて飽かず庭を眺めていた端正な横顔や、また奥州へ下る途中で園城寺に立ち寄った折には烏帽子姿の弟を満足げに眺め、何も言わずにがっちりと肩を摑んで大きくうなずいてくれたことも、その時の優しくも強い笑顔と深く澄んだ瞳の色も、父もこうしてくれたであろう、父もこのように笑ったに違いない、とめったに会えない兄が見せる振る舞いや表情のひとつひとつを、九郎は記憶にない亡き父の像に貼りつけておのが心の支えとしている。会える時間は少なくとも、圓成は全成と変わらぬ存在感で、九郎の内にあったのだった。

「圓成が妻を迎えたことは、そなた知っておろう」

遣り水のあたりを見やりながら、全成が問うた。

「はい、近江の愛智郡司《えちぐんじ》慶範殿の娘御とか」

「愛智は我らが祖父《おおじ》御《ご》爲義殿の従者《ずさ》であったそうだ。そなたは佐藤家と結んで奥州で勢を築きおるが、圓成もまた、独自の勢を尾張で築こうとしておるのだ。自慢の弟らよ」

九郎を振り向いて、全成は自嘲の笑みを見せた。

「我ひとり、後れを取っておるな。そなたらに偉そうに言うばかりで情けない」

「いえ、兄上が禅師として立派にお勤めくださっているからこそ、世間の我らを見る目もゆるうなるというもの。感謝しております」

「嬉しいことを言う」

全成は細めた目をそのまま空へ向けた。

「昼過ぎには母上が来られるらしいな。継父《ちち》上や弟らも一緒だそうだ」

「まことですか」

「うむ。先ほど一条の家から来た使いの者が、ここの郎党にそう告げておるのを聞いた」

「楽しみだなあ」

母はもとより、継父が弟妹《きょうだい》を伴って会いに来てくれるとは、何と幸せなことだろう。

弟は四歳下のあの松若だ。元服した今は能成《よしなり》と名乗っている。

妹の千草《ちぐさ》は今年十五歳になる。九郎が奥州へ発つ時には九歳だった。それから二年半後に再会した時は、見た目のあどけなさはまだそのままであったが、しぐさや物言いが驚くほど大人びて、また母に似て、女の子はこう変わってゆくのか、と九郎は感心したものだ。

（四、五日ゆっくりしてから奥州へ戻ろう）

九郎は思った。

（次に会えるのはいつのことやらわからぬ）

頼政の言うように、兄弟妹に会える時にしっかり会って、母が育て上げてくれた絆をより深めておきたかった。

――次に会えるのはいつのことやらわからぬ。

九郎がそう思うのは、実のところ、今度の計略が思いどおりにすんなり運ぶのか、と昨夜頼政邸にあった時から懸念しているからであった。一瞬であったとはいえ、競の翳る瞳を見てしまったことで、宴の間中あれこれと考えを巡らせていたのだ。

いくさは長引かせるものではないし、それは頼政もよくわかっている。東国の兵が揃うまでは、謀反の気配を殺しに殺して、京周辺での陽動作戦開始と同時に後白河院奪還を決める手筈だ。だがそれまでに三月《みつき》が必要という。

九郎は横に立つ全成を見た。

全成は、ぷっくり膨らんだ莟を連ねる桜の枝を、眩しげに見上げている。

九郎はしばし黙ってその横顔に見入った。

この兄も美しい。圓成よりつくりはいくらか柔らかだが、少し弓なりになった鼻梁の線は父にそっくりだと聞いている。

父なら、この計略をどう見るであろう。そう思いながら九郎は、兄上、とよびかけた。

「ん？」

「兄上は、こと成る、とお思いですか」

む、と唸って、全成はしばらく宙を睨んでいたが、「わからぬな」と苦笑した。

「九郎はどう思う？　そなた、京に残っておじさまと共に戦うつもりであったからには、成る、と読んだのであろう？」

「ええ、はじめは」

「今は違うのか」

「成るか成らぬか、わかりませぬ。ただ、相国殿は一両日あれば数千騎を調えられる。引き替え、おじさまはせいぜい三百。それも近江の応援を得て、の話です」

「うむ」

「おじさまは宣旨が諸国を廻るにひと月、挙兵準備や軍が上洛するのにもそれぞれひと月かかると言われましたが、東国の武士は日来臨戦の体制を取っておりますから、準備と上洛合わせても半月かからぬでしょう。そして互いに作戦を確かめるに半月。あとは宣旨ですが、兄上、これにはやはりひと月要しましょうか」

「出来得る限り多くの輩に伝え、しかも漏れてはならぬとなれば……ひと月で済めばよいほうではないのか」

「もう少し早くならぬものでしょうか。秘事は伝える先が増すほどに漏れやすくなるものなれば」

「同感だが、まあ、仕方なかろう。ふた月、三月《みつき》かかっても漏れなければよいのだ」

「それはそうですが……で、おじさまは使者に新宮十郎殿をお考えということでしたね。このお方は、確かなお人でしょうか」

「うむ、我らが父上の弟君であるうえ、父上亡きあとはおじさまの扶助を受けておいでだ。熊野にお住まいなのがちと気にかかるが……熊野は平治で平氏に与しおったからな。だが十郎殿のこともあって、おじさまは裏でかなり工作なされているというから、案ずることはないであろう。それより」

全成は腕を組んで眉を顰《しか》めた。

「寺（園城寺）だな」

「そうでしょうか。寺は法皇の幽閉にもっとも憤っておりましょうぞ」

「寺が心ひとつであればよいが、内部の地位争いは激しいからな。上位の者を引き摺り下ろせる好機と見れば、寺存亡の危機であろうと協力せぬ。そういうふとどき者がおるのも事実」

「なればこたび、宣旨が下されることを大衆に知らせねばよいではありませぬか。詳細は秘し、法皇奪還とのみ伝えて蜂起を促せばよい」

「恐らくそうなろう」

「であるならば、寺で宣旨を受け取るのはあの日胤《にちいん》でありましょうから、ここから漏れるとはまず思えませぬが」

「いや、地位転覆を狙う輩には、宣旨など必要ない」

――三井寺は法皇奪還を企てている。

そうと世にわからしめるだけで寺は詮索され、上層部は打撃を受ける。張本《ちょうぼん》が日胤と知れるに時はかからぬぞ、と全成は口を歪めた。

律上坊《りつじょうぼう》日胤は、義朝の麾下にあった千葉常胤《ちばつねたね》の子息である。

義朝や伊豆を知行する頼政と関係を持った東国武士の多くは、主の中央における昇任を恃みに京に進出、主を通して、あるいは独自に、王家や有力公家に伺候《しこう》していたが、常胤もそうしたひとりであった。

常胤は、義朝が斃れたあとも京での活動を継続し、徳大寺家や、同じく在京する東国武士たち、また京武者などに人脈を拡げていった。その常胤が、鳥羽・美福両院の許で順調な昇進を重ねる頼政に接近するのは至極当然のことで、常胤は頼政の仲介により所領を鳥羽院に寄進、それが八條院に譲られたことで、下総国千葉荘は八條院領となっている。

「恐らく日胤は、大衆を誘導する僧らにも宣旨の詳細は明かさぬであろうが、高倉宮（以仁王）の御《おん》名《な》が暴かれる恐れは十分にある。だがそれのみで済むなら、我らが蜂起し得る望みは残る」

王家の者を斬罪には出来ない。畿外に配流となるだけである。ならば、配所へ赴く日をのらりくらりと延ばしながら、兵が調うのを待てばよいのだ。

「ただ、平氏がすぐにでも宮のお身柄を拘束するとなれば厳しいことになろうな。そなたの言うとおり、平氏軍を前におじさまの軍勢はないに等しい。東国の兵が間に合わぬとなれば恃むは悪僧だが、そなたもわかっておろう、寺の連中では平氏に勝てぬ。信實殿や玄實殿ほどの者らであれば勝算も見えてこようが」

「ああ、あの保元の折、兄弟率いる千騎が一日早く上洛しておれば崇徳院方は勝利していたやも知れぬという、あの興福寺の、ですか」

「左様。山（延暦寺）もどうかな、如何せん、平氏との結びが強いからなあ。相国殿の嚴島優遇に不満を見せておっても、金を積まれ、法皇と平氏のいずれを取るやと迫られれば、たちまちに靡くは明らか。つまるところ、南都のみが頼りということだ。そう思わぬか」

「仰せのとおりだと思います」

九郎はうなずき、「ところで寺の日胤ですが」と言葉を継いだ。

「頼朝の兄上と連絡を取っているとか」

「うむ、そうらしい。弟の胤頼《たねより》と共に、三位入道（頼政）殿と兄上の仲介をしておるようだ」

常胤の六男である胤頼は、圓成と同年の生まれである。若いうちから上洛し、頼政配下の渡邊党に属する遠藤持遠《えんどうもちとお》と知り合い、彼の推挙で上西門院武者所の武士となった。さらに持遠の娘を妻に迎えたが、妻の兄が俗名遠藤盛遠《もりとお》あの怪僧文覺《もんがく》であり、胤頼はこの義兄と師壇となっている。

「それに下河邊《しもこうべ》行平《ゆきひら》も、三位入道殿の意を受けて、兄上と連絡を密にしておるようだ」

下河邊氏は秀郷流藤原氏の流れを汲み、行平の父小山行義《おやまゆきよし》が、下総国下河辺荘を本拠としたことにはじまる。行義と頼政との誼《よしみ》は、頼政の父仲政が下総守に補せられ下向するのに、頼政もつき従って来た時に結ばれた。そののち、行義は頼政と主従の関係となり、常胤同様、所領を鳥羽院に寄進し、下河辺荘も八條院領となっている。

「確かそなたと歳は変わらぬ筈だが、行平殿はそなたの弟弟子《おとうとでし》になる。そなたが奥州へ下るのと入れ違いに上洛し、競殿の許で弓箭の技を磨いた男でな。かなりの腕前と聞いた」

「ほう、それは是非、競殿の前で競うてみたいものですな」

「ははは。相変わらず戯言《ざれごと》が好きだな、そなたは。ま、行平とは近いうちに嫌でも顔を合わせることになろうて」

全成は目を再び桜の枝に向けた。

「頼朝の兄上は、恐らくこたびの蜂起をすでに知らされておいでであろう。だが、周りを親平氏の奴らに囲まれていられるからな。実際に宣旨が届かぬ限り、岳父北條時政殿を説得するのも難しかろうよ」

「いちはやく蜂起を知りながら動けぬとは、兄上も情けなくお思いでしょうな。我にはとても耐えられぬ」

九郎が顔を顰めた時、郎党が庭を駆けて来て、片膝を突いた。

「御方の御到着にございます」

「おう、御苦労」

言うや、九郎は大股で歩き出した。

「おい、待て」

兄の声が九郎を追う。

「九郎が出迎えて参ります」

「我もゆく。そなたのみの母上と思うたら大間違いぞ」

全成は皓い歯を見せた。

もう、競争だ。いつしか大股は早歩きに、そして小走りになっている。

互いのゆく手を妨害しながら、互いに目を見合わせて兄弟は笑った。

(ああ、兄上も母上を恋しく思っておいでなのだ)

当たり前のことに納得しながら、九郎はなぜか胸がいっぱいになった。

何も考えずに、大好きなあの笑顔に包まれたい。兄もそう思っているであろう。母に会う、とはそういうことなのだ。

これから奥州に戻ってなさねばならぬことも、いや、蜂起そのものも忘れて、九郎も今はただただ、母の懐に戻りたかった。

二

翌月、高倉院と安徳帝が安芸嚴島参詣から帰洛したその日に、高倉宮以仁王は宣旨を下した。
下す　東海東山北陸三道諸国の源氏並びに群兵等の所

應《まさ》に早く清盛法師並びに従類叛逆の輩を追討すべき事

右　前の伊豆守正五位下源朝臣仲綱宣す、……吾は一院（後白河）第二皇子として、天武天皇の舊（旧）儀を尋ね、王位を推取《おしと》るの輩を追討し、上宮太子の古跡を訪ねて、仏法破滅の類を打ち亡ぼさんとす。……然らば則ち源家の人、藤氏の人、兼ねては三道諸国の間、勇士に堪うる者は、同じく與力《よりき》追討せしめよ、……諸国宜しく承知し、宣に依って之を行え。

治承四年四月九日　　　　　　　　前の伊豆守正五位下源の朝臣

ところでこの命令書、高倉宮以仁王が出したものであるから「令旨」と判断されたか、『平家物語』の作者が物語にそう書いたことで、後世「以仁王の令旨」として知られることになる。

この「以仁王の令旨」は、宮のお言葉を受けて宣す者と、宣旨を書いた者が同一人物であるなど、確かに正式な官宣旨の文書とは異なる点があるのは否めない。だが、元服さえ密かに行わねばならなかった境遇の以仁王である。官僚組織との係わりも持ってはおらず、官宣旨を出せる状況にないとなれば、文書形式が異例のものとなるのは致し方なかったであろう。にも拘わらず、発給しやすい令旨の形式ではなく、あくまで公文書たる官宣旨に似せて下された命令書と知れば、以仁王自身や、王を取り巻く人たちの悲壮な決意に胸打たれる。

さて、宣旨を伝達する役目を担ったのは、かねてより決められていた新宮十郎義盛。この役目のために八條院蔵人という肩書きを与えられた義盛は、名を行家《ゆきいえ》と改めて、鼻息荒く京をあとにした。

この行家が伊豆の頼朝を訪れ、さらに北陸を目指していた翌五月はじめ――。

全成が懸念したとおり、策は園城寺から漏れた。後白河院の身柄奪還計画が進んでいることを記した落書が寺内で見つかったのである。

それからは、何もかもがあっという間であった。

すぐさま張本と疑われた僧が逮捕されたが、それは日胤ではなく身代わりの僧であった。

僧は拷問の苦しさから以仁王の名を口にしたが、頼政の名はついに出なかった。これも全成が見通していたことだが、万一を慮《おもんぱか》った日胤が、宣旨の詳細な内容はおろか、宣旨を諸国に廻らせていることすらも悪僧らには伏せていたからであった。

急報を受けて上洛した清盛は、後白河院を幽閉先の鳥羽殿から京に戻すことにした。

――これ以上ことが面倒になっては困る。

園城寺のみならず、この際、王家の嚴島参詣に憤る延暦寺を宥めるにもそうするのが最善であった。ただし、幽閉を解くだけで院政再開を許すものではない。

以仁王については、身柄拘束のうえ配流するよう命じた。ただ父院を救いたいというたわいない抵抗であろうが、うしろに八條院があるとなれば、寛大に処するわけにはゆかなかった。

――何人たりとも、武家平氏の手を逃れ得ぬ。

頼政が嚙んでいるとは露知らず、清盛はそれ以上の対策を講じることなく、京に滞在わずか二日で福原へ戻っていった。

棟梁が疑わないものを誰が疑おう。

十五日の夜、平氏が以仁王の住まう三条高倉御所へ向かわせた検非違使の一団のなかに、頼政の猶子兼綱が含まれていたのである。

直前に報せを受けた頼政は、以仁王を園城寺へと逃れさせた。が、隠し果《おお》せはしない。二十一日、ついには寺への武力行使が決定してしまった。

決行は二日後。向かうは宗盛を総大将に十人の武将、そのなかで平氏でないのはただひとり、それは何と頼政であった。

八條院を通じて以仁王とも近しいと見られている頼政、王に投降を説得することを期待されて選ばれたのは明らかであった。王を逃がしたこの我を、と苦笑したが、それは未だ平氏は我に微塵の疑いも抱いていない証でもある、と頼政は気を入れ直した。

決行にあたっては、恐らく数十騎を引き連れての参集を求められよう。その前に――と、この夜半、頼政は以仁王に寄り添うことに決め、近衛河原の屋敷に火をかけたのち、子息たちを伴って園城寺へ走った。

以仁王あってこそ平氏打倒の大儀が立つ。

頼政にしてみれば、以仁王の身柄を護ることが第一であった。

あとは恃みの園城寺がどこまで持ち堪えられるか。

「仏敵を共に滅ぼさん」

宣旨を下すに当たり、延暦寺と興福寺に牒状《ちょうじょう》を送ったところ、興福寺からは「清盛は平氏の糟糠《そうこう》、武家の塵芥《じんかい》なり」と熱い返牒が届いたが、延暦寺からの返答はなかった。皆は憤ったが、

「平氏から二万石もの米や六千着分の織延絹《おりのべきぬ》が贈られたらしい」

と聞けば、むべなるかな、と嗤うしかない。

ただ、延暦寺も必ずや拳を突き上げるものと信じて疑わなかった園城寺には、少なからず動揺が拡がっていた。

「宮を平氏に引き渡したほうがよいのではないか」

当時京にあった以仁王の異腹の弟八條宮圓恵法親王も、ことを穏便に済ませようとしたか、王が確かに園城寺にいることを平氏方に伝えてしまう始末である。

が、そうはさせじ、と日胤が踏ん張った。

平氏の武者がやって来た時には、「宮は京へお帰り遊ばした」と嘘をつき、八條宮が寄こした文官の使者には、甲冑を着けた悪僧たちを立ち向かわせて追い散らし、以仁王支持の態度を鮮明にして寺内部の引き締めを図った。

以仁王もこれに応え、

「衆徒たとい我を放すといえども、此地において命を終《お》うべし、更に人手に入るべからず」

と意気衰えることなく剛に言い放ち、日胤たちを感嘆させた。

そして迎えた二十三日。

園城寺攻め当日になっても、平氏に動きはなかった。

園城寺には頼政がある。南都の大衆は今日明日にも攻め上らんとし、延暦寺では懐柔工作にもかかわらず三百人もの大衆が以仁王に与同するとの消息がある。それらの動向を見極め兼ねたらしかった。

ならば、とその夜、頼政たちは密かに京へ向かった。六波羅に夜襲をかけるためである。

頼政率いる搦手が、六波羅の背後に火を放って平氏の軍勢を引きつける間に、仲綱を大将とする大手が六波羅の真正面から討ち入り、宗盛の首を挙げる――頼政の作戦は、だがあと少しのところで失敗に終わった。

ひとつに纏まりきれなかった園城寺が、夜襲を決する僉議《せんぎ》を長引かせてしまったからだ。

大手は山科から粟田口へ抜ける松阪まで迫っていたが、ここで夜明けを迎えてしまい、夜襲にならなくなってしまった。六波羅まであとわずか四里（二・四キロメートル）ほどであった。

やむなく引き返すことになった頼政は、数人の郎党を京に潜ませ、その夜も更けてから左京吉田山南部の地に自らが建てた菩提寿院堂を焼かせた。

勝つまで京に戻らぬ決意を示すものであり、また六波羅より北に火を放つことで、南に向けてのみ警戒する平氏を嘲笑したくもあったのだが、何より京では、園城寺へ向かったのを、咎を受けるのを恐れて逃げ去ったか、と噂されているらしいことが腹立たしかった。

そのような噂をそのままにしておけば、今まさに起たんとしている諸国の源氏の士気が下がる。頼政としては、あくまで攻めの姿勢を示しておく必要があった。

翌二十五日、態度の定まらない延暦寺に業を煮やした平氏は、天台座主明雲を山に登らせ、大衆《だいしゅ》の説得に当たらせた。

結果、過半の者が座主の意を承諾。これを聞き、山門の応援は得られずと判断したと頼政は、その真夜中、以仁王と共に南都へ向けて発った。


夜が明け、一行が宇治平等院に足を休めて、朝食《あさけ》をしたためている時であった。

川向こうに、馬蹄の響きが轟き、鯨波《げいは》がうねった。

「何奴？」

箸を投げ捨て、北の門の外へ走り出た頼政たちの目に映ったのは、嫌というほど赤旗をおっ立てた、ゆうに三百を数える騎馬であった。

そのうち十数騎は、すでに川を渡りはじめている。橋板は取り外しておいたのだが、このところ雨はほとんど降っておらず、水流はゆるやかであった。

頼政は競たちに防ぎ矢を射かけるよう命じると、以仁王の許へ取って返した。

「敵軍は、はや宇治川に打ち入っております。我らが時を稼ぎます間、宮におかれましては、一刻も早う南都へお逃げ遊ばされますよう」

「汝は来ぬのか」

父院に似ず、線の細い整った顔は色を失っている。

不憫《ふびん》であった。

八條院と閑院流に、勢力挽回の切り札として担がれた宮。

親王宣下もされず、ひっそりと隠れ住むように日々を過ごして来た不遇の皇子。

宮を立てて情勢を覆すことは出来ぬか、と女院から相談を受けた時、我が源氏再興のためには最高の象徴よ、と喜んだのは事実である。だが、この不遇の皇子が、亡き師から譲られた常興寺とその荘園を奪われて、清盛に一矢報いんとの意志を明らかにし、おのれの来援を心待ちにしていると聞いて、是非ともこの手で王位に即《つ》けて差しあげたい、と強く思ったのも事実であった。

「宮にはお先に南都へおいでいただくまで。我らもすぐに参ります」

「まことであろうな」

はい、と頼政はにっこり笑って見せた。

「では必ず、必ず南都で会おうぞ」

こみ上げてくるものがあった。頼政は平伏して、ぐっ、とそれを怺《こら》えると、まるで歌合の座にでも誘《いざな》うような穏やかさで、お急ぎなさいませ、と促した。

「必ず宮をお逃がせ申し上げよ！」

命を受けた日胤や八條院判官代足利義清たちが以仁王を護って姿を消すのを見届けると、頼政は再び北の門へ走った。

先ほど川に打ち入っていた十数騎は、すでにそのほとんどが競、省《はぶく》やその子授《さずく》、唱《となう》たち渡邊党の強弓に射抜かれ、呻《うめ》き悶《もだ》えながら流されていたが、それにつづく軍兵は、浅瀬を探して、また深みを馬筏《うまいかだ》を組んで、射ても射ても押し渡ってくる。

「むう！」

頼政は唇を嚙み破った。

こちら、嫡子の伊豆守仲綱、弟の子で猶子の大夫判官兼綱、義賢の遺児八條院蔵人仲家とその子の元九條院判官代仲光、そして渡邊党の面面など、ひとりひとりが一騎当千といわれる者なれども、その数五十余り。

片や平氏方も劣らず強者《つわもの》揃いで、しかもこちらに数倍する人数でこのように川を渡られてしまっては、勝敗はもうついたも同然であった。

平氏第一の家人、伊藤一族の顔が見えた。常磐の警護を請け負っていた景綱《かげつな》の、嫡子上総守忠清やその子の大夫判官忠綱、また飛彈守景家にその嫡子大夫判官景高……。つい五日前までは、にこやかに挨拶を交わしていた男たちだ。

うわぁ、と上がる喚声に、昂奮した馬の嘶きが混じる。風を切って矢がうねり、胴を射られた体が吹っ飛び、組み敷かれて首を掻かれる者の断末魔の叫びが耳を劈《つんざ》いた。

両軍の兵の流す血潮は、見る見るうちに宇治の河原を赤く染めた。太刀が太刀と、あるいは兜と擦れて焼けた鉄の匂いが散り、それに被《かぶ》さるように血臭が漂った。

やがて敵軍は平等院内へ、じわり、と入りはじめた。

頼政方の武士は、ここが最後とすでに覚悟している。生を乞うつもりは毛頭なかった。

——弓矢取る身は名こそ惜しう候。

名に恥じぬ戦いをして終わりたい男たちはどれもが鬼の形相で、近づく敵を薙ぎ倒し、また一本の徒矢も出さない。

仲綱たちの戦いぶりに目を細め、満足げにうなずいた頼政も、名人と謳《うた》われた弓の腕を存分に見せつけたが、齢七十七の老体はついに敵の矢を膝に受け、堂の陰へと退いた。

「入道逃がすな！」

どっ、と敵軍が駆け寄る。

「そうはさせぬ！」

立ちはだかったのは兼綱。紺地の錦の直垂《ひたたれ》に唐綾威《からあやおどし》の鎧を纏い、長刀を突き立て大音声を上げた。

「清和天皇八代後胤、源頼行が次男、源三位入道頼政が猶子、大夫判官兼綱が相手ぞ。新院の意を受くと雖も、臣下たる者が宮に弓引くは、如何に恐れ多きことかを思い知れ。今を遡《さかのぼ》ること百五十年、かの大江山の酒呑童子《しゅてんどうじ》を征伐した頼光より受け継ぎし手並み、とくと見るがよい！」

近年流行らぬ長口上も、少しでも時を稼ぎ、父を生かしたい子心である。

仲綱や仲家、省たちも一緒になって、頼政を逃さん、と引き返し引き返し戦った。

その働きは、八幡太郎もかくや、と思われるばかり、平氏方も死傷者の山を築かざるを得ない。

剛《ごう》の者は剛の者を知る、という。

伊藤一族をはじめとする敵将の目に賛嘆の色がありありと浮かび来るのが、兼綱たちには小気味よかった。

（ようやった）

それぞれが目の端に捉える味方の顔からは、すでに憤怒の情は消え、皆同じ思いでいることがわかる。

「兼綱！」

振り向いた兼綱の目に、太刀を杖《つえ》にした兄仲綱の姿が映った。あちらこちらに深手を負うているのであろう。体が大きく揺れている。

「さらばだ、兼綱。先に死出の山で待つぞ」

にこ、と仲綱は笑った。顔は血で真っ赤に染めていたが、歯はきれいに皓かった。

「おう兄上、共に越えゆきましょうぞ。兼綱もすぐに参ります」

うなずいた仲綱が、体を引きずって阿弥陀堂の奥へ消えて間もなく、兼綱は伊藤忠清に内兜を射られて倒れた。その体に、勇将の首を我が手で挙げん、と先を争ってのしかかった者は十数人を数えた。

先に退いた仲綱は釣殿で自害、仲家たちも相次いで討たれてしまった。


そして競は――――。

阿弥陀堂の前でまだ頑張っていた。というより、生かされていた。

「競は生け捕りにせよ」

との命令が、宗盛から出ていたからである。

競に対しているのは、遅れてやって来た清盛五男、頭《とう》の中将重衡《しげひら》の軍であった。すでに矢を射尽くしてしまった競をぐるりと取り囲んだはよいが、動きを封じようにも致命傷を負わせるわけにはゆかず、激しく太刀を振るうその男に矢は向けられない。

「生け捕って恥をかかすつもりか。そうはゆかぬわ！」

敵が手を出さないのをよいことに、競はさんざん斬り込み、暴れまくった。

ただいくら主の命令とて、阿修羅の如く襲い来る競に、ささ、お斬りくださいと背を向けるほど平氏の軍兵はお人よしではない。

太刀を打ち合い、絡め合いしているうちに、競の鎧に隙が生じ、あちらこちらから血が流れ落ちはじめた。

「殺してはならぬぞ！　殺してはならぬぞ！」

重衡が声を枯らして喚くが、命が懸かっている平氏の軍兵に手加減する余裕はない。

競の足がふらつきだした。

すわっ、捕らえろ、と軍兵が輪を縮める。

「かぁ―――っ！」

競の大音声が一喝、軍兵は一斉に元の位置に飛び退《すさ》った。

と、競はどっかと腰を下ろした。

「あ、いかぬ！　お止めしろ！」

「腹を切られたぞ！」

飛びつく軍兵を掻き分け、重衡が競を抱え起こした時には、その人はもう虫の息であった。

「競殿」

重衡はその耳許によびかけた。

「競殿！」

改めてよびかけると、競は薄く目を開けた。微かに口が動く。

「何だ？　……誰だ？」

問いかける重衡のほうを向いてはいるものの、競はそこに別の人を見ているようであった。そしてわずかに笑みを浮かべると、また目を閉じた。

「競殿。今一度、競殿……競殿っ！」

声の限りによびかけるが、穏やかに閉じられた瞼は開かない。

胸をどっと墨色に塗り込められて、重衡は顔を上げた。

軍兵が、押し合いへし合いしてふたりを覗き込んでいる。

「何を見ておる」

重衡は彼らを睨みまわした。

たとえ敵であろうと、のちの世に長く名を残すであろう一騎当千の武将が、その死にゆくさまを無遠慮に眺められていることが、どうにも我慢ならなかった。

「退《さが》りおれ！」

軍兵は一間ほど退《ひ》いた。そして誰もが、彼らの主《あるじ》の頰を光るものが伝うのを見、水を打ったように静かになった。

激情が去って、重衡は手ずから、競の大童《おおわらわ》になっていた髪を結ってやった。そして顔をきれいに拭《ぬぐ》ってやった時、その顔に当たっていた日の光がふうっと弱まった。

見上げると、先ほどまで地上の地獄絵など知らぬかのように晴れ渡っていた空に、湿り気を含んだ薄雲が広がりはじめていた。

三

夕刻、平氏軍は京へ凱旋した。

軍兵は頼政一族の首を東の獄に晒したが、血と砂埃に塗《まみ》れた一団の街を揺るがすような雄たけびに、物好きな京雀たちですら、ほとんどが家々の戸を堅く閉ざして息を潜めるほどであった。

ほどなく、六波羅では祝勝の宴がはじまった。

酒が入って、男たちの昂奮は静まることを知らない。手柄話に熱が入り、夜更けてますます喧《かまびす》しくなっている。

「前大将《さきのたいしょう》（宗盛）殿がおよびです」

そう郎党に告げられた重衡は、はっ、と首を廻らせた。

つい先ほどまで、上座で杯を重ねていたその姿がない。いや宗盛ばかりでなく、父清盛と兄知盛も、いつの間にか座を立っていた。

（今宵でなくともよかろうに）

重衡には、よび出しを食らう理由がわかっていた。

ひとつは高倉院に偽りの報告をしたことだ。

戦況は昼過ぎから京へ伝えられていたが、未《ひつじ》の刻（午後二時頃）に帰洛した重衡は、甥の維盛とふたりで高倉院の御所へ参上、いくさの詳細を報告したのであった。

――昨夜、頼政らが南都へ逃亡との告げを得、ただちに忠清等をして追わせたのち、本隊の軍を分けて遣わすべき由を定め、前大将は奏上に、我らは即宇治へと駆けつけて一坂《いちのさか》に至ったところ、すでに敵の首多数あり、よって相共に帰り来った次第――。

つまり、我らは戦わなかった、と言ったのである。

また、頼政の首は本物ではなかった。

平等院の庭にも堂内にも自害した遺体が複数あり、そのうちの一体が頼政であることは、鎧や直垂から確認された。だがそれには首がなかった。

大体、首を晒されることほど辛く嫌なことはない。家人にとってもそれは同じで、主を護りきれなかったおのれの恥ともなる。よって時代を問わず、名のある者ほど、屢《しばしば》その首はゆくえ知れずとなる。首を胴から離す暇のない時には、顔を傷つけて、誰であるかわからないようにした。

頼政の首は、探索がはじまってまもなく、渡邊唱が宇治川へ沈めてしまったことが判明した。首なし、では格好がつかない。頼政の死んだことは確かなれば、と似た入道首を持ち帰ったというわけだ。

だがそれより何より、宗盛がもっとも責めたいのは、競のことに決まっていた。競を生け捕れという厳命は全軍に伝えられていたから、その死はいち早く宗盛に知らされたに違いなかった。

そして重衡の軍が競を囲んでいたことは、多くの者が見ている。我が如何なる行動を取ったか、逐一報告した者もひとりやふたりではあるまい、と重衡は苦笑した。

「一坂で敵首を認めて引き返しました、と、まあようもぬけぬけと新院に申し上げたらしいな。戦場にありながら、さしたる功を上げられなかったを恥じてのことか」

重衡が部屋に入るや否や、宗盛は嫌味を言った。

それには答えず、重衡はまず奥で脇息に体を預けている清盛に一礼してから、薄浅葱色《うすあさぎいろ》の袖をゆるやかに翻して兄に向き合った。

「我らが宇治に着いた時、戦いは終局に入っておりました。加勢するまでもありませぬ。ほとんど何もしておらぬのも、敵首が多く挙がっておったのも事実ゆえ、そのままを申し上げたまで」

「ほう。だが平等院に入ったのは確かであろう？　そのように聞いておるぞ」

「はい」

「ならばなぜ、頼政の首を捜しきらぬのに帰った」

「川底へ沈めたと言われれば、どうしようもありませぬ。数人を潜らせはしましたが……」

「数人で見つからぬなら、数十人潜らせればよかろう」

宗盛が無茶を言う。

(競を死なせたのがよほど腹に据え兼ねると見える)

だからといって、頼政の首のことでこのように当たられる筋合いはない。

重衡は黙った。

「東の獄に架かった首は頼政にあらぬこと、明朝には露顕しよう。どう責任を取る」

重衡が何も言わないのを、答えに窮したと思ったか、宗盛は大げさにため息をついて舌を鳴らした。

「頼政とは旧知の仲の我らぞ。偽首を頼政と言い張れるか！」

「言い張ればよいではないか」

「父上！」

振り返った宗盛を、清盛は、遠く浮かぶ島影を眺めるかのような目で見据えた。

「たとえ公家連中が騒いだとて一時のことだ。我らが強面に言って出れば、連中は口を噤《つぐ》みおるわ。首を川に沈めた唱入道は忠綱が斬ったと言ったな？　ならばよい。今ある首が頼政、そう言い切ればよいのだ。それにもし、重衡らが戦うておったとなれば、敵の大将の自害を許したうえにその首を見失うた、と世間は嘲笑しよう。重衡らのみではない。一門にとっても不名誉なこの事実を伏せるには、重衡らは戦わなかったことにするのが一番よ。重衡は上皇に偽りを申し上げた。だがそれは正しい判断であった」

ぱっ、と顔色を明るくして、重衡は父に深く頭を下げた。

「父上がそう仰せになるなら、これらについては何も申し上げませぬが……だが重衡、もうひとつある」

（そら来た）

重衡はゆっくりと頭を起こし、兄の双眸におのれのそれをひたと当てた。

挑戦的な眼差しが気に障《さわ》ったか、宗盛は少し間抜けた感じのするたれ気味の眉を引き攣《つ》らせた。

「何が、ほとんど何もしておらぬ、だ。競とやり合うたことはわかっておるぞ」

「まこと亡くすに惜しい男でありました」

「それで？」

「はい、あれほどの勇将とやり合えたのは幸せにございました」

「それで、何ゆえ命に叛《そむ》いた？」

「……は？」

「競はひとりであったのであろうが。多数で囲みながらなぜ競を生け捕らなかったのか、と訊《き》いておるのだ！」

すっとぼけられて、宗盛は重衡に摑みかからんばかりに怒鳴った。

「殺すな、とあれほど言うたであろうが！」

「ああ、そのことですか。それは果たせず、残念にございました」

「おのれ、からかいおって！」

宗盛は身を乗り出した。

「遺体まで勝手に処したらしいな。今すぐここへ持って来い！」

重衡はむっつりと黙り込んだ。

「おい、何とか申せ！」

「仕方ありますまい」

今度は知盛が口を挟んだ。

知盛は清盛の四男、今は左兵衛督《さひょうえのかみ》を務めている。今回は、宗盛と共に京を出ようとしていた矢先に味方勝利の報を聞き、宇治へは向かわなかった。

兄と弟の険悪な空気を和ませようと、知盛は穏やかにつづけた。

「競ほどの者に死を覚悟して立ちまわられれば、兄上がゆかれても生け捕りには出来ませんでしたでしょう」

「何だと？」

「いえ、誰の手にも負えぬと申し上げたまで。しかも重衡にとって、こたびは初陣と言ってもよい。この知盛に免じて許してやってくださらぬか」

剥《む》れている重衡に視線を移した宗盛は、ふんっ、と鼻を鳴らした。

「そなたが斯くまで言うなら、許さぬことはない。だがその前に謝れ、重衡」

(誰が！)

せっかく間に入ってくれた知盛には悪いが、重衡は絶対に謝る気はなかった。

「別に許されずとも構いませぬぞ」

「何ぃ？」

「武士が生け捕られるは如何ほどの恥か、兄上はようわかっておいでの筈。それをおのれが騙《だま》されたからというて、競の如き勇将を生け捕って恥をかかせ、恨みを晴らさんと嬲《なぶ》り殺しになさるおつもりであったのでありましょうが。これは鄙《ひな》の武士の風上にも置けませぬぞ。競は兄上がお考えをとくと察し、死を選んだのだ！」

語気を荒らげ、重衡は宗盛の肥えてまるい顔をきっと見据えた。

今度は宗盛が黙った。

昼に広がった薄雲が、夜に入って雨を降らせていた。

庭に落ちる雨音の向こうに、大広間でつづく宴の喧騒が薄く漂っている。


四日前の二十一日――。

頼政が園城寺へ走ったその日、競は京に留まった。左京八条にある競の家は、宗盛の屋敷の向かいであったため、夜のことでもあり、出立の騒ぎを聞きつけられても困るとわざと動かなかったのだ。

競が残っていると聞いて、宗盛は驚いた。すぐによんで、なぜ供をしなかったのか、と問うた。

「万一のことがあれば真っ先に駆けつけ、主君に命を捧げようと日来思って参りましたが、こたびは如何したことかお声をかけていただけず、しかも突然の逐電とあってはお供のしようもありませぬ」

「ふむ。それでどうする？」

「未だそこまでは……」

「どうだ、身に仕えぬか。然るべき処遇を与えるぞ」

「ありがたきことにございます！」

感に耐えぬ様子を見せ、競は平伏した。

「相伝の誼《よしみ》を捨て去るは辛きことにございますが、すでに朝敵となった主に何じょう同心し得ましょうや。こちらで召し抱えていただけるならば、この競、前《さきの》大将のために犬馬の労も厭《いと》いませぬ」

宗盛は得意であった。

無論、宗盛には多くの臣下がいる。だがそのほとんどは父から引き継いだ者たちで、宗盛というより棟梁という肩書に伺候《しこう》しているものだ。頼盛や亡き重盛と同じように、おのれのみに向いてくれる者を持ちたかった。

天下に鳴り響く弓の腕前、長く滝口を務める忠義の士、都一との声もある美男。

(あの競が奉公を誓ってくれた)

そう思うだに胸が沸いた。

(これほどの武者を放すとは、頼政もついに朦朧《もうろく》したか)

老将をせせら嗤《わら》った宗盛の顔が青ざめるのに、だが三日とかからなかった。

上等の鞍をつけて与えた秘蔵の馬、煖廷《なんてい》と共に、いとしき男は姿を消してしまったのである。

煖廷だけが戻って来た。鬣《たてがみ》と尾が切られ、宗盛、と烙印が押されてあった。

「仕返しのつもりか」

つぶやくように宗盛は言った。怒鳴りたかったが、出来なかった。

宗盛は昔、仲綱がかわいがっていた馬を取り上げたことがある。木の下、という名の鹿毛《かげ》の駿馬であった。

馴《な》つけた馬は誰しも放したくない。貸している間に変な癖をつけられても困る。

木の下を見たいという宗盛の要求を、はじめ仲綱は断ったが、ひつこく言い寄られてついに馬を六波羅へ持っていった。それを宗盛は返さなかったうえ、仲綱、と烙印まで押して、仲綱を引き出せ、仲綱に鞭打て、とやったのである。

主が受けたこの屈辱を、競は忘れていなかったのだ。

競がおのれを欺《あざむ》いて頼政父子への忠誠を貫いたことに、宗盛は打ちのめされた。

(このような臣下が我にあるか……)

「必ず競を生け捕れ！」

何としても随身させたかった。たとえおのれのために働くことがなくとも、そばに置きたかった。

だがその異様な執着は、ふたりの経緯を知っている重衡に、兄は恨みを晴らすために競を生け捕りにしようとしたのだと思われたのも、また致し方なかった。

「────せっかく生きて帰らせても、結局は殺そうというのではありませぬか。某《それがし》は戦いの途中から、もし競を生け捕りに出来たなら、我が屋敷に匿《かくま》うつもりでありましたが」

重衡は形のよい眉を吊り上げた。

誰に似たのか、父母を同じくする兄弟姉妹のなかで、重衡だけが見目麗しかった。いつも朗らかで、殿中の女房たちを笑わせるのが好きな悪戯《いたずら》好きだが、笛や琵琶など楽器もよくして教養に溢れるこの男を、人は牡丹《ぼたん》に譬《たと》えた。

「いずれにせよ、兄上の手にかからせず自害させて正解でありましたな。競は何箇所も傷を負い、疲れ果て、よろめきながら死んでいったのですぞ。兄上のお望みどおりに！」

違う、と宗盛は弟の言葉尻に吐きつけた。

「殺す気など……殺す気などなかったわ」

「ほう。ならば如何なさるおつもりであった」

「こたびこそ、真《まこと》の家人としたかった────」

「わっはっはっは。父上、兄上、お聞きになったか。これはおかしい。あははは」

「何が……おかしい」

「競を家人にですと？　ははは。兄上がまことあの男を臣下に成せるとお思いとはな。これが嗤わずにおられるか。わははは」

宗盛は面に朱を刷いた。

「たった今、そなたも匿うと申したではないか。ならば、そなたは生かして如何するつもりであったのだ」

「競のゆきたいところへゆけばよい。助けて、平氏のために働け、など言うつもりは毛頭ありませぬ。競ほどの男が、我ら如きに仕えると思われますか。兄上は、父上から義平の話をお聞きではないのですか」

聞いておるわ、と食いしばった歯の間から、宗盛は掠《かす》れた声を漏らした。

重衡は、ふっ、と真顔に戻した。

「某《それがし》は義平に会ったことがない。だが父上からお聞きして、某なりに義平という武士《もののふ》像を作りあげておりました。その像に、生を乞うことなく太刀を振るう競はきれいに重なった。義平と競、その立場や流派は違えど、源氏存続に懸ける思いの深さ、二心《ふたごころ》持つをおのれに許せぬ潔さはまったく変わらぬ――これが源氏の血か、と恐ろしくもあり羨《うらや》ましくもありました。ともかく、我ら平氏とは違う。源氏の芸を継ぐ者共は、決して我らの思いどおりにはならぬ。兄上はまだおわかりにならないのですか。父上ほどのお方ですら、義平を手許に置けず仕舞いであられたのですぞ。まして兄上に競を置けようか。競が兄上の家人になど……」

「もう止せ、重衡」

知盛が遮った。

赤かった宗盛の面が、蒼くなっている。

だが重衡に得意の色はない。それどころか、泣き出しそうに顔を歪めて、兄を見詰めている。

「……ここは重衡の言うとおりだな」

沈黙する三人の顔を見まわしながら、清盛が言った。

「我が義平を欲しいと思うた時は齢四十二であった。宗盛、そなたはまだ三十四。いずれ棟梁となるに、よい武士を多く揃えたい思いはようわかる。競に目をつけたは、出来る男を見抜く力がそなたにあるという証《あかし》よ」

自信を持つがよい――そう父に励まされて、宗盛の頬がわずかにゆるんだ。

「ただし大事なことは、こののちも弟らの考えを真摯《しんし》に聞くという態度だ。忘れてはならぬぞ……そして知盛と重衡、そなたらは兄を支えることを第一に考えよ。ことに重衡は、今宵のように存分に兄に意見するがよい。だたし、知盛のおらぬところでは控えよ」

清盛は重衡にめくわせしながら、「よいな」と、うなずきかけた。

(ああ、さすがは父上)

弟らしからぬ物言いを咎《とが》められるかと覚悟していた重衡は、ほっ、と胸を撫で下ろした。

兄が憎くて強く言ったのではないのだ。父の後を継ぐ兄の考え方が、おのれより甘いことに危惧を抱いているのだ。しっかりしてくれ、兄上――おのれの思いを、父はわかってくれた。兄の前でおのれを認めてくれた。

(我らが支えずしてどうする)

重衡は宗盛に向かって、端正な顔を綻ばせて見せた。

それに応えて、宗盛も照れくさそうに眉を少し下げた。

四

大広間へ戻る宗盛たちが見えなくなるのを待って、清盛は屋敷のなかを西へ向かった。盟友頼政を死なせた清盛の足は重い。

さまざまなことを、もっとも心落ち着く場所で考えたかった。

飛彈守伊藤景家が手燭を掲げて先をゆく。景家は亡き父景綱に代わって、清盛の在京時には影の如く寄り添っている。

雨はしとどに降りつづき、湿りを帯びた簀子《すのこ》が素足を冷やした。

長らくこの簀子を踏んでいない、と清盛は思った。福原へ居を移してからはめったに帰洛しないうえ、帰っても西八条第の屋敷に入ることが多く、六波羅泉邸では大広間より西に来ることなどまずなかった。

通り過ぎる部屋はどれも静まり返っている。以前これらの部屋の主であった女性たちは、妻の時子に従って西八条第に移っていたから、この頃では釣灯籠《つりどうろう》に火が入れられることもなく、屋敷の西半分は闇に溶け込むようであった。

透廊《すいろう》に差しかかって、清盛は視線を足許から前方に転じた。

十間ほど先に、夕霞亭《せきかてい》がひっそり佇んでいる。

遣《や》り戸の隙間からは淡く明かりが零れていた。先だって、景家に命じて点《とも》させておいたものだ。

いとしい女《ひと》と敬愛する武将父子を感じることの出来る懐かしの間。

「頼政斃る」の報を受け、清盛はこの夕霞亭で、無性に彼らの声なき声を聞きたくなったのだ。

跪《ひざまず》く景家を透廊に残して、清盛は戸を引いた。

手前の部屋の几張《きちょう》の横に立てられた、高燈台の淡い火が揺れる。と、ふうっ、と清らかに涼しげな香が漂った。

(荷葉《かよう》、か)

蓮の花の香に通う、といわれる六種《むくさ》の薫物《たきもの》のひとつだ。

夕霞亭は普段から風が通され、蜘蛛《くも》の巣ひとつないように保たれていた。ただ、清掃を任された者以外入ることが許されていないため、どうしても、使われていない部屋の持つ独特の冷たさが身を刺す。

明かりを点しておくよう言われて、主が思索に耽《ふけ》るであろうと察した景家が、少しでも空気を和らげん、と気を利かせたのだろう。

(景家め、憎いはからいをしおる)

無骨な男がこのような香を手にするところを見ると、かなり上級の女房に通っているのであろう。隅に置けぬわ、と清盛は声を出さずに笑って、奥の部屋に入った。

調度品に揺らめく火影《ほかげ》が映る。

清盛は円座に座り、部屋を見まわした。

ここに常磐を迎えた時と、何も変わってはいなかった。毎日のように語り合ったあの頃と同じように、義平の腰刀が載っていた棚厨子《たなずし》があり、船岡邸の四季の花が活けられていた白い花壷があった。

清盛は小さなため息をついた。

(四日前か)

頼政が園城寺へ走ったと聞いた時、清盛は我が耳を疑った。

今という時に起《た》って得る利を、頼政が何と見たかが解《げ》せなかった。

（八條院の頼みを断り切れなかったか）

そう考えるのがもっとも無理がないように思われた。

平氏が政権を握って腹立たしいのは、どう考えても頼政より王家の者である。平氏覆滅を企てたのは以仁王や八條院。恐らく頼政は、彼らの足となることを強く求められたのだ。頼政は迷い悩んだ末、その忠誠心ゆえに以仁王を援けると決意した――そう考えれば納得出来ないことはない。

だがあの冷静沈着な頼政が、忠誠心のみで一族を破滅させるかもしれない戦いに突き進むとは、清盛にはどうしても考えられなかった。

（何ゆえ、今、なのだ。頼政）

幾度この問いを繰り返したかしれない。

（新しき国に向けて、常磐も頼政も力を貸してくれるのではなかったのか！）

声を作らぬ叫びは、体のなかを空しく駆け巡った。

――そうでないなら、そもそも常磐はなぜ、この身が後宮の職に就き、王家に近づけるよう奔走してくれたのだ。なぜ頼政は、常に一族上げて常磐を応援したのだ。

「是非、そうなさいませ」

福原へ居を移すと打ち明けた時、常磐はそう言って強く賛成してくれたではないか。義朝が朝廷を相対視し得たのは、直属する武士団を糾合する本拠が京から離れた地にあったからだ、と佳人は言った。そのうえで福原ゆきを勧めてくれたのは、この清盛に新しき国を創ることを任せるという意味ではなかったのか。

――なのに、なぜ頼政は起った。二十年に亘《わた》る頼政自身や一族の努力、そして常磐の思いまでも踏みにじることになるではないか。なぜそこまで王家に忠誠を尽さねばならぬ。実力なき朝廷に依らぬ世を創るのではなかったのか。それが王家の争いに巻き込まれてどうするのだ……。

輾転反側《てんてんはんそく》した清盛が上洛したのは、つい先刻のことである。

六波羅に着くや、愕然とする報告が待っていた。

以仁王が宣旨らしきものを諸国にばら撒《ま》いたらしい、というのだ。仲綱の名で以て下されたそれは、諸国の源氏や藤原氏に起ち上がるよう促しているらしい。

(頼政はまことやる気であった……)

八條院や閑院流に要請されたのも事実であろう。だが頼政が起った真の理由は、やはり、頼政自身の意志にあったのだ。

(やはり、か)

やはり?

そう、この数日、実はそうではないかという思いが、幾度となく胸をよぎっていた。だがそのたび即座に、清盛はその思いを打ち消した。

怖かった。

頼政自ら起ったというのが事実なら、なぜ、と問いつづけた疑問はきれいに解けてしまう。頼政が一族の命を賭けて起たなければならなかった理由が、鮮やかなかたちで清盛の脳裏に立ち現れる。それを認めたくなかった。

国政を任せられない、共に国を支える相手とは認められない――――頼政は平氏をそう見限って起ち上がった。そして頼政がそう考えるに至った真因こそ、清盛が恐れるところであった。

――平氏総帥、宗盛。

重盛亡きあと宗盛に家督を継がせたこと、これであった。

実は、清盛には宗盛より知盛や重衡のほうがかわいかった。知盛は武士《もののふ》たる自覚を持ち、武芸を磨くことを怠らず、兵法を学ぶにも熱心であった。重衡も長じるにつれて体を鍛えており、また臆することのないその性格が父には喜ばしい。

本来、清盛は知盛に後を継がせたかった。だが重盛が亡くなった時点で、宗盛は正二位で右近衛大将も経験していたのに対し、知盛は従三位の右兵衛督。そのうえ体が余り丈夫でなく、寝込むことも多々あった。これでは武家の総帥を務めるのは難しい。

そこで清盛は泣く泣く、知盛や重衡、それに彼らの叔父たちが支えとなってくれることを期待して、宗盛を後継としたのだった。

だが――。

「たとえ周りが支えようと、総帥宗盛、はいただけぬ」

頼政はそう見たのだ。

我が意を、武家を朝廷の犬たる地位から脱却させねばならぬという我が決意を、理解しはじめていた重盛は、もういない。

そして残る息子ら、それも特に宗盛は法皇に弱かった。

これは、宗盛の生母時子が建春門院の姉であったことから、重盛などよりよほど足繁く法皇の御所に通うようになろうとわかっていながら放置したこの父にも非はある。よって、宗盛に実権を渡す前に、少なくとも朝廷内の反勢力を一掃しておかねばならぬ、この目の黒いうちに、我ら平氏は武に依って立つ家であることを、朝廷は勿論のこと宗盛にも叩き込んでおかねばならぬ――そう考えて廟堂肅清《びょうどうしゅくせい》を行い、法皇を幽閉したのだ。それを宗盛、密かに唐綾《からあや》などを贈って法皇を慰めているという。

その存在が平氏の武力に支えられていることも理解せず、平氏の不利となることを平気でやらかそうとするような男に、宗盛は顎《あご》を撫でられて白い腹を見せてしまっているのだ。

(汝《なれ》はさほどに父の思いが解せぬか……)

我が死ねば、平氏はその立ち位置を後退させる。法皇に飼い馴らされた宗盛は、恐らく再び法皇に王道なき政を執ることを許してしまうであろう、と清盛は思う。

そうなれば新しき国は遠のいてゆく。それが頼政には許せなかったのだ。清盛がここまで王家を取り込み、朝廷を押さえ込んだのをみすみす元に戻させてはならぬ、と頼政は考えたのだ。

そこで、八條院方から話があったのを幸い、法皇の身柄を手に入れて王権の正統を語るよすがとし、以仁王を院に、王の皇子のひとりを帝に立てて、おのれは清盛に代わろうとしたのであろう。頼政は諸国の源氏の武力を背景に、表向きはそのまま、だが内ではそれまでの王家への態度とは明らかに違えて、国創りを進めてゆくつもりであったに違いない。

(立場が入れ替わっておれば、同じことをした)

喜寿を迎えた老将の決意を思って、清盛の顔が歪んだ。

王家に政権が戻ってしまってはいくさの大義名分を失う、つまり清盛が生きている間に、頼政は動かなければならなかった。と同時に、源氏側の事情もあった。

源氏と一口に言っても嵯峨源氏、宇多源氏、清和源氏など諸派に分かれ、各地に勢を植えている。なかでも清和源氏は、頼信を祖とする河内源氏の義家流と義光流が東国各地で所領を争い、その誰もが、義朝亡きあとはおのれが嫡流たらん、と息巻き、他人の臣下となるを嫌う荒武者であった。

そのような彼らを纏められるのは、清和源氏のなかでも頼光を祖とする摂津源氏であるがゆえに対抗意識を持たれにくく、名声高く公卿にも名を連ねる長老頼政のみと言ってよかったであろう。ということは、頼政としてもおのれの命のあるうちにことを起こさなければならず、以仁王という王家に属する駒が手に入り、八條院の多大な援助を得られ、寺社権門が反平氏色を見せる今のこの時機を逸するわけにはいかなかったのだ。

(頼政よ、なぜ死んだ。なぜ黙って三井寺へ走った)

水臭いではないか、と清盛は瞼に浮かぶ頼政の面影を責めた。

――もし頼政から一言あれば……。

総帥が宗盛では危ういことを、誰よりもこの父がわかっているのだ。

東国に進出したのも院や院近臣の勢を削がんがため、だがそれが目障《めざわ》りというなら退こう。すぐにも源氏に任せよう。一門の昇進にも尽力する。いずれにせよ、平氏のみでは日本国を経営し得ぬのだ。力添えを得られるならば、頼政、何ぞ盟友のそなたの忠告を聞かぬということがあろうか。それとも、すでにこの身は口を利くも憚《はばか》られる存在となったというのか……。

(それにしても)

大変なものを残してくれたものだ、と清盛は深い息をついた。

以仁王の宣旨は、驚く早さで東国を巡っているに違いない。近江の山本、尾張の八島、信濃の平賀、甲斐の武田や安田、上野の足利……。伊豆には頼朝、常陸には義朝と父子の契りを結んでいた義憲がおり、木曾では義平に斃された義賢の遺児が養われているらしい。それに三浦、岡崎、和田、中村、土肥などの豪族をはじめとする桓武平氏の出自ながら義朝の麾下となり、今も平氏に靡《なび》かずにいる輩は少なくない。そして宣旨は奥州にも届くであろう。

(いや、九郎はすでに知っておるか)

そなたらの思いどおりに育てるがよい――清盛は、常磐や頼政たちにそう言ったのだ。

どのように育てたか、その詳細はわからない。だが奥州へゆく前、十五歳にして集団を指揮して鮮やかに賊を討ち、検非違使別当時忠も舌を巻く『あれ』になっていた九郎である。しかも常磐がぴたりとついて亡き夫の遺志を継がせるべく、その望んだ世を繰り返し語り聞かせているのは確かなのだ。

頼政一世一代の大勝負、彼はすぐさま九郎に蜂起を知らせた筈だ、と清盛は思った。

だが、京にそれらしき影はまったく見えなかった。

（傍らへよばなかったのか）

奥州は遠い。たとえ一番に連絡を受けたとしても、それ相応の準備を整えるには時間がかかる。

（間に合わなかったのも致し方なかろう）

納得しかけて、ふと首を傾げた。

（待てよ、それこそが頼政の狙いではないのか）

九郎は出来るのである。頼政が京にいるなら慌てることはない。父義朝のように、兄義平のように、まずは南坂東を纏め、各地の源氏を吸収しながら軍を西へ進めればよいのである。九郎ならば頼政の代わりとなり得る、京から離れたもうひとつの核となり得る、とは清盛も認めるところだ。

だが、如何に周到に練られた策でも、何かが起きない保証はない。つまり頼政は、九郎をおのれの許によび寄せないことで「源氏の珠」を失う危険を避けたのだ、と清盛は思い至った。

果たして、九郎は残った。

九郎、そなたは頼政斃れてなお、宣旨に従って動くのか――そう問うまでもない、と清盛は思う。

頼政に、実の孫よりかわいがられていた感のある九郎である。大切な人を殺された今、新しき国を創らねばという使命感は消し飛んで、復讐の鬼と化していてもおかしくない。

（怖れていたとおりになるか……）

九郎という虎の許に諸源氏の虎共が集結せぬとも限らぬ、ひとつになって攻め来られては堪《たま》らぬからな、と頼政に笑いかけたのが、つい先頃のように感じられる。

まだ鼻先の伸びきっていなかった小虎は、数年の歳月を経て猛虎となっておろう。男としての基礎が作られるこの時期の九郎を、清盛は見ていない。

（頼政よ……）

――我がそなたであったとしても、宗盛率いる平氏では実力ある者の世を実現するは不可能と見る。そうであってもなお、そなたは支えてくれると考えた我が甘かったのか。

いや、わかっておったのだ。そなたが支えようとしていたのは、朝廷に依らぬ世を創る平氏であって、平氏政権そのものではない。それをわかっていながら、我はいつの頃からか、我が一門の栄華に酔ってしまっていた。そして九郎までも……新しき国創りに欠かせぬ大事な人材をも、我は平氏主導の世を安定させるために使おうとした。奥州へやって貿易と平泉政権の仕組みを学ばせ、頼盛を牽制して我が氏の結束を図ろうとしたのだ――。

とまれ、頼政に蜂起を許し、頼政を亡くした平氏の、これからの真の交渉相手が九郎となるのは確かであった。

その九郎はどれほどの力を以て平氏に対峙するか。

いずれ宗盛らを補佐させるに都の情報は知らせおくべき、と九郎には定期的に使者を遣わしている。使者が持ち帰る九郎の様子は細に入っているが、それを聞く限り、九郎は平氏に逆らうような素振りはかけらも見せていない。だがそれも所詮は使者に見せる顔。

（偵察を入れるか）

氏の長者蜂起す、と聞けば、足掻《あが》きを隠せないのが武人の血。頼政の秘蔵っ子九郎も例外である筈がない。だがそれを見てしまえば、恐らく九郎を討つことになろう、と清盛は思った。

赤子の頃より知る常磐の子であろうと、義平に代えて我が一門に取り込みたいと望んだ義朝の子であろうと、敵対の意あると知って捨て置くわけにはいかない。

しかもあの袋の錐《きり》は、諸国の源氏や東国の諸氏は勿論のこと、奥州すらも起ち上がらせるかもしれないのだ。

「義朝、御辺の九郎は清盛の敵となるか」

思わず、清盛は呻《うめ》くように吐き出した。

九郎をこの手で討たねばならないのか。いや、迷うべくもない。誰よりも強固な意思を以てかかって来るであろうからこそ、平氏の将来のために真っ先に消さなければならないのだ。

(だが九郎を失うは)

源氏の、また平氏の損失では済まぬ、日本国の損失になる、と清盛は軋《きし》みながら嘆息した。

――九郎を討たず、平氏を討たせず。

我がこの世にあるうちは、現状を保てよう。だが我が死せば、九郎は間違いなく平氏を潰しにかかる。そしておのが息子たちを見渡せば、誰ひとりとしてこの男の敵ではないことを、清盛は知っている。

「教えてくれ義朝、義平……どうすればよい。そなたらの声を聞きたくてここへ来たのだ……のう義平よ、九郎が我らを助けるという図は、もう期待出来ぬのか」

部屋の隅を見やった清盛の目に、小ぶりに設《しつら》えられた文机が映った。もともとこの部屋にはなかったのだが、常磐の所望により置いたものであった。この机に向かった佳人の、その滑《すべ》らかな頬に当てられた繊細な指先が今も見えるようだ。

「常磐」

久しぶりに気兼ねなく、恋しい女《ひと》の名をよんだおのが声が耳を撫で、清盛は身を震わせた。

(常磐、九郎を生かしおくことは出来ぬぞ)

だが、常磐が育てた九郎を一体誰が討ち取れようか。我にも討ち取れぬとなれば、平氏はもう終わりか。

「常磐、そなたの九郎は我が子らをなき者とするのか。源平で国を建てることは叶わぬか。諦《あきら》めねばならぬのか……」

(諦めるなど、相国殿には似合いませんわ)

まろやかな声が耳の奥で鳴って、清盛の胸は、どきり、と音を立てた。

(常磐か?)

清盛は宙に目を凝らした。遂げられず達せられず、生涯をかけて護るべき思い女《びと》の声を聞き違える筈はない。

(そなたは我が心に答えてくれるというか……)

聞こえる筈のない声が聞こえる驚きと嬉しさが綯《な》い交《ま》ぜになって、何とも名状しがたい塊が胸の底から喉許へ突き上がった。

(諦めずに済む方策は何だ? 九郎を討たずともよい方法があるのか? どうすればよいのだ)

畳《たた》みかけるように問いかけて待つが、何も返って来ない。

「……どうなのだ常磐、なぜ答えてくれぬ。諦めは似合わぬ、とのみ言うて、突き放すのか!」

思わず吼《ほ》えた。

（いえ……）

「いえ、何だ？」

（相国殿のお考えは重重承知しているとは申せ、たった今お心に浮かべられたことに答えろとは……）

「なぜ答えられぬ」

（どうか、お心の内をお声にお出しくださいませ。まさかわたくしを生霊《いきりょう》とはお思いではございませんでしょう？　お声が聞こえなくては……）

「……わたくしも何とお答えしてよいやらわかりませぬ」

「常磐！」

甘く切なく、懐かしい声の主がすぐそこにいると知って、清盛は喘いだ。二間のみの狭い夕霞亭で、身を隠せるところは決まっている。清盛は立ち上がるのももどかしく、泳ぐように入り口側の間へ戻り、几張を押しのけた。

お久しゅうございます、と花顔が綻んだ。深く一礼する女《ひと》に合わせて、清涼な香が揺れた。

「よう……よう来てくれた」

ぺたり、と腰を落として、清盛は細やかな手を強く握り締めた。

「いつからここにおる。どうやって来た」

「相国殿がお越しになる半刻ほど前に。飛彈守に無理をお聞きいただきました。それにしても、足をお踏み入れになるや見つかると思うておりましたのに」

「まさか人があるなど思わぬ。ひとり物思うためにここへ来たのだからな」

「なれど平氏が棟梁、確かめもせで暢気《のんき》でいらっしゃいますこと」

「景家が用意したのだ、間違いない。いや、そなたの気配を消すがうますぎたのだ、ははは……それより、身が夕霞亭へ来るとわかっておったのか」

「お越しにならぬなら、お呼び立てせねばなりませんでしたわね」

常磐は笑った。

「でも、知っておりましたのよ。今日こちらへお着きになってすぐ、今宵ここで過ごす、と飛彈守に仰せになりましたでしょう？　飛彈守の命を受けて部屋を点定したのが茜殿」

「茜？」

「ええ。二十年前は七つでした。目のくりっとしたかわいい子で」

しばし首を傾げた清盛は、ああ、と合点顔をした。

「そなたがここにいた頃、この遣り戸を引き違えた女童《めのわらわ》だな。あの娘、まだ六波羅におったのか」

「ええ、ここがよいのだそうです。茜殿は、わたくしが一条の家へ参りましてからも、時折訪ねてくれていますの」

ほう、と清盛は目を丸くした。

「頼政殿が三井寺へ向かわれてからは、毎日やって来て慰めてくれましたわ。わたくしも突然のことに戸惑うばかりで……子供たちのこともありますし、一度相国殿にお会いしたい、と話しておりましたの。そうしたら夕刻、殿が今宵夕霞亭へ渡られます、と急いで報告に来てくれて……それで茜殿を通じて飛彈守にお願いし、西の裏門から入れていただきました」

「左様であったか。景家め、何も言わんとからに。茜もだ」

清盛は大げさに口を尖らせて見せたが、目許をゆるませている。

「茜殿が六波羅にいてくれたこと、感謝しますわ。おかげで、ここで再び相国殿とお会い出来ました」

「ええい、清盛とよんでくれ、と昔から言うておる。そなたのなかで、身は相国でも清蓮でも浄海でもない、清盛でおりたいのだ。な、わかるであろう？」

「いつまでたっても、御性分はお変わりありませんのね」

「はは、それは変えろというほうが無理な話だ」

常盤も柔らかに微笑んだが、すっと真顔になった。

「で、この先のことですが」

「おうそうだ……どうだ、そなたの九郎を平氏方に引き込めるか」

いいえ、と常盤は首を静かに横に振った。

「ほかの誰でもない頼政殿が、宣旨の書式を以て起つことを命じた以上、九郎は相国殿の傍らには参りませぬ」

「であろうが。ならばなぜ、平氏が国創りを諦めぬでよい、と言う？　九郎を討ってよいのか」

「さあ、お討ちになれましょうかしら。九郎はどなたの刃《やいば》にもかからぬよう、この母がしっかりと育てておりますゆえ」

「そう言うと思うたわ。だがいざとなればこの清盛、九郎と刺し違える覚悟でかかるぞ」

「いいえ、討たねばならぬと思うほどに九郎を評価くださっているなら、むしろ大いにお使いなさいませ。九郎は平氏方に立って働くことはなくとも、平氏と源氏、そして奥州藤原氏と共同して国を建てることには尽力しましょう」

「……今でもそうするであろうか」

「そなたの創るべきは朝に依らぬ世であって源氏の世にあらず、と常盤は教えて参りました。この数年は、平泉の施政を間近で見て、あの子なりに国創りへの思いを深めていることでしょう。それでも、亡き父やこの母が望む国を創る、という根本のところは揺らがせにせぬ九郎であること、この常磐が請《う》け合います」

　む、と清盛は短く唸った。

「とかく九郎とは戦いとうないのだ。で、どうことを運べばよい？」

「東国では諍乱《そうらん》一歩手前の状況とか」

「そうか？　そうはひどくない筈だが。東国で侍《さむらい》の別当として統率に当たっておるのは忠清、飛彈守の兄だ」

「存じております」

「その忠清の報告によれば、確かに三浦や千葉ら在庁官人との軋轢《あつれき》はあるらしいが、所領が減じたからというて彼らが目に見えて抵抗するでもなく、現状に甘んじておるようだという。兵を挙げるにしても、今は不利であろう。平氏方と反平氏方の力量はほぼ互角、平氏方は我ら本家の援軍を期待出来るが、反平氏方を後押しする者はない」

「それが在庁官人の方々、今にも蜂起しそうだということですわ。あの子の文にありました」

「九郎の、文？」

　常磐はうなずいた。

「九郎は常時、全国に間者を放って情報を手にしているようです。相国殿の御子息の近況から、西国や鎮西の様子まで、何でもよう知っていて驚きます」

　ほっ、とゆるめた頬をすぐ元に戻して、常磐はつづけた。

「近江、美濃、信濃、甲斐……河内源氏は確かに一枚岩ではありませぬ。そのうえ上野の新田氏や常陸の佐竹氏は源氏ながら平氏方、相模の大庭景親《おおばかげちか》殿は相国殿と昵懇、その景親殿の許には亡き夫の麾下であった波多野《はたの》、糟屋《かすや》、山内《やまのうち》須藤《すどう》、澁谷《しぶや》各氏がおり、武蔵にはこれまた夫がかわいがった畠山《はたけやま》、熊《くま》谷《がい》、齋藤《さいとう》……下野の宇都宮《うつのみや》も平氏寄り」

　清盛は首を振り振り、「相変わらず詳しいな」と感心した。

「それら源氏を如何に纏めるか。また平氏方に立つ者を如何に源氏につき従わせるか。九郎は策を練っておりましょう。頼政殿逝去の報が伝われば、さっそく動く筈です。相国殿も当然東国の状況を御存知であろうと九郎は思うておりましょうから、一刻を争うて手を打つに違いありませぬ」

「して、その策とは」

「さ、それは」

　常盤は小首を傾げた。おのが手を離れて成長している息子が実際にどう動くつもりでいるのかまではわからない、というのは嘘ではないらしい。

「そうか。だがそれより我らにとっては、忠清が問題であるな。状況を正確に把握出来ておらぬのか、正確に伝えておらぬのか……」

「どちらであってもゆゆしきことですわ」

　さらり、と言われて、清盛は何も返せない。能力の不足か、慢心からくる怠惰か、如何なる組織も、現場からきっちりとした報告が上がらなくなると、崩壊への下り坂を転がりはじめる。

「ともかく相国殿におかれては、九郎が基盤とすることになろう東国の経営から手をお引きになることです。平氏と反平氏の支配域を西国東国でしかと分ける。そして諸悪を生み出す現院政の復活を許さず、朝廷を実質源平の両勢力で支配する。これを相国殿から九郎に持ちかけなさるなら、九郎は喜んで協力しましょう。相国殿次第です。存分に九郎をお使いなさいませ」

　うーむ、と清盛は呻いた。

その類稀《たぐいまれ》な素質を見込んで大事に扱ってきた利刀は、おのれを貫くか、おのれを護るか。

真っ先に消さなければならない男を、もっとも役立つ男と成せるか否かは、まさに清盛にかかっているのだ。

「だが、源氏は一枚岩ではない、とそなたも言うた。高倉宮の宣旨を知れば、連中はそれぞれが勝手に起つのではないか」

「恐らくは」

「となれば、九郎との交渉がうまくいったからとて、諸源氏を押さえられるというわけではないのだな」

「それは致し方ありませんわ。相国殿がいくら評価してくださろうとも、諸源氏の長の多くにとって九郎は未知の若者。老獪《ろうかい》な殿方が、直《ただ》ちにあの子の許に集まるのを期待するのは難しゅうございましょう」

「連中が処処で起てば、結局我らは戦わねばならぬ」

「九郎とは戦いとうない、と相国殿は仰せになった。なれば、相手が九郎でなくば大いに戦われればよろしいではありませぬか」

「よう言うてくれるわ」

「九郎が率いるのではありませんのよ。戦わずして彼らを蹴散《けち》らすなど、相国殿には赤子の首を捻《ひね》るようなものにございましょう。これを容易《たやす》く片づけられぬようであれば、九郎は相国殿との交渉の席には着かぬ筈。幼き頃よりそうでしたが、おのが前に敵なし、と今も思うておるようですから……力の均衡せぬ者と同じ立場で国を支えることは、恐らくあの子の自尊心が許しませぬ」

柔らかな声音を変えることなく、常磐は野の花のことでも語るかのようにゆったりと言葉を継いでゆく。

「九郎はまず頼朝の許へ参りましょう。頼朝は父を同じくする兄で嫡男、そこへ馳せるのは当然といえば当然。それに、伊豆には土肥《どひ》、中村一族などの味方が多少なりともある。なれど九郎が頼朝に合流する最大の理由は、頼朝が上西門院《じょうさいもんいん》の蔵人であったこと」

「だが、それはあ奴が都におった時の話」

「確かに。なれど法皇はずっと頼朝と連絡を取りつづけておいでなのですよ」

「まことか！」

ええ、と常磐はうなずいた。

「御自身の近臣、前皇太后大夫光能《みつよし》殿を通じて……。相国殿、足立遠元《あだちとおもと》殿を御存知でしょうか？」

「ああ。平治の折、頭殿《こうどの》(義朝)の下で戦った男だな。信頼《のぶより》が行った除目で、たしか右馬允《うまのかみ》に補された」

「よく覚えていらっしゃいますこと」

「頭殿に係わることなら、大概覚えておるわ。それで？」

「はい。光能殿は遠元殿の娘御を妻に迎え、男子を儲けております」

「ふむ」

「その遠元殿の叔父に安達藤九郎盛長《あだちとうくろうもりなが》殿がおります。遠元殿のほうが年長ですが」

「うむ」

「盛長殿は、頼朝が伊豆に流されてすぐより、そのそば近くに仕えております。と申しますのも、盛長殿は比企尼《ひきのあま》の婿」

「比企尼、とは」

「頼朝の乳母で、掃部允《かもんのじょう》波多野遠宗《とおむね》の妻ですわ。頼朝を世話するため、掃部允が自ら武蔵国比企の

【比企尼関係図】

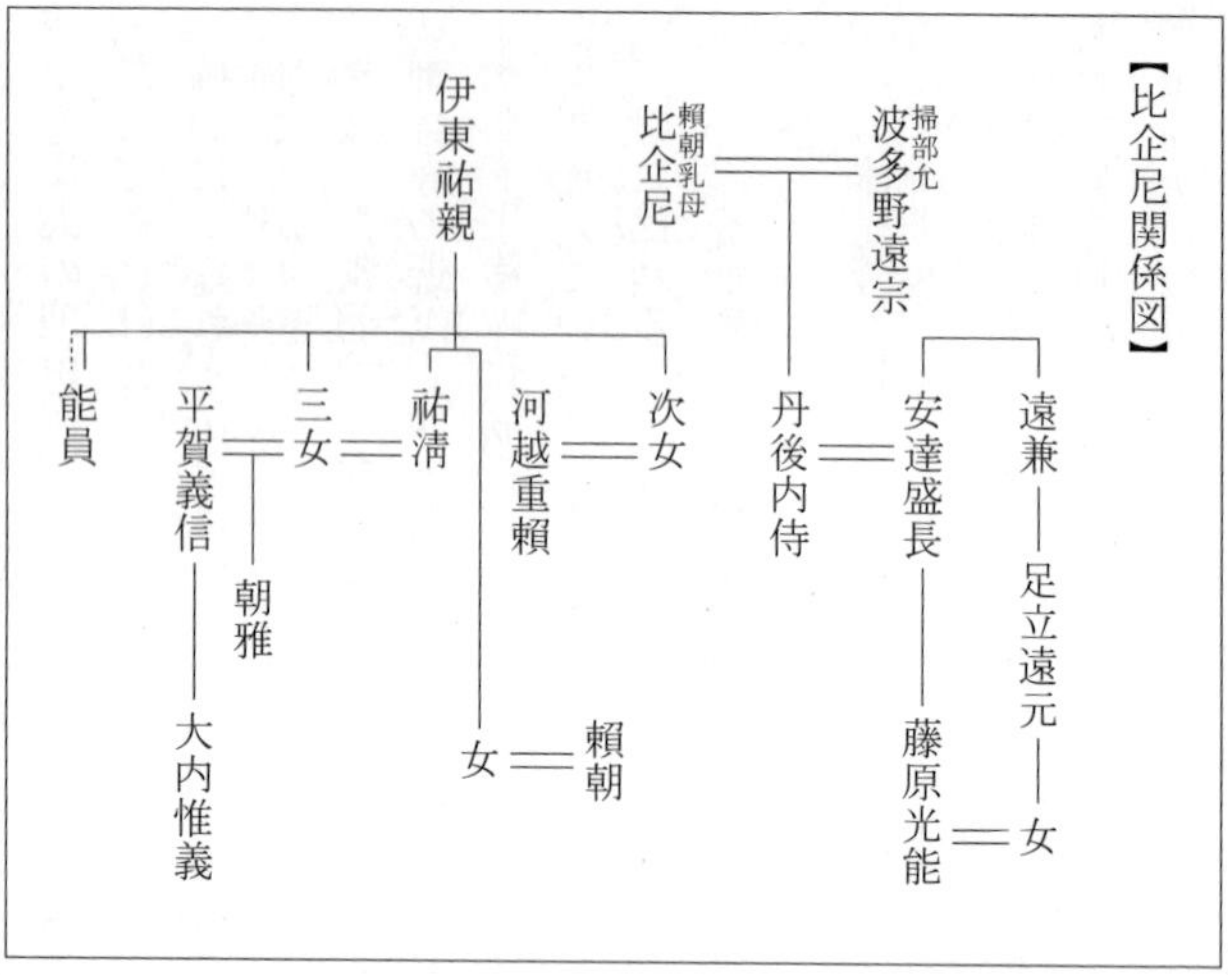

郡司職《ぐんじしき》を願い出て、夫婦で東国へ下ったのです。先年掃部允が亡くなって出家し、以来比企尼とよばれております。尼は娘たちを盛長殿や伊東祐清《すけきよ》殿に嫁がせて、それら婿たちに頼朝を援護するよう取り計らっておりますのよ」

「待て、伊東祐清の父親祐親《すけちか》は平氏家人ぞ」

「ええ、つまり頼朝の監視役をも、尼はうまく取り込んだということです。ただ頼朝は暢気にも、祐親殿が京大番役《きょうおおばんやく》で上洛の間に御息女とよい仲となってしまって、よりにもよって男子が生まれて……。お帰りになった祐親殿は激怒され、かわいそうに赤子は殺《あや》められたらしゅうございますわ」

「娘が流人の子を生んだとなれば、それは監視役も驚くわ。流人の胤を取るか、平氏家人でいることを取るか……」

「女が子を愛しむのに、夫の身分は関係ありませぬ。たとえ夫とは恨み合うて別れようと、子はいとおしゅうございます」

九郎たちの顔が瞼に浮かんだか、常磐は小さく吐息した。

「頼朝と祐親殿の御息女は仲むつまじかったといいます。祐親殿が今少し寛大なお方であれば、御自身は平氏家人であろうとも赤子を生かし、御息女のお心を救う方法もお考えになれましたでしょうに」

燭の明かりが仄《ほの》かに揺れて、常磐の白い顔に優しい影を落とす。

「子を三人とも生かし置いていただけた常磐はまこと幸せにございます。すべては相国殿のお力。なればこそ、相国殿には我が子たちをうまくお使いいただきたいのです」

目を上げてしばらく清盛の双眸を、くっ、と見詰めたあと、常磐は柔らかに微笑んだ。体の芯までとろけるか、と清盛は思った。

「もうおわかりでしょう。法皇は光能殿、遠元殿、そして盛長殿を通じて、頼朝に都の様をお伝えなさっている。また、頼朝からは東国の状況を伝えさせていると聞きます。法皇にとって頼朝は、お母君を同じくされる姉君上西門院の蔵人であった子。平治の折、その助命を女院も法皇も強く池禅尼殿に迫られたのは、のちの平氏の台頭に備え、おのが走狗を残さんがため」

「おのれが心地よくあるためには、準備を怠らぬお方よのう」

清盛は鼻で嗤った。

「確かにあの時、我らは經宗ら法皇と敵対する二條帝側近の要請を受けて起った。だが、法皇御自身が斯くまで我らをお恐れであったとはな」

「事実、幽閉の憂き目にお遭いになっているではありませぬか」

くすっ、と常磐は首を竦《すく》めた。

「今こそ頼朝を使う時、と法皇はお考えの筈です。今のところ平氏に対抗し得る規模と力を持つのはやはり源氏。高倉宮（以仁王）が宣旨をお下しになり、頼政殿が起《た》ったこの機を逃す手はありませぬ。詔《みことのり》なさらぬまでも、光能殿が法皇の御気色《みけしき》を見て、頼朝に早急に起つよう促しましょう。加えて法皇も、御自身に近しかった義朝の嫡男を河内源氏総帥とお認めになるのに何ら躊躇なさらぬでしょう。そうなれば、各地の源氏はばらばらに起ち上がろうとも、最後は法皇に権威づけられた頼朝の許に集結してゆく。違いましょうか」

そのとおりだ、と清盛は認めた。

「相国殿には、出来得る限り早う、個別に起つ源氏を叩いていただかねばなりませぬ」

「各々のみの力では平氏は倒せぬ、連中にそう悟らせるというのだな」

「早う悟れば、早うひとつに纏まります」

「さすれば、我が交渉先は九郎一本になる、というわけだ」

よしっ、と清盛は、白いものが少し混じった眉に力を入れた。

「だが九郎は常磐殿ではない。それに若い。九郎は敵対せぬとそなたは言うが、まことにそうであるか否か――これはいくら常磐殿の言であろうと、おのが目で見極めねばならぬ。あの元気者は、我らがほかの源氏と戦う横腹を突いて、攻め寄せぬとも限らぬ」

「わたくしがさせませぬ」

眉を顰《ひそ》めて、常磐は声を硬くする。

「ほう、自信があるか……では頼朝はどうかな」

「御案じ召されますな。頼朝も平氏の軍を脅《おびや》かすことはありませぬ」

「なぜわかる」

「これも、わたくしがさせませぬ」

常磐の瞳の色が深くなった。

「頼朝は誰よりも早く旗を上げましょう。なれどそれは、頼朝ここにあり、と世に知らしめるため。

おのれが次期源氏の棟梁たることを示すに、誰よりも早く起ち上がったという事実がつくられればよいのですから、緒戦は小競り合い程度のものにとどまりましょう。それに大げさに準備をすれば、平氏方どころか、武田など源氏方の強勢にも悟られ、潰されるか先を越されるか、いずれにしても功ならなくなる。よって挙兵は、今頼朝の周りにいる者たちのみによる小規模なものとならざるを得ぬ筈、適当にあしらわれればよろしゅうございますわ。ただ、くれぐれも頼朝を殺《や》っておしまいになりませぬよう」

うむ、とうなずきながら、清盛は常盤の口許を見詰めた。この愛らしくも艶《つや》やかな唇を割って、ようもこのような言葉が出て来るものよ、と感心する。

「一度起ったあとは、頼朝は腰を落ち着ける筈です。何より、在庁官人らを軸に軍の充実を図らねばなりませぬし、九郎の到着も待たねばなりませぬ」

「つまり、九郎に頼朝を制御させる、というか」

それも一手、と常盤は笑った。

「ふたりはすでに連絡を取り合うておるようですから」

「であろうと思うておった。で、あとの一手はそなたが直《じか》に止めるか」

ゆっくりと常盤は首を縦に振った。

「母に代わる女《ひと》の言なれば、あ奴も聴くということだな」

「ただ、いくら頼朝が慕うてくれておろうと、離れたところから物言うのみではわたくしも心細うございます」

「うむ」

「法皇のお言葉は頼朝の忠臣盛長殿に届きますが、わたくしも頼朝に極近しい人と懇意にしておりますの」

「……女性《にょしょう》か」

常盤は答えずうつむいた。

「心配せぬでよい。頼朝の想い女がどこの誰であるかなど、無骨なことを尋ねるつもりはない。頼朝は、我らの望むとおりに動いてくれればそれでよいのだ」

「恐れ入ります」

「常盤殿の命を受けて、頼朝を操る存在がある。それがわかれば十分よ」

頬をゆるめた清盛につられて、常盤も微笑んだ。

この笑みを見ると、還暦過ぎた今も胸が詰まる。清盛は常盤ににじり寄ると、再び繊手を取って食い入るようにその顔を見た。

「そなた、年月をどこへ置いてきた」

「……は？」

「二十年前と、容貌がほとんどと言うてよいほど変わらぬ」

「まあ、よく仰せになりますこと」

「幾分、ほっそりしたか……それがまた、そなたの美しさにさらに磨きをかけておる」

「相国殿のお口のお上手なのも、磨きがかかっておりますわ」

「世辞ではないぞ」

常盤は笑いながら、たおやかに首を横に振った。

「本当のことを言うておるのだ」

「さ、お手をお放しくださいませ。そろそろお暇《いとま》せねばなりませぬゆえ」

常盤は優しく促したが清盛は聞かず、逆に握る手に力を込めた。

「ひとつ、聞かせてくれ。近々《ちかぢか》の会いは期しがたいからな」

何でしょう、と常盤が細い首を傾げる。

「実は、新院（高倉院）当今（安徳帝）揃って福原へ遷幸願おうかと考えておるのだが、そなたは如何思う」

問われた常盤は、しばらく清盛の双眸に何かを探るふうであったが、やがて、柔らかに吐息した。

「逃げを打たれますか」

「人聞き悪いな。どういう意味だ」

お顔に書いてございますわ、と常盤は悪戯《いたずら》っぽく言った。

「遷幸のみにあらず、都をも移して京から逃げる、と」

「そうか。顔に出ておっては致し方ないわ」

清盛は、呵呵と笑った。

「で、そなたの考えは？」

「よろしいのではありませぬか」

「まことにそう思うか」

「ええ」

「恐らく我が息らはこぞって反対しようぞ。だが常盤殿は賛成すると言うのだな」

「すでにお決めになっているのでございましょう？　ならば、どなたが何を仰せになろうと貫かれればよろしいではありませぬか。今の平氏があるのも、相国殿の御決断と実行力あってのもの。遷都《せんと》したほうがよい、と相国殿がお考えになるなら、そうなさるべきです」

「そなた、本心から言うておるのか」

常磐は浅くうなずいた。

「北の方やほかの女性方も嫌がってらっしゃらないのでしょう？」

「うむ」

「ではお迷いにならず、遷都なさいませ」

にこり、として常磐は言った。その凄艶《せいえん》な切れ長の目を見据えていた清盛は、ふいに握っていた繊手を引き込み、その華奢《きゃしゃ》な体を両の腕《かいな》に抱いた。

何をなさいます、と常磐はあえかに抗うが、清盛は放さない。

「言うてくれ」

「何を……」

深い色を湛えた瞳が、清盛を見上げる。

「常磐殿が今思うておることだ」

「わたくしが？」

「そうだ。こたびはそなたの顔に書いてあるわ。もしこの男が義朝なら、こう注文をつける、とな」

「まあ、それはいけませぬこと」

しらじらしく驚いて見せて、ほほ、と常磐は笑い声を上げた。

「なれど、申し上げることは先ほどと同じですのよ。お迷いにならぬことです」

常磐は真顔になった。

「平氏ひとり勝ちの世なれば、こたびは頼政殿と共に起ち上がらなかった京武者のなかにも、平氏を快く思わぬ者が相当数あることは相国殿もよく御承知のとおり。その彼らの隠れ家となるのが八條院御所、ただしそうとわかっていても、ここを攻めるわけにはゆきませんわ。三井寺や南都も未だ穏やかならぬ動きを見せているとか……こたびは、これらが結束することをうまくお防ぎになりましたが、次はわかりませぬ」

「うむ」

「相国殿は、法皇を幽閉し廟堂を粛清するに、数千騎を率いて上洛されました。武で以て改変した王権なれば、同じく武で以て覆される虞《おそれ》がある。新院と当今のお身柄を京から離したくお思いになるのはわかりますわ。なれど、八省《はっしょう》以下までも移すとなると……」

「……山、か」

常磐はうなずいた。

延暦寺は、都のそばにあって朝廷の儀式を任されてこそ、強権を維持し得るのである。都が遠のくうえに、政権を握る平氏は嚴島神社を尊崇しているとなれば、延暦寺は危機感を募らせ、形振《なりふ》り構わず抵抗するであろうことは想像に難くない。

「それに法皇（後白河院）も」

「うむ」

子の高倉院や孫の安徳帝が、それも自らの意志ではなく清盛の言いなりに遷そうという都である。いくら王道をゆかぬ新しもの好きの後白河院と雖《いえど》も、ほいほいと乗って来ないことは明らかだ。

「山の大衆は法皇にも手をまわしましょう。法皇も山を毛嫌いなさっていることなどすっかりお忘れになって、共通の敵相国殿に対するためなら、嬉し涙を流して協力をお約束なさいますわ。そうなると狙われるのは御子息方、特に前大将《さきの》」

むむ、と清盛は唸った。

息子たちは一様に後白河院方の立場を取る。なかでも前大将宗盛は、院と親しく接するようになったのが多感な思春期に差しかかる年齢だったこともあって、御簾《みす》を挟まず直《じか》に拝顔し得る最高権力者に信仰ともいうべき感情を抱いている。彼の前で院の批判でもしようものなら、相手が父親であっても突っかからんばかりになるのだ。

その院に、儀式の一切はやはり延暦寺が行うべきであろう、公家の多くが反対しておるのになぜ相国殿ひとりの意に従って遷都せねばならぬ、などと言われ、果ては、京を動きとうない、と泣きつかれれば、あれは義絶されるのも厭わぬ覚悟で反対を叫ぶであろう。

この宗盛の動きを、常磐は心配しているのだ。いや、宗盛よりもこの我を心配するか――。

「法皇に焚きつけられたあ奴を抑えられぬようであれば、この清盛も終わりだな」

そのとおりですわ、と常磐はあっさりと言ってのけた。

「よもや御嫡男の言いなりになられる相国殿とは思いませぬが、それこそ命がけで反対されれば、これを説得するのは随分と難しい仕事になりましょうね。遷都に動けば最後、周りはほとんどが平氏に反するようになると思わねばなりませんのよ。なのに、内輪にまで頑《かたく》なに心を合わせぬ者がいるとなれば、これは成功しよう筈がありませぬ。前大将を抑止するにわずかでも不安がおありなら、遷都はお止《や》めになったほうがよろしいのでは」

ちらり、と深く澄んだ瞳が清盛を見上げて挑発する。

「不安などないわ」

変に乾いた声が出て、清盛自身が驚いた。

息子たちばかりではない。弟頼盛、義弟時忠までもがしっかり後白河院方の人間である。宗盛を説得する向こうに、平氏の要人たる彼らが頑と踏ん張っているとなるとさすがに気が重い。だが清盛は再び、「不安はない」と、今度は努めて静かに言った。

「ならば、お迷いになることはありませぬ。ただし、逃げの姿勢ではいけませんわ。遷都したからとて、武で倒される脅威が去るものではありませぬ」

「うむ」

「それに、各地の源氏は相国殿の遷都を待って旗揚げするような気遣いなど致しませぬ。これらと戦いながら遷都を成すとなれば、その難しさは前大将を納得させるどころではありませんでしょう」

そうであった——忘れていた難題を急に突きつけられて、清盛はたじろいだ。

せめて遷都が円滑に行われるなら、本拠が福原になったとて戦いに支障はない。だが、内輪から批判の声が上がるのが必至の遷都と、軍事の専門家たる源氏とのいくさの同時進行は、まず以て無理な話であった。

このふたつが重なるかもしれないということに気づいていなかった清盛ではない。が、武庫の山を背にして、巨大な宋船を浮かべる陽光煌めく海を見霽《みはる》かす福原に、武家平氏の手による都が建つのだという昂奮が、ともすれば何もかも上手くゆくような錯覚に陥らせていたのである。

平氏の安泰あっての新都づくりである。源氏が動けば、すかさず兵を出すに迷いはない。ただ問題は八省を移さぬうちにそうなることだ。

御所は仮が許されても、八省なくば都ではない。そして政《まつりごと》は、戦いが起きようとも滞らせてはならない。つまり、新都づくりを中断しても戦いを優先させねばならない事態となれば、遷都を命じた舌の根も乾かぬうちに還都《かんと》を命じなくてはならなくなるのだ。これは如何なものか。

切れ長の目が、おのれを腕に抱く男の表情を追っている。胸の奥底まで見透かされたような居心地の悪さに、清盛は眉間に皺を寄せ、少し身じろぎした。

「遷都が成れば、一気に武士の世を引き寄せられます。相国殿は必ずや御成功なさることでしょう。なれど、万一うまくゆかなかった時には」

常磐は、にこ、とした。やはり我が心を読んでおる――。

「どうせよ、と言うのだ」

「また都をこの地にお戻しになればよろしいではありませぬか」

「えらく簡単に言うな」

「それしかしようがありませんでしょう？　そしてこれも、決してお迷いになってはなりませんわ。反平氏の武者に、あるいは寺社権門に、いや何より王家に、まさに挑みかからねばなりませぬ。彼らに、還都したは相国殿の敗北、と思わせてはならぬのです」

常磐は声音を変えることなく、ゆるやかに言う。

「福原への遷都は、平氏が朝廷を抱え込むと宣言するようなもの。ならば、こちらへ戻ってもその態勢を解いてはなりませぬ。何事につけても、彼らに有無を言わせず協力させるべきですわ。まあ、たとえ遷都せずとも、これからの平氏が取るべき姿勢は、反勢力に正面切って対峙してゆくことなのでしょうけれど」

「これから怒涛の如くさまざまの難事が押し寄せて参ろうな」

「どうか、すべてをおひとりでお引き受けになろうなどお考えになりませぬよう。相国殿がお疲れになっては、九郎もわたくしも困りますわ」

吹く風に唐紅《からくれない》の牡丹が零れるかのような微笑に、清盛は眩しそうに目を細め、佳人を抱く腕に力を込めた。

「常磐殿。そなた、なぜ清盛の妻にならなかった」

「まだそのようなことを……。二十年前に飽きるほどお答え申し上げました」

いとしい声が胸先でささやく。

「そなたが常にそばにあってくれたなら、と如何ばかり願うたか知れぬ。なぜ清盛の妻として九郎を生まなかった。今からでも遅うはないぞ。のう、一条の館へ帰るのは止さぬか」

「武家の雄、源氏の棟梁に幸《こう》された女の意地は、死しても通して見せます、とも申し上げて参りました」

清盛の喉許で、艶《つや》めく黒髪がもどかしげに動き、衣に焚きしめられた荷葉の涼しい香を押しのけて、まろく甘い常磐その女《ひと》の香が立つ。

義朝は常磐を妻に迎えてより非業の死を遂げるまで七年間、思えば短い歳月ながらほぼ毎日を共に過ごしたという。この頭脳と国政や策略を大いに語って、義朝がどれほど楽しく充実の時を過ごしたかは、清盛にもわかりすぎるほどわかる。のみならず義朝は、夜ごとこの女《ひと》の柔肌を愛しんで炎と燃え、この清楚な聰慧を妖《なまめか》せ、切なげに喘がせていたのだ。

そう思うと堪《たま》らず黒髪を掻きやり、柔らかな頬に唇を触れた。さらに小さな唇に触れようとした時、花びらのようなそれが、浄海殿、と動いた。

「う、うむ」

(戒名《かいみょう》でよぶか……)

思わぬかたちで制されて、済まぬ済まぬ、と清盛は照れ笑いした。

「出家して大病から生還したのだ。これ以上手を進めては罰が当たるわ」

おのれを抱く腕がゆるんでも飛び退《の》くこともなく、慌てた様子も、また別段安堵の色を浮かべるでもなく、常磐は先ほど変わらず微笑んでいる。この夕霞亭ではじめて向かい合った時と同じように、清盛がおのれを傷つけることはないと信じ切っているのであろう。

「いつになりましょうかしら、清盛殿と九郎が語り合える日が来るのは。待ち遠しゅうございますわ」

「おお、はじめて清盛と言うてくれたか。だが、浄海と言うたあとというのはなかろう。先に口にしてくれていれば、何かと変わったやもしれぬのだがな」

「何が変わりましょう?」

「うむ、その、義平との約束はなかったことにする、とかだな……」

「その義平も、そして亡き夫も、九郎が清盛殿をお支え申し上げて、思う世を創り上げることを願っておりましょう」

「これは参った。勝てぬわ。常磐殿には勝てぬ」

わっはっは、と清盛は肩を揺すって笑ったが、すぐに笑いを引っ込め、再び、ひし、と細い女《ひと》を抱き締めた。

「今しばらく、このままでいさせてくれ」

唯一の理解者と言ってよかった重盛を亡くして以来、清盛は孤独の淵でもがいていた。

宗盛は言うに及ばず、かわいい知盛や重衡とて、未だ重盛の代わりは務まらない。

妻の時子は――もとより常磐のような女性であることを望みはしない。ただ、恃める者のない我が氏の将来を思う夫の、心のもだえにすら気づかずにいるのが侘しかった。

常磐のぬくもりが、薄く重ねた衣を通して伝わって来る。それを寂しい胸の内にまで移そうとするかのように、清盛は長いこと動かなかった。

再会

一

翌日、以仁王も討たれたとの報告が京に届いた。

頼政があとに来ると信じて、慣れぬ馬の背にしがみつき、懸命に奈良街道を南下した王であったが、井出の玉川を越して間もなく敵軍に追いつかれ、光明山《こうみょうぜん》の麓が最期の地となった。

あと少しであった。興福寺を出発した千騎に余る悪僧が、もう五十町（約五キロメートル）先のところまで北上していたのである。

園城寺の律上坊日胤《りつじょうぼうにちいん》も王と共に討死、同じく宇治を脱出した八條院判官代足利義清《あしかがよしきよ》や下河邊《しもこうべ》行義《ゆきよし》の首は確認されなかったが、あの現場を抜け出すのは困難であろうとの判断から、討たれたものと判断された。

頼政の息頼兼と九郎の兄圓成は、それぞれ園城寺から、頼兼はおのれが纏める美濃へ、圓成は舅のいる愛知《えち》郡へと援軍要請に向かっていたために命を拾った。ふたりとも京へは帰っていない。

――ともあれ、これで一件落着。

と都の公家たちが安心したのも束の間、五日後の六月二日、彼らが仰天する事態が起きた。

福原遷幸である。

それははじめ、朝廷の機能は今の地に置いたまま、福原を離宮とするかたちが取られたが、八月に入ってついに清盛は遷都の意志を明確にした。明後年には八省を移設、皇居に至っては今年（治承四年・一一八〇）十一月の五節《ごせち》までに造るという。

――天魔の所為か。

公家たちは恨み言を並べたてた。が、清盛を止められる者はひとりとしていないうえ、彼らの職場は帝のおわす内裏、大内裏なれば、結局は福原への移動を呑まねばならなかった。

〈軒を争いし人の住まい、日を経つつ荒れ行く。家は毀《こぼ》たれて、淀河《よどがわ》に浮かび、地は目の前に畠となる……ありとしある人は、皆、浮雲の思いをなせり〉

鴨長明《かものちょうめい》は随筆『方丈記《ほうじょうき》』にそう記している。

――福原に給地を与えられた公卿官人たちの宿所建設のため、京の屋敷は解体され、筏《いかだ》にされて水路新都へ運ばれた。屋敷跡にはすぐに草が繁り、見る見るうちに古都は荒廃してゆく。

引き換え、新都の繁栄は如何ばかりかと見れば、川も狭くなるほどに流されていった材木はどこへ消えたやら、と首を傾げたくなるほど、未だ空き地が多く、完成した家は少ない。波音高く、潮風吹きしく福原に一日中槌音《つちおと》は響いているものの、都とよぶにはほど遠いありさまである。

新都は一体どうなるのか。福原にある人々は、浮雲のようにあてどない不安に駆られている――。

ただその不安は、新都に対するものばかりではなかった。

「伊豆の頼朝、蜂起！」

東国から炎天下を駆け抜けて来た使者が、汗と埃でぼろきれのようになった姿を福原に転《まろ》び込ませた八月末頃より、都には各地で起きはじめた争乱――上総、下総から三浦半島、信濃、甲斐、紀伊熊野に至るまで、源氏一族ばかりでなく、桓武平氏の末裔ながら清盛平氏と折が合わずに逼塞《ひっそく》する者たちの起ち上がるさまが、間断なく届くようになったのである。

四道（北陸・東海・山陽・山陰）の追討権を与えられている平氏としては、これ以上内乱を放っておくわけにはゆかない。本音としては、東国にいる平氏方有力者に反乱軍を片づけてもらいたいところだが、彼らのみではそれを抑えきれないのは、早くも明らかであった。

九月五日。

頼朝追討の宣旨が下されるや、五千余騎の追討軍が編成された。

総大将は亡き重盛の嫡男、右近衛権少将維盛《これもり》である。維盛は重衡と同じ二十四歳。四年前、後白河院の五十の賀の宴で青海波《せいがいは》を舞った。眉目秀麗な維盛が桜の枝を翳《かざ》し、技《わざ》を尽して舞うその美しい姿は人々の大いなる感動をよび、「深山木《みやまぎ》に桜梅《おうばい》を見るよう」と讃えられて以来、彼は桜梅の少将と称されている。

副将に任じられたのは薩摩守忠度《ただのり》、清盛の弟になる。熊野別当の娘を母として生まれ、幼少年期をかの地で過ごした、武術に優れた三十七歳。和歌に秀で、俊成を師に家集を編むほどの腕前であった。

追討軍が福原を発ったのは二十一日であった。

出立に佳き日を選んだからとはいえ、宣下からすでに十五日が経っている。本来なら少しでもはやく軍を進めるべきなのだが、維盛たちはわざわざ京に立ち寄った。

上総介伊藤忠清がごてたからだという。忠清は遷都に反対であった。清盛の父忠盛の代から仕える老いた家臣にとっては、六波羅こそが平氏の本拠地。この六波羅から、しかも吉日でなければ出陣しないと言い張ったのだ。

「すでに福原を発つにあたって日を選んだではないか」

大将の言にも首を縦に振らない強気の忠清は、関東八カ国の侍大将《さむらいだいしょう》を務めるばかりでなく、維盛の乳母夫でもあった。
維盛は折れた。平氏軍が再び動き出したのは月の末のこと、駿河国手越《てごし》の駅（静岡市駿河区）に着いたのは、月変わって十月も十日を過ぎていた。

頼朝追討の宣旨が下されたことは、遅くとも九月半ばまでには東国に伝えられた筈である。このたっぷりひと月もの時間を頼朝に与えたことが、維盛軍にとって致命傷となった。

頼朝をしてその父義朝が拠点とした鎌倉に入るを許し、畠山重忠《はたけやましげただ》をはじめ河越重頼《かわごえしげより》、江戸重長《えどしげなが》、熊谷直實《くまがいなおざね》、澁谷重國《しぶやしげくに》、曾我祐信《そがすけのぶ》、糟屋有季《かすやありすえ》といった武蔵や相模の有力武士を帰順させるを許してしまったにとどまらない。

平氏方の駿河国目代橘遠茂《たちばなのとおもち》は、甲斐国の不穏な動きを抑えるべく三千騎を率いて向かったのだが、逆に頼朝に呼応して黄瀬河宿《きせがわじゅく》へ向かう途上の甲斐源氏武田信義《たけだのぶよし》や安田義定《やすだよしさだ》たちに波志田《はしだ》のあたり（鉢田とも。駿河と甲斐の国境辺）にて討ち取られ、同じく駿河国の一軍を率いて北上していた大庭景親《おおばかげちか》の弟俣野景久《またのかげひさ》は工藤《くどう》荘司景光《かげみつ》と合戦となり、敗走させられてしまったのである。

遠茂も景久も、平氏家人にして精悍な武士である。彼らを前衛部隊として頼朝方をあらかじめ叩かせたうえで、本隊がとどめを刺す——実は、忠清が出立を遅らせた真の理由はここにあった。

本隊が引き連れてゆくのは平氏家人ばかりではない。むしろ、東国討伐の宣旨によって集められた駆《か》り武者のほうが多かった。さすがに忠清も二元構造の軍隊の脆《もろ》さを危ぶんでおり、よって先に前衛部隊によって勝利をあげさせ、駆り武者の士気を高めようと考えた。そのため、御丁寧にも前衛部隊の戦う日数を計り、ゆっくり発ったというわけだ。

〈兵の情は速《すみ》やかなるを主とす〉

と兵法は教える。敵の予想を覆す速やかさが、敵の不備を衝き、警戒の薄いところへの襲撃を可能にする。つまりは、福原を発つ時点で平氏軍の負けはほぼ決まっていたと言ってよいが、彼らはまだ勝つつもりでいた。というのも坂東後見大庭景親、初戦で平氏の目代を討って意気上がる頼朝軍を石橋山の戦いで潰走させた猛将が、一千騎を率いて合流する予定だったからである。

だが二日経ち、三日経っても、恃《たの》める男は現れなかった。

富士川東岸に集結しつつある源氏軍は四万という。

対するこちらは五千。しかも前衛部隊はやられてしまっているとあっては、追討軍首脳陣が動揺しない筈がない。

それを露呈する事態が、十七日に起きた。

この日の朝、武田方から使者が遣わされたのだが、持参した書状には次のようにしたためられていた。

〈年来見参の志ありと雖も、今に未だその思いを遂げず、幸いに宣旨の使として、御下向あり。須《すべか》らく参上すべしと雖《いえど》も、程遠く、路嶮《けわ》しく、輙《たやす》く参り難し。又渡御煩《とぎょ》いあるべし。仍って浮嶋《うきしまがはら》原に於いて、相互に行き向かい、見参を遂げんと欲す〉

こちらから山越えするだけでも大変なのに、富士川まで渡るのは難儀ですから、浮嶋原（富士川東岸の河原）で相見《あいまみ》えましょう――つまりそちらが川を渡って来い、というのだ。読めば確かに腹が立つ。

特に怒ったのが忠清であった。

即刻首を斬れ、と怒鳴る忠清に、矢合わせ前の使者の身柄の安全は保障されるべきである、と維盛も忠度も宥《なだ》めたが、忠清は、それは私戦における常識に過ぎず、官軍対賊軍のいくさにおいては守る必要はない、と吐き捨てた。

「彼奴らを斬ることで、平氏は揶揄《やゆ》に満ちた挑戦には決然と対することを示せるのですぞ」

忠清はとうとう押し切ったが、軍内はかえって、揶揄を揶揄で返す余裕すらないのか、と浮き足立つ結果となってしまった。

平氏家人ですら不安なら、駆り武者は言わずもがな。

翌日には富士川西岸に陣を張った追討軍、不協和音を奏でながらも、とかく作戦を確認し終わり、休息に入って間もなくであった。

味方の軍兵が続続と敵陣に降り落ちたのである。それも夜陰に紛れて数百騎単位での逃走であるから、引き止めようがなかった。

彼らはそも、平氏に何の義理もない。勝率の高いほうにつくのは、弓矢取る身の習いである。いやそれ以前に、軍兵数の圧倒的な差、というだけでも、彼らが川を渡る十分な理由となった。

明るくなってみれば、残ったのは一千騎余り。それもすっかり戦意を失っているとくれば、いくさどころではない。

「ここは退《ひ》きましょう」

ほかでもない忠清の言に、維盛は激した。

「それは兵を敵に降らせたそなたが言うべきことではなかろうが。策を考えよ。勝つ策だ」

「なればこそ、退くに如かずと申しております」

「おのれ、この維盛を源氏の奴らに烏滸よばわりさせる気か！」

「万が一にも戦って儚《はかな》くなれば、それこそ、勝敗の決したるも見抜けず無駄死にするとは愚か、と嗤われましょうぞ」

「陣から兵が逃げたというだけで、とっくに嗤われておろうわ！」

忠清はこれに答えず、忠度のほうを向いた。

「薩摩守殿は如何お考え遊ばすや？」

「逃げるも兵法、という」

腕に覚えのある男の決断は早かった。

「薩摩殿までが敵に背を向けると言われるか」

「右少将殿」

忠度は少し強い声で維盛を遮った。

「今は臆したると後ろ指差されようと、命を繋《つな》ぐが大事でありましょう。決して背を向けぬが強者というのではありませぬ。むしろ強者なればこそ背を向けるべき時にそれが出来るというもの。ここは忠清の申すとおり、仕切り直しましょう。最後に笑えばよいのです」

「左様にございますぞ」

乳母夫の侍大将とおのれより武に長けた副大将に口を揃えられては、これを翻す力など維盛にはなかった。

退くと決まれば、ただ疾《と》く疾く西へ走るのみ。

維盛と忠度を先頭に千騎を落とし、最後に陣営に火を放った忠清が姿を消した時、日はまだ地からわずかに顔を覗かせたところであった。

二

翌日の払暁に、頼朝は富士川東岸の加島《かじま》に着いた。

平氏軍が昨日の曙に退却をはじめたことは、ここへ来る途上で報告を受けていた。それでも両総や武蔵、相模の有勢の者を従えての進軍をつづけたのは、おのが存在感を甲斐源氏に示すためにほかならなかった。

その数刻後の、日が午に迫る頃――。

九郎の参着を告げる飛脚が着いた。

頼朝と同じ陣幕内にある者も、別陣を立てている者も、殿の御舎弟とは如何なる人ぞや、と賑やかにしゃべりはじめて半刻も経たないうちに、東の彼方に小さく、白旗を靡かせながら土煙を上げる一団が現れた。

さっそく、義朝の乳母夫中村宗平《なかむらむねひら》とその息子土肥實平《どひさねひら》が出迎えに馬を駆った。

東国武士の多くが中央に進出した義朝について上京し、さまざまな活動を行っていたが、この父子も例外ではなかった。

特に實平は、義朝が斃れたあとも屢《しばしば》在京して人脈を広げ、頼政とも親しかった。その縁で、九郎が奥州と京を往来する折には密かに世話をして、今は九郎と直接に誼《よしみ》を結んでいる。

宗平父子につづいて佐々木定綱《ささきさだつな》と弟たち、畠山重忠や下河邊行平《しもこうべゆきひら》など興味津津《しんしん》の若い連中が飛び出し、彼らにつられるように上總廣常《かずさひろつね》、千葉常胤《ちばつねたね》、三浦義澄《みうらよしすみ》といった老臣も御舎弟の品定めに立ち上がった。彼らが各々馬を引き立て、郎党を従えて道の左右にずらりと並ぶさまは、普通の若者なら気後れしてしまうほど圧巻である。

疾走していた一団はこれを認めて手綱を引き、ゆったりと近づいて来た。

先頭は九郎であろう。紅《あか》い鞅《むながい》をかけた黒馬の太く逞《たくま》しいのに跨《またが》り、五枚兜に打たれた鍬形《くわがた》を煌《きら》めかせている。兜を猪首《いくび》に被っているので、遠目にも目鼻立ちの整った顔がよく見え、その白皙《はくせき》に映える赤地錦の直垂に紫裾濃《むらさきすそご》の鎧を纏い、大中黒《おおなかぐろ》の矢を背に滋籐《しげどう》の弓を持った若武者姿は、絵にも描けぬほど美しい。

「九郎殿。ようお越しなさいました」

「お待ち申し上げておりましたぞ」

待ちきれない宗平父子が声を張り上げた。それに応えて九郎は微笑み、馬の足をやや速めてふたりに近づいた。

「やあ、宗平、實平。変わりはないか」

「このとおり、今から伊勢平氏めを討つと思うだに、二十は若返っておりますわい」

宗平が歯の抜けた口を開けて笑ったあと、瞼《まぶた》に皺の寄った目を眩しげに細め、「兄君がお待ち兼ねですぞ」と太く言った。

「さ、早うに」

實平にも促されて九郎はうなずき、再び馬を進めた。

九郎のすぐうしろを、長年伊豆に住み、頼朝とも昵懇の頼政の末子《ばっし》廣綱がゆく。廣綱は先だっての八月の争乱の際、追討の手を逃れて奥州に逃げ込んでいたのを、九郎に伴われて戻って来た格好だ。

鎌田の兄弟もつづく。出迎えの者のなかには、保元平治の両合戦を兄弟と共に戦った輩もあり、再会を喜ぶ声がそこかしこで上がる。

彼らのさらにうしろからは、百に余る騎馬軍。そのどれもがみちのく産の立派な馬を御《ぎょ》しており、進みゆくほどに東国武士たちの羨望のため息が大きくなった。

先頭の九郎は、並びいる名だたる武将に何ら怖気《おじけ》ることも媚《こ》びることもない。むしろ出迎えを受けるは当然といった、まるで凱旋行進のような堂堂とした振る舞いに、誰もが源氏嫡流の血を感じた。

それは決して、あからさまに人を威圧するという態度ではない。それどころか、見るからに線の細い、都会的に洗練された京武者風情の若者は、東国武士の目には吹けば飛びそうですらある。

だが、思わずその足許に跪《ひざまず》きたくなるようなものが、九郎にはあった。

見る者を惹《ひ》きつけて止《や》まないもの——それこそが、身につけようと努めてつけられるものではない、九郎が父と母から受け継いだ魅力であった。

小さく引き締まった口許に薄く笑みを浮かべつつ、九郎の切れ長の目は涼しげに居並ぶ男たちの顔を確かめてゆく。目を合わせた者は一瞬、胸底を、ふわっ、と持ち上げられたような気がして息を呑んだ。

魂を吸い取られるような、と言おうか。何とも名状しがたい心地よさに、猛き武士の頰がゆるんだ。

品定め組も例外ではない。

未だその戦いぶりも、政治手腕も見せていない、真価のわからない若者である。

若武者が馬を進めてゆく、それだけのことなのだ、とわかっていても、目は若者から放れたがらず、呼吸はその数を増やす。まるで女性に一目惚れするのと変わらぬ衝撃に、東国武士たちは打ちのめされたと言ってよかった。

——これぞまさしく我らが大将。

と誰もが思った。頼朝の待つ陣へ向かうまでの短い間に、九郎は、老いた者の脳裏には亡き殿義朝を鮮やかに蘇らせる一方、若き者のなかにあった、大将とは見るからに強面《こわもて》であるもの、という定説を覆してしまったのである。

本陣の前まで来て、九郎は馬から下りた。

ぐるりと垣楯《かいだて》をかいた外側に、笹竜胆《ささりんどう》を黒々と染め抜いた大幕が張り巡らされている。

兜を光政に預けた九郎は、先まわりして待っていた實平を先に立ててなかへ入った。

「御舎弟のお着きにございます」

「おお、九郎殿、待ち兼ねたぞ。早うこちらへ」

九郎が声を発するより先に、幾分高く、細い声が震えた。見れば、奥の一畳の畳のうえに小具足をつけた小柄な男が立っていて、色白の顔を紅潮させ、手を差し招いている。

「廣綱殿も無事であられたか。御辺らは……おお、盛政に光政ではないか。そなたらも、さ、近う……」

廣綱と盛政は顔を輝かせたが、光政は九郎の兜を抱き締めて、すでに目を潤ませている。

奥へ進みながら、九郎の胸も嬉しさに乱れた。

(ああ、これが我が兄頼朝――)

遅うなりました、と一礼する九郎を敷き皮に座らせ、頼朝自身は畳に直に腰を下ろした。

「この日、この時を如何に待っておったことか。よう来てくだされた」

「九郎も兄上にお会い出来る日を心待ちにいたしておりました。まだ夢のようでございます」

「鎌倉へは寄られたか」

「はい、一昨日の夕方に着きまして、全成の兄上に迎えていただきました」

全成は九郎より一足早く東国に着き、下総国鷺沼《さぎぬま》(現千葉県習志野市)で頼朝と再会している。

「なんと、では、鎌倉からここまで二日とかからず来られたというのか」

頼朝が目を丸くしたのもその筈、頼朝軍は同じ道程《みちのり》を丸四日かかっていたからである。

「我らは二百に足らぬ勢でありますし、それに」

九郎は、にこり、とした。

「この九郎の、兄上に早くお会いしたいという思いは、軍兵らもようわかってくれております。皆、馬の腱も切れんばかりに急《せ》いてくれました」

頼朝は黙ったまま、何度も小さくうなずいた。瞳にうっすら湧いて来た滴《しずく》を零さんとしてか、口をきつく引き結んでいる。

「鎌倉で小休止のあと、すぐにこちらへ向かうつもりであったのですが、ゆるりと休んだほうがむしろ速く進むであろう、と全成の兄上に言われまして……ならば、と軍兵には鞍を解かせ、九郎は兄上に案内を乞うて、岡崎殿の堂へ詣って参りました」

頼朝は再びうなずいた。岡崎義實《おかざきよしざね》が亡き主義朝を弔うために建てた堂は、かつて義朝の館があった場所にある。

「父上と義平殿が護られた伝来の地と思うと、感無量にございました」

「……全成殿もそうだが、九郎殿のお声も父上によう似ておいでだ」

やっと声に出してそう言うと、頼朝は頬を少しゆるめた。

「お声は父上、お顔は……お顔は継母上《ははうえ》に……」

だがもう限界のようであった。頼朝の顔が歪んだと思うと、大粒の涙がはふり落ちた。あとからあとから溢れる涙を拭いもせず、幕のなかに集まり来たる武士たちの目も憚《はばか》らず、頼朝は泣きつづける。九郎の目に映る兄の姿も、たちまち霞んで見えなくなった。

すでに文は交し合っているが、はじめて会うに等しいふたりである。頼朝は襁褓《むつき》にくるまれた九郎しか知らず、九郎に頼朝の記憶はない。そのふたりの隔てられた二十年を一気に縮めたもの、それが常磐の存在であった。

頼朝の実母であった由良《ゆら》の一周忌が済めば、常磐は晴れて正室となる筈であった。だがそれは、残念ながらその日を二か月後に控えて起きた平治の乱で流れてしまったのだが、常磐は由良が亡くなって間もなく、一門の人々から北の方としてもてなされるようになっており、頼朝にとっても尊重すべき継母となっていた。また由良の死後、三日にあげず船岡邸に招いて何かと構ってくれる常盤は、頼朝には実の母のように頼れる大事な女性であった。

それは伊豆に流されてからも変わらなかった。

京から頼朝の許へ、早い時期には成親《なりちか》、今は光能《みつよし》から連絡が届くが、そのほかにも報せを寄せる者は多々あった。なかでも頼朝の乳母の甥であった三善康信《みよしやすのぶ》は月に三度も使者を送っており、常盤は屢《しばしば》その使者に文を託して頼朝を気遣った。

文ばかりではない。四季折々には、唐櫃《からひつ》に色目美しい狩衣《かりぎぬ》や指貫《さしぬき》をはじめ、香木《こうぼく》や香炉《こうろ》、金銀の砂子を蒔《ま》いた色紙などを詰めて贈った。これら常盤の優しい心や都の雅《みやび》な香りに、はじめての土地で心細く明かし暮らす若い頼朝はどれほど励まされたかしれない。

また九郎も、おのが母が如何にこの兄を大事にしているかを知っていた。となれば、ふたりに言葉はいらない。互いの濡れた瞳のなかに、ふたりが慕う女《ひと》の笑顔が浮かべば充分であった。

何も語らず、見詰め合い涙し合う兄弟の姿に、東国の武士たちの袖も濡れた。

やがて兄が弟の手を静かに取った時、すすり泣きの渦は号泣の嵐に変わった。といってこれは、彼らが単純に兄弟愛に感動したからではない。

以仁王の宣旨は各地の源氏に伝えられた。よって、甲斐の武田信義や安田義定、信濃の木曽義仲《きそよしなか》などがすでに蜂起しているのであり、上野の新田義重《にったよししげ》、常陸の志太義憲《しだよしのり》や佐竹秀義《さたけひでよし》なども自ら起つ動きを見せている。

そのなかから「頼朝」という札を、今ここにいる者たちは選んだ。それは頼朝がほかの誰より早く平氏目代を攻撃したことによる。これに上總廣常や千葉常胤といった平氏目代に利権を脅かされていた在庁官人が賛同、反平氏の象徴として頼朝を擁立し、さらにこれら有勢の動きに武蔵の江戸重長、河越重頼、畠山重忠、熊谷直實などが、頼朝を「源氏棟梁の最有力候補」と見て参集を決めるに至った。また、これまで中央と強い繋がりを持ってきた者たち、なかでも源平の武家と提携し、その権威を背として近隣との対立抗争を優位に進めてきた在地有力者にとって、頼朝が元服直後に右兵衛権佐《うひょうえごんのすけ》に補任されており、将来の公卿入りを保証されていたと言ってよい貴種であることも魅力であった。

だがその一方で、

――果たして頼朝で正解だったのか。

と、彼らは不安に駆られていた。そのゆえ、頼朝は未だ賊徒の汚名を解かれずにあるうえ、武田や新田らと違っておのれの勢がないばかりか、長《おさ》たる貫禄もなかったとなればうなずける。

昨日の友を今日は敵にしても、氏と所領を次代に繋ぐことを人生最大の目標とする彼らに、滅びはあってはならないのだ。

末法思想に支配され仏教的無常観が深まった時代ではあるが、花鳥風月のみならず身の滅びにも美を感じると言う者があるとすれば、もしそれが武士を名乗っているならば、その者は戦いの実際を知らぬ貴族化した名ばかりの武士であろう。そもそも、この時代の真《まこと》の武士《もののふ》には死を美しいとする思想はまずないと言ってよい。というより、江戸期に書かれた『葉隠《はがくれ》』の有名な一節「武士道といふは死ぬことと見つけたり」――本来は死ぬことを恐れて為すべきことをしないのを戒《いまし》めたものなのだが――を以て、戦って死ぬこと自体が美化されたのは近代のほんの一時期だけであって、それこそ大和朝廷から江戸の末までの武士には、切腹の場でも取り乱さず、腹を掻き切って表情ひとつ変えないといった、つまり、見苦しい死にざまを見せたくないという美学はあっても、それは死にゆくことそのものを美しいとするものではまったくなかった。

平安末期の、ことに中央政権の秩序の及び難い東国で、死と隣り合わせの自力救済の日々を生きて来た彼らである。負けが決しても逃げることなく、我が身我が一族の、胸の鼓動が最後の一回を打つまで敵に対しつづけて死にゆかねばならぬこともあろう。

だが彼らにとってはあくまで勝つことが美しいのであって、身が滅びることもまた美しい、とは露ほども考えはしない。一旦いくさがはじまれば、酷暑極寒をものともせず、親の屍《しかばね》を子の骸《むくろ》を乗り越えても勝利はもぎ取るべきものであって、そのために組む相手を選ぶに情を挟んではならず、時には冷酷に切って捨てねばならなかった。頼朝を選んだ者たちも、そうして勝ち残ってきたのである。

頼朝が今度の追討宣旨で名指しされているということは、平氏は頼朝が反平氏勢力の核になると見ているのであろう。だが東国での頼朝の位置づけは、今のところ各地に起つ源氏のひとりに過ぎない。それに平氏本隊との初対決において、頼朝は華々しい勝利を挙げるどころか、実際に敵を走らせたのは武田軍、となると、今後は頼朝より武田の大将の名のほうが中央で重みを持つようになるかもしれないのだ。

東国武士としては、より強い権威を後ろ楯としたい。今朝、富士川のほとりまでやって来た時にはすでに対岸に敵の姿はなく、戦わずして得た勝利の余韻に浸る甲斐源氏の大軍を見れば、権威の乗り換えを囁く声が聞こえて来るのは当然であった。

そこへ弟が来るという。

嫡男とされた三十三歳の頼朝からして、二十二歳のいくさを知らぬ若者が如何ほどのものぞ、と思って見てみれば、その身に纏う気は兄に比べてより父義朝に似、一見で人を惹きつける魅力と、威風溢れる態度に大将としての資質が感じられる。

――この弟、只者《ただもの》ではない。

そう武士《もののふ》の勘が読み取った時、彼らの目の前で果たされた兄弟の再会は、素晴らしく劇的なものとなったのだ。九郎も義朝の子、しかもこれほどの男なら独自で蜂起することも出来た筈。それをこうして兄の許へ駆けつけたとは――。

この時、彼らの脳裏には、熱く語り継がれるあの話――東国武士の鑑《かがみ》、八幡太郎義家が後三年の合戦を起こした折、三弟新羅三郎義光は、苦戦する兄を助けるために朝廷の職をなげうって駆けつけ、その勝利に貢献したという話が浮かんでいた。

御舎弟は我らが殿、鎌倉殿を助けに来てくだされたのだ。祖父から父から繰り返し聞かされた名場面が、今まさに再現されているのだ。我らが戴く男は頼朝で正しかったのだ――どっと押し寄せる安堵が、彼らを感動の号泣に導いたのだった。

三

翌日――。

早朝から軍議は紛糾した。

「このまま平氏を追って、一気に京まで攻め上がりましょうぞ」

「いや、一旦鎌倉に戻り、上洛は東国を固めてのちにすべきであろう」

陣営の意見はふたつに分かれ、どちらも譲る気配はない。

上洛派は、「いくさは勢い」と言い、血気盛んな若武者に多かった。御舎弟が来られて全軍士気上がる今ならば、敗走する平氏大将維盛の首を土産に入洛し得よう。新院（高倉院）当今（安徳帝）共にその正統性は疑わしいものなれば、法皇（後白河院）のお身柄を押さえた時点で我らは官軍となる、と言うのだ。

一方の東国重視派は、「まずは各々の所領を確実にすべし」と言う。こちらは、東国武士間の対立を調停してくれていた義朝を盟主と仰いでいたが、その義朝が亡くなったために在地支配権や地位を失って、辛酸《しんさん》を嘗《な》めてきた宿老が多かった。彼らが二度と脅《おびや》かされたくないと思っているその所領の北、特に常陸には強勢を誇る佐竹氏があり、さらにその奥には北の獅子藤原秀衡が控えているとあっては、それらに背を向けての上洛など、彼らにはあってはならないことである。京へ向かうは東夷《とうい》を平げてのちのこと、御舎弟が来られたからには、それは早いうちに実現するであろう、というのが彼らの言い分だ。

「武田や安田はすでに西へ向かいましたぞ。奴らに維盛の首を取らせるのですか」

和田義盛が喚《おめ》くように言った。義盛は三浦義明の孫で、頼朝と同じ三十四歳である。

「大声を出すな」

たしなめたのは義盛の叔父に当たる三浦義澄。

「ゆかせておけばよいではないか。腐っても平氏、大将の首など容易に取れるものではないわ」

「たとえ取れぬでも、奴ら、逃げる平氏を追うてそのまま京へ雪崩《なだ》れ込みましょうぞ。これを許してよいのですか、と言うておるのです。我らが奴らのうしろを詰めていたことも平氏敗走の一因となっておるというに、手柄を奴らのみのものとしてもよいのですか」

「入洛は、それこそ敗走の途次にある大将の首を取るより難しいぞ」

「いや叔父上、勢いというものを甘く見てはなりませぬ。こたびの勝利を知れば、美濃や近江の源氏も嵩《かさ》にかかりましょう。彼らが動けば必ずや南都北嶺も動く」

「おう、宗門が動けば入洛は成ったも同然でしょうな」

佐々木兄弟の四番目、高綱《たかつな》も言う。

「そうであろう?」

応援を得て義盛、北は甲斐、美濃、近江源氏に任せ、我らは南から攻めようぞ、と勢い込んだ。

「相国殿を相手にか」

声を上げたのは上總廣常である。

「こたびの平氏遠征軍はお粗末であったが、かの者らの実力があの程度であると思うたら大違いぞ。本気になった相国殿の待つ京へ向かうなど、飛んで火に入る何とやら、だ」

う、と義盛は詰まった。

「ただ、このまま武田らを捨て置いて鎌倉へ引き上げれば、この駿河の国府は確実に奴らに押さえられましょう。あるいは遠江も――」

透明感のある、弾むように若々しい声が言った。

声の主は畠山重忠、十七歳。父重能《しげよし》は義平と共に大蔵合戦を戦い、義朝亡きあとは平知盛の配下にあった。その父が大番役で在京中に頼朝が挙兵、よってはじめ重忠は平氏方として起ち、三浦氏の衣笠城《きぬがさじょう》を攻めて、母の父、つまり祖父になる義明《よしあき》を自害に追い込んだ。

だが両総、相模、甲斐の有勢が源氏に加担するのを見、さらに、そなたは源氏に与《くみ》せよ、との父からの密書を受け取った重忠は、一族の江戸重長や河越重頼と頼朝方に降ることに決め、源氏の白旗を高々と掲げて参陣したのであった。

「そなたの先祖秩父《ちちぶ》氏は、桓武平氏ではないか」

それがなぜ源氏の旗を持っているのか、と頼朝に問い質《ただ》された重忠、かつて秩父十郎武綱《たけつな》が八幡太郎義家に従いて、奥州での両合戦で武勲を立てた折に拝領した白旗である、こたび源氏軍に参じるに、我が氏の旗として掲《かか》げて何の不都合があろうか、と臆することなく答えたという。

また衣笠城を攻めた折には、同族を殲滅《せんめつ》するのは忍びぬ、と退路を確保して義澄以下多くの者を逃がしたうえ、その所領を奪うことなく引き揚げるという、数え十七とは思えぬ戦いぶりを聞かされた頼朝は大いに感激し、重忠に小紋村紺《こもんむらご》の旗印を与えたのであった。

「――駿河や遠江を奴らの好きにさせれば、我が軍に功なしと認めたようなもの。これが悔しゅうございますな」

重忠は物おじせず、思ったままを口にする。

左様、と従兄弟の加勢を得て、義盛の大音声が復活した。

「両国をすんなり渡したのでは、甲斐源氏に勲功第一を許すのみならず、遠江、駿河、甲斐、さらに奴らは、上野、下野、常陸の連中と組んで、坂東の我らを囲み、脅かしますぞ」

「なればこそよ」

今度は廣常が声を大にする。

「我らはまず、既存の所領を確実なものとする必要があろう。鎌倉も、未だ殿の御新居すら完成を見ておらぬではないか。京へ急いで官軍になったとて、それがどうだというのだ。先ほども申したが、平氏の軍力は侮《あなど》れぬ。よしや入洛成ったとて、すぐに平氏は盛り返す。佐竹を討たずして京へ上ってみよ。逆に我らが京を追われる身になった時、戻る地がなくなっておるやもしれぬのだぞ」

へっ、と義盛は吐き捨てた。

「佐竹が何ほどのものぞ。父隆義は京にあり、留守を預かるへろへろ息子の冠者秀義など、大したことはないではありませぬか。直ちに隆義が戻り来たるというならば厄介でありましょうが、こちらから京へ攻めゆくとなれば、隆義も平氏軍を離れるわけにはゆかぬ。佐竹如きに……」

「動けませぬな」

息巻く義盛を、千葉常胤のしわがれた声が遮《さえぎ》った。

「御辺の所領は三浦なれば、そう差し迫った感はないやもしれぬが、我が所領は常陸と隣り合うておりますのでな。まずは佐竹を押さえ込まねば動けませぬ。それに」

常胤は若者たちを睨めつけた。

「上總殿の勢なくば、殿の軍はなきに等しいことを忘れてもろうては困りますぞ」

廣常は両総に動員をかけて二万になんなんとする軍兵を率いており、この数があるから志太義憲も新田義重も、それこそ佐竹も容易には動けない、と、それは若い連中もわかっている。わかってはいるが、一同が顔を並べる軍議において、率いる軍兵の数に勝る者の、あるいは歳がうえの者の主張ばかりが重んじられるのは面白くない。

——頼朝の許に集まった志《こころざし》は、勢の大小も、老いも若きも同じではないのか。我らを逼塞させた平氏の勢いを止めることではなかったのか。所領は勿論大事だが、御舎弟が参陣されて勢いある今なれば、京へ怒涛《どとう》の如く馳《は》せ上《のぼ》れる。京での形勢をひっくり返せば、佐竹とて我らに与《くみ》するが得策と考えるのではないのか——。

(殿の考えは如何に)

若者の誰もが同時に思い、頼朝に視線を向けた。その動きに、宿老たちも思い出したように若い主君を見やる。

陣内すべての目が注がれるなか、頼朝はゆっくりと腕を組んだ。

白い頬に薄紅が差している。大きく息をついたが、何も言わない。傍《はた》からは深く考え込んでいるように見えるが、実は頭のなかは真っ白なのである。

この格好を、頼朝はよく取った。大きな決断を迫られる時ばかりではない。あることがらについて意見を求められたり、理路整然と反論されたりした際も、とっさに応じることが出来ず、じっと黙ってしまうのだ。

母由良が心配したとおり、生来おとなしく、おっとりした頼朝は、強い統率力や時に即決力が求められる自力救済の世界を生きる東国武士の棟梁には、おおよそ不向きであったと言ってよい。ただ何も考えられない分、演技もないので、我が殿は即答を避ける慎重なお人柄なのであろう、と家臣に思わせることには成功していた。

皆は待った。慎重な殿はどちらの意見を採るのか。

だが頼朝は黙したまま、じりじりと時ばかりが過ぎる。

「殿、御決断くださいませ！」

ついに義盛が痺《しび》れを切らした。

「こうしている間にも、武田らはさらに都へ近づいておるのですぞ。御舎弟が平泉からお越しになられたこと、これを佐竹方に大いに知らしめれば、鎌倉と平泉は密に連携していると奴らは警戒しましょう。つまりは、我らが京に向かったとて、奴らは藤原に背後を突かれることを恐れて、我らが所領には踏み込めぬ筈」

「いやむしろ、御舎弟が平泉と通じておいでであるからこそ、我らは思いきり佐竹を攻められるのではないか。西へ向かうなら後顧《こうこ》の憂《うれ》いを絶ってからにすべきだ。殿、違いましょうか」

廣常も頼朝に迫った。

「うむ……どちらの言い分もようわかるが……」

はじめ、頼朝の本心は若者たちと同じであった。一気に攻め上って、平氏に代わる京第一の武者になりたい、早く都へ帰って、華やかな生活を取り戻したい、そう思っていた。

だが所領が大事といわれればそのとおりであるし、軍の主力を成す廣常、常胤、義澄ら宿老たちの意見を蹴る勇気は、今の頼朝にはない。

どうしたものか、と頼朝は覚えず横に座を占める九郎に目をやった。

つられて、頼朝に集まっていた視線は一斉に九郎へと移る。が、当の九郎は目を伏せていて、そのことに気づいていないようだ。

視線を戻せば、頼朝は相変わらず難しい顔をして、ちらちらと弟の横顔を窺《うかが》うばかり、再び九郎を見れば、やはり目を閉じて微動だにしない。

皆の苛立《いらだ》ちはもう限界であった。

頼朝はさておき、軍議中というのに、九郎のその起きているのか寝ているのかも定かでないさまは、まったくけしからぬ――重忠が強面に言って出た。

「殿も御舎弟のお考えをお聞きになりたい御気色なれば、まず御舎弟は如何お考えか、お教えいただきましょうか。どちらの意をお採りになるのか、してその理由もお聞かせ願いたい。あの頭《こう》の殿の御子息なれば、必ずや我らを十二分に納得させてくださる筈」

「おお、それがよい。御舎弟の御意見は、殿にも重いものでありましょうからな」

廣常も言えば、誰もが、是非聞かせ給え、と口々に喚《おめ》き騒ぐ。と、

「騒がしいわ！」

恐ろしく太い、雷鳴かと聞き紛う大音声が地を揺らし、陣内は、すっ、と静かになった。

まさか九郎の声とは信じられず、皆はあたりを見まわす。

「これほど時を費やしてまだ意が纏まらぬとは、困った方々であるな！」

やはり声は九郎の口から発せられており、その目は薄く開かれ、将たちを睨みつけていた。

深い色の瞳は、昨日馬上にあった九郎の、あの吸い込まれるような涼しさとは違った、胸をざっくりと割《さ》く白刃《はくじん》の如き鋭さに光っている。

「そもそも、今のこの時期に、陣営がふたつに分れて殿に御決断を迫るとは何ごとぞ。殿が起《た》たれてやっとふた月、重忠っ、平氏方であった汝《なんじ》が参陣したのはわずか半月前だ！」

九郎の視線に射竦《いすく》められ、重忠は居心地悪そうに身じろぎした。

「古き者の経験に裏打ちされた言はもっともなこと、なれど若き者の意も汲んでやりたい。殿がそうお考えであるのは、そのほうらもわかっておろう。重忠もわかっておろうな？」

「は」

「ならば何ゆえ、産声《うぶごえ》上げて間もない我が軍を二分させとうはない、と苦しまれる殿の御心中にまで思いを致さぬ！」

「はあ、それは……」

重忠は目を伏せる。

「軍が熟してくれれば、殿も躊躇《ためら》うことなくお考えを口にされよう。だが今は出来ぬ。皆を大事に思うほどに、殿は御決断に苦しまれるのだ。そのお心を察すれば、まずは何としても郎党らの意をひとつに纏め、献策というかたちを以て申し上げて殿の意を伺うべきではないのか。そのうえで修正すべきは修正し、推すべきは今一度言葉を尽くして、再度献策し、意を伺う。そのようにしてこの軍を育ててゆくのが郎党の務めではないのか。違うか、重忠！」

「はっ」

集中攻撃されて、重忠の頰は紅潮している。

「汝、この九郎の考えを聞きたいと申したな。そのほうらもだ」

九郎はゆっくりと将たちに向き直った。

「実はそのほうらの献策を聞いたうえで我が意を述べるつもりであったが、意を纏められぬとあらば致し方ない。聞かせてやるから、よう聞け……我らは鎌倉に戻るべきである！」

幕内はどよめいたが、歓声半分、ため息半分である。

九郎は和田義盛に目を向けた。

「義盛。汝は先ほど、鎌倉と平泉が緊密であると佐竹に知らしめれば、我らが京へ向かっても奴らは動かぬ、と申したな」

「はい、違いましょうか」

義盛は、ぶすっ、として答えた。若い九郎が宿老の意を採ったことに納得いかないらしい。

「そなた、白河の関を越えれば、すぐそこに平泉があると思うておらぬか」

「いえ」

「では答えよ。白河から幾日かかる」

「確か四、五日……」

ふむ、と九郎は片頰を持ち上げた。

「それは九郎の足で、だな。廣常、そなたは幾日と見ておる」

「は、白河の関から外が濱まで約二十日、その中間に平泉は位置しておりますれば、十日はかかりましょう」

「さすがは廣常、北への所領拡大を狙う者なればよう知っておるわ」

九郎は鼻を鳴らして笑った。

「佐竹動いたり、と平泉に飛脚が走り、平泉が軍を起《お》こして常陸に至る――飛脚は三日でも、軍は十日では進めぬ行程、たっぷり半月はかかろう。となれば、佐竹としてはゆっくり両総に攻め入れる計算よ。平泉軍が両総に着く頃にはいくさは終わっておろうぞ。徒労に終わると知ってなお、援軍を差し向ける秀衡ではない」

「なれど、平泉本隊が動かぬまでも……」

義盛がなおも言いつづけようとするのを、九郎は遮った。

「所領を接する磐城《いわき》、岩代《いわしろ》あたりの輩が起《む》っと言いたいのであろう？　それはないな。彼らとて所領第一、無駄ないくさはせぬ。しかも北陸奥なら奥州藤原氏の重代の郎党ゆえ、秀衡にその意あると見れば自ら動くことも考えられるが、南陸奥は家礼《けらい》（近世の家来《けらい》とは違い、この時代の家礼は去就向背の権利を持ち、譜代の臣＝家人と区別される）なれば、たとえ秀衡が命じたとて、思いどおりになるや否やもわからぬ。結句、平泉は動かぬ、ということだ。逆に、我らは平泉が動かぬうちに、東国を我ら優位に作り上げねばならぬ。佐竹のみでないぞ。常胤が申したとおり、同じ常陸に我が叔父志太先生《しだせんじょう》はじめ、越後に城《じょう》、上野に新田、下野に足利がある。彼らをして佐竹と組ませてはならぬ」

「ではすぐさま、平泉に動かぬことの確約を取り、佐竹を攻める、と？」

身を乗り出す廣常に、そうだ、と九郎は大きくうなずく。

「ただし、平泉に改めて確かめる必要はない。ここへ向かう前に、この九郎が確約を取りつけて来ておる。殿が坂東を纏めるまでは決して動かぬ、とな」

「これはこれは」

常胤が感心したように首を横に振った。

「それから、ここへの道中、佐竹の様子を探らせたが、今のところ起つ気はなさそうだな。だが何がどう変わるやはわからぬ。よってこたびも一応、我が軍の半分は鎌倉に置いて来たのだが……」

「まことか！」

それまで黙っていた頼朝が驚愕の声を上げた。

「は、昨日は申し上げる機会がありませんでしたが、まことにございます。留守を預かる鎌倉の軍の陣立てを見たところ、兵法に精通された方はことごとく殿に従われたのか、いささか不安を覚えましたもので……軍の指揮には信夫荘司佐藤元治が息、継信、忠信の兄弟を残して参りました」

「これは心強い」

武士《もののふ》ならば、みちのくの名門佐藤の名を知らぬ者はない。頼朝は頬をゆるめた。兄の顔を見て九郎も微笑んだが、すぐ真顔を将たちに戻した。

「それに、もうひとつ大事なことがある。一昨日、平氏の軍兵の多くが我がほうに降ったのであるから、敵軍内情および敵軍の通って参った畿内から東海の状況など、そのほうらはすでに入手しておろう。それを確かめておく。敵兵を尋問した者は誰だ？」

将たちは顔を見合わした。敵方が降った先は源氏は源氏でも武田軍。遅れて来た頼朝軍が、敵兵とはいえすでに武田軍に属している者を引っ張って来て尋問するわけにはいかない。それくらいのことは御舎弟にもおわかりだろうに、という顔を、誰もが九郎に向けた。

「そのほうら、武田に遠慮したのか？　まさかそのようなことはなかろうな。目の前に生の情報を持つ連中が何千といたのだぞ。それらから何も聞き出さず去らせるなど、愚かなことをしたのではなかろうな？」

皆は再び顔を見合わせた。言われればそのとおり、何も返せない。誰ぞ敵軍の話を聞いておる者はないのか、と縋《すが》るように互いの顔を窺っている。

しばらく彼らを見まわしていた九郎の目が、きっ、と重忠を捉えた。

「おい重忠。おのれは、我が軍は一気に京へ攻め上るべき、と主張し、この九郎に考えを聞きたいと抜《ぬ》かしたからには、さぞやしかと詳報を得ておるのであろうな。申してみよ」

「いえ、何も……何も聞いておりませぬ」

「敵方の状況もわからず、京へ攻めるべきだの所領を護るが先だのと、よう論じられるものよ。これでは平氏に勝てぬぞ！」

「は」

重忠は耳まで赤くして、消え入るばかりに身を低くした。

「某《それがし》が直接、降兵を問い質したのではありませぬが……」

見兼ねて、土肥實平が口を挟む。

「昨日、武田方に潜入した我が郎党によると、平氏上層部には福原出発前から意見の相違があったとか」

「うむ、殿の石橋山での惜敗がなければ、九月はじめにはこちらへ向かっておったという話だ」

「それが大庭らの勝利で気がゆるんだうえ、出立日の吉凶に拘《こだわ》って、京を出たのが九月末。しかも近江や美濃の源氏はすでに起ち上がっており、これらとも戦いながらゆえに進軍は鈍り、疲労も溜まり、平氏家人でない駆り武者らは、いつでも逃げ出す用意が出来ていたものと思われます」

「うむ。で、畿内から東海の状況は」

「恐れながら、某が知るのはここまででございます」

「そうか。だがよう申した」

九郎は、すっ、と目を細めた。

「下河邊行平はおるか」

「は、ここに」

「汝は我が弟《おとうと》弟子《でし》と聞いておる」

「貴殿の弓箭、剣術の技の素晴らしきことは、師の競殿よりよう伺っております」

競の名を聞いて、九郎は、にこ、とした。

「おう、我らが亡き恩師の話はのちほどとくとしようぞ……ところで、父君は達者か」

「はい、おかげさまにて」

頼政に従って以仁王と共に起ち上がり、王を護って宇治平等院から姿を消した行平の父行義は、その首が見つからなかったものの討死したのであろう、と当時は思われていた。

「父君は仲綱殿の首を隠してくれたらしいな」

「は、堂の下に……そのあと急ぎ宮を追うたのですが、光明山の麓に行き着いた時にはすでに大勢が決していた由、飛び出そうとは思うたものの、源三位入道（頼政）殿より日来お聞かせいただいておりましたお言葉、無駄死にするくらいなら、生きて何が出来るか考えよ、というを思い出して踏みとどまったとのこと。故郷へ戻って家督を某に譲ってのちは、三位殿の菩提を弔いつつ、微力ながら鎌倉殿をお支えする所存、出来得る限り多くと語らって同志を増やさん、と生き恥を晒すも厭わず、馳せまわっております」

「いや、よくぞ思いとどまってくれたものよ。敵を五人、十人斬ろうが、おのれが死せばそれまでのこと、なれど生き延びれば、それこそ千人、万人の敵を寝返らせ得るのだ……行義殿は三位殿を最後まで支えてくれた。三位殿のお志を肌で知る者が、今も我らを支えんと動いてくれているのは心強い。父君によろしく伝えてくれ」

「勿体ないお言葉にございます。父もどれほど喜びますことか」

「お、話が逸《そ》れておってはいかぬわ……汝は三月にはまだ都にあった筈。いつ戻って参った」

「六月末にございます」

「義澄や胤頼と同じ頃か。では汝にもわからぬな……おうそうだ、加賀美長清《かがみながきよ》殿であったか、知盛の下にあったが、一昨日来られたのは」

体格のよい若者が一礼した。

長清は、新羅三郎義光の流れを汲む甲斐源氏加賀美遠光《とおみつ》の次男で、小笠原牧を相続して小笠原長清ともよばれている。平知盛に仕えていた在京中に頼朝の挙兵を知り、ただちに坂東に向かおうとしたが許されず、知盛の家人高橋判官盛綱に憂えた。

——長清はじめ、平氏に仕える源氏の人々の多くは家礼である。よってその動向が怖畏せられるのは当然であるが、といって、国へ下るのを抑留するかの如き束縛はなされるべきではない。それはまるで服仕《ぶくじ》する家人に対するようなものだ——盛綱が知盛にそう説得してくれ、ようやく下向に漕ぎ着けたのであった。

「御辺は、八月上旬に京を出られたとか」

同族源氏に対してなので、九郎も少し言葉を改める。

「はい、なれど途中で病を得て、一両月美濃に逗《とど》まっておりまして……」

「ならば見ておいでであろう。畿内や近江、美濃は如何？」

「は、我が源氏の蜂起のみならず、悪僧の反乱も日を追い熾盛《しじょう》、また逆に平氏の募兵に応じる者は少なく……」

「それはすでに實平が申した。同じことを繰り返して無駄に時をお使いなさるな。伺いたいのは田畑の様子」

「田畑、でございますか」

「実りは如何であったか、をお答え願いたい」

「はあ、それは……あの、よくは見ておりませず……」

「これからいくさをしようというに、兵糧を軽んじられてはなりませぬぞ」

九郎は、きゅっ、と眉を顰め、男たちを見まわした。

「よいか。東国では長雨に稲実らず、旱魃《かんばつ》に不作なし、という。だがこれは西国には当てはまらぬ。この夏の日照りでこちらは豊作だが、西の、特に畿内とその周辺が大凶作となっておるのだ。ために平氏は兵糧の調達がうまくゆかず、宣旨を以て追討軍への動員をかけても、兵が集まらぬ。凡《およ》そ先に戦地に処《お》りて敵を待つものは佚《いっ》（安んじる）し、後《おく》れて戦地に処りて闘いに趨《おもむ》く者は労《ろう》す、というを知らぬ忠清ではない。出立日の吉凶に拘《こだわ》ったというが、実際このような状態では、侍大将として発つに発てぬわ。違うか」

誰も言葉を発することが出来ない。ただただ、九郎の白い面を見詰めている。

「ならばいっそのこと、大いに出立を遅らせよ。さすれば駿河目代らは待ち切れず兵を挙げよう。目代の三千騎に、大庭や伊東の精鋭二千騎近くが呼応すれば初戦の勝利は間違いない、そこへおのれ率いる本隊が突入して、甲斐源氏も鎌倉軍も一気に蹴散らす。先陣の勝利で駆り武者の士気が挙がれば一石二鳥――これが忠清の策であった筈だ。近江美濃の源氏や悪僧の蜂起が、平氏軍の士気を下げたのは確か。だが敵の最大の敗因は、やはり出立の遅れだ。その背景には大凶作がある」

重忠、と九郎はよばわった。もう若者は顔を上げ得ず、一層身を低くした。

「食糧のない畿内で如何に戦うのだ。東国から運ぶか？　ただし、国の者に飢えを強いて備蓄米まで持ち出したとて、幾月持ち堪える？　用《よう》（武具装備）は国にとり、糧《かて》（食糧）は敵に因《よ》るがいくさの基本なれば、兵糧は結局、戦場近郊から集めねばならぬ。だが、米はないのだ。貧する民衆から略奪するのか？　それとも公卿の倉を打ち破《や》るか？　どちらをやっても我らの負けぞ。公家であれ民衆であれ、京の者に反感を持たれれば、秩序を重んじる京ではやってゆけぬ。凶作も今年限りか否かわからぬうえ、来年が豊作でも洛中に穀物が潤沢となるはさらにその翌年。この一、二年、洛中は言語を超えた大飢饉に見舞われようぞ。左様な時期に京へ攻め上るのは上策ではない。だがまあ、見ておれ。武田か、安田か、木曾か……いずれ誰ぞが痺れを切らして入洛するであろう。大飢饉の京に大軍を率いて入洛すれば如何なことになるか」

九郎は、重忠から将たちに目を転じた。

「我らが西に向かうのは、それをしっかり見極めてからでも遅くはない。いや、それこそが勝利を手にする最短の道。勝機と見れば憂いなく発てるようにしておかねばならぬ。その時が来てから佐竹と戦っていては話にならぬのだ。よって今のうちに、東国は平らげる。よいな」

今はもう、上洛主張派にも不信の色はない。やはり御舎弟は我らが鎌倉殿を助けに来てくだされたのだ――――昨日の安堵は強い確信となって彼らの胸を満たしていた。

ぐいっ、と九郎は背筋を伸ばした。

「我らが拠るところは、父祖伝来の地、この坂東ぞ。血と汗とを以て護り伝えて来た地を、我ら以外の誰が護れるというのだ」

「御舎弟の仰せのとおりにございますぞ。これまでは中央の気色を窺い、たとえ所領の沙汰に不服があろうともそれに従ってきたが、騒乱の世においては朝廷の文書ですら我らが地を護るとは限らぬ」

「そのとおりだ、廣常」

太く応えると九郎は頼朝に向き直り、「そこで殿」と、幾分表情を和らげた。

「殿におかれましては、早早にこれら将たちの所領を安堵なさるべきかと存じます」

「朝廷に無断でか」

声を潜める兄に、はい、と九郎はうなずいた。

「中央は殿を逆賊とし、討伐の宣旨を出しておるのですぞ。逆賊ならば朝廷に従う必要はありませぬ。朝家や公家の荘園や、大庭や伊東らから没収した地も、旗揚げ以来の功に応じて恩賞としてお与えになるのがよろしいでしょう」

幕内は色めきたった。本領が安堵され、新たに所領が増えるかもしれないという、彼らがもっとも望みながらも平氏殲滅まではお預けであろうと諦《あきら》めていたことが、もう実現するらしいのだから無理もない。

逆賊とされるならば、逆賊の立場を利用すればよい、と九郎は言う。その柔軟な発想に誰もが酔った。

なかでも頼朝は酔い痴れた。先ほどからの語りを聞いていても、その卓越したものの見方に舌を巻くばかりで、何ごとも九郎の言うとおりに進めればうまくゆく、と半ば夢見る心地である。

見よ、宿老たちまでが称賛の眼差しを弟に向けているではないか——。

(我にはとても、九郎のように皆を言い含める力はない)

と頼朝は思った。皆を惹きつける魅力もないか、と苦笑した。

だが、九郎はそばに来てくれたのだ。この弟ある限り、どのような困難も乗り切れる気がする。

(父上の望みし国を、弟らと創り上げるぞ!)

沸沸と湧いてくる自信は、頼朝にかつて感じたことのないほどの余裕を与えた。居並ぶ男たちの、ひとりひとりの顔をゆっくりと確かめながら、自然と笑みが浮かぶ。

「只今より、我らは鎌倉へ戻る。まずは東国平定に尽力いたそう。鎌倉へ着いたらば、いや、相模国府に着いたらば、論功行賞を行う」

晴れやかな頼朝の物言いに幕内はどよめき、九郎は満足げにうなずいた。

土地の実質的支配権、つまり東国武士のもっとも欲するものを、朝廷を挟まず頼朝が独自に安堵すれば、頼朝と東国武士との間に直接の強い主従関係が築かれる。まさにそれを、九郎は狙ったのであった。

御家人――頼朝に名簿《みょうぶ》を差し出し、主従の契りを結んだ者は以後そうよばれるようになる。身分は家人と同じであるが、頼朝殿の家人であることを強調するため、御を附した。このよび方は時代によってその指し示す意味合いが多少変わってゆくが、江戸時代が終わるまで使われることになる。


辰《たつ》の刻（午前八時頃）には、頼朝軍のすべてが鎌倉へ向けて出発した。

よく晴れ渡って大気は冷たく、薄く筋雲を引く空に、たなびく富士の煙もよく見える。

「重忠をよんで来てくれぬか。先頭をいっている筈だが」

半刻ばかり経った頃、九郎は光政に頼んだ。

「殿、もうこれ以上は……」

朝の軍議を九郎のうしろに控えて聞いていた光政がたしなめるように言ったが、九郎は、案ずるな、と笑った。

程なく、光政は重忠を伴って戻って来た。沈痛な面持ちの重忠が下馬しようとするのを押しとどめて、九郎は口取りに馬を寄せさせた。

「足労をかけた」

いえ、と重忠は頭を下げる。

「父君の在京中に、よくぞ参陣を決めたな。その際の態度が、上總や三浦らを前にして物おじせず、立派であったと殿から伺うた」

「恐縮にございます」

「先ほども、そなたはあっぱれであった」

「……は？」

軍議の半ばから顔を上げることも出来なくなっていた重忠だが、その言葉の真意を測りかねて、思わず九郎の横顔を見詰めた。

「誰もがこの九郎の考えを知りたいと思いつつ、殿の弟であることに遠慮して声を上げぬものを、そなたはよう嚙みついた。これはあっぱれよ」

「は」

重忠が大きな肩を竦《すく》める。

「あのあと、まるでそなたのみが京攻めを主張したかのように、そなたひとりを責めた……軍議でも言うたが、我が軍はまだ出来たばかりだ。何より結束が必要なのは言うまでもなかろう」

「はい」

「京攻めを主張した輩は若い。それらをいちいち名指しして非難すれば、彼らは若いがゆえに、策の間違いに気づいたとて頑《かたく》なになる恐れがある。しかも連中の数は軍の半分を占めるのだ。去らせるわけにはゆかぬ」

それまでまっすぐ前を向いていた九郎が、重忠に顔を向けた。

「そなたが我が考えを聞きたいと申した時、この男ならいける、と我《われ》は思うた。ほかの者にも言い聞かせるべき厳しい言葉を、この男ひとりに浴びせるかたちをとっても、この男なら耐えられる、と見たのだ。だが辛かったであろう。許せ」

「勿体《もったい》のうございます！」

重忠は激しく首を横に振った。

「某《それがし》こそ、何と失礼な言い草を……」

黒目がちの大きな目にみるみる涙を浮かべて、「どうかお許しくださいませ」と、重忠はうつむいた。

「何だ、何だ。あっぱれであったと褒《ほ》めておるではないか」

「畠山殿、これは殿の悪い癖でしてな」

ふたりのすぐ横にいた光政が、ほっ、としたように重忠に言う。

「手応えのあるお人と見れば、きつうに当たってでも、思うとおりに育てようとなさるのです」

「あはは、光政も随分恨みを抱いておるようだな」

「いえいえ、恨みなど。ただ御自身はきつう当たられるをお厭《いと》いであるというのが、どうも腑に落ちませぬでな」

「悪かったな」

九郎は一瞬光政を睨み、からからと笑った。

「さ、戻ってよいぞ、重忠。また宿所で話そう」

「はい」

重忠は涙を拭うと、少し頬を上気させて笑み、深く一礼しておのが部隊へ帰っていった。

それと入れ替わるように、九郎の部隊のうしろにつづいていた頼朝が馬を進めて来た。

「重忠か？」

確かめる頼朝に九郎はうなずいた。

「機嫌よう去ったようだな」

「朝、かなり責めましたゆえ、さすがにそのままにしておくわけには……。なくすに惜しい武将です」

「我もそう思う」

頼朝はうなずいた。

「ところで、何か？」

九郎が尋ねる。

「うむ。九郎殿……」

継母を思い出させる綺麗な顔をまっすぐに向けられて、頼朝は面映《おもは》ゆげに目を細めた。

「兄上なれば、九郎、とおよびください」

鼻に皺を寄せて、九郎が照れくさそうに言う。

そうか、と頼朝もはにかんだ笑顔を見せた。

「昨日はこの頼朝の弟として華やかに現れ、今朝は武将九郎義經として見事な演説……九郎殿、いや九郎、そなたが頼朝の許へ来てくだされたこと、この喜びは生涯忘れぬ。それを伝えておきたかった」

「ありがたきお言葉にございます」

「よろしく頼むぞ」

「力の限り、お支え申し上げます」

ふたりは大きくうなずき合った。

父の創ろうとしていた国が如何に魅力あるものかを、兄弟はまだ少年のうちに知って心を躍らせた。だが長じるほどに、当然ながらそれが如何に実現困難であるかを思い知らされることになった。それでも兄弟は、それぞれが置かれた境遇のなかで、必ず父の遺志を全うさせせんの固い決意を持ちつづけてきたのだ。そして昨日、はじめて互いの双眸を見詰めて、思いは共有し得ると確信している。

ふいに一陣の風が運んだ濃い潮の香りに惹かれて、ふたりは風の来たほうに顔を向けた。

田子《たご》の浦の向こうに、伊豆の山が深緑《ふかみどり》の稜線を引いている。

沖では一層強く風が吹いているのであろう、白く浮き立つ波が国創りという海原へ漕ぎ出した九郎と頼朝の瞳のなかで、眩く光り輝いた。

四

平氏一軍が都に戻ったのは十一月初旬であった。富士川で残っていた軍兵も帰洛途中に過半が逐電してしまい、敗因が主におのれにあると認識している忠清は、清盛の怒りを避けて入洛せず、伊勢に赴《おもむ》いた。

当然ながら、清盛は激怒した。

「たとえ骸を敵に晒すとも、それは恥とは言わぬのだ。それが何だ、戦いもせぬうちに追い返されただと？　未だかつて、追討使を承りながら空しく帰路についた者など聞いたことがないわ。どの面下げて入洛するつもりぞ。恥を家に貽《のこ》し、烏滸の名を世に留めるつもりか。そのような奴はいずこへでも失せろ。京に入ること、断じて許さぬぞ！　忠清、忠清はどこへ隠れおった。徒らに日数を重ねおって。後手後手にまわって勝利も糞もあるか。即、連れて来い。この手で彼奴の首を刎ねてくれるわ！」

こめかみに立った青筋も切れんばかりに怒鳴ったが、維盛や忠度は勿論、忠清とて必ず勝つつもりで東国へ向かったことぐらい、清盛は百も承知している。家名を汚す気か、と言ったが、それもどうでもよい。問題は、平氏率いる官軍が、追討を命じられた頼朝にではなく追討対象ではない甲斐源氏に敗走させられた、ということであった。

（我が交渉相手は九郎のみ）

そのためには、常磐も言ったように、以仁王の宣旨を受けて各地に起つ源氏を容易《たやす》く片づけ、彼らをして個別に起ったのでは平氏を倒せぬと悟らせて、九郎の下に結集させねばならない。それを成せる力が平氏にあることを九郎に示さなければならないのだ。

であるのに、逆に蹴散らされてしまった。しかも敵前逃亡というかたちで、だ。

（最悪ではないか）

地理的に考えれば、富士川の東岸に陣を張るのは甲斐源氏が主となるのは確実。そこで駿河国目代らに甲斐国へ向かわせ、これを押しとどめさせているうちに平氏軍本隊で富士川一帯を占拠、という忠清の作戦自体はまずくなかった。

だが、甲斐源氏の動きは予想をはるかに超えて迅速であった。こちらが出立にぐずついたのもあるとはいえ、相模の大庭景親が維盛たちに合流出来なかったのも、足柄より西は、幾手にも分かれた軍兵が瞬く間に南下して満ち満ちたからであろう。

では平氏本隊があと五日でも早く駿河国に到着し、駿河国目代たちと合流していたら勝ったのか、と問えば、否、である。

甲斐源氏、四万。さらにうしろには頼朝軍、上總廣常の配下のみでも二万は下らないという。対する官軍五千騎。

忠清をなじっていた清盛だが、昂奮が治まってその数の差を冷静に見詰めた時、今度はおのれ自身の失策を叱らねばならなかった。

確かに、数の多少が必ず勝敗を決するものではない。勝は為す可きであり、敵衆《おお》しと雖《いえど》も、兵を戦わせることなからしめればよいのである。ただそのためには、そういった策を建てられる者が大将でなければならなかった。

それにしても甲斐源氏を甘く見過ぎた、と清盛は臍《ほぞ》を噛んだ。

王家を護るために、主力を福原に残しておきたいと考えたのは確かである。だがそれが何の言い訳になろう。初戦で圧倒的勝利を収めることが如何に大切か、それは源氏も知っている。決戦の地を駿河国と見た、ならば敵にとってはほぼ地元、それだけでも当方にはどれほど不利かを考慮すれば、それこそ知盛や重衡を大将にして全軍を投入すべきであった。

頼朝は各地に黄瀬河宿への総動員令をかけたという。甲斐源氏も、共通の敵平氏に対するために、頼朝と連絡を密にした筈だ。ただし、事実として平氏を走らせたのは甲斐源氏であって、それは彼らに、頼朝との連携は不要という意識を植えつけるであろう、と清盛は思う。そしてこの富士川戦の詳細は瞬く間に各地へ伝えられ、そのつもりのなかった者たちをも起ち上がらせてしまうという厄介な事態を招くこと必定であった。

だが、終わったことをいつまでも悔いている暇《いとま》はない。続敗は許されないのだ。

(ま、頼朝を殺ってしまわずに済んだをよしとするか)

絶え間なく入ってくる報せは、どれもが勢いづく源氏の様子を伝えていた。特に頼政配下であった美濃源氏の鼻息は荒く、これに同調する近江が今日明日にも入洛しそうな勢いである。

そのうえ延暦寺の衆徒は、あくまで都を遷すというならば山城近江両国を横領するとの奏状を出して来た。しかも懸念どおり、宗盛が顔を合わせるたび、還都を口にするようになっている。

これ以上、一門内で分裂している場合ではなかった。

敗将らについては、維盛と忠度はすでに入洛してしまっているうえ、両人とも反省しきりといわれては許さざるを得ぬ、とし、忠清の斬首も、平盛國《もりくに》の取り成しにより預かり、として、早早に収めることにした。

(さあ、いよいよそなたの言うとおりになるぞ、常磐)

十一月二十三日。

「ひとりも福原には残るべからず」

そう命じて、清盛はついに新都をあとにした。


帰洛した清盛は矢継ぎ早に手を打った。

まず月が変わるや、三男知盛を近江に進攻させ、つづいて月末には四男重衡を奈良へ向かわせた。

山本兵衛尉義經率いる近江源氏、また南都悪僧の一掃を図らんがためである。

この時、山本兵衛に与力する延暦寺の堂衆を匿《かくま》ったとして知盛が園城寺に放った火は房舎に焼くにとどまったが、夜いくさとなったために重衡が民家に放たせた火は、折からの風にあおられて興福寺、東大寺を包み込んだ。堂宇房舎がことごとく灰燼《かいじん》に帰したのみならず、大毘盧遮那仏《だいびるしゃなぶつ》までが焼け落ちる事態となり、女子供を含む多くの死者が出た。

さすがにこれには人々も、平氏は仏敵なり、と声高に非難した。

が、清盛は動じなかったどころか、間髪入れず、次の策にかかった。

明けて正月十九日――。

その五日前に崩御した高倉院の遺詔と称し、畿内惣管職《そうかんしき》の設置を宣下して宗盛を補任、さらに翌月には、やはり宣旨を以て盛國の息盛俊《もりとし》を丹波国諸荘園総下司《しょしょうえんそうげし》に任じた。

これらは五畿内とその周辺の国々から兵士と兵糧を徴収するものである。実は清盛、還都から日を置かず、公卿や受領、院領の荘園にまで、兵士の調達や兵糧米の供出を命じていたのだが、これを公的なものにして、国衙《こくが》や知行国主の枠組をも越えて徴収の徹底を図り、新たな軍制を創設しようとしたのであった。

さらに清盛は、鴨川東岸に新たな拠点を置き、その周辺の土地を公卿たちから奪取し、郎従の居住域とした。ちょうど六波羅と西八条に挟まれた地域になる。

――反抗すれば攻撃される。

園城寺や興福寺の無残なさまを目にした公家は、言われるまま、なされるがままであった。

還都するは相国殿の敗北、と思わせてはならぬ――常磐はそう言ったが、まさしく清盛は、この地を福原に代わる首都と成し、王家も公家も平氏の配下に組み直して、軍事や経済その他の権限を接収しようとしたのである。無論、後白河院や安徳帝の身柄は八条に移し、万全を期した。

足許が固まれば、反乱の輩を追討するまで。熊野や鎮西なども日増しに興盛しているようだが、何よりも関東が先であった。鎮圧なった暁には、九郎との再会がある。

「東国の数万、何ほどのものぞ。宗盛を大将にして、全軍を指し向けい！」

出立は閏二月六日。先ず相見えるは美濃の徒党である。新宮十郎行家を大将として、皆、いくさに慣れた軍兵だというが、平氏も武に依って立つ家、重代の芸がある。全軍を傾ける今度こそは、美濃源氏を容易に払い、甲斐源氏を落としてくれるわ、と清盛は息巻いた。

「勝ちて帰れ」

そう言って軍を送り出すことは、だが残念ながら、清盛には出来なかった。

二月末に熱病を発症、それから七日ばかりのちに急死してしまったのである。

治承五年（一一八一）閏二月四日――朝はうららと晴れ渡っていた空から、気づけば春雨が気配を消して落ちている肌寒い日であった。

五

一方、頼朝軍は――。

早くも、鎌倉に戻った二日後には常陸国へ向けて出発、佐竹秀義の叔父太郎義政を誅し、秀義を奥州へ走らしめてその所領を収公するや、頼朝は今回も、それらを現地で直ちに御家人たちに分け与えるという気前のよさを見せた。

十一月十七日（治承四年）には鎌倉に帰還、同日、武家政権ではもっとも重要と言ってよい御家人統制及び軍事関連機関、侍所《さむらいどころ》を設け、別当に和田義盛を任命した。

翌月には、大庭景義を奉行として大倉郷に造らせていた鎌倉館が完成し、十二日、頼朝は仮宅としていた廣常の屋敷からの引き移りの儀式を行った。

御家人たちの宿所の造営も滞りなく進んでいた。義朝、義平が斃れて以来寂れてしまい、海人や農夫のほかには好んで住む者も少なかった鎌倉の、あちらこちらから響く槌音は谷々に谺《こだま》し、鶴岡八幡宮を中心に大路も整備された。とはいっても、空き地が多くて寂しいといわれた福原にもまだまだ遠く及ばないありさまであったが、不承不承《ふしょうぶしょう》行われた新都建設と違い、本領安堵してくれる鎌倉殿頼朝の本拠地——つまり、我らが新政権の首都を見事に造り上げて、その権威を高めてくれよう、と活気が漲《みなぎ》っていた。

十二月二十日、新邸鎌倉館で弓場はじめの式が執り行われたが、式に先立って開かれた祝いの席で、頼朝は、九郎と父子の契りを結んだことを皆に告げた。

今年三十三歳になる頼朝には、未だ男子がなかった。前述のとおり、伊藤祐親の娘との間に生まれたひとりはすぐ殺されてしまっている。そののちに妻とした北條時政の長女は二年前に女子を生んだばかりであった。

「我に万一のことがあれば」

九郎に後を任せてもよいか、と公表を前に頼朝は全成に問うた。

快諾する弟に、

「年長のそなたを差し置くことになる」

と頼朝は申し訳なさそうな顔をしたが、

「九郎が如何ほどの男か、このくらいの頃よりようわかっております」

全成は手を床から三尺くらいの高さに翳《かざ》して懐かしげに微笑んだ。

また頼朝の舅時政、こちらも前以て知らされ、喜んで受け入れた。

男子が生まれればその子を第一後継者とする、と婿殿頼朝は明言している。が、この先、必ず我が娘が男子を生すという保証はない。それどころか、ほかの女性が生すかもしれないのだ。

九郎が如何ほどの男か——それは時政にもわかっている。わかっているのなら、兄諸共おのが身内に取り込まぬ手はない、と、近いうちに残る娘たちのいずれかを九郎に妻あわせるつもりでいた時政にとっては、頼朝が外につくった男子よりも九郎のほうがよいのは言うまでもなかった。

御家人たちにも異論はなかった。

頼朝が男子を生さぬままに倒れることがあれば、何ら証文がなくとも、後を継ぐのは九郎だと今では誰もが思っている。ただ、頼朝の弟は九郎のみにあらず、万一にも九郎以外の者を担ぐ輩が現れぬとも限らない。そうなれば西へ攻め上るどころか、東国は騒擾《そうじょう》状態に戻ってしまう。その時の混乱を確実に避けるために、後継者は九郎、と見えるかたちになったことを、御家人たちは大いに歓迎したのであった。

さて、九郎はその日から鎌倉館に住むことになった。御家人たちのように宿所を建ててもよかったのだが、頼朝が強く望んでそうなった。

そうと決まって九郎は頼朝に、我が郎党を鎌倉館の警固に充てたい、と申し出た。館の警固は御家人たちの郎党が交代で務めることになっていたものを、である。

理由は、まだ新政権の体制が確立していない段階で、警固を御家人たちの郎党のみに任せるのは心許ないというもの。ならば頼朝の直属軍が警固すればよいのだが、実は頼朝にはまだそうよべるほどのものがなかった。

加えて九郎には、今離れて暮らしている郎党をそばに戻したいという思いがあった。

その頃、九郎の郎党の大半は武蔵国の長尾寺《ながおじ》にいた。ここの住職は、ひと月前にその任に就いた全成である。

常陸国から帰還後、九郎は郎党をどこに置くか決め兼ねていた。ほかの御家人たちのように、鎌倉の外に郎党を住まわせられるような所領を九郎はまだ持っておらず、さりとて三百もの兵を、九郎自身の屋敷もなく、民家もまばらな鎌倉に入れてしまっては雨露をしのがせることさえ難しい。

「これは土肥實平か、三浦義澄にでも預かってもらうしかないか」

思わずつぶやいた九郎に、

「こちらへ送れ。なんとかしてやる」

と胸を叩いてくれたのが全成であった。その言葉に九郎は甘えることにしたのだが、三百人というのは養うとなればかなりの数である。いくら豊かな寺領があるとはいえ、そうそう兄ひとりに面倒を見つづけさせるのは心苦しいと思っていたところへ、鎌倉館に住まう話が決まった。

「これは一石二鳥」

九郎は喜んだ。警固の名目で郎党たちを鎌倉に戻すことが出来るうえ、新政権の中枢を、九郎や四天王——鎌田兄弟と佐藤兄弟——と阿吽の呼吸で陣形を作って戦える、鍛え上げられた奥州の郎党が護ることになる。頼朝も大いに喜んだ。

ただ、九郎は郎党の半数は全成の許に残した。相変わらず、郎党すべてを住まわせるほどの家屋がないこともあったが、狭い鎌倉にずっといたのでは、武芸の腕も糠部の駿馬の脚力も鈍ってしまうであろうことのほうが心配であった。そこで九郎は、彼らを二組に分け、定期的に入れ替えることにした。長尾寺近辺は丘陵地であり、玉川にも近い。館警固に当たった緊張を解し、思いきり馬を走らせて英気を養うのにちょうどよかった。


いよいよ本格的に新政権の基礎造りがはじまった。

何ごともそうであるが、基礎の部分を築くという作業は、実に地味ながら決して手抜かりは許されない。東国のより広い範囲に確実に勢を植えてゆくためになさなければならない諸事に、頼朝も九郎も早朝から忙殺される毎日となった。

なかでも優先されるのは、御家人の所領安堵であった。

すでに富士川の戦いや佐竹攻めに参加した者たちへの安堵は済んでいるのだが、頼朝の許には平氏方から投降してくる者が後を絶たない。在地の武士のみならず、京で誼を結んだ東国武士を頼って下ってくる公家もあり、さらには平氏軍との戦いに敗れた近江源氏などもいる。彼らを御家人として認めることが決まれば、彼らにも所領を与えてやらねばならなかった。

所領を持てば、境界線を巡る紛争などが頻発する。その解決も、新政権の重要な仕事であったが、これには何より公正な調停が求められた。そのために、まず支配域とした諸国の国衙《こくが》機構を、新政権の下に組織する必要があった。

そのゆえたるは、所領の境界線を明確にするにも、また新たに土地を分配するにも、その国の土地台帳が必要であり、それを保有するのが国衙であったからである。

国衙はまた、土地台帳を基にした年貢の徴収や種籾《たねもみ》の貸付、戦時の兵召集も行っていた。そのうえ、大工や鍛冶師、紙漉《かみす》きなどの職人も国衙の組織下にあり、さらにその立地は、周辺の道路を集めて交通の要所となっていた。言い換えれば、国を統《す》べるためのありとあらゆるものが国衙に集結しているのである。

つまり、国衙を支配するとは地方行政機構を直接運営することであり、新政権の東国支配を確実にするための第一絶対条件であったのだ。

本来、国衙における首座は国守であるが、大概は派遣された目代（代官）がそれを務めた。そして、目代の下で実務を担ってきたのが在庁官人である。そこで頼朝は、上總や三浦、千葉、小山など、もともと有力な在庁官人であった各氏を、目代が不在となった国衙の統轄者に据えることにした。

「各々に、国内御家人の統率も任せればよろしゅうございましょう」

軍事権を与えることで、各国の治安維持の責任も負わせればよい、と言った九郎に、頼朝ははじめ懸念の色を見せた。鎌倉軍の主力を占める彼らにこのような権限を与えてしまっては、統制がとれなくなるのではないか――。

「軍事まで任せるからこそよいのではありませぬか」

九郎は声の底を鳴らし、片頬を持ち上げた。

「連中の大半は利権を回復するために参陣したと言うても過言ではありませぬ。彼らの望むところは平氏目代を滅ぼすことであって、平氏それ自体を討つことではありませぬ。平氏目代を討ち、さあ、また我らに都合よい目代を迎えようぞ、と思うていたら、なんとおのれが国衙の長《おさ》に任じられた。しかも国の御家人の長でもある――期待を超える恩賞に連中は大いに満足しておりましょう。下手に動く筈がありませぬ。それに」

彼らは連携するということを知らぬ、と九郎は言った。

確かに、東国武士の一族は結束が固い。古来より殊に熾烈《しれつ》な戦いが繰り返された東国で勝ち残ってきた彼らにとって、共に血と汗を流した一族こそが恃める存在だからだ。

だが彼らはまた、残れるのは強者のみ、を血で知る。よって時には、「友を喰《く》う」と謗《そし》れらるを覚悟して同族で戦い、真《しん》に強き者を残して氏を繋いできたのだ。そのような彼らが、他氏一族と本気で繋がろうという考えなど持ちはしない。しないがゆえに、かえって姻戚関係や烏帽子親子関係を網の目のように張り巡らして、争いを抑える、あるいは些細《ささい》なうちにことを解決しようと努力はしているのだが、所詮は競合相手である。一族の利益を犠牲にしてまで、その関係を維持はしない。

「つまるところ、連中は勢の拡大を狙う者同士。ただし無駄な争いはしたくない。よって、最大の調停者たる兄上をなくそうなどゆめ考えませぬ。それどころか、兄上のなかでのおのが位置づけをより引き上げ、絶対優位のものにしようとするでしょう。御案じ召されるな。彼らは必ず兄上の思いどおりに動くようになります」

九郎は言い切ったが、頼朝は心配が尽きない。

「――やはり常陸は廣常ではなく、誰ぞほかの者に任せたほうがよかったのではないか」

九郎が館住まいとなって以来、頼朝は毎晩のように九郎の部屋を訪れているのだが、今日もやって来て、そう眉を顰《しか》めた。

「誰がいるというのです?」

やれやれ、と九郎は苦笑し、頼朝に杯を手渡した。

「廣常が上洛を頑《かたく》なに拒んだのは、その間に、佐竹に所領を侵略されるを嫌気したという以上に、早う佐竹所領をおのがものとしたかったがためでありましょう。廣常は、今の鎌倉軍を以てすれば、隆義不在の佐竹を容易く討てると見たのです。討伐での張り切りように、執念を感じるな、と兄上も笑われたではありませぬか」

「それはそうだが」

「佐竹領を廣常に与えず恨みを買えば、それこそ勢が大きいだけに厄介。我らが叔父志太先生はじめ、源氏嫡流を名乗る者はまだまだおりますからな」

「ああ、九郎の言うとおりだ。変なものを担ぎ出されては敵わぬ」

頼朝は、くっ、と酒を喉に流し込んだ。

「だが、もしも、だ。もしも廣常が奢《おご》り、我らの意に従わぬようになったとしたら如何致す。昨夜も、突如廣常の二万騎にここへ攻め入られる夢を見て飛び起きてしもうたのだ」

我らがおりますれば、と九郎は笑いながら、同室している四天王を振り返った。

「兄上には指一本触れさせるようなことはいたしませぬ。御安心なされませ」

四天王の勇猛な面にも、笑みが浮かんでいる。

「兄上。我らの進むべき道は、早、決まっております。これを遮る者あらば、たとえ縁者であろうと斬る。いわんや他門の者においてをや、です。もし廣常が我らの妨げとなるようなら、その時はその時。ただ、東国を平定するにあの軍力は欠かせぬこと、兄上もようおわかりの筈。廣常を兄上に逆らわせぬためにも、今しばらくは望むものを与えておくがよろしいでしょう」

「う、うむ」

「廣常のみではない。兄上は実のところ、三浦や千葉、それに武蔵を任せた江戸も、もしや謀反を起こすのではないか、と少なからず懸念を抱いておいでなのでしょう」

「なぜわかる?」

「兄上は何ごとも大変細やかに御覧になる。勿論、棟梁たる者、人一倍繊細な目を以てものごとを見、分析し、行動すべきですが、御自身がその詳細に捉《とら》われてはなりませぬ。大局を見失います」

「うむ」

「今、兄上が手にしているのは何箇国ですか。相模、伊豆、安房、上総、下総、武蔵、それに常陸の一部……」

九郎は指折り数えた。

「日本秋津島六十六国のうちのほんのわずかです。わずかなるがゆえに、今はそれら一国一国の存在が大きく感じられるのは致し方のないことかもしれませぬ。が、いずれは他の国も、やはり在庁を務めてきた者に任せるべきなのです。兄上の仕事は、彼ら国衙の長を纏めて、平氏あるいは朝廷との交渉に当たることであって、坂東の国々の御家人を統率して満足するようなものではありませぬ。国内の御家人は国衙の長に率いらせる。その国衙の長共を率いるのが、鎌倉殿、兄上なのです」

　ゆっくりと頼朝はうなずいた。

「御家人は兄上と個別に主従の関係を結び、兄上に所領を安堵されているのです。兄上あってこそ、その存在が確立しているのです。よって、前にも申し上げましたが、彼ら同士が争うことはあっても、彼らが結んで兄上に向かうことはありませぬ。どうか、兄上には国々のことに煩《わずら》わされることなく、新しき国創りの構想を練っていただきたい」

「おお、そうであるな。何度も九郎に言われてわかっておるつもりなのだが、どうも心配になっていかぬ」

「常に大きな不安に包まれるのが、先頭をゆく者の宿命です。なれど、その不安に謙虚に向き合い、扱い方を過《あやま》たねば、何も恐れることはありませぬ」

「九郎、それにしてもそなたはなぜ、何ごともそのように自信を持って語れるのだ。その自信はどこから来る？」

「自信というより、揺らがぬ思い、でしょうか。兵法に、勝は為す可きなり、とあります。勝利は創り出すもの、という。いくさにおいて、勝敗は時の運、というは、実は敗者の弁に過ぎませぬ。まあ、万にひとつはあるやもしれませぬな。大地震によっていきなり大地が裂け、全軍が呑み込まれるとか」

　はは、と笑って九郎はつづける。

「そのような時のみです、運、と言うてよいのは。偵察に偵察を重ねて敵の意図を見抜き、気象を読み、戦場となる地形を徹底して調べたうえで、我が軍の陣形を組み立てる。彼《か》を知り己を知る、また天を知り地を知れば、勝は乃《すなわ》ち殆《あや》うからず、と申します」

「事前の準備に勝ったほうが、勝利をおのがものとする、というのだな」

「政《まつりごと》も如かず。政《まさ》策を実現するには、生じるであろう難事を如何に多く炙《あぶ》り出せるか、またそれらを確実に解決し得るか。想定されるあらゆることに思いを致し、これ以上は出来ぬというところまで準備をしてかかるならば、思うところは成りましょう。そこにあるのは決して自信ではなく、策の実現に向けての揺らがぬ思い……」

頼朝は身を乗り出した。つい今しがたまで、おのれが気弱であったことなどすっかり忘れている。

そのあとはいつものように、政から兵法、清盛や奥州藤原氏の政策、義朝の国家構想まで、男たちの熱い議論がつづいた。

四天王がそれぞれの部屋へ引き揚げても、兄弟の話はつづく。

「……おう、藤五も一杯どうだ」

頼朝は離れて控えている男に声をかけた。

藤五――佐藤五郎信成は、繼信兄弟の又従弟だという。常に九郎のそばにいる体格のよい郎党で、話し言葉の抑揚から、奥州より連れて来た者だとわかる。日に焼けて浅黒い顔は、豊かな頬髯《ひげ》で半分ほどが隠れているうえ、武芸の鍛錬で切り傷が絶えないのか、皮膚が弱いのか、いつも眉あたりや口許に膏薬《こうやく》を張りつけていた。

「ありがたきお言葉ながら、どうも飲めぬ口でして」

男は猪首を引っ込めた。

「まことか？　北の者は酒豪が多いと聞くぞ。それに汝のその面を見ておると、相当いけるように思えるのだがな」

「見かけ倒しという言葉もありますもので」

「はっはっは、面白い奴のようだ。だがその髯、少し刈り込んではどうだ。その膏薬も何とかならぬのか。目が半分塞《ふさ》がれておるぞ……うーむ、もしやなかなかの美男なのではないか。おい、顔を出したほうが女性にもてるぞ」

酒が入って口滑らかな頼朝を、九郎が遮った。

「いや、見かけ倒し、と自ら申しよりましたが、この藤五め、女性に弱いこと酒以上で……それゆえ、こう髯を蓄えていなければ落ち着かぬようです」

「それでは、人生の半分を捨てたようなものではないか」

頼朝がからかう。

「確かに、我ながらもったいない話ですなあ」

男もおかしくなったのであろう。がっはっは、と大笑いしたが、その途端、口許の膏薬がずれた。あっ、と目を剥《む》いて笑いを凍らせ、膏薬を押さえ直すその慌てふためきように、九郎は腹を抱えて笑いが止まらず、頼朝も涙を流してむせるほど笑い転げた。

九郎の部屋の明かりは、今宵もまた、いつまでも消えそうにない。

木曾殿

一

富士川の敗走が嘘のように、総大将が維盛から知盛や重衡に替わった平氏軍は強かった。

近江源氏を打ち破って山本兵衛義經を鎌倉へ走らせ、南都を即日攻め落とした昨冬につづき、明けてこの三月（治承五年・一一八一）には、行家が率いる尾張・美濃源氏を墨《すの》俣《また》に破ったのである。

この墨俣の戦いで、九郎は兄の圓成（乙若）——改名して義圓《ぎえん》となっていた兄を殺された。

義圓は頼政が旗揚げした際、援軍要請に妻の実家尾張国愛智《えち》へ下ったが、そこで頼政敗死の報を受けた。以後、京へは戻らず現地で勢力を結集、鎌倉への参陣を前に叔父行家の誘いを受け、出陣の準備をしている最中に攻め寄せられ、討ち取られた。

勢いに乗る平氏はそのまま攻め寄すであろう。

いよいよ全面対決、と頼朝も九郎も、二十七歳で逝《い》った兄弟の無念に寄り添う暇《いとま》も、悲しみに浸る暇もなく緊張を高め、前線となる遠江国の安田には新たに要害を構えさせてその襲来を待ち構えたが、敵軍は墨俣より東へは来ず、さっさと京へ戻ってしまった。

兵糧切れであった。

畿内周辺から西国の昨年の不作の影響は、年が替わってより深刻となり、京を中心に前代未聞の大飢饉を起こそうとしていた。

『方丈記』によると、「国々の民、或は地をすてて境をいで、或は家を忘れて山にすむ」ありさまであったから、洛中に五穀はほとんど入らず、僧綱《そうごう》（僧尼を纏め、法務を統べる僧官職）や有官の者までもが餓死するほどであった。

死者は、河原や住む人の少ない西の京などに運ばれたものばかりではない。ゆき倒れて死ぬ者が築地のつら、道路にも満ち溢れた。

死骸を片づけようにもその数あまりに多く、放置された骸はすぐに腐乱をはじめ、みるみる変形してゆく。ぎろり、と目が動いて、まだ生きているのかと確かめれば、眼球があったところはすでに洞《うろ》となっており、そこにかたまっている蛆《うじ》が動いていたのだったりする。腕や足が欠損し、臓器が散らばっているのは、鳥獣のしわざか。さらに、窒息せんばかりの死臭が街を覆う。

——この窮状を、京第一の武者はどう解決してくれるのか。

京に住まう公家は平氏の動きを注視した。

畿内周辺が大不作であることは、皆が知っている。また状況を一層悪くしているのは、各地に起きた反乱であることも知っている。年貢が京上されないのは、反乱のために交通が遮断されているからだとわかっている。

——反乱はなぜ起きた。

——清盛が法皇幽閉と廟堂粛清《びょうどうしゅくせい》を強行したからだ。

つまりは、平氏のせいではないかということもわかっている。

その憎むべき平氏は、なおも畿内惣管職を停止しようとはせず、少ない実りを兵糧として徴収しつづけ、さらに公家の倉から備蓄米を取り立ててゆく。

――もう米はないぞ。

――平氏はどうするつもりだ。

――反乱が鎮まらねば食糧は入って来ぬというに。

平氏が反乱軍を抑えられぬのなら、むしろ反乱軍が平氏を抑えてもよい――と、だがそうならないのが公家の不可思議なところだ。

世が静謐になるならどちらが勝ってもよい筈。だが公家がそれを望まない最大の理由は、反乱軍が勝てば、「京第一の武者」も平氏から反乱軍に替わることにあった。

――反乱軍とは、どのような輩か。

その実力も、いや実態さえもよくわからない猛者《もさ》がのさばるよりも、貴族社会に慣れ親しんでいる平氏のほうが安心だと思う。彼らが今の惨状の招いているとわかってなお、彼らを応援してしまうところに、改革を断行出来ない公家、殊に高位上達部《かんだちめ》の限界があった。

右大臣兼實は書き記す。

〈越後の城《じょう》太郎《たろう》助永《すけなが》、宣旨に依り、已《すで》に甲斐信濃国に襲い来たる由の風聞、実なしとなすと云々〉

〈秀平（＝秀衡）頼朝を責（原文ママ）めんため、軍兵二万余騎、白河関外に出づ。……かくの如き浮説、先々皆以て虚誕なり〉

東国の背後にある親平氏、特に秀衡のことなどは、つい二、三か月前まで戎狄《いてき》と蔑《さげす》んでいたにも拘《かかわ》らず、彼らが反乱鎮圧に動くと聞いては喜び、謬説《びゅうせつ》であったと知ってはがっかりする。そのような毎日を、都の公家は送っていたのである。

武には武を当て、文《ぶん》たるおのれはいくさに近づかない。当時の公家はそれを当然と疑わず、武家に対して、よろしく賊軍を追討せよ、と高みから、それも形式に拘《こだわ》って仰仰《ぎょうぎょう》しく命じる。

だが、京から遠く離れ、実質独力で広大な所領を経営している地方豪族にとっては、宣旨であれ院宣であれ、おのれは抗争から離れたところにいて身の安全を図る公家が主上や院をして出させたものは紙切れに過ぎず、よって公家としては、いくら偉ぶってみたところで豪族が動くか否かは彼ら自身に任せるしかないのだ。

ここで、武力を切り離すことを選択したおのが父祖の判断は正しかったのか、と考えて何らかの手を打つ公家が現れていれば――のちの世は少し違ったものになったかもしれない。

ともかく期待を受けた平氏、何としても米を手に入れなければならなかった。

そう、米、である。

庶民の食生活を支えたのは麦や稗などであるが、公家はあくまで米、それも白米で、上層部に至っては、すでに奈良時代から食していたという。それも一因か、脚気を患う公家は多く、兼實も幾度となく日記に悩みを書きつけている。

そして米確保のために、平氏が真っ先に向かうべきは北陸方面であった。若狭から越後に至る北陸道の国々は山陽南海諸国と並ぶ稲作地帯で、年貢として多くの米を京へ送っていたからである。

食糧を得るのが第一ならば、豊穣のつづく東海道、東山道から攻めてもよいではないか、と言いたくなるのだが、古来、東国は稲作よりも畠作が優位であり、豊穣であったとはいっても米の収穫量は西国や北陸と比べるべくもなかった。加えて、実はこの地域から農作物はほとんど京上しなかった。年貢賦課の基準は水田であったため、年貢というと米、と思いがちだが、実は絹や布、鉄や木材、また馬や牛などの家畜から、油、畳、瓦、櫛といった加工品までさまざまで、東海東山道からの年貢は、そのほとんどが繊維製品であったのである。

――誰ぞ起ってくれぬか。

平氏は祈る思いだが、城助永は病死、北の獅子秀衡は、頼朝を追討するというも口ばかり、佐竹は、冠者秀義の父隆義が戻ったのち三千騎を率いて常陸国にあるものの、打って出るにはまだ機は熟さぬらしい。同じく常陸の志太義憲は、下野国の藤原姓足利俊綱とも連携し、その勢万騎に余るが、こちらは以仁王の宣旨を受けて自立の志《こころざし》強ければ、鎌倉は共通の敵なれども平氏に同心することはありえなかった。

そのようなか、六月になってようやく、城助永の弟助職《すけもと》が大軍を率いて信濃国へ侵入した。だが快進撃はわずか二日で止まり、横田河原（長野市川中島町）で惨敗した助職は傷を蒙《こうむ》って会津の城に籠ってしまった。立ちはだかったのは、信濃源氏の木曾・佐久両党に甲斐源氏武田、指揮を執ったのは木曾義仲であった。

このあまりにもあっけない結果は、待ち侘びた蜂起の報せとほぼ同時に京へ伝えられ、平氏を落胆させた。

いや、恐怖させた。北陸道に強勢を張った城氏の大敗が、北陸道の反平氏勢の反乱を激化させるのは時間の問題である。

こうなれば、無理をしてでも平氏本隊が北陸へ赴かねばならない。

今日出立か明日には首途《かどで》か、いや秋の収穫を待ってからにしたほうがよい、と軍議は連日沸騰したが、ひとり冷静な男がいた。

従三位左近衛中将となっていた重衡である。

（今は勝てぬ）

今度の城氏と源氏の戦いの詳細を聞いて、重衡はそう思った。

源氏は軍を三手に分け、敵をおのが懐深くに引き入れて囲み、一手に赤旗を持たせて敵の背後にまわらせ、敵が援軍と間違えて気をゆるめたところを一気に攻め落としたという。

（木曾義仲――）

木曾山中で育てられ、騎馬は得意でも走りまわるだけの山猿かと思っていたが、どうも違うらしい。

（あ奴は出来る）

停戦したい、と重衡は思った。

これが京から近い近江や美濃の源氏の、それも大した策を講じない連中が相手なら勝算はある。だが北陸は遠い。間違えば越後にまで遠征しなければならないかも知れない。飢え死にの不安を抱えて幾日も行軍したあとで、兵法に巧みな疲れ知らずの木曾軍と戦うとなれば、おのれが指揮しても勝てるとは限らぬ、と重衡は思う。揚句に惨敗するようでは、都に残る軍兵の士気をも下げる。何よりこのまま食糧が京に入らなければ、京に住まうすべての人々、貴賤老若を問わず餓死に至り、街が滅んでしまう。

「これより数か年の間、下官すべてのいくさを休止致したく候えども、我が思い一門に及び難く、遅かれと雖も年内には出陣すべしとの宗盛等の意を返させること能わず、ここに恥を忍びて申し上ぐるところなり。何とぞ京の惨状を御考慮のうえ、お力添え願いたく候也――」

重衡は文をしたためた。宛てたのは九郎である。

そのゆえ――。

「――よいか、そなたにのみ言うておく。難事出で来たらば九郎を恃め」

清盛が重衡をそばによんだのは、死の数日前、ひどい頭痛がはじまった頃であった。

「敵を恃め、と?」

訝《いぶか》る重衡に清盛はうなずき、随身させられなかった義平の代わりに、九郎を出家させることなく大事に守って来たこと、平泉に預けて貿易を学ばせ、いずれ京に戻して宗盛以下の平氏兄弟を補佐する重臣とするつもりであったことなど、驚愕の事実を明らかにした。

「我と九郎の父義朝は、これからの日本国のあるべき姿について、そこへ向かう道こそ違え、同じ考えを持っておったのだ」

両手の親指をこめかみに当て、辛そうに言った父の顔が脳裏に焼きついている。

「武士同士が戦うことは、我も義朝も望むところではない。まあ、頼政を怒らせて、世を騒乱させてしもうたのはほかならぬこの身だが……」

「三位入道も競も殺されて、九郎はさぞ恨んでおりましょうに。まこと恃んでよいのですか」

「うむ。あの九郎は父の遺志をしっかりと受け止めておるわ。恃んで間違いないこと、確認済みだ」

「お会いになられたのですか」

「いや、さる方に聞いた……」

誰であろうか。今しがた顔を歪めていた父が遠くを見る目をして、まるで春の花に戯れる胡蝶でも眺めるかのように微笑んだのが瞼によみがえる。

「ああ、それから九郎と連絡取りたくば、奥州商人《あきうど》の橘次に任せるがよい」

詳しくは頭痛が去ってからゆっくり聞かせよう、と言った父はそのまま病の床に就き、呆気なく逝ってしまった。ために、重衡には九郎がこちらのどのような姿勢に対して協力してくれるのかがわからなかったのだが、京の窮状を救うためでもあれば、きっと動いてくれるであろう、と願って筆を取ったのであった。

「――まこと、京は酷うなっております。殿方の御縁者も多く在京なさっておいでなれば、一度いくさを停止なさったほうがよろしいかと存じますが」

七月下旬、重衡の文を預かって来た橘次は、頼朝と九郎の顔を交互に見ながら言った。

「うむ、こちらとしても、もし停戦成るのならありがたい」

頼朝はうなずいた。

自ら起とうとしていた新田義重はすでに傘下に入り、武田や安田とも同盟関係にあるが、不安分子はまだ残っている。これらを始末し終わるまで、平氏本隊と戦わずに済むなら助かる。

「しかも諸源氏と平氏の停戦が成れば、木曾勢を牽制することにもなりましょう」

言いつつ、橘次もうなずく。

背後に反勢力を抱える頼朝たちと違って、義仲は北陸道に出れば、敵は目の前の平氏のみとなる。しかも義仲は、頼政嫡男仲綱を烏帽子親として元服、兄仲家は頼政の養子となり、八條院蔵人として以仁王の挙兵に殉じている。つまり義仲は、頼政や以仁王、八條院との関係を、頼朝たちよりも目に見えるかたちで有しているのだ。

各地の源氏は、以仁王の宣旨を大義名分に起ち上がって戦っているのであるから、このまま義仲に活躍を許しては、彼らは義仲を正当、つまり源氏嫡流とみなすようになる恐れがある。

これは何としても阻止せねばならなかった。もし、頼朝のよびかけで停戦が成れば、義仲に対する頼朝の優位を天下に知らしめ得る。

「どうする」

頼朝は弟を振り向いた。

「法皇に源平の調停役をお願いするのです。高倉宮（以仁王）の宣旨は、我《われ》は法皇の第二の皇子として王位を奪取した輩を追討す、というもの。なれば王権を取り戻すべきお人、つまり法皇が停戦をよびかけたとなれば、武田や安田、義仲とても戦う大義がなくなりましょう」

「ふむ、源氏は止まるか。で、平氏はどうする？」

「まずは国を鎮めることが肝要、として、東を源氏、西を平氏が治めることで連中を納得させるよう、法皇に献策するのです」

「さすれば奴らに、北陸からも手を引け、と迫ることになるぞ。それで納得するか」

「わかりませせぬ。重衡以外の者が北陸でのいくさに如何ほど危機を感じておるかに因りますが、恐らく皆、楽観しておりましょう。違うか、橘次」

「殿、あ、いや、御曹司の仰せのとおりです。城《じょう》氏が慣れぬ地で遠旅に疲れていたために、義仲殿は偶然勝てたのだと……これが城氏の本拠でのいくさであれば、城氏は勝っていたであろう、との意見が大勢であります」

「いくさには偶然も不慣れな地もないものを」

九郎は嗤った。

「だが、平氏が退《ひ》かぬのなら法皇に献策しても無駄ということか」

ため息交じりに問うた頼朝に、九郎は、いえ、と頭《かぶり》を振った。

「ただ、和議はならぬと思われます。宗盛はこの三月も、院宣を以て調停するという僉議《せんぎ》を蹴って重衡を墨俣へ向かわせたのですからな」

「そうとわかっていながら、こちらからそれを申し入れるのは面白うない」

頼朝は眉を顰めたが、和議はならなくとも我らは十分な利を得られる、と九郎はにやりとした。

「どういうことだ？」

「宗盛は清盛が死んですぐ、今後は万事院宣に従う、と法皇に奏したにも拘らず、僉議を無視して源氏追討をつづけている。これだけでも随分と長袖らの心証を損ねております。そこへふたたび、法皇手ずから示された和平案を蹴るような真似をすれば、廟堂内で公然と平氏を擁護する者はなくなりましょう。そうなれば最早《もはや》、かの者らのいくさは追討にあらず。彼らの都合によるいくさ、単なる私戦となり下がります」

官軍ならずば平氏好戦派もさすがに容易《たやす》く動けない。また諸源氏は、法皇の下知ありと知ってなお、攻め来ぬ平氏を急ぎ討ちに出かける愚挙には出ない。

「しかも、西は今年も旱魃《かんばつ》です」

重衡の文には今年中にも出陣とあったが、平氏軍は容易く動けないどころか、全く動けないであろう。よっていずれにせよ、鎌倉殿の提案を機に停戦というかたちは実現することになる。

――法皇を立てて冷静に献策する頼朝。片や御意を蔑《ないがし》ろにする宗盛。

「我らに対する法皇の御気色《みけしき》はますますよくなりましょう。次の一手も打ち易うなりますぞ」

九郎は自信たっぷりに言った。

「殿の仰せのとおりにございます」

身を乗り出してそう言った橘次は、慌てて、「いや、御曹司の」と言い直した。

九郎は鎌倉館《かまくらのたち》に部屋住みとなって以来、御曹司とよばれているのだが、九郎と鎌倉で会うのがはじめての橘次にはどうもよび慣れない。

「殿、とよぶがよいぞ。そなたの大事な主《あるじ》であるからな」

頼朝はおかしそうに言った。

「いえ……殿を差し置いて、殿を、殿、とはよべませぬゆえ……」

「何を言うておるのかわからぬぞ」

九郎も笑った。

「よいよい。そなたが、殿、と言えば九郎のこと。我のことは、鎌倉、とでも言うがよい」

「では恐れながら、御前にても、鎌倉殿、とよばせていただきます」

「ああ、そうするがよい」

頼朝はうなずき、「それで？」と話のつづきを促した。

「はい、殿の仰せのとおり、今のこの時期にこそ、法皇のお顔をうまく立てておくことが重要かと……と申しますのも、あれほど敵対なさっていた法皇と八條院が、ここへ来て仲がようなられていまして」

「そう言えば範季殿と多賀城でお会いした折、おふたりは本来似ておいでだ、と仰せであったわ」

九郎が言う。

「某《それがし》も同感にございます。いずれ劣らず権力に魅入られたお方か、と」

橘次はうなずき、視線を再び頼朝に戻した。

「鎌倉殿におかれましては、政権をお取りになるまでは、法皇の権威をお使いにならねばなりませぬ」

「おう、わかっておる」

愚昧の暗主であっても、その権威は今のところ日本国最高のもの。平氏との戦い、あるいは源氏の内輪の戦いでも、今はまだこれを後ろ楯としたほうが勝利は早い。

「九郎には、愚かしうてもよくよく辛抱せよ、といつも言われておるわ」

頼朝は弟にめくくわせした。

「その御覚悟ならば」

橘次も冷やかな笑みを浮かべる。

「殊に木曾殿に対する鎌倉殿の優位を絶対とするためにも、早いうちに法皇との御関係を世に示されるべきでありましょう。恐らく、これから何かにつけて法皇と女院は同調なさる筈。なれば、鎌倉殿と法皇の強い結びを今のうちからお見せになって、女院のお心をこちらに引きつけることが肝要にございます。女院を取り込め得れば、木曾殿のみならず、頼盛殿はじめ女院に近しい方々の動きをも縛り得るか、と」

「さすがは商人《あきうど》橘次、よう計算しておる」

感心しきりの頼朝に、「我が郎党にございますれば」と、九郎は得意げに頰を膨らませた。


その翌月――。

中央政権は七月半ばに元号が養和に改まったが、朝敵の立場を利用して東国を経営する鎌倉では元号は変えず、治承五年（一一八一）の八月である。

「やはり蹴りおったか」

「所詮その程度なのですよ、宗盛という男は」

言いながら九郎は立って、庇の間に出た。

鎌倉館の西の対、その南側にある九郎の部屋からは海が見える。

空は朝からぐずつき、申《さる》の刻（午後四時頃）を過ぎた今もまだ、海面は低く垂れ込めた雲を映して鈍《にび》色《いろ》に揺れている。

頼朝は九郎に並んだ。

「せっかくの機会を潰すとはな。愚かな者よ」

頼朝は九郎の助言に従い、先月中に後白河院に宛てて密書を送っていた。

――当方には全く謀反の心はない。以仁王の宣旨に従い、偏《ひとえ》に君の御敵を討とうとするものである。だがもし、平氏を滅ぼしてはならぬと仰せなら、昔のように、源氏平氏を相並べて召し使われては如何か。関東は源氏の、西海は平氏の沙汰とし、国司は朝廷がお決めになればよい。東西の乱を鎮めるよう両氏に仰せつけられて、しばらくお試しなされよ。いずれの氏が王家を護り、君命を畏敬するか、両氏の振る舞いをとくと御覧になるべきである――。

これを後白河院から示された宗盛は、この儀もっとも然るべきこと、としながらも、父の遺言を理由に、勅命たりと雖《いえど》も請け申し難し、と拒絶したという。

「清盛は、子孫のひとりでも生き残らば、その骸《むくろ》を頼朝の前に晒せ、と言うたらしいな」

「そのようです」

「最後のひとりが死ぬまで戦え、とはまた酷な話だが……亡き平氏棟梁の遺言は一門の知るところ、よって、宗盛としては和睦など有り得ぬということか」

「いや清盛は、ひとり残らず死ぬまで戦え、と言うたのではなく、最後まで逃げるな、と言うたのでしょう」

どう違うのだ、と頼朝は海を眺めている弟に問うた。

「最後まで戦う。最後まで逃げぬ。同じではないか」

「最後まで敵前に立つという意味ではどちらも同じです。だが、あくまで剣を振りつづけるのか、それとも状況を見極めて交渉してゆくのか。大勢が敵方に有利に傾いた時、そのどちらを採るかで結果はまるで変わってきましょう」

九郎は兄に目を転じて、言葉を継いだ。

「軍兵を戦わせて、敗れれば骸を晒して終わればよい、というのであれば、考えようによってはとても楽な戦いといえます。なれど交渉するとなれば、こちらが不利な立場にあってもそれを認めねばならず、そのために敵から屈辱の案を出されても冷静を失ってはならず、そのうえで如何にこちらに有利な結果を引き出すか、慎重に、だが時に大胆に駆け引きせねばなりませぬ」

うむ、とうなずく頼朝の眉間に力が入る。

「おのれを律し、最後まで逃げずに交渉に臨まねば勝利はありませぬ。勝利とは、何よりおのが勢を存続させることです。一門の名だたる者は、それこそ命を賭《と》して交渉にかかれ――これが遺言の真意でしょう。宗盛もそれくらいはわかっておる筈です。それに清盛たる者、最後まで戦わせるつもりなら斯様な言葉は遺しませぬ。戦い抜く覚悟を説くにせよ、生き残ったひとりまでもが骸を敵前に晒すようではまったくの敗北ですからな。一兵たりとも逃すな、敵の白旗を彼奴らの血で我らが平氏の旗色に染め上げよ、とでも言うのではありませぬか」

はははは、と九郎は笑った。

「なるほどな。だが、宗盛は父の遺志を知りながら、なぜ……」

「それは意地でしょう。頼朝追討の宣旨を受けながら、戦いもせず、しかも甲斐源氏に追い返されたままというのは格好悪い。それに富士川のあとは一度も負けておりませぬから、本気になった平氏の前に敵はなし、との思いもありましょう。大いに勝利を挙げ、その存命中は前に平伏すばかりであった偉大なる父、清盛が遺した言の慎重さを、何と気の小さいことよ、と笑いたいのかもしれませぬな」

「つまりは、弟重衡の努力も水の泡、か。奴らも困った男を総師としたものだ」

頼朝は薄嗤いを浮かべた。

「で、奴らはいつ頃来ると思う？」

「来年いっぱいは来ぬでしょう。この大旱魃《かんばつ》で、来年の都は今年より酷《ひど》くなる筈」

「ということは、再来年」

「そうです。それまでに、奴らを討つ準備を整えましょう。重衡には気の毒だが、和平を蹴り源氏を追討するという以上、宗盛らを政《まつりごと》の場に残してはおけませぬ」

宗盛は、法皇に政権を返すと言ったばかりでなく、八条の新御所建設も中止、寺門への処罰も解いたという。宗盛が総帥となっては、清盛がせっかく王家を取り込み、朝廷を押さえ込んだのをみすみす元に戻してしまうであろう、という頼政の懸念、そして、おのれが死ねば平氏は後退する、新しき国は遠のく、という清盛の予想は、現実のものとなりつつあるのだ。

「後退は避けねばなりませぬ。多くの者の死が無駄になります」

うむ、と大きく頼朝はうなずく。

「清盛なき平氏に勝つのは、驚くほど難しいことではありませぬ。まことに困難であるのは、数百年つづく王権との対決、またその前に東国の武士を纏めることです。連中は、所領と利権を請け合うてもらえるいう共通項で兄上を戴いているに過ぎませぬ。考えてみるに、兄上は宗盛と似たお立場かと」

「どういうことだ？」

「宗盛その人に平氏を率いる器量がないのは横に置くとして、宗盛のうしろには時忠卿以下、強面の叔父らがおりますし、これまで見てきた限りでは、弟知盛も退《ひ》くことを知らぬ男です。彼らが、和議を結ぶは我が氏の恥なり、と主張すれば、宗盛も逆らえませぬ」

む、と唸って、頼朝は腕を組んだ。

「あるいは、宗盛も戦いとうないのやもしれませぬ。源氏も平氏も主席にある者、父上や清盛ほどの強権を持ってはじめて、一門を思いどおりに動かせるもの。若く、力なく、支えられてやっと存在があるうちは難しゅうございます。東国の輩は、調停者たる兄上を排す愚は犯しませぬでしょうが、彼らを駒として動かすためには、兄上も早う真《しん》のお力をおつけにならねばなりませぬぞ」

「そうだな」

弟を見据える兄の、決意の双眸を受け止めていた九郎はふいに、にこり、とした。

「……晴れてきましたな」

天を仰ぐ九郎に倣って、頼朝も首を廻らせた。

正面、南は雲海縹渺《ひょうびょう》としてなお暗いが、西の空はあちらこちらに薄青が覗いている。

その真綿を引きちぎったような雲の縁を輝かせ、まだ沈まぬ日が幾筋もの真珠色の光の帯を海に下ろしていた。

二

九郎の読みどおり、再び平氏軍が本格的に動き出したのは、およそ一年半後の寿永《じゅえい》二年（一一八三）四月であった。

それまでにも平氏は、地方豪族である藤原秀衡を陸奥守、城助職《じょうすけもと》を越後守に任ずるという、公家が「天下の恥、何事かこれに如かんや」と驚きのけ反る人事を強行してその援軍を期待し、自ら追討軍を北陸へ送ったのだが、木曾義仲の先鋒隊根井《ねのい》太郎行親《ゆきちか》に敗れている。

よって今度こそは、の闘志満満、畿内や西国から十万になんなんとする武士を徴し、一気に北陸へと攻め寄せたのである。

その総大将には維盛が任じられた。富士川の屈辱を晴らしたい、と自ら志願したのか、ここで維盛に自信と威厳を取り戻させてやるか、と宗盛らが考えたのかはわからない。

ただ、十万もの兵があるのだから、時を経ずして北陸を平定出来る、と平氏の誰もが考えた。その期待を裏切らず、大将維盛は四月の末、火打城《ひうちじょう》（現福井県南条郡南越前町）に源氏を破って初戦を飾った。

――本気になれば容易いものだ。

勝ちに乗じた平氏軍、五千余騎を加賀国から越中国へと先発させた。

――この調子でゆけば、東国討伐も時間の問題。

都に残る宗盛が眉を下げて喜び、公家たちも、やはり頼りになるのは平氏よ、と安堵したのは、だが半月ばかりの間であった。

翌月上旬、般若野《はんにゃの》（現富山県高岡市南部から砺波市東部にかけての辺）の戦いで平氏は負けた。相手は、前回も負けた義仲率いる木曾軍である。

なぜ勝てない、と考える間もない。平氏軍は倶利伽羅峠《くりからとうげ》（現富山県小矢部市と石川県川北郡津幡町に跨る）でも惨敗して軍兵の過半を失い、さらに篠原《しのはら》（現石川県小松市安宅から加賀市の柴山潟にかけての辺）でも大敗を喫し、ほうほうの体で京へ逃げ帰った。

勝利に沸く木曾軍であったが、やはりいくさは非情であり、勝利の歓びと表裏に哀しみは存する。

篠原の戦いで、齋藤別当實盛《さいとうべっとうさねもり》が死んだ。大蔵合戦の折に駒王《こまおう》＝義仲の助命に尽力し、義朝亡きあとは平氏方に降って命を繋いだ老将は、今はなどか平氏のために戦わざらん、と白髪を黒く染めて奮戦し、義仲以下が血涙を絞った話はよく知られている。

六月末――。

ついに義仲は近江国に入った。

この頃までにはこの猛将の許に多くの武士が集まっていたが、新宮行家《しんぐうゆきいえ》もそのひとりであった。

墨俣の戦いで敗れた行家は、頼朝を頼ったもののその待遇の悪さに憤慨し、義仲の許に走ったといわれている。そういうこともあったかもしれない。だが、四十近くになっても無冠であった行家が、以仁王の宣旨を伝達する役を全うするために与えられたに過ぎないとはいえ、はじめて手にした官職「八條院蔵人」を疎《おろそ》かにするなど考えられなかった筈である。とすれば、何やら後白河院と仲がよいらしい頼朝よりも、八條院と近しく、しかも昨年京を抜け出た以仁王の遺児、北陸宮《ほくりくのみや》を保護している義仲と行動を共にしようとするのは当然といえた。

また甲斐源氏安田義定《やすだよしさだ》や、近江源氏山本兵衛義經《やまもとひょうえよしつね》なども、義仲の許にいた。

たとえば義定は頼朝と同盟していた。

あるいは山本兵衛は知盛に敗れ、よれよれになって鎌倉へ落ち延びたのを頼朝に拾い上げてもらい、平氏を攻める時には一方の先陣を奉る、と約していた。

――それがどうした。

武士《もののふ》たるもの、賊徒追討に手柄を立て、叙爵《じょしゃく》（はじめて従五位下を叙すること）を足がかりに国の守となるのが最高の出世、と信じて疑わない彼らにとって、入京を目前とし、戦功第一になるであろう義仲の許に向かうのは当たり前の行動なのである。おのれの立場を固め、より確実に血と地を子孫の手に渡すためには、未だ北関東を安定させられず、東国で燻《くす》ぶりつづける頼朝に従っている場合ではなかった。

義仲はさっそく比叡山を説得にかかった。比叡山は、悪僧にこそ源氏に味方する者も多いが、座主《ざす》以下上層部は平氏方であり、これをひっくり返さないことには、ここを通って京へ攻め入れない。

「それどころか、京での活動自体が不便なものとなりますぞ」

と義仲に忠告した男がいた。

大夫坊覚明《だいぶぼうかくめい》、信州の有勢海野幸親《うんのゆきちか》の次男で、俗名通廣《みちひろ》。以前は最乗坊信救《さいじょうぼうしんぎゅう》と名乗る興福寺の僧であった。

興福寺は以仁王挙兵の折、頼政が送った牒状《ちょうじょう》に対して「清盛は平氏の糟糠《そうこう》、武家の塵芥《じんかい》なり」と熱い返牒を送り返したが、これを書いたのが覚明であった。文筆の才を持つこの男は、以仁王の死後、清盛の害を逃れるため信州へ逃亡、そこで義仲と出会い、祐筆として抱えられた。

「拙僧にお任せあれ」

覚明は、硬軟織り交ぜた巧妙な牒状を反平氏の衆徒に送り、その人脈を最大限に活かして工作活動に走りまわった。それによって、平氏が続敗するを見、日を追って勢い増す源氏が近江国に入ってなお、そのどちらに与するか揺れていた比叡山を、矛を交えることなく味方につけることに成功したのである。

七月二十二日、義仲はついに比叡山東塔惣持院《とうとうそうじいん》に至った。

――奴らが打ち入ってくるまで、もう幾何《いくばく》もない。

六波羅は嘆息に包まれた。とうとう山も我らとの誼《よしみ》を捨てたか――。

恃みとした鎮西は、派遣されていた平貞能《さだよし》がようやく菊池たちを降伏させて帰京したが、率いて来た軍兵は、数万との噂とは大きくかけ離れた千騎余りでしかなかった。これでは京を賊徒から護れぬではないか、と街の人も公家も後白河院も、そして誰よりも平氏が色を失ったが、手をこまねいてばかりはいられない。丹波、宇治、勢多などに兵を出して、ぎりぎりまで源氏の入京を防ごうと試みた。

だが遅かった。義仲の鮮やかな連勝の話は、すでに畿内に広がってしまっていたのである。

金峰山《きんぷせん》や多武峰《とうのみね》の衆徒が蜂起、丹波も熾盛。また、大和、山城と迂回して南から入京する任を請け負った行家に吉野の大衆が与力。さらに平氏方であった筈の多田行綱が源氏に寝返って摂津・河内両国を横行すれば、苛酷な兵糧の取り立てに苦しんでいた両国の民衆も、ことごとく行綱に与同する始末であった。

さらに行綱に河尻を押さえられ、船を奪取され人家を焼かれて、西国からの物資供給の途を絶たれてしまっては万事休す、宗盛は京を捨てる決意を固めた。

(何も京でなくともよいのだ)

法皇と主上のおわすところが日本国の中心なれば、ふたりを具している限り、平氏が政治の中枢を握りつづけることに変わりはない。

(四国でもよいが、やはり大宰府だな)

出立前夜まで、落ち着く先と、西国での徴兵を如何に進めるかを考えていた宗盛は、翌朝、郎党に法皇逐電の報を告げられて腰を抜かした。

後白河院の身柄は、万一に備えて東山の法性寺《ほっしょうじ》に移していたのだが、拘束とよぶにはあまりにも監視が甘かった。それというのも、平氏は北陸東国の賊徒から王家を護る官軍であって、当然、後白河院は自分たちと行動を共にするものと、宗盛は信じ切っていたからである。

これは痛かった。世間はそもそも、故高倉院の系統を王家の正統とみなしていない。当今《とうぎん》(安徳帝)も、後白河院が後ろ楯となってくれてはじめて、王家の代表として存在し得るのである。

「法皇がおわすところはわからぬのか」

「は、まったく」

郎党は答えた。そしてさらに、摂政以下、公卿たちもすでにこのことを知っており、ことのほか喜んでいるらしい、と付け加えた。

「これで平氏についてゆかずに済む、と……」

「もうよいわ。あのような鵺《ぬえ》めを連れておっては、足手纏いになるばかりよ。我らは予定どおりに出立致す」

寿永二年七月二十五日巳《み》の刻（午前十時頃）、平氏一門は京をあとにした。

暢気な宗盛も、さすがに悔しい。唇を噛みしめたまま、真正面を見据えて馬を進めていたが、淀《よど》（京都市伏見区）まで来た時、ようやく京のほうを振り返った。

六波羅や西八条第に放った火が、黒煙となって空にたなびくのが見える。

（いつか戻って来てやる！）

宗盛は胸にそう叫んだが、残念ながら、彼らが勝軍として京の地を踏む夢はついに叶わなかった。

義仲たちが入京したのは、その三日後のことである。


一方の鎌倉――。

「しかしながら御曹司、まことにあれでよいのですか」

九郎の杯に酒を注ぎながら、男が怪訝《けげん》な面持で問うた。

「何が？」

「京は木曾殿の好きにやらせておけ、と仰せになったことです」

「ああ、よいわ」

九郎は片頬を持ち上げて見せた。

酌をした男は梶原平三景時《かじわらへいぞうかげとき》。相模国梶原郷を本領とする。長めの顔は線は太いが肉は薄く、冗談などまるで受けつけないような、一重で切れ長の目を持つ四十過ぎの男である。

景時は当初平氏方に立ったが、積極的に頼朝を攻めはしなかった。

「我らが与するべきは頼朝殿ぞ」

そう言い張る者があったからだ。

その者、同国の土肥實平《どひさねひら》。水軍を擁《よう》する武家同士として、また共に早くから京で活動した東国武士同士として、平氏全盛時代からの知音《ちいん》である。

「しかもかのお人には、そら恐ろしいほど知略に長けた御舎弟がいられる」

實平が頰を紅潮させ、九郎の人となりや逸話を余りに熱く語るのに、景時は驚きを越えて何やら感動すら覚えた。

実直な人柄で、判断力も確かな男をしてこうまで興奮させる若者ならば、ひとつ賭けてみてもおもしろいかもしれない。実を言えば、平氏栄華の世がつづくことに少しげんなりしていたところではあったのだ。平氏家人としてそれなりの地位を確保しているとはいえ、いつになれば大庭や伊東といった強勢と並び立てるやら、いやその日が来るや否やもわからない。しかも、頻繁に上京して各権門の実態を冷静に分析していた景時は、平氏政権が後継者の誰ひとりとして、父清盛と同じほどの器量を持つ者のないことに危ういものを感じていた。

清盛が亡くなればいずれ平氏の勢は衰える。平氏が沈めば後白河院が再び浮上してくる。であるならばおのれが組むべきは、實平によれば後白河院と密なやり取りがあるという義朝の嫡男、實平が入れ込む若者が支えるという頼朝を措《お》いてない――そう決めた景時は、間もなく實平と行動を一にするようになり、二年前の治承五年（一一八一）正月上旬に頼朝との対面を果たしたのであった。以来、その頭の回転のよさと弁舌の巧みさを気に入られ、頼朝に近侍している。

「――無論、御曹司には何かお考えがあって仰せになったことにございましょうが……木曾殿がお抱えの北陸宮は以仁王の皇子、つまり木曾殿は皇位継承者をお手の内になさって、強気であられる筈。過去には相国（清盛）殿が武力を背景に当今を立てられたという例もあります。ここで我らが動かずば、いくら我が殿が治天の君と結んでおいでであっても、木曾殿の世となるを止められなくなるのではありませぬか」

「我は、動かぬ、とは言うておらぬ」

九郎は杯を置いた。

「なれど、先ほど軍議に出ていた者はなべて、我らはなおも東国に留まりつづけるものと思うておりましょう」

「某《それがし》にも左様に聞こえましたぞ。違うのですか、御曹司」

實平も解せぬ顔をして見せるのに、九郎は再び片頬を持ち上げ、繰り返した。

「動かぬ、とは言うておらぬ――」

平氏の都落ちと義仲入京の動きは逐一鎌倉へ報告されていた。ただ、義仲が勝とうが負けようが、おのれの所領と何の係わりもないというので、東国の御家人たちはほとんど関心を示さず、頼朝も軍議の開催を見合わせていたのだ。

だが、この八月半ば（寿永二年・一一八三）、ついに聞き捨てならない報せがもたらされた。

同月十日に朝廷で執り行われた、都を混乱に陥れた平氏を追い落とした者への勧賞の件がそれである。

勲功の第一は頼朝とされた。誰よりも早く義兵を上げてその造意あったというのが理由である。だが義仲たちから抗議の声が上がったらしく、恩賞は見送られた。事実、平氏を追いやったのは彼らであって、頼朝は上洛すらしていないのであるから、これは致し方なしとしてもよかろう。

問題は、義仲と行家は平氏追討を命じられて官軍と認められたのに、頼朝は謀反人とされた立場の解消もならなかったことであった。

そこでこの日、鎌倉館では午後遅くから軍議が開かれた。そののちに催された酒宴も果ててほとんどの者が宿所へ引き揚げ、今、残っているのは数人である。


さて、先刻の軍議では――。

招集された御家人たちの意見は、例によって上洛か否かでまっぷたつに割れた。

勲功第一の東国の長《おさ》を謀反人に据え置くとはけしからぬ。そう考える輩は、いよいよ京へ上る時が来たのだ、と言う。義仲が次の帝の後ろ楯となり、法皇をも手の内とすれば、宣旨も院宣も思いのままとなる。そうなれば、どのような言いがかりを以て追い落とされるかわからない。朝廷も頼朝の参洛を待ち望んでいるのであるから、今こそ京へ向かい、義仲や行家との序列をはっきりさせておくべきではないか――。

それに対して上洛に反対の輩は、頼朝が未だ謀反人であるからとて何の支障があろうや、と反論した。我らは今や、頼朝を紛れもない棟梁と認めている。常陸、下野の制圧も着着と成り、関東一円は実質頼朝の支配下にある。これに朝廷がどう手出し出来るというのだ。我らの協力なくば年貢は京上せず、年貢がなければ暮らしの成り立たない公家である。宣旨や院宣は出せても、それ以上の何が出来る。慌てることはない。捨て置けばよいのだ――。

「それとも、木曾殿と雌雄を決すると言われる?」

上洛に反対の廣常が口の端を歪めるのに、「いや、そう大層なことではありませぬでしょう」と、上洛すべきとする景時が返した。

「殿は木曾殿と勢を競うておいでではあるが、対平氏においては御同志。ただなればこそ、ここはいったん御上洛になり、木曾殿よりも上位の国の守の任と加級をお受けになって、殿の優位を天下に知らしめておかれるべきではないかと申し上げておるのです」

「確かに、殿は平氏を前に木曾殿と御同志であった。だがそれは、平氏が京にある間のこと。彼奴《きゃつ》らを追い落としたは我なり、と自負なさっているであろう木曾殿が、今も殿を御同志と見ておいでかはわからぬ。殿の御上洛を宣戦布告と受け取られるやもしれませぬぞ」

「御嫡男を寄こされたではありませぬか」

佐々木兄弟の四男、高綱が口を挟んだが、「それが何の証《あかし》になりましょうぞ」と廣常は嗤った。

「子の命を思うていくさをお捨てになれるようなお人ならば、はじめから大事な御嫡男を質にお入れになりませぬわい」

今年の三月はじめ、頼朝と義仲が不和となった。原因は、墨俣《すのまた》の戦いののち、頼朝と反目した行家を義仲が庇護したからとも、義仲と共に城助職《じょうすけもと》を破った武田《たけだ》五郎信光《のぶみつ》が、義仲の嫡男を婿にと望んだのを拒否された腹いせに、「義仲は平氏と結んで鎌倉殿を討とうとしている」と頼朝に讒言《ざんげん》したからともいわれている。

いずれにせよ、義仲に不穏な動きあり、と見た頼朝は、出陣の準備をはじめた。そうと知った義仲、「我らが戦うは平氏の悦びなり。源氏が共討ちして、平氏の世を長引かせるは如何なものか。今は敵対するに能わず」

と申し入れ、叛意《はんい》なきことを示すために、元服したばかりの嫡男清水冠者義高《かんじゃよしたか》に数人の勇士をつけて、鎌倉に送ってきたのであった。

――馬の草飼いについて、戦《いくさ》あるべし。

馬に若草を食べさせる時分、つまり四月頃から、平氏はいくさをはじめる予定であるらしいことが漏れ伝わっていた。彼らは真っ先に北陸へ向かうであろうから、ぐずぐずしてはいられないとの思いが、義仲にはあったのであろう。

「だがあの時、木曾殿は御嫡男を質となさらず、我が殿に対して、来るなら来て見ろ、と構えることもお出来になった筈」

廣常は言った。

頼朝の背後には、得体の知れぬ北の獅子秀衡がある。佐竹隆義も反駁《はんばく》の機を窺う。前年二月に起きた、志太《しだ》三郎先生《せんじょう》義憲《よしのり》や足利忠綱たちによる大規模な反乱の余燼も冷めやらぬ。これでは、鎌倉が大軍を動かせる道理がないことを義仲はわかっていた筈だ、と廣常は語気を強めた。それでも義高を差し出したのは、平氏との戦いに全軍を注入せんがため、頼朝を出し抜いて京に攻め上らんためではないか。

「そうでなければ、殿の恩賞に斯くまで口出しして、御気色を損ねるような真似はなさらぬ。木曾殿は清水冠者を捨て駒にされたと言ってよい」

「鍾愛《しょうあい》なされていたと聞いております。それを捨て駒とは、某《それがし》には信じられぬ」

高綱が苦しそうに言った。

「佐々木殿には無理やもしれませぬな。情がおありになりすぎる」

千葉常胤が微笑んだ。

「なれど、木曾殿も情にお厚いと聞いておりますぞ。子であれ親であれ、二度と会えぬやもしれぬ覚悟が出来ねば質には出せぬもの。さほど情のない者でも相当の葛藤があろうに、情のお人木曾殿はそれを越えられたのだ……斯様なお人が、すでに質とした命ひとつのために、平氏に取って替わろうという大いなる野望をお捨てになりましょうや」

確かに、とうなずいたのは三浦義澄。

「ただ、信濃は勿論、甲斐、美濃、近江の諸源氏が、木曾殿におつきになったのが気になりますな。各々、源氏の嫡流たらん、と機を窺うておいでです。それを達するためには、どこに与するべきか。ともかく今は、旭日昇天の如き勢いの木曾殿の傍らにいるのがよい、というほどの考えでお集まりなのでしょうが、木曾殿のお力がさらに増せばどうなるか……」

「打倒鎌倉で本気で連携されれば、手強いものになりますな」

土肥實平が受けて、つづけた。

「やはり、殿には今のうちに上洛いただいたほうがよろしいのではありませぬか。法皇との御関係をお見せになるだけでも、木曾勢を分裂させ得ましょう」

「そう急ぐことはありますまい」

常胤が穏やかに遮った。

「木曾殿らはまだ京に入ったばかり、しかも平氏追討の任を承諾なされたうえは、西へ向かわねばなりませぬ。平氏を討ち滅ぼさぬうちに、こちらへ矛先を向けるは能わぬこと。ゆえに、まずは木曾殿の戦いぶりを拝見しようではありませぬか。平氏軍は再び西国の武士を纏めて、あっという間に勢を盛り返しますぞ。そして恐らく、得意の船戦に持ち込む筈。それに山育ちの木曾殿がどう応じられるか」

「左様、しかも平氏を滅ぼしたとて、木曾殿はしばらく殿を敵とはなさらぬ、と某は見ますな」

廣常が言うのに、なぜです、と畠山重忠が素直に尋ねる。

「御辺はこの廣常と戦いたいとお思いか」

「いや、遠慮申し上げます」

「では、千葉殿となら、どうかな」

「坂東のどなたとも、やり合いたくはありませぬな」

大げさに眉間に皺を寄せて首を振る重忠に、廣常は笑ってうなずいた。

「いくさ慣れした東国武士の怖さは、おのれがそうであるゆえに、木曾殿もよく御存じの筈。御辺が思われたように、出来る限り戦いたくないとお考えであろう」

なるほど、と重忠はうなずいた。

「ただし」

と、廣常は両掌を膝に当て、ぐい、と両の肘を張って身を乗り出した。

「木曾殿のお考えどおりにうまくいきますかな。それでなくとも朝廷は、我らの如き武士の手で動かせるものではない。加えて、治天の君は我が殿に肩入れなさっているのだ。先ほどどなたかが、法皇を手の内とすれば朝廷は思いのまま、というようなことを言われたが、それは亡き相国殿ほどの政の才を持つ者にしか出来ぬ。木曾殿の傍らにあって、古くから宮仕えされているのは源三位入道（頼政）殿の御子息頼兼殿くらいでしょう。だが確か、頼兼殿は九條院非蔵人でしたかな……つまり木曾殿は、法皇との間をうまく取り持ってくれる者がない、ということです。なれば、京が木曾殿の思いどおりになるというは、まず以て無理な話でしょうな」

「仰せのとおり、今は無理でしょう」

景時が認めた。

「だが上總殿、御辺は志太先生が木曾殿の許へ向かわれたことを御存じか」

「何、まことか！」

声を張り上げた廣常に、景時はゆっくりと首を縦に振った。

源爲義三男、志太先生義憲。彼が長兄義朝と父子の契りを結んでいたのは過去の話、独立心強く、誰に属する気もない義憲は、こともあろうにこの二月、下野の豪族藤原姓足利俊綱・忠綱父子と連携し、三万に余る軍兵を率いて鎌倉侵攻を企てたのである。

だが、義憲たちは下野国野木宮《のぎみや》（現栃木県下都賀郡野木町）に多くの屍を晒して潰走した。与同していた筈の下野の有勢小山朝政《おやまともまさ》が裏切ったのだ。

朝政の母は、頼朝の乳母の寒河尼《さむかわに》。三年前の頼朝挙兵当時、朝政は父政光《まさみつ》と共に在京中であったが、母は末の息子（のちの結城朝光《ゆうきともみつ》）を連れて頼朝の陣へ馳せ参じた女丈夫である。朝政の与同が初めから偽りのものであったことは言うまでもなかった。

この戦いに頼朝や九郎は出陣していない。戦ったのは朝政のほか、その弟の宗政《むねまさ》、下河邊行平と弟の政義、八田知家《はったともいえ》など、下野や下総の豪族であった。言い換えれば、彼らは鎌倉軍や相模、武蔵、上総、下総の援軍なしに三万の志太・足利連合軍を負かすだけの力があるということだ。なお、頼朝の弟で九郎の兄になる範頼は、この戦いから正式に鎌倉方に加わっている。

さて義憲、一度負けたぐらいでくたばりはしない。

足利忠綱は平氏方へ赴いたが、義憲は義仲に合流した。無論、義仲の勢いに乗ろうというのもある。だが一番の決め手は行家と同じく、義仲が八條院に近しいことにあった。義憲が荘官となり、その名称とした志太、常陸国志太荘は八條院領だったのである。

加えて、志太先生の先生は、帯刀先生《たてわきせんじょう》（「たちはきせんじょう」とも）のことで、義仲の父義賢も任じられた東宮の護衛武官の職である。若い頃にこれを務めて都でもその名を知られる義憲は、義仲と共にあっても存在が埋もれることはないという自信があった。

「これは殿、阻止したほうがよろしゅうございますぞ」

實平が頼朝に嚙みつくように言い、「先生は発たれたばかりか」と、景時に問うた。

「間者によると、すでに美濃まで進まれたそうだ」

「何と……」

拳で膝を叩き、實平は舌打ちした。

「先生と木曾殿が一緒になるのが、それほど困ることなのですか」

和田義盛が叔父の義澄に問う。

「ああ、先生は広い人脈をお持ちだ。御自身が二條院蔵人であられたうえ、平氏と姻戚関係にある公家らとも親しくしておいでだからな」

義憲を介して義仲と平氏が近づけばどうなるか。対応を誤れば、両者は頼朝を当面の共通の敵として連携し兼ねない。いや、すぐにでも思わぬ手を打って来るのではないか――。

これはまずい、と誰もが思った。

――どうする。

京を捨て置いて義仲らの好きにさせるか。

宣戦布告と受け取られる危険を冒して上洛するか。

――殿の御決断は。

彼らの目に、白い頰に薄紅を差し、腕を組んで首を傾げる鎌倉殿が映る。

――ああ、沈思されておいでだ……。

では御曹司は、と見れば、こちらは一同に目をやりながら、笑いを怺《こら》えているかのように頬を膨らませている。

と、本当に九郎は吹き出した。

「何かおかしゅうございますか」

訝しげに景時が問うた。冗談を受けつけない目が答えを待っている。

「おう、悪い悪い。富士川の時の再現かと思うと、何やらおかしゅうてな」

「再現、とは」

「そうか、あの時そなたはまだ参陣していなかったのだな。いや、実はあの日も、上洛するかせぬかで議論がゆき詰まったのだ。そこで皆は殿の御様子を窺ったのだが、深くお考えになってすぐにお答えにならない。然《しか》らば弟はどうだ、とこの九郎の意を求めて皆の目が一斉にこちらを向いた。今日もそうなるであろうな、と思うておったら、見よ、そのとおりになったわ。あはは」

「まことにございますな。ではあの日と同じく、御曹司の御意見をお聞かせ願いましょうか」

廣常も笑いながら言った。

「聞いて驚くな。九郎が言うことも、富士川の時と同じだ」

九郎は、廣常に口の端で笑い返したが、すぐ真顔に戻して容《かたち》を改めた。

「我らは上洛すべきではない、と九郎は考える。一昨年来の飢饉、昨年のはやり病……京は未だこれらから回復しておらぬからだ」

九郎は、ぐるり、と御家人たちを見まわした。

「洛中では強盗が絶えぬ。食料に限らず、人馬雑物、目に映るあらゆるものが強奪されておるのだ。夜になれば放火も起きて、えらい騒ぎだ」

九郎は、鎌倉に来てからの約三年の間に、何度か京へ偵察に出向いていた。勿論、鎌倉でじっとしていても九郎や頼朝の許には頻繁に情報が届く。だが政権を狙うとなれば、当然ながら実際に足を運んで中央で起きていることをおのが目で確かめる必要がある。鎌倉を離れられない兄に代わり、来たるべき日に備えて根まわしするのも九郎の大事な役目であった。

今回は初夏に上洛、義仲の入京を見届けたのち、昨日戻ったばかりであった。

「四月頃から、殊に治安は悪化しておる。諸国から食えぬ不逞《ふてい》の輩は流れ込むわ、平氏が駆り集めた地方の武士は故国に帰るに帰れず屯《たむろ》しておるわ、奴らが狼藉を働くのを、宗盛はよう処罰せずにあったのだが、さて、義仲は如何に収めるか、だ」

よいか、と九郎は再び一同に視線を廻らせた。

「朝廷は義仲に、何よりも治安を回復させることを望んでおるのだ。今ここで殿が御上洛になれば、殿にも成果を求められることになってしまう。これが困るのだ」

「なぜです？」

低い声を響かせたのは熊谷直實である。

平治のいくさ当時十九歳だった若武者も、故主君の齢を越えた壮年となっている。

「殿が木曾殿と手を携えられ、治安を回復なされれば、武家の発言力が一段増すこととなりましょう。さすれば亡き大殿（義朝）の望まれた、朝廷に依らぬ世に一歩近づくことになりませぬか」

「いや、そう簡単ではありませせぬぞ」

廣常が反じた。

「義朝公の国創りの話には某《それがし》も確かに酔うた。だがその実現は雲を摑むようなもの。あの相国（清盛）殿ですら、朝廷の権威から自由とはなれなかった、いや、朝廷の権威を見事に纏うたからこそあの地位を得たと言ってよい。現実を眺めれば、武士《もののふ》としてあれ以上の成功は有り得ぬ。言い換えれば、結局我らは、ゆけどもゆけども朝廷の下に甘んじておらねばならぬのです。先ほども言うたように、朝廷を我らが手で動かすなど出来よう筈がない」

「それほどまでに朝廷の権威を買っておいでなのでしたら、それを使うことをお考えになればよろしゅうございましょう。何ゆえ京のことなど捨て置けばよいと言われる？　上洛して未だ謀反人とされている殿の御名誉を回復しようと、なぜ思われぬのです？　確かに、御辺が殿の許にお越しになられた最大の理由は、殿が平氏目代（山木兼隆）をお討ちになったことでありましょう。だがそればかりではない。殿が義朝公の御嫡男であり、京にあられた時にすでに右兵衛権佐《うひょうえごんのすけ》を務められたこと。これも、殿に与された理由としてかなり重いものであった筈だ」

普段は口数少ない直實が語気を強めるのを、「おう、確かに」と、廣常は涼しく受け流した。

「反平氏の旗印には源氏の貴種を、とは誰もが思うところであろう。御辺が言われたように、我ら都の権威を後ろ楯とする者にとって、殿の御経歴が平氏と対峙するうえで魅力であったのは間違いない。だがそれは、三年前の挙兵時の話だ。平氏目代を討ち取ってしまえば何よりの大事は我らが所領ぞ。三年前までは、この所領を安堵するのは朝廷であった。なればこそ、官位の高い殿を戴くが有利、と我らは見たのだ。だがどうだ。殿は謀反人とされたことを逆手に取られて、朝廷の意に拘らず我らが所領を安堵するという御英断をなされた。これには驚きましたな。殿は朝廷から授けられる官位など必要とされていなかったのだ」

「まさに、東国を將門《まさかど》公以来の反朝廷国家に成された、と言えますな」

常胤が相槌を打つのにうなずき、廣常はつづけた。

「坂東は我らが天下。殿もそうお考えならそれでよいではありませぬか。先ほど来申しておるが、我らはこの坂東にあって実際にここを経営しておるのだ。文句のある輩には好きに言わせておけばよろしい。遠く離れた都で何を吼えようが、我らは痛くも痒くもないわ。赴任地に下っても来ぬような連中には、どうせ何も出来はせぬのだ」

「では御辺は所領さえ安堵されれば、大殿（義朝）の御遺志はもうどうでもよいとお思いか！」

直實は怒鳴るように言った。

「まあ、落ち着かれい。殿が京にお出になられてみよ、たちまち公家らの政権争いに巻き込まれますぞ。そのうえ、大殿が務められた左馬頭、播磨守をお受けになるにも、何年かかるや知れぬ。坂東にあればこそ、朝廷の意を排し得る。違いますかな、熊谷殿」

「むむむ」

顔を真っ赤にしながら、なお何か言おうとする直實を、九郎は笑って遮った。

「もうよいであろう」

「な、なれど……」

「そなたが大殿の遺志を大事に思うておることは、この九郎にはようわかった。嬉しく思うぞ。だが、大殿が亡くなられて二十年も経てば、それぞれ見る夢も変わって当然だ」

「熊谷殿ですら、大殿亡きあと知盛殿に仕えられたのですからな」

さらっ、と言った廣常に、直實が切れた。

「斯《か》く言う御辺も、その昔、流されて来た伊藤忠清、あの平氏関東侍別当を心を尽くしてもてなしたというに、その恩を忘れられ、在庁としての権限を脅《おびや》かされたとは大笑いよ」

「何だと！」

思わず身を乗り出した廣常に、「控えい！」と九郎が一喝、やる気か、と片膝を立てていた直實も席に直った。

「もうよいと言うておろうが。上洛する、せぬ、どちらも間違うてはおらぬし、正しゅうもないわ！」

九郎はひと呼吸置くと、声音を戻した。

「先ほど言うたが、不逞の輩や平氏の残党、それらで溢れ返っておる京に義仲は入った。食糧なく、平氏総帥ですら制し得ぬほどの狼藉が起きておる京に数千騎ぞ。これらにどうやって食べさせるというのだ。徴収か。それとも不逞の輩と同じように略奪するのか。狼藉を止《や》めさせるために懲罰を課したところで、食べて罰せられるか飢え死にするかと問われれば、答えは決まっておろう。数千騎のうち、義仲や行家殿、先生（義憲）らに直属の郎党は半数に過ぎぬ。彼らは下知を守るとしても、それ以外の、義仲について一旗揚げようという連中を統制するなど無理な話だ。繰り返すが、朝廷が望むのは治安の回復。これがうまくゆかぬとなると、公家の心は義仲から離れる。そして早いうちにそうなることが、木曾軍の構成を見ればわかるであろう。今言うたように半分は便乗した連中、そして行家殿や先生、安田、山本ら、彼らは義仲と主従の関係にあるのではなく、皆対等の立場にあると言ってよい。これを義仲が纏め切れるか。少しでも義仲に陰りが見えれば、連中はすぐに分裂しようぞ」

「さすればどうなるのです」

重忠が問う。

「朝廷は義仲に替わる人物の登場を望む」

「ああ、それが勲功第一の鎌倉殿というのですね！」

急《せ》き込んで確かめる重忠に、「そうだ」と九郎は頰を持ち上げた。

「今、上洛して利はないが、我らが要請を受けて出てゆく頃には、恐らく義仲は平氏追討と洛中洛外の取り締まりに疲れ切っておろう。また同盟軍の大半は、分の悪い義仲から法皇御指名の鎌倉殿の軍に乗り換える筈。つまり、我らはさほど労せずして義仲に取って替われる。我らが京第一の武者となるのだ」

おお、と男たちはどよめいた。

「ただし我らは、決して朝廷の下に甘んじぬ存在であることを忘れるな。よって京第一ではない、日本国第一の武者となるのだ」

再び大きなどよめきが大広間を揺らした。

「上総殿。その時にはそなたにも必ず上洛してもらうぞ」

九郎の刺すような視線を受けて、廣常は二、三度、目を瞬かせた。

「この廣常、保元、平治と亡き大殿に従って戦うた武士《もののふ》にございますぞ。まこと御曹司の仰せのような事態となれば、老体に鞭打っても何じょう上洛せぬことがありましょうや。ただ……」

廣常はどよめきが収まるのを待って、声音を改めた。

「まだ、殿のお考えをお聞きしておりませんでしたな。御曹司は、殿のお言葉のないままにすでに軍議を纏めようとなさっているようですが、殿はそれでよろしいのですか」

「おう、よい」

「な……」

あまりにあっさりと言い捨てられて二の句が継げない廣常を、頼朝は、くっ、と見据えた。

「九郎とは日々政略を話し合うておるのだ。我らの考えに齟齬はない。九郎の考えは我が考え、九郎の言は我が言と思え。そなたらもだ」

頼朝がぐるりと御家人たちを見まわしたところで、軍議は終わったのであった。

「――何がおかしゅうございます」

含み笑いをした九郎に、相変わらず真面目に景時が尋ねる。

「軍議の最後の廣常の顔、見なかったか。殿が、九郎の考えは我が考えと言われた時の、だ」

「腑に落ちぬようでありましたな」

「面白うない答えだな。そなた、女性《にょしょう》の前でもそのような調子か。しかも仏頂面で」

「これは持って生まれたものにて」

「造作は変えられぬでも、表情は変えられるであろうが」

「そうだぞ景時」

頼朝が割り込んだ。

「何ぞ怒らせたか、とその仏頂面には頼朝も気を遣うことが多多あるわ……だが確かに廣常はおかしかったな」

「そうでありましょう？　廣常め、鳩がびっくりしたような顔をしおった」

九郎が言うのに、皆が手を叩いて喜ぶ。

「まあ、びっくりしてもせぬでも、鳩は同じ顔をしておるがな」

九郎が言い足して、部屋は爆笑に包まれた。つられた景時は襲い来る笑いに肩を揺らしながらも、笑うまい、と頬を引き攣らせている。

「梶原殿、笑う時は大いに笑われよ。我慢は体によろしゅうありませぬぞ」

髭面の光政に背中を叩かれんばかりに言われて、景時は、ふふふ、とやっと笑いを声に出した。

「何だ景時、笑えるではないか。光政の言うとおりよ。腹の底から笑うことで、不思議と見えてくるものもあったりするぞ……では話を戻すとするか」

笑いを収めて、九郎は座り直した。

「九郎は動かぬとは言っておらぬのだ。だが、この身を動かすとも言っておらぬ」

「何です、その謎かけのような……」

頼朝の舅時政が首を傾げた。

「今は上洛する時ではないが、何もせずにあるのはまずい、ということです。法皇が義仲の入京直後に、殿を勲功第一と明言されたのはよかった。ただ、これのみでは義仲を牽制するには弱い」

「事実、殿の恩賞は取り消されましたからな」

盛政が苦々しく言った。

「左様」

實平も顔を歪める。

「法皇が木曾殿の武力に屈されて殿の位置づけが変わること、これが何より気がかりですな」

言って、光政に注いでもらった酒をあおった。

「そうならぬために、法皇に強い働きかけを行うのだ。すでに殿が東国の長たる現状、そして今後も東国の沙汰を殿おひとりの御手に委ねること、かつ勅勘《ちょっかん》を解くことをお認めいただく」

きっぱり言い切る九郎に、こちらから願い出るのか、と頼朝が眉を顰めた。

「法皇をつけ上がらせることになるのではないか」

「こちらから持ちかける前に、向こうから殿に上洛を促して参りましょう。飢饉の京に、兵糧を持たぬ木曾軍が入ったのですぞ。日を待たず狼藉は倍増するでしょうからな。法皇の上洛要請に応えてやるかたちで、こちらの要求を呑ませればよいのです」

「では、すぐにでも上洛せねばならぬのか」

いや、と九郎は首を横に振った。

「北に秀衡の脅威がある、とでも仰せになって、上洛日の明言はお避けになればよろしゅうございましょう。こちらの思いどおりの宣旨が出たならば、いずれは上洛せねばならぬでしょうが、それは殿の代官にさせればよいこと。先ほどの軍議でもわかるとおり、上洛に反対の輩が過半もおりますれば、殿には鎌倉にて彼らを統制いただかねばなりませぬ。また殿自らがお出にならないことで、殿が京と鎌倉を等しく重視しておいでであることを天下に知らしめ得るでしょう」

ほう、と皆が感嘆の声を上げた。

「なれど御曹司。殿は東国の支配者として、朝廷を介さず御家人に新恩給与までなされておいでです。この状況を認めよ、と求めて、朝廷は素直に応じましょうか」

「景時はあくまで冷静よな」

九郎は笑った。

「確かに難しいところだ。公家の連中が泣いて喜ぶような条件を出してやらねばならぬからな。まあ、任せておけ。案はすでにこのなかにある」

にやり、として九郎はおのが頭を指差した。

「ひぇぇ」

時政は首をしきりと横に振った。

「それにしても、朝廷をして宣旨を出させるなど、わっちには思いつきやしねゃぁ」

五十歳を過ぎてからやっと在庁官人に成り上がった矮小豪族時政は、京へは物見遊山でちょこっと出かけるのが精いっぱいで、とてもではないが三年に及ぶ大番役を務められるほどの財的余裕はない。よって實平や景時といった京に慣るるの輩と違って、昂《かたぶ》るとどうも訛《なま》ってしまう。

「いやまこと、謀反人の立場なれば成し得た坂東の沙汰、これを法皇をして公に認めさせてしまおうとは、とても王権を強く感じる京でお育ちになった方のお考えとは思えませぬな」

京に慣れた實平、殊更涼しく言ってうなずくのを、「おい、坂東のみではないぞ」と九郎が聞き咎めた。

「東国全体の沙汰だ」

「えっ、では信濃や上野も、ですか」

「そうよ。遠江も、法皇が知行する美濃も、だ」

信濃、上野は義仲の、遠江、美濃はそれぞれ甲斐源氏安田義定、美濃源氏出羽判官土岐《とき》光長《みつなが》の勢力域である。これらの国々の沙汰について法皇のお墨つきをもらうことで、義仲のみならず、ほかのすべての源氏を頼朝の下に置いてしまうのだ、と九郎は言った。

「疲れた義仲に喧嘩を売るのか。酷な男よ、九郎は」

責め口調ながら、頼朝の顔には薄い笑みが浮かんでいる。

「怒り狂いましょうな、木曾殿は」

「大変なことになるやもしれませぬぞ」

實平や光政も心配げに言うものの、これから展開する新たな局面を大いに楽しみにしているようだ。

「義仲は北陸宮を抱えておる。次の帝の最有力、と義仲は見ておろうが、さて、これがどう転ぶかだな」

頼朝が嚙みしめるように言うのに九郎はうなずき、悪戯そうに笑った。

「まずはゆるりと義仲を見守りましょう。朝廷との戦い、平氏との戦い。よい手本となってくれましょうぞ……」

同じ頃、朝廷では新たな帝の践祚《せんそ》（天皇の位を受け継ぐこと）が緊急課題となっていた。平氏に具された主上（安徳帝）はいつ還御するかわからないうえ、そもそも治天の君が賊徒とみなした平氏が戴くそのお人は、公家の意識の内では最早、帝ではない。

ただ問題は、践祚の一連の儀式のなかに剣璽《けんじ》（宝剣と神璽＝草薙《くさなぎのつるぎ》剣と八坂《やさか》瓊曲玉《にのまがたま》）渡御《とぎょ》の儀があることであった。

朝廷は悩んだ。剣璽は平氏の手にある。

剣璽なしに新帝を立ててもよいものか、それともやはり安徳帝の還御を待つべきか。官僚の意見はふたつに割れ、今まで有無を言わせず自ずから後継者を選んできた後白河院もさすがに悩んだ。

「そのほうは如何に考える」

訊《き》かれたのは故実に通じた摂関家の右大臣兼實、その答えは、

「立王今に懈怠《けたい》」

はやく新帝を立てるべきだと言う。

その理由、

「京中の狼藉が今なお止まぬのは、君が居られるべきところに居られぬからです。しかも」

賊徒を征伐するにも、君主なければ議するに難がある、と兼實は言った。

これにには後白河院、大いに喜んだ。

（平氏め、今に見ておれ）

朕《ちん》を幽閉したというだけでも許せぬに、院政再開を請うておきながら、朕の源平和平提案を蹴りおった。治天の君の面子《めんつ》にかけても必ず潰してくれる。おうよ、国に二王あろうが、剣璽のない践祚であろうが構うものか――。

「またその昔、繼体《けいたい》天皇が天皇として迎えられた御時、国史はこれを践祚と記しております。天皇はのち樟葉宮《くずはのみや》にお移りになられ、璽符鏡剣《じふきょうけん》を得て即位（天皇の位に即くことを世に知らしめる大礼を行うこと）なされたとのこと。古くは践祚と即位の別がなかったとはいえ、これに倣《なら》えば、こたび皇居を移されたのち、剣璽を得て即位されても問題ありませんでしょう。天皇の位の空白は許されませぬ。早速沙汰なされますよう」

恭《うやうや》しく奉《たてまつ》る兼實の言に勢いを得て、優れた決断力を持つ後白河院は新帝擁立を急いだ。

候補は故高倉院の皇子たちだが、その一宮は安徳帝で、二宮守貞《もりさだ》親王も平氏に具されて西海にある。よって、残る三宮と四宮のどちらを立てるか。

迷う後白河院に、義仲が待ったをかけた。

「よもや、亡き以仁王の皇子、北陸宮をお忘れではございませんでしょうな」

今度の義兵の勲功はひとえに以仁王、ひいては北陸宮にある、と義仲は主張した。

法皇が幽閉の憂き目に遭った折、高倉院は権臣を恐れて何もしなかったが、以仁王は起ち上がり、法皇に孝を尽くして亡くなった。如何でかこれをお忘れになれましょうや、と迫ったのだ。

義仲の言っていることは至極正しい。恐らく公家たちの多くが意を同じくしていた筈だ。

だが誰ひとりとして口外しなかったのは、これは明らかに王権の侵害に当たるからであった。王位の後継問題については、摂関家の人間ですら軽軽に口出ししてはならないというのがこの当時の常識だったのである。

それを武家の身の、ましてやっと受領になったばかりの義仲がやってしまった。

それでも、もし義仲軍が日本に唯一の武士団であったならば後白河院も譲歩したかもしれない。が、平氏は健在、歩み寄りを見せる頼朝軍も西進の気配とあっては後白河院も強気、義仲の強引な北陸宮推挙は、院の心証を思いきり害しただけになってしまった。

しかも院のみではない。義仲の最大の後ろ楯である筈の八條院までもが嫌悪を露わにした。

八條院も結局は王家の女。後白河院に対抗すべく、以仁王を立て源氏に蜂起を促したものの、武士そのものが台頭することは望んでいない。それどころか、このところ兄とはなぜか気が合い、同宿もよしとするほどであったから、王家を護って兄と同じ態度を取ろうというものである。

結局、新帝選出は卜筮《ぼくぜい》の結果に従うことになり、院の愛妾女房《にょうぼう》丹後《たんご》が推す藤原信隆《のぶたか》の娘殖子《たねこ》所生の四宮、四歳の尊成《たかなり》親王が選ばれた。いや、選ばれるように仕組まれたのは言うまでもない。

ちなみに女房丹後はもとは遊女、この時は六條殿《ろくじょうどの》とよばれていた。院には丹後局《たんごのつぼね》とよばれる愛妾もあり、こちらのほうがよく知られている。院の寵愛を背に次第に権勢を振るうようになり、のちに頼朝をして「院の執権」と言わしめた女性である。


どうにも収まらない義仲を、行家はついぞ宥《なだ》めることはなかった。

ふたりは盟友であっても主従ではない。行家にとって義仲が価値ある男たり得るのは、八條院と良好に繋がり、新帝第一候補の北陸宮を抱え、それらを以て後白河院の覚えもめでたし、であるからだ。それが両院に嫌われたとなれば、彼と共にある利はまるでないどころか、おのが立場まで危うくなってしまう。

行家としては距離を置くのは当然のこと、だがふたりの不協和は、入京時すでに兆《きざ》していたものであった。

「我が以仁王の宣旨を伝えてやったからこそ、義仲は蜂起し得たのではないか」

行家は思っていた。

しかも入京に当たって、おのれが大和山城の国の武士を糾合して南部を固めたからこそ、平氏を西走させ得たと確信していた。

だが、勲功は義仲の次とされた。義仲は左馬頭兼越後守に補されたのに、行家は備後守のみ。怒った行家、厚賞ならぬばかりか義仲の賞と隔たりがあると抗議して、これを辞退した。しかたなく、朝廷はすぐに彼を備前守に遷任させたが、同時に義仲にも気を遣って伊予守――上国ながら大国並みの国力と人気がある――に遷《うつ》させたので、恩賞の隔たりは解消しなかった。

この怒りを、行家は義仲に向けた。

だが、賞を決定したのは朝廷である。よって本来なら彼らを恨むのが筋なのだが、そう出来ないところが王権の影響力の強い畿内周辺で育ち、八條院蔵人として政治活動を開始した行家の哀しさであった。

九月二十日、義仲は俄《にわか》に西国に下向した。

この少し前から、義仲は後白河院より、

「行家を平氏追討に遣わせよ」

と再三に亘《わた》って要請を受けていた。

「尾を振るほうに手柄を挙げさせよう、ってか？　そうはいくかよ」

院は、かわいい行家に平氏討伐の功を独り占めさせようとしているに違いない――義仲はそう早合点し、その動きを封じるために出立したのであった。

事実、行家は院にかわいがられていた。

行家が院に直接取り入ることを画策したのは、義仲との間に隙間風が吹きはじめて間もなくの頃であった。院も、屢《しばしば》に御所を訪れては弁が立つのを活《い》かして諸事面白おかしく語る行家を気に入り、この男が双六も強いと知ってさらに喜び、三日にあげず召し寄せるようになっていたのである。

だが、後白河院には行家に勲功を上げさせようとの思いなどなかった。

とかく無礼な義仲を京から放り出したい。そのためには、反目する行家の名を出して武士義仲の功名心を突くのが手っ取り早い、と思いついたに過ぎなかった。

(これで平氏の征伐が成ればよいし、義仲不在の間に頼朝が上洛すればなおよい)

と院は都合のよいことを考えた。

頼朝は義仲よりは京に慣れてもっと穏やかであろうし、長らく連絡も取り合ってきている。

(せいぜい父を超す程度の官職を与えておけば、おのがよき狗となろうわい)

そう後白河院が信じて疑わなかったのは、過去に二度も幽閉される憂き目に遭ったことに懲《こ》りていないのか、経験を活かす能力がないのか――。


さて、西へ向かった義仲は、十月半ばには備中国に至り、福隆寺畷《ふくりゅうじなわて》での初戦に勝利した。

だが、つづく水島の戦いは経験のない船戦となり敗北、大手搦手の両大将を失った。大手の大将は覺明の兄海野幸廣。搦手の大将は足利改め矢田義清、頼政の蜂起に従い、首が見つからないことから討たれたものと思われていた、あの八條院判官代であった。

悔やんでも悔やみきれない失意の義仲に、さらに追い打ちをかける事件が起きた。

――「十月宣旨」。

十月十四日、のちにそうよばれるようになる宣旨が下されたのである。

『東海』『東山』二道の荘園、国領は、元の如く本所に返し、年貢も本所に進上せよ。

もしこれに服さぬ輩あらば、頼朝に触れて沙汰を致せ。

荘園等は元の所有者、つまり王家公家、神社仏寺に返し、年貢もきちんと届けよ、もしこれを妨げる者があれば、頼朝に取り締まらせよ、というのだ。

ふた月前———。

いずれ頼朝に上洛要請が来る、それに応えるかたちで、今後も東国の沙汰を頼朝に委ねること、かつ勅勘を解くことを認めさせればよい、と九郎は言った。そしてそれを必ず呑ませるために、王家公家が泣いて喜ぶ提案してやらねばならぬ、と笑ったが、この宣旨はまさに、院から頼朝の上洛を促すため遣わされた使者に、逆に頼朝が申請した三カ条に基づいて下されたものであった。

一、平氏が散亡する破目となったは、王法を護る仏神が冥顕の罰を与え給うたもの。よって、神社仏寺に殊賞を行い、寺領を元の如く本所に付すべし。

一、平氏が押領し、年貢の進上などの沙汰を怠っていた王家公家の領を元の如く本所に付すべし。

一、平氏の郎従等で落ち参った者は、たとえ科怠《かたい》あると雖《いえど》もその身は助けらるべし。その所以《ゆえん》は、頼朝勅勘を蒙《こうむ》ると雖も露命を繋ぎ、今こうして朝敵を討つ。のちの世に同じことがないと言えようか。依って王家のため、即座に斬罪を行わるべからず。

三カ条目の、何と格好のよいことか。ただ、この一条は外された。

「さすがは頼朝」

「義仲とは言うことが違うわ」

国衙《こくが》や荘園の支配権を回復出来るぞ、と王家公家は大いに喜んだ。

だが、せっかく戻った領から年貢が届かなければ意味がない。東国の諸国では、内乱の影響で国の長官が任命されず、それをよいことに在庁官人たちは反乱に参加し、あるいは反乱に乗じて、年貢の京上を行わなかったり、倉庫を破って略奪を行ったりといった状態がつづいているのである。

よって現地に赴かない、またたとえ現場に出たとしても非力な公家たちには、彼らに代わって官人たちを纏め指揮する者が絶対に必要なのであって、宣旨においてその者に官人に勝る権力を持たせることに誰も異を唱えなかった。そしてそれを誰にするかといえば、言わずもがな、このうれしい提案をしてくれた頼朝しかないでしょう、となったのだ。

この宣旨により、頼朝はこれまで謀反人であることを逆手にとって主張してきた東国の国衙や荘園の最高支配者という立場を放棄し、中央政権下で東国地方の首長となることを選んだと言ってよい。

宣旨の前半部を重視して朝廷に妥協したと見るか、後半に重きを置いて朝廷から東国行政権の承認を勝ち得たと見るかはともかく、実質支配していた南坂東を超える範囲で軍事権が公認されたのは事実で、東国の最高支配者の立場を捨てる代わりに謀反人であることを解かれ、旧来の従五位下右兵衛権佐への復帰も果たしたのである。

「何、頼朝が三道を取り締まるというのか！」

西の戦場で宣旨を聞いた義仲は、ぎりり、と奥歯を嚙み締めた。

はじめ宣旨に加えられる筈であった北陸道は、京に勢を置く義仲を恐れて外されたのだが、義仲には『東海』『東山』『北陸』三道に宣旨が下されたと誤って伝えられていた。

おのが本拠地信濃や、大事な郎党の血に代えて勝ち取った北陸を、紙切れ一枚で頼朝に奪われては将軍義仲の権威が地に落ちる。

しかも、後白河院は頼朝に繰り返し上洛を促しており、頼朝に先立って弟の九郎が数万の軍兵を率いての上洛を企てているというではないか。

かわいい息子を質としてまで頼朝に先んじて入った都である。やすやすと明け渡すなどあってはならない。

義仲は慌てて京へ戻り、院に抗議した。

「頼朝を召されること然るべからず、と申し上げておるのを、なぜ聞き入れてくださらぬ。頼朝が上洛すれば雌雄を決するべき由、先だってより申し上げておるをお忘れか」

北陸道は外されたとわかっても、怒りは治まらない。

「この状、義仲生涯の遺恨たるなり」

君を怨み奉る、と義仲は言った。そして海戦で大敗を期したにもかかわらず、平氏に不審はないと嘯き、頼朝追討の証文を賜りたい、と院に請うた。

法皇が平氏を許すなどあり得ない。なれば、平氏についてはは入京さえさせなければ何とかなる。そしてこれは、安田義定や山本兵衛らで十分対応出来よう。

(だが頼朝軍はそうはゆかぬ)

義仲は首を横に強く一振りした。

何しろ代官が九郎なのだ。頼政や兄の仲家に会うたびに聞かされたあの俊英には、おのれが全力を以て当たる以外にない。どのような策を抱えて上洛するつもりか知らぬが、その出鼻を挫《くじ》くためには、まずは頼朝追討の御教書《みきょうしょ》をもらい、それを東国の武士に示して、戦う前に可能な限り多くの輩をおのれに相従わせねばならぬ、と義仲は考えたのである。

この時、寿永二年閏十月二十日。九郎はすでに伊勢国にいる。

三

九郎が鎌倉を発ったのは先月、十月の末であった。

北の脅威と畿内の飢饉を理由に上洛を延引していた頼朝であるが、ようやくかねての計画どおり代官を遣わすこととした。納得出来る宣旨が下された以上、後白河院側の要求に応えなければならないというのが表向きの理由であったが、何より年貢進上の名目で堂堂と軍を動かせるようになったのであるから、この機に京を窺える位置まで進軍すべきであった。

九郎をそばに置いておきたい頼朝は、はじめ範頼を先発させようと考えたが、やはり九郎に変えた。各地に宣旨の内容を宣伝し、武士を糾合しながら年貢を京へ運ぶだけでよいなら、範頼も十分に役目を果たすであろう。だがゆく道々から都の様子を偵察して決して疑われることなく、慎重に入京の準備を進めなければならないとなると、これは京に慣れ、広い人脈と、懐かしい『あれ』たち、隠密裏に手足となって動いてくれる者を持つ九郎でなければならなかった。

従うのは、畠山重忠、河越重頼嫡男重房《しげふさ》、梶原景時嫡男景季《かげすえ》。佐々木兄弟の四男高綱も同行するが、馬の調達が間に合わぬとかで、二、三日遅れて発つことになっている。ともあれ、皆、九郎と出会ってその人に惹かれ、この三年の間に誼を結んだ若者たちだ。それぞれが選り抜きの郎党百余騎を率いる。

九郎自身も、直属の奥州佐藤部隊三百騎のうちの百騎を引き連れることにした。残る二百は後発隊と共に行動させることとし、繼信と忠信を指揮官に残した。無論、鎌田の兄弟は九郎に寄り添う。

総勢、六百騎足らず。ずいぶん少ないように思うが、義仲に不審を持たれずに済む数は、せいぜいこのくらいであろう。

鎌倉軍がはじめて京へ向かう。その行程の無事と策の成就を祈願するため、頼朝も伊豆国三島大社まで同行した。

三島は国府が置かれたところであり、三年前の頼朝の挙兵は、三島大社の例大祭に乗じて目代山木兼隆を急襲したことからはじまった。信仰心の篤い頼朝は、富士川の戦いのあと、祈願の成就が成ったのは偏《ひとえ》に明神の冥助《めいじょ》による、と伊豆国御園河原谷長崎を大社に寄進している。

「左様に遠くまでお見送りなさらずとも」

「御曹司には鶴岡八幡宮からお出になられたほうがよいのでは」

舅時政や、上総廣常たち反上洛派が難色を示すのに、頼朝は、

「縁起のよいかの大社を、こたびの九郎の真《しん》の首途《かどで》の地としてやりたいのだ」

と退かず、全成と安達盛長《あだちもりなが》、それに時政嫡男の江間小四郎義時《えまこしろうよしとき》を従えて出立した。

鎌倉を出て二日目。うららかな小春日和がつづき、進軍の速度も上がる。一行が足柄山《あしがら》を越えて黄瀬河宿《きせがわじゅく》に着き、頼朝たちが三島大社の参詣を終えても、まだ日は西の空に留まっていた。

鳥居の外に出て馬に跨ったところで、頼朝は若将たちを振り返った。

「そなたらは宿所に戻って軍兵らの統率に当たってくれぬか」

「承知つかまつりました。して、殿はどちらへ」

重忠が代表して尋ねる。

「浄厳寺《じょうがんじ》だ」

「ああ、永實《えいじつ》殿ですね」

景季が呑み込み顔で言った。永實の兄は箱根山別当行實《ぎょうじつ》、兄弟は石橋山の戦いで大庭景親に破れ

た頼朝一軍を匿ってくれた恩人である。永實は去年の春に山を下り、浄厳寺住職となっていた。寺は、三島大社から箱根路を北に、馬を四半刻ばかり走らせたところにある。

「八月《やつき》振りだからな」

頼朝は頰をゆるめた。

「ここまできた以上はお会いしておきたい」

言い終わらぬうちに鞭を上げた頼朝を、全成が追う。

「我らが供をするゆえ心配は要らぬ」

九郎もそう言うや馬首を廻らせ、その腹を蹴った。あとに盛長と義時、鎌田の兄弟、それに九郎が鎌倉入りして以来、そばにひたと寄り添う藤五もつづく。さらにそのあとを、十数人の郎党が追った。

道は山に入った。幅は馬一頭分しかない。色づいた橅《ぶな》や水楢《みずなら》、楓《かえで》などが、左右から迫り来るように枝々を差しかけている。その細い道を一列になって進む馬たちの足下《あしもと》で、散り敷いた落ち葉が乾いた音を立てて舞った。

徐々に樹間が広く明るくなって、道はなだらかな小尾根に出た。臼《うす》づく日に辺り一帯は黄金色《こがねいろ》に染まり、枯れ尾花が風にゆるく揺れながら光を放っている。ここから二町ほど先、道が右へ折れてまた上りがはじまる手前を、左に少し入ったところが浄厳寺だ。

門前まで来ると、頼朝来訪を知らせるために一足先に寺に到着していた義時と並んで、永實が笑顔で待っていた。

本堂の造りは小さいながらも、その屋根が流れるように美しく反った夕影が眩しい。

「お早いお越しにございましたな」

「はい、なかなか来る機会がありませぬゆえ、少しでも長くこちらにおりたいと思いまして」

ごもっともにございましょう、と永實は大きく首を縦に振った。

「さ、早う妙香坊《みょうこうぼう》へお運びなされませ。そちらで夕食《ゆうけ》をおしたためになれるよう、すぐに用意を整えますほどに」

「忝《かたじけ》のうございます」

頼朝は一礼した。それに合わせて頭を下げた九郎にも、永實は優しい笑みを向けた。

「こたび、御曹司は先鋒を務められるとか」

はい、と九郎は微笑んだ。

「御曹司なら、何の心配もありませぬな……なれどこのお姿、亡き頭《こう》の殿に一目お見せしとうございました」

「某《それがし》は兄が見てくれればそれで十分にございます。この九郎を信じて任せてくれた兄を裏切らぬよう存分に働く所存、それを兄がしかと見届けてくれれば言うことはありませぬ」

何度も小さくうなずき、永實は目を潤ませた。光政も目を瞬かせている。

「いや佐殿《すけどの》、斯様な弟君はそうそうお持ちになれるものではありませぬぞ」

「お言葉を返すようですが尊師、それはこの身がもっとも承知しておることです」

「これはとんだ失礼を」

永實は満足げに相好を崩した。

「兄弟が心を一にして突き進めば、父も雲の彼方から助けてくれる。九郎も某も、そう思うております」

頼朝の言葉に耐え切れず、光政が嗚咽を漏らす。

つられて零した涙を指先で拭うと、永實は「おお、いかぬいかぬ。早う妙香坊へ、と言うておきながら」と、手を差し伸べて頼朝たちを境内へと促し、「では、のちほど」と一揖して急ぎ庫裡《くり》のあるほうへ向かっていった。

本堂の裏手の急な石段を十数段上ると、細い石畳の道が十間ほど、ちょうど入り日に向かうように伸びている。道の際には山白菊が咲き乱れ、見上げると、黄葉した木々の間に覗く真弓《まゆみ》や実葛《さねかずら》の、たわわな実の赤が鮮やかだ。

道の先は低い草葺《くさぶき》の平門で遮られていた。開け放たれた門扉の前に置かれた竹柵が、水平に射す日を背に受けてこちらに向かって長い影を落としている。門の内の右手奥、青々とした椎《しい》の大枝に隠れるように建っている山荘が妙香坊だ。

坊ではすでに、主が入口の間に控えていた。

「お待ち申しあげておりました」

空薫物《そらだきもの》の香もゆかしく、主は平伏して頼朝を迎え、九郎たちにも丁寧に一礼した。妙なる香気。坊の名にぴったりの、臈《ろう》長《た》けた女性である。

「お元気そうで何よりだ」

頼朝は顔をとろけさせた。

「来春まで会えぬものと諦めておった。こたびの三島大社詣も、はじめ舅（時政）殿に反対されたのだが、皆が説得してくれたのだ」

「いや、ほとんど鎌倉殿おひとりで押し切られましたぞ。我らが何を申し上げるまでもない」

全成が言うのに、男たちはうなずき笑う。

「何でもよいわ。とかく諸々《もろもろ》のおかげで、そなたの顔を拝める。これは帰りにも大社にお礼詣りをしておかねばならぬな。ははは」

白い頬を上気させてはしゃぐ頼朝は、日頃の口数の少ないその人と同一とは思えない。

「で、金剛《こんごう》は」

「先ほどお昼寝が済んだところですの。目が覚めたとたんに這《は》いまわりますから、まったく気が抜けませんわ」

ため息交じりに言いながらも、麗人の顔は綻んでいる。

急ぎ沓脱《くつぬぎ》から上がった頼朝は、先にゆくぞ、とひとりずんずん廊下を進んでいった。

「まあ、広い家でもありませぬのに」

九郎を振り向いて、「せわしないこと」と、女性は微笑んだ。

「ここへ来ると、兄上はまるで子供ですな。金剛殿ひとりでもお手がかかりましょうに、初瀬《はっせ》殿は大変だ」

眉を顰《しか》めて九郎が言えば、まことにございますな、と光政たちも苦笑いした。

「なれど、兄上が鎌倉殿という衣を脱げるのはここしかないからなあ」

剃り上げた頭に手をやってため息をつく全成に、九郎は深くうなずいて女主に真顔を向けた。

「初瀬殿、どうか兄上の我儘《わがまま》を許して、受け止めてやってください。このとおり、くれぐれもよろしくお願い申し上げます」

深く頭を下げる九郎に、皆も倣った。

「わたくしひとりでは心細うございますけれど、御方《おんかた》が支えてくださいますから。きっとやれますわ」

初瀬殿とよばれた女性も、笑みを収めてうなずいて見せた。

初瀬は九郎と同年生まれの今年二十五歳。源頼政が五十の半ばを過ぎて授かった娘であった。母は初瀬を出産後間もなく亡くなっている。

伊豆にやって来たのは、裳着《もぎ》を済ませてすぐの頃であった。幼少時に胸を病み、薬を変え医師を変えても症状は一進一退、小さな体が喘鳴《ぜんめい》に震えるのがいたわしく、一度まったく環境を変えてみたらどうか、と頼政は自身が国守を務める伊豆で療養させることにしたのであった。

これが初瀬にはよかった。暖かな気候と温泉、豊かで新鮮な海の幸のおかげで、初瀬はみるみる快復した。痩《や》せて青白かった頬もふっくらとして赤みが差し、毎日明るい笑い声が聞かれるようになって、つき添って来た乳母も郎党たちもどれほど喜んだか知れない。

頼政は娘の病平癒を謝して寺を建てた。それがこの浄厳寺である。

病はぶり返すことなく二年が過ぎ、帰洛の話が出た。が、初瀬は伊豆に住むことを選んだ。

ここには毎月の雅やかな行事も、詩歌管弦の遊びもなかったが、その分だけゆったりと流れる時間に身を委ねることが出来た。京に帰れば、姉の二条院讃岐《にじょういんさぬき》のように頼政の娘としてお召を受け、人の羨む華やかな宮廷生活を送ることになろう。だが、御所の奥で后《きさき》の寵を争い、外出もままならぬ暮らしよりも、人目を気にせず好きな時に野の花を摘み、夕日が波の彼方に沈むまで眺めていられる伊豆の暮らしのほうが、初瀬にはよほど楽しいものに思えた。

頼政も、娘を無理に京へ連れ帰って、今度は気鬱《きうつ》を起こされても困る、と考えた。大事な娘を離れた地に置く決心がついたのには、その年、頼政が伊豆国の知行国主となるのに伴い、伊豆守を譲られ現地に赴くことになった嫡男仲綱が、母の違う妹への援助を快諾してくれたことが大きかった。

その仲綱が伊豆に移ってすぐ、初瀬と頼朝は出会うことになった。

頼政は頼朝を大いに支援しつつも、頼朝と直接会うことはしなかった。遙任《ようにん》（実際に現地に赴かずに国司の任に就くこと）していたこともあるが、さすがに清盛の手前、源氏の長たるおのが立場を考えればそれは出来なかった。

だが、息子の代になればそう遠慮は要らない。仲綱は頼朝をよび出すことにした。河内源氏の嫡流の人様《ひとざま》を、父に代わってしかと見定める必要もあった。ただ、いくらおのれが国守であっても、流人頼朝を国府に招くわけにはいかない。そこで、国府近くにあった初瀬の屋敷を面会場所としたのであった。

座に挨拶に出て来た初瀬に、頼朝は目を奪われた。見目麗しいこともさることながら、優雅な立ち居振る舞いや洗練された会話は、十数年ぶりに見る都の女性のそれであった。

母や継母常盤が思い出された。いままで懸命に封じ込めて来た望郷の念が一気に噴き上がり、胸を搔《か》き乱されて叫びそうになったが、頼朝はかろうじておのれを抑え得た。というのも、都の香いっぱいのこの女性は、当分帰洛しないらしいと聞いたからだ。

もうすぐ三十路《みそじ》を迎える流人、頼朝。我が人生は東国の片隅で田舎娘を妻に迎えて静かに終わってゆくのかもしれぬ、という諦念《ていねん》が、ごとり、と音を立てて揺らいだ。

だがそれは、この女性を妻に、などという大それたことでは決してない。父に代わって源氏棟梁となり、清盛の覚えもめでたく、当代一流の歌人として時めく頼政、伊豆に流されたおのれを支えつづけてくれる恩人頼政の娘である。妻に、と考えることすら罪に思えた。

変わりそうなのは、静かに一生を終えるかも知れぬ、という思いであった。

このような佳人が近くにいると思うだけでも、俄然、やる気が出るというものだ。何はともあれ、兄妹におのれを高く評価してもらいたい、と頼朝は思った。

で、どのように？　歌で？　教養で？

勿論、それらも必要。だが佳人の父が支援してくれるのはなぜだ、佳人の兄が着任早早会って話を聞いてくれるのはなぜだ、と我が胸に問えば、それはおのれが源《みなもと》を同じうする氏の人間であるからであって、河内源氏累代の芸を引き継ぐべき立場にあるのはこの頼朝である、と認めてくれているからにほかならない。

都をあとにした春のあの日、継母《はは》とも話したではないか。源氏が再び表舞台に立つ日まで何年かかるかはわからない。だが、源氏を再び起こそうという思いが薄れれば、その日は永遠にやって来ない、と。

そうなのだ。東国の片隅で、何もしないおのれであってはならないのだ。流人のまま終わってなるものか、源氏再興を成し遂げて見せる——そう誓ったあの春が蘇ってくる。熱い思いが怒涛《どとう》のように体の隅々まで駆け巡る快さに、頼朝は固く拳を握り締めた。

初瀬が近くにいる、それだけで人生がこうも色鮮やかに変わるのか、と感嘆していると、仲綱がさらに願ってもない提案をしてくれた。頼朝が慰みに歌を詠んでいることを明かしたら、妹の徒然《つれづれ》の相手にちょうどよいとでも思ったのであろう、ここではなかなか歌を詠む者がおらぬゆえ、たまには会うて詠み合うてはどうだ、と言ってくれたのだ。初瀬も喜んで承知してくれた。

(夢ではないのか)

頼朝は感激のあまり息が止まりそうになった。

だが、さらに驚くことを聞いた。初瀬の侍女葵《あおい》は、継母に仕える菖蒲《あやめ》の妹だというではないか。

「まことですか!」

胸元に手をやった頼朝の、見開かれた両の目がたちまち潤んだ。

あの日——京を発った十三歳の春のあの日、関係先に挨拶を済ませた頼朝は、最後に常磐のいる夕霞亭《せきかてい》を訪れることを許された。今若と乙若は、兄上どこへおゆきになるのですか、いつお帰りになるのですか、と左右から泣きついた。牛若はただならぬ空気を察してか、つぶらな瞳をあちらこちらに向け、牛若を抱いた菖蒲は顔を伏せたまま、どうぞ御無事で、と言うのが精いっぱいだった。

(もう会えないかもしれない)

そう思う頼朝の、泣き腫《は》らした目から零れた涙が頰を伝う。

二度と京の地を踏めないかもしれない。それどころか、伊豆へ向かう途中で始末されるかもしれないのだ。罪人として知らない土地へ流される少年の孤独と恐怖は、何を以てしても表せるものではない。

だが、その女性《ひと》は泣いていなかった。いつもより少し硬く、口を引き結んでいるばかりである。

継母上は寂しくもないのか、と思うと、いよいよ悲しくなった。上西門院の女房たちも、助命に口添えしてくれた平氏の池禅尼も涙を落としたというのに……。

やがて常盤は、突っ立ったまま泣きつづける頼朝に、座るように言った。押し拭《のご》い押し拭いしても溢れる涙に、継母の美しい顔も見えないが、いつもと変わらぬ柔らかな声はよく聞こえる。

頼朝が座ると、常盤は菖蒲たちを部屋から出した。

「さ、泣くのはおしまいに致しましょう。わたくし、佐殿《すけどの》の母君とお約束致しましたの。佐殿が嫡流となられるなら、必ずお支え申し上げる、と……それは、佐殿が如何なる境遇に立たれようと変わりませんわ。これから向かわれる伊豆国の守頼政殿も支援を約してくださっていますから、どうぞわたくしたちを信じて、もう、泣かないで……」

傍らへ座を移した常盤にそっと肩を引き寄せられた頼朝は、母の話を出されてかえって一時《いっとき》大きくしゃくり上げたが、耳に心地よく響く大好きな声音に慰められ、しっかり抱き締めてくれている常盤の胸の、母と同じ温かさに宥められて、次第に心を静めていった。

ようやく泣き止んだ頼朝を、ぎゅうっ、ともう一度抱き締めてから、常磐は座を頼朝の正面に戻した。

「佐殿。世には父上の弟君はじめ、河内源氏を称する方々が多く生き残っておいでです。なれど、誰が何と言おうと、河内源氏嫡流は佐殿なのですよ。これまでは父上の武威を恐れて動かなかった方も、この先はおのれが嫡流たらんと動きはじめましょう。負けてはなりませぬ。決して譲ってはなりませぬぞ」

頼朝は小さくうなずいた。

「嫡流の座を守れ、と言うは易くとも、齢十三の佐殿にとって如何に大変なことかはようわかっております。なれど、父上から後継の指名を受けた佐殿がまず成さねばならぬのはそのこと。泣いている暇《いとま》はありませぬ。嫡流争いはすでにはじまっているとお考えなさいませ。母君がいらしたら、きっと同じことを仰せになった筈です」

ああ、そうに違いない、と頼朝は思った。いや、母は継母のように淀みなく話せないかも知れない。だが同じ思いを持つ筈だ。

病療養のため実家へ戻る日の朝、母は、

「常磐さまのお言葉は母の言葉と思いなさい」

と諭《さと》したが、たとえ母に言われなかったとしてもそうしたであろう、と頼朝は思う。そののちの常磐がおのれに向けてくれた、深くきめ細かな愛情はまったく母親のそれであったし、それ以前にも、我が母を心から気遣うさまを間近で見ていれば、常磐を母に代わる人として信頼し、尊敬するようになるのに、何の不思議があろうか——。

常磐は立ち上がって棚厨子《たなずし》に向かった。再び座に戻った時、弥勒菩薩《みろくぼさつ》のそれのように白く繊細な手には、菩提子《ぼだいし》で作られた数珠《じゅず》があった。

「これは頭《こう》の殿の形見。我が源氏が平氏と並び立つ日の早く来ることを、清水寺に祈願なされた時のものですわ。持っておゆきになって」

そう言いながら、常磐は数珠を頼朝に握らせた。

「よろしいのですか！」

嬉しさに声が掠《かす》れた。父から譲られた鎧源太産衣《げんたうぶぎ》も、名刀髭切《ひげきり》も平氏に取り上げられ、今の頼朝は父に繋がるものを何ひとつ持っていない。

「佐殿にお預け致します。源氏再興をお忘れにならない限り、父上は必ずや佐殿をお導きくださいますわ」

柔らかに微笑んでくれた継母の澄んだ瞳がわずかに潤むのを見て、頼朝は胸を詰まらせた。

単に別れを悲しむだけなら、涙を流して手を取り合えばよい。だが、悲しみのどん底にある者を一刻も早く立ち直れと励ますのに涙は要らない。父に代わり母に代わり、心を強くして嫡男に自覚を促す継母に、頼朝は深い感謝を捧げずにはいられなかった。

この継母の第一の侍女菖蒲と、初瀬の乳母が姉妹であったとは――。

しかも初瀬は、伊豆へ来た当初から、常磐と直《じか》に文を交わしているというではないか。

(これぞ神仏のお導き、継母上のおかげぞ)

頼朝が手をやった胸元には、あの日以来、身から放したことのない父形見の数珠があった。

以後、初瀬と親しく歌を交わし合えるようになったものの、会えるのは年に数度。相変わらず手の届かぬ姫君に変わりなく、会えるだけでも喜ぶべきなのは重重承知の頼朝である。

だが、恋うる心は止めようがなく、といって告白も許されず、となれば、悶悶と狂おしい心が代替を求めるのも致し方のないことか。とうとう頼朝は、おのれの監視役伊東祐親《すけちか》の娘に手を出してしまい、男児まで儲《もう》けたが祐親が激怒、殺されそうになって走湯山《そうとうざん》へ逃げた。

受け入れてくれたのは北條家。家長の時政は祐親と違い、頼朝をおのが一族繁栄の駒に使えると見た。さまざまにもてなすこと約二年、頼朝が心を許した頃合いを見計らって、我が娘を娶られよ、と迫った。

(特段の理由もなさそうであるのに、二十歳《はたち》を過ぎてまだもらい手のない女とは如何なものか)

とはじめ怯《ひる》んだが、心根優しくおとなしい頼朝、斯《か》くまで世話をしてもらったからには、とついに承諾した。それに現地の勢力と姻戚関係を結ぶことが基盤作りの一歩であるのは確かで、そろそろ動かねばと考えていた矢先でもあった。北條は在庁を務める家であるが、規模はかなり小さい。だがそれゆえに、かえって平氏の警戒を招かずに済みそうであるのも都合がよかった。

歌会、と称して初瀬に会いにゆく。

この切なくも心躍る行事は妻を持ってからもつづいていたが、ついに終わる日がやって来てしまった。

頼政の蜂起である。

平氏による頼政の縁者追討は全国に及び、殊に頼政が深くかかわった伊豆は徹底的に調べられ、頼政の末子《ばっし》の廣綱《ひろつな》は遠く奥州まで逃げている。

初瀬は浄厳寺へ移った。女性である初瀬は逃げる必要はなかったのだが、国主や守が平氏の者に替わるとなれば、国府近くの屋敷は居心地のよいものではない。また国府近くにいれば、おのれに従う二十人ばかりの郎党たちが、いつどのような言いがかりをつけられて引き立てられるかわからなかった。おのれを護る郎党を護れるのは、またおのれでしかないことを、聡明な初瀬は心得ていた。

そのうち頼朝も挙兵。いとしい女《ひと》を気にかけながらも、その警護に軍兵を割いて遣わす余裕はなく、箱根山へ逃げ込んだ折に行實兄弟に支援を頼むのが精いっぱいで、のち鎌倉に入ってもなお、いくさと地固めに追われ、ようやく浄厳寺へ足を向けることが出来たのは二年後の弥生《やよい》、桜の花びらが吹雪《ふぶき》の如く散り紛う季であった。

「……やはり帰洛なさるのですか」

再会の悦びに沸く宴《うたげ》が果てたあと、奥の一室に招かれた頼朝は、乳母が部屋を出るや否や初瀬に質《ただ》した。

「ええ。それがもっともよい、と」

首筋に繊手《せんしゅ》を当て、初瀬は小さくため息をついた。

「なぜです？　この地を気に入っていると仰せになっていたではありませぬか。京は息苦しくて嫌だと……」

九郎のせいだ、と頼朝は腹を立てた。富士川の時以来、常にそばにある九郎は、勿論、この時も一緒にここへ来ていた。その弟が、宴の席で初瀬に、

「これからも伊豆でお暮しになるというのは難しゅうございましょう」

と、言ったのだ。頼政も仲綱も死に、日々の生活は頼朝と行實兄弟とで支えていたものの、頼朝にはまだそれほど自儘に使える財はなく、しかも伊豆に所領を持つ舅の目を盗んでの援助となれば、以前のように潤沢とはいかなくなっているのは事実であった。

「お思いのままに暮らせるがゆえにこの地は魅力であったでしょうに、それが果たせぬとなればお辛いでしょう。そろそろ京へお帰りになることをお考えなのでは？」

九郎の言葉に、ええ、と初瀬はうなずいた。

「姉たちからもしきりと文が届きますの」

庇護者のない東国にいる妹を心配して、姉たちは代わる代わる初瀬に帰洛を促していた。

京の姉たちの暮らしぶりは、頼政の蜂起以前と変わりはなかった。縁者も多く許されて支援も確実に受けられるうえ、その美貌と歌の才があれば明日からでも宮仕え出来る、と姉たちは勧めていたのだ。

「いつまでも鎌倉殿に御面倒をおかけするのは心苦しゅうございますし、わたくしひとりのみならず、郎党たちのことを考えても帰るべきであろうと思うております」

「表向き、兄はこちらの寺と何の係わりもありませぬからな。突如、寺領を寄進しても怪しまれましょうし。お帰りになるのが正解かもしれませぬな。ま、のちほど兄とじっくり語られませ……」

九郎があのようなことを言うから、初瀬は帰洛の意志を固めてしまったのではないか——言うだけ言って悠悠《ゆうゆう》と杯を傾けおって、と、だが弟を苦々《にがにが》しく思っている場合ではなかった。初瀬が伊豆を去れば、生きる希望の燈が消える。

「もし、某《それがし》に扶持されているのが負担だと仰せなら、寺領を寄進いたしましょう。某がここと係わりがないのがいかぬのなら、係わりを作ればよい。箱根の永實殿に住職になってもらうことにします。よろしいでしょうか」

「え、ええ……」

「永實殿は我が命の恩人。いずれ箱根山別当職にお就けしようと某が考えていることは、鎌倉の連中も知っておりますれば、箱根山に寄進したと変わらぬ規模の荘園を差し上げられましょう」

さほどにしていただいても、と初瀬は困ったように目を伏せる。帰ることを決めたのはおのれのためばかりではない。

「郎党たちが哀れですの。幸い、家を継がねばならぬ者はおりませんけれど、我が父亡き今、皆の身分は宙に浮き、禄《ろく》もありませぬ。京へ戻れば、滝口なり北面なり、いずれへでも望む方へ出仕させてやれますから……」

「ならば、全員を御家人とさせていただけませぬか。この頼朝直属とし、各々に然るべき地を安堵いたします。如何でしょう」

まあ、と言ったきり、初瀬は黙ってしまった。

(留まってくれるのか、それでも帰ると言われるか)

頼朝はしばらくの間、匂やかな眉を嚬《ひそ》めて思案にくれる初瀬をうっとりと眺めていたが、いやいかぬ、と首を振った。ここは初瀬の答えを待つところではない。

「初瀬殿。どうか、これからのちの人生をこの頼朝にお任せくださいませぬか」

はじめて会った時から心惹かれていること、だが頼政の娘とあっては想いも打ち明けられず、どれほど悶え苦しみ袖を濡らしたかしれないこと、そのうえ帰洛する決意を聞かされて、今こうして言葉を発していられること自体が不思議なほどに気が動転していること……こんなに淀みなく話せることがあるのか、とおのれ自身に驚きつつも、もう引き返せない。

思いの丈《たけ》をぶつけられて戸惑う女《ひと》ににじり寄り、その手を取った。

「どうかこのまま伊豆にいらしてください。お心をお決めになって、某を頼りになさってください」

初瀬は取られた手をそのままに、頼朝の双眸を見詰める。

「この心をおわかりいただけぬか」

一目惚れこそさせないが、付き合うほどに優しさや誠実さが立ち上がり、印象がよくなる男であった。

出会って九年。頼朝がはじめて見せた恋情に初瀬の心はなつかしく寄り添い、明けて白梅が咲き誇る頃に金剛が生まれたのである。

考えてみれば、九郎が余計なことを言ってくれたおかげで、初瀬が帰洛を考えていることがわかり、引き止め得たうえに思いを遂げることが出来たのだ。

（うまく転がされたな）

口惜しくまた面映く、苦笑せざるを得ないが、ありがたい。

後日、謝意を口にしたところ、「ああでもしないと兄上はお動きにならぬ。初瀬殿に去られて涙にくれる兄上を見るのは忍びませぬからなあ」と、九郎はからから笑ったのであった。


九郎たちが奥の部屋へ入ると、頼朝は赤子を抱いてあやしていた。

体を高く持ち上げられて、赤子は、きゃっ、きゃっ、とはしゃいでいる。

「あら、嫌われず、よろしゅうございましたわね」

からかう初瀬に、何を言う、と頼朝は柔らかに顔を顰めた。

「これは賢い子だからな。八月《やつき》会わぬでも、身が父だとわかっておる」

「飽きずに遊んでくれるおじさまくらいには思うておりましょうね」

「言うてくれるわ。いやいや、この目を見てみよ、他人を見る目ではないぞ」

「犬を見る時も同じ目をしております」

「そうかな。父とわかっておるようだがなあ」

大真面目に言いながら、頼朝は九郎に赤子を抱き取らせた。

「子ゆえの闇もほどほどにしてもらいたいものですな。のう、金剛」

九郎は笑って赤子の顔を覗き込んだが、彼はさっそく、九郎の直垂《ひたたれ》の紫の胸紐《むなひも》に夢中になっている。

「九郎の言うとおりですぞ。下々《しもじも》の者は知らず、兄上のお立場では、子を思う心が道に迷うて道理を外れては政に響いてきますからな。まあ、初瀬殿が傍らにおいでの間は心配いりませぬが」

全成も念を押すのに、案ずるな案ずるな、と頼朝は手を横に振った。

「王家や朝廷から鎌倉を如何に護るか。これが身のなかでもっとも大事であるのは、これからも変わらぬ」

「今のお言葉、しかとお聞き致しましたぞ。女性《にょしょう》騒ぎも足を掬《すく》われる原因になりますからな。二度とお起こしなさいますな」

昨秋の騒動を指して、ちくり、とやった盛長に、男たちは喝采を送った。

「だが、あれはすさまじかったな」

と、九郎が腹を抱えて笑った事件――それは、頼朝が初瀬の許へ毎夜通えるなら起きなかった悲劇であった。

鎌倉殿となった頼朝は軽軽に動けず、片や初瀬は伊豆を動く気はない。以前、恋心を告げられぬ狂おしい心が代替を求めてしまったのを致し方ないとするならば、今度はやっと枕を交わした恋人との次の逢瀬がいつのことかわからぬ辛さに、それに代わるものを求めてしまったのも、頼朝という男としては致し方ないことであった。前から見知っていた「顔貌《かおかたち》の濃《こま》やかなるのみに匪《あら》ず、心操《しんそう》殊に柔和な」伊豆の女性に頼朝は初瀬の面影を追い、鎌倉によび寄せてしまったのである。

えらいことになった。

夫の愛人の存在を、父時政の後妻牧《まき》の方《かた》から知らされた頼朝の妻――御台所《みだいどころ》は、牧の方の弟三郎宗親《むねちか》をして伊豆の女性を匿った男の屋敷を破壊させるという暴挙に出たのである。女性はかろうじて脱出、大多和《おおたわ》の五郎義久《よしひさ》の家に逃げ込んだ。

翌日、遊興を装って義久の家を訪れて女性の無事を確かめた頼朝、宗親をよび出すや、御台所を重んじるにおいては神妙なれども、このようなことは内々に先にこちらに知らせるものだ、それをいきなり屋敷破壊という恥辱に及ぶとは、と叱り飛ばし、宗親が顔を泥沙に垂れて陳謝するのも許さず、その髻《もとどり》を切ってしまったのである。

妻も妻だが、頼朝も大人げなかった。

宗親は泣いて逃亡、牧の方の夫つまり時政は、この頼朝の処置に不服を唱え、黙って伊豆に引き籠る事態となる。さすがに頼朝は狼狽したが、彼はすでに北条家内に強い味方を作っていた。

時政の嫡男義時である。頼朝は然《さ》らぬ態を繕《つくろ》い、梶原景季に義時は鎌倉に残るや否やを確認させれば、残っているという。鎌倉《かまくらのたち》館に召された義時は、よう残っておってくれた、と頼朝が大いに喜ぶのに、当たり前でしょう、といった顔をして見せた。

江間小四郎義時《えまこしろうよしとき》。嫡男ながら北條義時とよばれなくなって久しい男は、すでにこの頃から父とは一線を画し、頼朝にひたと寄り添っていたのである。

今回の騒動で周章はしたが、同時に、妻と舅が背くとも義時は離れぬ、という大事を確認出来た頼朝は、以来ますます義弟をかわいがっている。義時は義時で主君におもねることなく、常に冷静さを失わず、おのれの役割を心得て的確に動くところに、九郎も好感を持っている。

「……あの時は、我が姉ながら、まことに恐ろしゅうございました」

普段あまり笑わない義時も破顔した。

頼朝は皆に笑われてきまり悪い。だが、そっと横を見ればいとしい女《ひと》も笑っている。何よりそれにほっとして、頼朝は誰よりも大きな声を立てて笑った。

日が落ちると初冬の山荘はさすがに冷える。

それでも、部屋の隅に設《しつら》えられた炭櫃《すびつ》に火がおこされ、心尽くしの御馳走に舌鼓を打ちつつ燗酒《かんざけ》を飲めば、体の芯からほっこりする心地よさにどの顔も綻ぶ。

全成は言うに及ばず、永實も、「今宵は特別ですわい」などと言いながらすでに微醺《びくん》を帯びている。酒の飲めぬ藤五は寒かろう、と見れば、いつの間にやらちゃっかりと席を炭櫃のそばへ移し、金剛の世話に忙しい葵に代わって時折炭を継いだりして、気の利《き》く人をやっている。

その金剛は、つい先ほどまで煮つけた白身魚の身を解《ほぐ》してもらって機嫌よく食べていたが、今はもう葵に抱かれて夢のなかであった。

ぽっ、と小さな口を開けて何の心配もなく眠っている、その愛らしい顔に頼朝はしばらく目を細めて見入っていたが、やがて九郎に向き直り、「決めたわ」と頰を引き締めた。

「金剛は小四郎に預ける」

「お、やはりそうなさいますか」

九郎も吞み込み顔でうなずいた。

子はあっという間に大きくなる。頼朝としては自身が引き取りたいのはやまやまだが、まさかあの妻に養育させるわけにはいかない。といって、摂津源氏と河内源氏の血を引く男子なれば、海人《あま》百姓とするも僧門に入れるも忍びがたい。よって然るべき者を養い親とすることは早くから決めていたのだが、それを義時にしたのである。

義時は前もって頼朝の意を聞かされていたらしい。いささかも動じる色がなかった。

「まだ少し先になろうが、小四郎が正室を迎える前には引き受けてもらうつもりでおる。養子ではなく実子として、だ。養子といえば、方方《ほうぼう》から要らぬ詮索をされてうるさかろう」

眉を顰める頼朝を、「よい方法ですな」と盛長がからかう。

「義時殿は女性《にょしょう》関係を探られるが、御自身は疑われず、ですか。ただ確かに、比企家のみに御勢力をお纏めになるよりよろしゅうございましょうな」

それも、と九郎が言った。

「北條の内に勢を立てることに意味がある――」


今、東国で頼朝に正面切って逆らう者はいない。だが、頼朝が動かし得るのは、未だ伊豆から下総にかけての南坂東のみに過ぎなかった。その南坂東軍とて、実態は御家人たちの抱える軍兵の集まりだ。軍兵は主である御家人の命令で動くのであって、頼朝が直接彼らを動かせるのではない。

しかも周辺の甲斐の武田や安田、下野の小山や八田などは、それぞれが平氏維盛軍や志太先生軍に勝利したことからもわかるように、地元の紛争解決に頼朝率いる南坂東軍の援助を必要としない軍力を有しているのであり、片や頼朝は、彼らに対して出軍の要請は出来ても、命じられるほどの権威をまだ持っていなかった。

何より、頼朝には九郎の佐藤軍のような直属軍がなかった。

佐藤と北條では家格が違うと言ってしまえばそれまでだが、それがどれほど違うかは、十三年前の嘉応二年、北條氏は保元の乱で捕らえられて大島へ流されていた鎮西《ちんぜい》八郎爲朝《ためとも》の追討に向かったのだが、その時に時政が引き連れた郎党がわずか三十余人でしかなかったと言えば明らかであろう。

何百という軍兵を婿に与えられないその規模の小ささが、平氏全盛の折には警戒を招かず都合がよかった。

だが、東国の棟梁となればこれはまずい。自力救済の武士集団を纏める鎌倉大将軍の権威が、直属

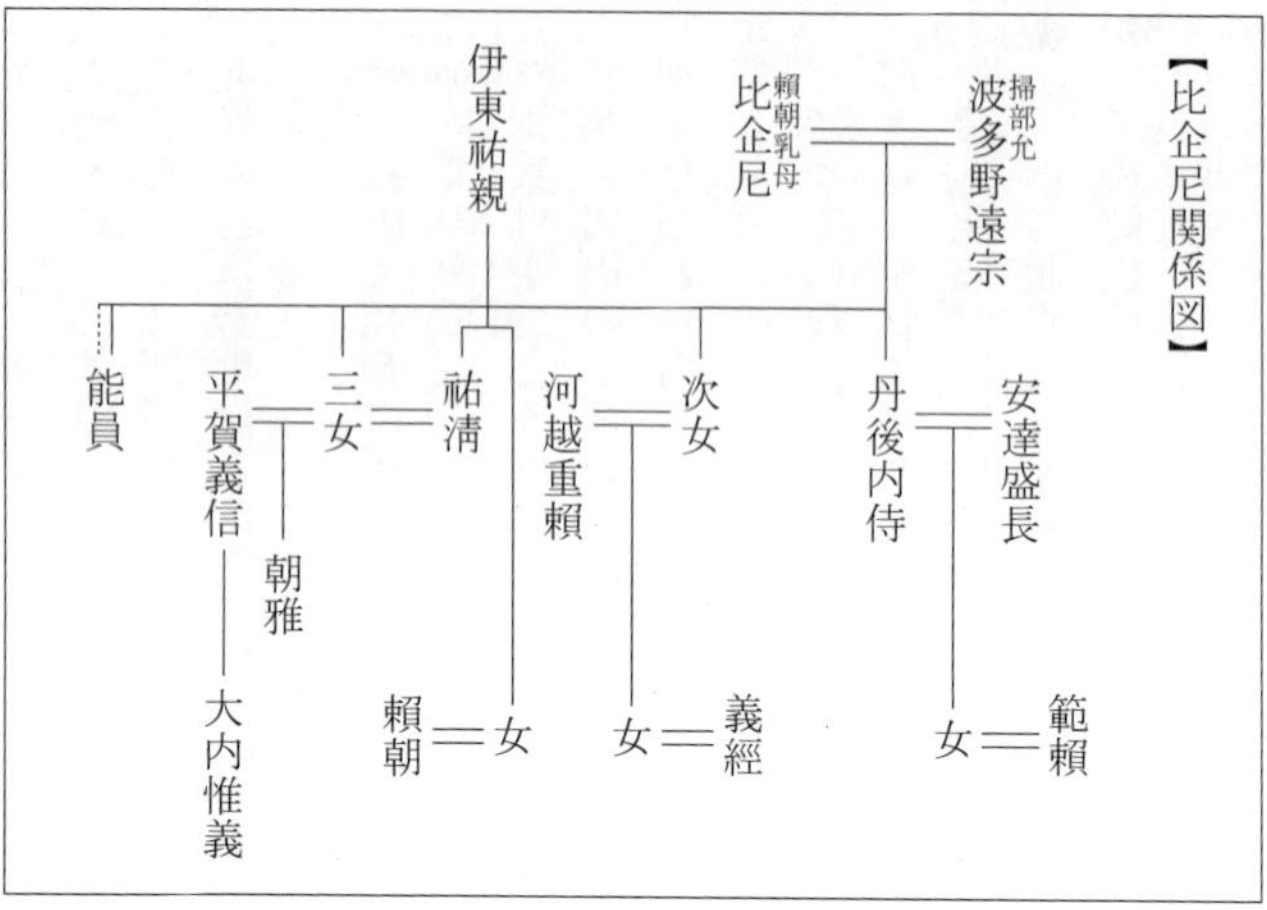

軍なくして高まることはあり得ないといってよく、頼朝兄弟は将軍の意のままになる精鋭部隊の創設に早急に取りかかる必要があった。

そこで目をつけたのが、比企一族だったのである。

頼朝の乳母比企尼には娘が三人おり、長女は盛長、次女は河越重頼、そして三女は最初の夫伊東祐清が平氏方に参陣したのちは平賀義信の、それぞれ妻となっていた。

盛長は頼朝の側近中の側近、重頼は武蔵国留守所総《るすどころそう》検校職《けんぎょうしき》、義信は良馬を産する牧を抱えた信濃国佐久平に本拠を置く。彼らを取り込んで、北條とは別の新たな軸を立ち上げようと九郎たちは考えたのであった。無論、彼らも鎌倉殿と特別な関係を結ぶことを歓迎した。

寿永元年（一一八二）八月、ついに頼朝比企連合は第一歩を踏み出す。

御台所（頼朝妻）が比企尼の館を産所とし、長男万壽《まんじゅ》を出産。乳《ち》つけに召されたのは尼の次女。さらに三女と、比企尼が養子としていた能員《よしかず》の妻も乳母に任じられ、次期棟梁候補は生まれながらに比企一族に抱え込まれることとなったのである。

これに少なからぬ不安を覚えたのが、万壽の外祖父時政であった。婿殿頼朝に入れあげるのもおのが氏の繁栄を願ってのこと、なのに次期棟梁候補を他家に持ってゆかれたのでは元も子もない。

それも比企となれば、北條はこの前に吹けば飛ぶような矮小な一族である。万壽の代がくれば、先代の妻の実家など忘れ去られてしまうに違いなかった。

(どうするか)

考えるまでもなかった。頼朝の片腕を取り込めばよいのである。

九郎が万壽の代にも参謀として活躍するのは目に見えている。なればこれを婿とし、家を上げて支えるなら北條家もまた安泰、わが身は頼朝兄弟の舅としてその存在を重んじられるのは疑うべくもない。さすればたとえ万壽が比企一族の手許にあろうとも政権は我が手の内、じっくりと万壽の後継者を育てればよいのだ――――以前からいずれは婿にと考えていた時政であるが、この時から何かにつけて九郎に縁談を持ちかけるようになった。九郎の兄全成もすでに時政の娘を娶っていたことから、この縁談もすんなり決まるものと時政は疑わなかった。

が、九郎は一向に首を縦に振らなかった。

「妻の面影は片時も離れぬものなれば」

そう言うばかりなのである。

確かに、この鎌倉では九郎に女の影はなかった。若い九郎が、と時政は首を捻りつつ、実はおのれが気づいていないだけかもしれぬ、と郎党に探らせてもみたが、やはりひとりの愛人もいないらしかった。

「御曹司が御方を思われるお気持ちはよくわかるけんども、男たるもの、女性《にょしょう》を心に浮かべるばかりで触れられねえでは慰められねえずら」

そう、わざと軽く言った時政の丸く大きな目に、九郎は長く切れたおのがそれをひたと当てた。

「男もいろいろでしょう。一時に十人を幸し得る者もあるし、側女《そばめ》でも遊び女でもよいから常に女《にょ》性《しょう》に触れておりたい者もある。なれどこの九郎は、心にない女性は抱けぬ性質《たち》ゆえ……女性なくば寂しかろうとの北條殿のお心遣いは嬉しゅうございますが、どうかこのことはもうお捨て置きください」

にこりともせずに言い切られて、時政は黙るしかなかった。これ以上突っ込んで怒らせてしまっては、纏まるものも纏まらなくなる。それ以来、時政は自らが縁談を持ちかけるのを控え、頼朝を通じて働きかけることにした。

頼朝は舅の要請を快諾する素振りを見せた。だが実はその裏で、比企一族と弟たちとの縁談話を進めていたのである。

比企一族を鎌倉殿を支える新たな軸にしようというなら、本来は鎌倉殿自身がこれと姻戚関係を有することが望ましい。家格を考えれば比企の女性を正室に置き換えてもよいくらいだ、とまで九郎は言ったが、そのようなことをすれば御台所《みだいどころ》に寝首を掻かれる、と頼朝が身を震わせて頑《かたく》なに拒否したのでこの策は没となり、弟たちの出番と相成った。年長の弟範頼には盛長の娘を、九郎には重頼の娘を娶せることがほぼ決まり、話はすでに婚姻の時期を検討する段階にまで入っていたのであった。

――今宵、浄厳寺妙香坊に集う者は皆、これらのことを知っている。

無論、義時も、だ。そしてそう遠くないうちに頼朝の隠し子を引き受け、江間氏の子として育てる。何のために？　頼朝の血脈を確実に残すために、か？

いや、血脈などという、不確かなものに固執する頼朝の子なら預かりはしない、と義時は思う。我が主頼朝は、義朝が構想し、義平が繋いだ新しき国創りを目指している。その国創りの担い手になる子であるからこそ預かるのだ。国家改変の精神を確実に残すために、頼朝の子を育てるのだ、と義時は強く思う。

父時政は、「北條氏は桓武天皇の苗裔《びょうえい》、我は平将軍貞盛《へいしょうぐんさだもり》に八代」と嘯《うそぶ》いているが、その実態は、曽祖父の代にどこぞ西方の島から伊豆に辿り着いた流れ者であることを義時は知っていた。出自の確かならぬ新参者ゆえに、曽祖父たちが用心深く立ちまわり、北條という氏の安定と所領の拡大に努めてきたことは尊敬に値する、とは思う。

だが父が、頼朝の後見たる立場を手に入れた父が、今となっても――あの権勢を誇った平氏が西海へ落ち、義仲が入京して世は河内源氏に追い風となるなかで、鎌倉にいる頼朝こそがその河内源氏の嫡流なりと法皇は認めているのだ――、目を日本国全体に向けず、相変わらず東国での安定と武蔵あたりの地を手に入れることしか考えていないのが歯がゆかった。

（我が将来に見ているものは、父のそれとはまるで違う）

上總廣常たちが主張するように、我らが坂東を経営している以上は京を気にせぬでよい、というのではなく、外見上の形式はどうあれ、朝廷をも取り込んで政《まつりごと》の実権を握ることこそが、東国武士を、ひいては北條氏を真《しん》に護ることになるのではないか――義時はそう見ていた。

「……重頼殿の姫君が九郎の許へ向かうと知れば、舅殿は驚かれましょうな」

全成が九郎とよく似た切れ長の目を細めた。

大変だぞ、と頼朝も笑うのに、なれど、と盛長が表情を硬くした。

「この縁談は、誰がどう見ても、御曹司と河越殿おふたりのみで決められたのではないとわかりましょう。北條殿はどう出られることやら」

「おのが氏の繁栄のためなら手段を選ばぬお方ですからな」

光政が太い声で言った。

「まあ、東国武士は押しなべてそうですが、北條殿はことにそれが強い。おのが氏発展のために殿を婿に迎えながら、武士《もののふ》なれば子は幾人あってもよいものを、娘御が夫の妾を誅しかけたを諫《いさ》めもされぬどころか、娘御に味方なされて伊豆に引っ込む……」

「わかった、もう言うな」

盛政が笑いながら弟を宥めた。

「鎌倉殿も小四郎殿（義時）もあまりよい気はされぬわ。ただ、北條殿が如何なる手でも用いられるであろうことは心しておかねばなりませぬな」

「おう、これは光政の申すとおりだ」

大きく九郎がうなずいた。

「我が氏を危うくする比企一族め、と潰しにかかることは十分考えられる。我らが揃うておれば阻止し得ようが、これから鎌倉と京に分かれるとなると、さて、どうかな」

「万壽殿をお預かりしておるのですぞ」

盛長が顔を引き攣らせる。

「いくらなんでもそれは……」

比企一族の彼としては、潰されない理由を探したい。

「いや、万壽殿諸共だ」

九郎は声音を変えずに言った。

「盛長殿も東国に長ければ、おわかりであろう。この地の武士《もののふ》はためらいなく主を変える。万壽殿どころか、鎌倉殿とていつ葬られるやもしれぬわ」

「おい、縁起でもないことを言うてくれるな」

今度は頼朝が、くしゃ、と顔を歪めた。

「いや、万一を避けて策を建てると必ずしくじりますぞ」

「それはわかっておるが……」

「全成の兄上もこの九郎も、殺《や》られずとも病に倒れることもある。それらを直視し、またそれらを織り込んで策は建てねばなりませぬ。長袖の如く、言霊《ことだま》を恐れておっては新たな世は開けませぬぞ。敢えて言を掲げてそれを実と成す。縁起がよかろうが悪かろうが、言霊のほうを我らが意に従わせればよいのです」

「わかっておるというに。いやに真《ま》に受けるな」

「あはは、おわかりならば結構。ただ、兄上は変に素直なところがおありですからな。某《それがし》が鎌倉におらぬうちに人の言霊に流されることのなきように。しかと御忠告申し上げましたぞ」

九郎はゆるめた頰をもとに戻し、再び盛長に顔を向けた。

「とまれ、北條殿もまた東国武士。つまり、おのが氏が蹴散らされると見るや主を変えるは必定。その意味するところは比企を潰すのみにあらず、鎌倉殿をその子孫諸共消すということだ」

脅かしでも何でもない、と九郎は言い足した。

「今しがた言うたとおり、我らにも万一ということがある。金剛殿を北條殿の目から隠し果《おお》せるか。我らが志《こころざし》を護りきれるか。万一とは、万に一度ありて無に等しからず――そうと知って備え得るか否かに懸かっていると心なされよ」

承知仕る、と盛長が頭を下げた。

「なれど江間（義時）殿も、金剛殿を預かられるとなればその重圧たるや計り知れぬものがありますなあ」

盛政が同情を見せるのに、何の、と義時は首を横に振った。

「責任は重重に感じておりますが、お宝をお預けいただける光栄に胸膨らむばかり、むしろ金剛殿と離れ離れとなる初瀬殿のお心は如何ばかりか、と」

義時は心配そうに佳人を見やった。

「いえいえ、わたくしは殿がよく御決断くださったと嬉しゅうございます。小四郎殿になら安心してお任せ出来ますもの」

初瀬はぐっすり眠っている我が子に視線を落とし、微笑んだ。

「金剛は我が亡き父頼政の遺志を継いで、殿をお助けするべく生まれて来たのですわ。それをわたくしの手許に置いておいたのでは何が出来ましょう。小四郎殿の子として、殿や、殿の弟君方のおそばで育てていただけるなら本望です」

最後の言葉を笑みを消して凛と言い切った初瀬の、花の顔《かんばせ》に武家の女の覚悟が滲《にじ》んだ。

翌日の払暁、頼朝たちは浄厳寺をあとにした。

肌を刺す冷気に思わず首が竦《すく》み、馬の吐く息がもうもうと白い。

山の際に落ちかかる有明の月をぼうっと浮かび上がらせていた霧は次第に晴れ、今日も穏やかな一日となりそうだ。

黄瀬河宿まで戻れば、あちらこちらから朝食《あさけ》の煙が立ち上り、早い軍は出立の準備に取りかかっている。

主君を認めて重忠たちが集まって来た。頼朝がそのひとりひとりに向き合い、何やらじっくり声をかけている間に、九郎は自軍の様子を見にいった。

「いつでも出立の御命令を」

先に戻っていた藤五が意気込んだ。百騎はすでに準備を終え、馬たちは口取りにその場をぐるりと歩かせてもらいながら、出立遅し、と足掻いている。

「おお、さすがは藤五殿。軍の指揮を任されるだけはありますな。繼信、忠信御兄弟に勝るとも劣らぬ」

光政に大袈裟に褒められて、藤五は、呵呵、と笑った。

「まあ、粗忽者《そこつもの》の忠信の代わりなら務められましょうな」

「言われるのう」

盛政も大笑する。

そのような彼らのやりとりを楽しんでいる九郎に、全成が馬を寄せて来た。

「いよいよだな」

はい、と九郎は頬を引き締める。

「初陣、か……瓊壽殿は御存じか」

「法皇より宣旨が下されれば出陣することになろう、と言い送っておりますれば」

「そうか」

全成は馬から降りた。九郎もそれに倣《なら》う。

兄は弟の双眸をひたと見詰めた。

「そなたのことゆえ、この兄はいささかも心配はしておらぬ。ただ、母上のお言葉を忘れるな。いくさの先に、我らの成すべきことがある」

「心得ております」

「いとしい者らを悲しませてはならぬ。無理をするな」

「は」

瞳に力を込めた九郎に、全成は微笑んだ。そして胸元から杜若色《かきつばたいろ》の唐織物に包まれた細長いものを取り出し、開けてみろ、と九郎に差し出した。

紐《ひも》を解いて現れた逸品に、九郎は目を見張った。

黒皮で締められた柄《つか》、黒漆の美しい鞘《さや》、燻《いぶ》し銀の金具。抜身は深淵を望むが如き冴え。

「……これは？」

「義平殿の形見だ」

「まことにございますか！」

「あの平治の折に、母上を護る刀として譲り受けたものだ。戦場に立たぬこの兄の代わりに持っていってくれ」

「……よろしいのですか」

「義平の兄上は必ずやそなたと母上を護ってくれよう」

九郎の目に、たちまち湧いてくるものがあった。それを零さぬよう、九郎は空を見上げて唇を噛み締めたが、それは一筋二筋、玻璃《はり》のように光り落ちた。

父子の契りを結んだという長兄、義平。その武勇を皆に誉め称えられる男、悪源太。母を助け、我ら兄弟の命を今に繋いでくれた兄上。記憶にない兄にどれほど会いたかったことか。

その兄が、兄の心が、今この手のなかにある。会えた。やっと会えたのだ――。

九郎は濡れた瞳を全成に戻した。感謝を伝えたいが声にならない。兄は弟の気持ちを受け止めて大きくうなずいた。

ようやく嗚咽を収めた九郎は、義平の刀を唐織物に包み直すとそれを胸元に仕舞い込み、代わりにおのが懐刀を取りだした。

「はじめて鞍馬へ上がった時、阿闍梨から授かったものです。以来、これに源氏再興を誓い、修業に耐えて参りました」

九郎は手にした刀を兄に渡した。

「しばらくは会えますまい。身は離れていても、兄上とはいつも共にありたいのです」

全成の瞳もうっすらと濡れた。

「喜んで預かるぞ」

こちらは桜萌黄《さくらもえぎ》の唐織物、これにくるまれた六寸五分を握り締めた全成は、鎌田の兄弟たちに向き直り、よろしく頼む、と頭を下げた。

「お任せくだされい」

盛政が太い声を響かせ、藤五も力強くうなずいたが、こういう場面に弱い光政は、しきりと手の甲で目許を拭う。その肩を、若将たちに餞《はなむけ》の言葉を贈り終えて近づいて来た頼朝が叩いた。

「首途《かどで》に涙は不吉ぞ」

そう言う頼朝の目にも光るものがある。

義仲を逐《お》って入京に成功し、平氏を掃討するまで、九郎は鎌倉へは戻らないであろう。

五年か、十年か。義仲はいくさに長け、平氏はその勢鎮西に及ぶ日本国第一の武家である。如何に九郎とて、両者を容易《たやす》く退けられはしないであろう。また平定成れば成ったで、西に置く大将軍には九郎以外考えられず、そうなればめったに会えなくなるであろう。

この三年間、九郎とは毎夜の如く語り明かした。このような濃密で楽しい日々は二度と来ないのかもしれぬ、と頼朝は思う。

「無事を祈る」

「兄上も御自愛くださいますよう」

発つ弟と残る兄はじっと見詰め合った。

かつて富士川の陣で顔を合わせるや、互いの双眸に固い意志を読み取り合えた兄弟である。今、言葉はかえって邪魔であった。

やがて九郎は馬上の人となった。

左右に鎌田の兄弟、すぐうしろに藤五を従え、百騎の先頭に立った九郎は、頼朝のほうを振り返って、にこっ、と皓い歯を見せた。頼朝は右手を上げてそれに応え、全成はうなずき、盛長と義時は深く頭を下げた。

やっと出立を許された馬たちが、精悍な武士を背に意気揚揚と頼朝の前を通り過ぎてゆく。

九郎の軍に重忠の軍、重房の軍とつづき、景季の軍が出る頃には、先頭の九郎の姿はずいぶん小さくなっていた。

小春凪の海に照る陽のなかに、九郎を包む直垂の葡萄色《えびいろ》が溶け込んでしまってもなお、頼朝は動こうとしない。

大事な弟、おのが分身を京へ向かわせる。

非凡の弟がいよいよ京に乗り込む。

万感胸迫るものが、頼朝を立ち尽くさせていた。

と、きらり、と何かが小さく煌《きら》めいた。

「何であろう?」

頼朝は横に立つ全成に問うた。

「恐らく九郎でしょう」

九郎が太刀を抜き、高々《たかだか》と差し上げたのであろう、と全成は言った。

「我らが世のはじまりを宣《せん》しよりましたな」

「九郎め、憎いことをするわ」

きらり、きらりと陽を撥《は》ね返す光に、頼朝は眩しく目を細めた。

鎌倉軍入京

一

京では義仲がいら立っていた。

所望することがことごとく叶わないのである。

頼朝追討の御教書《みきょうしょ》が出ない。また、志太先生義憲を平氏討伐に向かわせたいという申状も許諾されず、それどころか十一月八日には何と行家が追討使に任じられて発っていった。

さらに、義仲が法皇を具して北陸に引き籠るようだ、とか、頼朝との戦いに法皇を連れてゆくらしい、といった風聞まで立ち、それらを否定する起請文を何度も書かねばならなかった。

街内外の狼藉も相変わらず収まらなかった。

その犯人は、義仲が連れて来た北陸の雑多な兵ばかりではなく、山の悪僧や都落ちに加わらなかった平氏の残党、加えて京の一般民も多かったというのに、すべてが義仲軍の仕業であるかのように言われるのだ。

とどめを刺すように、頼朝の代官九郎が上洛という。当初数万騎と言われたが、実は五千騎らしい。それでも木曾軍の倍はある。

その九郎軍、閏《うるう》十月半ば過ぎには伊勢国まで来ていたことがわかっている。十一月上旬には五百騎ばかりを連れて近江に至ったようだが、中旬に入ってもまだかの国にいるらしい。ということは、もうひと月近くも京近辺をうろついていることになる。

てっきりいくさを仕かけてくるもの、と思っていた義仲は訝《いぶか》しがった。

「何をしておる」

「わかりませぬな。そも、残りの四千騎余りはいずこにあるのやら」

乳母子で義仲四天王のひとり、今井四郎兼平《いまいしろうかねひら》が答えた。

「我らの目から隠し置ける数ではありますまいに」

「先手を打って攻めるか」

「いえ、そうはなさらぬほうがよろしいか、と……九郎殿は、我らが水島で兵の数を減らしたことも、新宮（行家）殿が西に向かわれたことも知っておる筈。そのうえで五百騎のみと見せるは、我らを油断させようとの腹に違いありませぬ。目に見えずとも敵は数千、我らが動けば四方に潜ませた兵を一気に動かすやもしれませぬぞ」

「だが、いつまでも目障りな動きをされては堪《たま》らぬわ。ええい、腹立たしい。何ぞ彼奴を潰す手はないのか！」

「まずは落ち着かれませ。苛立《いらだ》たれるはもっともなれど、殿は大将、一兵卒が如き振る舞いは許されませぬぞ」

如何なる時も、そう、事態のすべてが思わぬ方向へ進んでゆくなかでも、大将たるものは泰然とあることが求められる。兵法は、怒らしめて之《これ》を撓《たわ》む、と教える。敵将を苛立たせてその心を惑乱させよ、さすれば彼は上策を見失い、我が軍は勝利への扉をひとつ開けることになる、というのだ。

「とまれ、鎌倉軍の詳細を手に入れるが肝要にございましょう」

もっともだ、と義仲は直ちに伊勢から美濃にかけて大偵察部隊を送り込んだ。だが、どこをどう探しても、九郎の五百騎以外に軍らしきものは見当たらないという。

「五千というは空言か」

「そうらしゅうございますな」

兼平も首を傾げたが、優秀な偵察部隊が見つけられないのなら、そうと信じる以外にない。ということは、九郎の上洛の目的はどうやら風聞どおり、先の「十月の宣旨」の宣伝施行と後白河院へ供物を届けることらしい。軍を湖東の多賀大社《たがたいしゃ》近くに駐留させ、義仲の入洛許可が出るのを気長に待っている様子で、合戦しようなどというそぶりはかけらも見られないということであった。

(ふむ、五百騎のみか)

東国武士の思考回路を知らぬ義仲ではなかった。

所領が安堵されていれば、朝廷にも平氏にも義仲にも楯突く必要はない、また、遠路はるばる供物を運んで院に媚びへつらう必要もない、と彼らは考える。

それに「十月の宣旨」も、おのが所領以外の地でならば、施行されようがされまいが知ったことではない。院に催促されたからとて、わざわざ費用自己負担で上洛せねばならぬ理由もない、と多くの東国武士は思った筈である。

その気のないものを、九郎は五百騎も動員した——これはむしろ褒めてやらねばならぬわ、と感心してしまった義仲は、もはや冷静ではなかった。

九郎とは如何なる男ぞや、を知っていたからこそより慎重にならねばならなかったものを、疲れ切っていた義仲の頭は、五百という数を素直に喜んでしまった。西海での平氏との戦いを途中で投げ出す格好で帰洛したのは、実のところ、頼朝が東国を取り締まることよりも、九郎が入京することのほうを恐れたからであったというのに――――。

いったん落ちた警戒心を再び高めるのは難しい。それも、ほかに対すべきものが多いほど、危機はないものと思いたくなる。こののち、義仲の敵情偵察は疎《おろそ》かとなってしまった。

十一月十五日。

「頼朝の使者を入京させること、鬱念《うつねん》すべからず」

との後白河院の要請を重ねて受けた義仲は、ようやく、勢幾何《いくばく》ならずば、と許した。五百騎などいつでも捻《ひね》り潰せる、ならば周辺でうろつかれるより、むしろ洛中に置いて監視したほうがよい、と考えたのであった。

義仲の許可が出たからには、九郎軍は明日にでも来援する、と思ったのであろう、義仲との仲が拗《こじ》れて以来、院御所法住寺《ほうじゅうじ》に警戒態勢を敷いていた後白河院であるが、早速、御所の周りに堭《からぼり》を掘り、釘貫《くぎぬき》（柵）を構えるなどして、派手派手しく院御所の武装化を進めた。

徴兵はすでに公然と行っており、今や多くの京武者や悪僧で院中がひしめいている。加えて天台座主明雲、後白河院の息仁和寺の守覚法親王《しゅかくほっしんのう》や園城寺の八條宮圓惠法親王《はちじょうのみやえんけいほっしんのう》なども御所に参宿しているのを見て、義仲方からも美濃源氏土岐光長《ときみつなが》など王家と強い関係を持つ者が続続と院御所へ馳せ参じていった。

二日後、風聞が流れた。

「義仲、院御所襲撃を企てる！」

誰が流したのかはわからない。ただ、この風聞を利用して、後白河院は義仲に強く言い送った。

「謀叛の条、もし無実たらば、速《すみ》やかに西へ赴き平氏を討て。たとえこの院宣に逆らい、頼朝軍に対するにしても、即刻下向せよ」

どうであっても、京から出てゆけ、と言う。

義仲は嘆息した。

おのれはあくまで王家を守護する第一の武士として立とうとしているのだ。たとえ腹立たしいことばかりであろうとも、院御所を襲撃してまでさらに関係を悪化させようものか——義仲は、後白河院の四角い頭を張り飛ばしたい思いを、ぐっ、と怺えて、君に立ち向かうなどとんでもない、謀反の考えのないことは何度も起請文を送ったとおりだ、と報奏した。

事実、義仲の日来主張するところは明快なものであった。

——頼朝軍が入京するなら一矢射るべし、彼らの入京なくば西下して平氏を討つべし。

右大臣兼實は日記に書きつけている。

「義仲には、たちまちに国家を危うくせねばならぬ理由がないではないか」

そして後白河院の行動を、

〈只君城《ただきみしろ》を構え兵を集め、衆の心を驚かさるる条、専《もっぱ》ら至愚の政《まつりごと》なり〉

〈先ず院中御用心の条、頗《すこぶ》る法に過ぎたり。これ何故《なにゆえ》ぞや。偏《ひとえ》に義仲に敵対せらるるなり〉

太《はなは》だ以て見苦し、王者の行いにあらず、と切って捨てている。

この日——十七日の夜、日頃院御所にあった以仁王の遺児北陸宮がどこかへ姿を晦《くら》ました。

警戒いや増す御所に危険を感じて宮自ら脱出したのか、義仲が手をまわしたのか——院御所は騒然となったが、後白河院はとかく義仲の戴く宮が消えたこと自体に恐怖したらしい。翌十八日には摂政以下の公卿侍臣《じしん》を参集させ、また同夜、幼い主上（後鳥羽帝）までも内裏から院御所に移してしまった。

ついに、義仲は切れた。

「この義仲をまこと敵にまわすつもりなら、それに応えてやろうではないか」

太く引かれた眉を、ぴくり、とも動かさず、義仲は声を底鳴りさせた。

義仲追討の宣旨は明日にでも下されるかもしれない。

「その前に、院の身柄を押さえる」

言い切った義仲に、郎党たちは昂《たかぶ》った。

「策は」

「脅し賺《すか》して連れ出しますか」

「寝込みを襲う、とか」

いや、と義仲は首を横に振った。

「左様に面倒なことはせぬ。正面から院御所を攻めるのよ。すでに北陸宮はおわさぬものなれば、思いきってやれるわ」

「おおっ！」

主の鬱積は、臣下の鬱積である。耐えに耐えて来た木曾軍の、瞋恚《しんい》の炎はついに燃え上がった。


朝から天陰り、時折小雨のぱらつく十九日。

その未《ひつじ》の刻（午後二時頃）にかかる頃、突如七条河原あたりから火の手が上がった。

黒煙が空に立ち込めるなか、鬨《とき》の声が揚がること両度。木曾軍の院御所襲撃がはじまった。

その数、万にのぼるといわれた筈の官軍だが、義仲たちが攻め入った時にはかなり減っていた。理由は明白で、この日に義仲が攻め寄すとの密報が早旦の御所に届いたからであったが、これは言うまでもない、義仲が故意に漏らして、官軍に動揺をかけたのである。狙うは後白河院の身柄、敵を殲滅する必要がないのならば、敵兵の数は少ないほうがよい。

案の定、摂政基通はじめ、合戦前に逃げ出す者が続出した。水島では慣れぬ海戦で負けたとはいえ、北陸ではことごとく平氏軍を破った木曾軍である。勢少なしと雖も勇なる彼らと、今から本当に弓引き合うとなれば、恐怖せぬほうがおかしかった。

それでも天台座主明雲や園城寺圓恵法親王など、未だ多くが院御所に残ったのは、義仲を恐れなかったから、ではない。

勝ちを得るには、いつ攻めるかを悟られてはならない筈。なればこそ、院御所襲撃の噂が京中に流れてしまった今日は、逆に木曾軍は動かぬに決まっている、と明雲たちは思ってしまったのであった。

木曾軍が三手に分かれて院御所に迫れば、残っていた軍兵もほとんどが戦うことなく逃げ出した。

その多くが悪僧や京武者である。彼らは、自分たちが自力救済を生き抜いてきた木曾軍の敵でないことぐらい、よくわかっていた。

さすがに美濃源氏光長父子は逃げることなく、勇猛な戦いぶりを見せたが間もなく討死、防ぐ軍兵なくば矢に当たり倒れる者数知れず、公卿侍臣も逃れられはしない。

——守兵なくして、なぜ御所に居つづけねばならぬ。

馬に飛び乗り、あるいは這《は》いつくばって逃げる雲客もまたその数が知れなかったが、天台座主明雲はその場で斬殺、園城寺圓恵法親王は辛くも御所を抜け出たものの、山科の華山寺あたりで追いつかれて討ち取られた。

「院を取り奉れ。院はいずれにおわす？」

義仲ががなりたてた時、後白河院を乗せた輿《こし》は北へと向かっていた。従う公卿は十人余り、早う山へ、と気は焦るものの、輿が進む速さには限度がある。

結局、いくらもゆかぬうちに義仲自らに追いつかれ、院は身柄を五条《ごじょう》東《ひがしの》洞院《とういん》内裏に移された。

「うぉ――――っ！」

院の姿が屋敷の奥へ消えたその瞬間、木曾軍から地を揺るがすほどの勝鬨が上がった。

義朝、清盛につづき、王家を手の内にしたのである。身を安全な場所に置きながら、自身のその時々の都合で宣旨を下して武士を振りまわす王家を押さえた興奮は、何度も歓喜の雄叫びとなって京の街に谺《こだま》した。時は申《さる》の刻（午後四時頃）、わずか一刻の戦いであった。

幼い主上（後鳥羽帝）も、その日のうちに閑院《かんいん》に入れられた。

閑院はもとは藤原氏の邸宅で、高倉帝の代から鎌倉時代初期にかけて里内裏として使われたところである。主上につき従ったのは七條侍従信清《のぶきよ》、主上の生母藤原殖子《たねこ》の弟であった。

院と主上を押さえれば、いよいよ義仲の手になる世がはじまる。

「即刻院政を停止して、主上に北陸宮へ御譲位願おう」

鼻息荒い義仲に、焦ってはなりませぬぞ、と釘を刺した男がいた。

松殿基房《まつどのもとふさ》である。

清盛の廟堂粛清によって摂政の座を甥の基通に奪われ、これを取り戻すことを企んで義仲にその入京直後から接近、娘婿とする約束をかわすほどに親しくして、京にほとんど人脈を持たない義仲の相談相手となってきた。ゆえに、義仲も基房の意となると無視出来ない。

基房は言った。

「最後に笑えばよいのですからな」

そのとおりであった。

朝廷には院近臣がはびこり、東国の沙汰権は頼朝が握ったまま。政治的にも経済的にも確たる基盤のないおのれが、北陸宮の後ろ楯になれる筈がなかった。

自嘲の笑いを浮かべた義仲は、基房を正式に相談役に据えて朝廷改変に乗りだした。

「何はともあれ、師家《もろいえ》を摂籙《せつろく》に」

基房が摂籙＝摂政に推したのはおのが息、わずか十二歳の大納言であった。

「さすれば氏の長者は我がほうに戻るうえ、万事は我らが思いのままとなりますぞ」

基房は躊躇《ためら》いなく言いきったが、摂政は三公（左右大臣と内大臣）のうえに位置する職、大納言の身分では務められないことくらい、義仲も知っている。

本来ならまず師家の官位を三公に上げるべきなのだが、今はいずれの席も空いていない。席が空く、つまり闕官《けっかん》となるのは、在任者が死ぬか、転任するか、辞退するかの場合にしかなく、現職の三人はそのどれにもあてはまらない。三公のうえに太政大臣の位があるがこれは名誉職、十二歳が就くものではない。

「どうなさるおつもりか」

心配そうに問う義仲に、お任せあれ、と基房は笑った。いつの世も、おのが欲心に忠実な人間の考えることはさして変わらない。

特例である。

基房は内大臣の席を「借用する」ことを考えついた。内大臣は頼政の歌仲間の徳大寺實定、だが彼を解官する理由は何もないので、彼をその職に置いたまま、権限や待遇という中身をしばらくお借りしようというのである。

驚かぬ者はない。

左大弁吉田經房《よしだつねふさ》は、その日記『吉記《きっき》』に〈大臣の借用は未だこの例を聞かず〉〈乱世の政は驚くべき事〉と書いた。右大臣兼實は、さすがは松殿らしい計よ、と棘のある感想を残している。ただこの基房、世間にいろいろ言われて頗る恥じる色を見せたというから、やっていることの自覚があるだけまだ救われる人物であったようだ。

ただ、驚くのはこれだけではない。次に義仲が手をかけたのは、前摂政基通の所領であった。新摂政となった師家をして下し文を出させ、基通の所領の八十余か所をおのがものとしたのである。借るの大臣には嫌味を言うばかりであった兼實が、

「狂乱の世なり」

とひっくり返ったのも、それが摂関家領の約半分に当たると知ればうなずける。

さらに義仲は、五十人近い院近臣を解官、院近臣でなくとも反義仲派の公卿に対しては、所領を没収したり出仕を停止したりして、清盛と変わらない廟堂粛清を断行した。

このなかには、義仲入京に従い、洛中洛外の警備にも当たった信濃源氏村上信國《むらかみのぶくに》や尾張源氏蘆敷重隆《あしきしげたか》なども含まれていたが、義仲とは連合であって主従の関係ではなかった京武者の彼らは、王家と不協和を生じた義仲と早くから対立していたのであった。

そして平氏については――。

最早、義仲自身が追討に赴く必要はなかった。

王家を手の内にするとはすなわち、望むことは宣旨を下させて実現が可能となり、望まぬことは命じられずに済むということなのだ。

その平氏は、西下してきた行家を播磨国の室山《むろやま》（現兵庫県たつの市御津町室津）に破って和泉国へ走らしめ、今は室《むろ》の泊《とまり》に留まっている。南海山陽道の士を大略味方につけて、その勢は日増しに熾盛《しじょう》という。

義仲は早速、宗盛の許へ使者を遣わした。言うまでもなく和平交渉のためであるが、戻った使者に

よると宗盛も乗り気だという。海戦では勝利したものの、陸《くが》ではことごとく負けている平氏である。戦わずに済むならそれに越したことはない筈、和平を受け入れるのは、棟梁として当然の判断だ。

交渉の条件は、西国の主上（安徳帝）の廃位と、義仲に与すること。

（その代り、追討の宣旨を停止し、賊徒の立場を解き、福原以西の統治権を認めてやる）

ありがたい話ではないか。

平氏がもっとも望んでいることは叶えてやろうというのだ。奴らがそれを躊躇う理由などどこにもないわ、と義仲は小鼻に力を入れた。

平氏と和平を結んだなら、向かうはひとつ、九郎である。

その九郎は、せっかく入京を許してやったのにまた伊勢まで戻っていた。うろちょろと目障りなことこのうえない。しかも聞けば、伊勢の国人を多く従わせているという。なかでも和泉守平信兼《たいらののぶかね》が合力しているらしいことがちょっと厄介か。

伊勢平氏の支流信兼は、伊勢国鈴鹿郡昼《ひる》生荘《おのしょう》（現亀山市中庄町）を本貫《ほんがん》としている。鈴鹿峠付近を支配したため、関《せき》の名字でもよばれた。

伊勢平氏でありながらなぜ九郎に協力を、と首を傾げたくなるところだが、案外簡単に説明はつく。信兼一族が清盛に従属したのは保元の乱ののちのことで、立場こそ平氏家人であったが、内実は清盛一門とは別個に立つ京武者であり、平家貞《たいらのいえさだ》のような平氏重代の郎従ではなかったからだ。

つまり、信兼一族にとっては王家を脅かす者こそが敵であり、後白河院に弓引いた義仲を追討するという目的のもとには、九郎がたとえ源氏であろうが何であろうが、これに協力することは至極当然のことだったのである。同じ見地からつけ加えれば、後白河院を幽閉した清盛も、信兼には敵となる。

ちなみに彼の末子は兼隆、頼朝が挙兵直後に襲撃したあの伊豆目代山木判官であった。だが、このことは信兼が頼朝の弟九郎と組むに当たっての障害とはなっていない。というのも、この父子はもともと仲が悪く、何の不義を理由にしたかは定かではないが、父の申請に基づいて兼隆は罪を得、勘当同然に伊豆に配流となっていたからである。信兼にはほかに兼衡、信衡、兼時の息子たちが京にあり、彼らは父と協調した。

（九郎め、いよいよやる気になっておるか）

院御所襲撃の件は、二、三日のうちには伝わった筈だ、と義仲は見ている。大義名分を手にして、九郎が戦闘準備に入るのは時間の問題であろう。信兼は伊勢国に近衛家領須賀荘《すがのしょう》領所《あずかりどころ》（現松阪市嬉野）や醍醐寺領曽祢荘《そねのしょう》（現松阪市市場庄町から上ノ庄町・久米町・松崎浦一帯にかけての辺）をはじめ多くの所領を持ち、かなり幅を利かせているのは確かだ。だが、それらから軍兵を掻き集めたとてせいぜい二、三百、九郎が率いているのは相変わらず五百騎ほどというから、合わせても大した数ではない。

（増えぬうちに蹴散らしてくれるわ）

薄い笑いを浮かべた義仲の余裕をよそに、九郎の義仲討伐準備は着着と進んでいた。

二

鎌倉から伊勢に至った九郎が、そののち美濃から近江へ、そして再び伊勢へと忙しく動いたのは、これらの地域の京武者を糾合するためにほかならなかった。

義仲が見抜いていたように、東国武士が今回の遠征に積極的にならないであろうことは九郎にも十分わかっている。東から来ないならば、畿内周辺で集めるしかない。平氏のために干された者や、義仲の統治に不満を抱く者を如何ほど与同させられるかに、これからのいくさの勝敗が懸かっていると言っても過言ではなかった。殊に伊勢国は平氏が本拠を置く地であったから、九郎がここの国人や寺社を源氏方とするのに力を入れるのは当然だったのである。

ここで、九郎に代わってめざましく働いたのは伊勢《いせ》三郎義盛《さぶろうよしもり》であった。

義盛は三重郡司《ぐんじ》河島二郎《かわしまじろう》俊盛《としもり》を父として生まれ、一時期上野国にあった時に九郎の知遇を得た。九郎の鎌倉入りには同行せず伊勢に戻っていたが、橘次や九郎の京時代の仲間と同じく、情報収集や家人編成などによって、そばには添えぬとも、鎌田や佐藤の兄弟に負けぬほどの忠臣ぶりを見せている。

「今日のこの日を、どれほどお待ちいたしておりましたことか」

若かりし頃に叔母婿を打ち殺したらしい、と囁かれる人に似合わぬ、線の細い面長な顔を穏やかに崩して九郎の上洛を喜んだ義盛は、国中を走りまわってその弁の立つところを存分に活かし、九郎が旗を掲げればいつでも馳せ参じるとの確約を次々と取りつけていった。

その数、信兼が集める兵の二倍や三倍では利かない。このような義盛の力量をたちまちに見定めて、しっかりとおのが郎党に組み入れてしまうのが九郎の才であった。

この伊勢で、九郎は義仲の法住寺攻めの報を受け取り、すぐさま頼朝に早馬を立てた。

「すでに、伊勢伊賀はじめ、尾張美濃、また近江の有勢を糾合致し、合戦の備えは調えり。義仲追討の大義名分を手にしたるうえは、速やかに蒲殿《かばどの》（範頼）の軍と合流し、かねての申し合わせどおり、平氏軍の入京するを許さず、孤軍義仲を追い落とし、烏滸がましくも官軍への返り咲きを夢見る平氏を散らすのみ……」

都から届く情報は、義仲を取り巻く状況が日々悪化していることを伝えており、これは義仲、間もなく勢を立て直すべく信濃に戻るであろう、と九郎は考えていた。将たちとの軍議も、義仲と引き換えに京へ入って来る平氏に対する策に重点が移っていた。

が、義仲は動かない。平氏を討つ、東国へ下って頼朝と一戦交える、と言うばかりらしいのだ。京を離れる気がないのか――。

そこへ、院御所襲撃である。

（なぜだ、木曾殿……）

組める男だ、と九郎は思っていた。

源氏という内側に目を向ければ、確かに頼朝と義仲は親の代より嫡流を争う仲であるが、外に向かっては、殊に世を変えるに当たっては、組んでもっとも頼りになる男、と九郎は見ていた。そして院御所襲撃はそれを証明した。義仲は、王家に直接武力攻撃を加えられるまでに、中央の権威を絶対とは見ていなかったのであるから。

が、同時に我ら兄弟に対しては明らかな宣戦布告ともなった、と九郎は唇を噛んだ。

もとより義仲は、頼朝が上洛するなら一矢射ると言いつづけているようであるから、頼朝が京におけるおのが地位を脅かさない限りは、これと組んで朝廷や平氏に対しようというので心裏《しんり》変わるところはないのであろう。

だが、おのれひとりで王家を手中にし、おのれひとりが王家を守護する武者たらんとする義仲は、世を変えようとしている頼朝兄弟にとって障害以外の何物でもなくなってしまった。院を捨てて京を出るのでない限り、消すしかない。

（なぜ退くことを選ばなかった）

義仲軍は千数百騎にまで減っているという。王家を押さえたところで、それ限りの軍勢では東西より迫り来る敵から京を護れる筈がないのだ。

それでも義仲が京を離れないとすれば、いずれ必ず破滅すると知ってのことか、それが見えなくなっているのか。あれほどのいくさをする男がまさか、とは思うが、義仲はここで退く時期をまったく逸して自軍を潰す道へ進んでいってしまうように、九郎には思えた。

(木曾殿も人の子、ということか)

北陸での華やかな連戦連勝から、あの平氏を追い落として京第一の武者となった栄光、王家を従属させた快感、この九郎と渡り合ってみたいという競争心。妻とした基房の娘は貴《あて》にたおやかな美女と聞いている。信濃へ戻るとなれば、すべてを捨てねばならない。平氏や我らと戦うことよりも、この一筋に思い切れないさまざまなものに、義仲は身悶えしているのかもしれない。

(ともあれ、鎌倉の勢を見せてみよう)

愛息を質に入れても天下を取りに行ったあの義仲が健在ならば、敏感に反応するであろう。

(もし、院を拉致して京をあとにするようであれば、その時は――)

如何様にでも阻止してくれる、と九郎は目を細くした。

明日にも後発隊を送られよ、策はすでに遂行を待つばかり、という九郎の自信に満ちた申状を受け取った頼朝は、さっそく、蒲殿《かばどの》――母がいた遠江国池田宿近くの蒲御厨《かばのみくりや》で生まれ育ったことからそうよばれる弟、範頼を大将にした軍を送り出した。

従うのは二千騎足らず。まことに少ないが、これが今の鎌倉殿に出せる精いっぱいであった。

未だ東国すべてが頼朝の思いどおりには動かず、富士川の戦いの頃から鎌倉軍の上洛に反対の者も依然としてある。また上洛に賛成しても、やはり東国武士は所領第一であるのに変わりはなく、一族総出での参加などもってのほか、と考える者が少なくない。となれば、この数でも致し方なかろう。

軍は小隊に分かれて西進。寿永三年正月初旬、墨俣を越えた。

鎌倉から大援軍がやって来る、と聞いて義仲は目を剥いた。

(退《ひ》くか)

さすがの義仲も、一旦は本気でそう思った。

天下の義仲の軍勢は驚くほど減ってしまっている。ここは本拠で勢を立て直すべきかもしれなかった。勿論、後白河院と後鳥羽帝を具して、である。

京を空けるその間に平氏と鎌倉が戦い、倶《とも》に勢を削いでくれればいうことはない、とはじめ義仲は都合のよいことを願ったが、よく考えてみれば治天の君のいない京を得るために誰が争うであろうか。

つまり、両者を戦わせたいなら院を京に残してゆかねばならないのだが、院を手中としたことは、二十数年の雌伏を経て一躍時の人となった義仲が極めた頂点と言ってよかった。これを容易《たやす》く捨てられるくらいなら、ほかの諸々《もろもろ》に心を残すこともない。

思い悩むうちにも刻刻と鎌倉軍は迫る。木曾軍のみで対するは、恐らく不可能であろう。

そこで義仲は平氏に、昨秋より進めていた和平の条件に「院を預けること」を加えると言い、木曾軍の下向と入れ替えに速やかに帰洛するよう求めた。

決行は正月十三日。だが、平氏は昼を過ぎても現れず、その理由は言うまでもなく、義仲が院を具して北陸へ向かうという風聞であった。

本来、公卿侍臣は王家のゆくところ必ず、朝廷の機能を引っ提げてついてまわる。言い換えれば、朝廷組織を従えない王族に権威はない。そのまったくよい例が今の平氏で、神器は携えたにも拘《かかわ》らず、公卿侍臣を同道させ得なかったために後白河院の権威を動揺させること能わず、神器なきをものともせずに新帝を立てるを許して、安徳帝は完全に正統性を失う結果となった。

義仲も、権威を放したくないなら朝廷の機能も持ってゆかねばならない。つまり、公卿侍臣に同道を命じなければならない。平氏に知られずに、だ。

出来る筈がなかった。平治の折のように、内裏から六波羅へ移るぐらいならよいが、北陸へとなれば出立間際に命じたのでは公家たちも動けない。だが動いてくれなければ院と主上を具する意味はないわけで、その拉致計画をいくら極秘に進めたくとも、彼らに随行の準備を促した時点で秘密でなくなってしまうのは致し方なかった。

計画はたちまちに漏れ、慌てた義仲は四天王のひとり楯六郎親忠《たてろくろうちかただ》をして、福原に入っていた平氏に同意の儀の変わらないことを示したのだが、平氏は、義仲の心裏いささか疑問、として入京を否んだのであった。

(どうしたものか)

悩む義仲に、近江からの飛脚が何とも気の抜ける情報をもたらした。

——九郎の勢わずかに千余騎、敢えて木曾軍に敵対し得ず。

よって直ちに下向の必要なしか、というのである。

大援軍というから如何ほど来るのかと思えば、何と我が軍のほうが数に勝るではないか。これで敵に背を見せるは武士《もののふ》の名折れ、ならば打って出るまで、だ。

院たちを具して勢多へ向かうは三日後の十六日、と決められた。

が——。

これまた当日になって急遽《きゅうきょ》取り止めとなった。その前夜に、今度は「敵勢数万に及ぶ」という情報が入ったからである。数万は大げさでも、万騎に届いている可能性はある。今度は、こちらが敵対すべからず、であった。

たった三日で勢が十倍、しかもその姿が勢多に現れはじめているという。

「何が起きた」

義仲は、思考の止まった虚ろな目を乳母子兼平に向けた。

「和泉守（信兼）の類でありましょう。過日解官《げかん》した蘆敷や村上らも参陣しておるやに聞いております。多田行綱殿も城に籠り、我らが命に従わぬばかりか、西からの物資を押さえておるようでして」

「京武者らか」

「はい、おそらく畿内はほぼ敵方に降ったかと……」

京武者を敵にまわすと厄介なことになる。何しろ彼らは畿内やその近郊に拠点を持ち、相当の官位を得て中央政界の一員としての地位を有するから、物ごとのほぼすべてを「朝廷の存在理由である王家」を守護するという視点から見るのだ。

東国武士の所領を護るが如く、京武者の護るは王家との繋がりであり、よっていくさとなれば王家を護る動きをする者に従う。

だがそれは、その者の麾下となるというのではなく、王家を存続させるための単なる協力に過ぎない。平治の乱では事実上幽閉された二條帝を救い出した清盛に、先頃は院を幽閉したうえ西国へ伴おうとした平氏を追った義仲に、といったようにである。

そして今回、院と主上に直接弓を引いたことで、義仲はほとんどすべての京武者たちの反発と離反を招くことになってしまった。それ以前に、王家の後継者問題に口出しをし、後白河院と八條院の反感を買った時点で、すでに義仲と距離を置いた京武者が多かったのは言うまでもない。

鎌倉軍は勢多に参集しつつある。

京武者はことごとく敵方にある。

平氏はどうも入京しそうにない。

「どうする?」

義仲は腹心《ふくしん》たちに諮《はか》ったが、彼らの意見を聞くまでもなく、生き延びて再起を図るのならば、実は取り得る道はひとつしかなかった。

——本拠地へ引き揚げる。

ことである。後白河院を伴えるならそのほうがよい。無理ならば捨ててゆけばよい。それも、一日でも一刻でも、早ければ早いほどよい。

義仲にはそれがわかっている。いざとなれば北陸へ退く、と決めている。だからこそ、京武者のなかで袂《たもと》を分かたずにいた山本兵衛義經を北近江に差し向けて、かの地から若狭、北陸道に至る地域の掌握に努めさせているのであり、年末の除目《じもく》で彼を伊賀守から若狭守に遷任させたのである。

以前の義仲なら、迷わず京をあとにしたに違いない。だが今の義仲は、九郎が懸念したとおり、都で手にしたあらゆるものへの未練を断ち切ることが出来なかった。

そのうえ義仲には、ここで都を捨てて賊徒の身に逆戻りすれば、おのれを信じて支えてくれる者たち、また戦場の露と消えていった者たちに申し訳ない、という思いもあった。

素朴で人情に溢れ、義理堅い南信州人に囲まれて育った義仲である。自ら敗北を宣言するに等しい都落ちを、親しき者たちに強いることなどとても出来ず、親しき者たちもまた、情けある主にあまりに忠実であり過ぎた。

何ら手を打てぬまま、無駄にしてはならない筈の時が刻一刻と過ぎる。あっという間に一日、二日と暮れてゆく。

三

一方、小隊に分かれて西進していた鎌倉軍――。

正月十日過ぎに、範頼率いる先頭集団が集結地と定められた近江国の愛知《えち》川東岸に到着、すでに昨年末に伊勢国からこの地に入っていた九郎率いる先発隊と合流した。十三日、義仲の郎党はこれを認めて、九郎の勢千余騎、と京へ飛脚を走らせたのである。

当の九郎は郎党の大半を宿所に残し、新年早早から鈴鹿西麓に位置する金剛輪寺《こんごうりんじ》に籠っていた。この寺は、聖武天皇の勅願により行基が創建したもので、延暦寺の慈覺大師の教化を得てより天台宗の大寺となっている。九郎はここに太刀を寄進し、対義仲の武運必勝を祈願しているのだ。

従うのは鎌田の兄弟以下十数人。畠山重忠や梶原景季たちも、若干の郎党を伴って参籠している。

総門をくぐり、しばらく進んだ左手に本坊がある。朝上がりのなか、そこで住職と談笑していた九郎たちの許に息急《いきせ》き切って現れたのは佐藤の兄弟であった。

佐藤部隊三百騎のうち九郎と先発したのは百騎。兄弟は残る二百騎を連れて後発隊に加わり、常に範頼のそばにあって、土肥實平の軍と先頭を替わりながら来たという。

「蒲殿《かばどの》(範頼)はいつお見えになる」

九郎が訊くのに、「は、もう直《じき》に」と繼信が荒い息をしながら答えた。

「何だ、それなら一緒に来てもよかったであろうに」

「ともかく早く、殿にお会いしとうて」

「置いて来たか」

「はあ、土肥殿、佐々木殿にお任せしてしまいました」

日に焼けた顔を申し訳なさそうに崩し、繼信は首を竦《すく》めた。

「あっはっは。ま、そなたらが九郎の四天王とよばれておるをお知りにならぬ蒲殿ではないからな」

「早うゆけ、とお気遣いくださいました」

「お優しい兄君ですの。では、愚僧はこの辺で」

住職が起ち上がり、またのちほど、とにこやかに一揖《いちゆう》して出てゆくのを見送ると、繼信は九郎の手を取らんばかりに近づいて膝を折った。忠信もあとに控える。

「よう無事に参った。ま、そなたらのことゆえ、何を案ずるでもなかったが」

「長いこと殿の顔を拝さずにおると胸が塞《ふさ》がり、何もやる気が起きませぬ。馬を駆るのも空しゅうなります」

「九郎も、だ」

女性のものかと思うほど凄に艶なる切れ長の目。この主君の目を、鎌倉で、旅の空の下で、幾度瞼《まぶた》に描いたことか。

「……えらく大層だな」

九郎のうしろから首を伸ばした藤五が冷やかす。

「長いといっても、わずか三月《みつき》半ではないか」

「そなたに何がわかる。一度、殿のおそばを離れてみろ、三日が三年に思えるわ！」

「なるほど。だが、殿がこの藤五をお放しになるかな？」

「自惚《うぬぼ》れおって」

「どうだ、悔しいか」

からから、と藤五は笑ったが、すっと真顔に戻って継信を見詰めた。

「殿もどれほどお待ち兼ねであったことか。毎日、継信らはどこにおる、もう三河は過ぎたか、長良《ながら》の川は渡ったか、と、殿のおそばにおる我らのほうが妬《や》けるほどに、お気にかけておいでであったぞ」

「殿……」

継信は瞳を濡らした。うしろで忠信も涙を拭《ぬぐ》う。ふたりに、藤五は微笑み、うなずいた。

藤五――実は忠信は奥州を出た時からそう名乗って九郎の傍にいる。そして当の藤五が忠信をやっているのだ。

藤五は佐藤家傍流に生まれ、幼い頃から継信忠信兄弟に仕えてきた。その聡明さと素直さを兄弟に愛でられ、常に傍らにある第一の家臣である。

その藤五に、忠信になってくれぬか、と継信は言った。いざという時の影武者というのではなく、全く忠信に替わることを期待したのである。

古来、武将に影武者はつきもので、有名なところでは平將門に五人あり、追討使藤原秀郷《ひでさと》も本物を見極めるのに苦労したという。勿論、九郎も片手に余る影武者を用意しているし、家臣までがそれを用意する必要はないのかもしれないが、これから待つのは合戦の日々、その先に真に成すべきことがあり、長い道程《みちのり》においては我ら兄弟にも何が起こるかわらかぬとなれば、兄弟のどちらかがはじめから姿を偽っておくのがよいのではないか――そう考えた継信の脳裏に一番に浮かんだのが藤五であった。

兄弟のどちらに替えるかは思案するまでもない。

忠信の一歳年長、体格もさることながら、ふとした仕草や醸《かも》す雰囲気が忠信と驚くほど似ていて、背を向けて立っていると忠信の生母ですら見間違えたくらいだ。また口許を髭で覆えば、これまで気にしたこともないふたりの、少し切れ上がった目や伎楽《ぎがく》の面の婆羅門《ばらもん》の如き高い鼻梁の感じが、これは神の悪戯《いたずら》かと彼ら同士が顔を見合わせて笑ってしまうほどそっくりで、ふたり自身がもう、これ以上の人選はないと言い張って入れ替わることが決まったのであった。

「平泉でお会いしてより八年、お顔を合わせぬ日はなかったのでありますからな、殿」

しみじみと藤五が言った。

「ふむ、そなたら三人が揃うておらぬと何やら落ち着かぬわ」

震いつきたいほどの笑顔を見せる九郎に、継信も忠信も改めて胸の底を熱くした。

――この殿の傍らにあって、この殿の国創りを助けるためにこそ、おのれはある。

三人ばかりではない。

――いつまでも九郎の殿と共に。

ここにいる誰もが、忠臣との再会に無上の喜びを表す若き大将に、さらに惹かれるおのれ自身を認めていた。

「……もう少し来ると思うたのだが。あとにつづくのを入れても二千に届かぬ」

四半刻も経たぬうちにやって来た範頼は、九郎の顔を見るや、そう言って苦笑した。軍勢が少ないのはまったく範頼のせいではないのに、何ともすまなそうに兄は首のうしろをしきりと掻く。

「このくらいのものでしょう」

九郎は声を太くした。

「西国の武士《もののふ》も東国の武士も、その多くは、おのれを生かし、おのが所領を護ってくれるのは中央の権威であるという呪縛から逃《のが》れられぬ。西は王家を主と仰ぎ、東は最高権力と強く結ぶ者を次々に担ぐ。氏も所領も、真《まこと》の安堵は朝廷そのものに挑むことで得られるというを解しませぬ。我らがなすべきは義仲や平氏ら武家を倒すことのみに非ず、朝廷を組み敷くことぞ、と言うたところで、拳を突き上げて応えるのは数少なですからな」

「まこと、皆なかなか腰を上げよりませぬわい」

土肥實平が面を横に振って、長いため息をついた。

この行軍中に生《は》やしたらしい。ふくふくしい頰が髯にすっぽり覆われて、普段は優しげな二重の大きな目が、いくさを前にして鋭く光っている。その鍾馗《しょうき》大臣のような實平がついたため息の大きさが、たかだか二千の軍勢を招集するのでも如何に困難であったかを物語っていた。

「三浦（義澄）殿は来られませぬか。肩を痛められたやに聞いておりますが」

問うたのは重忠。それへ實平は、「ああ、来られぬ」と、手を左右に小さく動かした。

「代わりに御舎弟の佐原十郎《さはらじゅうろう》（義連《よしつら》）殿が三百率いておいでになる。ただ、佐原殿がお出になるのに、おふたりの甥御である和田殿が来られぬというのがどうも納得いかぬのだが」

「富士川の頃より、誰よりも強う京攻めを主張しておりましたのにな。食えぬ男だ」

佐々木高綱が薄く笑った。

「で、上總（廣常）殿もやはり動かぬ、と？」

再び問うた重忠に、「おおそれよ」と範頼が答えた。

「先ほど、佐藤殿と別れてすぐ、だ。鎌倉からの急報が届いたのだが、それが上總のことであった」

範頼は一同を見まわすと、大きく吸い込んだ息に言葉を乗せて、ゆっくりと吐き出した。

「誅された」

「えっ、いつです？　鎌倉殿の御指示ですか」

重忠がせき込む。

「左様、鎌倉殿が刺客を差し向けたという。先月下旬のことだ」

「誰にお命じになったのです？」

問うた景季に、範頼はじっと目を当てた。

「そなたの父君（景時）だ」

「何と……」

景季はこれ以上にないほどに目を見開き、そのまま九郎を振り向いた。

「嫌な役を押しつけられたな」

ふっ、と頰を持ち上げた九郎に、「笑いごとではありませぬ」と景季は顔を歪めた。

「殿は常々、あれをうまく引き込めば我らが世は早う成る、と仰せではありませぬか。それを誅してしまうとは……」

「早う成らなくなっただけのことだ。よいではないか」

「なれど……」

「鎌倉殿がお決めになったのだ。構わぬ」

「九郎殿は上総を使うつもりでいられたのか」

範頼が口を挟んだ。九郎は兄に向き直ってうなずく。

「あの男、なかなかに扱いにくいが、おのが利を護るには何をすべきかをよう心得ておりました。中央とのつき合い方も」

「そう言えば、何じょう朝《ちょう》のことばかりに気を遣わねばならぬ、と言うておったな」

「左様、だがそれは朝廷に背を向けてしまうというのではなかった。それが証拠に、口ではいろいろ言うておるが、鎌倉殿が東国の長たることを捨て、再び右兵衛佐として朝廷に服することとなったあとも、廣常は鎌倉殿の御家人たる立場を変えずにおりました」

蝦が島《え》（北海道）や鬼界が島ならいざ知らず、坂東という地にあっては朝廷とまるきり縁を切ることなど出来ない。といって、今の朝廷内のどの勢力についてもおのが利権が護られる保証はないとなれば、差し当たっては最高位たる法皇の信頼を得、東国の武力を背景に朝廷に対して優位に交渉し得る鎌倉殿を支えるのが最善の策――そう廣常は考えたのであろう、と九郎は言った。

「上洛の必要はない、と言いながらも朝廷に背を向けてはならぬ、取り込まれてもならぬ。いや、いずれ向かってゆかねばならぬことも、廣常にはわかっておった筈です。たとえこたびは間に合わずとも、廣常が万の兵を率いて朝を圧する日は遠からず来る。九郎はそう思うておりました」

「それを鎌倉殿は誅されたのか。九郎殿の意は十分に御承知であったろうに」

範頼は眉を顰めて訝しがる。

「そうなさらねばならぬ事態が生じたのでしょう。今や上総から常陸へ勢を拡げる廣常です。九郎が鎌倉を離れて三月《みつき》、兄上が発たれて二十日。近しい者は西へ向かい、そばを固めるのは舅北條殿や安達、平賀などわずかな武家なれば、上洛の命を聞かず、尊大に構える廣常に、鎌倉殿は何か底知れぬ怖れを抱かれたのかも知れませぬ。あるいは、東国に残った者らが廣常を祭り上げる気配を見せたか」

「廣常など立てても、鎌倉殿を立てるに勝る利があるとは思えぬが」

「上洛を目指す我らは合わせても三千に満たぬ軍勢、これでそうやすやすと木曾軍や平氏に勝てるとは、恐らく東国に残った輩は思うておらぬでしょう。もし我らが京でしくじれば、鎌倉殿の信は落ちる」

「ふむ」

「彼らの所領は鎌倉殿が勝手に安堵したもの、国衙《こくが》の長たる地位も鎌倉殿が与えたものです。であるからと言うて、鎌倉殿の権威が失墜するや朝廷に査定し直されるも腹立たしい。よって、その時に備えて、彼らが鎌倉殿に代わる庇護者を立てようとするのも当然といえば当然」

「確かに、そう考える者は少なくないであろうな。で、廣常、か」

「かの男、朝廷からは東国第一の勢と一目置かれておりましたからな。別勢力を立てておこうという動きは、我らが鎌倉にいる頃から水面下ではすでにあったと考えるのが妥当でしょう。それが、我らが鎌倉を離れてのち、急に露わになったことは十分に考えられます。であるとすれば、鎌倉殿が東国の分裂を恐れて廣常を斬ることにしたのもやむを得ませぬ」

「だがこれで、上総国の万騎の上洛はますます遅くなるわけだ。これは平氏を倒すのに時がかかるであろうな」

「それにそのあとです。外が片づくと、内で争いがはじまるは世の常。その時、廣常が我らの側にあれば心強い。あれほどの軍勢を持った豪胆な男があれば、東国の如何なる御家人をも牽制し得よう、と思うたのですが」

九郎は一瞬遠くを見るような目をしたが、すぐにいつもの甘い笑みを浮かべた。

「ともかく鎌倉殿の御判断です。廣常があってもなくても、我らの国創りが変わることはない。それに、のちになって振り返れば、あの強勢を早くに倒しておいてよかった、となるやも知れませぬ。景時も納得して手を下しておるものなれば、御判断に間違いはなかろうと思われます」

「だとよいな」

九郎の声音が全く動じていないので、範頼は安堵に頰をゆるめた。景季もほっとしたか、笑みを見せた。

「ところで御曹司、木曾殿の動きは」

「何だ、實平。到着早早軍議か？　明日あたりには、武田殿や千葉らもやって来よう。策を確かめるのは皆が揃うてからでよいと思っておったのだが……しかし、えらく気が早いな」

「昔は暢気なものでしたが、歳がゆくほどに先々のことが決まっておらぬと落ち着きませぬでな」

「いや、老いも若きも武士たるもの、暢気は頂けぬわ。昔は暢気であった、だと？　それでまあ、今までよう生き残って来たものよ」

九郎が冷やかせば、「そうですなあ」と實平はとぼけた顔をした。

「若き頃は、亡き頭《こう》の殿に従っておればよろしゅうございましたからなあ」

「ははは、言うわ。実戦豊かな頭の殿と違うて、いくさがはじめてのこの九郎では安心ならぬというのであろう。よし、では我が考えを聞かせてやる。藤五、絵図を持て」

東は不破の関から西は播磨まで描いた地図が、よく磨かれて黒光りしている板間に展げられた。

「ここが我らのいる金剛輪寺」

九郎は、地図の右端に描かれた寺の絵を閉じた扇の先で指し示したあと、それを左に滑らせて野《の》路《じ》宿《のしゅく》あたりでくるくると円を描いた。

「明後日には本陣をここへ移す。兄上には、大手を率いてここから勢多へ進んでいただきます。九郎は搦手として五百ばかりを率い、南から京へ入ります」

九郎は扇を勢多川に沿って宇治まで進め、さらに伏見から九条、そして六条西洞院へと辿《たど》らせた。

六条西洞院は後白河院が現在幽閉されているところである。法住寺合戦後に置かれていた五条東洞院に怪異が有るというので、十二月になってここへ遷された。怪異の内容は定かではない。

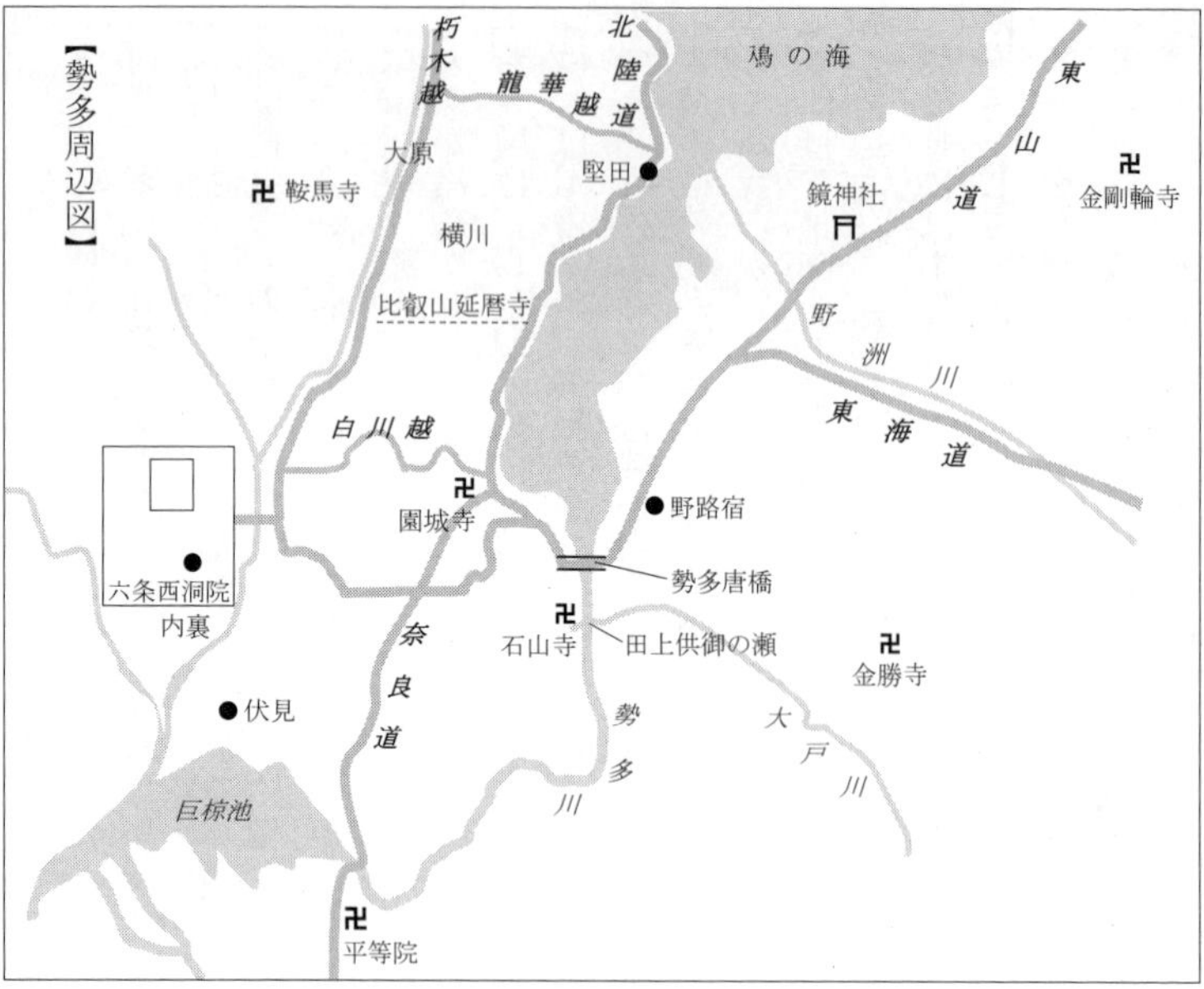

「勢多は東国から京への正面なれば、義仲はすでに護りの軍勢を寄こしておりましょう。宇治も同じく京への入口なれば、防御の軍が遣わされておる筈。兄上には、搦手が宇治を破る間、勢多の勢を引きつけておいていただきたいのです」

「うむ。で、どうせよ、と？」

「義仲が勢多に割《さ》ける軍兵は多くとも数百。兄上にはその十倍の兵を以て走り舞ってくだされればよい」

「待て九郎。木曾勢が数百、その十倍の兵、となれば数千ぞ」

「お、御正解」

「からかうな。それほどの軍勢をどこから持って来るというのだ」

「このふた月余り、九郎が伊勢から美濃、近江と巡ったのは何のためと、兄上はお思いか。鎌倉殿の権威は遠江までも及ばぬが現実。なれば京で我らが動くには、いや、そもそも京に入るのにも、京武者の協力は欠かせませぬ。殊に伊勢は、ここにおる伊勢三郎義盛なる者が、国中を駆けまわって連中を説き伏せよりました」

「お初にお目にかかります」

範頼に頭を下げ、義盛はゆるりと言葉を継いだ。

「然るべき京武者らには、今月半ばに野路へ参集するよう申し含めて参りました。我が郎党によれば、宿所はすでに二千を超える伊勢人で溢れておるとのこと」

見込んだ男の自信に満ちた物言いに、九郎は満足げにうなずき、「で、そちらはどうだ」と佐々木高綱を振り返った。

「先日は千騎と申したな。あれから増えたか」

「おう、伊勢殿に負けてはおりませぬぞ。そもそも近江では佐々木の命に従わぬ者はありませぬからな」

「はじまったぞ」

「大言壮語の癖か」

口々にはやされて高綱がかえって不敵な笑みを浮かべたのは、佐々木兄弟四人のうちでも、高綱がもっとも父秀義の豪放《ごうほう》な気質を受け継いだからであろう。秀義は、義朝が斃れたのちも平氏配下となるを潔しとせず、平氏の所領安堵の申し出も蹴って、ついに四人の子息を連れて近江国を出、東国へ流浪するという頑固な男でもあった。

加えて、高綱をさらにふてぶてしくさせていたのには、佐々木氏が宇多源氏の流れを汲むこと、また生母が源爲義の娘、つまり頼朝兄弟とは従兄弟になるということがあった。

「山本兵衛も近江源氏ではなかったか。あ奴は鎌倉殿の御恩を受けていながら、木曾殿の許へ走り、今もそばにあるらしいぞ」

意地悪く目を細める景季に、それは例外もあるわい、と高綱は顎を突き出した。

「だが御曹司の仰せによって郎党を国の有勢の許に遣わしたところ、ほぼすべてが源氏に従いたいと申しよりました。こちらも、今月半ばに野路へ、と伝えておりますれば、明後日までに宿所に集まりたる者、三千は下りませせぬぞ」

「ようやった」

莞爾《かんじ》として笑い、九郎は兄に向き直った。

「如何です？」

大したものだ、と範頼は唸った。

「で、これらの軍で川の前をうろつけ、と言われるか」

「そうです。木曾勢は、敵に川を渡らせせじ、と息巻いておりましょう。雲霞の如き鎌倉軍を目にすれば、ますます意気は上がる筈。かといって、それがまことに雪崩を打って流れを渡り来るとなれば衆《しゅう》寡敵《かてき》せず、早早に勢多を捨て、義仲の手に加わらんと走るやもしれませぬ」

「よって、渡るに渡れぬふうを装え、と言うのだな」

「左様。義仲がおのが許に如何ほどの軍兵を残すかはわからぬが、勢多の兵が無傷のまま京に戻って義仲に加わるとなると、我らのみでそれに対するはいささか難儀いたしますゆえ」

「我らのみ、とは？」

地図に見入っていた實平が解せぬふうに顔を上げた。

「御曹司の今の仰せの如くば、搦手のみが京に入るやに聞こえますな」

「ああ、そうだ」

「万一、木曾の兵が勢多を捨てるようならば、大手軍は直ちに川を渡ってその背後を突き、京で搦手と挟み討つのではないのですか。何ゆえ、搦手のみで対すると言われます?」

「はじめから大手は京に入れるつもりはない」

「何ですと?」

實平は、それでなくともいくさを前に普段より鋭く光らせている大きな二重の目の、その眼球が飛び出しそうなほどに瞠《みは》った。

「蒲殿と御曹司が東国の武士《もののふ》に轡《くつわ》を並べさせ、威風堂堂と朱雀大路を進む姿を拝めること楽しみに、勇み鎌倉を出て参ったというに」

五十の齢をいくつか過ぎた實平のなかでは、亡き義朝の国家構想が現実のものとなった暁には、東を纏めるのは頼朝でよしとして、西は九郎——頼政をして、これぞまさしく源氏の後継ぎよ、と唸らせた九郎が、頼朝と等しい権限を持って京から九州までを統《す》べるという筋書きが出来上がっている。思うばかりではなく、京に慣るるの輩としてこの實平、御曹司をお支え申し上げますぞ、と折々に口にもしてきた。

そして今回は、記念すべきその第一歩。なのになぜ、我らが九郎の殿は数千率いる大将軍ではなく、たった五百騎の搦手大将として入京せねばならぬのか。範頼とふたりして、その華やかな雄姿を京の連中に焼きつけてやればよいではないか——實平は噛みついた。

「我らは木曾軍とは違いますぞ。軍兵は御家人によって統率されておりますし、京武者とて王家が望まぬ狼藉を働くとは考えられませぬ。兵糧も十分に用意してありますれば」

「それはようわかっておる。我らは義仲を否として京に入るのだ。間違うても同じことをしてはならぬし、同じざまを晒さぬよう、準備に怠りないこともわかっておる」

「では全軍で入京すればよろしいではありませぬか」

「いや、その全軍という数がいかぬのだ。実は年末より、斎院次官《さいいんのじかん》殿が密かに京に入っておるのだが――」

斎院次官こと中原親能《なかはらちかよし》は、明経博士《みょうぎょうはかせ》中原廣季を父に持つ。実父はあの後白河院近臣藤原光能とも言われるが、真偽は定かではない。

幼少時を縁戚の相模国波多野氏（義朝次男朝長の母の実家）の許で過ごし、頼朝とは早くから昵懇《じっこん》の仲であった親能は、長じてのちは京で活動していたが、治承四年の頼朝挙兵によって間近に伸びて来た平氏の探索の手を逃れて鎌倉へ下向した。今回、九郎と並ぶ頼朝の代官として朝廷との事務的交渉に当たるべく、共に上洛の途に着いたのである。

親能が言い送って来るのによれば、朝廷の面面は何よりも街が武士で溢れることに恐怖を抱いているという。狼藉の有無よりもまず、清盛然り、義仲然り、数千に上る兵が都に入るとよくないことが起きる、というのが彼らの脳裏に生々しいのだ。

「つまり、本隊を京に入れるな、と次官殿は言うのだな」

範頼が呑み込み顔で言うのに、「そうです」と、九郎はうなずいた。

「朝廷の輩に東国武士の面魂《つらだましい》をとくと見せつけてやりたいのはやまやまですが、怖いというなら致し方ない。平氏を倒すまでは強面に出るのは得策ではありませぬ。……ま、こういうことだ、實平。大軍での入京は平氏討伐後の凱旋に取っておこうではないか」

「わかりました。存分にやってやりましょう」

機嫌を直した實平は髭を震わせて笑い、作戦のつづきを催促した。

「うむ。兄上には右へ左へ、川を渡るに渡れぬふうを装っていただく裏で、別隊には密かに川を渡らせる」

地図のまんなかあたり、鳰《にお》の海から流れ出た勢多川が東から流れて来た大戸川と合わさる地点を、九郎は差した。

「ここは田上供御《たなかみのくご》の瀬といわれる。勢多橋から七里（約四キロメートル）ほどだ」

「たなかみのくご？」

繼信が聞き返した。

「左様。田上は地名、供御はこのように書く」

両手いっぱい伸ばしたくらいの幅を持つ地図のほぼ半面を使って、九郎は扇の先ででかでかと字を書いて見せた。

「ああ、その字ですか。ということは、ここで帝への献上品が獲れるのですね？」

「おう、氷魚《ひお》だぞ。鳰の海のものは絶品だからな」

九郎が答えるより早く、光政が物知り顔に鼻を突き出した。

「御辺、食べたことがあるのか」

羨ましそうな繼信に、「一度は食べてみたいものだな」と光政は目を瞬かせた。

「なんだ、知らぬのか」

「ははは、そのようなものがこの口に入る筈がなかろうが。まあともかく、網代《あじろ》を設けられる瀬であるから、渡るにはもってこい、ということですね？」

光政に確かめられた九郎、そうだ、とうなずいて再び視線を地図に落とした。

「加えて、もう一隊には野洲《やす》川の川尻あたりより堅田《かただ》へ船で渡し、南の勢多へ寄せさせる。東、南、北の三方を遮られたと知って浮足立つ敵を散らすは、屍《しかばね》にたかる鳥を追うより易しい」

「木曾烏め、せいぜい羽づくろいしてまっておるがよいわ」

「調子よいな、光政。だが油断すると、その額の黒子《ほくろ》を突つかれるぞ」

「や、それは痛いではありませぬか」

皆に手を叩いて笑われ、光政は少し盛り上がっている黒子をいとおしそうに撫でた。

「用心せいよ」

九郎は、悪戯そうに鼻に皺を寄せたが、すぐに真顔に戻った。

「隊は各々五百あれば足りるであろう」

搦手が宇治を落とすと同時に、別隊に攻撃を開始させる。矢合わせより一刻のうちに宇治川を渡れると見ているが、念のため、田上供御から宇治の間の随所に伝令を立て、搦手の戦況を伝えるようにしておく。堅田から攻める一隊は、前夜に園城寺まで南下させておけば、勢多での戦いがはじまってから烽火《のろし》で知らせても十分な働きが出来よう。

さて、宇治を破れば、搦手は一気に京へ向かう。義仲にとっての大事は法皇の身柄。我らが洛中に入る頃には、勢多も窮地にあることが伝わっている筈。されば、法皇を護りながら戦いつづけるか、法皇を連れて京を脱するかは、迷うものではなかろう。我らは全軍で院御所へ直行し、義仲の法皇拉致を阻止する。そののち二手に分け、一手は法皇を守護、もう一手は義仲を追う――。

「宇治から六条西洞院まで半刻ほどかかりましょう。間に合いましょうか」

高綱が九郎と地図を交互に見ながら首を傾げた。

「そのための斎院次官殿ではないか。次官殿には、如何に法皇をお護り申し上げればよいかの策はすでに授けてある」

「何といつの間に？　高綱は聞かせていただいておりませぬぞ」

「細かいことまでいちいち報告するか。そうでのうても、話の長うなるそなたにすべてを話しておったら疲れるわ」

「これはお言葉。御曹司より話の長い者はおりましょうかな」

わざとらしく口をひん曲げて、高綱は目を細くした。

「ただ、知らぬは高綱ばかりとなれば、ちと捨て置けませぬぞ」

「そう怒るな。ここにいるほとんどは知らぬ」

九郎は高綱に地図を見るよう目で促した。

「我らが京に入る時、義仲は間違いなく院御所あたりをうろついておろう。法皇を拉することを最後まで諦めぬであろうからな」

地図をぐるりと囲む頭が、一斉にうなずく。

「だが、院御所の門が開くことはない。――どれほど脅《おど》されようと、我らが着くまでは門を開けるな、錠を外そうとする者あらば射殺せ――次官に言うておるのは、まあ、そのようなことだ」

「火をかけられはしませぬか」

「これは重忠らしゅうない言よ」

九郎は目を丸くして見せた。

「院を弑せば直ちに国賊、源氏平氏の共通の敵となって殺《や》られることぐらい、義仲はわかっておる。よって義仲が火を放つは、院と刺し違えん、と覚悟した時だ。だが東国の武者ぞ、義仲は。かの男のなかで王権は唯一無双ではない。王家と運命を共にするような者ではないわ」

言われてみれば当然すぎるほど当然である、とわかったのであろう。余計なことを言ってしまったというような情けない顔を作って重忠は小さく笑った。

それでも万一、義仲の心が哀れにも砕けてしまった時は、六条西洞院が炎に包まれる可能性はある。それで院が逃げられなかったとしても罪は義仲にあり、院の要請を受けて上洛した我らが責められることではない。ただ、そうなればそうなったで、院にはお気の毒だが、我らの望む世は近くなる。義仲は斃れて治天の君はなし、傀儡の朝廷を中心に東国には源氏、平氏は西国、奥州は動かず、で目出度く三勢分立が確立する――だがそううまくはゆかぬ、と九郎は頭を振った。

義仲は必ず逃げる。

立王で負けても、船戦で敗れても気力の落ちなかった男が、鎌倉から軍迫ると知ったからとて、これで最期、と萎《な》える筈もないからだ。

では、いずれへ落ちるか。

再起を目指すなら、間違いなく北陸、信州へ向かわなくてはならない。となると、まず考えられるのは龍華越《りゅうげごえ》であった。大原から北東へ進み、途中峠のすぐ先で東に折れて小野へと下る道である。あるいは途中峠を過ぎてそのまままっすぐ花折峠《はなおり》にかかり、相応和尚《そうおう》が明王院を開いた葛川谷《かつらがわ》、朽木《くつき》を過ぎて保坂で右手に折れ、今津に出る道もある。いわゆる朽木越で、保坂を左に折れれば若狭国小浜《おばま》へと通じる若狭街道となる。ただし一月半ば、大雪で知られる朽木の細い谷道を馬でゆくのは厳しい。それも、途中峠の先、花折峠が難所となれば、その手前で浜へ下りたい、と義仲でなくとも考えるであろう。

つまりは、平治の乱で義朝が辿ったと同じ道をゆくこととなる。これに対応するためには、野洲川より船で渡した兵のうち、半数をその場に残して賑わしく陣を取る。そうすれば情報はたちまちに飛び、義仲はここを下ることを諦める筈だ。安定した足場に広く展開する鎌倉軍が待ち構えるなかへ幅のない峠道を一騎あるいは二騎ずつ下りてゆくのは愚でしかない。

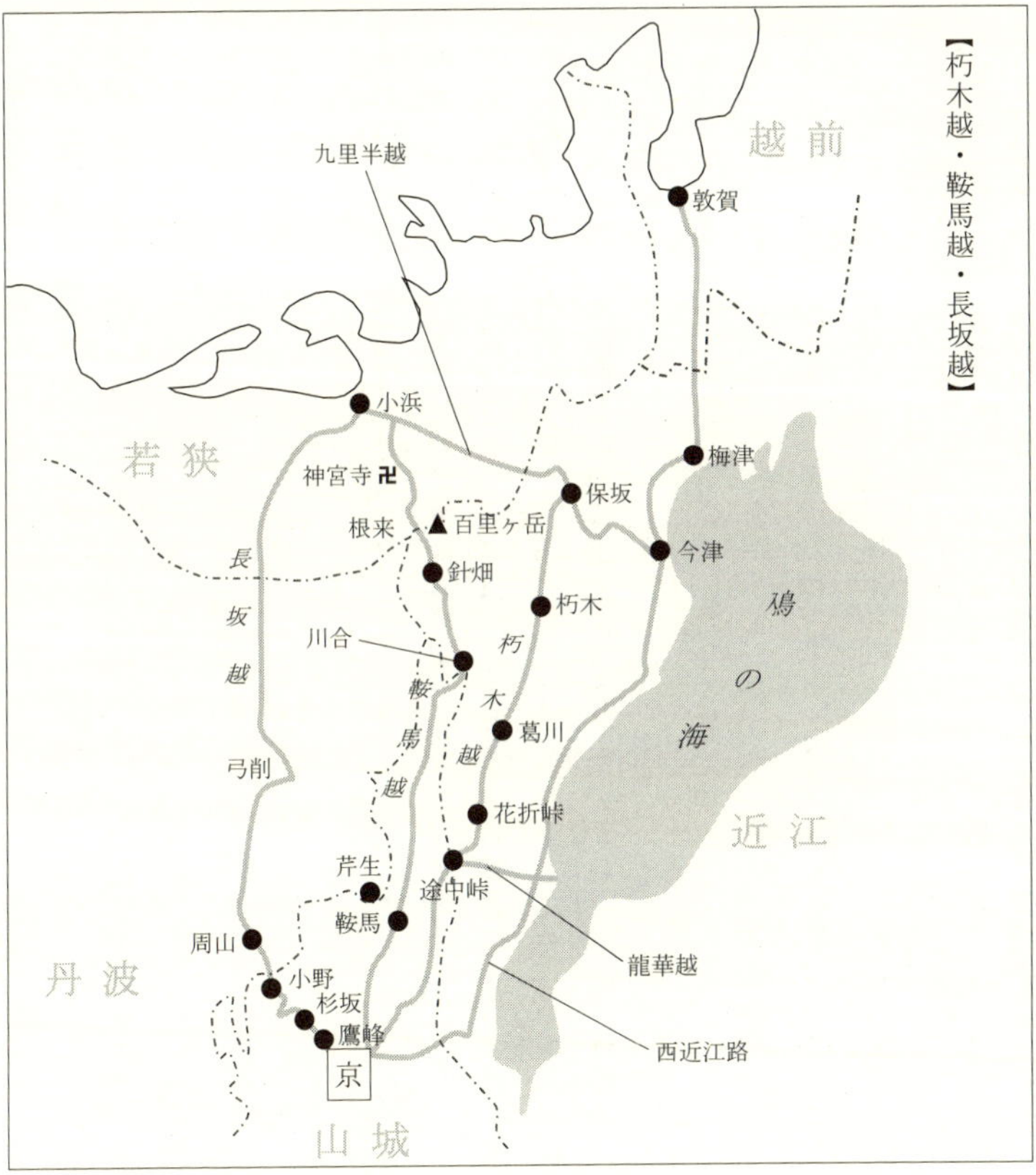
【朽木越・鞍馬越・長坂越】
越前
敦賀
九里半越
若狭
小浜
神宮寺
根来
百里ヶ岳
針畑
保坂
梅津
今津
朽木
川合
長坂越
朽木越
鞍馬越
鴎の海
葛川
弓削
花折峠
近江
途中峠
芹生
鞍馬
周山
丹波
小野
杉坂
鷹峰
京
龍華越
西近江路
山城

龍華も越せないとなれば――――。

「長坂を抜けよりますか」

地図に身を乗り出していた高綱が、目を三白にして九郎を見上げた。

長坂とは、京の北西に位置する鷹峰《たかがみね》から丹波国周山へと抜ける道を差し、さらに弓削《ゆげ》から若狭国遠敷《おにゅう》郡名田《なたの》荘《しょう》を経て小浜へと通じている。

「ああ、生き残るにはそのほうが確かであろう。若狭守はそなたが取り込めなかった山本兵衛であるしな」

「あれは例外だと申しておりますほどに……」

高綱は剥《む》れたが、九郎は軽く頰をゆるめただけで言葉をつづける。

「だが、義仲に生き延びてもらっては困る。鎌倉に宣戦布告する輩は、誰であっても消えてもらうわ。源氏に棟梁はふたり要らぬのだ。万一ここで逃したとしても、草臥《くたび》れの義仲を北陸に追うて叩くは易しいが、入京したらば直ちに平氏追討に専念したいからな。必ず仕留めてくれる」

「なれど御曹司」

口を挟んだ實平は、顎髭を弄んでいた手を膝に戻した。

「我らは如何に木曾殿のゆくてを遮りましょうや。勢多、宇治を渡るはまだこれからのこと、またこちらから近江の北へまわろうとすれば、それこそ若狭守の妨げに遭いましょう」

言いつつ、實平は鳰の海の東岸を指で北へとなぞった。

「確かに、それは我らに分が悪い」

「といって、一旦摂津神崎あたりへ出、そこから丹波へ北上して木曾殿のゆくてを遮らんとすれば」

今度は勢多川、巨椋池、淀川と指を滑らせて、實平はつづけた。

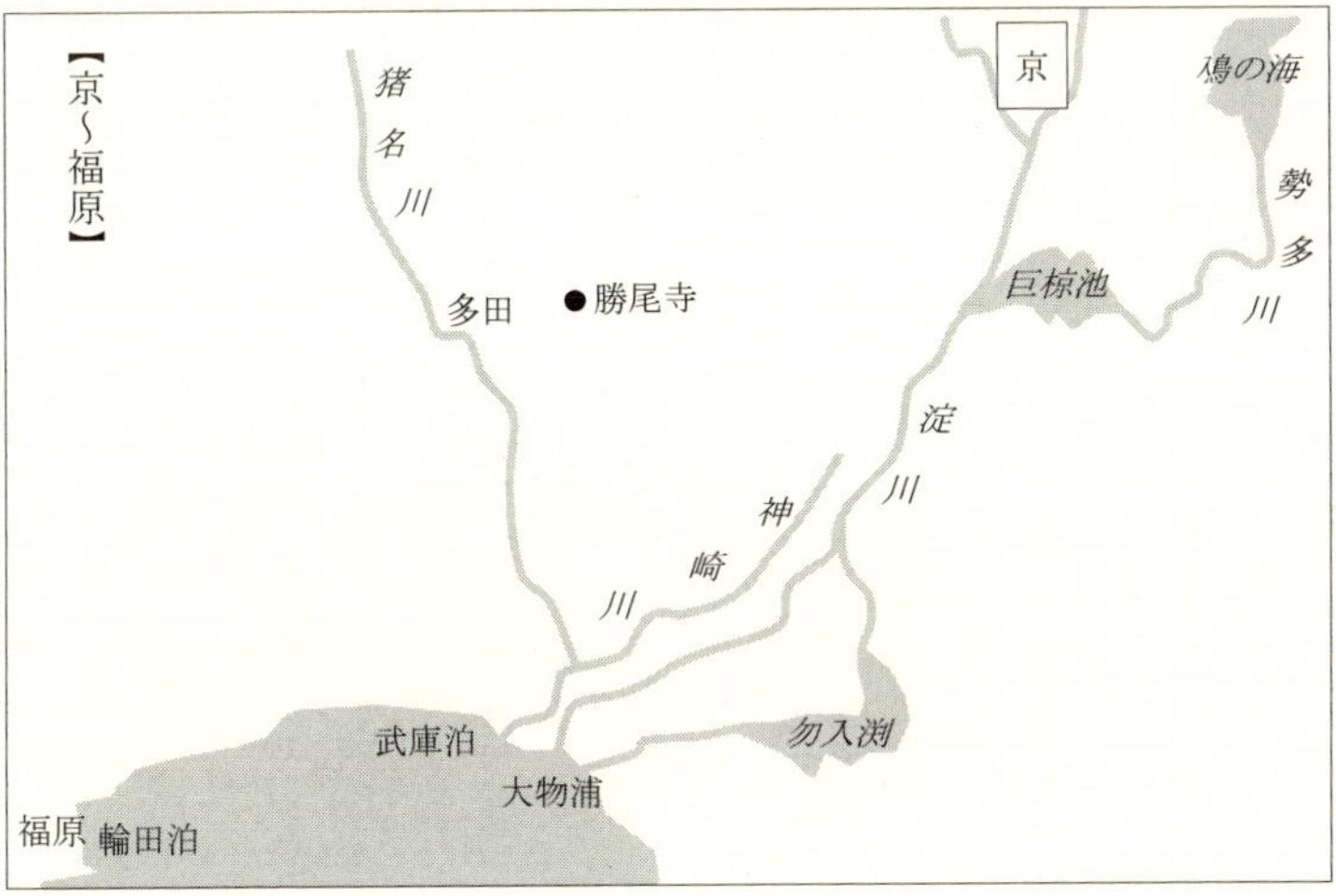

「この動き、福原にある平氏にしてみれば、鎌倉軍がまっすぐに攻め来るように見えましょう。間違えば木曾殿との前に、平氏とやり合わねばならぬやもしれませぬぞ。あるいは、八條院蔵人（行家）殿も動かれるやもしれませぬ。まったくあのお方は、どのようなお立場でいられるのかよくわかりませぬからな」

「ははは、だから下らぬ」

「どうなさるのです」

「我らが摂津から丹波へゆかぬでも、そこにおる者を使えばよいではないか」

「そこにおる……？」

「大物《だいもつ》で西からの年貢京上を妨害して平氏の都落ちを早め、こたびは義仲の命に従わず、城に籠って平氏追討を拒んだ男」

「あ、多田蔵人殿ですか！」

　声をひっくり返らせた高綱に、「そうよ」と答えた九郎の声が、一同の腹の底に響いた。

「多田蔵人行綱殿からは、年初に文が届いておる。是非とも一軍に加えて欲しい、とな。で、蔵人殿には鷹峰の北、杉坂、小野あたりへ向かうよう、すでに言い伝えてある」

「そこから京へ攻め上る、と?」

急き込む高綱に、いや、と九郎は首を横に振った。

「木曾殿を、貴船鞍馬へ入らせてはならぬ」

京から北陸へは、鞍馬口を起点とする道もあった。鞍馬、花背、久多《くた》、荘川合《のしょうかわい》、針畑《はりはた》へと進み、百里ヶ岳南の鞍部《あんぶ》を越して若狭国遠敷郡根来《ねごり》へと入り、神宮寺を経て小浜に出る。鞍馬街道とも、若狭側からは針畑越えともよばれる道である。ただし、厳冬期の今は花背から先の通行が難しい。

よって義仲がこの道を使う可能性は非常に少なかったのだが、九郎が懸念したのは、義仲が鞍馬口から進んで鞍馬ではなく貴船へ入り、こちらも雪は深いが越せないことはない芹生峠《せりょう》を越えて弓削《ゆげ》へ抜けることであった。

「木曾殿の北行を阻止し得るのは、その如何なる動きにも対応し得る地に軍をとどめるからこそ」

行綱軍は京の北にとどまっていればこそ、よく踏まれた長坂越えである、「義仲鞍馬へ」の報を受けるや、木曾軍に先んじて弓削を押さえられる。

「ともあれ、蔵人殿が長坂あたりにあることがわかればよいのだ。何より蔵人殿は摂津国中の武士を参集出来るのが大きい。平氏都落ちの際は、大物、川尻での略奪放火に民をも動員し得た男だからな。これがゆくてに待ち構えておるとなれば、敗走の徒はまず避ける」

「なるほど!」

呑み込み顔にうなずく高綱の声は、興奮に上ずっている。

「如何にしても義仲を勢多に向かわせるのだ。東、南、北、三方から攻められて、勢多の木曾軍は崩れる。宇治で散らされた連中も、将軍に加わらんと北上するであろう。それを我が搦手が追い込む」

「一網打尽というわけか！」

日頃、感情をあからさまにしない範頼が前のめりになった。

重忠たち若い者の面相も、獲物を射程に収めた若虎のようにすすどくなっている。

それを横目に見て、ひとつ咳《しわぶ》いた實平が尋ねた。

「御曹司はまことと多田殿に期待なさっているのですか。あの股座膏薬《またぐらこうやく》に？」

あははは、と九郎は喉を鳴らして笑った。

「股座膏薬とは厳しいな。確かに外からはそのようにしか見えぬであろうが、実は蔵人殿は亡き三位入道殿の志に忠実に従うておるぞ」

「これからはわかりませぬ」

「まあ、見ておればわかるわ。それにもし、そなたの言うとおりの節操なしであったとしても、義仲にも平氏にも反旗を翻しておる今は十分に使えるではないか」

「役に立たぬようになれば……」

「切り捨てればよいだけのことだ。先ほども言うた。鎌倉に逆らう奴は消す」

「心配することはなかったようだな、實平。九郎殿はしっかりと向かうべきところを見定めておいでだ」

幾分甘味を帯びた声を本坊の広間に明るく拡がらせた範頼は、弟に向き直って容《かたち》を改めた。

「九郎殿が上洛すると聞いた時、この範頼も幼き折は範季殿に育てられ、京に手蔓《てづる》はあるものを、と先に御身が鎌倉殿の代官となることを妬《ねた》まなかったと言えば嘘になる。だが、まずは九郎殿を送り出された鎌倉殿のお考え、遠くにやりたくないお気持ちを断ち切って九郎殿をお遣わしになったその御《おん》策を、改めて思い知ることになった」

九郎ほど鮮やかに京武者らを纏め、斯くまで義仲を攻める策はこの範頼には建てられぬ——感心の色を滲ませた瞳が弟にそう語っている。九郎は兄の口に出さぬ気持ち素直に受け取って微笑むと、「細かいことは、全軍が揃う明日に」と立ち上がり、重忠を振り返って住職に祈祷の準備をはじめてもらうよう言った。

「今日はまだ本堂へ上がっておらぬのです。昨晩、繼信が前もって寄こした郎党の報で、兄上がこの昼にはお着きになるとわかっておりましたので、ならば御一緒に祈願を、と思いまして」

「それはありがたい。佐藤殿と我らのみで別にお願いせねばならぬであろうな、と来る道々實平と話しておったのだ」

笑った兄のわずかに上がり気味に長く伸びた眦《まなじり》が、すぐうえの亡き兄義圓に似ていると九郎は思った。が、それ以外は共通するところを見い出し得ず、生母により似たらしいその顔は、つくりの何もかもが線細く、柔らかかった。

範頼は、頼朝が挙兵したのちもしばらく生国《しょうごく》遠江に拠を置き、甲斐源氏武田氏と行動を同じくしていた。鎌倉へやって来たのは、寿永二年に起きた志太先生義憲の乱で頼朝方に参戦したのちのことであり、この時はじめて、ふたりは顔を合わせた。幼少の頃、近い所にいたのに会わずじまいであったのは、範頼がその存在を平氏に知られていなかったことから固く秘して育てられたためで、母常盤の口からも九郎はこの兄の話を聞くことはなかったのである。

九郎たちは参道に出た。吹く風は和やかに春のそれだが、まだ少し冷たく、それがかえって、男たちの熱気が籠る本坊から出て来た体に心地よい。

参道は石畳の坂を左右に折ってつづく。道の両側には僧坊がずらりと甍《いらか》を並べており、土台の石垣に張りついた苔が、朝遅くまでそぼろ降っていた小雨にしっとりと潤っている。

と、いずれの僧坊の庭に遊びに来たものか、鶯《うぐいす》が誇らしげに美声を披露した。

おっ、と嬉しそうに、範頼は横を歩く九郎に顔を向けた。それに応えて、九郎も耳を澄ます。

初対面からほぼ一年。ただし、三月《みつき》前に九郎は鎌倉を離れており、しかも範頼が起居しているのは鎌倉館ではなく、志太先生の乱を共に戦った小山朝政、朝光兄弟の屋敷であったから、思い返せばふたりは指折り数えるほどしか会ったことがなかった。

ただ、そのわずかな会いのうちにも、兄は今しがた鶯の声に喜んだと同じ少年のような笑顔を、夕さりつ方に聞こえてくる河鹿《かじか》の鳴く音《ね》や、紅《くれない》匂う秋の山に向けるのを、九郎は好ましく見ていた。

感性がおのれと似ているのは兄弟として嬉しくもあったし、そのような感性なくしては、政《まつりごと》を司る資格はない、と考えているからだ。

たとえば足下《あしもと》の、石と石の間のわずかな土を頼りに咲く花の健気《けなげ》さにも心動かせるようでなければ、為政者は務まらぬ、と九郎は思っている。民草の心に寄り添えぬで、政を語れる筈もない、と思う。慈しみ愛でる心を持って、民の幸せを第一に考えて政に当たればこそ、民は冷酷と見える決断も受け入れてくれるし、懸河《けんが》の弁も空々《そらぞら》しく響かずに済むのだ。

国の基本は民である。民を捩《ね》じ伏せ、疲れさせるような政ならしないほうがましだ。為政者を名乗る限りは、その施す策はすべて、この国を支える民を如何に護れるか、そして如何により豊かに、安心して日々を過ごさせ得るかに集結してゆかなければならぬのだ、と九郎は考える。

確かに、如何なる世でも民は強く生き抜いてゆく。だがそれに甘えて、たまたま摂関、清華《せいが》の家に生まれたからと家督を継ぎ、何の勉強も修養もせずに政に携わるとすれば、その男が残すものはおのれの汚名と民の失望ばかりであろう。時勢が時勢なら日本国内を混乱に陥れ、民の生活を困窮させ、また攻め来る外国の前に日本国を敗北させて、民の心をも奈落の底に突き落とすことになる、と九郎は思う。

参道は荒い石段に変わった。藪椿《やぶつばき》の花が、三つ、四つと散り落ちている。

そのひとつを拾い上げて、範頼はしげしげと眺めたり、重さを量るかのように掌で弾ませたりした。

兄の母は、野にひそと咲く白菫のように可憐な女性であったという。兄はその性格も母に似たのであろう、派手やかでなく、口数も多くない。だが、存在するだけで厳としたものを感じさせるのは、紛れもなく兄のなかに流れる河内源氏嫡流の誉れであろう。

「木曾殿ある限り、平氏は京に戻らぬであろうか」

ふいに、兄が問うた。

「恐らく」

歩みをゆるめて、九郎は応じた。

重忠は景季たち若将を伴ってずんずん先へいってしまい、九郎と範頼の近くにいるのは實平のみ、少し離れてうしろから来る鎌田と佐藤の兄弟は、何やら楽しげにはしゃいでいる。

「戻りとうても戻れぬでしょう、気の毒ながら」

まったく気の毒そうになく、九郎は言った。

「平氏は緒方らに鎮西を追われ、長門の目代に助けられて彦島、そののち阿波の民部《みんぶ》粟田《あわた》重能《しげよし》に迎えられ、今は讃岐の屋島《やしま》に拠を置いております。言い換えれば、その勢の及ぶところはわずかな沿岸を除けば島々にしかない。鎮西に拠を築けぬのなら、慣れた京に戻りたいでありましょうが」

「戻ればいくさは避けられぬしな。木曾は追い払えても、鎌倉がうしろに控える。疲れ武者を率いて無傷の鎌倉と戦うは辛い」

「しかも、その戦力も見極めぬうちにです」

「はは、これは疲れ武者でなくとも避けたいな」

「よって平氏としては、まず鎌倉と木曾を対させ、両軍の勢を削ぎたいところでしょう。帰る陸《くが》なく、負けて離反する者が多く出るであろうことを鑑《かんが》みれば、いくら慎重になろうとなり過ぎることはない」

相変わらず鶯が美声を響かせているが、縄張りを争っているのか、一羽ではない。

九郎も一輪の椿を拾い上げると、言葉を継いだ。

「それでも、平氏としては巻き返したい筈。恐らく我らの戦いを見て、思うたよりもその数の少ないことに勢いづくと思われます」

「かなり多いのか、平氏は」

「今のところ、おおよそ一万。ただし、西国西海の士を入れての数です。奴らは我らが木曾殿を追い落として入京するや、すぐに拠点を福原に戻しましょうが、これに従うのは半数にも満たぬと見ております」

「ふむ」

「それに、この伊勢や伊賀はそもそも平氏の本拠ゆえ、我らが味方につけた有勢のなかにも、今以て彼らに属する者は少なからずおりますが、そう大した勢ではありませぬ。ただ、我らが京へ入ってのちに叛《そむ》かれては面倒、勢が膨らめば我らが東西から挟まれるのみならず、暫時鎌倉と分断される恐れもある。まあ、そうならぬうちに叩けば済むことですが」

さばさばと言う九郎に、「そうだな」と範頼もうなずいた。

前には急な石段が控えている。

その最上段に目を向けて、「このうえが本堂か」と範頼が問うた。

「ええ、あと一息です」

「老人に合わせてゆっくり上がってくだされよ」

實平が笑いながら言うのに、範頼が呆れ顔をして見せた。

「よう言うわ。ここへ来るにもずいぶん馬を急かしておったではないか。我はついてゆくのが精いっぱいであったぞ」

「馬と段を上がるのとでは、脚の使うところが違いますからな」

「それを屁理屈という」

「兄上、あまり苛《いじ》めなさるな。都合よう若うなったり歳を取ったりするのが老人というものらしいですぞ」

「おや、言いなさったな御曹司。だが逆らいませぬぞ。何を言われても我がままにゆくが長生きの秘訣ですからな。はっはっは」

負けたな、と兄弟は顔を見合せて笑った。

「さて、上がるか」

範頼は、もう一度石段を見上げてから、足を踏み出した。

「ところで、平氏は一万と言われたが、時を移せば倍となることも考えられような」

「それは十分にあり得ましょう」

九郎は涼しく兄に答える。

「さらに伊勢の京武者が平氏方へ戻れば、その数はさらに増え、我が軍は減る」

「ええ」

「それで勝てるのか。まだ義仲とも戦うておらぬのに、先のことを尋ねるのは憚《はばか》られるが……」

「御曹司、これは先ほど来お話を伺うておりまして、實平も気になるところでありますゆえ」易きこと、と九郎は片頬を持ち上げた。

「第一に伊勢の京武者に福原へ走る暇を与えず、第二に西国西海の士が福原へ寄せる前に、そして何より第三、福原に入った平氏本隊の、いくさの準備のならぬうちに攻めればよい」

「ということは、木曾殿を追い落としたうえで、京に入って幾月も経たぬうちに出立か」

兄の言葉に九郎は足を止めた。

「いえ、ひと月でさえ留まってはおれませぬ。京に入れば即、平氏追討宣旨を下させて出陣です。その間、長くとも十日」

「と、十日！　……おっ！」

驚きのけ反った拍子に体の均衡を崩し、石段から転げ落ちそうになった實平は、九郎に、ぐい、と引き戻され、反動で石段に諸手を突いた。そしてそのまま九郎を見上げ、「それはいくらなんでも無謀にございますぞ」と諫めたが、格好が格好だけに九郎も範頼もにやにやして聞いている。

「笑いごとではありませぬ」

起き上がって掌に食い込んだ小石を落としながら、實平は若いふたりを睨んだ。

「あの木曾殿と戦うのですぞ。そのあと十日そこそこでは、こちらの準備もなりますまい。平氏の勢は我らに数倍、しかも京以西は彼らに地の利ありとなれば、如何に御曹司が兵法に長けておいでであろうと、これは賭けになってしまいますぞ」

「實平！」

今度は九郎の目が鋭く光った。

「九郎と計略を語るに、賭けという言葉は二度と使うな！」

「……は」

「いくさに賭けや運はない。勝てるやも知れぬ、という勝利を神に祈るが如き策など、九郎は一切持たぬぞ」

「はっ、申し訳ございませぬ」

「いくさの目的は勝つことにある。それも、早くに、だ。それを達するために、九郎はすべてを計り尽くしておる。万一、うまくゆかぬことがあるとすれば、突然の天変地異、その時のみだ。そうでない限りはすべて勝つ。無用の心配はするな」

「どうかお許しのほどを！」

頰を紅潮させながら、それでも實平の九郎を見詰める瞳が輝いている。そこには、義仲や平氏を向こうにまわして怯《ひる》むどころか勝利を宣言するこの大将を、まだ京にあるうちから見申し上げ、お世話申し上げて来たのだという誇りが満ち満ちている。この先何があろうと御曹司についてゆく、御曹司をお護り申し上げると決意も新たなその瞳に九郎はめくわせして微笑み、再び石段を上がりながら言葉をつづけた。

「先ほど、多田蔵人殿と連絡を取り合うていると申しましたが、そのほかにも数人、摂津から播磨にかけての地理に詳しい者を雇い、すでに福原へ攻め寄す経路も検討しておりますゆえ、のちほどお聞かせいたしましょう」

「籌《かはりごと》を帷幄《いあく》の内に運《めぐ》らし、勝を千里の外に決す、とは、まさしくこういうことを言うのであるな。九郎殿の前に、平氏はさしずめこの花のようなものだ」

範頼の手のなかで、真っ赤な椿が転がる。

「何やらもう、戦い終わった気分だ。そう思わぬか、實平」

「はあ、まことに。はあ」

實平は両掌を左右の膝にあてがい、腕を交互に突っ張ってこれを押し込むようにして、一段一段、体を上へと引き上げている。

「御老体、息が上がっておいでですぞ。無理なさるな」

しんみりと慰める九郎の声も憎らしく、實平は横目で、要らぬお世話だ、と抗議する。

「それよりも、御曹司の御《おん》策、實平にも、お聞かせ、願えましょうな」

「おう、無論のこと。ただし、この九郎の壮大なる平氏攻めの策、聞けば若い者でも目を瞠《みは》ろうに、御老体は卒倒されるやも知れぬぞ」

「何の、誰が、老体なものか。この實平、どこまでも、食らいついてゆきますぞ」

「はっはっは、さすがは九郎殿の目に適《かな》った武士《もののふ》實平殿よ。頼もしいわ、御老体」

範頼も声を上げて笑う。

「御老体、御老体と、言うて下さるな……ちと、速うございますぞ、御曹司」

「ま、ゆるりと来られよ」

ふたりの若将は笑いを残して先へ進んだ。

石段を登り切ると、明るく開けた空間に本堂が建っている。決して大きくはない入母屋造だが、どっしりとした構えだ。

「これは美しい」

範頼が感嘆の声を上げた。

屋根は柔らかに弧を描いて春めく光を受け止め、地に萌える草にはところどころまだ乾上《ひ》がらぬ雨が残り、その露がつぶらな珠となって輝いている。

兄が佇む。九郎も並んで立って改めて本堂に見入り、浅い春の微かに花の香を含んだ気を胸いっぱい吸い込んだ。

と、簀子《すのこ》をこちらへまわって来た若い僧が九郎に気づき、腰を折って丁寧に一礼した。すぐに取って返したのは、大将到着を奥に告げるためであろう。

にぎやかな声に振りかえると、鎌田の兄弟たちが団子になって姿を現した。

「や、土肥殿を置き捨てにされたおふたりがおいでですぞ」

ふざける若者に囲まれて顔を崩す老将に、九郎は、ちょい、と手を上げて笑うと、兄を促して本堂へと歩を進めた。

側面へまわると、開け放たれた扉口まで香雲《こううん》が漂い来ている。

兄を先に立てて階を上った九郎が座に着くと同時に、本尊の脇に建てられた大きな蜜蝋に灯が点され、聖観世音菩薩がお姿をくっきりと現しなされた。

読経がはじまった。

袖を返し、九郎は懐かしき母の水晶の数珠を手にかけ直した。そして、菩薩の生きてそこにあらせられるが如きお顔を、くっ、と見上げるや、ひときわ響く声で読経に加わった。

四

数日後、義仲は死んだ。

その日の夜明けから、鎌倉の大手軍が勢多川を挟んで今井兼平の軍と睨み合った。その間に、搦手軍は宇治川を渡って志太義憲を将軍とする宇治田原防衛軍を軽々と蹴散らし入洛、これを聞いた義仲は、後白河院を連れ出すためにすでに輿を院御所に寄せてはいたものの、院を捨て、九郎軍に一矢も射ることなく洛外へ逃げた。

義仲に従うのが三、四十騎と少なかったのは、すべてを集めても千騎余りにしかならない木曾軍であるのに、勢多、宇治に加え、行家討伐のために四天王の一で兼平の兄樋口兼光《ひぐちかねみつ》に相当数の兵を預けて河内国へ向かわせたからであった。

おのが軍のみでは鎌倉軍に勝ち得ずと、義仲にはわかりすぎるほどわかっていた筈である。とすれば、平氏軍を京に招き入れるために、その上洛を妨げている行家を急ぎ片づけようとしたのか、あるいは、おのずから平氏軍に合流することを考えて、西への逃走経路を確保しようとしたのか。

いずれにせよ、鎌倉軍がすぐそこまで迫るなか、少ない軍勢をさらに分けて猛将を手許から放したことは、義仲最大の失策となった。四日前、敵軍数万に及ぶ、との報を受けた義仲が、もしも即、旗を巻いて北陸へ逃れていれば、九郎とてその首を挙げるのにもう少し時間がかかったに違いなかった。

入洛した九郎は、景時父子や重忠たち鎌倉殿の御家人を率いて京にとどまったが、搦手本隊にはそのまま義仲を追わせた。

周章する義仲はいったん長坂にかかったものの、そのゆく先に行綱があるとなればこれは抜け難く、また竹馬の昔より死なば一所と契った乳母子兼平恋しさに引かれ、勢多の手に加わらんと東走した。

今こそすべてを捨てても北へ落ちる――義仲はわずかな随兵をさらに討ち減らされつつも、逢坂《おうさか》を越えて大津へ抜け、打出浜《うちでのはま》でいとしき乳母子とゆき会うことに成功したが、その時にはもう、鎌倉軍の厚い囲みを打ち破って逃げ果《おお》せるだけの力は、人にも馬にも残ってはいなかった。

いうかいなき人の郎党に主の首は討たせじ、と兼平は義仲が自害を果たす時を稼ぐべく奮戦する。その間に死に場所を求めて粟津《あわづ》の松原へ駆け入った義仲を、薄氷の張る深田が待ち受けていた。顔が隠れるまでに田にはまり込んだ馬は、打てども煽《あお》れども動かない。

馬蹄の響きが近づく。複数だ。愛しい乳母子は、早、討たれたか。

「兼平……」

振り返った内兜を矢が貫き、松籟《しょうらい》うら悲しい黄昏《たそがれ》に、鍬形《くわがた》が淡い光を残してゆっくりと倒れた。

寿永三年正月二十日。

今井兼平は、義仲の死を聞くや自害して果てた。

樋口兼光は主の急を聞きつけて翌日京に戻ったところを捕らえられた。誼《よしみ》のあった鎌倉方児玉党が恩賞に代えてその助命を願い、九郎もさまざまに奏聞したが容《い》れられず、梟首されてしまった。

根井行親《ねのいゆきちか》と楯親忠《たてちかただ》は宇治川で討死、志太義憲はゆくえ知れず、若狭守山本兵衛義經はそもそも京にいた形跡はなく、息子で検非違使の義高《よしたか》も最後の戦いに参加したかどうかわからない。祐筆であった大夫坊覚明《だいぶぼうかくめい》は、入京後間もなく義仲と齟齬をきたしたか、早くからその姿が見えなかった。

天下を取って六十日。北陸へ落ちる際には京中を焼き払う計画であったというが、実際には義仲は一軒の家も焼かず、ひとりの都人も傷つけなかったことを九郎は喜んだ。

搦手の恐ろしく早い入洛によってその暇《いとま》がなかったのも事実であろうが、宇治や勢多でのいくさは夢であったのかと思ってしまうほどに穏やかな京の街を眺めていれば、火をかけて満足なのはその地をあとにする者のみであって、民を悲しませ、街を混乱させるような情けないことは源氏の大将はせぬのだ、という義仲の声が聞こえる気がした。

なくすに惜しい男であった、と九郎は思う。だが、感傷に浸る気はない。平氏を西へ追い落とした義仲の功績をしかと引き継ぎ、平氏軍と雌雄を決する時がいよいよやって来たのだ。

勿論、その先に朝廷という名の怪物との勝負が待っていることを忘れてはならない。

都落ちした当初、彼らは縁ある大宰府を本拠とし、西南海を従えて独自に政権を立てるつもりであった。

そして平氏は――。

それが思わぬ抵抗に遭った。太宰在地の豊後国武士、緒方三郎惟榮《おがたさぶろうこれよし》である。

惟榮は、嫗岳《うばだけ》大明神の神裔《しんえい》とされる大神惟基《おおがこれもと》の子孫、臼杵惟用《うすきこれもち》の息で、豊後国大野郡緒方荘（現大分県豊後大野市緒方町）に本拠を置いた。兄に臼杵惟隆《これたか》、弟に佐賀惟憲《これのり》があり、妹は日田《ひた》大領《たいりょう》（郡司職・長官）大蔵永平《おおくらながひら》の妻となって永宗《ながむね》を生んでいる。

鎮西では源氏の蜂起に連動して反平氏勢による謀反が起きたが、この時に中心となったのが緒方惟榮と菊池高直《きくちたかなお》であった。平氏棟梁宗盛は有力家人平貞能を派遣したものの、沈静化には一年を要している。だが降伏したのは高直のみで惟榮は屈せず、豊後国守藤原宗長《むねなが》の目代を追放した。が、惟榮は訴えられるどころか、逆に宗長の祖父で豊後国の知行国主である刑部卿《ぎょうぶきょう》三位《さんみ》頼輔《よりすけ》から、後白河院の院宣と称して平氏追討を説得されたのである。

こうなってしまうと、惟榮が平氏に与することはまずないであろうと思われた。

それでも、今回は違う、と平氏の誰もが楽観していたのは、都落ちとはいえ宗盛以下の一門全軍が無傷で下向するのであり、何といっても三種の神器を携えた主上がおわすのだ、これを無下に出来る筈がないと考えたからであった。

が、予想は見事に外れた。

この一年後には、兄と共に豊前国一宮《いちのみや》宇佐宮《うさぐう》（八幡宮総本社）焼き打ち事件を起こす惟榮、神をも恐れぬこの男が、都落ちした平氏やその平氏に担がれた帝に平伏すわけがなかった。それどころか、兄弟や親族日田氏はじめ、豊後の武士たちの応援を得て太宰に攻め寄す構えすら見せたのである。

思わぬ展開に、宗盛たちは惟榮との和平を画策した。交渉の使者に選んだのは、亡き兄重盛の子息たちと、重盛の腹心であった貞能。惟榮が重盛の配下であったことを恃んでのことであった。

だが、惟榮はこれを受け入れなかった。

せっかく足を運んだ重盛の息子たちには悪いが、交渉を受け入れて喜ぶのは亡き主《あるじ》重盛の血脈から嫡流を奪った宗盛なのである。しかもこの宗盛、近くまで来ているというのに、一門のゆく末が懸かるこの大事な交渉に自ら当たろうとしない。このような男の許では、今後いくら功を立てても所詮重盛の元家人としてしか扱われないであろう。

しかも、重盛の息子たちは今やほとんど一門から孤立してしまっているに等しく、おのれを援護し得るほどの力はない。ならばここで勢傾く平氏を見限って源氏と与するほうがよほどよい——と惟榮が結論を出すのに時間はかからなかった。

結果、交渉は決裂。平氏一門は大宰府を追われ、それでなくとも反主流の重盛派の立場はより悪くなった。

絶望感から逃れられなかった重盛三男清經《きよつね》は太宰府を出て間もなく豊前国柳浦《やなぎがうら》(企救《きく》郡)で入水、少しのちの話になるが、嫡男維盛も戦線離脱して紀州へ向かい、遅れて末子忠房も紀州の湯浅氏に保護を求めている。貞能は筑後で出家して一門から離れてしまった。

さて、宗盛派が嫡流となって面白くないのは重盛派ばかりではなかった。清盛がその離反を恐れ、腫れ物に触るように扱って来た弟、頼盛の血脈である。

頼盛は親しかった重盛が亡くなったあとも、清盛存命中は一門に協調する姿勢を見せていたが、自身は後白河院とも八條院とも親しく、母池禅尼が助命に口添えした頼朝からは慰めの言葉と共に身と安全と所領の安堵を約する文が届くとなれば、何が悲しゅうて宗盛を棟梁と仰いで都落ちせねばならぬのか、である。

頼盛と子息は、都落ちの際に京に残ったばかりか、頼朝の妹婿一條能保《いちじょうよしやす》に伴われて鎌倉へ下り、大いなる歓待を受けた。

そうなるように仕向けたのは、誰あろう、策士九郎であった。

そもそも清盛が九郎を奥州へ送ったのはおのが子息たちを補佐させるため、言い換えれば、平氏の嫡流を時忠と頼盛から護るためであった。おのれ亡きあと、ふたりが素直に宗盛らを支える筈がない、という寂しい確信が清盛のなかにはあったのだ。時忠はともかく、太宰大弐として現地に赴いて貿易の中軸を担って来た頼盛とやり合うには、交易の実際や政務を知る必要がある。それを九郎に学ばせるに奥州という地が最適である、と清盛は考えたのであった。

果たして、その判断はまことに正しかった。九郎は真綿が水を吸うが如く、交易で国を建てるためのありとあらゆる知識を身に着け、頼盛に対抗し得るだけの力をつけた。

だがそれは同時に、九郎に頼盛という存在の不気味さを認識させることにもなった。万一、清盛の心配をよそに頼盛が清盛の子息たちを援けて一門結束に傾けば、これを崩すのは容易ならざることを九郎は知ってしまったのだ。

——頼盛を一門の中枢に近づけてはならぬ。

義朝が、清盛が目指した世、朝に依らぬ世を共に創り上げげん、と言うなら平氏は残しておいてもよい。誰が戦いを好もうものか。

だが、今の平氏にそれがなせぬとわかって追討を決めた以上は、敵の内部が対立し、分裂して勢が削がれるのは望むところ。頼盛を引き込めば鎮西まで揺らぐこと必定なれば、九郎が何もしないなどあり得なかった。

平氏が鎮西を追われたのは、緒方惟榮との和議が成らなかったのが直接の原因ではある。が、北九州に勢を築いた頼盛に離反を許したことで負った痛手は大きすぎた。

なぜもっと強く同道を説得しなかったか、と宗盛は悔やんだが、ただそれも都落ちが決まってからの説得ならば、結果は同じであったことを宗盛は知る由もない。

九郎が頼朝をして頼盛に誘いかけはじめたのは、清盛の死去間もなくのことであり、その甘い囁きに早くから頼盛の心は揺れていたのだ。もうその時点で、太宰府を新都にしようとした平氏の新政権構想は夢幻と消えていたと言ってよかった。

そののち、拠点を長門国の彦島、讃岐国の屋島と移した平氏は、水島の戦いで義仲を、室山の戦いで行家を破って、今月上旬には勢力範囲を播州印南野《いなみの》まで戻している。

印南野はかつて清盛が太政大臣を辞任（一一六七年）するに当たって大功田《たいこうでん》（大功のある者に賜った地で、子孫の世襲が許された）として入手したもので、清盛はここを足がかりに明石から加古川、高砂に跨る五箇荘《ごかのしょう》とよばれる広大な荘園を立ち上げている。清盛は、それより東、つまり福原により近い伊《い》川荘《かわのしょう》（現神戸市西区伊川谷辺）や玉造荘《たまつくりのしょう》（現神戸市西区押部谷辺）、山田荘《やまだのしょう》（現在の神戸市垂水区にあったもので、北区にあたる地にあったものとは別）などを五箇荘成立以前に支配下としており、それよりさらに早く、武庫《むこ》（現尼崎市武庫之荘辺）や小平野《こひらの》（現神戸市兵庫区平野辺）、山田（現神戸市北区山田町小部辺）といった福原の東北域の各荘も入手していて、もし福原を囲むこれらの地域にこれほどしっかりした支配圏が拡がらなければ、福原遷都は行われなかったかもしれなかった。

いよいよ平氏は舞い戻って来た。

一部は福原に入り、城造りをはじめているらしい。

また、今年初めには武士を丹波国へ遣わし、郎従を招集しようとして義仲と合戦になったが、これはつまり、平氏は西摂津および東播磨を纏め直しつつ、拠点を福原に戻して山陽道と丹波路の二方向から入京しようとしている証であった。

となれば鎌倉軍もそれに対応せねばならないが、そこは九郎、清盛時代の平氏の勢力図を丹念に調べ上げ、彼らが西国へ向かうのに山陽道と同じくらい丹波路を使うことを把握しており、鎌倉にある頃からこの動きを想定して策を練っていた。あとは平氏の陣立てに合わせて微調整するばかりである。

平氏追討の宣旨が下されたのは正月二十六日、鎌倉軍入京の日から数えて七日目のことであった。

その前に、院の御使を福原に送って和議を促す案も出て、神鏡剣璽の安穏な帰洛を願う摂関家兼實などはこちらを支持したのだが、当の王家の後白河院が神器よりも憎き平氏征伐を望んでおり、また院近臣たちが異口同音に追討を推し、さらには左大臣經宗も追討支持の立場を取ったことで、追討宣下が決まったものであった。

翌日、勢多に逗留していた範頼の大手軍が入京した。ただし、武士が街に溢れることを恐れる朝廷に配慮して軍兵のほとんどは洛外に駐留させることにし、若干の郎党を伴った武将のみが街に入った。

源氏累代の宿所は六条堀河館。先日までは義仲も起居していたところで、敷地は一町(約四千坪)あるのだが、屋敷はそこまで広くない。先に入洛した搦手と合わせれば主な武将だけでも三十余人、それらが若干とはいえ騎馬の郎党を引き連れるとなれば、さしもの堀河館も手狭であった。

そこで九郎は、公家の別宅などを多く借り上げた。

家を借りること自体は驚くことではない。以前にも清盛や義仲が行っている。だが、今回の九郎の措置には都人も仰天した。

そもそも別宅を持てるのは上級公家であり、彼らを敵にまわせば京での活動がやりにくくなる。よって京武者の清盛は勿論のこと、義仲ですら遠慮というものを見せて内大臣以上からは借り受けなかったものを、九郎はなんと、右大臣兼實にも院庁を通して家を差し出させたのである。「世も末」と、兼實は怒りを日記に綴ったが、いずれは朝廷を組み敷こうという男九郎、まったく憚ることがなかった。

そして九郎自身は、早くも入京前から別に専用の屋敷を用意していた。堀河館より小路を四本隔てた東にある六条室町邸《むろまちてい》がそれである。

正月二十八日、主だった将たちはその室町邸に集まって、かねて金剛輪寺で議された平氏追討策を確認、二十九日から翌二月一日にかけて、軍兵を洛西大原野《らくせいおおはらの》の丘陵地帯に移した。

ここに三日間、九郎と範頼は軍を留めた。

理由のひとつは、武士を増員するためである。

九郎の入京に協力した京武者のうち、反義仲という名目のみで集まった親平氏の輩はさすがに今回の追討には加わらない。よって、九郎としては少しでも時間を取って新参者を増やしたい思いがあった。

事実、平氏追討と聞いて参陣を願い出る者は結構いた。平氏と近しくないためにその台頭につれて逼塞《ひっそく》を余儀なくされたか、清盛亡きあとの平氏を見限って各地で蜂起し、平氏の追い落としに加担した者たちだ。平氏の返り咲きを望まず、と集まった武士は二千騎余りを数えた。

逗留理由のもうひとつは、兵糧の万全を期すためであった。

義仲の二の舞にならぬよう、東国からは差し当たって困らぬだけの量を持って来ている。しかも今回の戦場は京から近く、短期に勝利する予定である。ただ、食糧はいくら調えても調え過ぎることはない。また戦う兵士に空腹の心配をさせないためにも、殊に米は新たに集めて彼らの目に見せる必要があった。

九郎は調達先を丹波国に絞り、すでに京に入った直後から交渉をはじめていた。国衙《こくが》の備蓄倉庫から出させるのである。

京周辺のほかの国々――近江、大和、山城、摂津なども主要年貢に米を納めるほどに稲作が盛んであったから、各国から平等に出させることも出来た。だが、各国衙からここ大原野までは距離があり、しかも二、三年つづいた大凶作で備蓄米が少ない。貴重な米を取られるうえに、なぜ大原野くんだりまで運ばねばならぬのか、とこれらすべての国々に恨まれることは、これから京に拠点を置こうという鎌倉軍にとって全く不利益でしかなかった。

勿論、丹波も恨みは同じである。よって、九郎は慎重であった。

武力を以て追捕《ついぶ》することは簡単だが、のちのち、その地を源氏が支配することを考えれば禍根は残したくない。また、院庁をして米の供出を命じさせることも出来ようが、この丹波国は、三年前の治承五年春に清盛が畿内惣管職を設置した際、特別に諸荘園総下司が設けられ、平盛俊が現地入りして兵士と兵糧を直接徴収した経緯がある。ゆえに、知行国主の意も介さず、目代や在庁官人の頭ごなしにことが行われることに嫌気しているであろうことは明白で、やはりのちのことを考えると、自発的に提供しようと思わせるようにもってゆくべきであった。

人脈を使い、在庁官人には安堵や勲功を約束して、じっくりかけ合うこと十日余り。ようやく丹波は落ち、陣営には大量の白米黒米とともに、味噌や醤《ひしお》なども運ばれて来た。

直接の敵であっても、そうでないならなおさらに、傷つけることなく降らせて手厚い保護を与える。これが九郎の戦法である。あるいは露命を繋ぎ、あるいは厚遇を受けた恩義は、いずれおのれを援ける力となって返ってくる。

正月の終わり、平氏本隊は福原に入った。

また都にありし頃の、春のこの季――。

翠緑《すいりょく》の空にかげろうが流れ、柳が新芽を吹いた枝々をしなやかに風に揺らすのを見て、どれほど心躍らせたろう。鶯の鳴く声に誘われて白梅の木の下に佇《たたず》み、甘い香りと雪と見紛うばかりに散る花びらに包まれて、幾度幸せに胸を震わせたことか。朧な月の下で琵琶を弾き笙《しょう》を吹き、歌を詠み酒を酌《く》み交わすは毎夜の如く、しらじらと夜の明けるまで楽しんだものだ。

思い出は懐かしく、優しい。

それゆえにかえって、ついに太宰府にも屋島の磯辺にも仮内裏しか建てられぬうちに年改まり、辛い春を迎えた一門の人々は悲しみに沈んだ。

だが、と一門の、殊に男たちは心を奮い立たせた。

――涙にくれる日はもうすぐ終わる。かつての栄華を取り戻すべく、福原に帰って来たのだ。

九国は味方に出来なかったが、四国や山陽、紀伊の国々からは与するとの確約を取りつけた。

物見によると鎌倉勢は三千騎ほど、こちらは合わせて二万余騎になる。この数を背に、「主上を擁し神器を携える平氏が入洛するは当然のこと」と、厳顔《げんがん》を以て真正面から押しゆけば、寡少《かしょう》な敵は恐らく怯《ひる》むであろう。

入洛の日を伺い立てる? 何ぞ左様な必要があるものか。こちらで決めればよい。我らが主導を握るのだ。敵は慌てふためき和議を申し入れて来るに決まっておるわ。

なれど烏滸がましや鎌倉勢、陣を立て、天下の平氏に楯突くつもりとはな。聞けば、一手の大将は九郎冠者義經、相国（清盛）殿が赤子であったその命を助けてやった牛若ではないか。

それにしても、

「この幼き人々が成人するは只今のことにございますぞ」

と重臣らが諫言《かんげん》したのを、相国殿はなぜ聞き入れられなかったのか。常磐の色香に迷うたというはまことであったのか。いや、何か別段の由あってか。清盛最大の失敗か、それとものちに花咲き実を結ぶことがあるのか。それは平氏のためにか、日本国のためにか……まあよい、幼くして鞍馬に預けられ、ろくに武士《もののふ》としての教えも受けておらぬであろう小冠者など、我が軍の敵ではない。相国殿の命日が終われば、即刻相手をしてくれるわ。強がっておられるのも今のうちぞ――。

女性たちを前にして、都での雅な暮らしを振り返れば、ともすれば涙に濡れ、ため息に塗《まみ》れる。だが、源氏の若武者が東国の兵を率いて京を占拠し、我らを賊徒として追討の宣旨を受けたとあらば、西の龍たる平氏、武家の血が黙ってはいなかった。

早速、京に使者を遣わして「二月十三日に入洛」を宣言するや、福原の東、生田《いくた》の森《もり》を大手城戸口《きどぐち》とし、西は山が海に迫る一《いち》の谷《たに》に城郭を構えて、その間の要所要所に櫓《やぐら》を組み、逆茂木《さかもぎ》を引き、垣楯《かいだて》をかいた。輪田の泊には大小の船が三百余艘《そう》、中でも唐船《からふね》とよばれる三百人を乗せ得る宋国の大型商船四艘が威容を誇り、それら船にも陸《くが》にもおびただしく打ち立てられた紅旗が、春風に翻《ひるがえ》って天地を焦《こ》がすかのようであった。

四日、その物々しい景観のなかで、清盛追悼の仏事が執り行われた。が、塔婆の建立もなく、仏への供物や僧への布施も簡素であった。

世が世ならば、如何に盛大な営みが行われたことであろうか。

さすがの武将たちも袖を絞りつつ、だが、鎌倉勢討伐を先代清盛の御霊に誓った、まさにその日

――。

追討軍は動いた。

大手は山陽道を西に進み、生田を攻める。大将軍は範頼、従うは武田信義と一條忠頼の父子、加賀美遠光と小笠原長清の父子など源氏一族はじめ、千葉常胤とその息の国分《こくぶ》五郎《ごろう》胤道《たねみち》や東《とう》六郎《ろくろう》胤頼《たねより》、また小山《おやま》朝政《ともまさ》、宗政《むねまさ》、朝光《ともみつ》の兄弟などの御家人に京武者を加えた総勢二千騎。

搦手は丹波路を迂回し、一の谷の西、明石の浜へと南下して西から攻める手筈である。こちらの大将軍は九郎、佐々木高綱や畠山重忠、河越重頼と重房父子、平山《ひらやま》武者所《むしゃどころ》季重《すえしげ》ら宇治から共に入京した武将たちに加え、侍大将を務める土肥實平とその息子の彌太郎遠平《とおひら》、熊谷直實と小次郎直家父子、重忠の弟長野《ながの》三郎《さぶろう》長清《ながきよ》など大手から搦手へ移された武将も多く、九郎の周りはますます華やかになっている。

逆に搦手から大手へ移動となったのは梶原景時、大手の侍大将の任に就く。息子の景季たちも父に従い、大手へ移った。搦手に加わる京武者は大手に変わらぬ数があり、九郎軍は総勢で千五百騎余りとなった。

矢合わせは三日後、七日卯《う》の刻（午前六時頃）である。

絹糸のような春の雨が落ちる大原野を、小隊に分かれた騎馬軍が次々に発ってゆく。丘陵を蔽《おお》う旌《せい》旗《き》の白は、灰藍《はいあい》に煙る景色のなかを鮮やかに、大手は南へ、搦手は北西へと、見る見る二本の川となって流れていった。

一の谷

一

ところで九郎は、金剛輪寺に滞在していた時から、もう一手——山手《やまのて》の鵯越《ひよどりごえ》からの福原攻撃を考えていた。

鵯越は福原の北に延びる道で、夢野《ゆめの》（現神戸市兵庫区）から高尾山《たかおさん》を通って藍那《あいな》（現神戸市北区・神戸電鉄藍那駅西辺）へと出、その先、三木《みき》まで細々とつづく。

大手搦手で東西から挟みつつ、もう一手を鵯越から攻め下りさせて中央を割り、敵軍をかきまわそうというのである。

だがこれをなすのは九郎の軍ではない。

物見によれば、都では二万と噂される平氏軍の、その数はほぼ間違いなかったが、半数は安芸国の厳島神社神主佐伯景弘《さえきかげひろ》や阿波国粟田重能《あわたしげよし》など在地の勢であるという。ということは、平氏直属軍は一万、そのうち福原に入るのは、一旦廃墟となったその街の状態からしても数千騎ほどになろう。そして残りは福原近隣に配置される、と九郎は見た。

ここに搦手軍が丹波路をゆく理由があった。丹波まで伸び来る敵方前衛部隊を叩くのは勿論、そののち塩屋《しおや》（現神戸市垂水区）まで南下する間に、西摂津や東播磨に点在する平氏の拠点を潰して、平氏本隊への後援を断とうというのである。つまり九郎は、平氏本隊を攻める前に数千騎を蹴散らす計算であった。

——搦手に許される兵数は、最大に見積もっても二千。

入京ののちそれが明らかになって、九郎は搦手から山手攻撃部隊を割《さ》くのを止《や》めた。

鵯越の北部、山田荘は平氏の所領である。ゆえに、ここを通って福原へ攻め入ることが可能であるとわかっている平氏は、必ず山手に城を築く。しかも堅牢なものを、だ。よってこれを攻めるには相当数が必要で、千五百余騎しかない九郎軍からそれを割くとなると、数千騎を相手にする本来の搦手戦を戦うことが難しくなる。では大手から割くか、といえば、生田の城戸口の防衛に平氏が主力を持って来るのは明白で、これを攻めるに一騎でも多く欲しいところなれば、それもまた難しかった。

どうするか——いや、考えるまでもなく、九郎の頭にはこの任務にうってつけの人物の名が浮かんでいた。多田蔵人行綱である。

行綱が名字に戴いている多田は、武門清和源氏の名を上げた満仲が開いた摂津国多田荘に由来する。その多田荘を受け継いだのは満仲の長男の頼光で、行綱は頼光から下ること数代の末裔にあたる。つまり行綱は、代々かの地を支配し、摂津国とその周辺の地理や世態に明るい家の長なのである。よって、摂津国の山中を行軍しなければならない山手攻撃を行綱に任せることは、軍兵数の問題を抜きにしても正しい選択といえた。

九郎は、行綱の説得に弁の立つ伊勢三郎義盛を遣わした。

「お任せあれい」

義盛の話を最後まで聞かぬうちに、小柄な行綱は胸を叩いて吼えた。

早くから九郎と連絡を取り合い、義仲の長坂越え阻止を成功させて気をよくしている行綱である。

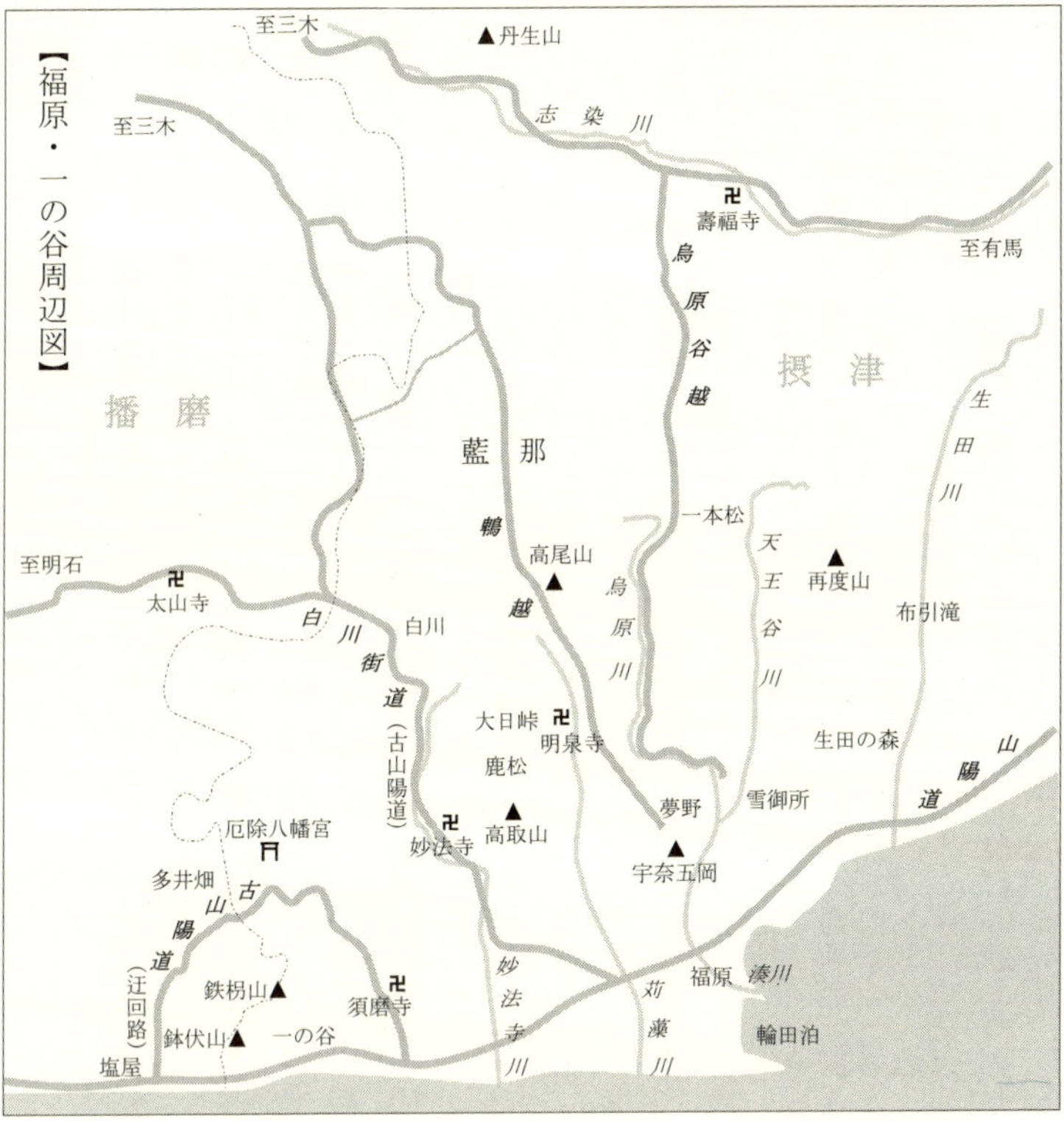
至三木
丹生山
至三木
志染川
壽福寺
鳥原谷越
至有馬
摂津
生田川
播磨
藍那
一本松
鵯越
高尾山
天王谷川
再度山
至明石
太山寺
鳥原川
布引滝
白川街道
白川
(古山陽道)
大日峠
明泉寺
生田の森
山陽道
鹿松
夢野
雪御所
厄除八幡宮
妙法寺
高取山
宇奈五岡
多井畑
古山陽道
(迂回路)
鉄枴山
須磨寺
福原
湊川
妙法寺川
苅藻川
鉢伏山
一の谷
輪田泊
塩屋
【福原・一の谷周辺図】

その後、九郎が宇治川の戦いに鮮やかに勝利し、一切の狼藉なく入京したと聞いて、京武者行綱はますますこの源氏の若大将を気に入っている。

その九郎が、鵯越道から攻めてくれ、という。生田、一の谷とは別に、だ。ここを破れば、平氏の心臓部、福原に最も近い。

「敵は福原に本陣を築いておる由、物見より聞いておる。必ずや最前に城を落として見せましょうぞ！」

嫌でも行綱の鼻息は荒くなる。それへ義盛はうなずきながらも、静かな声音を響かせた。

「ただ城を落とす前に、蔵人殿には山から海まで一気にお攻めいただきたい」

行綱は怪訝な顔をした。

「何ゆえ城をあとにまわすと？　敵陣を素通りせよ、と言われるか」

「はい。敵は我らの動きを目に見るが如くに把握しておりましょう。我が軍が都を発ったとなれば、たとえいくさにならずとも、主上や三宝は御座船《ござぶね》に移し奉り、その警護に万全を期すは必定。まして、蔵人殿が山手を落とされる頃には、御座船は沖合に出ておる筈です。奪還すべき神器があればこそ城は値打があるもの。平氏方とて護るべきものがなければ、名のある武将はひとりだに城には残っておりませぬでしょう」

冷静に考えれば義盛の言うとおりであった。心は早くも鵯越、眼下に福原を見下ろしているような錯覚に熱くなり過ぎていた、と行綱は恥ずかしくなった。

「そうか、神器奪還はならぬか」

くしゃっ、と眩しげに行綱が顔を歪めるのに、義盛は「致し方ありませぬ」と、軽く微笑んだ。

「敵は我らと覇を争う武家なれば、一度や二度戦うたくらいでこちらの望みどおりにならぬこと、我が殿も承知にございます」

「では、こたびのいくさの目的は」

「まずは敵将を出来得る限り多く捕らえることにあります。生け捕りでも死に捕りでも構いませぬ」

「うむ」

「平氏は福原を護るのに死力を尽くしましょう。鎌倉軍を追い落とすことが出来得れば入京は確実、勝てぬとも福原を護り切れれば、近いうちに源氏と並び立つ武家としての地位の回復が期待出来ます。よって、武将らを生田、一の谷、鵯越下の各攻め口に分散させるのは間違いありませぬ」

「山手には誰が来るであろうか」

行綱は視線を斜めうえにやって、平氏武将たちの顔を脳裏に浮かべた。

「それはまだわかりませぬが……。ただ、山手は確実に攻め入らるること明白なれば、明泉寺《みょうせんじ》から夢野、宇奈五《うなご》の岡にかけて、敵は堅牢な城を築きましょう」

「鵯越のみならず、烏原も警戒怠らぬ布陣か。はは、それは褒めてやらねばならぬわ」

この頃の明泉寺は今より北の大日丘にあった。すぐ裏手に大日峠があり、平地のもっとも奥まったところ、というよりはすでに山に入っているといったほうがよい。つまり、鵯越からの攻撃に的を絞った防御位置となる。

宇奈五の岡（現会下山）は夢野の南にある小高い丘で、武庫の山（現六甲山）とは連結していない。そのため、全方向に見通しが利き、鵯越は勿論、東の平野や再度山《ふたたびさん》方面からの進攻も監視出来る物見に最適の場所である。そして宇奈五の岡の真北に、烏原谷越《からすはらだにごえ》があった。

烏原谷越は、平野にあった清盛の山荘「雪の御所」から山田町坂本の丹生山《にうやま》（たんじょうざん）を結ぶ。これは清盛が福原に拠を移した折、丹生山を比叡山に見立てて山頂の寺（当時は丹生寺、のち明要寺《めいようじ》となり現在は丹生神社）に日吉山王権現《ひえさんのうごんげん》を勧請して再興し、御所からの参詣道として拓《ひら》いたものである。道は烏原川に沿って北上し、長坂山の東を巻いて、東から西へ流れる志染川《しじみがわ》を渡り、丹生山に至った。志染川より南には、烏原谷越と並行して天王谷越《てんのうたにごえ》が走っていたが、この天王谷越がのちに整備されて有馬街道となるまでは、烏原谷越が山田と兵庫を結ぶ主要道として活躍し、物資が行き交い、鈴蘭台駅南に今も名が残る一本松では市も立つなど、賑わいを見せていたのである。

　これら自領山田荘の様子に詳しい平氏が、山手の防御を固めるのは当然であった。

「護りにはいずれ勇将が置かれましょうが、平氏も武家、すべての個所に備えようとすればすなわちすべてが弱くなるを知っておりましょう。大手が攻め寄す生田では南北に広く防がねばならず、軍兵をかなり要すとなれば、必然、他所の兵は減らされる。まず一の谷は、自然の要害ゆえ進攻されにくい。そして山手は攻め入らるといえども、どの道も隘形《あいけい》（狭い）にございます」

「うむ、我らとしては陣を敷くことも難ければ、攻めるも難い。言い換えれば、一の谷同様、この山手も敵にとっては生田よりは護りやすいということになる」

「おっしゃるとおりにございます。なればこそ彼らは、これら二地点はあらかじめ砦《とりで》を施しおれば、軍兵はさほど置かずともよし、と考える筈です」

「隘路ゆえに細く展開してくる敵を倒してゆけばよいのだからな」

「その余裕をもたらしてくれる隘路が、実際に攻められた時には正確な敵数を隠してしまう鬼路に変わる怖さを知る将は、幸いなことに敵方にはひとりもおらぬと見えます。それが証拠に、播磨や丹波にはすでに一軍を差し向けておるというに、山田荘ではその動きが見えませぬ。恐らく、我らが動くを認めてからでも十分に間に合うと思うておるのでしょう。高陵には向かう勿《なか》れ、背丘《はいきゅう》には逆らう勿れと兵法が教えるを知っておっても、そこが隘路であるがゆえに、そちらの知識が邪魔をした

――」

「つまり、隘路には近づく勿れ、我は之を迎え、敵は之を背《うしろ》にせしめよ、隘形は我先ず之に居り、必ずこれを盈《み》たして以て敵を待て、か。隘路を背にして進んで来るのは鎌倉軍、平氏は隘路口に城を築き、敵を待ち受けるかたちになるのであるから、おのれに不利はひとつもなし、と連中は考えるというのだな」

「さすがは頼光公の御血流、恐れ入りました」

「一軍を率いる武将ならばだれでも知っておろう」

義盛は、いやいや、と手を振って音声を少し控えた。

「奇《く》しくも先日の軍議で、今、蔵人殿が仰せられたと同じ言葉を我が殿が口にしたのですが、東国の輩はほとんどがこれを知らぬありさまでした。勿論、隘路を背にして陣立てしてはならぬことくらいは経験からわかるのでしょうが、たとえば、敵を隘路に追いやったつもりがおのれが追いやられているかもしれぬ、と気づくには、ありとあらゆる用兵の法に明るくなければ無理なこと。我が殿も同じにございますが、兵法を学ぶことの大切さを知り、また学ぶ環境に恵まれておいでなのも、やはり武門源氏のなかにあって殊に輝ける頼光公の御子孫にあらせられるがゆえにございましょう。勝敗のゆくえを握る山手攻めを蔵人殿にお任せしたい、との我が殿の思い、改めてようわかり申しました」

「左様に言われるとやりにくうなる。兵法は、頭でわかっておるのと、まことに使いこなせるのとは別の話であること、心得ぬ行綱ではないわ」

「負ける策は立てぬ、が、我が殿の信条。その殿が恃む蔵人殿のお手並みをとくと拝見つかまつりたく」

「わからぬぞ。どうなるものやら」

眉を顰めて見せるものの、上手に煽《おだ》てる義盛の言葉に悪い気はしない。世辞半分、山手攻めの決意を促すための文言とわかってはいる。が、それに乗せられて、この任は他人に譲ってなるものか、と力んでいるおのれが、行綱には心地よくすらあった。

　隘路なれば軍を展《ひろ》げることは出来ないが、隘路なればこそ、敵に悟られず軍兵を動かすことが出来る。如何に敵の目を欺《あざむ》いてくれよう、と、思うだに胸が沸く。行綱の脳裏には、茅渟《ちぬ》の海に入るが如く、喊声を上げてどっと鵯越の坂を駆け下りる源氏軍に平氏軍が逃げまどい、乱れ散った赤旗が嘶《いなな》く馬に踏みにじられる絵がありありと浮かんだ。

「混乱し、恐怖に陥った輩など、蔵人殿の敵ではありませぬ」

　その絵を覗き見したかのように、義盛が納得顔を見せる。

「おう、簡単に捻り潰してくれるわ」

　ぶんっ、と行綱は鼻を鳴らした。

「勇将と聞こえるは、新中納言知盛か三位中将重衡かあるいは能登殿教經か、越中前司盛俊、はたた薩摩の守忠度か。どれをとっても相手に不足はないわ。ただ平氏軍はその多くがいくさに慣れぬ駆り武者ぞ。我が猛攻にいつまで耐えられるか、であるな」

「獅子の群れを鹿が率いる軍より、鹿の群れを獅子が率いる軍のほうがはるかに恐ろしい、とはなかなかよく言うたものと思いますが、鹿は所詮鹿にございます。しかもこたびは陸でのいくさ、指揮する獅子の器量も我らに勝らぬものなれば、陣立ては時を移さず崩れましょうぞ」

「わっはっは、鹿は所詮鹿、か。これはよいことを言われる。左様、いくさは獅子が獅子を指揮して行わねばならぬ。心根優しい鹿はそもそも戦うてはならぬのだ。この話、身もどこぞで使うてやろう」

　眼尻に細い皺を二本くっきり見せて、行綱の顔はまだ笑っている。

　それへ応えるように頬をゆるめ、義盛は懐から絵図を取り出し、展げた。

「それでは先ほども申し上げましたように、海まで駆け下りてくださいませ」

言いながら、鵯越から輪田の泊を繋《つな》ぐように閉じた扇を置いた。

「蔵人殿の軍には中央を突破いただき、平軍《へいぐん》を東西に分かっていただきます。何しろ東西の城戸口の連中は、中央に背を向けて戦うておるのですからな。敵軍は浮足立ち、我先にと戦線を離れましょう」

「すなわち、戦いに敗れて船に逃げんと東西から輪田に向かうて来る将を仕留めよ、船を燃やせ、と九郎殿は言われるのだな」

「お察しのとおり」

義盛は一揖し、笑顔を見せた。

「この中央突破はほかの誰でもない、摂津源氏多田殿にお引き受け願いたいもの、と幾度殿から聞かされましたことか。いや、蔵人殿がこの任をすんなりとお受けくださって、何より安堵いたしました。これで、胸を張って帰れます」

「九郎殿に頼まれて、断る烏滸がどこにおる！」

ほとんど怒鳴らんばかりに言い、行綱は華奢な肩を揺すった。

「ところで、九郎殿の搦手は丹波から播磨の明石へ向かわれるとのことでしたな」

「はい。もしこの任、お受けいただけなければ途中で兵を分かたねばならぬ、と、我が殿は暇あれば絵図に見入っておりました」

「おお、左様か」

このロのうまい使者は、交渉を成立させるためにおのが主の謙虚さを幾分創作しているに違いない。

だが、行綱が山手攻めを引き受けないこともあると考えて、九郎が兵を分かつ場所を検討しているのはどうも確からしい。しかもこの、「行綱が引き受けぬかもしれぬ」、言い換えれば起つか起たぬかは行綱次第として策を立てているところが、行綱の九郎に持つ印象をより好ましいものにした。「源氏一門なれば援軍を出されよ」と、一方的に言い寄こした義仲とは大違いである。

義仲という人物そのものは憎めないのだが、同族意識が強すぎるのか、はたまたひとりの絶対者の命に服して皆が同じほうを向くのがかの地方のやり方なのかは知らぬが、これは京武者には通用しない、と行綱は苦笑する。今の王権を尊崇するか否かは別にしても、京武者は王家を要としてそれぞれが独自に立っているのであり、これら京武者を纏めようとするならば、その自尊心を損なわぬように持ってゆかねばならないのだ。

それが九郎には出来ている。京に生まれ育ち、京武者頼政に育てられた九郎ならば、義仲のように京武者をおのが許から去らせるという失敗はせずにうまくやってゆくであろう、と行綱は確信した。

「で、万一この行綱がお受けせずば、九郎殿はいずれの地で一軍を分けるおつもりであったのかな。丹波を通るとなると、三木から丹生山下もしくは藍那へ出て鵯越に入るか、または伊川から太山寺《たいさんじ》、白川へと抜けて鵯越下へ進み、どこぞから山手へ上がるか……」

「後者の案に近うございますが、我が殿は全軍で明石まで下ったのち、一軍を塩屋から多井畑《たいのはた》まわり妙法寺《みょうほうじ》から明泉寺《みょうせんじ》、夢野へと向かわせる考えであったようです」

「ほう。伊川から鵯越下へ、と自ら言うておきながら何だが、それでは敵を山手より攻めるのが難しゅうなるのではないか。確実に敵の上手《かみて》に出ようとするならば、藍那へ向かうしかないと思われるが」

「実は我らも左様に考えたのですが」

「九郎殿は違うのか」

行綱は身を乗り出した。

「蔵人殿の仰せのとおり、一軍を藍那へ向かわせるならば三木あたりで兵を分けねばなりませぬ。なれど、丹波、播磨の平氏をしかと圧せねばならぬこと、これは搦手の大事な務めゆえ、やはり明石まで兵は分けられぬというのが我が殿の考えにございます。そこで殿の言う伊川か多井畑からの攻めですが、これは鹿松峠《しかまっとうげ》から大日峠へと進むものなれば、もっとも山側の明泉寺に対しても側面より攻め寄せられます」

義盛は口にした地名を絵図上に指さし、辿った。

「すなわち、我らは上手から攻められぬが、敵もまた我らの上手に立てぬものなれば条件は同じ。となれば平氏に負ける鎌倉軍にはあらず、これを打ち破れば夢野へ攻め下る好位置を確保出来ます。よって、わざわざ三木から藍那へ入らずともよい、それどころか、藍那へは決して入ってはならぬ、と我が殿は言うのです」

「何ゆえ？」

目を剥《む》く行綱に、義盛は声を消して笑った。

「これには、はじめ我らも首を傾げたのですが、言われてみればそのとおりで――」

やはり一軍には平氏陣の上部の鵯越に向かわせるべきではないか、と主張した面面に、「山を知らぬ者はこれゆえ困る」と、九郎は呆れ顔で首を横に振ったという。

「我らには日がない」

九郎は言った。

矢合わせの日時が決まれば、特段の理由がない限り、それから最短の日数を逆算して出立日を決めねばならない。行軍日数が長くなるほどに、敵に我が軍の詳細情報を与えることになるばかりか、兵糧も問題となる。

山陽道をゆく大手なら、丸二日あればよいであろう。が、迂回路をゆく搦手も三日あればよい、と九郎は言う。丹波と播磨の境までに二日、そこから塩屋まで半日でゆく、というのだ。

「出来得れば丹波も一日で抜けたいところだが、こちらは山中の道ゆえ仕方なかろう。だが、播州は曠野《こうや》ぞ。軍を横に展開して走れるわ。馬に慣れた鎌倉軍が、半日で海まで駆けずしてどうする」

有無を言わせぬ九郎の物言いに、居並ぶ将たちは獅子の如く、ぶるっ、と体を震わせた。その脳裏を、雨少ない播州平野の乾き切った土を煙と巻上げて、鎌倉の大軍が疾風怒濤に駆け抜けている。

「よいか。塩屋へ下《くだ》ればこそゆるりと敵前まで迫れるものを、藍那へ向かえば道程《みちのり》はさして短くならぬのに途中からは山道だ。丹波路と比べようもないほどの、だ」

九郎が塩屋から山手攻めに使おうとしている経路はどれも、奈良時代にはすでに使われていた行軍には楽な街道であった。

塩屋から多井畑への道は、奈良時代までは須磨一の谷の海岸線がまだ通行不能であったために造られた古山陽道の迂回路であり、多井畑から掛《かか》り峠を越えれば妙法寺へと至る。またこの妙法寺で、東の夢野から明泉寺→大日→鹿松と越えて来る道が合流していた。そしてそのすぐ東には、これも古山陽道である白川街道が走るが、この道は板宿《いたやど》から白川峠を越え、太山寺を経て明石へと通じている。

ちなみに時代が下って鎌倉末期、足利尊氏《あしかがたかうじ》軍が楠木正成《くすのきまさしげ》・新田義貞《にったよしさだ》軍と湊川《みなとがわ》で戦った際、足利軍は斯波高經《しばたかつね》に正成軍の側面を突かせるのに、一の谷から夢野へと、やはりこれらの道を使った。

だが三木から藍那へはこれらの街道のようにはいかない。木幡を過ぎたあたりからまったくの山道となり、馬を下りて通らねばならぬところもあるほどで、速度も出ない。そのような状況で丹波と播磨の境から平氏陣の真上まで一日で、しかも陣の近くへ来て松明を焚くような愚かな真似は出来ないから、日の暮れぬうちに到着しなければならないのだ。

「あと一日なりとも余裕があるなら、この道も考えぬでもない。なれど、こたびは半日ないと見なければならぬというに、山へ入るは無謀ぞ」

「されど、過日雇い入れました案内者のなかに藍那の出の者がふたりもおりますゆえ……」

口を挟んだ義盛に、九郎は、いや、と手を振った。

「身が恐れるのは天変地異だ。突如、豪雨に襲われるやもしれぬ。地震《ない》に見舞われるやも知れぬ。案内者を連れておっても防げぬがそれよ。岩が落ち、土砂が崩れ、山津波が起きれば、山慣れたその者らでも迷うてしまうほどに道が変わり果てることもある。斯様なありさまに陥って、矢合わせまで時がないとなればどうなる。嫌でも焦りが生じようぞ」

「は……」

「山で迷えば戻るが鉄則なれど、引き返す暇《いとま》がなければ進むよりない、と、道ならぬ道をゆこうとすれば却って進退窮まる事態となるは目に見えておる。山路とはそういうものだ。ひとりふたりで米菜を運ぶのではない。少なくとも五百騎に及ぶ軍隊がゆくのだ。矢合わせの日時が決まっておるというに、十分な日数もなく山へ入るは愚の骨頂と言えようぞ――」

「――いやもう、我らは何も言えず、我が殿の慎重さに感嘆するばかりにございました」

「なるほどな。だが何より行綱はその場におらぬで幸いであった。おれば、誰よりもしつこう藍那ゆきを勧め申し上げて、日本一の烏滸の者よ、と嗤われるところであったわ」

行綱は弾けるように笑った。高く買った若者が、おのれのなかでその評価をさらに高く塗り替えてゆくのは小気味よい。

「行綱は八百騎を以て任をお受けする、とお伝えくだされよ。九郎殿が、少なくとも五百騎、と言われるのに、それを下まわりは出来ませぬからな。あっはっは」

二

言葉どおり八百近い軍勢を率いて、行綱も四日の朝に出立した。

多田を南下して間もなく西に折れ、中山寺《なかやまでら》、清荒神《きよしこうじん》を過ぎて生瀬《なまぜ》に至った行綱軍が、『日本書紀』にも記される有馬温泉入湯のための古道——武庫川を遡り、支流の太多田川《おおただがわ》に入って有馬へと抜ける道——を進み、その先、唐櫃《からと》を通って山田荘に着いたのは五日の昼過ぎという速さであった。翌六日にかけて、荘内の物見を殲滅しながら鳥原谷越を南下。鵯越を下りる本隊は高尾山を巻いたところに、鳥原谷越を攻める別隊は夢野からは山影になる位置に、それぞれ兵を配し終わってなお、日は西の空に高かった。

財貨を撒いて買収した荘民たちが、集落で炊いた米を運んでくる。また乾肉《ほしじし》や川魚の焼き物なども幾重にも筵《むしろ》に包み、急ぎ持って来てくれるのだが、まだ風の冷たい季、熱々《あつあつ》を頰張れないのが残念だ。だがそれも、炊事の煙が上がるのを嫌うためとあらば致し方ない。腹を満たせば、あとは明日の夜明けを待つばかりであった。

一方大手軍は、大原野を出立した四日のうちに全軍摂津国昆陽《こや》に到着した。ここから生田の森までは半日の行程、矢合わせまでに丸二日ある。

範頼たちはあちらで馬を休め、こちらで馬に草を与えなどしながら、暮れればそれぞれの陣に遠火を派手やかに焚かせてゆるゆると生田の森に近づいたが、それが今か今かと待ち受ける平氏軍の心を、穏やかならぬものしたのは言うまでもない。

そして九郎の搦手軍は、迂回路最強の平氏砦――播磨国三草山《みくさやま》の西の山口に城を構えた故重盛の次男資盛《すけもり》以下三千騎を夜討ちで難なく突破、資盛たちを高砂から海路屋島へ敗走せしめたあとは抵抗らしい抵抗を受けず、予定どおり六日の午後には塩屋の浜に陣を敷いた。

陣の前には北側から鉄枴《てっかい》、鉢伏《はちぶせ》の二山が立ちはだかり、濃い緑の稜線を白く霞む春の瀬戸の海に落とし込んでいた。このあたりの海岸線は「赤石《あかし》の櫛淵《くしぶち》」とよばれ、奈良時代まではその名のとおり鉢伏山の尾根と谷が櫛状に交互に海に臨み、荒磯がつづいていたために通行出来なかった。平安時代のこの頃でも、山と海に挟まれたもっとも狭いところはまだ街道が通るだけの幅しかなく、平氏はそこに、これでもかといわんばかりに大石を積み、大木の逆茂木《さかもぎ》を浅瀬にまで伸ばし、さらにその先には垣楯《かいだて》となる大船をびっしりと並べるという念の入った防御線を引いていたのである。

間諜《かんちょう》によれば、西の大将は忠度らしい。平氏の武将のなかでは知盛や重衡に劣らぬ勇将という。大力の早業と聞こえる男であるから、個人技の武術に長けているのは確かであろうし、歌の上手として知られるから、人の心の襞《ひだ》を読むのも得意であろう。だが、

(恐れるに足りぬ)

と九郎が思うのは、忠度はかつて福将として参加した富士川の戦いで、大将維盛と侍大将伊東忠清の意見を調整出来ず、またいくさ前夜に大多数の駆り武者の逃亡を許してしまった事実があったからだ。

もっとも、降り注ぐ矢を、また煌めく白刃をものともせずに兵が将軍の思いどおりに動くのは、将軍が平素から寒暑、労苦、饑飽《きほう》を兵と共にしているからであって、これを駆り武者に当てはめるのは

無理な話であろう。勿論、たちまちに駆り武者たちの心を摑んでしまえる者もいるかもしれないが、いても万人にひとり、そして忠度はそのひとりでないことが、富士川の戦いで証明されているのだ。今回もまた、平氏軍は多くの駆り武者で支えられている。それらの兵を蹴散らすのは綿毛を吹くより易しい。

だがまずは眼前の城だ。自然の造形に助けられた防衛設備が容易に落ちないことは、京を出る前からわかっている。だが当然ながら、九郎はすでに対策を練っていた。

丑《うし》の刻（午前二時）、九郎は熊谷直實父子と平山季重に強弓十数騎をつけて、敵陣の間近へ寄せさせた。

「さて、どちらが一陣を取るかな」

九郎は笑って送り出したが、この先陣争いは言うまでもなく敵の注意を引きつけるためのものであった。

先陣争いには武士の名誉がかかっているし、のちの論功行賞にも係わってくる。九郎としては大いにやらせてやりたいところであったが、ここではこれを禁じた。月のとうに沈んだ闇夜なれば、如何に騎射に優れた鎌倉軍と雖も力を発揮しきれない。焦りからてんでに先駆けて、敵軍を本格的に動かしてしまうなどあってはならないのは、これが必ず勝利をもぎ取らねばならない、引き分けも許されないいくさであるからだ。将の誰もがそれを弁《わきま》え、ゆえに先陣争いを望む者はひとりだにいなかった。

選ばれた直實たちも信頼する若い大将の策に忠実に、大音声で名乗りは上げるものの敵陣との距離を慎重に測って動いた。射程内に入らず率いる郎党も少ないとなれば、さすがに平氏も門を開いてまで応戦はしない。が、今は声ばかりの連中がいつどう動くか、と夜もすがら眼前の彼らに意識を集中せざるを得ないのは間違いなかった。

その間に、九郎は別の一軍を出立させた。

門外から攻め難ければ、門内より崩すしかない。そこで、西の陣の裏手に一軍をまわり込ませようというのである。

行綱は必ずや中央突破を果たすであろうが、攻め下る先は一の谷よりも生田の森にはるかに近い。恐らくそちらの戦いに引っ張られ、一の谷へはなかなか応援に来られない筈だ。といって、行綱軍をのんびり待っている場合ではなかった。

いくさは短期に決するものである。だが腐っても平氏軍、その主力が護る生田の森は激戦となり、時間がかかると予想された。つまり搦手軍は、行綱が山手の口を落とすのと前後して一の谷の西の口を破り、陣屋を焼き払って黒煙を立ち昇らせ、知盛以下軍事指導者の心を落胆と焦燥で絡め取って、大手軍を援けねばならないのだ。

九郎はこの一軍の大将に三浦義澄の弟佐原十郎義連《よしつら》を任命、山向こうを敵陣へ駆け下りるよう指示した。

「鉄枴峰を越えてゆくのですか」

敵の物見のものか、小さな灯が点っている山上を不安げに見上げる義連に、「それはない」と九郎は首を横に振った。

「この山の向こう側は、こちら側と同じく急峻な崖になっておるという。馬で駆け下りられるのは麓から三分の一ほどらしい。よいか、そなたに任せる一軍の仕事は敵を背後から驚かせることだ」

「はっ」

「驚かせるには急襲でなければならぬに、山の上から恐る恐る下りておったのでは話にならぬ。それに、この山は下からもよう見えるぞ。夜のうちに動けば松明、夜が明ければ鎧の色目が鮮やかとなろう。石や小岩を落とさぬとも限らぬ。だが何よりその前に」

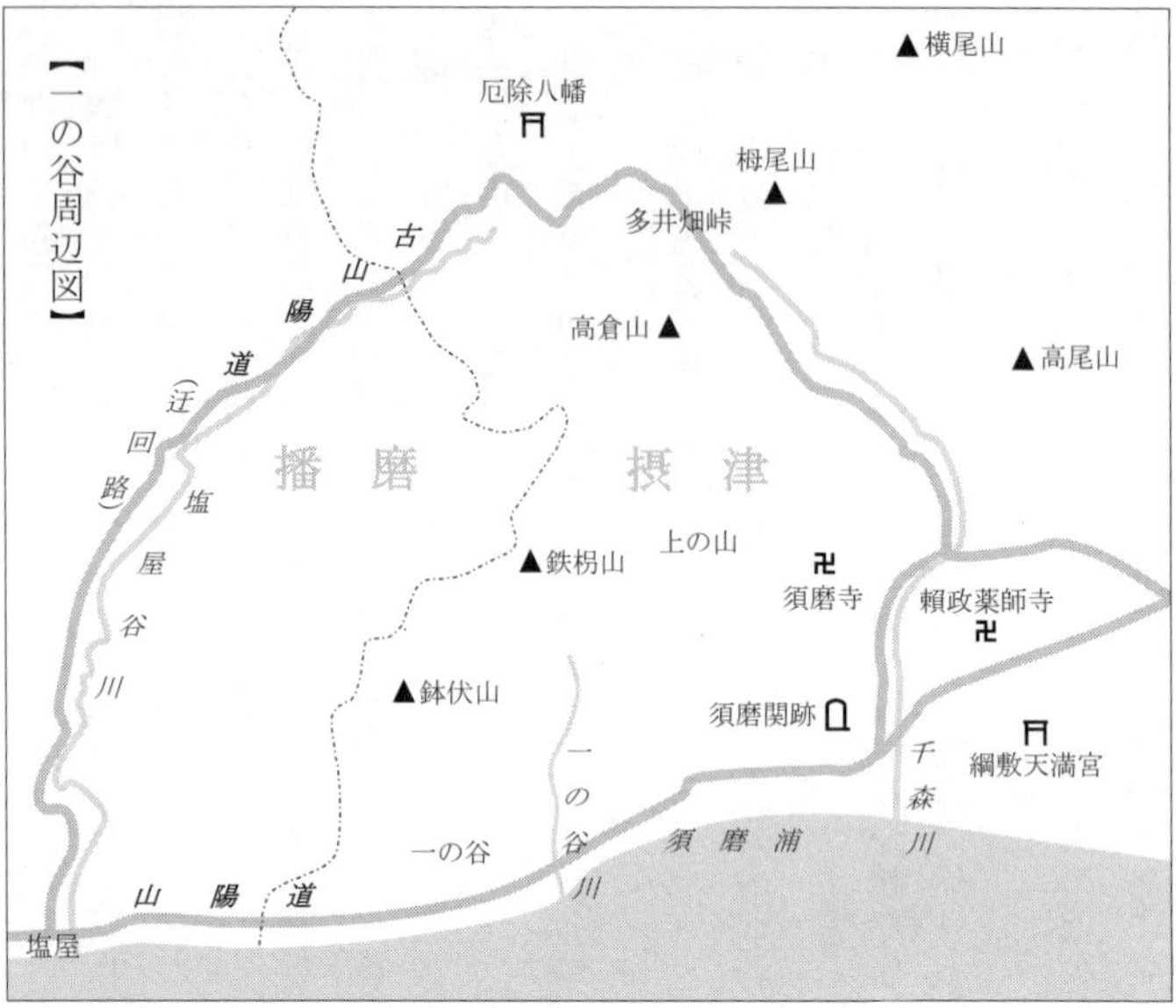

九郎は、ふっ、と頬をゆるめた。

「ここを馬で登るのは無理だ。聞けば根笹や灌木に取りついても滑り落ちること甚だしい羊腸険阻《ようちょうけんそ》な山道という。馬どころか、人でも鎧うて体が重ければ辛かろうぞ。鉢伏や高倉の山も、たとえ鞍部《あんぶ》までしか登らぬとしても鉄枴と変わらぬ険しさだ。そこで御辺にはここから攻めてもらう」

九郎が指し示す絵図の古山陽道を目で追って、義連は大きくうなずく。

「ここ、上の山からなら、御辺ほどの腕前なれば目を瞑《つむ》っても下りられる筈。しかもこれへ至るまで敵の目に触れず、ここ自体、下の敵陣からは見えぬ地だ。斯様によい道があるというに、何が悲しゅうてこれを登って下りねばならぬ、だ」

まことにございますな、と義連は相槌を打ったが、面持ちは固くしたままに、「で、敵の物見は如何なっておりましょうか」と再び山上を見上げた。

「案ずるな。すでに手筈は整えておる。安心して軍を進めてくれ」

九郎の一分の迷いもない物言いにようやく緊張が解れたか、義連は大将らしい自信を滲《にじ》ませた笑みを見せた。

一軍には鎌田や佐藤の兄弟のほか、村山党《むらやまとう》金子《かねこ》十郎《じゅうろう》家忠《いえただ》や猪俣党《いのまたとう》岡部《おかべ》六野太《ろくやた》忠澄《ただずみ》など、騎馬に優れた鎌倉軍のなかでも、より高度な技術を持つ者を中心に五百騎が選ばれた。搦手軍の三分の一にもなるが、自然の要害一の谷、攻め難いはすなわち脱しがたい、で平氏軍の西走を防ぐのに塩屋に置く兵は五百騎もいらぬくらいである。

案内を立て、小松明を翳《かざ》して、一軍は塩屋から北東へ延びる古山陽道を静かに進んでゆく。馬の小さな嘶きや鎧の擦《す》れる音は、潮騒と絶え間なく吹く浜風に呑み込まれて、山向こうの敵陣までは届かない。

古山陽道を辿れば妙法寺から夢野、また月見山《つきみやま》から板宿へと越えられることを誰よりも知っている平氏が、この道からの鎌倉軍の侵入を警戒しないことなどあり得なかった。なるほど、進みゆけば各所に櫓が建てられ、物見の影があった。だが、九郎が言ったとおり、そのどれもが何の反応もなくあっさりと一軍を通してしまった。鉢伏、鉄枴、高倉山上の物見も慌てる様子はなかった。それもその筈、これら平氏の物見は、今宵のこの時までにことごとく九郎直属の郎党たちと入れ替わっていたのである。

この郎党たちは九郎の京時代の仲間――武芸を九郎に鍛えられて義賊『あれ』として暴れたのち、九郎の諜報機関として活躍している頼もしい男たちであった。彼らがあるいは物見を討って成り替わり、あるいははじめから平氏の物見として、鎌倉軍を迎え入れたのである。

出自が様々な彼らは、就いた職業も下級官人から武士、商人、僧まで様々で、それがかえってあらゆる活動を可能にしていたうえ、それぞれが手下を持って京近郊のみならず全国に情報網を張り巡らし、それらがさらに橘次の活動と結びついて九郎をがっちりと支えている。

勿論、平氏軍内への潜入もその福原帰還以前にはじまっており、間諜たちは実にうまくそこに溶け込んでいた。まだ遠く離れた土地の人と結婚することが少なく、全国を網羅する媒体が書物以外になかった時代である。他所者《よそもの》はとかく目立つなか、彼らが畿内から山陽道の者を中心に構成された平氏軍のなかにあっても、顔立ちや話し言葉で疑われることがなかったのは、彼らが京人であったからだ。

このあらゆる職種に展がる京人の朗従の存在は、朝廷を向こうにまわして戦ってゆくうえでも、今後ますますなくてはならないものとなるのは確かであった。

古山陽道は塩屋から日本最古の厄除神社多井畑八幡宮まで北上すると、弧を描くように南東へと向きを変え、多井畑峠を経て福祥寺《ふくしょうじ》、通称須磨寺《すまでら》へと至る。この須磨寺から西の鉄枴山の麓までの台地は上野《うえの》とよばれ、須磨寺の山号もこれによって上野山《じょうやさん》とする。

途中、多井畑八幡宮で戦勝を祈願した一軍は、須磨寺の境内に入って小休止した。

寿永三年二月七日は新暦の三月二十日、日の出は卯《う》の刻の、細かく言えば三刻《さんこく》（六時十分ごろ）、夜明けは遡ること約半刻の卯の一刻（五時二十分頃）になる。須磨寺を出てから鉄枴山の麓まではゆるやかだが上り勾配であるため、台地の下部に陣を敷く敵に姿をさらす恐れはないが、小松明しか焚いていないとはいえ五百騎がゆけば、月の沈んだ暗い空にわずかでも光は映ろう。よって暁の光を待ち、一軍は一の谷を見下ろす地に至った。

見上げれば浅縹色《あさはなだいろ》の空、その下では、鈍く光る波を抱えて横たわる紺青《こんじょう》の海が徐徐に色を薄めてゆく。右手は鉢伏山が大きく迫出して城戸も垣楯とされた船も隠しているために、ほのぼのとのどかな春の海の夜明けである。

明るくなって来ると、駆け下りようとしている地形も次第に明らかとなった。出だしは少しきつい傾斜である。うえから見れば崖というのではないが、浜の平氏軍の目には絶壁と映っているであろう斜度である。この坂から真南に、海までの最短距離をゆくとなれば最後三分の一ほどでまた急坂となるが、一軍の目標地点は南西方向の一の谷であるから、ここからは台地を斜めに下《くだ》る格好となる。馬に乗り慣れてはいても整備された馬場での流鏑馬《やぶさめ》や笠懸《かさがけ》など、その騎馬術が競技の域を出ないであろう平氏軍はいざ知らず、鎌倉軍に席を置く者なら誰しもが下れる程度の坂だ。ただ出だしの急坂と、途中の谷筋越え、それに松林を縫いつつ全速力で馬を駆けさせなければならないとなると、確かに技術が要る。

これらの情報を間諜から聞いた九郎は、日頃から平地の少ない三浦半島を駆け巡っている義連を大将に持って来た。恐らくかの男には平坦な地をゆくのと変わらぬほど易しい坂落としであろう。そして馬には先頭をゆくものの動きにつづく習性がある。

「ふむ……」

義連は真剣に谷を見下ろした。「こたびの勝敗は一の谷背面攻めが奇襲として成功するや否やにかかっておる」と九郎に固い表情で言われれば、どう攻めれば最も効果的か、と義連も腕の見せどころだけに力が入る。

ほかの武将たちも馬を並べて攻める一の谷を見下ろす。

「如何なさいますか」

「馬を落とす方向は」

誰とはなく尋ねるのに、義連がきっぱりと答えた。

「はじめの急な下りは、この右手に迫り出す山を楯に、左右に折れながら気配を消してゆるりと進みましょう。三町もゆけば、それ、あの扇を開いたように見える松のあたりから、勾配はゆるみます。そこからは先頭を数列に増やし、その間隔を取って一気に下りれば、平軍《へいぐん》から見ればふって湧いた敵、しかも松林に遮られて軍兵数が読めぬのは恐怖となりましょう」

「これは奴らの周章が目に見えるようですな」

「おう、早う駆けたいものよ」

「我らの鬨の声を聞くなり逃げるのではないか。去る倶利伽羅峠のいくさの折も、平軍を囲んだ木曾軍が一斉に喊声を上げたのに驚いて、奴らは自ら地獄谷へ転落していったというからな」

「わっはっは、では大いに喚《おめ》こうではないか。ここも谷ゆえ山彦して、万の兵が下りたかのように聞こえようぞ」

武将たちの顔には勝ちを確信した笑みが浮かんでいる。

「我らが勝利は間違いありませぬでしょう」

盛政も頬をゆるめて言ったが、すっと真顔に戻して鉢伏山上に目をやった。

皆も盛政の視線を追って首を廻らした。と、山上から細い煙が立ち上っている。そこから上がると思って目を凝らさなければわからぬほどに幽かな黒い煙である。もう、笑っている顔はない。

「はじまりましたな」

この煙は、鉢伏山頂の物見が、生田の開戦を山向こうの搦手に伝えるものであった。

果たして、間もなく西から潮風に乗って鯨波が寄せて来た。戦況がわからないのがもどかしい。

「殿は、我らの奇襲の成否がこたびの勝敗を左右すると仰せになりましたが、この福原のいくさこそは今後の鎌倉軍と平軍の立場を決めるものになりましょう」

盛政の言葉にうなずいた義連も声を太くした。

「つまりは、鎌倉の世となるや否やが我らにかかっておるということ。奇襲を成功させねば生きて東国へは帰れぬと覚悟せねばなりませぬ。今は気を高めて襲撃の時を待ちましょうぞ……」

「お、白煙が上がりましたぞ！」

自然が味方した敵陣を攻めあぐねて、苛立ち駆けまわっていた實平が大音声を上げた。

本陣に残る将たちが一斉に鉢伏山を仰ぐ。先ほどと違い、今は何を憚ることがあろう、と言わんばかりの太い煙がまっすぐに立ち上がり、空を割る。

山手が落ちた合図だ。

床几《しょうぎ》に腰かけた九郎も、山上に向けた目を細めた。

「行綱殿、随分と張り切られましたな」

九郎と床几を並べる斎院次官中原親能《ちかよし》の声が明るい。

「摂津源氏の名を背負うていられますゆえ」

九郎も、にこり、として返した。

「あの股座膏薬、如何なものかと信用なりませんでしたが、任せて正解でありましたな」

實平が髭を震わせて顔いっぱいで笑うのに、「ほう、御辺は今の今まで御曹司の御判断を疑っておいでであったのか」と、これも笑いながら親能が皮肉った。

親能は公家でありながらも幼少時を東国で過ごしているからか、ものの見方や考え方が京の公家のそれとは随分違う。それどころか、秀郷流波多野氏に育てられ、体格はよく、白粉や鉄漿を嫌い、武装も厭わず戦場へ繰り出すさまは傍目《はため》には武士でしかない。九郎はこの男と上洛を共にすると決まった時より親しく話すようになったが、さすがに頼朝と早くから昵懇であっただけあってその目指す国のあり方をよく理解しているのが好ましく、また、頼朝を助けておのれも新しい国創りに携わりたいのだ、と熱く語る姿に、人や体制に媚びるのではないまっすぐなものを感じて、頼もしくも思っている。

　また、爽やかで細かくないところも九郎好みであった。そういう男でありながら、やはり身分はあくまで公家であるという貴重な存在で、九郎としては大事につき合ってゆきたいひとりである。

「直《じき》に義連らが下りて参ろう。敵が揺らげば一気に押せ。奴らに状況を読む暇を与えるな」

　九郎は兜の緒を締め、太夫黒《たいふぐろ》と名づけた名馬に跨ると本陣を出た。将たちもあとにつづく。

「間もなく内から閂《かんぬき》が外れる。今一刻の辛抱ぞ。汝らの働き、九郎がこの目で確かめてくれよう。功成《こうな》したる者は鎌倉殿の見参に入れようぞ！」

　大将直々の励ましを受けて、日が天上に高くなってもなお一進一退の戦況に疲れはじめていた兵たちは、俄に活気を取り戻した。

「討てや者共！　押しまくれ！」

「楯の隙をつくるな！　ゆっくり前進しろ！」

　平氏軍も、じりじりと迫り来る敵を寄せじ、と躍起となって矢を射る。

「一陣下がれ！　二陣前へ！」

　實平が怒鳴れば、予《かね》て定めた合図の太鼓が鳴らされ、先頭の一列はまんなかから幕が開くように見事に左右に分かれて次の列と入れ替わった。二の列はさらに前線を上げ、下がった列の兵たちは、楯に取りつけた藁束《わらたば》に刺さった矢を引き抜いて使えるものを選り分け、一か所に纏めてゆく。

「ほう、諸葛亮《しょかつりょう》のやり方か」

　九郎が侍大将を冷やかす。

「この實平とて、蜀《しょく》の軍師が藁を山積みした船団を率いて夜襲をかけ、夜目遠目にさんざん矢を射させて、一夜にして大量の矢を手に入れたという故事くらいは知っておりますからな」

侍大将が胸を反らせる横で、重忠が「来ましたぞ！」と叫んだ。

見れば敵陣のまっすぐ後方の斜面を、紅《くれない》や萌黄《もえぎ》や薄青《うすあお》などの色々が松林に見え隠れしている。と突如、うぉー、と山が鳴った。いま、まさに山鳴りとしか思えないほどの喊声が谷を巻いて浜辺へ吹き下ろした。

平氏軍の駆り武者はたちどころに戦意喪失、ぽろぽろと戦場から零れ落ち、いずくへともなく逃げ出した。

「止まれい。下り来る敵は千騎に満たぬ。我らは二千ぞ。西の城戸が破られる心配はないものなれば、下りて来る奴らを取り込めて殲滅せよ！」

西の大将忠度が声を張り上げ、逃げる者を射て見せしめとするが、駆り武者の逃亡は止まらない。

（ここを下らせるとはな）

敵が古山陽道をまわって背後から攻め入るかもしれない、とは忠度も考えていた。なればこそ、随所に物見を置き、警戒していたのだ。そして、もし敵が古山陽道を来るとすれば、恐らく浜まで下りて海岸沿いを西へ向かうであろうと踏んで、須磨寺の南、千鳥川《ちどりがわ》（千森川）沿いに守備兵を厚く置いたのだが、九郎はそれを見事に外して山側へまわらせた。平氏軍からは崖に見える坂のうえに、だ。

（物見も――）

物見が軍の命運を握っていることを百も承知の忠度は、その人選や数、交代時の規則も細かに定めて当たらせたのだが、それらが一切自軍を護るものとならなかったどころか、敵を助けるものとなっているのは、約束にない白煙が今もまだ鉢伏山から上がりつづけているのを見ればわかる。

（九郎、そなたの勝ちのようだな）

忠度は頬を歪めた。

すでに山を下り切った敵の一軍は、縦横に駆けまわって平氏の軍兵を追物射《おものい》に射てゆく。さすがに累代の郎党は果敢に馬を寄せて挑みかかろうとするが、馬そのものの格が違えば騎馬術も段違いで、とても鎌倉軍の敵にはならなかった。駆り武者のほとんどが逃げ去り、かろうじて持ち堪《こた》えていた城戸口もついに逆茂木が取り除かれ、鎌倉軍が雪崩を打って侵入して来た。あたりはみるみる死傷者で埋め尽くされ、死に切れぬ者の呻《うめ》き叫びが耳を貫く。尻を射られて驚き駆ける馬は骸をぼろきれのように蹴散らし、まだ息のある者の頭蓋を蹄《ひづめ》にかけて割る。

（我も殺生を生業《なりわい》とする武士《もののふ》、死してなお、斯様な地獄を彷徨《さまよ》わねばならぬのであろうか）

思わず振り仰いだ空には、さっそく血臭を嗅ぎつけたらしい黒い影が大羽を広げていくつも舞っているのが見えた。

悔しいが、そろそろ陣を捨てねばならぬ、と忠度は決意した。一の谷の海に並べた船は垣楯としての役を果たすだけの空船、助けの船に乗るには輪田の泊の経が島まで戻らなければならなかった。

旗差しも入り乱れて、誰が敵か味方かわからない。その混乱に乗じて忠度は残る兵をおのが周りに集め、敵と悟られないように馬を引きとめ引きとめ東へ向かった。

（運のよい奴め）

忠度は思った。

（相国（清盛）殿が奴らの命を助けたがために、平氏は存亡の危機に立たされておるのだ）

九郎兄弟無くば、平氏の栄華はつづいたであろうに。

いや待て、まことにそうであろうか。我らを追い落としたのは鎌倉勢と相容れなかった義仲だ。その義仲が水島において最後まで戦わず急ぎ帰洛したのは、九郎らが上洛を図ったからにほかならない。そして九郎によって義仲は斃され、その源氏同志討ちの間に我らは福原まで戻って来られたのだ。つまり京を窺《うかが》える機会を与えてくれたのは、紛れもなく九郎ではないか。

（その機会を、我らは自らの手で潰してしまったか）

このいくさは、勝手知ったる福原で、しかも鎌倉軍に倍する軍勢で迎え撃つという我らの有利に展開する筈のものであった。だがどうだ。東から逃げて来た者が言うには、山手はすでに破られ、生田も押されてもう幾許《いくばく》も持たぬらしい。

（おのが陣も九郎に落とされた）

これは偶然でも九郎の強運によるものでもない。敵の一軍は天から降って来たのでもなく、海中から湧いて来たのでもなく、この忠度の予想したとおりに古山陽道を通って来たのであるから――。ただ九郎の策はおのれに勝っていた、と忠度は素直に認めた。九郎がやったのは、騎馬に劣る平氏の盲点を衝いて奇襲をかけるという、振り返って考えれば兵法に忠実な攻撃であった。それを見抜けなかったのは、九郎の策が優れていたというより汝の能力が低かったからであろう、と言われれば返す言葉はないが、その策は兵法に沿ってはいるものの、兵法を知っていれば見破れるというような簡単なものではなかった。

敵を正面から攻めつつ、敵の弱点のうちのどの部分を、如何なる方法によって攻めるか。その組み合わせは無限といってよい。そのなかから、たちどころに敵情に合わせた一策を選び出し、決して敵に動きを悟られず、しかもその任務に最適な者をして絶妙の頃合いで攻めさせることが出来る将軍を、人は軍神とよぶ。

（奴はまさに軍神であった）

少なくとも我らにとってはそうであった、と忠度は短いため息をついた。

（あの中納言が九郎を抑えられなかったのだ）

大手大将を務める新中納言知盛は平氏一の兵法家である。よって、自然の要害一の谷をより堅牢な城とするため、忠度はおのれの敷いた陣容をあらかじめ知盛に伝えて指示を仰ぎ、処処に細かな修正を加えてもいたのだ。つまり、西の陣は平氏の軍事最高指導者を以てしても護れなかったということになる。

（それに）

もしも努力次第で敵の策をすべて見抜けるのなら、どのいくさも永久に勝負がつかず、政権交代も起きぬことになる、と忠度は胸の内につぶやいた。

唐《から》の史書が教えているではないか。

いずれの時代の末期にも必ず、実際に矛を交えるか否かは別にして、敵に勝る策を建て得る将軍もしくはそのような将軍を擁する者が現れ、前勢力を倒し、次なる政権の座に就く、と。そして時移ろい、その政権が内に抱える将の誰ひとりとして、また新たに政権奪取を狙って現れた者が放つ策に打ち勝てなくなった時、その宿りを歴史のなかに移すことになる、と。

一の谷を振り向けば、火をかけられた平氏軍の陣屋が真っ黒な煙を吐き、吹き敷く春風に激しく身をくねらせている。もう間もなく、このいくさは終わるであろう。

いずれにせよ、決して負けぬ策を講じ得る将軍が新しい権力の世を幕開くのは間違いない。

（九郎はそれをやる男かもしれぬ）

それほどの男を相手にして負けたというのなら――。

福原の旧都に蓋《おお》いかかろうとする黒煙を見詰めながら、忠度は不思議とすっきりとした諦念が胸中に拡がるのを感じた。

一方、東の陣を護る平氏主力軍は、西の空に上がる黒煙を見て慌てふためいた。生田、夢野、一の谷の各城戸口のなかでもっとも堅固で、落ちるなら最後になろうと思っていた陣があっさりと言ってよいほどに早く破られてしまったのであるから無理もない。知盛はじめ、誰もが即座に陣を捨てて逃げ出した。向かうは経が島のあたりに停泊する助け船である。

そこでは、馬を泳がせてゆく公達に交じって、山手から、また一の谷から敵兵に追われ逃げて来た兵卒が必死に波を掻き、我先に船に乗ろうとしていた。百余りある船はどれもすでに満員で、それでもさらに乗ろうとする者たちが必死に伸ばす手に引かれて、何艘もが転覆している。ついに大型の船までが沈むに至って、残る船では、「雑兵は乗せるな」と、船体に取りつく手や腕を太刀や長刀で払いはじめた。

あちらでもこちらでも血がしぶき、兵たちは悲鳴を残して次々ともがき溺れてゆく。

その光景に、あとにつづいて来た者たちは目を剥いた。

——皆、平氏の召集に応じ、平氏のために働いた者ではないか。

その者たちを、おのが命惜しさに容赦なく斬りつけさせる平氏首脳陣の性根が、彼らには解せない。千を生かすために百を捨てるのは兵法の常識であって、首脳陣も平氏軍という母体を護るためには致し方なかったのであろうが、切り捨てられる側にとってはまことに残酷な話である。

船を前にして雑兵たちは泳ぎ止まった。

——ゆくべきか、ゆかざるべきか。

いって斬られるか、戻って射殺されるか。

「うしろは敵、先にいるのは何といっても平氏ぞ！」

そう叫んで再び船に向かった者は、船体に摑みかかるや両腕を薙《な》がれて水面から消えた。

――どうする……。

腹巻という錘《おもり》をつけた体はいつまでも支えきれるものではない。加えて、如月《きさらぎ》の海は容赦なく体温を奪ってゆく。

――もう終わりか。

極限のなかの彼らの頬を、波とは別の塩辛いものが濡らした時であった。

「返せ――！」

大音声が彼らの耳に届いた。

声のする汀《みぎわ》のほうを振り返れば、緋縅《ひおどし》の鎧に白印をつけた武将が太い糟毛《かすげ》の馬を波に乗り入れ、扇で差し招いている。

「返せ！　我らが源氏の大将は降参した雑兵を斬るようなお方ではないぞ。命惜しくば返せ！」

目を凝らせば、浜でも白旗紅旗を振って、戻れ、と招いているようである。

「偽りにあらず！　保元を左馬頭義朝殿、平治を左衛門少尉義平殿に従いて戦いし武蔵国住人平山武者所季重《すえしげ》が、我が大将九郎御曹司に成り代わってよびかけるものぞ。返せ！　返して命を繫げや！」

平氏の雑兵たちは近くにいる者同士で顔を見合わせた。斯様な言には騙されぬ、と船に向かった者を目で追えばやはり斬り払われているが、浜ではまだ海に入っていない平氏の残兵が斬られている様子はない。

――戻ってみるか。

こうして浮かんでいられるのもあと少しの間だ。

意を決したひとり、ふたりが浜へ向かって泳ぎ出すのに連れて、彼らは一斉に元来たほうへ力を振り絞って波を掻いた。

(……やっと減ったか)

がむしゃらに長刀を振るっていた清盛の弟門脇《かどわき》殿こと敦盛《のりもり》は、潮が引くように船の周りから人が消えたのに気づいた。もとより斬りたくて斬っていたわけではない。ほっとしてあたりを見渡すと、驚いたことに雑兵たちは誰もが汀へと泳ぎ戻っている。

(奴らは気が狂うたか)

今しがたおのれがどれほど残酷にその腕を斬り払っていたかを忘れて、敦盛は「射殺されるぞ!」と叫んだが、次の瞬間、おおよそあり得ない光景に我が目を疑った。倒れ込むように汀に着いた彼らを、何と、源氏方の雑兵たちが手を貸して浜へ引き上げ、焚火のそばへ誘っているではないか。

思考の停止した敦盛の目に、鍬形打った兜の緒を締め、赤地の錦の直垂に紫《むらさき》裾濃《すそご》の鎧を纏った小柄な若武者が、黒馬を進めて焚火に近づくのが映った。

一時《いっとき》の静寂ののち、浜から歓声が上がった。平氏方の雑兵たちは肩を抱き合い、地に膝を折ってしきりに若武者に頭を下げた。

(何が起きたのだ……)

敦盛の疑問は、夜に入って嫡男の三位通盛《みちもり》の死を伝えて来たその侍宮田《みやた》滝口時員《たきぐちときかず》によって明らかになった。

「何でも敵軍の搦手大将九郎義經殿の策のようで……。義經殿は浜に上がった連中にこう申したそうにございます」

――平氏一門は知らず、汝らまでが無駄死にすることはなかろうゆえよび戻したまで。汝らを我に従うよう強要する気はない。今より汝らは何に縛られるものでもない。平軍を追いたければ追うがよい。妻子恋しければ故郷に帰るがよい。もっとも、我が軍に従いたければ平山武者所に申し出よ。好む武将の軍に組み入れ、それなりの待遇を保障してやる――。

「雑兵らは感激し、ひとりとして鎌倉軍を離れる者はないといいます」

「ふん、うまいこと言うて我が兵を取り込むつもりか。食うに困らぬうえ、手柄を立てれば取り立ててもらえるとなれば残らぬ者はないわ」

敦盛と共に時員の報告を聞いていた宗盛が吐き捨てるように言った。

「どうせ連中は、我らを追うにも郷へ帰るにも、それを為せる金を持っておらぬのだからな」

「それが義經殿、金は用立ててやる、と嘯《うそぶ》いたそうにございます。汝らすべてを抱えるほうがよほど物入りである、と笑って……」

「たかが一度の勝利で余裕を嚙ましおって。次は必ず泣き面にさせてやるわ。のう、知盛」

よびかけられた軍事最高指導者は、いや、と首を捻った。

「これはなかなか難しゅうございますぞ。こたび真っ先に落ちたのは山手、その大将は行綱と聞きました。あのひと癖もふた癖もある男を斯くまで信頼、いや、斯くまで忠実に従うように仕向けたと言ったほうがよい、それを成したのは源氏両の大将のうち、恐らく九郎にございましょう。真っ先に山手を破られたことによって、我らが船へ向かうのが困難になったは確か。そして落ちぬと思うた一の谷を簡単に落としたのも九郎、一の谷が落ちたと知って生田も総崩れとなった……」

「すべては九郎の策でありましょうな。何しろ、相国殿があれほど大事に扱うておいでであった男だ」

瞳を宙に走らせながら、権大納言時忠が懐かしげな声を作った。

都落ちしたとはいえ、三種の神器を携えて皇位に即いている主上を戴く平氏である。一門の人々は官職を解かれるどころか、折々に除目が行われて昇任すらしていた。当然、中央政権は認めていない。が、そんななかにあって、時忠は交渉のために中央政権からも解官されずに置かれていた真正の権大納言であった。

「父上が九郎を大事に？　まことですか」

宗盛は垂れ気味の眉を持ち上げた。

「そうとしか思えんでしょう。なればこそあの小冠者、長らく京の母の許に置かれ、うえのふたりの兄のように僧にもされずに済んだのではありませぬかな」

「確かに助命された時は赤子であったがゆえに、九郎は京に置かれておった。しかも僧になる約束であったのを、俗人のままであることを許された。だがその代わりに奥州へ配流になったのではないのですか。あの信頼《のぶより》の嫡男、名を何というたかな、我らが妹と婚約して六条で養育しておったのを、平治の大内裏襲撃前に信頼の許へ返した……」

「ああ、信親《のぶちか》ですか」

答えた知盛に、そうそう、と宗盛は首を振った。

「信親は当時四つであったゆえにその成人を待って、確か十六であったな、伊豆国へ流されたではありませぬか。それと同じことだと認識しておりましたが」

「それが大臣殿、どうも違うようですな。三位中将（重衡）殿の話によれば、九郎の処遇について相国殿にはあるお考えがあって、それで秀衡にお預けになったようです」

「なぜ我らの知らぬことを中将が知っておるのです」

宗盛の、むっ、とした顔は重衡に対してのみならず、知ってすぐにそれを伝えなかったおのれにも向けられていると感じたらしい時忠は、ことさら軽く、「相国殿に他意はないでしょう」と、けたけた笑った。

「中将殿がそれを相国殿から伝えられたのは、相国殿の亡くなる少し前であったとか。ちょうど頭痛を訴えられた頃です。虫の知らせか、九郎のことを御子息の誰かに話しておかねばと思われた時に、たまたま近くに中将殿がおいでだったというほどのことではありませぬか」

「で、重衡は何と申したのです？」

知盛が問うた。

「身も知りたかったのだが、今は言えぬ、と中将殿はおっしゃいましてな。それ以上は……そのうちに木曾とのいくさがはじまり、あっという間の今日という日になって、ついぞ何も聞かぬままになってしまいましたわい」

生田の城戸口の副将であった重衡は、範頼軍に激しく追い立てられて船に逃げること能わず、須磨まで来たところで馬を射られて生捕られたという。

(三位中将がいなくなった平氏軍は、車の片輪を外されたようなものだ)

と、教盛は思った。大将の器でない宗盛を、軍事に優れたふたりの弟、知盛と重衡が左右から支えて強く導いてゆくからこそ、計り知れぬ軍力を持つ鎌倉軍にも立ち向かえる可能性が見えて来ようというものだ。

しかも平氏軍の損失は通盛、重衡のみではない。ぼつぼつ届く報告からすると、十余人もの武将が討たれたようであった。清盛七男清房《きよふさ》はじめ、重盛の五男師盛《もろもり》、知盛嫡男知章《ともあきら》、二条三位《にじょうさんみ》經盛《つねもり》の嫡男經正《つねまさ》、四男經俊《つねとし》、末子敦盛《あつもり》、盛國の息越中前司盛俊《もりとし》など。西の陣の大将忠度も討たれた。そして教盛は通盛のほかに三男業盛《なりもり》を亡くし、次男教經《のりつね》はゆくえ知れずとなっていた。

「父上が九郎を何となさるおつもりであったのか、気にかかりますな」

「もうよろしかろう、新中納言殿。今さら九郎が我らと組むこともありますまいて」

「権大納言（時忠）殿の言われるとおりぞ、知盛。それより我らのこれからだ。そもそも軍事はすべてそなたに任せておるのだからな。どうするのか聞かせてもらおう。先ずは屋島へ戻るのか？」

「戻らねば軍勢を立て直せませぬ」

知盛が伏せた目の下で、ほっ、と吐息したのを知ってか知らずか、宗盛は変わらずあっけらかんとした調子で訊ねる。

「で、勢が整うのはいつ頃になる」

「ひと月かかってはおれませぬ。そこにおります阿波重能、こたびは三十艘を率いて海上からの援護でありましたが、彼は弟桜庭《さくらば》能遠《よしとお》と共に屋島の背後の讃岐と阿波をほぼ支配下としております。まずは彼らを恃みとして屋島に戻り、紀伊の湯浅《ゆあさ》、安芸の佐伯、肥後の菊池らを今一度糾合し直せば、再び万の軍兵を見ることが出来るでしょう」

「おう、ではそれでゆこう」

眉を下げて宗盛が顔を崩せば、時忠も「よろしいですな」と、頰をゆるめた。

「次は恐らく船いくさになりましょう。水島であの木曾軍を見事に蹴散らした新中納言殿ですからな。これは楽しみですぞ」

「いえ権大納言殿、鎌倉軍は木曾と違うて船には慣れております。配下の三浦はじめ千葉、梶原、土肥なども水軍を持っておりますし、何と言っても本拠鎌倉が海路の拠点、しかも策を立てるのが九郎となれば、木曾を破《や》ったようには参りませぬ」

「羹《あつもの》に懲《こ》りて膾《なます》吹くとは、まさにこのことだな。小冠者九郎に只の一度敗れたばかりで怖《おじ》けおるとは」

慎重に出た弟を、宗盛は嘲《あざけ》った。

「鎌倉軍が船そのものには慣れておっても、船いくさに慣れぬのは木曾軍と同じであろうが」

「確かに船いくさの話はほとんど聞きませぬが……」

それ見ろ、と宗盛の鼻が鳴った。水島の、勝利のみが瞼に焼きついている宗盛は、そのいくさの準備に知盛がどれほど心を砕いたかを理解していない。

「あの時のようにやればよいのだ。知盛なら必ず出来よう。ここは奴らをひとり残らず海に沈めて、胸のすく戦いを権大納言殿にお見せせねばならぬぞ」

宗盛は目垂《めだ》り顔で、ひゃひゃ、と高音が交った笑い声を立てた。機嫌のよい時に出す音だ。

（何が胸のすく戦いだ）

敦盛は口のなかで舌打ちした。

おのれは戦わず、子のひとりも失っていない宗盛、そして時忠。

（こ奴らに次のいくさを語る資格があるのか）

この危急の時に笑顔を見せられる輩と同じ空間にいたくなかった。敦盛は用を足すふうを装って屋形の外に出た。

甲板に上がって浜を眺めれば、鎌倉軍の焚く火が福原から須磨まで長く連なっている。

それが我ら平氏の野辺送りの火のように思えてしまうのは、西の空に朧に霞む上弦の月の下を、あるいは潮に引かれ、あるいは風に従って紀伊や淡路へ向かい、またゆく先定めず葦屋や一の谷の沖にたゆたう船舟が、音なく、灯りも消え入るばかりにその影を暗く海原に沈めているからであろうか。

（九郎に勝てるか）

確かに東国の武士は海より陸《くが》の戦いに強い。だが、梶原はじめ水軍を持つ氏もあるという。また、豊後の緒方や伊予の河野は反旗を翻したままであるし、大いに恃みとしている熊野はここのところどうも様子がおかしい。

（そして何より九郎だ）

宗盛らは気づいていないのであろうか、と敦盛は首を傾げた。

奥州平泉は、蝦《え》が島は勿論、大陸とも独自に交易を行っており、朝廷や平氏との物資のやり取りにも船を多く使っている。そのため、藤原氏初代清衡は津軽から出羽の海路を整備し、二代基衡はそれをさらに越後まで伸ばし、また北上川河口から常陸、下総の香取《かとり》や鹿島《かしま》の港への海路を開いたという。

その平泉に九郎は客人として預けられた、と時忠は言う。兄清盛が九郎に何をさせようとしていたのかはわからないが、平泉、とくれば何を措《お》いても交易、京人九郎がいずれ平氏と奥州藤原氏の間に立って物資の取引に関わる可能性があるとなれば、藤原氏が航海術を教えていたとしても不思議ではない。蝦が島へはたびたび渡っていたかもしれないし、数年の間には奥州の商人について船で常滑《とこなめ》や安濃津《あのつ》までやって来ていないと誰が断言出来よう。策士九郎が船に長けていたら、我らは終わりではないか――。

ふと、敦盛は人の気配を感じて振り向いた。

「ここにいたのか」

兄の經盛であった。

「大臣《おとど》（宗盛）らの話を聞いていたくはなかったのであろう？」

ええ、とうなずいて、「まだ話はつづいているのですか」と敦盛は兄に問うた。

「ああ、まだ見もせぬ万の軍を如何に配置するか、などやっておる。さすがに聞いてはおれず、出て来てしもうたわ」

經盛は敦盛と並んで浜を見詰めた。その横顔が、朝と比べて十も二十も老けたように思えて、教盛は思わず目を閉じた。

(兄上は一度に三人ものお子を亡くされたのだ)

ことに末子《ばっし》敦盛は今年十七、經盛に似て笛の上手で、經盛は父忠盛が鳥羽院から頂戴して自らが伝えていた名笛小枝《こえだ》を早早と譲り、その才を愛でた。

今日の明け方、合戦を前に、ともすれば不安に押し潰されそうになる皆の心を慰めようと催された管弦の席で、敦盛が吹いた笛の音《ね》の澄んだ響きが耳に蘇る。

じっと動かぬ兄もその耳に聞いているであろう。恐らく、嫡男經正の琵琶も鳴っている筈だ。見詰める浜の火のなかでは、次男經俊が敵と激しく斬り結んでいるに違いない。

「……この先、鎌倉に勝てると思うか」

目は浜に向けたまま、兄が訊いた。

「かなり困難でありましょうが、勝たねば、と思うております」

「そうか……そうであるな」

經盛はかすかに口許をゆるめた。

「弓矢取る身の辛さ、悲しさを嘆いておってはいくさは出来ぬ、か。そなたも子らを失くし、かわいがっておった教經が戻っておらぬというに、心が強うて羨ましい」

「それよりも兄上の、お子を亡くされたと微塵も感じさせぬお振舞い、さすがと敬服いたしました」

「泣いて子らが戻るなら、大臣の前でも権大納言の前でも、いや、法皇の御前でも泣き狂うて見せるが……子らは二度と帰って来ぬのだ。それに、子らを失くしておらぬ大臣らに泣き顔を見られるのも癪な話よ。そう思わぬか」

ちら、と横目で弟を見て經盛はつづけた。

「何が武士《もののふ》だ。武士でなければ、斯様に辛い目に遭わずとも済んだのだ。違うか。福原は我らが都ともいうべき地ぞ。かの地を二刻とかからず落とされ、大事の若将を幾人も失うて、武家平氏の栄華が聞いて呆れるわ！」

敎盛は息を詰めて兄の横顔を見守った。これほど激情を露わにした兄を見たのははじめてであった。

「子らを生きて返してくれるなら、九郎の前に額《ぬか》づこうぞ。武士を捨てろと言われれば捨てる、この身は鬼界が島、蝦が島に追放となってもよい」

「兄上！」

「はは、さぞかし情けない兄と落胆したか」

「いえ……」

「だがこれが兄の偽らざる気持ちだ。今からでも彼らに代われるものなら代わってやりたい。代わって、都でその身を案じておる母らの許へ返してやりたい……」

気づけば、その頰が濡れて光っている。

（兄上……）

何ぞ兄の気持ちがわからぬことがあろうか。おのれも子を持つ父、討たれた子らの無念とゆくえ知れずの子の心細さを思えば身を割かれる思いである。それでもなお戦おうというのは、まだ護るべき一族郎党があるからであり、退くにしてもせめて鎌倉軍と引き分けて、のちの交渉に有利な状況を調えてからにしたいと思うからだ。

しばらく声を殺して嗚咽していた經盛は、ようやく気を静めて弟を振り向き、はにかむような笑みを見せた。

「そなたも辛いであろうに……情けないことを口にして悪かった」

「いえ兄上、敦盛も思いは同じです。病で子を亡くすのも辛うございますが、何ごともなければ天寿を全うしたであろう元気な者を、武士として育て、戦場に向かわせたがためにその命を落とさせてしまうことほど情けないことはありませぬ。もしあの時――頼朝が、東は源氏、西は平氏に統治させてはどうか、と法皇に申し入れて参った時、大臣が意地を捨てて受けてくださっていれば、今日のような日は来なかったのではと思うほどに残念でなりませぬ。今さら言うてもはじまりませぬが、もしあの時の判断が違っておれば、せめて子らの死は避けられたのだとの思いはいつまでも心の片隅に残り、尽きせぬ悔いに生涯身悶えしつづけることになりましょう」

「そなたの思いも同じと言うてくれて、少し心が和らいだ。礼を言うぞ。だがやはりいくさはするものではないのう。どうにも避けられぬなら早く終わらせることだ。九郎めはそれを成しおった。しかも無駄に殺さず、我が軍の雑兵を多く助けたのは見事であった」

「某《それがし》もそう思います」

弟の言葉にゆっくりうなずいて、經盛は再び瞳を浜に転じた。

「子を亡くした親の思いに、子を亡くしておらぬ大臣や権大納言がどこまで寄り添うてくれるか。これからのいくさがさらに悲しいものとなるや否やはそこにかかっておろうな。我が子を殺されてはじめて、我が刃にかかって殺された者の家族の悲しみをまことに知ることとなったわ。許せや者共、許せ……」

新たな涙に濡れる兄の顔が遠く浜の火とひとつになって、敦盛の目のなかで見る間に霞んでいった。

三

その数刻前――。

西の城戸口を突破した九郎は、大勢が決するのを見るや輪田の泊へ馬を走らせた。

御座船はとうに出航しているであろう。だが平氏軍のほとんどの武将は陸《くが》にあり、彼らを迎える助けの船はまだ多く残っている筈であった。それらの規模がどれくらいで、どのような機能を備えているのか、また将たちの逃走の様子もつぶさに見ておきたい、と九郎は思ったのである。

泊近くに来ると、武器も失ない、よれよれになった多くの平氏の雑兵が、泳げないのか、浜に立ち竦んで船を戻してくれと喚き叫んでいる。海に入っている者はさらに多く、沖に目をやれば、ようやく船にたどり着いたものの腕を払われて海中に没してゆく者たちがこれまた大変な数である。

九郎は連れて来たおのが軍ばかりでなく、東から追って来た大手や山手の軍兵たちにも敵の雑兵を討つことを禁じ、海に入っている者たちは、平山季重をして浜へ戻らせた。

敵の大将でも使えるなら斬らぬ、と九郎は考えている。まして眼前にいるのは、個個には平氏と強い誼《よしみ》を結んでいるとは思えない西国各地から集められた雑兵である。なればこれを生かして、本人のみならずその家族をも喜ばせることは、それこそこれから西国一円に源氏が勢を扶植する援けになろうというものだ。

九郎は一旦塩屋の陣に戻り、本陣を須磨寺に移した。

分捕り品を手に、次々に将たちがやって来て合戦報告をする。九郎はそれらを丁寧に祐筆中原信康《なかはらのぶやす》に書き取らせたのち、軍を中原親能と土肥實平に任せて再び東へ向かった。ふたりを残したのは、須磨で生け捕られた重衡が九郎の陣に連れて来られていたからであり、殊に牡丹に譬《たと》えられる優美なこの公達は、京に慣れた者たちで世話してやろうという九郎の配慮であった。

戦場は例外なく凄まじい。

それはすでに知っていることであるし、先ほども通ったのであるが、改めて目に映る惨状と噎《む》せ返る血臭に九郎は幾度も嘔吐《えず》きそうになった。

古来多く歌に詠まれてきた名勝須磨の松原には、真っ向を割られたり胴を斬られた屍体やばらばらになった腕や足、馬の死骸、折れた太刀や矢が散乱し、若草は一気に秋を迎えたかのように緑を紅に変えてしまった。東へ進めば、乗船を拒まれて腕を斬り落とされた者らが波間に漂い、あるいは浜に打ち上げられ、山手鵯越道から駒林《こまばやし》へと流れる苅藻川《かるもがわ》も屍体で埋まっている。随身した者たちも言葉少なであった。

苅藻川を越えて少しゆくと福原の城が見えて来て、九郎たちは馬の歩みをゆるめさせた。

数ある櫓《やぐら》には白旗が括《くく》りつけられ、誇らしげに風に舞っている。平氏は昨年の都落ちの際に福原も焼き払ったと聞いているから、二重の堀も建て巡らされた高い塀も今回のいくさに備えて新たに造れたものらしい。城の周りのどこにも屍体はなく、堀も矢傷や血で汚れていないところを見ると、行綱がここへ到着した時には予想どおり蛻《もぬけ》の殻だったということだ。

入口に近づくと、九郎がこちらへ向かっているとの報せを受けたのであろう、数人が待っていた。

「お、多田殿直々にお出迎えですぞ」

伊勢義盛の声に前をゆく九郎は小さくうなずき、さらに馬をゆるめて悠悠と行綱たちに近づいた。

ひらりと下馬した九郎に、一番前にいた小柄な壮年の武将がにこやかに近づいて、「九郎御曹司であらせられるか」と問う。

「源九郎義經にございます。御辺が多田蔵人殿であらせられますな」

九郎も、にこ、として問い返した。

「如何にも。お目にかかるははじめてながら、御曹司とはすでに駒を並べて戦うておるつもりでおりましたから、何やら懐かしいような気がいたします」

「九郎も同じにございます。それにしてもさすがは蔵人殿、見事な御戦《おん》いぶりにございました」

「恐れ入ります。とまれ、御曹司には御礼申し上げねばなりませぬな。山手攻めの話をいただいた時には、まことに体が震えました。こたび、もしも御期待に沿う働きが出来たのであれば、御曹司がこの行綱を信じて任せて下さったからにほかなりませぬ」

「必ずや落として下さると確信しておりました」

九郎はもう一度、にこり、としたが、「ただ」と眉を曇らせた。

「ここまで見て来ましたところ、一の谷もですが、こちらもまた酷い様でありました。斯様なことをお願いしたばかりに御配下を多く失わせてしまい、それが心苦しゅうてなりませぬ」

申し訳なさそうに瞬く九郎の細やかな気遣いに行綱の瞳は一瞬潤んだが、すぐに、「何の」と胸を反らせた。

「我が源氏が逼塞を余儀なくされて二十余年、先に木曾殿が京に入られた時には、我も我が郎党も諸手を挙げて歓迎したは事実。が、木曾殿、新宮（行家）殿と仲違いされて平氏攻略に協調なさらず、朝廷工作もしくじられて京中を敵にまわしてしまわれた。これで平氏が盛り返せばまた日陰の身か、と落胆するところへ、三位入道（頼政）殿がお育てになった御曹司が鎌倉軍を率いて来られるという。まさしく源氏の世が開ける、と我らは胸いっぱいに希望を抱いて戦いに臨んだのです。死んだ者にも悔いはない筈。死してなお、我らが世となるを夢見ておりましょうぞ」

「有り難いお言葉。そう仰せいただければ思い切って先へ進めます」

言いつつ下げた頭を元に戻して愛馬の曳《ひ》かれていった先に目を向けた九郎は、おっ、と目を細めた。

「あれは我が兄範頼の馬ではありませぬか」

「そうです。大手の大将と伺っておりましたゆえ御挨拶に出向こうと準備しておりましたら、侍大将らをお連れになって一足先にお着きになりまして」

「兄もよほど早く、山手を速攻に陥落させた大将行綱殿のお顔を見たかったようですな。九郎の先を越すとは。あははは」

仮屋と雖も設《しつら》えは立派であった。ここで幼い主上は女院宣下されて建禮門院《けんれいもんいん》となった生母徳子《とくこ》や、今は二位尼《にいのあま》とよばれる清盛の妻時子たちと幾日かは過ごしたのであろう。今一度政権を狙わんとする平氏の切たる思いが感じられる。

「やあ、総大将のお出ましだ」

杯を手に、範頼は上機嫌で九郎たちを迎えた。

「済まぬな。すでにやっておる。まずは祝杯をあげようぞ。さ、九郎殿も盛政も光政も……おや、盛政は？　光政、兄上は如何致した？」

「は、途中で膝を射させて後陣へ退きまして」

「それはいかぬ。命に別条はないのか」

「はい、それは他ごとながら御安心くださいませ」

「ならばよいが……実はこたび、我は身に代えてもと思う大事の郎党を討たれた。この辛さを何と言うてよいやら。かの者の顔が浮び、二度と触れ得ぬのだと思うと胸搔き毟《むし》り叫びそうになる。斯様な思い、九郎殿にはさせんでくれ。佐藤の御兄弟らも、皆大事になされよ」

九郎のうしろに控える縦信たちにうなずきかけて、範頼は改めて杯を高く掲げ、笑顔を戻した。

「こたびの勝利、そして皆の働きを祝そうぞ！」

乾杯、と合わせる男たちの腹の底から響く声が、主の替わった福原の城を震わせた。

「……聞いたぞ九郎殿。何でも、平氏西陣の裏山を駆け下りさせたというではないか。それで一気に西陣は崩れたそうだな。兵卒らはこの坂落としの話で持ちきりだ」

細い目をさらに細くして、範頼は弟を持ち上げた。

「いや何といっても、黒煙が立ち昇った時には驚いたぞ。あの一の谷、さぞ手こずっておろうゆえ早う生田を破って応援にゆかねばと思うておったのだが、黒煙に敵軍が浮足立ってな、逆に我らが助けられたわ。はっはっは。いや、素晴らしい」

「御曹司の御策、まことお見事にございました。おめでとうございます」

景時も九郎を誉めちぎった。冷静な侍大将も興奮冷めないらしい。頬に薄紅を差し、仏頂面を珍しく満面の笑みに変えている。

「おう、景時。そなた、敵軍のなかへ二度駆けしたらしいな」

にやり、と笑う九郎に、「もう伝わっておりますか」と、景時はさらに顔を崩した。

「この源太（景季）めが退く時を弁えず深入りしよりまして、恥ずかしい話でございます」

数百騎を率いて大手軍の先陣を切るかたちで敵軍に駆け入った景時は、散散に暴れまくったのち、頃を見計らって引き揚げさせた。が、見ると景季がいない。源太なくして生きている意味はない、と再び敵軍に駆け入ったので「二度駆け」となったのであった。

「子を持つ武士たる者、子のためには命を惜しまず手柄を立てようと思い、また反対に生き永らえて地位と所領を確実に繋ぎたいと思う。子あるがゆえに思い悩み、生き苦しみ、子というものは持つべきではないと思いながら、いざ子が亡くなるとなれば生きる気力も失せてしまうのが目に見えて、やはり人は子を持つべきものよと思いが改まる。難しゅうございますな」

隣で畏《かしこ》まる景季に向けられた景時の眼差しは、幼子を見詰める父のそれになっている。

「今の景時の言葉、常に頭の隅に置いておきたい」

うなずきながら九郎が言った。

「搦手におった熊谷（直實）が二条三位經盛の末子敦盛の首を上げたのだが、これが息子直家と同じ年頃の若者であることに心を痛めておったわ。戦いのさなか、直家が腕を射させたというだけでも親たるおのれは心配でならぬのに、この公達の親御の嘆きは如何ばかりか、とな。斬るか斬られるか、それでも弓矢取る身はまだそれによって生きておるのだという覚悟も諦めも出来ておる。心に留めて置かねばならぬのは、元来武士にあらぬのに心ならずも巻き添えを食うて死ぬ者ら、つまりは貧しさから募兵に応じ来る者、徴兵によって無理矢理駆り出される者、いや、戦場に立たずとも、厳しい兵糧の取り立てで餓え死ぬ者もいる。それらの親の、悲しみは我らも変わらぬが、常に死を横に見ながら生きて来た我らとは違うそれらの心を少しでも多く救うために、我ら武士は如何に戦わずに勝つかの策を運《めぐ》らさねばならぬ」

「それも焦らず早く、だな」

範頼が笑みを消してうなずけば、景時も杯を下においていつもの顔に戻った。

「否、戦時にあらずとも、都の長袖の贅沢のために年貢を運び、おのれは何も口に出来ず故郷に帰り着く前に斃れる者も多くあるといいます。それらの親にとっては、朝廷に我が子を斬り殺されたも同じこと。この理不尽な死を減らすためにも、我らは極力戦わぬ策を以て、実力無き長袖が自儘《じまま》に政《まつりごと》を操るを止めねばなりませぬ」

「よう言うたぞ、景時」

九郎は音声を太くした。

「そうなのだ。人は戦いはじめると、眼前に起こることのみに縛られてしまう。我らは何のために戦うのか、それを決して忘れぬようにせねばならぬ。弓引き合う戦いの先に、国家の改造があるを誰もが忘れてはならぬのだ……だがともあれ景季」

三歳下の若武者に、九郎は目を向けた。

「よい父君を持って幸いであったな。死なずに済んだ」

「は、ありがたく感謝しております」

「心の底から思うておるのかな」

冷やかしたのは重忠。ぎろり、と景季は睨みつけたが、何せ空気はおのれに分が悪いので余計なことは言わぬに越したことはない、と思ったのであろう、然らぬ体を取り繕った。

このふたり、普段からよくやり合っている。二歳上の景季は兄貴風を吹かせようとし、体格よくきかん気の重忠はそれが気に入らず、序列は実力で決まると肩を怒らすからだが、そもそもはともに九郎に惹《ひ》かれて誼を結んだ者同士、すこぶる仲がよい。

「桜の一枝を箙《えびら》に差して戦うたというはまことか」

景季が黙っているので、重忠が調子に乗る。

「風流なことよ。景季ゆくところ、桜は風に花びらを舞わせ……」

「誰が言うた？」

耐え切れず、押し殺した、だがするどい声で景季は弟分を遮った。

「三位中将（重衡）だ。生け捕られても端正な佇まいを崩さぬ方であるから、よほど景季殿の振る舞いを気に入られたのであろうよ。東国の武士《もののふ》にも風流を解する人があったか、とな。重忠には出来ぬわ」

「何が言いたい」

「いや、景季殿は風流のお人だと申しておるに過ぎぬ」

重忠も都の文化に慣れて今様などもうまく、風雅を知らぬ男ではあるまいに、何とも腹の立つ物言いである。

「あわよくば、我が箙に桜狩に来た輩を生け捕ってやろうと思うたまでだ！」

「おう、それならば見上げた心がけではないか」

九郎が割って入った。それでも景季はまだ、近頃何ぞ嫌な目に遭わせたことでもあったか、と言わんばかりに重忠を睨《ね》めつけるのを、「もう止《よ》せ」と九郎は笑った。

「箙に敵将を惹きつけてやろうというほどの余裕を持てたのなら、景季、大したものだ。余裕は、先ほど言うたところのいくさの目的を忘れずにいるということに繋がる。ただ矛盾するようだが、いくさの只中にある時には、刹那刹那、おのれを最高の緊張状態に置かねばならぬことを忘れるな」

「はっ」

「いくさは勝つためにやるものだ。戦い方の優美さを競うものではない。西陣の大将は忠度であったが、これを討った岡部忠澄が、忠度の箙に筆のあとも新しい歌が残されておるのを見つけおった。忠度は歌の上手と聞いておるゆえ、すぐに心に浮かぶのであろうが、歌を紙に落とす前には、彼の頭は幾許かの時をその歌に費やしておる筈だ。熊谷が討った敦盛も腰に笛を差しておったという。暁に潮騒の向こうに聞こえた管弦の音は、恐らく彼らが奏でたものであろう。無論、平氏が負けたのは忠度や敦盛の所為にあらず。大将知盛らの失策だ。だがおのが氏の命運がかかったこのいくさ、たとえ一分一厘ほどのことであっても、我らに備えられることはなきか、大将に進言出来ることはなきかと、すべての時を、それこそ見る夢をすら、いくさに捧げるのが武士の務めだ。景季のこたびの桜、敵を誘《おび》き寄せるためとのことゆえ構わぬが、惨烈な行為のうちにも情趣を忘れとうないと手折った花枝ならば、以後は心の裡《うち》のみに差し具せ。いくさには風雅も感傷もいらぬ」

ははっ、と平伏した景季は、横で重忠も一緒に頭を下げているのを見た。言い過ぎを反省したか、九郎の忠言を共に受けてやろうというのか。ちらり、とこちらに瞳を向けた重忠を、やはりよい奴だ、と景季は改めて思った。

ふたりが顔を上げれば、笑みを戻して見詰める景時があり、さらにそんな景時を見てうなずき、若いふたりに目くわせする九郎があった。皆も笑っている。暖かいものに包まれて嬉しくなったふたりは、どちらからともなく目を見合せて微笑むと、もう一度頭を下げた。

「さて、これからですが」

九郎は兄範頼に顔を向けた。

「む、九郎殿の話に聞き惚れておったわ。鎌倉殿も仰せであったが、九郎殿の言にはいつも迷いがない。聞いていてまことに胸がすく」

範頼は一段と頰をゆるめたが、すぐに杯を置いて容を改めた。

「で、まずはいつ発つ?」

「明日の早朝には」

九郎も真顔で答えた。

「それは無理であろう。我が軍も討ち減らされたとはいえ、そう簡単に動かせる数ではないぞ。しかも京を出てからの緊張と疲れに、今宵は深酒にもなろう。もう一日でもゆっくりさせてやってはどうだ」

「勿論、軍のほとんどは残します。手負うた者も多くありますし、屍体をそのままにしても置けませぬ。全軍が引き上げるのに数日はかかりましょう。明日は我らと両侍大将、それに従わせるのは百騎ばかりでよい。明後日中には京に入りたいと思います」

「何ゆえ左様に急がれます」

景季が解せぬ顔で尋ねる。九郎は大きく吸って吐きだす息に、「首はすぐに腐る」と低い声を乗せた。

「出来得る限り早う持ち帰って、朝廷にかけ合わねばな。腐った首を並べたのでは、見物《みもの》にもならぬであろうが」

「何と、では首は大路を渡すおつもりか？」

京武者行綱が驚いたのも無理はなかった。たとえ賊徒であろうとも、卿相の位に昇った者の首が大路を渡されることはまずないからだ。近い例では、平治の乱の折、正五位下止まりであった信西《しんぜい》は首を渡されたが、正三位信頼《のぶより》は渡されなかった。しかも今回の平氏の一門は高倉帝の代より外戚の臣として朝廷に仕えること久しい。

「この行綱も源氏一門、平氏の首は是が非とも大路を渡したい。なれど難しゅうございましょうな。慣習を変えるを恐れる公家らが反対するは必定、法皇も平氏をお憎みとはいえ、亡き寵妃御一門の首となれば戸惑いなさる筈」

「だが渡さねばなりませぬ」

九郎の低い声の、さらに底が鳴った。

「我が父義朝も木曾義仲も、賊首として大路を渡された。ここで賊徒平氏の首を渡さぬとなれば世間に示しがつきませぬ。公卿であろうが大臣であろうが例外は許されぬ、と朝廷の連中に教えてやるよい機にございましょう……我らは法皇にしきりと上洛を促されておったとはいえ、平氏追討の宣旨を受けておったのは義仲であって我らではない。これを受けぬうちは真の官軍にはあらず、よって宣旨が出るまでは大人しゅうしておりましたが官軍となればこちらのもの、日本国に鎌倉軍に並ぶ武門はないとなれば、何の怖いものがありましょう。朝廷との直接の対決は平氏を倒したのちのこと、が、官軍となった時点で駆け引きはすでにはじまっておると思わねばなりませぬぞ」

「朝廷は歯嚙みしような」

範頼が愉快そうに笑った。

「平氏や義仲に替えて、ようやく忠実な鎌倉をおのが武力に出来ると思うたら、もっとやりにくいのが来おった、とな」

「はじめが肝心ですからな。兄上にも大いに吼《ほ》えてもらいますぞ」

「なれど御曹司、無理強いはなりませぬぞ」

釘を刺す景時に、言うも愚か、と九郎は頰を歪めた。

「それをうまくやるのが鎌倉殿代官の務めではないか。この九郎が義仲の轍《てつ》を踏むと思うてか」

「いえ、滅相もない。ただ余りに勢いがおよろしいものですから、侍大将の務めとして恐れながら一言申し上げたまで」

「さすがは鎌倉殿、この九郎に意見出来る者を侍大将にとは、ようお選びになっておいでだ」

わっはっは、と笑った顔もそのままに、「これからも頼むぞ」と九郎が言えば、「では遠慮なくもの申し上げましょう」と、景時も笑った。

「それで、誰ぞにここの始末を指揮してもらいたいのだが」

九郎が将たちを見まわすのに、行綱が手を挙げた。

「昔から何かと行き来しておる地ですからな。住民のこともようわかっておりますゆえ、お任せくだされい」

「有り難い。蔵人殿がお引き受け下されればよいが、と思うておりました。土地の者を使わねば片づかぬ仕事ゆえ、土地に明るいお方にお願い出来るに越したことはありませぬ。手伝うた者への謝礼は十分に用意いたします。大いに我らが軍の評価を高めていただきたい」

「金目のものを御用意いただけるなら話は早い。民を振り向かせるにもっとも大事なのは利益の共有ですからな」

「左様。うえに立つ者が利益を独占し、恩恵を悋惜《りんせき》すれば、せっかく手にした天下も失うことになる」

にこ、と笑った九郎は景季に瞳を当て、「そなたも残るか」と問うた。

「おお、そうさせていただきます」

景季に代わって父が答えた。

「景季は残るがよい。残って蔵人殿を手伝い申し上げよ」

景時は息子に言い、行綱に向き直った。

「如何にして潤滑に土地の者を動かすか。不躾《ぶしつけ》ながら、どうかこれを愚息にお教えいただけませぬか。これから我らは西国に勢を植えていかねばなりませぬが、若い者には土地の者らと直接触れ合い、これを纏めてゆくという機会がなかなかありませぬ。民の生活を知らず、民の心を知らずに統《す》べることほど危うく愚かなことはないと考えますゆえ、是非とも蔵人殿の御手腕を見せてやっていただきたいのです」

「某にもお教えくださいませ」

重忠が割り込んだ。

「これはこれは、俄に責任重大となりましたな」

「父の思いとばかりお取りにならんでください。景季、このとおり直々に伏してお願い申し上げます」

「後れを取ったと思うて焦ったな」

またまた重忠がからかった。だが兄貴景季は涼しく受け流して、行綱に深く頭を下げる。これには重忠、今度はおのれが後れまい、と慌てて兄貴に倣い、皆の笑いを誘った。

「いや、よろしいですな。お若い方々が先達に学ぼうとの真摯な御態度、実にすがすがしゅうございます」

目を細める光政に、「そなたも残るであろう?」と九郎は確かめた。

「盛政は二、三日動かさぬほうがよい。先ほど兄上も御心配くださされたが、そなたらはまさしく我が命に代えてもと思う郎党、なかでも盛政は最年長で九郎を支えてくれておる。光政、確実に連れ帰ってくれ」

「有り難きお言葉、兄が聞けば傷も即刻治りましょう」

光政は目を瞬かせた。

「我ら兄弟は殿が十六で京を出られてより、一日たりともおそばを離れたことはありませぬ。佐藤の御兄弟、藤五殿、伊勢殿。どうか我らの分まで殿を頼みますぞ」

案じなさるな、と四人は大きくうなずいた。

「平氏の首が渡されるまでには必ず戻りますからな。我ら兄弟、この日を京で迎えねば死んでも死に切れませぬ。亡き大殿の御怨みの晴らされる日を、我らの待ち望んだ日を……」

「心配御無用。間に合わぬとなれば、盛政殿を輿にお乗せしてでも京へお迎えすること、我らが約束致しましょうぞ」

繼信の言葉に光政はもう礼も言えず、袖を顔に押し当てて、おいおい、泣いた。つられて皆の袖も濡れる。

「我らも首渡しまでには帰洛致しますぞ」

微笑む行綱の瞳も薄く濡れている。

「頼政殿が待ち望んでおいでであった源氏の世のはじまりは、この目にしかと焼きつけとうございますからな」

「左様、我らが世のはじまり、めでたい話ではないか」

九郎が声音を朗と響かせた。

「祝い酒に涙はいかぬ。さ、改めて乾杯だ。兄上、お声をお願いたします」

「おう……各々方、九郎殿の言われたとおりぞ。大殿《おおとの》（義朝）が斃れて二十四年、長かったが、こたびの勝利はいよいよ我らが日本国第一の武者となる一歩である。これを歓喜を以て祝そうではないか――」

男たちが再び乾杯を叫ぶなかで、九郎も涙したい胸の震えを感じていた。

富士川の戦い以来、東国で実質的に地盤を固め、後白河院との交渉で東国の調停権を手にすると同時に頼朝の官職を復活させ、義仲を討ち、官軍となって平氏を追い落とした。この三年で、九郎たちは父の目指した国をぐんと手許に引き寄せたのである。勿論、範頼が言ったように、日本国第一の武家としての活動はこれからのことであるが、源氏の世へと踏み出す餞《はなむけ》に、平氏の首共を大路を渡して獄門にかけるのだ。父や従弟がされたように、だがそれは単なる怨み返しではなく、新たな世が開ける印として……。

（父上や義平の兄上は……頼政のおじさまや競殿も、喜んでくれるだろうか）

それとも、平治より二十四年とは長かったな、と苦笑いしているかもしれぬ――そう思いながら、九郎は杯を口へ運んだ。

「明後日の今頃は、六条堀河でこうしておろうな」

にこやかに、範頼が酒を注いでくれる。その冷たく澄んだ杯の底に浮かんだ母常磐の、輝くばかりに綻《ほころ》んだ笑顔が九郎を抱き締めた。

春宵

一

九日に帰洛した九郎たちは、さっそく平氏の首渡しを院庁に申し入れた。が、院の使者が持って来た返事は、行綱も懸念したとおりの「渡すべからず」。義仲の首を渡しながら平氏は渡さぬというのはどういうわけか、と質《ただ》せば、平氏の罪科は義仲と等しからず、またその身は帝の外戚、近臣、公卿の者である、たとえ誅伐を遂げようとも、首を渡すは不義となる、という。

「これは法皇の思《おぼ》し召しのみにあらず」

使者は言った。

後白河院別当を務めた中山大臣忠親《ただちか》卿や左大臣經宗、右大臣兼實《かねざね》、内大臣實定《さねさだ》など一同が渡すべきではないと言っているらしい。それを聞いた九郎が横に座る範頼を見れば、兄も九郎を見ている。

(政治の中枢にいる者ことごとくを敵にまわせば厄介なことにならないか)

と訊《き》く兄の眸《め》に、

(ここは押し切らねばなりませぬぞ)

と同じく眸で答えると、九郎は使者を見据えた。

「何を措《お》いても平氏の首は渡されるべき、と我らは考えております。それが成されぬうちは、つづけて平氏を追討することも、京を警固することも出来兼ねます。よろしいですかな、首が渡されずば何もはじまらぬということですぞ」

「はあ。なれど首は渡すべからずで、一同御意見の一致を見ておりますれば……」

「それを変えていただきたいと申し上げておるのです」

九郎の音声が少し硬くなった。

「おおよそ僉議《せんぎ》は公卿が行うもの、そしてその公卿の首はたとえ八逆《はちぎゃく》の罪を犯しても渡されぬ定めとは、えらく都合のよい話。公卿はなりとうてなれるものにあらず、能力があるからというて公卿への門戸が開かれるものにあらず、というは貴殿もよう御承知のところ。左様な身分制の元に差別されては堪《たま》りませぬな。内輪のもめごとならいざ知らず、平氏の追討は法皇御自らがお命じになられたこと、これは京童ですら知っておる事実です。法皇におかれては、平氏を賊徒と定められたのなら、位階等に拘らず賊徒として扱われるべきです。罪は罪、その深さによって刑罰に差が出るならわかりますが、それがその人の位階等によって軽重されるなどあってはなりませぬ」

静かだが、地が響くような九郎の太い声に使者は身を縮めた。院庁から遣わされているというのでことさら張っていた威勢はどこへやら、五十をいくらか過ぎた使者は親子ほど歳の違う若武者の貫録に押されて、言葉までが改まる。

「院への御返答は、今仰せられたように申し上げればよろしゅうございますか」

ふっ、と九郎は片頬を持ち上げた。

「ええ。加えてこうも申し上げていただきましょう」

――平氏の罪科は義仲と等しからず、と言えるのは如何なる理由からか。振り返ってみるに、その所業は国家の安定を損なうものである。都落ちに幼い主上と三種の神器を伴い、追討受ける身となってのちも神器を返さないではないか。のみならず、義仲との間では和議は進んでいたかもしれないが、未だ勅勘が解けないというにこの十三日には上洛するとまで明言した。

さて、京に入った平氏はどうするであろうか。おのが戴く主上を正統と主張し、当然ながら後白河院が践祚《せんそ》させた後鳥羽帝を廃するであろう。そして邪魔な院を蟄居させるに決まっているのだ。せっかく清盛が院から取り上げた政権を、宗盛は御丁寧にも返上してしまった。だがそれが失敗だったとわかって同じ過ちを繰り返すほど平氏首脳は愚かではない。院が蟄居に従わなければ武門平氏、偉大な清盛に倣って武力をちらつかせるのは火を見るより明らかである。

義仲は確かに王家に直接弓引いた。だが平氏の罪科――国家を揺るがし、田舎と京に二帝が立つという異常事態を作りだし、三種の神器を以ておのが主上が正統と京に乗り込まんとするこの平氏の罪科が、義仲のそれと如何ほど違うのか説明願おうではないか――。

あくまで冷静に、だが滔滔《とうとう》とおのが考えを述べる九郎の朗とした声に、使者は軽いめまいを感じていた。酔っていた、と言ってもよい。

――我らが平氏の首を渡したいというは、まったく私怨《しえん》にあらず。はっきり言ってどちらでもよいのだ。だが、源氏の首は渡され、平氏の首は渡されぬでは、源氏は平氏に一段劣る家よ、と世間は思うであろう。果たしてそれでよいのか。

もう一度言う。私怨ではない。新たな王家の武力源氏が平氏に劣ると世の人に見られてよいのか、と問うているのだ。公卿であることも帝の外戚であることも恐れず、賊首なれば大路を渡す。これを断行出来てこそ真の武門の雄。そしてこれから王家をお護り申し上げるのが、その真の武門の雄たる源氏である、と世に知らしめるべきではないのか――。

「いや、いちいちごもっともであります」

使者が目尻の皺を深くした。

「御曹司のお考え、下官がしかと院にお伝え申し上げます」

使者高階泰經《たかしなやすつね》、従三位の前大蔵卿である。後白河院とは院が帝として即位した時に蔵人に任ぜられてからの付き合いで、清盛と義仲による院幽閉に連座して泰經もそのたびに解官されており、苦楽を共にしてきたこの近臣に寄せる後白河院の信頼は厚いものであった。

普通は三位に上がればそう軽軽には行動しないものであるが、泰經は自らよく動いた。父の泰重《やすしげ》は従五位下止まりであったから、泰經は異例の出世を果たしたのであるが、三位になったのはほんの一年前であって、それまで後白河院の使いで走りまわっていたのが身から抜けないのか、泰經本人の好奇心の強さがそうさせるのか、とにかく腰の軽い男であった。

(――駒に成り得る)

九郎は思った。

今、朝廷の長は後白河院である。よってこの数百年つづいた組織が難攻不落の城となるかならないかは、泰經たち院近臣の、おのれが生き残る道を嗅ぎ分ける鋭い嗅覚を如何に使うかにかかっているといえよう。

範季はじめ、院近臣はひと癖もふた癖もある者が多いようだ。生まれる前から官位が決まっているといってよい公家社会で、院の寵愛を恃みに何とか隙間に割り込んでゆこうという連中であるから、雲雀骨《ひばりぼね》の弱公家とは比べるべくもない逞しさを持っているのは当然といえば当然であった。

そして幸いなことに、変則で出世する彼らには、慣習を破ろうとする九郎兄弟の姿が魅力的に映るらしい。

たとえば、大膳《だいぜんの》大夫《だいぶ》信業《のぶなり》や、その息子で六条西《にしの》洞院《とういん》の屋敷を後白河院御所として提供している左馬権守業忠《なりただ》なども入京以来何かと協力的であった。信業父子の場合は、信業がかの信頼《のぶより》と基成《もとなり》の叔父に当たることもあろうが、おのれの政治生命に係わってくるというのに、親戚というだけで組む相手を決める筈はなかった。

（この男にも大いに働いてもらおう）

前に座する泰經が我ら兄弟に好意を抱いていることは眸の色が語っている。この男の後白河院第一の近臣という立場、思う存分利用させてもらおうぞ――。

九郎ははじめて、にこり、と笑った。吸い込まれるようなその笑顔。

「頼朝代官範頼と九郎が出す首を渡すか否か。その判断の拠るところは、悪か否か、賊徒か否かのみとしていただきたいと思います」

返事を忘れて九郎に見惚れている泰經に、こちらも満足げな笑みを浮かべた範頼が、「法皇方には、くれぐれもよろしくお伝えくださいませ」と穏やかにつけ加えた。

九郎は何を思って笑ったか。

聞かずともおおよそはわかるようになって来ている範頼であった。


十三日、平氏が帰洛する予定であったまさにその日に、十を数える首は大路を渡され、獄門の木にかけられた。

その夜――。

九郎は自邸としている六条室町邸を出た。向かったのは九郎の実家の一條長成邸、従うのは光政と繼信、それに数人の『あれ』たちである。

一の谷で平氏の物見に成り済まして活躍したのが『あれ』たちとその手下なら、そのまま平氏と共に福原を去り、間諜として情報を送って来るのも彼ら、一の谷には参加せず、今この瞬間にも日本国のどこかを歩いて諜報活動しているのも彼らであった。だが、彼らが何より使命と心得るのは九郎を護ることである。そんな彼らにとって、戦場のみならず、飢饉以来随分と物騒になった街中をゆく時にも九郎の供をしないことなど考えられず、別に取り決めたわけではないのにいつも数人、入れ替わり立ち替わり誰かしらが九郎の護衛についているのであった。

「辨慶《べんけい》」

九郎はうしろを振り返って、僧形の男によびかけた。

「先に行って、我らがおとないを知らせて来てくれぬか」

「承知つかまつりました」

一揖するや、身の丈六尺に届きそうな大丈夫は韋駄天《いだてん》走りで見る間に姿を小さくした。

「あやつは昔から速いな」

「目方は三十貫を超すと言うておったぞ」

「ならば翼でも生えておるのか」

皆が感心するなか、「速ければよいというものでもないわ」と嘯《うそぶ》いたもうひとりの僧形の男がいた。

「足速ければ確かに殿のお役に立てるが、お役目を仰せつかれば殿のおそばを離れねばならぬからなあ」

男はわざとらしく目を細くして、辨慶が気の毒だと言わんばかりである。

「お、常陸坊《ひたちぼう》の嫉妬がはじまったぞ」

「またか」

「実は悔しいのであろう、近頃は辨慶ばかりが点を稼いでおるからな」

皆が一斉に冷やかしても怒るでもなく、常陸坊とよばれた男は剃り上げた頭に手をやってにやにやしている。

「喧嘩を楽しめるとは羨ましいな。仲がよい証拠だ」

九郎も冷やかせば、とんでもない、と途端に常陸坊海尊《ひたちぼうかいそん》は手を振った。

「何が仲よいものですか。辨慶め、顔合わせれば何かと言い腐《くた》しおりますからな。昨夜も寺（園城寺）には何の力もないと抜かしおりました。そなたらは高倉宮（以仁王）と源三位入道殿（頼政）をお助け出来なかった、我らが山（延暦寺）は情勢を過たず読み、戦わずして木曾殿を迎え入れたからこそ平氏を追い落とせたのだ、とまあ、山こそ相国（清盛）殿から賂《まいない》を受けて宮と源三位殿を見殺しにしたといえように、何とも糞腹の立つ物言いでして」

「で、そなたも返すのであろう？」

「それは負けたまま退くわけにはゆきませぬ」

「日頃聞いておれば、そなたもよう辨慶を怒らせておるぞ」

光政が口を挟む。

「頭の殿が東国へ落ちられた折、最初に討ち止めんと立ち塞がったのが西塔の法師だとか、源三位殿をも裏切っておきながら木曾殿につくとは何と無節操、山には確固たる信念はないのか、など言うておろうが」

「や、左様なことを申しましたかな」

九郎は乗る馬が耳を反らすほど声高に笑った。

「それを仲がよいというのだ。まことに仲が悪ければ口も利かぬわ」

『あれ』の仲間で僧形はふたり、しかも共に一騎当千の兵で歳格好も似ている。ただし辨慶は比叡山西塔、海尊は園城寺で修業を積んだ。これがいつも言い争いの種になるのだが、言い換えれば、見かけだけでなく、その何もかもがふたりは似ていて、山出身か寺出身かしか違いがなかったというわけだ。

「結局楽しんでおるのではないか。海尊の楽しい愚痴を聞かされる我らは堪ったものではないわ」

九郎に突き放されて、海尊は慌てた。

「いや、楽しいことなどありませぬぞ。これまで揺らぐことなく源氏の味方であった園城寺の者として、この件は一度、殿の御前にてはっきりさせていただきます」

「九郎には係わりなきことぞ」

「いえ、やらせていただきますぞ。大体、辨慶めは……」

「そなた」

九郎は馬を止めた。

「数日前まで起き上がれぬほどに腰を痛めておったらしいな」

「えっ、なぜそれを？」

「辨慶が教えてくれた」

海尊は大きく吐息し、「余計なことを」と呟いた。

「九郎に言うなと約しておったらしいが」

「はあ……」

「だが約を違《たが》えたというて辨慶を責めるなよ。九郎が余りにそなたの姿が見えぬのを気にしておったからであろう。いくさ前に心配をかけとうないと海尊は言うていたが危篤というのではない、ならば、殿には真実を話したほうが海尊のためにもよいと思うた、というのが辨慶の弁だ」

「あ奴が……」

「海尊が京にあるのは明らかなるに、大事のいくさに断りもなく加わらぬとはまこと忠ならず、殿を気遣わせじの心とはいえ、いくさが終わってのちの申し開きでは海尊の評価が下がってしまう、気の毒だ、とな」

（辨慶……）

「これからの働き、大いに期待しておるぞ。だが無理はするな」

「有り難きお言葉にございます」

九郎は見上げた海尊と視線を絡め、にこり、と笑うと軽く馬腹を蹴った。

じん、としたものが胸の底に湧く。それをいとおしむようにきつく目を瞑った海尊の耳に、九郎が光政たちと軽くやり合うのが聞こえる。

「殿、ちと甘うございませぬか」

「そうか」

「まこと、光政殿の言われるとおりですな。ふたり纏めて一度外へお出しになったほうがよろしいのでは」

「繼信もそう思うか」

「頭を冷やさせるべきでしょう」

「ははは、ならばやはりそうするか。で、光政はふたりの監視役としてついてゆくのか」

「ふたりが美女ならばどこまでもお供いたしますがな。誰があのむさくるしい奴らについてゆきますかい。わっはっは」

笑い声は複数重なった。

九郎の優しさ、辨慶の気遣い、仲間の温かさ。海尊だけでなく、そこにいる誰もがそれらを心地よく感じていた。

室町小路をまっすぐ北へ進んで来た九郎たちは、鷹司小路《たかつかさこうじ》を右に折れた。東洞院大路《ひがしのとういんおおじ》を越えれば一条長成邸はもうすぐそこである。

十三夜の清かな月影に、懐かしい築地塀が濡れている。母常盤お気に入りの遅咲きの紅梅《くれないのうめ》は満開なのであろう、外からはその見事な枝ぶりが見えないのが残念だが、すでに大路を越えたあたりから、夜気は馥郁《ふくいく》たる香を含んで重く揺れていた。

前回の訪れは半年余り前、昨年七月末に義仲の入京を見届けた時だ。それ以前にも奥州から二度、鎌倉に入ってからは数度も京に帰っており、帰れば必ず実家で過ごしているからか、そう懐しいという感はないのだが、嬉しいのに変わりはない。

門の外で、主遅しと首を長くしていた辨慶は、九郎の姿を認めると一揖してなかへ飛んで入った。代わりに転がるように出て来たのは老いた郎党。

「おう、爺ではないか」

九郎の馬の口を『あれ』のひとり、堀三郎景光《ほりさぶろうかげみつ》から受け取った老人は、皺が深く刻まれた顔をこれでもかというほどに崩した。

「相変わらずよう日に焼けて、元気そうで何よりだ」

「いや、もう何の役にも立ちませぬでの。ただ若衆の仕事が気になって彼らについてまわっておりますゆえ、無駄に焼けておりますわい」

ははは、と肩を揺すれば、涙腺のゆるんでいる老人の眦《まなじり》に笑い涙が滲む。

「怖い爺に睨まれて、かわいそうなのは若衆だな」

「口は衰えておりませぬからな……さ、早う御方にお顔をお見せになってくださいませ。若君が上洛なさるとお聞きになって以来、それは御心配でしてな。いえ、お口にはお出しになりませぬし、いつも変わらぬ笑みを湛えておいででしたが、爺めは長年おそばに置いていただいておりますゆえ、お顔を拝見すればわかります。宇治川の折もでしたが、こたびの一の谷も、若君が大江山を出立なされた日より御勝利の知らせが届くまで、菖蒲殿によれば御方はほとんどお休みになられなかったとか。さ、早うに……」

渡殿《わたどの》を踏んでゆくと紅梅の匂いが濃くなった。

ああ母上だ、と九郎は思う。四季折々に母を瞼の裏に追えばいつも、母の愛した花々や風景も共に思い出されるのだが、仲春のこの時期は何といっても紅梅であった。

「父上と義平の兄上は白梅、牛若は紅梅ね」――そう言ってくれた、それこそ春の風に今しがた莟を綻ばせた梅のような、春の母の笑顔が九郎は一番好きであった。

母屋には高燈台を数本も立てて、すでに家の人たちが揃っていた。

皆が再会を喜び、勝利を寿《ことほ》ぐ。

九郎が語る戦いの様子に弟能成《よしなり》は目を輝かせ、継父長成と母、母のうしろに控える菖蒲は目を細めた。妹千草《ちぐさ》はと見れば、母と同じ笑顔だ。小さい頃は父に似ていると思った時期もあったのだが、歳が上がるにつれて母に似てきて、久しぶりに帰るたびに、はっ、とさせられているおのれに気づいて苦笑いする。

「ともかく無事に早く済んでよろしかったこと」

艶やかな母の声が、安堵の吐息を纏った。

「母君は、それはそれは御心配でいらしたのですよ」

柔らかに微笑む菖蒲に、「ああ、先ほど爺から聞いた」と九郎も微笑み返すと、母に向き直り、悪戯《いたずら》っぽく鼻に皺をよせた。

「無事なのは当然ですよ、母上。九郎は母上に死なぬように鍛えられ、生き延びる知恵を授けられ育てられたのですから」

「そうでした。では、もう心配しないことにするわ」

「まあ母上、嘘をおっしゃっては罰があたりますわ。ここふた月ほどの母上のお気づかいようといったら……心配しないなど無理ですわ。兄上も兄上です。ああおっしゃって、実は母上にうんと心配していただきたいとお思いなんですから」

千草が常磐と同じ声で、同じ調子で言って笑った。ほほ、と喉を鳴らした常磐のまろい笑い声が娘のそれと溶け合って響き、空間そのものが色ぐわしく染まるようである。

「しかしながら、ふた刻やそこらで福原を落とすとは驚きであった。いや、戦いはそなたが常々言うておったように早く終わるに越したことはない。それだけ土地の者は被害も負担も少なくて済むであろうからな」

何度も小さくうなずきながら九郎をひたと見詰める長成は、切れ長の目の優しい輝きこそ変わらないが、眦《まなじり》の皺が深くなり、髪には白いものが急に増えたようであった。

長成は年末に体調を崩し、ひと月以上も寝込んでいたという。それを九郎が知ったのは一の谷から戻ったあとで、知らせた堀景光によると、九郎が実家へ来るまでは伏せておいてほしいと常磐に頼まれたということであった。それは長成の意志でもある、と聞いて、海尊もしかり、おのれを今やるべきことに集中させようとしてくれる周りの人たちの心遣いに、九郎は胸を熱くした。

（この義父《ちち》上なくして、今のおのれはない）

我が子たちと一切の分け隔てなく、深い愛情を注いで育ててくれた。いや、我が子でないからこそ、余計に気を使ってその懐に包んでくれたに違いない。母がそれだけ父に愛された証でもあるが、僻事《ひがごと》の人義朝の子を預かり養うことは、清盛が後ろ楯になっていたとはいえ、相当厳しいものであったろう。

(義父上は確か、今年六十五歳におなりの筈だ)

もともと細身の長成であるが、寄る年波と病のせいでさらに細くなり、優雅に着こなしている木賊《とくさ》色《いろ》の狩衣の襟が囲む首や、袖口から覗く腕にはまったく肉がなく、陽気は日ごと春めくというのに寒そうですらある。

(せめてあと少し、源氏が確実な一歩を踏み出すところまで見ていただければ)

義朝も清盛も、義仲も成し得なかった武士《もののふ》が実権を握る世を、この九郎義經が創り上げる。そのすべてを見せることは叶わなくとも、せめて国創りのための地均《じなら》し、つまり平氏追討の完了までを見せることが、その後半生を我ら親子に捧げてくれた継父への何よりの孝行になるのではないか――。

胸の底から突き上げた長成への感謝は、目の奥を熱くする前に、平氏は必ずこの手で平らげてやる、と新たな闘志となって九郎の体を駆け巡った。

「……左様にございます」

九郎に代わって、光政が長成に答えた。

「殿の土地の者への御配慮は、名だたる武将方もそう真似出来るものではありませぬ」

広間の外側、廂《ひさし》の間で光政は胸を張った。

「抗いなき者を討った者はたとえ過ちであろうとも許さぬ、との御命令ゆえ、我が殿の軍のゆくところ、まことに被害は少のうございます」

「宇治川から御入京の折もお見事であられたとか」

いくさ話に興奮冷めやらぬ能成は、頰を上気させて眩しげに兄を見詰める。

「九条あたりでまったく狼藉なし、と右大臣（兼實）が称賛されたことは即刻御所中に知れ渡りまして、能成も我がことのように誇らしゅうございました」

「木曾殿の二の舞はやれぬ。それきりのことだ」

取り立てて言うほどのことではない、と笑って九郎は首を横に振ったが、「そればかりではありませぬぞ」と光政が声を大にした。

「何しろ殿は、敵の雑兵までお助けなされたのですからな」

「まあ」

常磐の花顔が、ぱっ、と輝き、長成は、ほう、と声には出さないが口を窄めて目に感嘆の色を浮かべるのを、光政はおのれが誉められたように得意がってつづけた。

「敵方も誉めちぎっておるようでございます。情にもろい女性などはもう、皆涙を浮かべて……」

「おい、大げさであろう」

九郎が遮った。

「いえ、今朝方屋島から戻った喜三太《きさんた》から聞きましたゆえ、偽りではありませぬぞ……助けられた雑兵はすべてが殿の配下となることを望み、佐藤殿の部隊を合わせて今や殿直属の軍兵は数百を数えております」

「お、それほどになっておるか」

訊き返す九郎に、「こちらの話は確かであります」と、光政の横で繼信が笑った。

「こちらの話は、とは聞き捨てならぬぞ佐藤殿。喜三太が言うには、平氏陣中でも二条三位（經盛）

や門脇中納言（教盛）が殿のことを口を極めて誉めたらしゅうて、それからは源氏や鎌倉を悪く言うとも殿を悪く言う者はひとりもおらぬということだ」

「わかった、わかった。もうそのあたりまでにしておいてくれ。何やらこそはゆうなる」

くしゃっ、と眉を顰めて九郎は光政を制した。

常磐と長成に、はじめて九郎を大将としたいくさの、それも勝利報告が出来るのが嬉しくてならない光政である。強くて情けある我らが大将は、敵方にも一目置かれ、かつ好かれねばならないのだ。

（放っておけば光政の口は止まらぬわ）

九郎は苦笑し、「雑兵らを助けられたのも、平氏をあっという間に追いやれたからだ」と、声を太くして話の向きを変えた。

「勝利の原因はひとつに策、ひとつに武将らとその麾下の活躍がある。だが忘れてはならぬのは、確実な勝利への工作を秘密裏に行った景光や辨慶らの働きだ……おや、彼らはどうした」

光政と繼信のいる庇の間にも、その外側の薄暗い簀子にも姿がない。と思ったら、「我らはこちらに」と、その先の庭から返事があった。

「おう、なぜ庭におる。上がって来い」

九郎に言われても、庭の連中はもぞもぞとするばかりで、立ち上がる気配もない。

「そなたらがおらずば、勝利はなかったやもしれぬ。九郎は我が自慢の郎党を、義父《ちち》と母の前で褒めたいのだ。さあ、早う上がって来い」

「いえ殿、我らはここで……」

景光が答える。

「何だ、遠慮はいらぬぞ」

「遠慮など、我らはお庭に入れていただけるだけでありがたいことと思うております。一條殿と御方には如何ばかりお援けいただきましたことやら、皆、こちらのほうを拝んでからでなければ眠れぬほどにて……」

「我らには命の恩人であらせられますゆえ」

海尊も言った。九郎が聞いたことのないような細く優しげな声で、である。

長じてこそ、それぞれがさまざまな職に就いて稼ぐようになったが、それまでは『あれ』で、賊から分捕った刀剣などを九郎に分けてもらい、食糧に換えていた彼らだ。

頼政によって『あれ』の活動を止められ、しかも九郎が奥州へゆくことになると知って、彼らは青ざめた。おのれのみなら何とかなるかもしれないが、幼い弟妹や、金や食糧を持って帰れば涙して喜んでくれる母をも養うのは無理だ――頭を抱えた彼らを援けたのは、ほかの誰あろう、常盤夫婦であった。それは日々の糧に止まらず、医者の世話から姉妹の結婚、彼ら自身の就職の世話にまで及んだ。長成邸を拝まなければ寝られない、とは彼らの真《まこと》の言葉なのである。

また、九郎から『あれ』の話を聞いた橘次も、彼らの義侠心と、九郎と作り上げている絆に感じ入り、常盤に協力して惜しみない援助を彼らに与えた。彼らは九郎の諜報機関となるや実に円滑に橘次の活動と連携したが、それは彼らが一人前になる以前から常盤を通じて橘次との間に揺るぎない信頼関係を築いていたからにほかならない。

九郎は簀子まで出て、庭に膝折る彼らに微笑んだ。

「そなたらは九郎の大事な郎党ではないか。郎党を養うは家の務め、義父も母も当たり前のことをしたまで。六条堀河の館でも同じようにとはいかぬが、ここや室町の館では身分は関係ない。さ、早う上がれ」

「そうですわ。お気になさらず、お上がりなさいませ。間もなく膳も整いますゆえ」

常盤にまで柔らかに促されては、いつまでも頑なではいられない。

そなたがゆけ、いやそなたが先だ、などと押し合いながら、男たちはようやく庭から上がり、簀子にちょこなんと座った。皆大きな背を丸めて、雨に打たれたむく犬のように嵩《かさ》がいつもの半分ほどになっている。頬を赤らめて無口になってしまったのも、少しでも目を上げれば若い頃から憧れ慕って来た佳人の、花も恥じ入る笑顔が目に映るからだとなればいじらしい。

「先ほど九郎が、そなたらがおらずば勝利はなかったやもしれぬ、と言うたが、まことにそうであろうと思う。景光はじめ、皆には身からも礼を言うぞ」

長成の言葉に、むく犬たちはますます小さくなった。

「いくさは、実際に矛を交える前に勝利を収めておるが理想。そのための工作が如何に大事でまた難しいかは、弓矢取らぬ身にもわかることだ。だがその工作は軍の機密ゆえ、いくさが済んだのちも公とされず、それを請け負うた者が表立って賞されることもない。世間の称賛も華々しく敵首を挙げた者ばかりに向く。そなたらには何かと腹立たしいこともあろうが、どうか九郎を支えてやってほしい。このとおりだ」

長成に頭を下げられて彼らは驚き、無口になっていたことを忘れて「勿体のうございます！」と叫び、額を簀子に擦りつけた。

「我ら、武将方が望まれるような手柄は欲しておりませぬ」

「左様、むしろ武将方がお知りにならぬ策を殿からお授けいただき、それこそ実際に戦う前に軍の勝利を殿と共に作り上げることに我らは満足致しております」

「何を措いても、殿と共に働けることが我ら最高の悦びにて……」

「おお、ありがたい。そなたらが斯様に言うてくれるなら、何の心配もないわ。のう」

長成は妻を振り返って微笑んだ。常磐も優しく夫にうなずき返す。

そのとろけるような笑顔を見て、むく犬たちはまた消えそうに縮こまってしまった。

目の前に酒肴が並べられても、彼らは硬くなったままである。

「世話のかかる奴らだな」

九郎は呆れ笑い、その前に座り込んで酌をしてやった。

気軽な主の心遣いに場が和む。ほっ、と気持ちが軽くなったところへ、普段めったに口にすることのない澄んだ旨酒で喉を潤されれば、彼らとて自然に頰がゆるむのを止めようがない。まして急ぎ運ばれて来た焼き蛤《はまぐり》の、白い湯気に包まれて立ち昇る醬《ひしお》の香ばしい匂いを嗅げば、顔を戻せと言われても、もう無理である。つい今しがたまで路傍の石仏と化していた海尊や辨慶も、すっかり相好を崩してふっくらと厚い貝肉に舌鼓を打った。

話はいつの間にやらまた福原の戦いになっている。光政が面白く語るいろいろの武勇譚に、部屋は沸き立ったりしんみりしたりと忙しい。

「――――なれど平氏の輩、今日の入洛を決めておったということは、古昔の如く源平相並び召し使われるものとでも思うていたのでしょうか」

飴色に煮つけられた諸子魚《もろこ》に箸を伸ばしながら、能成が九郎に問うた。

「であろうな。木曾殿と違って、鎌倉殿が幼少時より院に近しいことは平氏の知るところ。恐らく鎌倉方は院の意に忠実に動くものと平氏は疑わなかった筈だ。となれば、院への働きかけ次第で鎌倉軍とは戦わずして地位回復の道が開ける、そう踏んだのであろう……思うに、今日のこの日の入洛宣言、単に官軍となった源氏に対抗するためばかりではなかろう。実のところ、前《さき》の大臣宗盛は院と密かに神器の入洛について話を進めておったのではないかと思う。今の平氏にとって、叡慮を縛れるのは神器の入洛をおいてほかにないからな」

「ということは……神器入洛の話がついたがゆえに平氏が今日の入洛を宣言したのだとすれば、院の御本心としては、平氏追討を望まれていなかったということになりますか」

「いや」

九郎は手にしていた杯を、くっ、と空けた。

「そこが後白河法皇というお方のひと筋縄ではいかぬところだ。それに宗盛も、神器のみお返し致します、とは言わぬ」

「それではただの敗者ですからな」

光政が口を挟む。

平氏としては、神器が京に帰る時には、建禮門院が生んだ安徳帝が元の御座所に帰らなければならないが、後白河院がそれを許すなどあり得なかった。おのれが践祚させた後鳥羽帝を廃せば、自らの手でおのが権威を地に落とすことになる。院はただ、後鳥羽帝を王権の正統と世に知らしめるために神器を取り戻したいだけなのだ。

「如何に御意を通すか。院はさまざまな条件をお出しになりつつ、かつ宗盛を怒らせぬよう交渉なされたであろう。その院の穏やかな御姿勢を、宗盛はおのれによいように解釈した」

「院は神器をすべてに優先なさると思うたのですね」

ふたつめの諸子魚を箸で挟んだ能成が納得顔でうなずく。

「左様」

酒を注いでくれた菖蒲に、目で礼を言って九郎は杯を口に運び、つづけた。

「平氏の主上をお立てになるのかならぬのか――未だ賊徒の身なれば、宗盛は院にそう露骨には迫れぬ。よって院の御意向に依《よ》らず、ともかく十三日に入洛と強く出たのだ。神器は京に戻りますぞ、さあ、院は如何遊ばされます、とな」

「つまり……神器が入洛してしまえば、さまざまに仰せの院もお静かになられよう。あとはじっくり要求をお呑みいただくよう仕向けてゆけばよい、とこういうわけか」

「そういうことです、継父上」

「いや何とも暢気な宗盛よ。あのお方がそう思いどおりにゆくなら、なぜ相国（清盛）殿があれほどに手を焼く？」

長成は乾いた声で嗤ったが、ふと表情を改めた。

「だが、朝廷は最後まで割れておったらしいな」

「ええ。右大臣（兼實）の一派はあくまで院の御使《みつかい》を遣わして平氏を宥《なだ》めるべきと主張しておったようです」

後白河院が清盛と衝突するたび、解官されるなど処遇が悪くなった院近臣は追討の大合唱である。対して、天皇補佐が本来の仕事である摂関家にとっては、神器の無事帰洛がもっとも大事なことである。

「これは平氏を引級するものにあらず、ひとえに神器の安全を思う故なり、と大臣は言われたらしゅうございますが、木曾殿にまで幽閉される無力ぶりを晒《さら》された院ですぞ。しかも範季殿によれば、大臣自身が院を情けのう思うていられるという。左様に権威の無いお方の御使が如何ほどの成果を持ち帰れるのか。もしや平氏をうまく言い含められると大臣がまことに思うていられたなら、それはあまりに世間知らず」

九郎は鼻で嗤った。

王家も藤原氏も軍を養うことなどはるか昔に捨て去り、先祖が打ち立てた権勢のみが国の民に君臨する所以《ゆえん》であるのというに、それがかつてないほどに揺らぎ、地に落ちかけているのだ。そのような状態にありながら、武力を以て主上の外戚にまでのし上がった平氏に対して、院の御使がゆけば御意に沿うであろうと思うのは幻想でしかない。

「ただ、冷静な右大臣でも神器が戻るのではと期待するとなれば、院がそう思し召されるのは致し方のないことです。我らが京を出立してなお、静賢《じょうけん》法印を遣わそうとなされていたのですからな」

「なれど、法印はお断りになられたとか」

杯を口許まで持っていった手を止めて、能成が兄に尋ねた。

「ああ。院におかれては勇者を遣わして平氏を征伐せんとお考えの由、一方で我を和平の交渉にお遣わしになろうとは、これ甚《はなは》だ矛盾、ときっぱり言われたらしい」

静賢は平治の乱で誅されたかの黒衣の宰相信西入道の息である。父に連座して安房国へ流されたが、帰京後は後白河院の側近として義仲との交渉に当たるなど、その政治活動は父に似て活発である。法勝寺執行法印を務め、院近臣ながら兼實・慈圓《じえん》兄弟と親しく、歌に秀でて俊成などとも親交がある。

「静賢法印の言い分、もっともなことだ」

長成がうなずく。

「法印は、院の第一の寵臣泰經殿も一目置く交渉上手であるからな。法印が辞退すればあとを受ける者のおらぬことは院もようおわかりの筈。結局、院は御使を立てるを諦められ、平氏追討一本にお心を決められた、ということだな」

「それでよかったのでしょう。もともと院の平氏を追討なさりたい思いは、神鏡剣璽への思いに勝るものであったのですからな」

「では、院から平氏へ、和平の儀は持ちかけられなかったのですね」

能成が確かめるのに、そうだ、と九郎は答えた。

「では、あれはやっぱり風聞だったのか」

なぁんだ、そうだと思った、と能成は顔を顰めた。

「あれ、とは？」

長成が訊く。

「はい。何でも、院は靜賢法印に断られたあと、別の御使を立てられ、——鎌倉方には御使が宗盛の勅答を持って京に帰り着くまでは狼藉なきように命じたゆえ、汝らもいくさを仕掛けぬように——、と平氏方に仰せになったと言うのです。それも追討軍の出立ののちに」

「誰だ、その御使は」

今度は九郎は顔を顰めた。

「さすがに平氏の内での密談まではわからぬが、院の動きはすべて把握しておるぞ。だが、そのような御使はおらぬな。それに、その院の仰せられたのが事実であったとして、それを信じる愚か者がどこにおる？　すでに動いておる追討軍に対して、攻めぬよう命じたから汝らも攻めるなと言われて、戦わずに済むとはこれは嬉しや、と軍備を解くほど平氏は烏滸か？」

九郎は、からからと笑った。

「笑わせおるな。天下の平氏があまりにあっけなく負けたゆえ、都におる平氏方の誰某かが悔し紛れに創り出した話であろうよ。見ておれ、奴らはそのうち、鎌倉軍が攻め寄せたが平氏軍は院宣を守って進み出なかったから負けたのだ、と言い出すぞ。それが、二十年も我が朝第一の武家の座を護った平氏を、愚鈍なり、と貶《おとし》めることになるとも気づかずにな。いや、もしかすると平氏方の者でなく、実は鎌倉方の者かもしれぬわ。こたびのいくさに加わらなかった誰某が我らの鮮やかな勝利を妬《ねた》んで、このいくさの真の勝因は追討軍の実力にあらず、院の計略にあり、としたいのかもしれぬ」

「それもまた、鎌倉軍を貶めることになるではありませぬか。たとえ院の計略が真の勝因であろうと、追討軍の策により勝利した、と宣伝するのが味方の務めではないのですか」

能成が憤慨して眦を吊り上げた。

「いや、誰が言うたかはわからぬぞ。ただ、左様なお人よしをする土地柄ではないのは確かだな、東国というところは。おのれを優位とする機会を、いつも目を皿のようにして探しておる」

「嫌なところですね」

「はっはっは、そう思うか。連中は明らか過ぎるほど明らかに利を求めて組み、益なしと見るや鮮やかに関係を捨てるからな。だが、それは武士本来の姿とも言えるわ……ま、東国はともかく平氏だが」

ふっ、と鼻で笑いながら、九郎は杯を下に置いた。

「院が神器よりもおのれらの追討を望まれていたとは、連中も驚いたであろうな」

「先の木曾殿に下された平氏追討宣旨も、院の御意志ではなく、木曾殿に強制されて下されたものと思うておったでしょうからね」

能成も笑う。

「そうよ。だが院は木曾殿を都から追い出したい、ただそれだけのために、平氏を討てと仰せになったのだからな。国のためでも国の民のためでもない」

九郎が柳の葉のように細めた切れ長の目を、常磐の暖かな瞳が受け止めた。照れくさそうに目を瞬かせた九郎に、にっこり、と母は笑みを零した。

「それで、次の追討はいつ頃になりますの？」

「さあ、それは。まだ先になるとは思いますが」

「そう」

「某《それがし》のまわりでは、兄上が来月にも攻め寄せられるらしいと噂が立っておりますが」

能成の言葉を、「それはない」と九郎は即座に否定した。

「平氏の今度の拠点は屋島だ。そこへ攻め入るにはまず船を調えたうえで、海を知る者共の協力を取りつけねばならぬ。それもこちら側のみならず四国側にも必要だ。よって、そうすぐに動けるものではないぞ。しかもその前に、洛中洛外の治安に策を講じねばならぬし、鎌倉殿の代官として恩賞や訴訟の調停にも当たらねばならぬ」

へえ、と挙げた能成の声は、驚きよりも感嘆の色が勝っている。幼い頃から何ごとにもずば抜けている兄を憧れ慕って来た能成には、武門の雄源氏の大将にして、これからは京で政治家として活躍するであろう九郎の姿がますます颯爽《さっそう》と映るらしい。

ぽっ、と頬を膨らませ、能成は眩しく兄を見詰めている。そんな息子に投げかけた柔らかな微笑みを、常磐はそのまま九郎に向けた。

「当分は京を離れられないようね」

「ええ。生け捕りとした重衡卿のこともありますし、高野山などから兵糧米の賦課停止を願う訴えもすでに入って来ておるようですから」

「まことと、今日も首渡し以外に朝からおやりにならねばならぬこと山積みでして。殿がお体を壊されぬかと気がかりでなりませぬ」

眉間に皺を寄せる光政に、「大したことはない」と九郎は首を横に振った。

「なれど、今日などは庭をお歩きになる時間もなかったではありませぬか」

「それはそのような日もあろう。だが疲れはないわ。そなたに扱《しご》かれた鞍馬での修行のほうがよほど辛かったぞ」

ははは、と九郎は笑って、光政に軽く目くわせした。それが母を心配させるなという意味であると素早く悟って、しまった、と目を伏せた光政を、横から繼信が助ける。

「殿が御丈夫なのは我ら重重承知。なれどほんのわずかお口数が少のうなったり、たった一日でも弓場へおいでになるのをお止めなさったりするだけで、おそば近くにお仕えする身としては気になるものです。この繼信でさえそうであるのに、殿を御幼少の頃より見ておいでの光政殿なればなおのこと」

簀子に居並ぶ『あれ』たちも神妙な面持ちで九郎を見詰めている。

「よって殿。これからは、殿がいくら疲れておらぬと仰せられようとも、御休息いただかねばと我らが判断した時にはお聞き入れいただきますぞ。よろしいですな」

いつにない強面の繼信に、九郎も「わかった」と殊勝顔をして見せた。

繼信は常磐に向き直ると、別人のように柔らかな笑みを浮かべた。

「御休息の折には、殿をこちらへお連れ致したく存じますが、よろしゅうございましょうか」

「ええ是非……ここでも船岡でも、繼信殿のよいと思われるところへ連れ出してやってくださいませ」

「ありがとうございます。殿の御健康は我らがお守り申し上げます。御案じ召されませぬよう」

一揖する繼信に後れじ、と光政も頭を下げれば、「あれ」たちも慌てて平伏した。

「よい方々に囲まれて、ほんに牛若は幸せですこと」

久しぶりに母のまろやかな声で幼名をよばれて、九郎は気恥ずかしくなった。と同時に素直に嬉しくもあった。一人前の男九郎義經としての活躍を認めてもらいたい一方で、母のなかでは永遠に少年牛若でありつづけたい。世の多くの息子たちの母に甘えたい思いと同じそれを、九郎もまた持っている。

「いつでもお越しくださいませ」

常磐の声かと思えば千草だ。

「父上、母上は勿論、能成の兄上もお喜びになりますわ。もっとも、わたくしがお相手して差し上げてもよろしいのだけれど」

「千草が相手ではかえって疲れそうだな」

「左様左様、左様にございましょう、兄上。気の強い妹に日々振りまわされておる弟を哀れとお思いなら、三日にあげずお越しくださいませぬか。兄上が加勢してくだされば如何ほど助かるか」

眉を下げてさも悲しげに言う能成に、どっと皆が笑った。

「おお、わかるわかる。では能成には六条堀河で九郎の仕事を手伝うてもらうとしようか。家に居ることが減れば、やり込められることも少のうなるぞ」

冗談で言っているのではない。入京前から中原親能と協力して朝廷内部に与同者を増やしつつあるが、血縁者が加われば何かと動きやすくなる。

「どうだ?」と皓い歯を見せた九郎に、「参ります!」と能成は飛びついた。

「まあ、よほどわたくしが酷いように聞こえますわ」

千草は、ぷい、と剥れたが、次の瞬間、牡丹が花弁を散らしたかのような笑顔を見せた。

今年十九歳。見た目も内面も母に似た千草がかわいくてならないのは、九郎も能成も一緒だ。

部屋を見回せば、父母や菖蒲が穏やかに微笑み、頼りになる男たちが爽やかに笑っている。

この笑顔のどれひとつとして欠けてはならぬ、そのためには勝たねばならぬのだ、と九郎は改めて強く思った。

勿論、勝っても犠牲が出ることは免れない。そして味方の何倍、何十倍といった犠牲を敵に強いることになる。そのひとつひとつの命に向き合えば、大切さ、かけがえのなさに敵味方の区別はないことくらい九郎も痛いほどわかっている。だが尊き犠牲を乗り越えても成さねばならないのが国家改革なのだ。

何も源氏の世とするためだけではない。よりよい国とするために、実力ある者の治世とするために、今の世を壊さなければならないのだ。歩みを止めれば、荒地開拓の辛さも年貢搾取による民の疲弊も知らず、おのれを養う財源は無尽蔵にどこぞから降って湧いて来るもの思っているからその使い方も弁えず、ぞべらぞべらと贅沢に明け暮れている者たちによるお粗末な政がつづくことになる。そして、平氏には今の世を壊す力量はない。

戦わずして勝つ。

兵法の基本、九郎の望みとしてはひとりの犠牲も出さずに済ませたい。無理だというなら最小限の犠牲で済ます。敵を落とすのに幾日もかかるようならいくさには踏み切らない。短期決戦、半日で勝利を上げられる確実な策を立てることが出来た時、東の猛虎源氏は天翔け上がり、西の龍平氏の喉許に喰らいつくのだ――。

しばらく中天を漂っていた雲が去ったらしい。

顔を出した月は青白い光を遣り水に流し、庭の奥に設えられた池にくっきりとその姿を映している。

(じっくり準備せねばならぬ。すべてに勝つために)

静影璧を沈むが如く、九郎の胸に国創りに向けた新たな決意が広がった。

二

手痛い損害を受けて屋島へ退いた平氏は、しばらく動けまい。こちらも攻め寄すに当たって、九郎が能成に言ったとおり、船と航海術に長けた者を揃えなければならなかった。

よってしばらくはいくさがない、となれば故郷へ帰りたくなるのは人情。ことに土地に執着の強い東国の武士である。洛中及び畿内警固の部隊を残し、競うように都をあとにして行った。中原親能も合戦の報告と頼朝の上洛を促す院の御使を兼ねて下向、範頼の帰還も決まり、都での任務の一切を九郎がほぼひとりで引き受けることになった。

「済まぬな」

人のよい兄範頼が申し訳なさそうにするのに、「お気になさいますな」と九郎は笑った。

範頼ははじめ、九郎を補佐するために京に残る意志を見せた。

だが、いくさはこれで終わったのではない。次回、巻き返しに決死の覚悟で挑んでくるであろう平氏軍に対するに、鎌倉軍としては今回をうわまわる数の御家人を上洛させねばならず、これを率いるのはやはり鎌倉殿の御舎弟であるべきだ、と九郎や範季たちに説得されたうえ、頼朝からも、「範頼は戻るように」との通達が届いて、帰ることに決めたのであった。

父義朝の遺志を全うするには、兄弟がそれぞれの力を発揮しなければならない。

怖いもの知らずの若武者から老練な旧臣までを巧みに率いて西向するのが範頼の仕事なら、上洛すべしとの院の命を受けたとて、都恋しくとても、上洛してはならないのが頼朝の務めであった。京から離れた鎌倉に拠点を据えてこそ、鎌倉政権は王権を相対視出来るからだ。

そして九郎が担うのは、京都守護として中央権力と対峙することであった。

鎌倉殿はその地を離れず、京には守護を置く。つまり、京に出先機関は置くがあくまで本拠は鎌倉であって、王家と直接折衝する京都守護は、京にありながら王家の意志で動くものにあらず、最早中央政権の見せかけの威光に動じない武家政権を戴いているのだということを、現在朝務を執る者たちにはっきりと示そうというのである。

鎌倉政権が最後に目指すところは、「朝に依らぬ世」である。ただし、王家や朝廷を滅ぼすのではない。いや、そうしてもよいが今はその時期ではない。未だ平氏は西にあり、鎌倉政権が目指す国のありようを理解していない京武者は、朝廷が攻撃されればおのが身や所領の危機を感じて反勢力となるであろうし、寺社権門も同じ反応を示すであろう。となれば、たとえ王家朝廷を滅ぼし得たとしても、戦乱の世となるを避けられず、国創りはまわり道を強いられる。

よって鎌倉政権の理想は、朝廷を内包した新政権を立ち上げることにある。王家を護る第一の武家を担いつつ、内実は武力で以て王家を押さえるのだ。

そのための第一段階として、まず九郎に期待されるのは王家朝廷と良好な関係を築くことであった。京の治安を回復し、頼るべきは鎌倉軍、との全幅の信頼を得られなければ何もはじまらない。そして、それと並行して九郎がなさねばならないのが平氏追討の準備であった。

これらを両立させることが如何に難しいか――。

この時期の九郎の、文字どおり目のまわるように忙しい仕事に、少しお付き合い願おう。

義仲が手こずった京およびその周辺で起こる狼藉については、すぐれた組織力を誇る九郎の配下の沙汰で功上がりつつあり、そのまま任せておけばよかった。

大変だったのは、あちらこちらから届く訴訟の調停である。これは配下に任せるわけにはゆかず、すべてを九郎が処理しなければならなかった。

内容は多岐に亘った。朝敵追討の名の裏で行われた狼藉や所領の不当占拠から、平氏残党による略奪、また寿永二年の「十月の宣旨」に基づいた、今回のいくさとは関係のない東海・東山両道の、尾張国より西の地の豪族同士による紛争も九郎の許に持ち込まれた。

面白いところでは、高野山金剛峯寺《こんごうぶじ》の上申がある。

金剛峯寺衆徒ら、解し申し請う　申文の事
「金剛峯寺衆徒等解　申請　申文事
特に鴻恩を蒙り、裁断せられんことを請う。弘法大師御領の最中紀伊国阿弖河の御庄、寂楽寺所司の為に無道に押領せしむ
請特蒙　鴻恩　裁断弘法大師御領最中紀伊国阿弖河《あてがわ》御庄《みしょう》　為寂楽寺所司《じゃくらくじしょし》　無道令押領
子細の愁状
子細愁状……」

（『高野山文書』）

阿弖河庄（荘）が寂楽寺所司によって押領されているのを止めてくれ、という。鎌倉とも平氏とも関係のない寺社同士の争いである。

だがそれも裁いてこそ次代の覇者。ただ宗門が、その武力は脅威ではなくとも日本秋津島の智嚢《ちのう》であることに変わりはなく、政を進めるにこれを外すことも敵にまわすことも出来はしない。よって、九郎は独断という愚を避けて一旦頼朝に伺いを立て、鎌倉政権の意志に沿って決着をつけるというかたちを取った。宗門も時の権威に庇護されてこその存在であるから、次代の覇者となるであろう政権の裁断には従うであろう、と九郎は見たのだ。

とかく宗門は扱いにくい。金剛峯寺に送った請文の中にも、九郎の気持ちが出ている。

高野山阿弖河の庄の事、子細承り候おわんぬ。證文顕然の條、見及び候ところなり。早くその旨を存じ、
「高野山阿弖河庄事　子細承候了　證文顕然之條　所見及候也　早存其旨
かつ事の由を申し入るべく候なり。神社佛寺の事、実に不便に候。
以便宜且可申入事由候也　神社佛寺事　実不便候　恐々謹言　五月二日　源義經」
（『高野山文書』）

流麗な文字はのびやかで切れがあり、文章も簡潔で後世の評価も高く、九郎が如何に出来る男かを語って止まないこの文書は、今では国宝に指定されている。

請文どおり、九郎は金剛峯寺に軍配をあげ、寂楽寺所司の押領を禁じた。

事の由を申し入るべく候なり――ことの次第を頼朝に伝えよう、と九郎は約したが、頼朝からも七月二日付で、

「下す　紀伊国阿弖河庄
　早く旁々の狼藉を停止し、旧の如く高野金剛峯寺領たるべき事
　右件の庄は大師の御手印官符の内の庄なり……」

と、頼朝自身の花押を加えた下文が出されている。

実はこの事件、訴えた金剛峯寺側が、本来は寂楽寺領である弖河庄に押し入ったというのが真相である。金剛峯寺が九郎や頼朝に証拠として示した證文は「御手印縁起（空海が嵯峨帝から勅許されたとされる高野山領が記され、空海の手印が押されているというもの）」で高野山結界絵図も付されていたが、これらは平安後期に作成された偽文書であった。金剛峯寺はこれを翳《かざ》し、ここに記された土地はすべて高野山領で

あると主張して寺領拡大を図るなかで、長年寂楽寺と領有を争ってきた阿弖河庄を、鎌倉軍の威を借りて奪い取ろうとしたのである。

阿弖河庄が本当はどこの領なのか、「御手印縁起」は真なのか偽なのか、鎌倉方は十分な調査もないままに金剛峯寺の主張を容れたことを非難する向きもある。

だが考えてもみよ。

東国は反平氏でようやくひとつになろうというところ、畿内や周辺は平氏残党も多く未だ静謐ならず、それらを背にして西に露命を繋ぐ平氏を討たねばならないとなれば、南都北嶺と並ぶ寺社権門たる高野山金剛峯寺には、味方とはいわずとも中立であってもらいたい。

引き換え、寂楽寺は枇杷《びわ》大臣とも称された左大臣藤原仲平によって建立され、仲平の施入を受けて多くの寺領を持ってはいたが、その地位は園城寺三門跡《もんぜき》のひとつ円満院《えんまんいん》を本家に頂く北白川の一寺に過ぎない。これと真言宗総本山とを比べて、この時期にどちらを取るかと問われて迷うようなら、覇者を目指す資格はない。たとえ寂楽寺に有利な証拠が上がっても、である。

それでもこの種の訴えは、犯罪は犯罪として裁き、紛争は争点を精査すればある程度事務的に片づいていった。

厄介なのは、徴兵と兵糧米徴収に関するものである。

そもそも官軍には、朝敵追討のために諸国の荘園から兵士と兵糧米を徴収する権利が与えられている。これは、平氏に反旗を翻した諸国の勢力に対するために清盛が宣旨として引き出したものだが、そののち平氏に替わって官軍となった木曾軍、さらに鎌倉軍にも認められた。

朝敵平氏追討は完了していないのだから、官軍たる鎌倉軍としては決められた率で兵も米も徴収すればよい。そこで九郎は一の谷から戻るやいなや、摂津、河内、和泉、大和、山城、丹波などは自らが指揮し、それ以外の畿内及び周辺国はその国の守護人をして兵糧米を徴収にかかった。

これは荘園側にとってはおもしろくない。本来の年貢に加えてこれらを徴収されれば自家財産と労働力の減少に繋がる。そこで在地領主たちは少しでも負担を軽減しようと、徴収量がわずかに多かっただけで、あるいは、徹底徴収しようと官軍が強く出れば狼藉を受けたと言って、また、寺社領では神に仕える者までが徴発されたと怒って、朝廷に訴え出た。

それを受けて朝廷は二月下旬、武士の狼藉と人領押妨の停止、兵糧米徴収を停止する宣旨を相次いで出している。

とうに形骸化している古びた秩序にしがみつく王家以下の長袖軍団にとっては、朝敵が京から遠く離れて反乱を起こさず、おのが暮らしを脅《おびや》かさないことを約束してくれれば追討は完了なのであって、何も朝敵を完膚なきまでに叩きのめさずともよいと考えている。つまり、すでに西に逃げ去った平氏を討つために鎌倉軍が兵糧米や兵を徴収することで、かえっておのが身辺が物騒になるというのでは困るのだ。

勿論、九郎は朝廷の言うことを聞く気などさらさらなかった。

ここで攻撃の手をゆるめて平氏に時を与えれば、平氏は山陽四国九国の勢力を纏め直し、今回に倍する軍勢で京に迫るのは明らかなのだ。

主上と神器を手中にしている平氏が、西国でちんまり納まって満足するなどあり得ず、といって新たな国創りに向けて協力出来る相手ではないとなれば、それこそ国創りを邪魔されぬうち早早に潰して追討完了としたい。そのためにはひとりでも兵を増やすこと、それよりさらに大事なのは、現在京にある軍とこれから東国より上洛して来る軍の食糧を確保することである。

兵法はいう。

〈用は国にとり、糧は敵に因る〉

装備は国で用意するが、食糧は敵国で補う。そのゆえ何となれば、

〈国の師《いくさ》に貧なるは、遠く輸《いた》せばなり。遠く輸せば、則ち百姓《ひゃくせい》貧し〉

国がいくさで貧窮するのは、国民の食糧を補給物資として掻き集め、遠距離輸送するからであり、その莫大な費用のために国民が貧してしまうからである。お膝元の財政が揺らげばいくさの継続はならず、周辺国からの進攻の危険も出てくる。そこで、

〈智将は務めて敵に食む〉

のである。

敵地で得る食糧の一鐘《しょう》(鍾に同じで春秋戦国時代の容積の単位。一鍾は六斛《こく》四斗で約四九・七リットル)は、本国で用意する場合の二十鐘に当たるというが、これを知る九郎なれば、兵糧米徴収停止の宣旨が出たからといって、はい、左様でございますか、とはゆかないのだ。

勿論、守護人たちの監督役である九郎には、宣旨が出たことを通達し、遵守させる責任がある。だが徴収を実行するのは、それぞれの国に鎌倉政権から派遣された現地指揮官たる守護人とその補佐役在地官人であり、九郎自身ではない。よって、

――命じてはいるが履行されるか否かは現場次第。

と言って基本的には放っておけばよい。

たとえば紀伊国では、高野山大伝法院《だいでんぼういん》が二月に兵糧米賦課停止の訴えを起こした。九郎はすぐに停止を命じたが、おのれに何が求められているかを重重知る守護人は九郎とは暗黙の了解で徴収をやめようとしなかった。そこで五月も終わる頃になって、九郎はやっと叱責の書状を送っている。

紀伊国七箇庄は、高野伝法院の領なり。兵士兵粮以下、その催しを停止すべし。先日の下知を用いざるの由、その聞こえあり。返す返す不当なり。この制を用いざる輩は、交名を注し、注進すべきの状、件の如し。

「紀伊国七箇庄者　高野伝法院領也　兵士兵粮以下可停止其催也　不用先日下知之由有其聞　返返不当也　不用此制之輩　注交名　可注進之状如件」

（『根来要書』）

先日下知したことを遵守せぬとは何たることか――言葉はきついが、書状のみで九郎の郎党のひとりだに現地に来ないとなれば、守護人からすれば目を合わせず叱られているようなもの。当然ながら、とんと効き目はない。

これに業を煮やした後白河院はついに八月、院庁下文を以て兵糧米免除を命じた。が、紀伊国の知行国主は誰あろう、あの範季《のりすえ》であった。

「まあ、言うてはみますが、九郎御曹司がおっしゃるのも聞かぬものを、下官が命じて如何ほど効果がありますやら」

まったくやる気のない態度で九郎に加勢する。

下文《くだしぶみ》が無視されるのは屈辱である。といって、北面の武士を遣わしてまでその履行を迫るのは王家を護る第一の武家となった鎌倉軍を敵にまわすことになり、守護人がいなければ治安維持もままならない畿内の現状を考えれば、さすがの後白河院にもこれは愚行とわかる。結局、高野山大伝法院からの兵糧米徴収は向こう一年つづくことになった。

ただ九郎の側も、宣旨をあまりないがしろにするのはよろしくない。よって、ことに九郎が管轄する国々の院や摂関家、それに宗門の所領から上がった苦情に関しては、九郎も素早い対応を見せた。

たとえば春日社領摂津国垂水牧《たるみのまき》。ここは牧という字から明らかなように本来は私営の牧場で、育てた牛馬を摂関家に年貢として納めていたのだが、この頃には規模が拡がり、その領内に田畑を含んで摂関家の荘園と化していたのを、摂関家がおのが氏神春日社に寄進したものである。

京から福原へ向かう通り道にあったため、今回のいくさでここをゆく鎌倉大手軍は官軍の当然の権利を主張して兵と兵糧米を徴収したのだが、垂水牧は、ほかの枢要な寺社では斯様な取り立てを受けたと聞いていない、すぐ止めさせて欲しい、と朝廷に訴え出た。

それを受けて追討軍による狼藉と兵士兵糧米の徴収を停止せよ、と院庁下文が出たのは二月十八日。二十一日には摂関家からも下文が出た。

その翌日、兵糧米徴収停止が宣旨として下されたその日に、

「垂水牧兵粮米事　諸國々兵粮米停止了　下知《げち》仕《つかまつり》候了――」

（『春日大社文書』）

垂水の牧兵粮米の事、諸國々の兵粮米を停止しおわんぬ。下知仕り候おわんぬ。

さっそく停止を命じた、と九郎は請文を提出している。

さらに先の話になるが、元暦二年（一一八五）正月には和泉国松尾寺領春木庄内における武士の狼藉停止を命じ、居住の安全を約している。

春木の御庄内の観音寺住僧等の住房は、今より以後、武士の狼藉なく安堵せしむべきの状、件の如し。

「春木《はるき》御庄内観音寺住僧等之住房　自今以後　武士無狼藉可令安堵状如件」

（『松尾寺文書』）

個性的な花押も書き入れられた書状に、しっかり頼朝代官として仕事をこなす九郎の凛々しい姿が見える。

その他、源氏の御願寺である河内国通法寺からの兵糧米停止にも応じているし、佐藤忠信が郷司と

なった和泉国大鳥郷での、忠信の代官による摂関家大番舎人への違法行為の裁断もおこなった。

このような調停の仕事は、九郎が京守護である間中つづくのである。

人領押妨と兵糧米徴収を停止する宣旨を出した連中をそれなりに満足させつつ、如何に兵と米を集められるか。この矛盾する課題をうまくこなさなければ、平氏追討はならない。

そして繰り返しになるが、船の準備をはじめ、平氏追討のためにやらねばならないことはほかにも山ほど九郎を待っている。

三

月が替わった。

一の谷の戦いが済んで、ようやくひと月である。

今回のいくさは、いつの間にか一の谷の戦いとよばれるようになっていた。これは真っ先に山手を破った行綱が九郎に属していたことや、難攻不落と前評判の西木戸を搦手が軽く破ったことなどが都人の間で語られるようになり、また在京した九郎やその周辺から搦手の活躍が大手軍のそれより多く語られたこともあったらしい。

その一の谷の戦いで捕虜となった、中将重衡の身柄が九郎の屋敷に移された。

帰洛して以来、その身を預かっていた土肥實平が備州の守護に任じられ、西国へ赴くことになったためである。

「どうか御慈悲を」

實平は九郎にそう言い残して下って行った。

警護も兼ねて四六時中そばにいること二十日余り。よくお世話申し上げよ、と九郎に言われてさまざまに労《いたわ》りなどしていれば、それでなくとも情ある實平が風雅の人重衡に惹かれるのも無理はない。

しかも、捕縛直後の尋問で、

「弓矢取る者の習い、敵のために捕らえらるるは強ち恥《あながはじ》にあらず、早く断罪に処せらるべし」

と言い放ったことが、東国の武士《もののふ》實平の心を揺さぶったらしい。

今の九郎には、負けること自体が恥、との思いがある。戦況は敗色濃くなろうとも、負けいくさのかたちで終わらせないのが大将の務めだ、と思う。

だが考え方は人それぞれ、大将としての覚悟も、見据える先もそれぞれ違う。国家改造の如き大いなる野望を抱かないのなら、捕らえらるるは恥にあらず、でよい。捕虜となって取り乱さず、思うところを毅然と述べる重衡は、一大将としては好感が持てる。

ただしこの重衡、九郎の恩師渡邊競《きおう》を殺した男である。顔を見れば恨みがぶり返すのではないか、と心配して、實平は先の言葉を残したのであろう。が、九郎に重衡を怨む気持ちはない。私怨私憤に捉《とら》われていたのでは、国家を動かし得ないし、それは恩師の望むところではない。

それに、重衡は競の首を斬って観衆に晒すようなことをせず、遺体を手厚く葬ったと聞いている。

礼には礼で返す。

それでなくとも、

〈卒《そつ》は善《よ》くして之《これ》を養え〉

捕虜は丁重に扱い養え、と兵法は教える。捕虜たちに十分補給して我が兵員となせ、という意味だ。人の道に鑑みて捕虜を庇護すると言えば聞こえはよいが、兵法は勝利への道を説く。五人でも十人でも寝返らせて我が戦力とせよ、と言っているのだ。ならば、ひとりで卒士千人万人に価する大将重衡を使わぬ手はなかろう。

大将ゆえに斬首の刑が待っているかもしれない。だが、刑が実行されるまでは重衡は捕虜の身分である。その身柄が如何に扱われるかを、京に残った縁者や世間の人々は勿論、池大納言頼盛のように源氏に寝返った一門も注視しているのである。もしその処遇が気に入らなければ噂は瞬く間に全国に拡がって、のちのいくさや統治に影響が出ることは明らかであった。

よって九郎は重衡を京に慣れた情の人實平に預けたのであり、實平が世話出来なくなって自ら引き取ったのである。梶原景時にならば任せてもよかったのだが、彼は子息を多く連れて来ており、宿所が手狭であった。

それにもうひとつ九郎が重衡を親しく世話する理由、それは二年半余り前の翌養和元年七月に、重衡が和議を申し入れて来たことにあった。信濃国に侵攻した平氏方城助職《じょうすけもと》が義仲に蹴散らされたあと、すべての源氏と停戦したいと橘次を通じて九郎に文を寄こした、あれである。

おのれの力のみでは如何ともしがたい、京の惨状も考えて協力してくれ――橘次から受け取った文にはじめて目を通した時、九郎は嗤《わら》った。

何が和議なものか。今年の刈り入れが済むまで攻められたくないだけではないか。京の惨状がどうした。街に屍体が溢れても、幼子が飢えに泣く力もなく横たわっていても、平氏一門の暮らしが傾くことはない。豊作の年まで兵馬を傷つけることなく、京第一の武者の地位も譲ることなく、ともかく兵糧米のない今、義仲と戦わずに済むなら何でも言おう、何でもしようというのであろう。

今、いくさを避けてやってもよいが、いずれ諸国の源氏は以仁王の宣旨を掲げて西進するのだ。信州の木曾、甲斐の安田、そして鎌倉のこの九郎。甲斐の武田、上野の新田はすでに鎌倉の下にある。これらを一度に向こうにまわして、まことに勝てると思っているのか。

文を読み返してもう一度九郎は嗤った。天下の平氏の誇りが泣く和議申し入れも厭わず、九郎と話をつけられるのはおのれのみ、と汚れ役を引き受けて英雄気取りなのであろう。我が軍を有利に導くに一途な重衡に哀れなものすら感じた。

ところが、である。橘次から、重盛を亡くした清盛は、宗盛でも知盛でもなく、重衡を近くに置いて日本国のあるべき姿を語っていたらしいと聞き、さらに、

「父の国家構想は義朝公のお考えに負うところが大きいと知った時は衝撃であった、と重衡殿は仰せでした」

と語るのを聞いて、文は紙背の色を変えて立ち上がった。

我が氏を護るのが第一の理由なのは変わらなくとも、同時に護るべきもののために重衡が一肌脱いだのだとしたら――。

飢饉にあえぐ京や畿内の人々を救うために。

また義朝や清盛が創ろうとした、源氏平氏と奥州藤原氏が相並んで朝廷を押さえる天下三分のかたちを是非にも実現せんがために。

何が何でも出陣しようという平氏軍首脳の愚かさと、それを止められないおのれの非力を晒したのだとしたら――。

重衡はここぞという時には矜持《きょうじ》を捨てられる男と評価出来るし、先に寄せた同情は共感に変わる。

(重衡が武士《もののふ》の世に目覚めているなら)

早くその世とするに出来得る限りのことをしようとするであろう――九郎はこの雅な公達に淡い期待を持つようになっていたのであった。

「中将殿がお着きになりました」

知らせにきた喜三太に、おう、と返して九郎は立ち上がった。

六条室町邸は九郎の私邸ながら、優雅に住みなす邸宅というにはほど遠い。敷地の周りには複数の櫓が建ち、随身所や厩舎は広く、調度品も簡素で色気がない。だが築地塀も母屋も見るからに頑丈な、まさしく鎌倉軍九郎部隊の駐屯所とよぶにふさわしい造りである。南庭も、いざとなれば軍兵が集結する広場であって心を癒すためのものではない。池や遣り水の代わりにずらりと的が並べられ、その奥には逸れた矢を受け止める的山《まとやま》（あずち）が築かれていた。

そのような室町邸でただ一か所、西対の屋の北側の空間にだけ小さな池が掘られ、草木が植えられていた。九郎はこの庭に面した部屋に重衡を置くことにしたのである。庭の北向こうの対の屋は九郎の居室となっていた。

「お風邪が長引いていたようですな。お加減は如何ですか」

「御曹司にお差し入れいただきました薬湯のおかげで、このとおりすっかり治りました。改めて御礼申しげます」

「まこと、御気色も悪くない。いや、よろしゅうございました」

重衡が頭を下げるのを手を振って止め、九郎は微笑んだ。

「狭いところで申し訳ないが、ほかの部屋は館に出入りの者の目につきやすいうえまことに興なく、緑を楽しめるのもこの部屋ばかりでして」

「お心遣い、嬉しゅうございます」

重衡は細めた目を庭に転じた。

池の周りには、はじめからそこにあったかの如く大小の石が絶妙に配置され、もっとも大きな石のきわに植えられた山吹が澄んだ池水にその花色を清《さや》に映ろわせている。藤はようやく蕾が綻びはじめた枝々を微かな風に揺らし、早くも蜜の匂いを嗅ぎつけた蜂が羽音を立てて飛びまわっているのが面白い。

「珠玉の庭にございますな」

「小さすぎて粗も目立ちませぬ」

ははは、と笑うと、九郎は簀子の東端に取りつけられた階の陰に跪《ひざまず》いている喜三太を手招きした。

「この者をおそばに控えさせます」

さっ、と喜三太は平伏す。

「九郎の腹心ゆえ、遠慮なさることはありませぬ。御用があればなんなりとお言いつけくだされればよろしい」

「世話になります」

旅の宿りにあるかのように穏やかな物言いの重衡に、にこやかな面持ちで再び平伏した喜三太が引き下がると、「ひとつ、お聞きしたいことがある」と九郎は重衡に向き直った。

「屋島から帰られた重國《しげくに》殿によれば、前大臣《さきの》（宗盛）殿は主上（安徳帝）と神器を京へ戻されるおつもりのようですが、まことに戻りましょうか」

「宗盛がそのように申しております以上は」

「中将殿はどう見ておいでです？」

「はあ……」

重國は重衡の郎党である。重衡は一の谷から京へ連行されてすぐ、

「前内府宗盛の許へ書札に使者を添えて遣わし、神器の返還を求め、君に返し奉りたい」

と後白河院に申し出て、彼を屋島へ送っていた。

これは重衡の賭けであった。都を追われた平氏が自ら官軍と名乗りつづけられるのは、彼らの戴く幼き主上が神器を帯しているからであり、今回のいくさに敗れてなお与する者を多く従え、情勢の挽回を図れるのも主上と神器あればこそであった。

宗盛がこれを手放すことなどほとんどあり得ない、と重衡も思った。だが、源氏の圧倒的な軍事力を見せつけられ、武将の多くを失った今なら、万にひとつの奇跡が起こるかもしれない、と重衡は考えたのだ。まだ戦いたいか。いとしい子や孫を敵の刃の餌食としたいか。神器を返し、官軍の座から降りれば、源氏も院も平氏を攻める大義名分を失うのだ。

(決断してくれ)

悲痛に祈る重衡の許に重國が帰参したのは数日前、その持ち帰った宗盛の返事には、三種の神器及び主上、建禮門院、それに清盛の妻時子を入洛させる、とあったのである。

重衡の祈りは届いたかに見えた。が、つづく文章がいけなかった。

「宗盛は讃岐国を貰ってその地に留まろう。主上方の御供には嫡男清宗を上洛させる」

捕虜とその味方との間でやり取りされる文に、敵方大将が目を通さないわけがない。

(九郎殿は何と思うたであろう)

すでに十を数える首が大路を渡されたうえ、重衡は生け捕りの身、上洛する清宗も人質に出すようなもの、そして平氏総帥は讃岐国で満足してくれようというのだ。これほどの制裁を受ければ十分であろう、と下がった眉をひくつかせる宗盛の顔が見えそうな文面に重衡は固く目を瞑った。

神器と主上を返す——。

これは平氏にとっては一大事であっても、朝廷側としては本来御所にあるべきものが返って来たに過ぎず、感謝するものでも何でもない。むしろ、それらを盗み出した罪と、この半年余り世を混乱に陥れた責任を問うて来よう。我らは間違っても取引条件を示せる立場にはない。それをよくものうのうと、讃岐を貰ってやってゆきます、などと言えたものだ、と重衡は吐息した。

神器を戻すという以上、今のところは和睦したいというのが宗盛以下の本音であろう。だが和睦して日本国の一員としてやってゆく気なら、平氏一門はそれなりの処罰は受けなければならず、また真っ先にそれを受けるのはあくまで総帥でなければならない。神器を返すことで斬首を免れても遠流、あり得ないであろうが最大に寛大な処置が下って一国を賜るにしても、それをどこにするか決めるのは宗盛ではない。大体、京からさほど遠くない讃岐国など貰える筈もなかった。

(いや待て、その前に……)

神器のみならず主上と女院も戻すというのは、つまり、平氏の血を引く主上を再び帝位に即けよ、さもなくば神器は返さぬ、と言っているようなものではないか。

頼朝九郎の兄弟が、先はどうあれ、今はともかく後白河院を持ち上げて官軍の地位を得ているというに、新帝を立てた院の意を軽んじるような真似をして、源氏と和睦もあったものではない。

文が宗盛のみの意志で書かれたのではないことぐらい、誰の目にも明らかである。九郎は平氏の限界を見たに違いない。その甘えた考えを嗤っているに違いなかった。

「……で、中将殿は如何お考えです」

九郎の太い声に、重衡は我に返って居住いを正した。今耳に聞こえた声の主とは思えない白皙童顔の、切れの長い目が重衡を見据えている。

「神器は戻りますかな」

童顔がわずかに頰をゆるめた。

（九郎殿はすべてわかっている）

恐らく、我が憂いにも気づいてくれていよう。ならば取り繕うことはない。

「戻らぬと思います」

「屋島の主上は復位ならず、各地の所領は没官、讃岐も貰えぬであろう、では無理でしょうな。それとも、そもそも戻す意思をお持ちではないのではありませぬか、新中納言（知盛）殿や大納言（時忠）殿は」

「和平を望んでおることは確かかと思うのですが」

「さ、どうでありましょう。前大臣殿のうしろに、亡き小松（重盛）殿や中将殿がおいでになるというなら、あるいはまことに和平を望まれ、そのためにあらゆる努力をなさるかと期待もいたしますが」

九郎は庭の藤の木に目を転じた。

蜂はまだ忙しく花房に纏わりついている。

「まことに和平をお望みなら、院に対しておのずから条件を御提示なさらぬ筈」

九郎は視線を戻した。

「今、平氏は傷つき、戦える体制にない」

よって、和平をちらつかせて時を稼ぐ。次の追討まで間《ま》があればあるだけ、勢を固められる。四国九国から紀伊、伊勢まで糾合出来れば、鎌倉軍も手を出しにくい。そうして転覆の機を窺う。

「これが、新中納言殿らのお考えではありませぬかな」

「それにはよほど時を要しましょう。院の御信頼も取り戻さねばならぬ。しかもその間に鎌倉殿もますます勢をお拡げになるとなれば、転覆などあり得ませぬ。干戈《かんか》を交えたとしても勝算は五分」

「五分……まことにそうお思いか」

「……は？」

「九郎が相手ですぞ。引き分けるとお思いか」

「――いや」

重衡は首を力なく横に振った。

（ああ、やはりもう世は変わってしまった……）

つい先月までは、天下の平軍《へいぐん》大将が引き分けを口にするなど考えられなかった。それが今、平軍は勝てぬ、と目の前で若い敵将が笑う。

そう、囚われの身となって以来、軍力から首脳陣の意識までさまざまな項目を冷静に分析した重衡には、平氏に勝ち目のほとんどないことがわかっている。

重衡の脳裏に浮かぶ一門殲滅の絵は、知盛たちのそれにも浮かんでいることであろう。

（覚えず、我はそれらを掻き消そうとして――）

「勝算は五分」と言ってしまったのだ、と重衡は思った。恐怖感というより、そうしなければ今すぐにでも平氏の存在が消えてしまいそうな虚無感が言わせたというほうが当たっている。

地力において我が軍に勝る鎌倉軍を率い、思いもつかぬ策を用いる鬼神九郎を相手に再び戦うのは、考えるだけでも成すすべなく奈落の底へ落ちてゆくに似た恐怖だ、と重衡は思う。共に戦った知盛以下の武将たちも、同じ思いを持っている筈である。

そのうえで、これだけ強気の文を返せるのはなぜだろうか。

戦えば必ず潰されることを知ってしまった彼らは、その恐怖から逃れんと思うあまり、思考から「敗北」という言葉を捨て去ってしまったのか……。

（やはり大納言殿か）

清盛亡きあと、平氏の黒幕は時忠である。清盛存命中は常に傍らにあって平氏繁栄の一翼を担ってきた男であり、母時子の弟であり、未だ官職を解かれずにいる朝廷との交渉役であるとなれば、知盛、いや重衡とてその意に逆らうのは難しい。

この時忠と、彼に操られる総帥宗盛のふたりが決めた方針が気に入らなければ、池大納言頼盛や、今回のいくさに加わらず南海を指しゆきて姿を消した重盛嫡男維盛のように、一門から離れるしかないのだ。

それでなくともおのが実力を過信するきらいのある時忠である。ずしり、と重い甲冑を纏って敵前に立つことのないこの男には、平氏軍の本当の実力がわからない。清盛全盛の時期でさえ、東国がひとつになれば平氏軍は敵わなかったかもしれないことに気づいていない。時忠には日本国最強の平軍の敗北はあってはならず、よって無条件降伏はあり得ないのだ。

今回は運が悪かっただけ、と時忠は本気で思っているのであろう。時を置けば勢を盛り返し、鎌倉軍と対等の位置に立てると考えているに違いなかった。

だが、九郎はそれを絶対に許しはしない、と侍大将知盛は知っている。勝率は限りなく低いと知って、それでもなお時忠の下に甘んじているのは、一の谷の戦いで将を多く失い、頼盛以下の多くの戦線離脱者を出した今も、幼い主上はじめとする護られるべき人々が多く残っているからだ。

それに、主上と神器ある限り一門が生き延びる可能性はまだ残っている、と知盛は思っているであろう。微かでも望みがあるならば、配下の士気を下げてはならない。配下に軍事最高責任者たるおのれの不安を知られてはならない——固い決意と、時忠宗盛の要求を背に、知盛はこれから鬼神九郎に立ち向かわねばならないのだ。その恐怖を乗り越えるには、「敗北」の筋書きをおのれのなかから消し去る必要がある。恐怖を忘れられなければ、知盛は策を建てることさえままならないに違いない、と重衡は思った。

――新中納言（知盛）殿も辛いお立場にございますな」

兄上もさぞ辛かろう、と心に呟いていた重衡は、ぎくり、とした。

「なれど、あくまで鎌倉に対抗する立場をお取りになった以上、こちらも容赦なく当たらねばなりませぬ」

「お待ちください。兄が御曹司を恐れておることは、この重衡、血を分けた兄弟なればようわかります。兄は戦いとうはない、先ほども申しましたが和儀を結びたいのは確かかと……」

「ならばなぜそうなるように持っておゆきにならぬのです。和儀を結ぶに自ずから条件を示すような真似をしてしまえば、実は和平を望んでおらぬと宣言するも同然、と先ほど申し上げました。それを承知で、中納言殿はあの返書を出すことに同意された」

「平氏を護れるのは兄しかおらぬのです」

「何を護ると言われる？　平氏はもはや朝敵、こたびの敗北で我らに勝つは難きことを中納言はおわかりになった筈。そのうえで平氏の何を護ろうというのです？」

「こたび多くを討ち取られたとはいえ、まだ一族一門、女院をはじめ女性も多数残っております。敗れてなお我が軍に従ってくれる西国の者共もありますれば」

「中納言殿がまことに護りたいものが人であるなら、源氏に降られることです。我らは無駄に斬ることはしませぬ。西国の輩も主《あるじ》なければ戦う必要もなくなる。一門をまことに助けるおつもりならば、おのが首と引き換えになさればよいのです。だが中納言殿はそうなさらなかった」

形よい眉をわずかに顰めて、九郎はつづけた。

「中将殿が兄君をよいようにお思いになりたいのはわかりますが、どうやら中納言殿がお護りになりたいのは人の命ではない、地位や栄誉、権勢といったものらしゅうございますな。中納言殿はこの九郎を恐れておいでだ、と中将殿は言われたが、それはいくさに負けることとそのものよりも、いくさに負けることでそれらを失うことのほうが大きいのではありませぬか。京第一の武者の地位、帝の外戚という栄誉、昇殿六十余人を数える権勢。それらを捨てられぬ欲が怖さをもたらすのです。もっとも一度頂点を極めると下座につくのは難しい。ただし、それが出来れば勝機はいつの日か必ず巡って来るものです。そのために、如何にすれば一門の男子をひとりでも多く残せるか、また、如何にすれば平氏繁栄の背骨たる交易の拠点を残せるか。つまり、おのが氏の存続を懸けておのれ自身を捨てられるか否かなのです。一門の人々を護るために源氏に降ることは、いずれのちの世での平氏の名誉挽回、権勢回復に繋がってゆくことになるを中納言殿はおわかりでないのかも知れませぬ」

重衡は何も言えず、ただただ九郎を見詰めつづけた。

「手にしたものに未練を残し、おのれを捨てられぬ者は再起を急ぐ。勝てる見込みがなくとも、です。中納言殿も例外ではないようだ……実は、中納言殿が四国は勿論、すでに備中あたりにまで使者を遣わされて与する者をお求めである由、九郎の許にも伝わっております」

万事休す——。

九郎はもう決して平氏と手を携えようとは思わないであろう。父清盛も創りたいと夢見た義朝の新しき国は、結局源氏の手で創り上げられてゆくのだ。

「我が源氏が平氏追討の院宣をいただき官軍となった時点で、政局は新たな一面に入っているのです。朝廷に依らぬ世に向かって走りはじめているのです。だが残念ながら権大納言（時忠）殿らは我らの考えを理解なさらぬ。あくまで我らを滅ぼして、都落ち前の状態に戻すことを目指されておいででしょう。これでは我ら源氏、平氏の再起を許すわけには参りませぬ」

「ではすぐにでも屋島へ向かわれるのですか」

「いや、そうはゆきませぬ。海は何といっても平氏の独擅場《どくせんじょう》、我らも十分に準備せねば危のうございますゆえ」

ふふっ、と九郎は鼻を鳴らした。

「もし兄が改めて勝てぬと悟り、すべてを捨てて源氏に降る動きを見せたとしたら……」

「ここ一、二か月のうちなら考えますが、そうは簡単に欲を捨てられぬのが人というものです。我らも、平氏と協調出来ぬとわかっておりながら、いつ降参なさるかわからぬを待ちつづけるという道草を食うは許されませぬ。時を置けば平氏軍は膨らむ。さすれば犠牲はより大きなものとなってしまいましょう」

「……おっしゃるとおりですな」

重衡はふいに、にこ、とした。急に何かが吹っ切れた気がした。

「父がなぜ某を選んだのかわかりませぬが……兄知盛は体が丈夫でないからかも知れませぬ、ともかく某が選ばれて、父の考える国のありようを教示されました。はじめはそのようなことが出来得るのか半信半疑、平氏の勢が大きゅうなりすぎて、驕気《きょうき》が過ぎて父は斯様に大それた国家改造を言うのかと思うたりも致しました。なれど父の死の数日前に、亡き頭《こう》の殿のお考えと、御曹司がお父君の御遺志を引き継いで勉学に励んでおいでであることを聞き、またこたび囚われの身となったことでこうして親しくお話しさせていただいて、父の願うた国は、いや、頭《こう》の殿が目指された国は、夢物語でないと確信いたしました」

重衡は袖を翻し、今一度、居住まいを正した。

「源氏、平氏の世ではない。我が父たちの望んだ国とするために、重衡も微力ながら手伝わせていただけませぬか。池大納言（頼盛）もさまざまに協力しておりましょうが、清盛の息子にも武士の世を開くを望み、御曹司に心添える者があった、と密かにでも伝えられれば、これに勝る喜びはありませぬ」

「これはありがたい。かほどに嬉しいお言葉をいただけるとは思いませんでした」

「重衡が協力することで平氏が早く崩れるならば、御曹司の仰せのとおり、それはひいては平氏一門のためにもなりましょう。ともかく犠牲少なくと祈るばかりです」

「御協力いただけるなら、戦いは出来得る限り早く終わらせ、一門の御子息方の助命に尽力することをお誓い申し上げましょう」

「ありがたきお言葉にございます。最早、何ごとをも厭いませぬぞ。なんなりとお言いつけくだされ。今日、この首を斬ったほうがよいならそうしていただければよい」

そう早く死なれては困る、と九郎は笑った。

「屋島が戦場になるとなれば四国の勢を恃まねばなりませぬ。そこで早速ですが、中将殿には、彼らの説得にお力をお貸しいただきたい」

「阿波民部ですな」

すかさず答えた重衡に、左様、と九郎はうなずいた。

民部大夫重能を出した阿波国の粟田《あわた》氏は、紀氏の流れを汲む。本拠の桜間郷《さくらまごう》（現徳島県名西郡石井町高川原）は阿波国の国衙《こくが》に隣接する地で、そこから勝浦《かつうら》にかけて勢を誇った豪族であった。

重能は早くから清盛に仕え、その命を受けて輪田の泊の改修や経が島の築造を手掛けている。また重衡が南都攻撃した折には先陣を務めて興福寺勢と合戦、翌年も重衡を大将に繰り広げられた墨俣川の戦いで先陣として源氏軍と戦った。平氏の都落ち後は讃岐国に入ってこれを制圧、緒方三郎惟榮《おがたさぶろうこれよし》に太宰府を追われた平氏を屋島に迎え入れ、一の谷の戦いにも船団を率いて来応している。まさに平氏が「高き山、深き海」と恃むこの男を寝返らせようというのであるから、ことはそう簡単ではない。

「わかりました。一度と言わず、何度でも文を書き送ってみましょう。重能には南都攻めの経緯がある。そこを突けば、うまくゆくかも知れませぬ」

ゆっくりと言葉を区切りながら重衡は言った。

「助かります。来月にも密使を阿波へ遣わすつもりでおりますが、中将殿のお文があれば如何ほど心強いことか」

「残る勢は……伊予の河野通信《こうのみちのぶ》はすでに二年ほど前より源氏方ですな」

「まだ会うたことはありませぬが、文は頻繁に交わす間柄です」

以仁王の蜂起をきっかけに全国の反平氏勢が反乱を起こした治承四年（一一八〇）、伊予国で旗を上げたのが河野一族であった。伊予国風早《かざはや》郡河野郷（現愛媛県北条市河野）に本拠を置き、本姓は越智氏だというが真偽のほどは定かではない。

阿波の粟田氏と同じく水軍を持ち、平治の折に義朝に味方して逼塞していたが、豊後国の臼杵次郎《うすきじろう》惟隆《これたか》、緒方三郎惟榮の兄弟や紀伊国熊野の新宮別当湛増《しんぐうべっとうたんぞう》、肥後国の菊池高直《きくちたかなお》などが反旗を翻したと知り、平氏支配下からの脱却を狙って起ったのである。しかも翌春、四国平定に乗り込んで来た備後の住人額《ぬか》入道西寂《さいじゃく》によって通信の父通清《みちきよ》が討ち取られてより、平氏と河野氏の和解はあり得ないものとなっていた。ちなみに菊池高直は平貞能によって養和二年（一一八二）四月に帰伏させられたが、都落ちした平氏が太宰府へ入った折、豊後の緒方たちと共にこれを攻めている。

「阿波の近藤親家《こんどうちかいえ》も御曹司と行動を一にすると思われますが」

「ええ、すでに与したいとの申し出が届いております」

さもありなん、と重衡はうなずいた。

近藤親家は勝浦の津田島《つだじま》の領主である。近藤氏が反平氏の立場を取った第一の理由は、同じ阿波国の在庁官人粟田氏と対立関係にあったからであるが、一族から出た師光《もろみつ》こと西光《さいこう》、あの信西入道の側近にして信西亡きあとは後白河院の寵臣として権勢を振るった西光法師が、鹿の谷の事件の首謀者として誅された恨みもあった。いや、一族の者を惨殺されたというにとどまらない。地方の勢力図は、それぞれが中央のどの権力と結んでいるかで大きく変わる。日本国の最高権威たる王家との繋がりを絶たれたことへの復讐は、平氏を鮮やかに追い散らした九郎と結ぶことによってのみ成し遂げられる
――そう親家は確信していた。

「摂津と和泉はそもそも源氏方、今は御曹司が直轄なされていると聞きました。淡路の安摩《あま》忠景《ただかげ》や紀伊の園部《そのべ》忠康《ただやす》らも反平氏……紀伊といえば、こたび湯浅《ゆあさ》宗重《むねしげ》が我が平氏の援軍に参りませんでしたが、宗重はもう御曹司に通じておるのでしょうか」

「いえ某《それがし》はまだですが、文覺《もんがく》聖人《しょうにん》が宗重の子孫の師でありますので、聖人が何やら言い送っておるのかも知れませせぬ」

「なるほど。では、御曹司とはこれからとのことであれば、某からの文も一通作っておきましょう。それから、屋島あたり一帯の島を仕切っておる眞鍋《まなべ》へも」

「ああ、生田の森の先陣を切った我が軍の河原太郎私市《きさいち》高直《たかなお》を射抜いた強弓ですな。確か名を眞鍋五郎助光《すけみつ》と言いましたか」

「そうです。源氏にとっては、海上の敵を如何に減らせるかが鍵となりましょう」

「ま、じっくりと詰めてゆきます。準備には十二分に時を使い、戦いは一気に決めねばならぬ――」

「それです。それを我が平氏はなせなかった。わかっておるつもりでも難しいものですな」

「まことに。母からこの言葉を聞いたのは十二の頃でしたか、その頃はまだまだことの難しさがわからず、暢気なものでした」

「母君から？」

解せぬように首を傾げる重衡に、九郎は、にこり、とした。

「論を戦わせれば、某は未だに母には勝てませぬ。故源三位入道（頼政）も母と話すのを楽しんでいたようですし、競らも、御方に勝てた例《ためし》はない、と笑っておりました」

「ほう……」

「戦場に出れば勝つ自信はあるのですがね、ははは」

再び庭に目を転じた九郎は、今度は今を盛りと咲き零れる八重山吹の辺りに視点を止めている。涼しげなその瞳には、当代一の美人と謳われた常盤の花顔が浮かんでいるのであろうか。

(似ている)

この眼差しは、父のあの時のそれとそっくりであった。「九郎を恃んで間違いないこと、さる方に聞いた」と言った時の、だ。

重衡にも見せたことのないような柔らかにとろけそうな微笑みのなかで、すうっ、と一点を見詰めた父の目に映っていたのは、もしかすると九郎の母であったのかもしれない。

(あの噂はまことであったのか)

重衡は相変わらず山吹を眺めている九郎を見ながら思った。

常盤が中宮呈子《しめこ》のおそばに上がった頃から、父が懸想していたことは知っている。義朝亡き後、常盤は父の妾となり、長成に再嫁後も父は何かと面倒を見ていた、とも聞いていた。

父が常盤を庇護した時、重衡は五歳であったから事情はよくわからなかった。が、どこからか来た美しい女《ひと》が父お気に入りの部屋に迎えられ、重衡の目にも明らかに母より丁重に扱われているらしいのが気に入らなかった。また、御所から帰った父が重衡の相手をするのもそこそこに、毎日のようにその女《ひと》の許へゆくのに憤慨もしたものだ。

ただ、常盤が夕霞亭に迎えられてしばらくした頃から、

——大弐《だいに》（清盛）殿はあまりに思いが募って、お手が出ぬそうな。

と下人たちは噂し合っていたという。それを随分のちになって聞いた時は、あの父が欲するものに手を出さぬわけはない、と信じなかったのだが、今考えれば本当だったのかもしれないと思えてくる。

平治の折、父はなぜ義朝と敵対したのか。

ふたりとも日本国を三分して安定させる構想を持っていた、と父は語った。合戦になる前、義朝が何度か面会を求めたという。

（ふたりが会って話していれば）

今日のように平氏が追討されることもなかったであろうに——重衡は歯嚙みした。かつて、義平が同じ口惜しさで胸を満たしたとも知らずに……。

平氏一門の存続は総帥の肩に懸かっている。一門をどのような位置に置くか、その判断は冷静になされなければならず、女性ひとりの存在に左右されるものでは決してない。

だが、本当にそう言いきれるのか。父の脳裏に常盤の佳容はなかったのか。

信西を攻めるに当たって熊野参詣に逃げた清盛を、平氏とは敵対するものにあらず、と義朝も信頼も許したという。義朝が院も主上も押さえたのを見て、彼が院政に替わる世を立ち上げようとしていたことは、その時すでに父は承知していたであろう。しかも義朝が、

――平氏棟梁と共に政をなさん。

と考えていたことも、院政停止後の京に清盛が入るを許したことでわかった筈だ。つまり、義朝が武家の司る世を望んでいたとまではわからなかったとしても、その当時は院との関係があまりよくなかった父にとって、ありがたい世となるのは明らかであった。

であるのに、父はなぜ義朝と矛を交えたのか。

いや、義朝が日の出の勢いで出世するのを阻止しておきたかったのは、重衡にもわからぬではない。この乱の成功を許せば、正盛から三代、苦労してのし上がって来た京第一の武者の地位を義朝に譲ることになり兼ねず、平氏はまた八幡太郎の時代のように地味に忘れられた存在となってしまう危険があったことは確かである。

(だが、それが頭の殿であったからなおさらなのであろう)

義朝が平氏よりも武勇の誉れ高い源氏の嫡流であるというだけで、悔しいが父は引け目を感じた筈だ。そのうえ巧みに王家と結んであれよと言う間に昇進し、一気に時の人となり得る能力に嫉妬したであろう。その男が、父自身でも驚くほどに狂おしく慕い求めたであろう美女を目の前から堂堂とさらってゆき、妻となして仲睦まじいと聞いたなら――ここで義朝の鼻をへし折って東国へ押し返してやる、義朝が斃れれば常磐はおのがそばに置いてくれよう、と父が思わなかったとどうして言えよう。女性《にょしょう》におのが人生を狂わされるような男ではなかった、と誰が証明出来よう。反対に、常磐がいなければ違った結果となっていたかもしれないことを否定出来る者とてひとりもいないであろう。

義朝死してのち、父は義平と長いこと話し込んだ。源氏の棟梁頼政とは親しく語らい、大変に気遣った。義朝の末子牛若を大事に見守り、平氏の重臣として取り込もうとした。すべては平氏存続のためであり、また新たな世を創るためであるのは確かだが、そのうしろに常磐の影があまりに鮮やかに立ち上がることに、重衡は今更ながら新鮮な驚きを感じずにはいられない。

（大切な女《ひと》であったのだ、父上にとって……いや、この国が生まれ変わるために）

少年牛若に、「準備には十二分に時を使い、戦いは一気に決めねばならぬ」と語る女である。義平、頼政を通して義朝の考えに触れ、恐らく常磐その女《ひと》ともさまざまに語らって、父は恋慕の情を不変の愛に昇華させたのだ。

（国を思えばこそ）

父は常磐に触れることが出来なかったのだ、と重衡は思った。

（いや、父上のみではない）

この女《ひと》を見て義朝の思いを今一度噛み締め、この女を思って九郎を護る。新しき世を創り上げることに命を燃やす者たちにとって、常磐はなくてはならない女性なのだ。

（御方、か）

忙しい九郎は、「また改めて」と言い残し、すでに部屋にはいなかった。

春陽がいつしか庭を薄茜色《うすあかねいろ》に染めている。重衡は深く息を吸い込み、ゆっくりとそれを吐き出した。

庭に下りれば、部屋にいてはわからなかったゆるい風が頰を撫でる。

重衡は、先ほど九郎が眺めていた山吹に手を伸ばした。花に翳した掌に伝わる花びらの冷たさが懐かしい。

（我《われ》が父上からその目指す国のありようを教えられるまで――）

平氏のなかで、国というはよりよく創り変えてゆかねばならぬものなのだ、と認識出来ていたのは、父と長兄重盛だけであったと言ってもよいであろう。その他の一門の者たちが、へつらい来る長袖共と詩歌管弦に日々を夢の如く過ごしている間に、源氏の長老頼政は九郎とその母を軸に着着と次なる世の礎を築いていたのだ。

そして――。

(あの男も、常盤殿を瞼に描いていた……)

小さな池に、茜の雲が清らな影を落としている。水面に浮かんだその男の端正な顔に、重衡はそっと微笑みかけた。

四

八日後の三月十日に、重衡は鎌倉へ下ることになった。頼朝の申請によるものである。

その出立前夜、九郎は喜三太に酒肴の用意をさせて重衡を訪れた。今宵ばかりはゆっくりと酒を酌み交わしてこの公達を慰め、明日の出立をいくらかでも穏やかな気持ちで迎えられるようにしてやりたかった。

「安心召されよ。兄は鎌倉で中将殿をどうしようという気はありませぬ。ただ京で御身を護り切れぬことがあってはなりませぬゆえ……」

あるいは、仏敵の逆臣、と衆徒が押し寄せるかもしれない。あるいは、副将が囚われたことを一門の恥として、また何かしら情報が漏れるを恐れて平氏が刺客を遣わすことも、考えたくはないが否定は出来ない。

「今、鎌倉勢の多くは東国へ帰り、畿内にある軍兵は少のうございます」

九郎の部隊は鎌倉軍一の精鋭ではあるが、何せ洛中に数が置けない。しかも、各地の調停のために九郎自身が京を出なければならない事態も起こり得る。そのような時に恃みとなる土肥實平はすでに備中への途次、梶原景時も播磨、美作の守護に任じられ、まずその息子たちが明日にも西向することになっておるものなれば、京より鎌倉のほうが安全なのだ、と九郎は言った。

「平氏は朝敵であって源氏の私《わたくし》の敵ではありませぬ。よって、本来は中将殿が鎌倉へお下りになる必要はないのですが」

そう言った九郎だが、まだ阿波の民部や湯浅などのことで協力してもらわねばならないうえ、官職で平氏に劣る源氏棟梁頼朝の権威づけのためにも、囚われの三位中将重衡には必ず下ってもらわねばならなかった。

「申し上げたとおり、我らは平氏に私怨を抱くものではありませぬ。少なくとも我ら兄弟には中将殿を斬る気はない。だが、中将殿の処分を決めるは朝廷であり、残念ながら我らはその決定に口を挟めるほどの力を有しておりませぬ。総帥におわさねば、遠流にとどめられるかと思いますが、ただ、南都の大衆が何と言いますか……」

「恐らく斬首は免れないものと思うております」

静かに重衡はうなずいた。

「意図せぬことであったとはいえ、我が軍が国の宝たる大毘盧遮那仏をはじめ堂宇房舎を灰にしたのは間違いありませぬ。配下が処処の在家に火を放ったのは事実。その火が盧遮那仏にまで移ると予知し得なかったとはいえ、結果が現としてそこにある限り、下の者のやったことの責任は大将が取らねばなりませぬ。いや、配下のすべての行動の責任はおのれが取るという覚悟がなければ、一軍を率いる重責を引き受けてはならぬ。それぐらいは重衡にもわかっております」

南都攻めは激戦となり、暗くなっても決着がつかなかった。よって重衡に命じられた郎党が民家に火を放ち、それが折からの風にあおられて興福寺、東大寺の伽藍と千の桁に上る衆徒たちを炎に包んでしまったのである。焼死した者のなかには足弱の老人や女子供、武器を持たない修行僧も多く含まれていたという。

仏敵とののしられて動じなかった清盛だが、翌養和元年（一一八一）八月、俊乗坊長源《しゅんじょうぼうちょうげん》を大勧進に任命して大仏再建事業に着手している。大仏開眼は四年後の文治《ぶんじ》元年（一一八五）、大仏殿の完成はそれからさらに十年後の建久《けんきゅう》六年。この時まで平氏の世であったなら、重衡の罪は相殺されたかもしれない。

それに実際のところ、当時左中弁であった吉田經房は、

〈官兵の所為か悪徒の所為か、分明ならず〉

と『吉記』に記しているので、伽藍そのものを焼いたのは重衡軍なのか、南都の悪僧なのか、はたまたいくさに便乗した悪党団なのかは定かではない。

だが京からわざわざ攻め下ったのは重衡軍、日暮れてなお戦いを止《や》めようとしなかったのも重衡軍であって、今は、すべての罪業が重衡に集約されるのは致し方のないことであった。勿論、重衡の先陣を務めた阿波民部重能も、三千五刑を越える罪の報いを受けることを逃れ得るものではない。

「南都の怒りは、とかく凄まじいと聞いております」

九郎は眉間に皺を作った。

「ただ、京を出で、衆徒の怒りから遠く離れてお過ごしになっていれば、あるいはもしやということもあるやもしれませぬ。我らも出来得る限りの手は打ちますが、衆徒らに御身を引き渡さねばならなくなったとしても、それは我ら兄弟の本意でないことを御承知いただきたい」

「御曹司の御《おん》情け、ありがたく身に沁みておりますれば、明日衆徒らの手に渡されようとも何を怨む

ことがありましょうや」

重衡は笑って、きれいに鉄漿《かね》を染めつけて黒真珠を並べたかのような歯を零した。

ふたりは簀子に座を移した。

弦《つる》を張る晩春の、中天を過ぎたばかりの月がほんのりと霞む。

その弓張を眺めながら、ふたりの話は武人のこころえとして学び継がれる詩、陸翬《りくき》の「三尺の剣の光は氷手に在り　一張の弓の勢は月心に当れり」に移った。あるいは氷のように冴えた三尺もの剣を手に、あるいは半月を胸にかけるが如く弓を引き絞らねば、世を平らげることが出来ないのだと詠う陸翬に、ふたりは納得する。ただし、戦えるだけの備えなくば戦わずして勝つこともならぬ、と考えるところも同じだ。

また、その詩の基となった言葉「三尺の剣を以て天下を取る、これ天命に非ずや」を嘯《うそぶ》いたのは漢の高祖劉邦《りゅうほう》だが、彼を日本国のいにしえの武人平將門や源義家などと比し、その采配を論じて楽しんだ。

さらに話はふたりの父、義朝と清盛にも及んで尽きることがない。

国を平定する、国を立てる。

大きな犠牲を払って成し得た事業も、百年、二百年を経るうちに国を纏める制度が疲弊し官僚が腐敗する、とは九郎も重衡も思うところだ。制度が錆《さ》びつき、制度を動かす人間の質が落ちると、危機対処の能力が低下する。結果、天災に弄《もてあそ》ばれ、戦乱に秩序が失われてもなすすべなく、飢饉や疫病に苦しめられる民はうえに立つ者の無策に抗議し、彼らの力も背景にして国家改革を目指す義士たちが立ち上がる。

「諸行無常、奢《おご》れる者は滅びる運命にあるのでしょう」

重衡は自嘲気味に微笑んだ。

「漢《かん》は魏《ぎ》に滅ぼされ、魏は晋《しん》に倒された。大陸に隋《ずい》も唐《とう》もすでになく、今は宋《そう》が金《きん》に脅《おびや》かされております。そこで貴殿にひとつお伺いしたい。前から感じておった疑問ですが、大化《たいか》の年号が付されて五百五十年、良くも悪くも公家が先導してきた日本国のあり方を、貴殿は変えようとなさっている。法皇を押し込めて覇を握ろうとしておった男を父に持つ某《それがし》が言うのも如何かと思いますが、たとえ新しき世を立て得たとしても、大陸の例に照らせばいずれ滅びるということになりましょう。その無常を思った時、虚しくお思いになりはしませぬか。勝者が勝者でありつづけ得ぬこと御存じの貴殿が、それでもなお新しき世を立てようとなさる、そのお力はいずれより湧き出すのです？」

「諸行無常。そうおっしゃいましたが、奢れる者の滅びるのが無常なら、替わって新たな覇者が生まれるのも無常。諸行は無常、つまり森羅万象は常住でないがゆえに、滅びるものあれば生まれるものがある。人の生き死にも同じこと、死に別れる寂しさも新たな命に出会う喜びも、まさに諸行が無常であることによって生じるもの。国に置き換えても同じです。勿論、我ら兄弟が立てる世も、いずれ次の者に取って代わられるでしょう。なれど我らが立てるは武家の政権、これを奪うにはそれに打ち勝つだけの武力がなければならぬ。となれば、取って代わるのもまた武家でありましょう。あるいは武家に担がれた公家かも知れませぬが、それは結局、実力ある者が政《まつりごと》を司る世に変わりはない」

九郎は、にこ、と皓い歯を見せた。

「諸行は無常であるがゆえに世を変えられる。一歩ずつでも思う世に近づけられる。さらに力ある者によって、さらによき世を創ることが出来るのです。違いましょうか。諸行が無常でないのなら、某も多大な犠牲を払って起ち上がろうとは思いませぬ……無常なれば、この身も明日は儚《はかな》くなっているやもしれぬ。だが明日という日に、昨日までは考えられもしなかった前途が開けぬとも限らぬ、ならば進むよりないではないか――――某は常に斯様に考えておるのです」

「なるほど……いや、恐れ入りました」

そう言ったきり言葉をなくして、重衡は眩しげに九郎を見詰めている。

九郎とて、すべて世はあとの白波、と悟り切っているわけではない。だが一、二度ばかりいくさに勝ち、朝廷との交渉を有利に進めたからといって、その時々の成果に酔い痴れておのれを見失い、身は岸の額を離れた草に似たることを忘れるような者では、今までにない国家改革を成すことは出来ないことを知っている。

空になった瓶子を満たしに厨《くりや》へ下がっていた喜三太が、熱燗《あつかん》を捧げて戻って来た。

さすがに夜気を肌寒く感じ出したところで、その気遣いが何とも心憎い。

九郎は瓶子を取って重衡の杯を満たした。

「鎌倉へは梶原景時を護衛につけます。兄の信頼も厚く、我らと考えを一にする者なれば御安心ください。明日は、夜の明け切らぬうちにお発ちになるがよろしいかと存じます。街の者が見物に集まってはうるそうございますゆえ……」

ほかにもいくらか出立の打ち合わせをして、「では、そろそろ」と立ち上がりかけた九郎を、重衡は引き止めた――――ような表情に九郎には見えたが、重衡は少し戸惑い気味に九郎に瞳を当てたまま、何も言わない。ならば、とさらに腰を浮かしかけた九郎に、「今しばらく」と、重衡ではなく喜三太が声を上げた。

「中将殿には、まだ殿にお話しになりたいことがおありなのです。どうか殿、今しばらくお待ちくださいませ」

庭に膝を折った喜三太のつぶらな瞳を見詰め、重衡の幾分青ざめた中高の顔を見詰めて、九郎は座に直った。

「お聞きましょう」

「忝い」

ひと呼吸、ふた呼吸。うつむいていた重衡は、ゆっくりと顔を上げた。

「競殿のことをお話ししておきたい」

「……えっ？」

重衡は競の遺骸を大事に扱ったと聞いている。敵将であるのに首も斬らず、おのが手で葬ったのは、競によほど敬服していたのであろう。その最期を語ることは重衡にとって苦痛である筈で、九郎はおのが知りたい思いを抑え込み、重衡が語る気になるまで待とうと考えた。だが生け捕りとなってひと月余り、重衡はまったく競の話に触れようとせず、九郎はほとんど諦めていたのだ。

(仕方なかろう)

重衡の競への思いが確かなら、その勇将の最期を描く絵巻はおのれだけのものにしておきたいというのを許してもよいのではないかと思いはじめていた矢先であった。

それが突然話すという。

九郎の面に走った動揺を認めたか、その心に準備がなかったことを気遣うように、重衡はぽつり、ぽつりと話しはじめた。

壮絶であった。

髪を振り乱し、眦を決し、宮中一の美男といわれた端正な顔に返り血を浴びた競が、九郎の脳裏いっぱいに立ちまわる。鎧はゆるみ、肩から、腕から、太腿から鮮血が吹き出す。それに構わず、ひとり、またひとりに足をふらつかせながら立ち向かってゆくのは、重盛亡きあと国を導く方向を誤った清盛の平氏を必ず潰せ、と我に示さんためか。

(もうお止《や》めくだされ、競殿!)

九郎は固く目を瞑った。

競の苦しみはまだ終わらない。出血で意識は朦朧《もうろう》とし、ひとりの敵は三人にも五人にも見え、おのれは強く打ちこんでいるつもりでも、太刀は空を掻く。それでも競の動きは止まらない。「生け捕れ」との宗盛の厳命を恐れて、誰も致命傷を与えないからだ。

やっと敵と太刀が絡んだ。こうなれば競、意識は飛んでいても体は動く。踏ん張りが利かず押し倒されるかと見えた瞬間、敵の太刀を擦り上げ、太刀同士が離れる直前に足を踏み込み、おのがそれを敵の首筋に沿わせて引き下げた。

断末魔の叫びを背に振り向いた競に、ようやく苦しみを終わらせてくれる一撃が加わった。競に振り向かれた兵は目の前で味方が血しぶきを上げるのに慄《おのの》き、手にしていた長刀でがむしゃらに競の脇腹を突いてしまったのだ。

もはやこれまでと悟った競は腹を切った。

「……見事な御最期にございました」

そう結んだ重衡は、おのれが死んでしまったかのように蒼白になっている。

「もっと早うに話さねばならなかったのですが、競殿は貴殿の御師匠、そのお怒りとお悲しみは如何ほどかと思うとなかなか言い出せず……どうかお許しくださいませ」

重衡は深く頭を下げた。

「いや、よくぞ語ってくださいました。恩師を亡くしたのはまことに辛うございますが、悲しみのなかに留まっておっても致し方ない。その死を無駄にすることなく、遺志を継いで進まねばなりませぬが、最後に戦うた中将殿もおのれと同じ国のありようをお望みであるとわかって、競も恐らく天空で喜んでいましょう」

顔を上げた重衡はわずかに頬を綻ばせた。

「あの……御方もお許しくださいましょうか」

誰のことであろう、と九郎は小首を傾げた。

「常磐殿です」

「我が母、ですか」

重衡はうなずいた。

「実は競殿、今はの際に、御方、と口にされたのです」

「まことにございますか」

「ええ、最後の言葉でありました。優しげな笑みを浮かべられて……」

そこまで言って重衡は唇を噛み締めた。込み上げて来るものを押し殺しているようであったが、やがて小さく吐息してつづけた。

「競殿は源三位入道殿の御配下でいらしたので、御方、とよばれるにふさわしい方が何人かはおいでの筈。競殿が一体どなたを思い描かれたのか、その時はわかりませんでした。なれど先日、論を戦わせれば競殿らも貴殿の母君に勝てた例はない、というお話をして下さったなかで、競殿らが貴殿の母君のことも御方とおよびなさっていたと知り、謎が解けたのです。競殿がなぜ起ち上がられたのか、後を誰に託そうとされていたのかを考えれば、御方は貴殿の母君、そしてその直前に若君と口にされたのですが、それは貴殿のことであったのだ、と」

「そうでありましたか……」

先ほどから袖を目に当てていた庭の喜三太は、怺《こら》え切れず嗚咽を漏らした。

「競が最後に母と九郎を思うてくれた。このことをお伺い出来てまことに嬉しゅうございました。競の決意を今一度胸に焼きつけられます。……忝く存じます」

九郎は頬を伝った熱い滴を指先で拭って礼を言った。

「いえ、こちらこそ礼を申さねば……お話する決心のつかぬ某に、下向というはよい機会でありました。下向することなくば、いつか話せると甘え、結局話せずじまいになったような気がいたします」

「これはいかぬ、と競が慌てたのかもしれませぬな」

まだ目の淵に涙を光らせながら、九郎は笑った。

「まことに。早う話さぬか、と叱られました」

重衡も瞳を潤ませたまま笑った。

「鎌倉へ向かうことで少しでも我が露命を繋げるのなら、これも競殿がお導きくだされたものでしょう。ああ、それに喜三太殿にも礼を申さねばなりませぬな。重衡ひとりでは、先ほど立ち去ろうとなされた貴殿を引き止め得なかったやも知れませぬ。喜三太殿は我が思うところを鋭に感じ取り、先に動いて下さる。ありがたく思うております」

重衡の思わぬ言葉に驚き、喜三太は「勿体のうございます」と平伏した。

実際、九郎の目にも喜三太はよくやっていた。傍《はた》から見れば、まるで重衡の信奉者になったのではないかと思えるほどだが、勿論のこと喜三太は主《あるじ》を乗り換えたのではない。

九郎の郎党は皆そうであるが、喜三太もまた、言われずとも期待されることの何倍もの働きを見せる男であった。重衡を如何なる状態に置き、如何なる心地にさせるか――それは重衡の九郎に対する評価を如何に上げるかであり、またそれによって、重衡を九郎にとってより役立つ男となせるか否かなのであって、喜三太の思考はすべて主九郎のために働くのであり、行動はすべてが主九郎のためにあるのであった。

　そうではあるが、九郎の郎党たちは皆が主に似て情けがあり、使命は揺るがせにせずとも、扱われる側の身になって言動をなせる者たちである。自然、郎党と囚人の間には温かな心の通いが生まれ、これもまた、九郎を大いに助けるものになった。

「この喜三太も共に下らせましょう。火急の用もこの者にお知らせくだされば四日で京に届きますゆえ」

「来て下さるのか！」

「お供仕ります」

にこ、と笑って一礼した喜三太に、「頼みますぞ」と重衡は身を乗り出し、声を明るくした。向かうのははじめて踏む、しかも平氏を快く思わない者が多いであろう坂東である。九郎の腹心がつき従ってくれることほど心強いことはない。重衡は心底から嬉しかったのであろう、頬に赤みを戻し、杯を重ねた。

　そして、懐かしい花の都で今宵ほどゆるりと過ごせる日はもうないかもしれないから、と得意の琵琶を手に取り、転手《てんじゅ》を捩《ね》じた。

　のびやかに奏せられる風香調《ふうごうちょう》の曲のなかで、庭の藤の甘く濃い香が芬芬《ふんぷん》と揺れる。

　つづけて、

　　年常に春ならず
　酒を空しくすることなかれ

と吟じる声は、淡い月影の映ろう庭へと冴え響いた。

新たな世とするに如何なることも厭わぬ、そう覚悟は決めても、京を離れるのは辛いであろう――

「貴殿も是非、ひと節」と所望され、懐から取り出した龍笛を構えながら九郎は思った。

「もうひと節……」

「もうひと節……」

目を閉じて、名手九郎が紡ぎ出す澄んだ音色に身を委ねる重衡の心は往時にあり、それこそ、未だ春の花の夢の裏《うち》の名――夢に見る春の花の如く華やかな栄光の魅力を遁れ得ないに違いない。虚静恬淡《きょせいてんたん》となるは難しい。

（今はただ、我が笛で中将殿が慰められるならそれでよいではないか）

請われるままに吹きつづける九郎の笛の音は、高く低く、朧な月を西に抱く空に吸われてゆくようであった。


（第三巻につづく）

【王家系図】

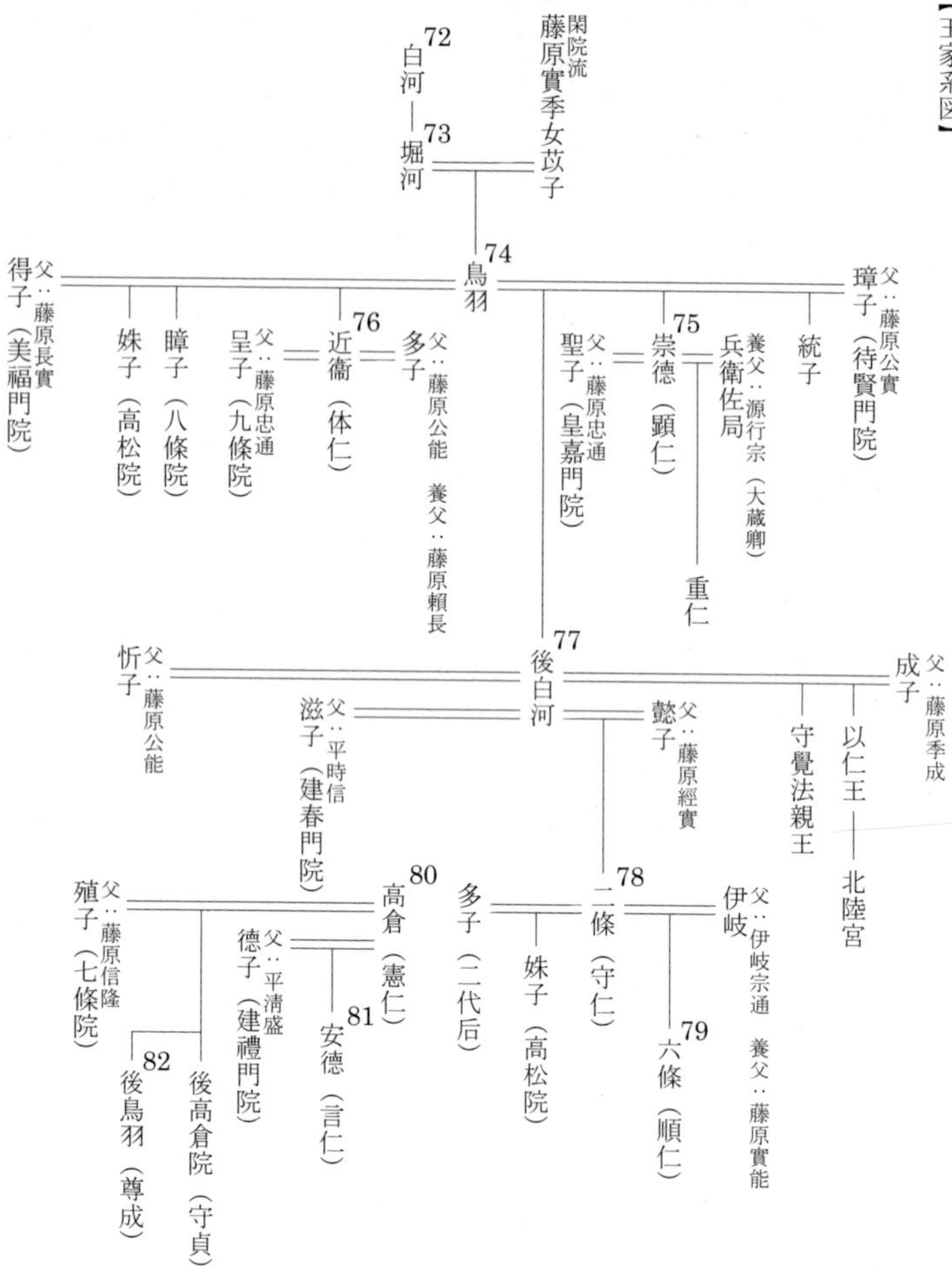

閑院流 藤原實季女苡子
72 白河
73 堀河
74 鳥羽
璋子 父：藤原公實（待賢門院）
統子
兵衛佐局 養父：源行宗（大蔵卿）
75 崇德（顕仁）
重仁
聖子 父：藤原忠通（皇嘉門院）
多子 父：藤原公能 養父：藤原頼長
76 近衛（体仁）
呈子 父：藤原忠通（九條院）
暲子（八條院）
姝子（高松院）
得子 父：藤原長實（美福門院）
77 後白河
成子 父：藤原季成
以仁王
北陸宮
守覺法親王
懿子 父：藤原經實
滋子 父：平時信（建春門院）
忻子 父：藤原公能
伊岐 父：伊岐宗通 養父：藤原實能
78 二條（守仁）
79 六條（順仁）
姝子（高松院）
多子（二代后）
80 高倉（憲仁）
81 安德（言仁）
德子 父：平清盛（建禮門院）
後高倉院（守貞）
82 後鳥羽（尊成）
殖子 父：藤原信隆（七條院）

【源氏略系図】

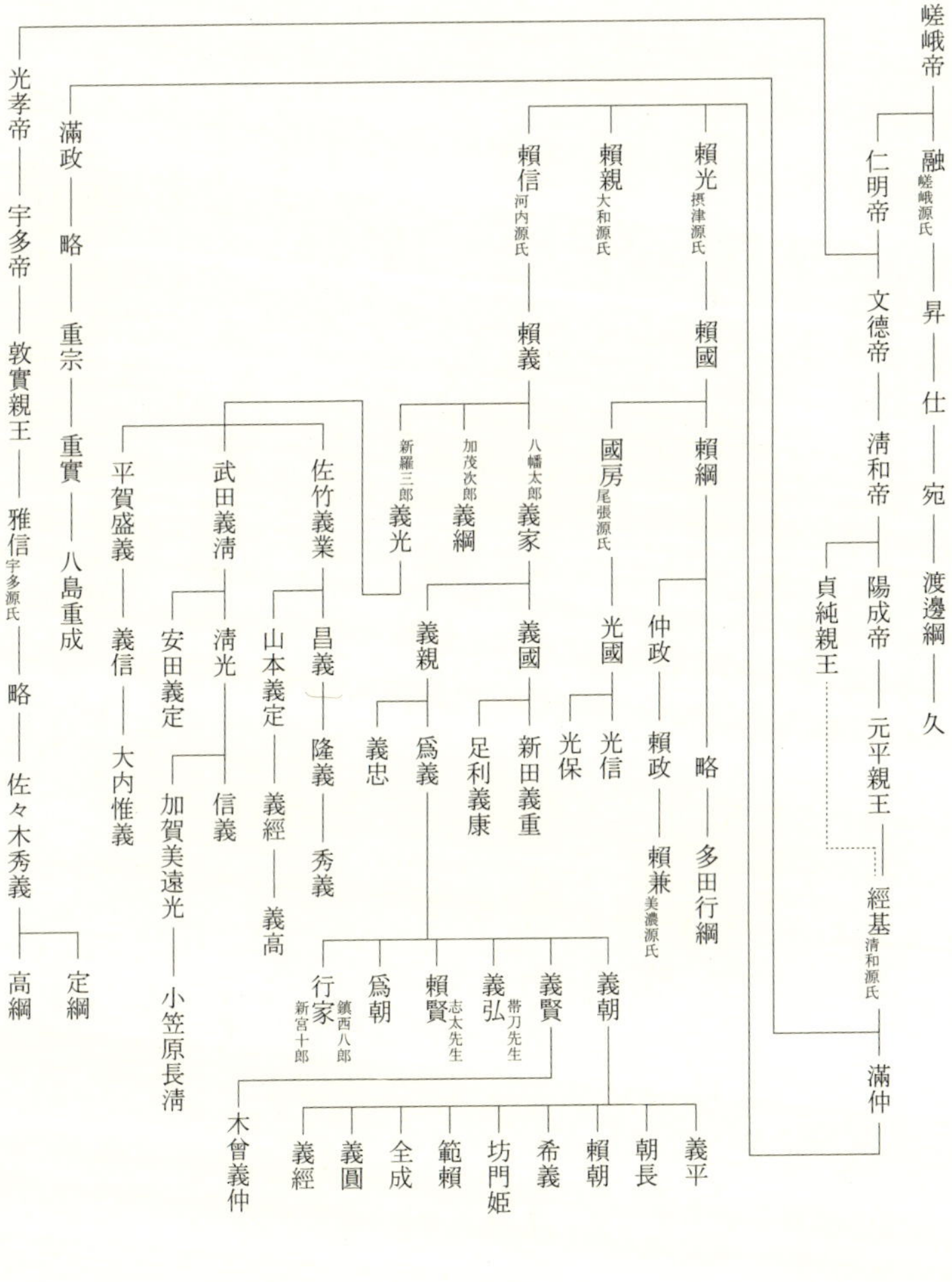
嵯峨帝
融 嵯峨源氏
昇
仕
宛
渡邊綱
久
仁明帝
文德帝
清和帝
陽成帝
元平親王
經基 清和源氏
滿仲
貞純親王
頼光 摂津源氏
頼國
頼綱
略
多田行綱
仲政
頼政
頼兼 美濃源氏
國房 尾張源氏
光國
光信
光保
頼親 大和源氏
頼信 河内源氏
頼義
八幡太郎 義家
義國
新田義重
足利義康
義親
爲義
義忠
義朝
義平
朝長
頼朝
希義
坊門姫
範頼
全成
義圓
義經
義賢
木曾義仲
義弘 帯刀先生
頼賢 志太先生
爲朝
行家 鎮西八郎 新宮十郎
加茂次郎 義綱
新羅三郎 義光
佐竹義業
昌義
隆義
秀義
山本義定
義經
義高
武田義清
清光
信義
加賀美遠光
小笠原長清
安田義定
平賀盛義
義信
大内惟義
滿政
略
重宗
重實
八島重成
光孝帝
宇多帝
敦實親王
雅信 宇多源氏
略
佐々木秀義
定綱
高綱

【伊勢平氏・公家平氏略系図略】

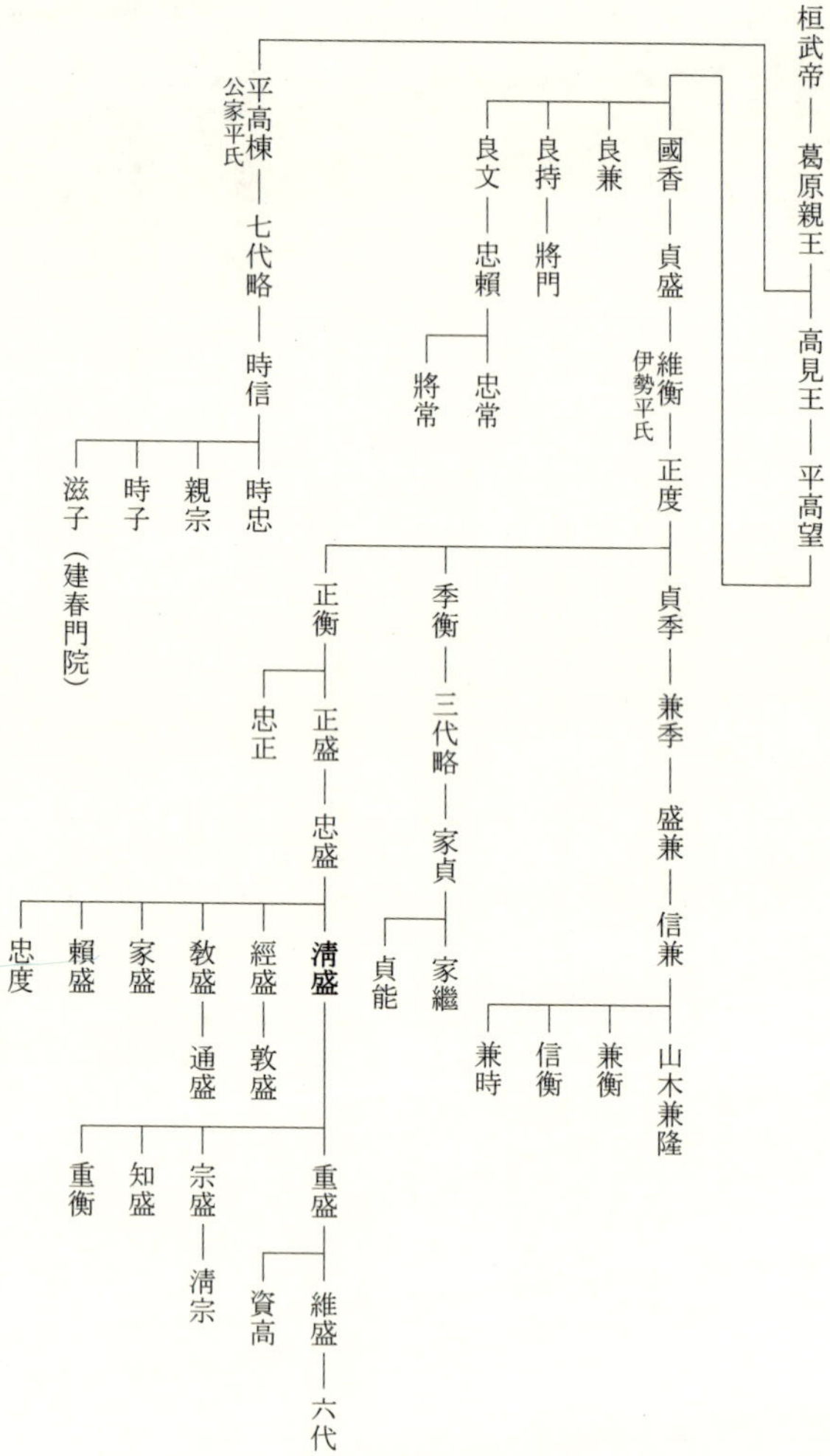

【奥州藤原氏・佐藤氏関係系図】

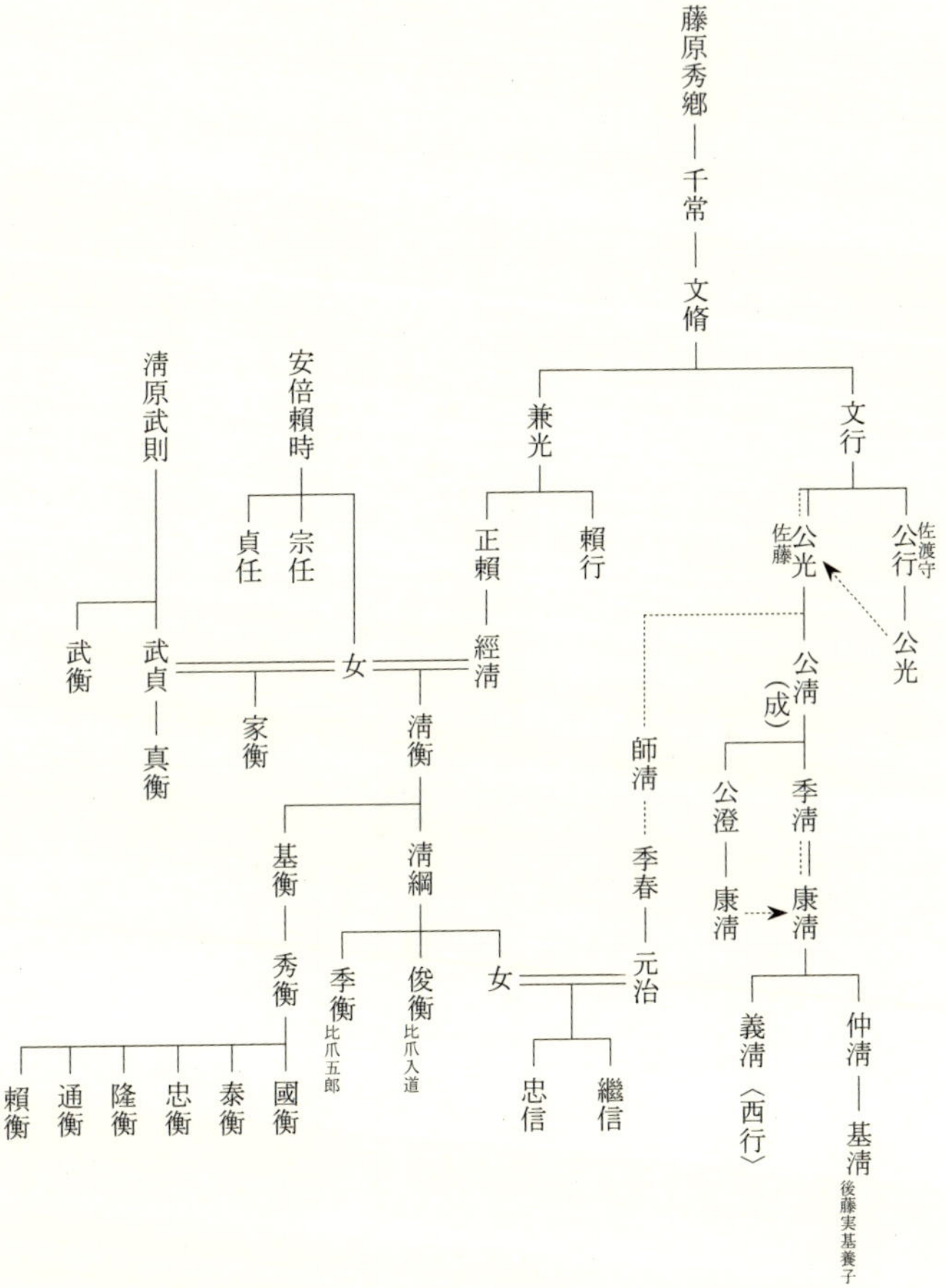

【東国勢力図】

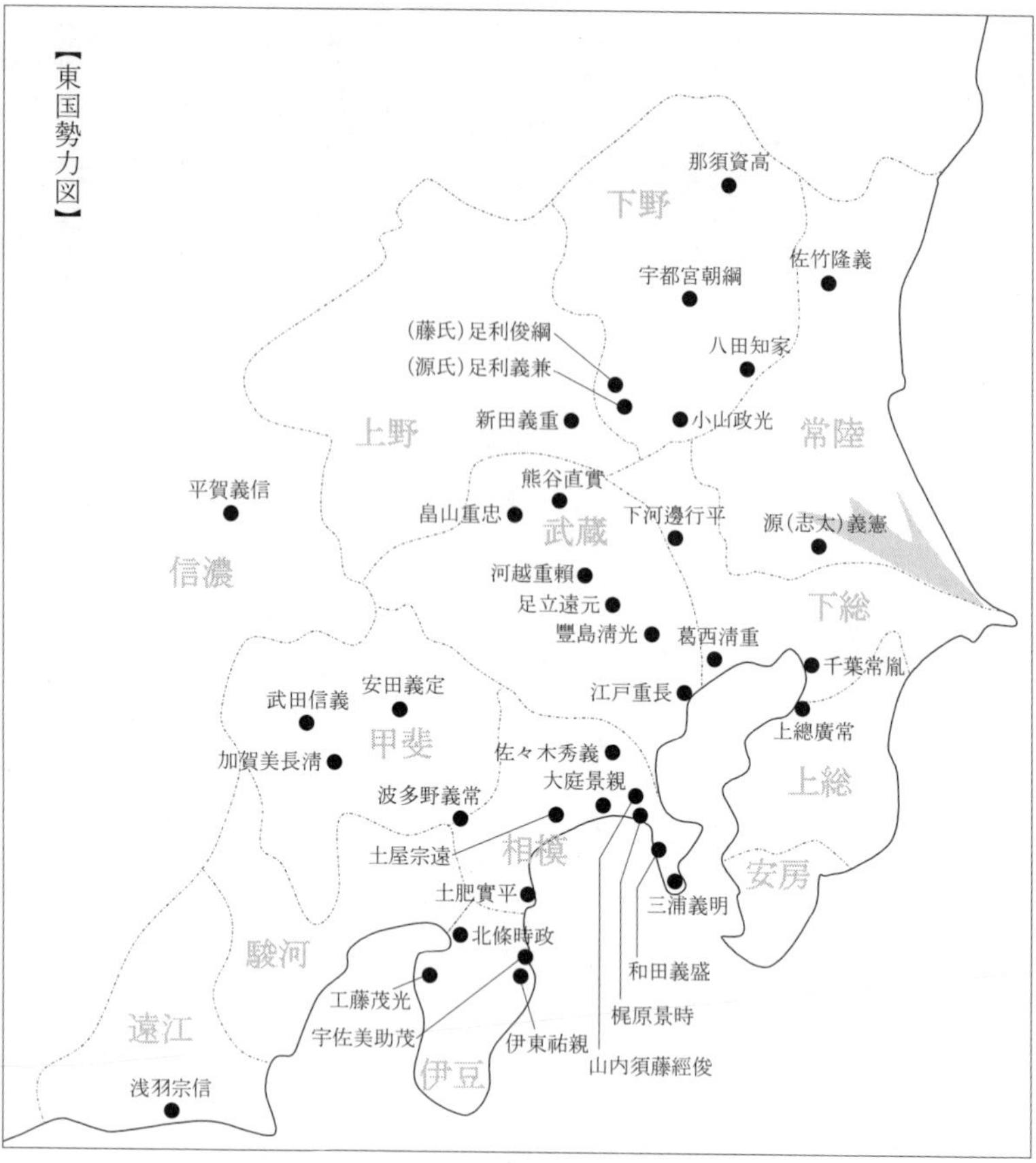

下野
那須資高
佐竹隆義
宇都宮朝綱
八田知家
(藤氏)足利俊綱
(源氏)足利義兼
新田義重
小山政光
上野
常陸
平賀義信
熊谷直實
畠山重忠
下河邊行平
源(志太)義憲
武蔵
信濃
河越重頼
足立遠元
下総
豐島清光
葛西清重
千葉常胤
江戸重長
武田信義
安田義定
上總廣常
甲斐
加賀美長清
佐々木秀義
大庭景親
上総
波多野義常
土屋宗遠
相模
安房
土肥實平
三浦義明
駿河
北條時政
和田義盛
工藤茂光
梶原景時
遠江
宇佐美助茂
伊東祐親
伊豆
山内須藤經俊
浅羽宗信

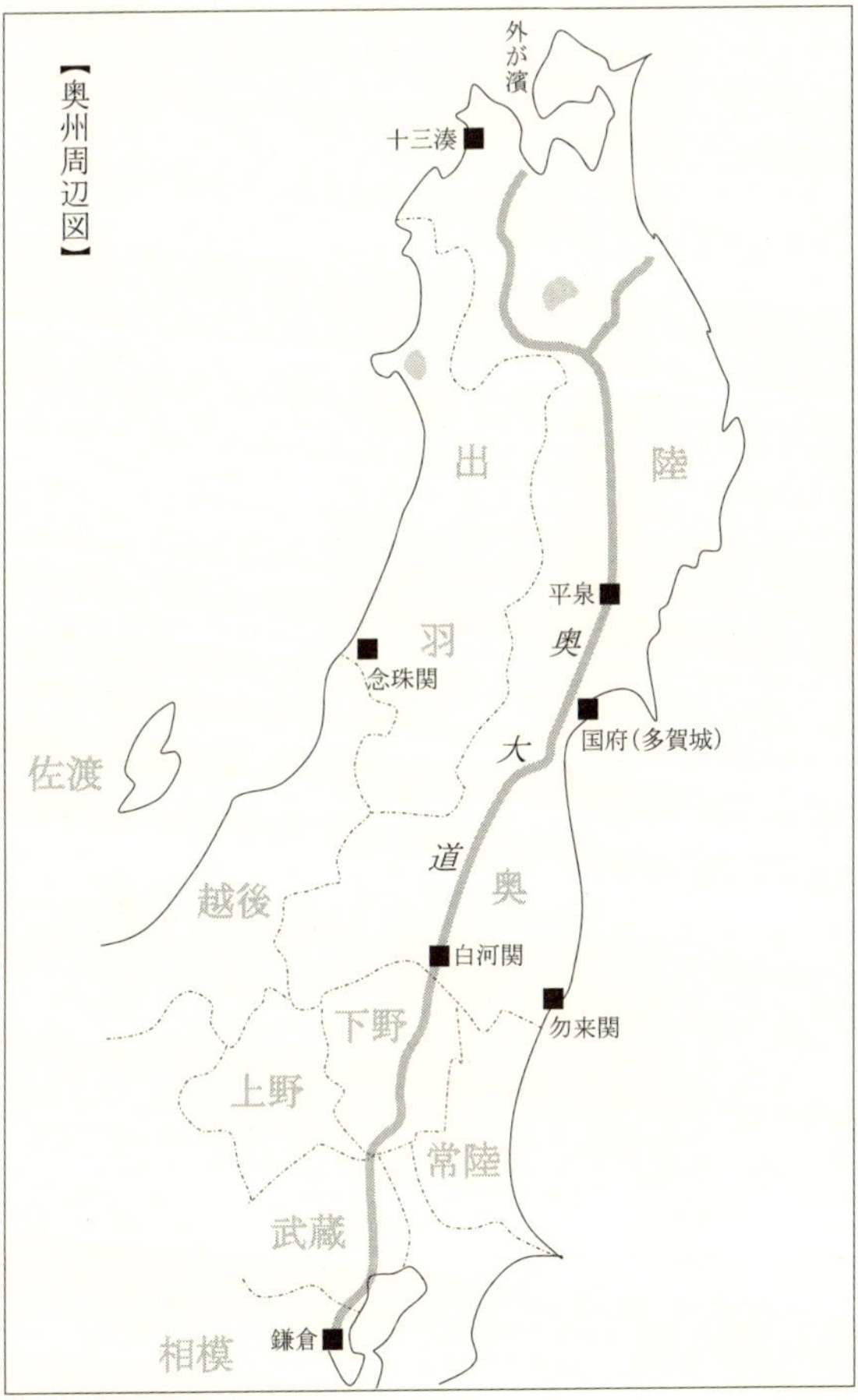
【奥州周辺図】
外が濱
十三湊
出
羽
陸
奥
平泉
奥
大
道
念珠関
国府（多賀城）
佐渡
越後
白河関
勿来関
下野
上野
常陸
武蔵
相模
鎌倉

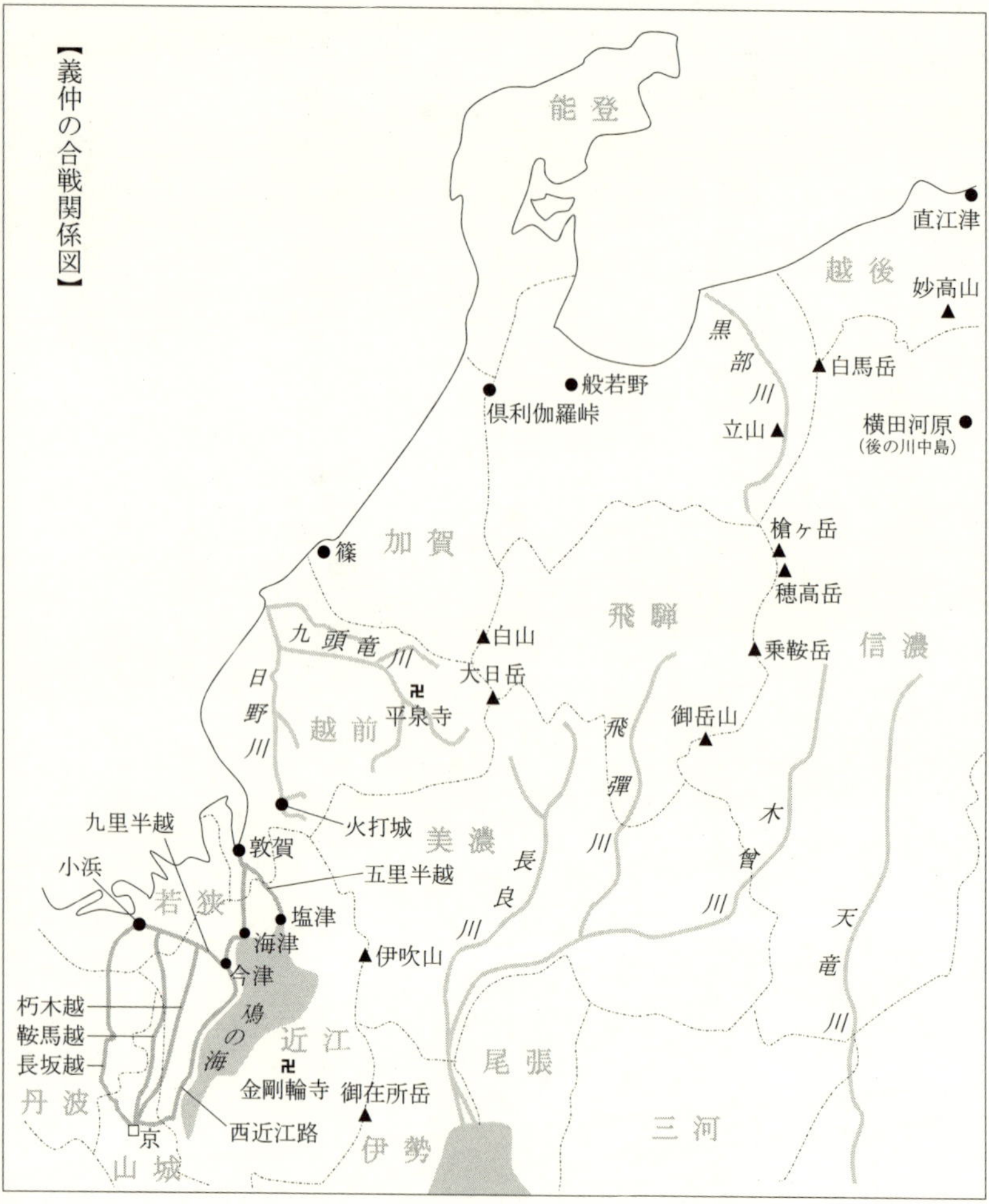
【義仲の合戦関係図】
能登
直江津
越後
妙高山
黒部川
白馬岳
般若野
倶利伽羅峠
横田河原
（後の川中島）
立山
加賀
篠
槍ヶ岳
穂高岳
飛騨
九頭竜川
白山
乗鞍岳
信濃
日野川
大日岳
平泉寺
越前
御岳山
飛彈川
火打城
九里半越
敦賀
美濃
木曾川
長良川
小浜
五里半越
若狭
塩津
海津
天竜川
伊吹山
合津
朽木越
鳰の海
鞍馬越
近江
長坂越
尾張
丹波
金剛輪寺
御在所岳
西近江路
京
三河
伊勢
山城

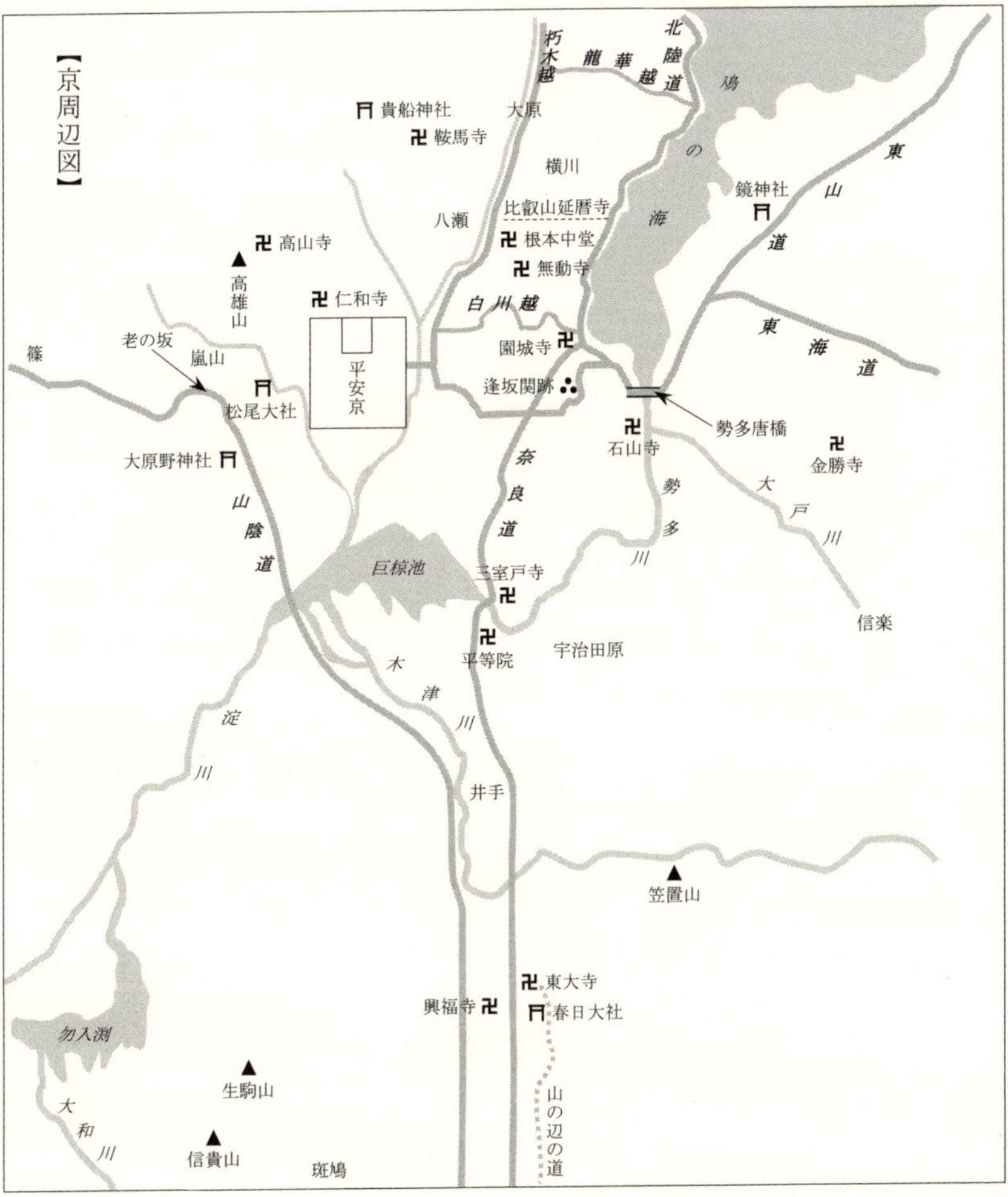
【京周辺図】
朽木越
龍華越
北陸道
鳰の海
貴船神社
鞍馬寺
大原
横川
比叡山延暦寺
八瀬
根本中堂
無動寺
高山寺
高雄山
仁和寺
白川越
東山道
鏡神社
東海道
園城寺
平安京
逢坂関跡
老の坂
嵐山
篠
松尾大社
勢多唐橋
石山寺
金勝寺
大原野神社
山陰道
奈良道
勢多川
大戸川
巨椋池
三室戸寺
信楽
平等院
宇治田原
木津川
淀川
井手
笠置山
東大寺
興福寺
春日大社
勿入渕
生駒山
大和川
信貴山
斑鳩
山の辺の道

【京・福原周辺図】

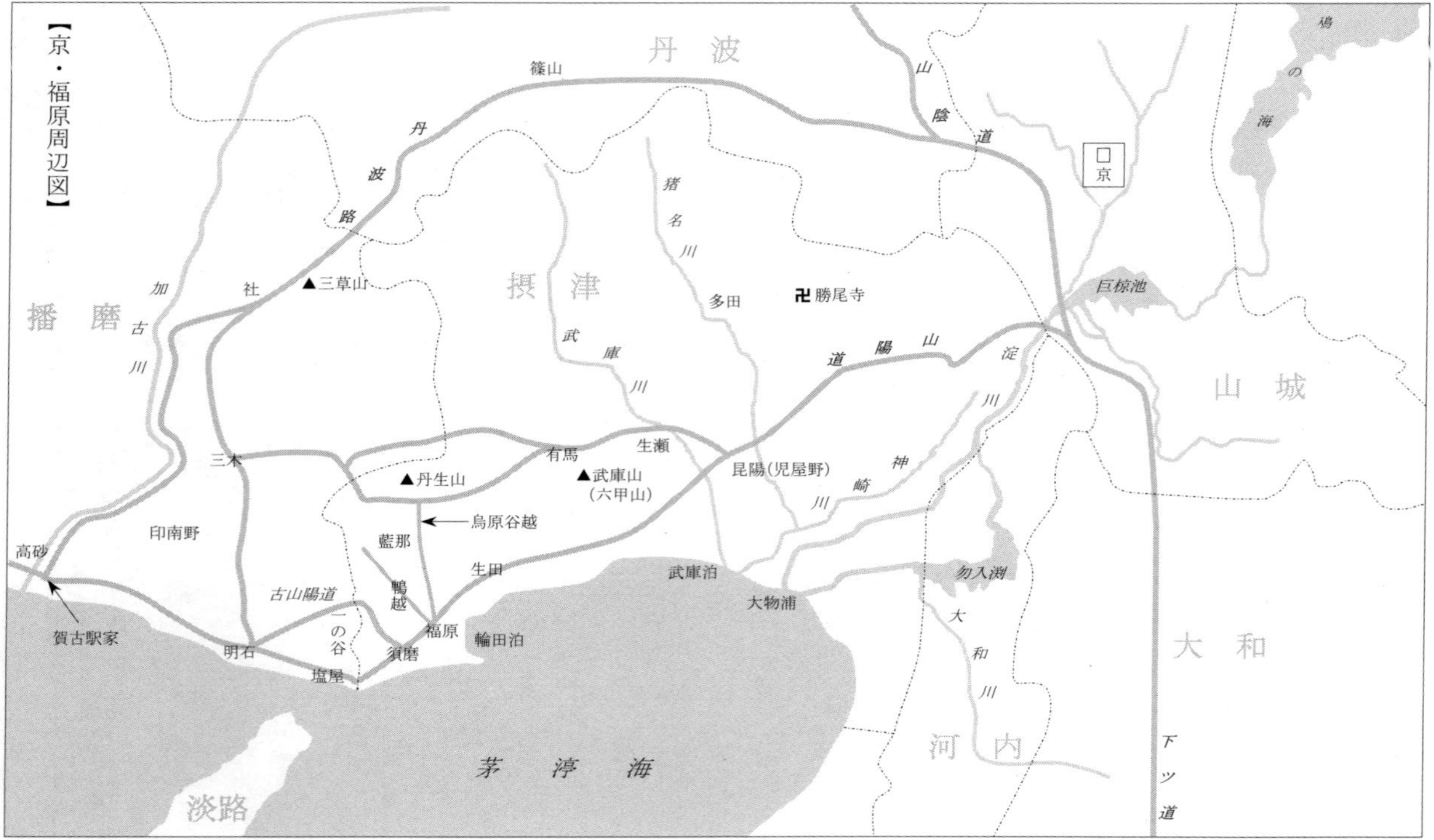
丹波
篠山
丹波路
山陰道
京
鳰の海
播磨
加古川
社
▲三草山
摂津
猪名川
武庫川
多田
勝尾寺
巨椋池
山陽道
淀川
山城
三木
有馬
生瀬
▲丹生山
▲武庫山
(六甲山)
昆陽(児屋野)
神崎川
鳥原谷越
印南野
藍那
高砂
生田
武庫泊
勿入渕
古山陽道
鵯越
大物浦
一の谷
福原
輪田泊
大和川
賀古駅家
明石
須磨
塩屋
大和
河内
茅渟海
淡路
下ツ道

増田祐美（ますだ　ゆみ）

神戸市生まれ。演奏家。二十歳から演奏活動をはじめる。東京音楽大学ピアノ演奏家コース中退。その後、東京女子大学文理学部日本文学科在籍中にピアノソロのＣＤ（ビクター音楽産業）を制作したのを機に、ディナーコンサートやティーサロンコンサートをはじめ、企業主催のイベントやパーティーなどでも演奏。日本の抒情歌や世界の民謡などの編曲も手がけ、プログラムには必ず取り入れている。小説は本書が第一作となる。

黎明《れいめい》の坂《さか》（二）

平成二十五年十月十五日　初版第一刷発行

著　者　増田祐美
発　行　オフィスK2
発　売　神戸新聞総合出版センター
神戸市中央区東川崎町一－五－七
神戸情報文化ビル九階
〒六五〇－〇〇四四
電話〇七八－三六二－七一四〇（代表）
ＦＡＸ〇七八－三六一－七五五二

ISBN978-4-343-00763-6 C0093